Lotte Grünewald
Gut Friesenhain
Zwischen Traum und Freiheit

AF177880

Lotte Grünewald

GUT
FRIESENHAIN

Zwischen Traum und Freiheit

Roman

blanvalet

Penguin Random House Verlagsgruppe FSC® N001967

3. Auflage
Originalausgabe 2023 by Blanvalet, einem Unternehmen
der Penguin Random House Verlagsgruppe GmbH,
Neumarkter Str. 28, 81673 München
Copyright © 2023 by Lotte Grünewald
Dieses Werk wurde vermittelt durch die
Michael Meller Literary Agency GmbH, München.
Redaktion: Theresa Klingemann
Umschlaggestaltung und -motiv: © Johannes Wiebel | punchdesign,
unter Verwendung von Motiven von Richard Jenkins Photography
und stock.adobe.com (jackey, Lars Gieger, ivan kmit, AVTG, Rungsan,
Konstiantyn, Rita Kochmarjova)
DK · Herstellung: sam
Satz: Uhl + Massopust, Aalen
Druck und Bindung: GGP Media GmbH, Pößneck
Printed in Germany
ISBN 978-3-7341-1090-0

www.blanvalet.de

Für Jeltje

Prolog

Weißer Nebel steigt vom Flüsschen auf und wabert über die Wiesen am Fuße des Schafberges. An den Eichen und Buchen, die die Szenerie nahe des Städtchens Ibbenbüren umstehen, hat der Herbst das Laub bereits gefärbt. Im gerade heraufziehenden Morgenlicht schimmert es golden und blutrot.

Unter den so unbeteiligt stehenden Bäumen haben sich zwei kleine Gruppen von jeweils drei Herren eingefunden, die einander auf Distanz beäugen.

Ein Mann mit Doktorentasche geht von den einen zu den anderen, tauscht mit den Männern eindringliche, fast flehende Worte. Doch Kopfschütteln ist hier wie dort die Antwort.

Nicht lange, da löst sich aus jedem Bunde jeweils ein Mann und schreitet auf das taufeuchte Gras hinaus.

Von beiden Seiten kommend gehen sie steifen Schrittes. Ihre Stiefel streifen die Tropfen von den Halmen, bis nur noch zwei Meter die Männer trennen.

Kein Gruß, kein Lächeln. Nur das leichte Neigen ihrer Köpfe ist zu beobachten.

Dann drehen sie einander die Rücken zu. Warten.

Vom Waldrand her ertönt eine laute Stimme. »Eins. Zwei. Drei ...«

Bei jeder Zahl ein Schritt.

Als die Zehn ertönt, wenden sie sich um.

Der eine, auch auf die Distanz von zwanzig Schritt deutlich kleiner als sein Gegenüber, hebt den Arm.

Doch er biegt ihn so weit zur Seite, dem Licht der aufgehenden Sonne entgegen, dass er sein Ziel unmöglich treffen kann.

Ein Schuss löst sich, verhallt am Waldrand.

Pulverdampf verfliegt.

Beide Männer stehen.

Der andere hält inne, zögert.

Kein menschlicher Laut dringt über die Ebene. Auch die längst erwachten Vögel, die gerade noch in den Wipfeln tirilierend den neuen Tag begrüßten, sind verstummt.

Es ist, als bliebe es auf ewig still.

Dann biegt auch der andere den Finger um den Abzug. Und schießt.

Luise

1

Gestüt Friesenhain zu Ibbenbüren,
Tecklenburger Land im Spätsommer 1895

»Mich hält keiner auf! Ich bin die Erste am Tor!«, rief Luise und gab Jeltje die Zügel vor. Ihre Stute hatte auf dieses Zeichen nur gewartet und sprang freudig in den Galopp. Hinter sich vernahm Luise den überraschten Ausruf ihrer jüngeren Schwester Clara und Maries begeistertes Anfeuern ihres eigenen Pferdes. Die blühende Heide flog nur so an ihnen vorbei, und der hier noch sandige Boden spritzte in alle Richtungen. Doch schon hatten sie das Moorgebiet hinter sich gelassen, in dem zwischen Ibbenbüren und Osnabrück der sich ankündigende Herbst die Landschaft mit leuchtenden Farben übergoss. Das Gelände stieg an. Anstelle der niedrigen Gebüsche und Birkenwäldchen des Moores traten nun große Bestände aus Eichen, Pappeln und Buchen, die die ausgedehnten Wiesen Friesenhains säumten. Das Donnern der Hufe war weithin zu hören. Auf einem nahegelegenen Kartoffelacker hielten die Frauen und Kinder der Pächter in der Sammelarbeit inne und schauten ihnen mit in den Rücken gestemmten Händen gegen die Morgensonne blinzelnd nach, während sie zu dritt auf ihren edlen Tieren vorbeipreschten.

Feiner Nebel stand vor dem Waldrand und ließ den sanften Gelb- und Rotschimmer des Laubes wie die Tupfer eines Pinsels auf der Leinwand wirken.

Der Boden war vom Regen der letzten Tage schwer. Lehmige Klumpen lösten sich von den Pferdehufen, sausten durch die Luft und klatschten zurück auf den Grund. Luise sog tief den intensiven Geruch feuchter Erde ein. Es roch wie der bunte Herbst, wie sentimentaler Abschied und wilder Aufbruch zugleich. Eine Strähne ihres Haares löste sich aus dem Knoten, der unter ihrem Reithut festgesteckt war, flatterte um ihr Gesicht, verstärkte das unbändige Gefühl von Freiheit, das sie in diesem Moment ganz und gar erfüllte. Sie jauchzte und stellte sich leicht in die Steigbügel. Die behandschuhten Hände mit den lockeren Zügeln neben Jeltjes stets stolz aufgerichtetem Hals weit vorgestreckt, beugte sie sich über die wehende, rabenschwarze Mähne. Luise genoss die fließenden Bewegungen ihrer Friesenstute und deren spürbare Lust an der wilden Hatz. Jeltje hatte offenbar genauso viel Spaß an den weiten Sprüngen wie sie selbst.

Der rauschende Wind der Geschwindigkeit trieb Luise Tränen in die Augen, doch gleichzeitig lachte sie laut über das Rufen hinter ihr, als Marie mit dem großen Hannoveraner Fuchswallach aufzuholen versuchte. Clara auf ihrer Schimmelstute war bereits abgeschlagen, was natürlich an ihrem scheußlichen Sattel lag, in dem sie im Damensitz saß. Zu dritt preschten sie über die nach der zweiten Mahd abgeernteten Wiesen und fegten über den Feldweg hinweg in den Park, der mit seinen hohen Bäumen und den sorgfältig gepflegten Rasenflächen das Gestüt Friesenhain umgab. Als sie durch das große schmiedeeiserne Tor auf die lange Auffahrt zum Gebäude einbogen, drosselte Luise das Tempo ihrer Stute.

Marie tauchte auf dem Jagdpferd neben ihr auf, außer Atem und mit geröteten Wangen, was ihr mit ihrem weißblonden Haar ausgezeichnet stand. Ihre haselnussbraunen Augen leuchteten.

»Bei einem gerechten Start hätten Komet und ich dich eingeholt«, keuchte sie und klopfte den Hals des riesigen Wallachs. Dessen Hals glänzte vor Schweiß und seine Nüstern blähten sich.

Luise lachte. »Aber nur, weil du ihn reitest. Sobald Wilhelm auf ihm sitzt, läuft er nicht mal halb so schnell.«

»Das liegt nur daran, dass er seinen Herrn nicht so gut kennt wie mich. Wenn Wilhelm nur mehr Zeit mit ihm verbringen würde. Für mich würde er alles tun, nicht Komet?!«, säuselte Marie ihrem Reittier zu.

Luises fünf Jahre älterer Bruder Wilhelm nahm zwar pflichtbewusst an den üblichen Jagdveranstaltungen teil, zu denen die Grafenfamilie von Scheweney im Frühjahr und späten Herbst einlud, doch seine Aufgaben auf dem Gestüt hielten ihn davon ab, sein Jagdpferd zu trainieren. Das überließ er gern Marie, der Tochter des Stallmeisters, die diese Aufgabe nur zu gern übernahm. Pferde waren ihre große Leidenschaft. Und Komet liebte sie besonders.

»Nun gib zu, dass ich gewonnen habe!«, verlangte Luise mit einem breiten Grinsen und rupfte den Handschuh herunter. Mit den Fingern fuhr sie Jeltje durchs schweißnasse Fell am stolz getragenen Hals. Der wohlige Geruch des warmen Pferdekörpers stieg zu ihr auf. Sie fühlte sich ihrer Stute immer innig verbunden, aber nach einem solchen Ritt meinte sie regelrecht, ihre Seele zu spüren.

»Ich finde, Clara hat diesen Pokal verdient«, erwiderte

Marie und wandte sich nach der Dritten im Bunde um, die sich ihnen auf ihrer zierlichen Schimmelstute in flottem Trab von hinten näherte.

»Clara, Luise und ich gestehen dir den Sieg zu«, rief Marie und Luise sah, wie die gemeinsame Freundin ihrer jüngeren Schwester zuzwinkerte.

»Wie das? Ich bin doch die Letzte«, antwortete die. Auch ihre Wangen waren gerötet. Wie machte sie es nur, dass ihr schweres kastanienbraunes Haar trotz des wilden Galopps immer noch so ordentlich frisiert wirkte? Sicher hatte Agnes, ihr gemeinsames Kammermädchen, den Knoten mit doppelt so viel Kämmen festgesteckt wie Luise selbst es ertragen könnte.

»Du bist die Einzige von uns, die elegant und angemessen gekleidet ist«, erwiderte Marie mit einem schiefen Seitenblick zu Luise.

Sie musste lachen und klopfte sich auf die Hosen, die sie ebenso wie Marie trug, welche als Tochter des Stallmeisters selten in anderer Kleidung zu Pferde unterwegs war. »Marie hat recht, Clara. Damit würdest du als Einzige vor Mutters Musterung bestehen. Und das allein zählt! Sie ist es doch, die bei der Jagd den Sieger ehrt.«

Clara lächelte breit, sah fröhlich und gelöst aus, was viel zu selten vorkam, fand Luise. Ihre zwei Jahre jüngere Schwester war so ganz anders als sie selbst. Sah man sie zusammen, hätte kaum jemand sie für Schwestern gehalten. Neben der wesentlich kleineren Clara, die so zerbrechlich wirkte, kam Luise sich und kräftiger vor. Doch hinter Claras zarten Erscheinung verbarg sich ein stets besonnener Geist, der die junge Frau so wohlüberlegt durch ihre Tage gehen ließ, als sei sie mindestens zehn Jahre älter. Jede Lebensentscheidung überdachte Clara gründlich und klug, ehe sie handelte. Leidenschaftliches Aufbrausen kannte sie nicht – etwas, das sich Luise mit ihrem hitzigen Temperament kaum vorstellen konnte. Jetzt pustete Clara nur kurz zu ihrer Stirn hinauf, während Luise sich mit ihrer nackten Hand bereits durchs Gesicht gestrichen hatte und bestimmt ebenso zerzaust wirkte, wie sie sich innerlich fühlte: aufgewühlt, frisch und von der fragilen Freiheit beglückt, die sie in solchen Augenblicken ganz und gar erfüllte.

Nebeneinander ritten sie die von Platanen gesäumte Auffahrt Friesenhains hinab.

Die Südfront des großen Vierkanthofes beherbergte das Herrenhaus, dessen weiße Fensterrahmen mit dem Rostrot der Mauerziegel im Morgenlicht um die Wette leuchteten. Der Treppenaufgang zum Hauptgebäude war mit einer eleganten Veranda versehen, in der bunte Glaseinsätze die Sonnenstrahlen aufblitzen ließen.

Rechts und links des imposanten Baus in der Mitte, der von einem hübschen Glockenturm gekrönt wurde, zogen sich etliche Fenster im Hochparterre dahin. Hinter denen befanden sich Frühstückszimmer, Speisezimmer, Salon und Bibliothek, während in der Beletage darüber die Wohn- und Schlafräume der Grafenfamilie von Scheweney lagen. Oben, unter dem für diesen Landstrich am Mittellauf der Ems so typisch abflachenden Dach, befanden sich die Kammern der Dienerschaft.

So vertraut der Anblick des Gebäudes für Luise auch war, schien an diesem Morgen ein besonderer Glanz darauf zu liegen und sie spürte ein sonderbares Kribbeln im Bauch, wie eine Vorahnung auf etwas Großes.

Für einen kurzen Moment wähnte sie, in der oberen Etage ein Gesicht am Fenster zu sehen. Doch als sie genauer hinschaute, war da nichts, und sie folgte rasch Clara und Marie, hinter denen sie sich während ihrer stillen Betrachtung ein wenig hatte zurückfallen lassen.

Gemeinsam umrundeten sie den Hof auf dessen Ostseite, wo sich das Gebäude ebenso lang erstreckte wie an der Front. Nur, dass es hier lediglich eine Etage gab, welche die Stallungen beherbergte, ebenso wie auf der Westseite.

Im Norden, wohin sie sich jetzt wandten, besaß das Gemäuer eine breite und hohe Hofeinfahrt wie einen kurzen Tunnel. Durch den ritten sie nun in den quadratischen Innenhof der Gestütsanlage. Hier lag mittig eine rechteckige Rasenfläche, die von einem breiten Kiesweg vom Gebäude getrennt war. Es gab einen Platz, auf dem die Stallburschen die Pferde trockenführen konnten, neben dem Brunnen eine Putzstelle und natürlich Sattelkammer und Unterstand für die Kutschen.

Aus einigen der knapp hundert Boxen schauten neugierig ein paar der Reit- und Kutschpferde heraus. Die tragenden Hannoveraner Stuten, mit deren Abfohlung in den nächsten Tagen und Nächten zu rechnen war, durften sich auf den Koppeln nahe am Haus bewegen – das war wichtig vor der Geburt.

Jene Stuten, die in diesem Jahr nicht zur Zucht eingesetzt wurden oder die ihre Jungtiere bereits bei Fuß hatten, waren weiter draußen auf den weitläufigen Weiden. Die Hengste des Gestüts, drei Hannoveraner und ein Friese, standen getrennt von ihren weiblichen Artgenossen auf den Koppeln am Hengststall neben der größten Scheune. So herrschte in der Regel Ruhe zwischen den Geschlechtern und es kam auch unter den Hengsten nicht zu Streitigkeiten.

Auch hier im Innenhof war gleich auszumachen, dass die Südseite des Hofes vom herrschaftlichen Wohngebäude der Grafenfamilie eingenommen wurde. Eine breite Freitreppe, nur wenig schmaler als die repräsentative vorn an der Allee-auffahrt, führte zum hinteren Eingang hinauf.

Etliche Meter weiter lag der Eingang für die Dienstboten und Lieferanten, zu dem es ein paar Stufen hinab waren, denn Küche, Gesindestube, Nähraum und Vorratskammern lagen im Souterrain.

Die gesamte Anlage war sorgfältig gepflegt, der Rasen frischgrün, die Blumen in den gewaltigen Kübeln an seinen vier Ecken hübsch in Gelb und Orange.

Als die beiden Grafentöchter und ihre Freundin im In-nenhof erschienen, eilten sofort zwei der Stallburschen her-bei, um die Pferde der jungen Herrinnen anzunehmen. Luise sprang, ebenso wie Marie, aus dem Sattel. Nur Clara brauchte ein wenig länger, da sie ihr Bein über das Horn des Damen-sattels heben und langsam herunterrutschen musste. Der grö-ßere der beiden Jungen, Rudi, griff nach Tessas Zügel und reichte Clara dienstbeflissen die eilig an der Hose abgewischte Hand zur Hilfe.

Der andere, wesentlich kleinere Junge hatte sich Luise zu-gewandt, war jedoch dann wie angewurzelt stehen geblieben. Mit großen Augen starrte er zuerst Luise in ihrem Reitanzug samt Hosen an und behielt dann ängstlich Jeltje im Blick, als erwarte er von ihr irgendein Unheil.

»Du bist neu hier, nicht wahr?«, stellte Luise fest. Der Junge war blass mit jeder Menge Sommersprossen auf Nase und Wangen und so spindeldürr, dass sie ihm die harte Arbeit im Stall nicht zugetraut hätte. Die zerschlissene Hose und der grau verfärbte Kittel waren ihm viel zu groß. Sicher eine milde Gabe eines der erwachsenen Stallburschen. Auch seine Holzschuhe wirkten alt, als seien schon etliche andere Füße darin herumgelaufen. Er nickte scheu und senkte den Blick.

Der vierzehnjährige Stallbursche Rudi war in den letzten Monaten deutlich in die Höhe geschossen. Er arbeitete bereits seit zwei Jahren unter Stallmeister Paas. Nun trat er mit Claras Schimmelstute am Zügel zu ihnen und stieß dem deutlich Jüngeren unsanft in die Rippen. »Jawohl, Komtess, musst du sagen!«

»Jawohl, Komtess«, wiederholte der Gerügte leise.

»Wie heißt du?«, erkundigte Luise sich mit freundlicher Stimme, um ihm ein wenig die Scheu zu nehmen.

Der Kleine blinzelte unter den verfilzt wirkenden Haaren von unten herauf, sah jedoch nicht sie an, sondern beobachtete Jeltje, die seinen Blick neugierig erwiderte.

»Alfred«, murmelte er.

»Ich heiße Alfred, Komtess«, raunzte Rudi ihm zu.

»Ist schon gut, Rudi«, sagte Luise als der Jüngere zum Wiederholen ansetzte. »Alfred wird das sicher noch lernen.«

»Jawohl, Komtess«, antwortete Rudi mit einem Kopfnicken, das jedoch besagte, dass er sich da nicht so sicher war.

»Und wie gefällt es dir, als Stallbursche auf Gestüt Friesenhain zu arbeiten, Alfred?«, erkundigte Clara sich bei dem vielleicht Elfjährigen. »Hast du es bequem in der Unterkunft?«

Das war wieder ganz ihre jüngere Schwester, befand Luise. Clara hatte sicher schon von dem neuen Stallburschen gewusst und auch seinen Namen in Erfahrung gebracht. Das gesamte Personal mochte sie, weil sie sich stets nach ihnen erkundigte – nach der Gicht der alten Waschfrau ebenso wie nach den Heiratsplänen, die der zweite Hausdiener für seine Tochter hegte. Auch jetzt wirkten ihre Worte wahre Wunder und der Bursche heftete seinen ängstlichen Blick auf sie wie ein Ertrinkender auf eine rettende Hand.

»Oh ja, ich teile mir einen großen Strohsack mit Rudi. Und jeder von uns hat eine eigene Decke. Mir gefällt es sehr gut hier, … Komtess«, stammelte er.

Clara lächelte ihn an und eroberte damit sicher ein weiteres Herz auf Gestüt Friesenhain.

Luise entging jedoch nicht, dass Alfreds Blick erneut rasch zu Jeltje huschte. Sie legte den Kopf schief und betrachtete den Knirps.

»Du hast doch wohl keine Angst vor meinem Pferd, Alfred?«, forschte sie nach. Seine Augen weiteten sich. Er zögerte. Dann sagte er leise: »Ich dachte erst, es wär das Spukpferd aus dem Seewald.« Luise stutzte. Rudi biss sich auf die Lippen und trat von einem Fuß auf den anderen.

»Ein Spukpferd? Im Seewald?« Marie, die als Tochter des Stallmeisters mit den Burschen recht vertraut war, schüttelte überrascht den Kopf und wandte sich an den älteren. »Was hat es damit auf sich, Rudi?«

Der wand sich sichtlich. »Ach, es ist wohl nichts, Fräulein Paas. Alfred behauptet, er hat neulich zwischen den Bäumen ein schwarzes Teufelspferd gesehen, das Feuer und Dampf aus den Nüstern geblasen hat.« Er warf dem Jüngeren einen vorwurfsvollen Blick zu, denn schließlich war der schuld daran, dass er nun eine so lächerliche Geschichte präsentieren musste. »Ich glaub ja, er hat zu viel im Wasser geplanscht und sich verguckt.«

Der Kleine murmelte in einem kindlichen Anflug von Trotz: »Ich weiß sehr wohl, was meine Augen sehn!«

»Ein schwarzes Pferd zwischen den Bäumen?«, wiederholte Luise. Sie wusste, welches Waldstück Rudi meinte. Es lag nahe an den Ländereien des Nachbarguts von Thebe. Der kleine Weiher mittendrin war ein beliebter Badeort für die Burschen und Diener aus beiden Herrenhäusern, wenn sie im Sommer ihren freien Tag hatten. Wenn der See im Winter zugefroren war, bot er ausreichend Fläche, um auf Schlittschuhen übers Eis zu gleiten – ein herrliches Vergnügen, das

Luise schon als Kind geliebt hatte, wenn Wilhelm, Clara und sie dort übten. Sogar ihre aus den Niederlanden stammende Mutter war oft mit von der Partie gewesen, denn Eislaufen war in deren Heimatregion Friesland eine alte Tradition, die auch der Adel nicht verschmähte.

Dieser Teil der Länderei, wo der Waldsee sich im Unterholz versteckte, lag jedoch weit ab vom Gestüt. Das Gelände war zu moorig für die Landwirtschaft, bot nur an einigen Stellen ausreichend gute Weideflächen. Es gab dort eine hoch eingezäunte Koppel, die sie in der Zeit nutzten, wenn die Junghengste von ihren Müttern abgesetzt wurden. In dieser sensiblen Phase hatte es sich als hilfreich erwiesen, wenn Stuten und Fohlen sich nicht gegenseitig rufen hören konnten.

»War'n riesig großer Schreck. Bin hinter'n dicken Stamm der gestürzten Eiche gesprungen, die da liegt«, berichtete Alfred, offenbar ermutigt durch ihr Interesse. »Aber wie ich wieder vorluge, ist es weg, einfach in Luft aufgelöst. 's muss'n Spuk gewesen sein.« Erneut fing er sich einen Rippenstoß von Rudi ein. »Komtess«, setzte er schnell hinzu.

Luise schüttelte den Kopf und sagte beruhigend: »Was immer du da im Wald gesehen hast, Alfred, Jeltje war es sicher nicht. Komm doch mal ein bisschen näher!«

Als Alfred zögerte, schob Rudi ihn ein Stückchen vorwärts.

Das blasse Gesicht zu Boden gesenkt, stand der magere Junge vor ihr.

»Schau sie dir doch mal an«, schlug Luise vor. »Wie lieb und brav sie ist, von Feuer und Rauch keine Spur. Und wenn du ihr die Hand hinhältst, kann sie dich kennenlernen. Schau, so.« Sie machte es ihm vor und Jeltje senkte interessiert ihren Kopf, um an ihrer Hand zu schnuppern.

Ein schüchterner Blick zu Luise. Und dann streckte Alfred mit ein bisschen Überwindung ebenfalls seine Hand aus.

Jeltje beschnupperte seine Finger, dann seinen Arm und dann sein Haar, das in alle Richtungen abstand. Sie schnaubte sanft und zog sich dann wieder zurück, die Höflichkeit in Person.

Auf Alfreds Gesicht erschien ein kleines Lächeln. Er hob den Kopf und sah der schwarzen Stute in die sanften Augen.

Luise hielt den Atem an und beobachtete, wie die Augen des Jungen und die ihres Pferdes einander begegneten. Sie wusste genau: Es war einer dieser magischen Momente, die Wesen unterschiedlicher Art manchmal teilen durften, wenn sie sich kennenlernten und gleich mochten.

Der Blick dauerte zwei, drei, fünf Sekunden. Wieder schnaubte Jeltje und senkte erneut den Kopf. Diesmal zögerte Alfred nicht, streckte die Hand aus und strich ihr über die Wange bis zum Hals.

Luise spürte, wie ein Lächeln auch an ihren Mundwinkeln zupfte. »Weißt du, ich war bei ihrer Geburt dabei und seitdem ist sie mein Lieblingspferd. Hättest du Lust, dich um sie besonders gut zu kümmern?« Ein zaghaftes Nicken. »Wunderbar! Wenn ich also von meinem täglichen Ausritt mit ihr zurückkomme, ist es von nun an deine Aufgabe, sie zu versorgen, egal, was du gerade sonst zu arbeiten hast. Abgemacht?« Wieder nur ein Nicken. Rudi verkniff sich offenbar nur mit Mühe eine weitere Korrektur seines Schülers. »Wenn sie so erhitzt ist wie jetzt, musst du sie nach dem Absatteln natürlich trocken führen. Danach reib sie gut ab, ehe du sie auf die Weide bringst, hörst du?«, erklärte Luise dem Neuen. Als sie ihn erneut musterte, setzte sie mit einem Schmunzeln hinzu: »Wenn du nicht bis zum Rücken hinaufreichst, nimmst du dir einen Schemel.«

Sie sah den Jungen aufmerksam an. Rudi räusperte sich. »Jawohl ... Komtess«, beeilte Alfred sich zu sagen und schielte unsicher zu seinem strengen Einweiser hinüber, der einigermaßen zufrieden schien.

»Na dann los!« Luise winkte die beiden Jungen Richtung Trockenplatz.

»Jawoll, Komtess Luise«, antwortete Rudi mit einer zackigen Verbeugung und führte die Schimmelstute fort, während Alfred ihm mit Jeltje am Zügel folgte.

»Ist er nicht noch zu klein für die Stallarbeit?«, überlegte Luise an Clara und Marie gewandt. Die sich entfernende schmale Gestalt des neuen Burschen wirkte neben ihrer stolzen, großrahmigen Friesenstute winzig.

Marie tätschelte dem Fuchswallach den Hals. »An der Größe würde ich es nicht festmachen«, sagte sie. »Ich selbst war bestimmt noch einen Kopf kleiner als Alfred, als ich anfing, Papa mit den Kutschpferden zu helfen.«

Luise betrachtete schmunzelnd, wie das große Jagdpferd ihres Bruders mit seinem weichen Maul liebevoll an Maries Schulter knabberte und sie es lächelnd geschehen ließ. »Ich glaube nicht, dass du der rechte Maßstab bist, Marie. Du bist doch regelrecht im Stall aufgewachsen und konntest noch nie genug von den Tieren kriegen. Für Alfred ist es wohl nur eine Arbeit, deren Lohn er zu seiner Familie heimtragen muss. Er glaubt noch an Spukgeschichten von Feuer schnaubenden Pferden, die im Wald lauern.«

Nun sah auch Clara auf, die ihren Reitrock ordnete und glatt strich. »Was die Geschichten angeht: Da solltest du mal hören, was Frau Rühl und die Mägde sich unten in der Küche so erzählen. Da wimmelt es nur so von unheimlichen Geschehnissen. Und sie behaupten, dass alles wahrhaftig so passiert ist. Alfred ist immerhin schon zwölf Jahre alt, wenn auch klein für sein Alter, das stimmt. Er hat zuvor als Aushilfe bei diesem abscheulichen Leute-Schinder Reuben gearbeitet. Da wird er die Arbeit, die Paas ihm hier gibt, ganz sicher schaffen.«

Da konnte Luise nur nicken. Clara war über die Belange des Gestüts immer besser informiert als sie. Ihre Schwester interessierte sich brennend für alles, was das Gut anging. Schon als Kind war sie ihrem Vater überallhin gefolgt, um so viel es ging aufzuschnappen darüber, wie ein großes Gestüt wie dieses zu führen war.

Während Luise nach dem täglichen Schulunterricht in den Park gestürmt war, um vom Baumhaus aus auf große Fahrt über die sieben Weltmeere aufzubrechen, wilde Räuber zu stellen oder neue Tierarten zu entdecken, hatte Clara aufmerksam dabeigesessen, wenn ihr Vater mit den Pächtern über die zu erwartenden Erträge sprach oder mit den schneidigen Offizieren des Kavallerieverbandes die Preise für die Nachzuchtpferde aushandelte. Als Sechsjährige wusste sie bereits, dass die wertvollsten Stuten und nur die vielversprechendsten Hengste auf dem Gestüt verblieben, während die Zwei- und Dreijährigen ans Dragoner-Regiment veräußert wurden. Eigentlich kein Wunder, dass Clara das Lieblingskind ihres Vaters, des Grafen von Scheweney, war. Sein Stolz, mit ihren erstklassigen Pferden zum Schutze des Kaiserreichs beizutragen, pochte auch in Clara.

Außerdem war die gleichaltrige Marie von Kindesbeinen an Claras enge Vertraute. Neuigkeiten die Ställe betreffend fanden auf diesem Wege ganz selbstverständlich ihren Weg zum jüngsten Abkömmling der Grafenfamilie.

»Übermorgen, am Montag, ist ja wieder Französische Konversation. Du wirst doch dabei sein?«, fragte Luise, während Marie Komets Sattel abnahm und auf den bereitstehenden Bock legte. Als Stallmeistertochter würde sie sich selbst um den Wallach kümmern, für dessen Pflege sie gern zuständig war.

»Wenn es möglich ist, sehr gerne, Luise.« Marie tauschte das Zaumzeug gegen ein Führhalfter.

»Wieso sollte es nicht möglich sein?«, hakte Luise leicht beunruhigt nach. Sie hatte darauf gebaut, dass Marie bei der Stunde dabei sein und Clara unterstützen würde, denn sie selbst hatte für den Montagnachmittag eigene Pläne.

Die Freundin zuckte kurz mit den Schultern. »Jetzt, wo Vater mit den erwachsenen Burschen auf dem Weg zur großen Pferdeschau in Hannover ist, muss ich ein Auge auf alles hier haben. Ein paar von den Stuten stehen kurz vor dem Abfohlen.«

»An die Schau habe ich ja gar nicht mehr gedacht!«, entfuhr es Luise.

Clara stieß sie neckend an. »Dass du das vergessen kannst! Vater redet von nichts anderem. Dass unsere Dreijährigen der Kavallerie vorgestellt werden, ja, das ist das eine. Aber diesmal wird sogar der Kaiserliche Stallwirtschafter auf der Schau erwartet. Sicher wählt er neue Kutsch- und vielleicht sogar Reitpferde für den Kaiserhof aus. Wie wunderbar wäre es, wenn endlich auch Pferde vom Friesenhain dabei wären!«

Beklommen lauschte Luise den Worten ihrer Schwester. Sie hatte diesen Umstand tatsächlich verdrängt – so sehr auf ihr eigenes Ziel ausgerichtet.

»Aber für eine einzige Stunde wirst du aus den Stallungen doch fortkönnen?« Dabei versuchte sie, recht zuversichtlich zu wirken. »Die jungen Burschen wären doch in einer Minute im Haus, um dich zu holen.«

Marie lächelte über ihren Eifer. »Ich werde alles daransetzen, *n'est-ce pas?*« Damit winkte sie ihnen noch einmal zu und führte den Fuchs hinüber zum Trockenplatz, wo die Stallburschen bereits mit Jeltje und Tessa ihre Runden drehten.

Während die Grafentöchter sich umwandten, um hinüber

zum Eingang des Wohnhauses zu gehen, biss Luise sich auf die Unterlippe.

Dass Marie für die Französischstunde nicht fest zusagen konnte, setzte ihrem Gewissen zu, denn sie wollte Clara ungern allein die Konversation mit dem spitznasigen Monsieur Dupont durchstehen lassen. Im Gegensatz zu ihrer Schwester hatte sie für besagten Nachmittag nämlich ganz andere Pläne. Pläne, die sie schon seit Tagen in freudige Aufregung versetzt hatten.

Wie sollte sie nun damit umgehen?

Schweigend gingen sie auf die breite Treppe zu, die zu der doppelflügeligen Tür hinaufführte, deren Glaseinsatz von einem floralen Eisenmuster geschützt wurde.

Links und rechts vom Eingang hoben sich die weiß umrandeten Fenster stilvoll von der Ziegelwand ab. Das rechte Fenster gehörte zum Arbeitszimmer des Grafen. Doch es war noch zu früh für die Geschäfte. Wahrscheinlich kleidete er sich gerade mit Hilfe seines Kammerdieners an.

Als sie die ersten Stufen nahmen, wandte Clara den Kopf und sah sie forschend an. »Du bist so still, Luise. Und das nach so einem Ausritt. Da plapperst du doch sonst immer. Was bedrückt dich?« Sie war nicht nur klug, sondern besaß auch ein außerordentlich feines Einfühlungsvermögen, ihre jüngere Schwester.

Luise knautschte mit ihren schlanken Fingern die Reithandschuhe aus weichem Hirschleder zu einem kleinen Knäuel zusammen. »Ach, es ist nur … Mit dreiundzwanzig Jahren fühle ich mich langsam zu alt für Schulunterricht.«

Clara lachte. »Du meinst wegen der Stunde mit Monsieur Dupont? Das darfst du so nicht sehen. Für Schule sind wir tatsächlich zu alt. Aber hin und wieder eine Auffrischung der französischen Sprache ist fast zu wenig. Wenn wir Besuch von

Onkel und Tante aus Straßburg bekommen, können wir uns eigentlich nur blamieren.«

»Trotzdem. Noch habe ich nicht endgültig entschieden, ob ich Montag dabei sein will«, wich Luise aus.

Clara warf ihr einen Seitenblick zu. »Du überlegst doch nicht, zu dieser Versammlung in Osnabrück zu fahren, die Fräulein Gehmlich neulich erwähnte und von der du im Anschluss so viel geredet hast?«

Am liebsten hätte Luise über sich selbst mit den Augen gerollt, doch solche Gesten hatte sie sich seit der Kindheit dank der strengen Aufsicht ihrer Mutter abgewöhnt. Den Impuls dazu spürte sie trotzdem, wenn sie mal wieder in ein Fettnäpfchen getreten war. Warum nur hatte sie ihren Mund nicht halten können? Fräulein Gehmlich, welche die Grafenkinder und Marie einige Jahre als Hauslehrerin unterrichtet hatte, war ihrerseits stets so behutsam mit ihren Andeutungen. Die gebildete Lehrerin hatte damals registriert, wie interessiert die jugendliche Luise an dem Thema der Frauenrechte war. Heimlich hatte sie ihrer hitzköpfigen Schülerin hin und wieder etwas von ihren eigenen Aktivitäten im Allgemeinen Frauenverein erzählt. Luise hatte von Frauen erfahren, die studieren und Ärztinnen, Physikerinnen und wissenschaftlich ausgebildete Lehrkräfte werden wollten. Fräulein Gehmlich hatte ihr nur unter dem Siegel der Verschwiegenheit von ihren eigenen Aktivitäten in der Bewegung berichtet, denn sicher hätten Graf und Gräfin von Scheweney es nicht gutgeheißen, wenn die Lehrerin neben Fremdsprachen, Religion, Handarbeit und Zeichnen ihren Töchtern auch solche Flöhe ins Ohr setzte. Fräulein Gehmlich hatte bei ihrer letzten Konversationsstunde in Französisch erwähnt, dass sie zur nächsten ihren jungen Kollegen Monsieur Dupont schicken würde, da sie selbst bei einer Versammlung sprechen würde. Von da an hatte Luise an nichts anderes denken können, als selbst in diesem Saal zu stehen. Solidarisch Seite an Seite mit anderen jungen Frauen, die ebenso wie sie nicht hinnehmen wollten, dass über ihre Köpfe hinweg entschieden wurde, was sie aus ihrem Leben machen durften und was nicht. Diese Vorstellung hatte sie beflügelt und war ihr nicht mehr aus dem Kopf gegangen. Und ihrem Temperament entsprechend floss dann leider auch ihr Mund von dem über, was sie so beschäftigte.

Clara war so entsetzlich aufmerksam. Sie vergaß nie, wenn Luise ganz nebenbei etwas fallen ließ, und sie hatte einen feinen Sinn für alle ungewöhnlichen Vorhaben ihrer älteren Schwester.

»Und wenn ich dorthin wollte? Was wäre dagegen einzuwenden?«, erwiderte Luise nun. Sie ärgerte sich über den Trotz in ihrer eigenen Stimme. Frauenrechte waren keine kindische Idee, sondern ernst zu nehmen. Allerdings würden ihre Eltern darüber gewiss anders denken. Daher würde sie sich heimlich davonstehlen müssen.

Clara zögerte, die Hand bereits auf der Klinke der hohen Eingangstür. Mit gesenkter Stimme erwiderte sie genau das, was Luise selbst auch schon durchdacht hatte: »Du weißt, dass Vater das nicht gern sieht. All die Frauen, die ohne jede Begleitung dort sind und ganz offen Reden schwingen, als wären sie Männer.«

Luise blieb abrupt stehen. »Schieb doch nicht Vater vor! Was ist mit dir? Du hast doch sicher eine eigene Meinung dazu. Findest du nicht, dass der Allgemeine Deutsche Frauenverein für uns Wichtiges zu erstreiten versucht? Sollte es nicht auch uns Frauen erlaubt sein, die Bildung zu erhalten, die Männern seit jeher offensteht? Und sollten nicht auch wir die Auswahl all der interessanten und wichtigen Berufe haben, so wie sie?«

Ihre Schwester wich ihrem bohrenden Blick aus. »Ich finde die Konversationsstunden wichtig, ob es nun Französisch oder Englisch ist«, beharrte sie und öffnete die Tür. »Wir müssen in der Lage sein, die Kontakte zu unserer Verwandtschaft im Ausland zu pflegen. Das ist eine unserer Pflichten hier.«

»Oh, du meine Güte, Clara!«, entfuhr es Luise. »Du kannst doch nicht immer und ständig an deine Pflichten denken. Möchtest du denn niemals etwas tun, das nur deinen Wünschen entspricht?«

Clara antwortete nicht, doch an ihrer verschlossenen Miene erkannte Luise, dass sie wohl zu heftig gewesen war, wie oft, wenn etwas sie beschäftigte.

Beide nun ein wenig beklommen traten sie ein und gingen den Gang entlang, der am Arbeitszimmer des Grafen und der Treppe hinunter in den Dienstbotentrakt vorbeiführte. Er mündete in die große Halle, die an den vorderen Eingangsbereich mit dem prächtigen Portal anschloss. Die mit goldenen Mustern verzierten, weißen Türen zum Salon, Frühstücks- und zum großen Speisezimmer gingen von ihr ab. Ebenso die breite Treppe hinauf in die Beletage. Weiße Marmorsäulen stützten die Empore, die in der ersten Etage einmal herumlief. Im Karree standen vier hüfthohe Kübel, in denen Palmen das Flair des modern Exotischen verbreiteten, während der Boden in weißblauem Schachbrettmuster gefliest war, ein Tribut an die friesische Heimat der Gräfin. Zwei von der Decke hängende Kronleuchter vermochten mit ihrem Gaslicht in den Abendstunden die Halle festlich zu erleuchten.

Hinter einer der Palmen hervor sprang ihnen jetzt mit langen Sätzen der grauschwarze Doggenrüde Gimpel entgegen. So wie Bismarck, der Fürst und Reichsgründer persönlich, hatte auch Graf von Scheweney immer schon ein Faible für diese imposanten Hunde besessen und Gimpel war ein besonders beeindruckendes Exemplar seiner Gattung – was der etwas alberne Name nicht schmälern konnte. Der zweijährige Gimpel erkannte alle, die zum Haus gehörten, schon am Schritt. Obwohl er pflichtgetreu mit dröhnender Stimme alle Fremden meldete, wurde er bei den beiden Töchtern der Familie wieder zu einem fröhlichen Junghund, der sie jetzt mit freudigem Wedeln umschmeichelte.

Clara, die kleinere Reibereien mit ihrer Schwester am liebsten einfach überging, wandte sich sofort dem Tier zu. Sie zauste ihm die Ohren, die er im Gegensatz zu seinen Artgenossen unkupiert tragen durfte, weil Luise und sie sich damals gegen die grausame Behandlung eingesetzt hatten, und vielleicht auch, weil Graf von Scheweney es guthieß, wenn seine eigenen Hunde sich zumindest in diesem Punkte von denen des Fürsten unterschieden.

Jetzt säuselte Clara der Dogge ein paar liebevolle Worte zu, die das Tier mit Begeisterung annahm.

»Ist er nicht etwas ganz Besonderes?«, sagte sie. »Die anderen folgen Vater auf Schritt und Tritt, aber Gimpel scheint uns alle in sein großes Herz geschlossen zu haben. Ich wage sogar zu sagen: besonders uns zwei. Vielleicht ist er von Natur aus ein Damenhund?«

Doch Luise durchschaute das Ablenkungsmanöver ihrer Schwester. Sie fuhr ebenfalls mit der Hand über das glatte Fell des großen Tieres und schüttelte dann unwillig den Kopf, um nahtlos an ihr Gespräch anzuknüpfen.

»Kontakte zu unserer Verwandtschaft im Ausland pflegen. Tz.« Sie schnalzte verächtlich mit der Zunge. »Was ist das für eine Aufgabe? Was bedeutet schon der Austausch von Höflichkeiten gegen all das Wissen, das du über das Gestüt besitzt? Wilhelm hat nicht halb so viel Ahnung davon wie du. Trotzdem wird irgendwann er das Gut übernehmen.«

»Er ist der Älteste. Und so ist nun einmal das Gesetz«, erwiderte Clara mit einem Schulterzucken, während sie mit klappernden Absätzen ihrer Stiefel die weißblauen Fliesen der Halle überquerten.

Sie mussten einem der Palmwedel ausweichen, der weit in den hohen Raum hineinhing und der luxuriösen Eleganz der Halle etwas exotisch Ungebändigtes gab.

»Du weißt genauso gut wie ich, dass das nicht der Grund ist, aus dem er Titel und Ländereien erben wird«, widersprach Luise und fühlte den vertrauten Groll in sich heraufkriechen. Wie oft hatte sie diesen Ärger schon verspürt? Aber sie schien in der Familie die Einzige zu sein, die diese Sache so ganz anders sah, als es in ihren Kreisen üblich war. »Er wird das Gestüt übernehmen, weil er der Sohn ist. Der Mann. Wir zwei sind nur die Töchter, die Frauen der Familie, die zu nichts anderem da sein sollen als ...«

»Luise?«, ertönte da eine scharfe Stimme über ihnen. Sie zuckten beide wie ertappt zusammen. Auf dem Rundgang im ersten Stock stand hoch aufgerichtet ihre Mutter, Gräfin Anna von Scheweney.

Trotz der frühen Stunde war sie bereits tadellos gekleidet und frisiert. Sie trug ein hochgeschlossenes Kleid mit schmaler Taille und gewaltigen Ballonärmeln, dessen sattes Dunkelgrün ihr in einem Knoten hochgestecktes Haar wie weiches Karamell leuchten ließ. Zum Unterarm verengten sich die Ärmel stark und reichten bis zum Ansatz ihrer schmalen Finger. Eine ihrer elfenbeinweißen Hände auf das Geländer, die andere auf ihren flachen Bauch gelegt, blickte sie streng auf ihre Töchter herab. Luise seufzte leise. Clara warf ihr einen raschen Seitenblick zu. Nebeneinander gingen sie zur Treppe hinüber und die Stufen hinauf. Ihre Mutter hatte in derselben Zeit den Umlauf umrundet und erwartete sie.

»Guten Morgen, Mutter«, sagte Clara und Luise beeilte sich, ebenfalls zu grüßen. Ein widerstrebendes Echo, das der Stimme ihrer Schwester nachhallte.

»Wo wart ihr?«, verlangte ihre Mutter zu wissen, wobei sie nur sie, Luise, ansah.

»Ausreiten. Wir sind beide früh erwacht, und der Morgen war so herrlich«, antwortete sie. Wenn sie ihrer Mutter gegenüberstand, schien es ihr immer ein wenig, als blicke sie in einen leicht verzerrten Spiegel. Die Gräfin war ebenso hochgewachsen wie sie, dabei aber zarter und feingliedriger, so wie Clara. Doch davon abgesehen waren es dieselben seidigen, hellbraunen Locken, die hohen Wangenknochen und der helle Teint.

»Ausreiten«, wiederholte ihre Mutter mit schmalen Lippen. »In Hosen?«

Luise sah an sich herunter. »Es ist so viel praktischer«, argumentierte sie, obwohl sie wusste, dass das in den Augen der Gräfin nicht zählen würde. »Und Marie hat auch …«

Anna von Scheweney unterbrach sie mit schneidender Stimme: »Marie Paas ist die Tochter des Stallmeisters und hat ihre Kindheit zwischen den Pferden verbracht. Willst du dich etwa mit ihr vergleichen? Nur weil euer Vater mit seinem guten Herzen aus Dankbarkeit gegen Paas erlaubt hat, dass Marie mit euch unterrichtet wird und Umgang mit euch haben darf, ist sie nicht euresgleichen. Schau dir Clara an. Sie schafft es stets, in angebrachter Bekleidung schicklich unter die Leute zu gehen.« Clara verschränkte die Hände über ihrem Reitrock, spürbar beschämt, mal wieder als leuchtendes Beispiel für die ältere Schwester herhalten zu müssen.

»Wir waren nicht unter Leuten, Mama«, widersprach Luise und ärgerte sich im selben Moment, dass sie in die Ansprache aus Kinderzeiten fiel. »Wir haben nur einen Ausritt über die Felder gemacht. Niemand hat uns gesehen außer ein paar Bäuerinnen.«

Der strenge Zug um den Mund ihrer Mutter vertiefte sich. »Das sind die Frauen unserer Pächter. Was sollen sie denken, wenn die Komtess in Hosen und wildem Galopp an ihnen vorbeireitet?« Herrje, sie musste sie von einem der oberen Fenster aus beobachtet haben. Daher hatte sie sie also abgefangen.

»Clara, sicher willst du dich zum Frühstück umkleiden?«, entließ die Gräfin ihre jüngere Tochter. Clara zögerte kurz, als wolle sie lieber bleiben und Luise beistehen, doch dann knickste sie rasch und verschwand. Luise wartete auf den Rest der Standpauke, der nun kommen würde. Doch zu ihrer Überraschung schwieg ihre Mutter eine ganze Weile. Sie musterte ihre ältere Tochter, ihr zweitgeborenes Kind, und wandte sich dann zur Galerie, wo sie die Ölgemälde betrachtete, als sehe sie sie zum ersten Mal an, nachdem sie schon Hunderte Male an ihnen vorbeigegangen war. Die Portraits zeigten die Vorfahren der Grafen von Scheweney. Der Titel der Familie ging zurück bis ins vierzehnte Jahrhundert, und so gab es auf den Bildern jede Menge stolzer, hochnäsiger und düsterer Gesichter zu sehen. Luise folgte dem Blick ihrer Mutter und versuchte zu ergründen, was sie an dem vertrauten Inventar plötzlich so interessant fand.

Es war gewiss nicht das erste Mal, dass Luise allein zu einer Unterredung zitiert wurde. Doch meist fanden die im Salon ihrer Mutter statt, nach einem Gespräch mit einer verzweifelten Gouvernante mit den Eltern, dessen Ergebnis zu übermitteln der Graf gern seiner Frau überließ. Schon als Kind war

Luise als jähzorniger Trotzkopf so manches Mal zur Hausherrin über Friesenhain gerufen worden. Niemand außer der strengen Mutter schien dem lockenköpfigen Wildfang Einhalt gebieten zu können. Viel zu oft hatte sie sich wieder einmal stürmisch gebärdet, hatte dem Kindermädchen und später der Gouvernante Widerworte gegeben, unangemessene Fragen gestellt oder sich geweigert, mit den hochnäsigen Cousinen zu spielen, die nur im Sinn hatten, ihre hübschen Kleidchen nicht zu beschmutzen.

Rügen, Tadel und diverse Strafen hatten sich durch ihre Kindheit und Jugend gezogen, waren an ihrem innersten Wesen jedoch abgeperlt wie Regentropfen an den Lotusblättern im Gewächshaus. Doch nun, da sie erwachsen war, schlug ihre Mutter immer öfter einen anderen Tonfall an. Den Appellen an die erwachsene Tochter mischte sich eine Resignation bei, die Luise beunruhigender fand als den gewohnten Tadel und die Enttäuschung, die auf sie niedergingen.

Dass ihre Mutter so lange schwieg, machte Luise nervös. Trotzdem hakte sie nicht nach. Es konnte nur etwas Unangenehmes sein, was jetzt folgte, und sie hätte es liebend gern so lange wie möglich hinausgezögert.

»Ich habe dir etwas mitzuteilen«, eröffnete ihre Mutter schließlich. »Der Sohn meiner Cousine Maxime wird uns noch vor dem Winter besuchen, Johan van Leeuwen. Erinnerst du dich an ihn? Ihr seid euch als Kinder ein- oder zweimal begegnet.«

Luise stutzte. »Johan van Leeuwen? Das ist doch der jüngere Bruder von Alexander, also der zweite Sohn?« Eine verschwommene Erinnerung tauchte vor ihr auf, an einen stillen, schmächtigen Jungen mit wässrig blauen Augen und ungelenken Grashüpferbeinen, die auch für ihren heimlichen Spitznamen für ihn gesorgt hatten: *Krabbelchen*. Bei ihrer ersten und bisher einzigen Begegnung vor vielen Jahren hatte er sich an die Hand seines Kindermädchens geklammert, als Luise versucht hatte, ihn zum Anschlagspielen zu animieren.

»Er ist dreiundzwanzig, euch trennen nur wenige Wochen, und er ist weit mehr als nur der *zweite Sohn*. Er hat schon als junger Mann die Kolonien bereist, war in Suriname und Niederländisch Indien. Jetzt ist er zurück und möchte den Kontakt zu seinen Verwandten in Europa vertiefen. Auf dem Weg nach Hannover und Berlin, wo Tanten und Onkel wohnen, macht er auch bei uns Halt und wird mindestens eine Woche bleiben. Dein Vater und ich möchten, dass du ihm hier alles zeigst. Vielleicht bleibt sogar Zeit, ihn in die hiesige Gesellschaft einzuführen.« Ihre Mutter sah sie mit ihren hellen Augen aufmerksam an. Luise kannte diesen Blick mittlerweile. Und sie verstand. Seit ihrem zwanzigsten Lebensjahr war ihr bereits eine ganze Reihe von jungen Männern präsentiert worden, die ihre Eltern für ihre ältere Tochter als angemessene Ehemänner auserkoren hatten.

Da war der stets auf ihr Dekolleté schielende Neffe eines Großonkels mit zukünftigem Grafentitel gewesen, drei oder vier Söhne der den von Scheweneys verbundenen Adelsfamilien aus der näheren und weiteren Umgebung, sogar ein entfernter Cousin des Fürsten von Schaumburg-Lippe, welcher im Schloss Bückeburg residierte, hatte das Gestüt zusammen mit dem Fürsten für mehrere Dinners besucht.

Jedes Mal hatte ihre Mutter sie nach diesen Treffen in ihren Salon kommen lassen, über die Pflichten einer jungen Komtess gesprochen und sich dann, wie beiläufig, nach Luises Eindruck zum jeweiligen Kandidaten erkundigt.

Luise hatte in jedem einzelnen Fall so deutlich wie möglich zum Ausdruck gebracht, dass weder ein geifernder Grafensohn noch der nur von seinen Heldentaten im Krieg schwadronierende Fürstencousin als Ehemann für sie infrage kamen. Bei ihren ersten Ablehnungen hatte ihre Mutter noch milde reagiert. Doch hatte sie auch erwähnt, dass die eigene, romantische Neigung bei einer so wichtigen Wahl nicht den Ausschlag geben sollte. Mit vollster Überzeugung hatte Anna von Scheweney davon gesprochen, dass Zuneigung in einer Ehe wachsen müsse, ja, ganz gewiss wachsen *würde*, wenn nur die Grundlagen stimmten: Gegenseitige Achtung wie auch die angemessene Herkunft seien das, was zur Entscheidung zähle. Genau so sei es beim Grafen und ihr selbst gewesen, und was für ihre Eltern rechtens gewesen sei, sei doch sicher auch für die Tochter das Beste.

Aber je öfter Luise diese Sätze hörte, die mit jedem Mal eindringlicher vorgetragen wurden, desto heftiger regte sich in ihr ein Wunsch. Und der zielte weder auf *gegenseitige Achtung* noch auf Romantik ab. Auch wenn sie die Kammermädchen und Mägde über junge Männer reden und kichern hörte, war so eine Art von Verklärung beim Anblick von muskulösen Armen oder schneidigem Auftreten nicht das, was sie im Sinn hatte. Nein, wenn Luise an ihren zukünftigen Ehemann dachte, dann kamen ihr Worte wie Freundschaft und Respekt in den Sinn. Sie träumte nicht davon, in schönen Kleidern bewundert zu werden oder in mütterlichen Pflichten aufzugehen. Luise wünschte sich von Herzen Unabhängigkeit und eine Zukunft, die sie selbst für sich bestimmen konnte. Schon seit sie denken konnte, wusste sie, dass sie mehr sein wollte als die Ehefrau von jemandem, dessen Namen sie trug. Was genau das sein sollte, hatte sie bisher noch nicht ergründet. Wie sollte sie auch? Hier im Haus hatte sie oft kaum Luft zum Atmen, geschweige denn den Raum, eigene Pläne für ihr Leben zu entwickeln. Und auch wenn ihr noch die konkrete Vorstellung fehlte, wusste sie doch, dass sie sich ihre Zukunft so ganz anders vorstellte, als ihre Eltern es für sie vorsahen.

Passte da ein Ehemann hinein? Keiner derjenigen, die ihre Eltern bisher für sie ausgesucht hatten, kam dieser Vorstellung auch nur im Entferntesten nahe.

»Aber Mutter«, protestierte sie nun. »Es ist doch gerade erst vierzehn Tage her, dass ihr mir den Grafen Teutoburg vorgestellt habt.«

»Den du nach nur einem einzigen gemeinsamen Dinner abgelehnt hast!«, fuhr ihre Mutter dazwischen.

Luise schnappte bei diesem Argument nach Luft. »Er ist fast dreißig Jahre älter als ich! Ein verknöcherter alter Kerl, der die ganze Zeit auf meine Taille geglotzt hat, als wolle er prüfen, ob ich ihm seinen ersehnten Erben schenken kann – nachdem seine arme Frau bei der Geburt der achten Tochter gestorben ist …«

»Luise! Du vergisst dich!«, herrschte Anna von Scheweney sie an und sah sich rasch auf der Empore um. »Sei froh, dass dein Vater dich nicht hört. Der Graf ist ein alter Freund von ihm.«

Eine heiße Welle stieg in Luise empor. »Da hast du es! Vaters *alter* Freund! Aber doch kein geeigneter Ehemann für mich!«, empörte sie sich und wollte noch mehr hinzusetzen, doch ihre Mutter hob die Hand und wandte den Kopf zur Seite. Diese Geste war Luise nur allzu vertraut. Die Gräfin würde sich kein weiteres Wort dazu anhören. Luise hielt sich mühsam zurück. Zu oft hatte sie die Erfahrung gemacht, wie unbarmherzig kalt ihre Mutter reagieren konnte, wenn sie diese Grenze überschritt. Sie atmete also tief durch. Ihre Mutter dagegen musterte sie kühl. Wie sie da voreinander standen, wie ein junges und ein etwas älteres Ebenbild, Luise mit vor Wut und Aufregung erhitzten Wangen, ihre

Mutter mit aufrechter, ungerührter Haltung, war es typisch für sie: Anna von Scheweney behielt immer die kühle Kontrolle, während Luise stets mit aufbrausendem Temperament in Flammen stand. Alles in ihr bebte und ihre Hände, die sie krampfhaft zu Fäusten geballt an ihrer Seite hielt, zitterten. Wie gern würde sie ihrer Mutter entgegenschmettern, dass sie niemals einen Ehemann akzeptieren würde, der sie einengen und verbiegen wollte. Das euphorische Gefühl von Freiheit, welches sie beim Ritt erfüllt hatte, war vollkommen verflogen. Nur mühsam unterdrückte sie den Impuls, sich herumzuwerfen und die Treppe hinunterzueilen, durch die Halle, hinaus in den Hof, um auf Jeltje davonzugaloppieren. Doch wohin?

»Dein Vater und ich sind sehr beunruhigt über deine Entwicklung«, fuhr die Gräfin fort. Sollte sie ahnen, welcher Sturm in Luise tobte, so zollte sie ihm keinerlei Beachtung. »Er ist der Meinung, dass nun genügend passende junge Männer vorgesprochen haben, von denen keiner dir einen zweiten Blick wert war.« Ein zweiter Blick? Auf all die Dummköpfe, Lüstlinge und hässlichen Gestalten, die bisher um sie geworben hatten? »Dass du auch seinen Freund verschmäht hast, hat deinem Vater wohl gezeigt, dass er selbst die Zügel in die Hand nehmen sollte. Ich rate dir, mein Kind: Du tust gut daran, dir Mühe zu geben. Versuche, Johan besser kennenzulernen. Er ist ein vernünftiger, junger Mann mit beträchtlichem Einkommen. Solltest du ihn auch verschmähen, garantiere ich nicht dafür, wen dein Vater dann für dich wählen wird.«

»Aber Mama ...« Ärgerlich biss Luise sich auf die Lippen, weil ihr wieder diese kindliche Anrede entschlüpfte.

»Geh jetzt auf dein Zimmer. Ich schicke dir Agnes hinauf, damit sie dir hilft, etwas Anständiges anzuziehen. Du siehst aus wie diese neumodischen Frauen, die in unziemlicher

Weise auf Fahrrädern unterwegs sind. Sei froh, dass dein Vater dich so nicht zu Gesicht bekommen hat. Wir sehen uns beim Frühstück.« Anna von Scheweney wandte sich um und schritt ohne ein weiteres Wort über die Galerie zum Westflügel, wo sich ihre Räume befanden.

Luise war froh, dass ihre Mutter sich nicht mehr umblickte, denn sie spürte Tränen in ihren Augen brennen. Tränen der Ohnmacht. Nur mit Mühe schluckte sie sie hinunter und lief in die andere Richtung des Flures, wo im Ostflügel ihr eigenes Zimmer neben dem Claras lag. Sie war froh, dass ihr Kammermädchen Agnes sie im Gegensatz zur Gräfin offensichtlich nicht hatte kommen sehen und noch nicht auf sie wartete, und lehnte sich bebend von innen gegen die Tür. Wie gern hätte sie sich eingeredet, dass sie nur aus Wut über die Anmaßung und Strenge ihrer Mutter derart am ganzen Körper zitterte. Doch wenn sie ehrlich zu sich selbst war, musste sie zugeben, dass auch ein anderes Gefühl dabei eine große Rolle spielte. Ein Gefühl, das sie zeit ihres jungen Lebens so gut wie nie gekannt und stets verachtet hatte.

Und es wurde ausgelöst durch die Erkenntnis, dass ihre Eltern ernsthaft ungeduldig wurden. Mit ihren dreiundzwanzig Jahren war sie dem preußischen Gesetz nach nicht volljährig und somit voll und ganz dem elterlichen Willen unterstellt. Und die fragten leider nicht nach den Träumen, die Luise selbst für ihr Leben hegte. Träume, von denen sie selbst noch nicht einmal wusste, welchem großen Ziel sie folgen würden.

Hatte Luise seit ihrer Einführung in die Gesellschaft mit ihrem achtzehnten Lebensjahr Trost in dem Glauben gefunden, sie habe noch ausreichend Zeit, um sich an den Gedanken zu gewöhnen, irgendwann jemandes Ehefrau zu sein, so wurde ihr nun mit einem Schlag klar, was sie in den letzten

Monaten schon kommen gewähnt hatte: Die Zeit der Schonung war vorüber.

Das Gefühl, das sie neben ihrer ohnmächtigen Wut über ihre Hilflosigkeit so beben ließ, nahm allmählich überhand.

Luise hatte Angst.

Clara

2

Clara hätte gern gewusst, warum das gemeinsame Frühstück an diesem Morgen so ungewöhnlich schweigsam verlief. Die ganze Familie saß beisammen an dem großen rötlich glänzenden Kirschholztisch im Frühstücksraum: Graf und Gräfin von Scheweney, Wilhelm, Luise und Clara selbst. Neben dem langgezogenen Büfett, auf dem sich frisches Brot, Rosinenbrötchen, Butter, Wurst, Käse und Obst türmten, stand der erste Hausdiener Hannes Ranke, von allen nur beim Nachnamen genannt. Dieser schien Rankes Gestalt so ganz und gar zu entsprechen, denn er wirkte stets biegsam und beweglich wie Efeu. Unter seinen bereits lichten, rotblonden Haaren beobachtete er mit Argusaugen, dass bloß keine der Zutaten auszugehen drohte, ehe nicht alle Familienmitglieder ausreichend davon genommen hatten. Eine heiter wirkende, zartgelbe Tapete zierte die Wände des Raumes und gab vor, dass auch hier drinnen feines Laub sich vom Boden zur hohen, mit kunstvollem Stuck verzierten Decke streckte. Darin saßen allerlei exotische Vögel, die Schnäbel graziös zu tonlosem Gesang geöffnet. An den Wänden waren etliche elegante Gasleuchter angebracht, die sich wie Schwanenhälse aus ausgebreiteten Flügeln in den Raum reckten. Doch der

Morgen war strahlend hell und das Sonnenlicht fiel durch die Reihe der fast bodentiefen Fenster, sodass keine zusätzliche Beleuchtung nötig war.

Anders als im großen Besuchersalon waren die Stühle hier im Frühstückszimmer bequem, die Blumenbuketts unaufdringlich und niemand achtete sonderlich auf Etikette – denn hier waren sie in der Regel unter sich. Trotzdem wollte am heutigen Morgen keine Unterhaltung zwischen den Familienmitgliedern aufkommen.

Dass ihr Vater und Wilhelm nicht viel zur Konversation beitrugen, fiel nicht weiter auf. Obwohl sie sich in ihrer Größe sehr unterschieden, der Graf eher klein und gedrungen, Wilhelm groß und schlank, waren beide ihrem Naturell entsprechend nicht gesprächig. Wie immer aß der Graf mit Appetit. Er saß der Tafel vor und beschäftigte sich nebenbei bereits mit der Morgenpost und dem *Landwirtschaftlichen Anzeiger*. In letzterem studierte er eine Seite besonders ausführlich, faltete das Blatt dann sorgsam und legte es zu seiner Linken an Wilhelms Teller. Clara, die Wilhelm schräg gegenübersaß, neben ihrer Mutter und mit dem Rücken zur Fensterfront, versuchte einen Blick auf die Schrift zu werfen. Nur die Titel waren für sie auszumachen. Interessierte ihren Vater der aktuelle Weizenpreis? Oder gar die dampfbetriebenen Traktoren?

Im Gegensatz zu ihr, die gern gewusst hätte, was davon für Friesenhain von Belang war, schien Wilhelm die Lektüre nicht zu reizen. Gelassen kauend ließ er den Blick aus seinen meerblauen Augen, die unter dem kastanienbraunen, dichten Haar umso leuchtender schienen, immer wieder zu den großen, weißen Sprossenfenstern schweifen. Woran dachte er wohl, wenn er auf die lange, von Platanen gesäumte Allee des Gutes hinaussah? Schon als Kind war er eher in sich gekehrt gewesen, hatte weder Luises Abenteuerlust noch Claras enormen Wissensdurst zu allen Abläufen auf dem Gestüt geteilt. Nur Bücher hatten ihn auf eine Weise fasziniert, die Clara von sich selbst nur kannte, wenn es um Belange Friesenhains ging.

Während also von den beiden männlichen Mitgliedern der Familie ohnehin nicht viel zu erwarten war, was die morgendliche Unterhaltung anging, wunderte Clara sich, dass auch Luise und ihre Mutter beharrlich schwiegen.

Luise rührte kaum einen Bissen an. Derweil saß ihre Mutter trotz des bequemen Stuhles mit steif durchgedrücktem Rücken auf ihrem Platz. Sie führte energisch kleine Häppchen mit der Gabel zum schön geschwungenen Mund, als sei das Frühstück eine weitere der ernst zu nehmenden Pflichten, denen eine Gräfin nachzukommen hatte.

Worüber hatten die beiden wohl gerade auf der Empore noch gesprochen? Luise mit ihrem Dickkopf würde sich von einer Zurechtweisung aufgrund ihrer unangemessenen Reitkleidung doch nicht in ein Schneckenhaus zurückziehen. Das sähe ihr gar nicht ähnlich. Üblicherweise ertrug sie alle mütterlichen Tadel mit unterdrückter Ungeduld und tat danach alles weiter so, wie sie es wollte.

Und Mutter, ja, die ließ sich sonst ihre Verstimmung nach einer weiteren der üblichen Kollisionen mit ihrer älteren Tochter auch nicht derart anmerken. Das entsprach nicht ihrem Anspruch an sich selbst und an alle anderen Familienmitglieder, in jeder Situation Contenance zu bewahren. Was war also vorgefallen?

Luise hatte ihrer Mutter doch nicht von dieser Versammlung der Frauenrechtlerinnen erzählt, die ihr offenbar im Kopf herumspukte? Das würde freilich den unterdrückten Zorn erklären, den Clara neben sich deutlich spürte.

Ihre Schwester war manchmal ein solcher Dickkopf, dass ihr alles zuzutrauen war. Schon als Fräulein Gehmlich das erste Mal sehr vorsichtig ihre Aktivitäten im Deutschen Allgemeinen Frauenverein erwähnte, hatten Luises seegrüne Augen aufgeblitzt. Und Clara war klar gewesen, dass hier ein Problem heranziehen könnte. War es jetzt etwa so weit gekommen und Luise hatte ihrer Mutter gegenüber etwas angedeutet?

Clara beschloss, Luise nach dem Frühstück in der oberen Etage abzufangen, um zu erfahren, was geschehen war.

Mit diesem Vorsatz vorerst zufrieden, wandte sie sich an ihren Vater: »Für wann hat Triest sich angekündigt?«

Der befreundete Pferdezüchter aus dem Hannoveraner Umland wollte heute vom Bahnhof des zwanzig Kilometer entfernten Osnabrück aus herüberkommen. Er brachte ihnen per Pferdewaggon mit dem Zug und dann über Land den neuen Deckhengst aus seiner eigenen Zucht, der das Blut der Friesenhain-Pferde auffrischen sollte. Clara hatte vor ein paar Wochen das Glück gehabt, Vater und Bruder auf der kleinen Reise nach Hannover begleiten zu dürfen, wo ihnen diverse edle Tiere vorgeführt worden waren und sie schließlich diesen Hengst ausgesucht hatten. Er war groß und kräftig, wie ein Kavalleriepferd sein musste, und hatte bereits bewiesen, dass er Gelassenheit, Mut und gute Führigkeit an seine Nachkommen weitervererbte. Die ideale Voraussetzung, um mit den vielversprechendsten Friesenhain-Stuten charakterstarke und zudem schöne Fohlen hervorzubringen. Clara hoffte sehr, dass ihr Vater nach diesem kleinen Hinweis auf die Idee kommen würde, ihr zu erlauben, bei der Ankunft des Tieres dabei zu sein. Während sie Messer und Gabel neben den Teller legte, wartete sie gespannt auf seine Antwort.

Jetzt wandte der Graf sich um und schaute auf die vergoldete und hübsch verschnörkelte Uhr, die den Kaminsims zierte.

»Schon neun?«, brummte er mit seinem ungewöhnlich tiefen Bass, der allen, die seine Stimme zum ersten Mal hörten, gleich Respekt einflößte. Er tupfte sich mit einem Zipfel der Serviette die Mundwinkel, wobei er sorgfältig darauf achtete, den nach Vorbild Kaiser Wilhelms II. an den Enden hochgezwirbelten Schnurrbart nicht zu beschädigen. »Gut, dass du mich erinnerst, Clara. Bevor Triest hier ankommt, wollte ich noch ein paar Dinge erledigen. Er wird sicher gleich hier sein. Ihr findet mich im Arbeitszimmer.« Das bedeutete wohl, dass er bis zur Ankunft des Züchters nicht gestört werden wollte. Er sah zu seiner Frau, in seinem Blick eine leise Frage. Offenbar war auch ihm aufgefallen, wie beherrscht die Gräfin heute Morgen wirkte. Doch obwohl sie sein Zögern bemerkt haben musste, erwiderte sie seinen Blick nicht. Also legte er die Serviette neben seinen Teller und stand auf.

Clara zog die Unterlippe zwischen die Zähne und ließ es gleich wieder, als ihr auffiel, was sie da tat. Nun war sie in einer Zwickmühle. Trotz ihres Hinweises hatte ihr Vater ihren Wunsch nicht erkannt.

Sie holte Luft und sagte rasch, ehe er zur Tür hinaus verschwunden war: »Ich würde gerne dabei sein, wenn der neue Hengst ankommt, Vater.«

Ihr Vater sah sie einen Moment lang zerstreut an, mit den Gedanken bestimmt bereits bei der Arbeit, die auf seinem Schreibtisch wartete. Graf Hermann von Scheweney war nur mittelgroß, für einen Mann sogar eher klein, doch seine breiten Schultern, die tiefblauen Augen und der prächtige Backenbart samt Schnäuzer machten aus ihm eine eindrucksvolle Gestalt. Dass seine zweite Tochter und jüngstes Kind stets höchstes Interesse an den Belangen des Gestüts hegte, war er von Claras Kindheit an gewohnt. Doch gab es durchaus Geschäftsangelegenheiten, bei denen er sie ausschloss. Früher war ihre Anwesenheit nicht ins Gewicht gefallen – im Gegenteil, das kleine, eifrige Mädchen hatte sämtliche Geschäftspartner entzückt und amüsiert, weil sie ihr Interesse für eine Art niedliches Spiel gehalten hatten, in dem sie ihrem bewunderten Vater nachzueifern schien. Doch seit Clara erwachsen war, stieß ihre Beteiligung an gewissen Gesprächen zunehmend auf Befremdung. Besonders seitdem Wilhelm vor sechs Jahren, damals zweiundzwanzigjährig, nach Rückkehr von seiner freiwilligen einjährigen Ausbildung bei den Gardedragonern in Berlin zurückgekehrt und mehr und mehr in die Gestütsgeschäfte eingestiegen war. Dass er bei Verhandlungen anwesend war, nahmen alle für selbstverständlich – schließlich würde der junge Graf später den Besitz übernehmen, während es Claras vordringliche Aufgabe war, sich um eine vorteilhafte Ehe zu bemühen. Einen kurzen Moment lang durchzuckte Clara die Erinnerung an das Gespräch mit Luise vorhin auf den Stufen zum Haus. Obwohl sie es nicht gern eingestand, hatte ihre Schwester auch in ihr eine empfindsame Stelle berührt: All ihr Wissen und noch so großes Engagement nutzten Clara wenig, wenn die Männer etwas unter sich ausmachen wollten. Denn sie war nur die Tochter, nur eine Frau, der im Leben andere Aufgaben zufallen würden.

Doch an dem nun freundlichen Aufblitzen in den Augen ihres Vaters erkannte Clara, dass heute nicht einer dieser für sie düsteren Tage war, an denen sie in die hintere Reihe verwiesen wurde.

»Triest wird nichts dabei finden. Du hast uns ja auch in Hannover begleitet, als wir das Pferd ausgewählt haben. Natürlich darfst du seine Ankunft miterleben«, entschied er.

»Außerdem will Triest sich zwei unserer Absetzer aussuchen. Besser, wir haben zu dritt ein Auge drauf, dass er uns nicht die besten entführt, jetzt, wo Paas nicht hier ist.« Er zwinkerte ihr zu und ein Ende seines Schnurrbarts wippte.

Clara lächelte ihren Vater dankbar an. Der sah noch einmal fragend zur Gräfin, die nur kurz die Brauen hob und mit milder Resignation zustimmend nickte. Die Erwiderung des Lächelns ihres Mannes fiel ein wenig dünn aus. Offenbar war sie tatsächlich durch etwas ernsthaft verstimmt. Und so verließ Graf Hermann das Frühstückszimmer, ohne dass noch ein weiteres Wort gefallen wäre.

»Mich ruft ebenfalls die Pflicht«, sagte Wilhelm.

Luise erhob sich zeitgleich mit ihm und murmelte nur einen leisen Gruß, ehe sie, blass, mit zusammengepressten Lippen, dem Bruder hinaus folgte.

Kaum hatte die Tür sich hinter den beiden geschlossen, wandte Gräfin Anna den Kopf und musterte Clara durchdringend. Die stellte wie schon so viele Male fest, dass Luise ihre schönen Augen von ihrer Mutter geerbt hatte. Doch während bei ihr Lebendigkeit und Temperament aus dem seegrünen Blick sprachen, wirkten die eine Nuance helleren Augen der Gräfin oft kühl. Clara hatte schon früh gelernt, in ihnen zu lesen und einem möglichen Tadel zuvorzukommen.

»Ich werde besser noch Toilette machen, ehe Triest kommt«, erklärte Clara jetzt und wollte sich erheben.

Doch ihre Mutter hob die Hand. »Du siehst entzückend aus, Clara, und bist einem Gang übers Gestüt mit einem altbekannten, befreundeten Züchter durchaus angemessen gekleidet.« Sie drehte den Kopf. »Ranke, Sie können gleich abräumen. Wir brauchen nur einen Moment.«

Mit geneigtem Kopf antwortete der: »Jawohl, Gräfin«, und schloss bereits die Tür hinter sich.

Clara straffte die Schultern und sah ihre Mutter aufmerksam an.

»Gutes Kind«, sagte die Gräfin mit einem freundlichen Blick. »Im Gegensatz zu Luise gibst du deinem Vater und mir nie Anlass zur Klage. Ebenso wie dein lieber Bruder.« Bei der Erwähnung Wilhelms trat ein leichtes Lächeln in die feinen Züge ihrer Mutter. Doch auch ein Seufzen mischte sich hinein. »Luise aber scheint allen Widerspruchsgeist in sich zu vereinen, der gut für euch drei gemeinsam gereicht hätte.«

Wie so oft konnte Clara derartige Worte nicht einfach stehen lassen. Viel zu sehr schlug ihr Herz für die tatkräftige ältere Schwester. »Aber sie meint es nie böse, Mutter. Es ist ihr Temperament, das da aus ihr spricht. Und wenn man Vater glauben darf, warst du als junge Frau ganz ähnlich?« Der kleine Scherz, der schon in ähnlichen Gesprächen zum Einlenken geholfen hatte, ließ nun das Lächeln auf dem Gesicht der Gräfin erlöschen.

Sie musterte ihr jüngstes Kind beinahe verwundert. »Wie unterschiedlich ihr doch seid. Und trotzdem haltet ihr zusammen wie Pech und Schwefel.«

»So habt ihr es uns beigebracht«, erwiderte Clara. »Die Familie steht über allem.« Sie legte die Hände in den Schoß und sah ihre Mutter abwartend an. Würde sie nun in das Gespräch eingeweiht werden, das ihre Mutter und Luise vorhin auf der Empore geführt hatten und das bei beiden eine so schlechte Stimmung hinterlassen hatte?

Da kam es schon. »Wir werden für ein oder zwei Wochen Besuch bekommen«, erklärte die Gräfin. »Aus meiner Heimat.«

Clara verbarg geschickt ihre Überraschung, denn mit so einer Eröffnung hatte sie nicht gerechnet.

»Wen erwarten wir denn?«, erkundigte sie sich und ging im

Kopf rasch alle Verwandten in den Niederlanden durch, die für einen solchen Aufenthalt auf Friesenhain infrage kämen.

»Ein Großvetter von euch, Johan van Leeuwen.«

»Johan«, wiederholte Clara verwundert. »Ich erinnere mich an ihn.«

»Tatsächlich?« Ihre Mutter hob erstaunt die Brauen unter der sorgfältig hochgesteckten Frisur.

»Ja. Er konnte wundervoll zeichnen. Aber seit er mir als der zwei Jahre Älteren damals einen Löwen gemalt hat, der aussah, als würde er gleich vom Papier springen, sind bestimmt zehn, zwölf Jahre vergangen.«

»Fünfzehn, um genau zu sein. Cousine Maxime und ich haben es ausgerechnet.«

»Meine Güte, da war ich erst sechs Jahre alt!«, rief Clara. »Er muss ja wirklich Eindruck auf mich gemacht haben, dass ich mich daran noch so gut erinnere.«

Ihre Mutter verzog den Mund. »Auf deine Schwester wohl nicht. Sie hatte ihn lediglich als den jüngeren Bruder des Erben Alexanders im Kopf.«

»Du hast Luise bereits von Johans Besuch erzählt?«, wollte Clara wissen.

»Gerade eben, als ihr ins Haus kamt.«

Nun dämmerte Clara, worum es bei diesem Vetternbesuch wohl gehen würde. Oje, kein Wunder, dass Luise nach so einer Eröffnung beim anschließenden Frühstück so wortkarg gewesen war.

Sie räusperte sich. »Nun, dann ... Ich freue mich auf unseren Vetter. Vielleicht hat er seine Fertigkeiten im Zeichnen ja vervollkommnet und kann mir etwas beibringen, damit ich endlich auch ein wenig Talent darin entwickle.«

»Wahrscheinlich wird er viel Zeit mit deiner Schwester verbringen«, erwiderte ihre Mutter und bestätigte damit Claras

Verdacht. Die grünen Augen auf ihre jüngere Tochter gerichtet setzte die Gräfin hinzu: »Ihr habt ein vertrauensvolles Verhältnis, Luise und du. Du würdest ihr helfen, indem du ihr deutlich machst, wie wertvoll eine solche Verbindung für Luise, für unsere Familien wäre. Kann ich diesbezüglich auf dich zählen?«

Da war ein Kloß in Claras Hals. Im Gegensatz zu Luise begehrte sie nie gegen die Entscheidungen ihrer Eltern auf. Sie wusste, auch für sie würde sehr bald die Zeit kommen, in der Männer um sie warben und sie einen von ihnen würde wählen müssen. Doch diese Gewissheit war ihr von jeher vertraut und so sicher wie das Amen in der Kirche. Sie war sich ihrer Pflicht bewusst und hielt deswegen auf Gesellschaften bereits die Augen offen. Denn lieber würde sie beizeiten selbst eine Wahl treffen, ehe es zum Äußersten kam. Wie jetzt bei Luise.

Aus den abendlichen Gesprächen in ihren Schlafzimmern wusste sie nur zu gut, was Luise von den bisherigen Bewerbern um ihre Hand hielt und wie sehr ihr der Gedanke widerstrebte, einen Ehemann zu nehmen, den ihre Eltern ausgesucht hatten – nach den Kriterien von Herkunft und guter Verbindung.

»Clara?«

Sie blinzelte kurz. »Ja, Mutter. Ich werde mit ihr reden. Aber sie hört auch auf mich nicht immer.«

Die Gräfin seufzte. »Ich weiß. Nur tu dein Bestes.«

»Das werde ich.«

Ihre Mutter stand auf, nickte ihr zu und verließ den Raum.

Für einen Moment saß Clara beklommen auf ihrem Platz und starrte auf die hellgelbe Tapete, die mit ihrer sonnigen Farbe, den Blüten und Vögeln vorgaukeln konnte, das ganze Leben sei derart harmonisch und fröhlich.

Erst als Ranke wieder hereinkam, um das Büfett abzuräumen, und erschrak, als er sie hier noch vorfand, erhob sie sich.

»Danke, Ranke, es ist schon gut. Ich wollte sowieso gerade gehen. Bitte richten Sie Frau Rühl aus, dass das eingelegte Gemüse heute ganz besonders gut geschmeckt hat.«

»Sehr gern, Komtess Clara.« Er neigte lächelnd den Kopf und sie ging hinaus.

* * *

Clara vermied es, hinauf in den ersten Stock zu gehen, wie sie es sonst getan hätte, um noch einmal ihre Frisur zu überprüfen und ein paar Korrespondenzen mit Freundinnen und Verwandten zu erledigen. Womöglich würde Luise sie abfangen und ihr aufgeregt mitteilen, was Clara nun selbst erfahren hatte: dass ein weiterer Heiratskandidat dabei war, die Bühne auf Friesenhain zu betreten. Ihre Schwester würde zu Recht ihr Mitgefühl und ihren Beistand erhoffen – und gleichzeitig scholl Clara das Echo der Bitte ihrer Mutter in den Ohren. Einer Begegnung mit Luise fühlte sie sich jetzt gerade noch nicht gewachsen. Erst musste sie sich darüber klar werden, wie sie das von der Mutter gewünschte Gespräch anfangen könnte, ohne die eine oder die andere zu verraten.

Also durchschritt sie die Halle mit den blau-weißen Fliesen und kam auf dem Weg zum Nordausgang, zu dem sie nach dem Ausritt mit ihrer Schwester hereingekommen war, am Arbeitszimmer ihres Vaters vorbei.

Die schwere hölzerne Tür war nur angelehnt, und als sie stehen blieb, konnte sie ihn drinnen herumgehen und mit Papier rascheln hören. Kurz spielte sie mit dem Gedanken, hineinzugehen und auf geschickten Umwegen von ihrem Vater zu erfahren, wie ernst es diesmal stand und ob es für

Luise überhaupt noch eine Entscheidungsmöglichkeit gab. Doch die Schritte drinnen klangen energisch und wahrscheinlich war der Graf gerade ausschließlich mit Gedanken um Gutsangelegenheiten beschäftigt. In so einer Gemütslage störte auch sein Liebling unter den Kindern ihn besser nicht.

Fast hätte sie ertappt aufgeschrien, als sich plötzlich eine feuchte, kalte Nase in ihre Hand schob. Es war natürlich Gimpel, der auf der Suche nach den Komtessen durchs Haus gestreift war.

An die Dogge gewandt, legte Clara den Finger an die Lippen und winkte sie mit sich zur Tür. Das blauschwarze Gesicht verzog sich vor Freude zu einem hündischen Lächeln, als der Rüde begriff, dass er seine junge Herrin auf den anstehenden Ausflug begleiten durfte. Rasch schlüpfte er noch vor ihr zur Tür hinaus und klopfte dabei mit der langen Rute gegen das weiß gestrichene Holz der doppelflügeligen Tür.

Clara musste über seinen Eifer schmunzeln. Er kam ihr wie ein Spiegelbild ihrer selbst vor – denn auch sie wollte momentan nur hinaus und dem entfliehen, was sie über kurz oder lang drinnen erwarten würde.

Von dem um sie herumtollenden Hund begleitet, ging Clara quer über die rechteckige Rasenfläche in der Mitte des Vierkanthofes zu den Boxen, aus denen die tragenden Stuten schauten.

Marie stand bei einer von ihnen, streichelte den schönen Kopf und sprach sanft mit dem Tier. Sie hatte ihr eigenes Haar in einen einfachen Zopf geflochten, der ihr auf den Rücken fiel. Von der vielen Sonne, mit der der Sommer sie verwöhnt hatte, war es noch heller als sonst und leuchtete fast weiß. Nach dem Ausritt am Morgen hatte die Tochter des Stallmeisters sich umgezogen, die praktische Reithose gegen einen stalltauglichen groben Rock getauscht, der ihr nur knapp bis zu den Waden reichte und die abgetragenen Schnürstiefel erkennen ließ. Auch die kurze Jacke war für die Arbeit hier draußen ausgesucht, mit bequemen Ärmeln, ohne modische Accessoires, die beim Umgang mit den Tieren nur stören würden. Längst hatte Marie es aufgegeben, über ihren Teint zu jammern, der sie wie eine Bauersfrau wirken ließ. Es war nicht zu ändern, da sie sich viel im Freien aufhielt, waren Gesicht und Hände fast immer sonnengebräunt. Clara, die ihre Freundin nicht anders kannte, liebte sie für diese Natürlichkeit nur noch mehr.

»Doktor Heuser kommt gleich, um nach den tragenden Stuten zu sehen«, sagte Marie und strich der Braunen, neben der sie stand, über den Hals. »Die gute Fee hier wird wohl auch in den nächsten Tagen mit dem Fohlen dran sein.«

»Wie schade, dann kannst du nicht dabei sein, wenn der neue Hengst ankommt«, erwiderte Clara ehrlich bedauernd. Doch Marie lächelt nur.

»Ich werde ihn eben später kennenlernen. Wie heißt er denn eigentlich?«

»Walzerpromenade.«

Marie prustete los. »Das ist doch kein Name für ein Pferd. Er braucht einen, bei dem wir ihn rufen können. So wie wir aus *Leuchtender Kometenschweif* Komet gemacht haben.«

»Denk dir einen aus«, bot Clara an. »Du bist ja sowieso diejenige, die am meisten mit ihm umgehen wird. Du und Paas. Dein Vater muss natürlich auch einverstanden sein.« Marie strahlte sie an. »Dann werden wir sehen, wie der Neue sich gibt, und finden etwas Schönes für ihn. Heiß ihn in meinem Namen willkommen, ja? Rudi hat die große Box im Hengststall mit dem angrenzenden Auslauf frisch eingestreut. Dort kann der Neue erst mal ankommen und auf Abstand den anderen zurufen, dass nun ein weiterer toller Kerl hier lebt.« Bei den letzten Worten schmunzelte sie, denn das Verhalten der Pferde löste bei ihr immer Anteilnahme und in solchen Fällen auch Amüsement aus.

Clara erwiderte ihr Lächeln verschmitzt und sie nickten sich einvernehmlich zu. Kurz strich Clara der Stute zart über die Stirn mit der schmalen Blesse und setzte dann ihren Weg fort. Der weite Rock ihres Taftkleides raschelte über den feinen Kies, während sie zum Nordtor hinausging, durch das sie vorhin nach ihrem wilden Ritt hereingetrabt waren.

Alle auf Friesenhain nannten diesen Durchgang *Tor*, obwohl er eher einem kleinen Tunnel glich. Bogenförmig zog er sich gut fünfzehn Meter lang. Über Claras Kopf befand sich hier im Norden der Heuboden und die Unterkunft für die Stallburschen, die durch eine Holztreppe in der Sattelkammer zu erreichen war. Im Westen des Gebäudes dagegen beherbergte die erste Etage das Musikzimmer und den Tanzsaal der Grafenfamilie. Dort wurden alle Festlichkeiten ausgetragen wie auch die Bewirtung der Gäste, wenn zu den großen Jagden im Frühjahr und Herbst das Wetter einen Aufenthalt im Innenhof nicht gestattete.

Auf dem Fahrweg hinter dem Tor rumpelte soeben ein von einem kräftigen Pony gezogener Karren heran, mit einem alten Mann auf dem Kutschbock, der den Hut lüftete, als er sie erkannte.

»Guten Morgen, Komtess!«, rief der Alte. »So früh schon unterwegs?«

»Wir erwarten einen neuen Hengst, Herr Lohmann«, erwiderte Clara mit einem Winken.

»Und zu dieser Feier also all die feinen Sachen, die Frau Rühl bestellt hat?«

Frau Rühl bestellte als Köchin im Grunde nicht wirklich etwas, denn das war Aufgabe ihrer Haushälterin Frau

Mecken. Doch Lohmann hatte die tatsächlichen Verhältnisse schon ganz gut durchschaut, denn auch wenn Frau Mecken das Wirtschaftsgeld verwaltete, so war es doch die gewitzte Rühl, die ihre Vorstellungen in Sachen bester Mahlzeiten durchzusetzen verstand.

»So wird es sein«, entgegnete Clara mit einem Lachen. Sie winkten einander noch einmal zu. Dann holperte Lohmann mit dem voll beladenen Karren weiter und wurde vom dunklen Schatten des Tores verschluckt.

Während Clara vom Fahrweg nach rechts abbog, um zwischen der Unterkunft der Stallburschen und der Sattlerei hindurch zu den Hengststallungen zu gehen, dachte sie darüber nach, was die Bestellung von feinen Sachen wohl tatsächlich bedeutete. Wahrscheinlich hatte ihre Mutter mit der Köchin gesprochen und für die Anwesenheit ihres Großvetters besonders ausgewählte Speisen gewünscht. Das klang tatsächlich so, als solle jemandem die Familie von Scheweney im wahrsten Sinne des Wortes schmackhaft gemacht werden.

Clara seufzte. Arme Luise. Diesmal würde sie bestimmt nicht so leicht entwischen können. Sollte Vetter Johan nicht gerade unter ansteckendem Ausschlag leiden, zeugungsunfähig sein oder – noch schlimmer – ein Sozialdemokrat, würde Luise ihrem Schicksal wohl entgegensehen müssen.

In diesem Augenblick wurde Clara aus ihren Gedanken gerissen. Hinter der großen Scheune tauchte auf dem Fahrweg eine zweispännige Droschke samt dahinter trabendem Pferd auf.

In der offenen Mietkutsche erkannte Clara den Züchter Triest und dessen ihn um einen Kopf überragenden Stallmeister.

Sie nahm sich einen Moment, um den Bewegungen des Tieres mit den Augen zu folgen, das hinter der Droschke angebunden lief. Geschmeidig und kraftvoll warf es die schlanken Beine, während es sich mit hoch erhobenem Kopf am muskulösen Hals aufmerksam umsah. Ja, dachte Clara zufrieden, sie hatten genau den richtigen Hengst ausgesucht.

Donner, der einzige Friesenhengst des Gestüts und vielleicht aus diesem Grund höchst überzeugt von seiner überragenden Einzigartigkeit, wieherte empört von der nah liegenden Koppel herüber, sobald er den Konkurrenten erspäht hatte. Der Neue erwiderte den Gruß und präsentierte sich mit stolz gerecktem Hals. Clara musste lächeln. Genau diese Eitelkeiten hatte Marie vorausgesagt.

Dann rief sie Rudi zu sich, der soeben aus der Scheune trat, weil er ebenfalls die Kutsche gehört hatte.

»Lauf geschwind und hol den Grafen und meinen Bruder!«

»Jawohl, Komtess.« Rudi nickte zackig und rannte davon.

Clara strich den Rock ihres Kleides glatt und ging den Ankommenden entgegen.

* * *

Nachdem sie Walzerpromenade in der vorbereiteten Box untergebracht hatten und er die ausschweifende Unterhaltung mit Donner zugunsten einer Portion Heu beendet hatte, machten sie sich zu fünft auf den Weg zur Koppel: Triest und sein Stallmeister, der Graf, Wilhelm und sie selbst. Die Absetzer waren jene jungen Stuten, die von ihren Müttern getrennt nun eine eigene, kleine Herde bildeten. Triest bewies nicht nur seine Kenntnis, indem er unter den Halb- und Einjährigen zwei vielversprechende Tiere auswählte, sondern auch Takt: Die beiden Besten dieses Jahrgangs überging er wortlos und ersparte ihnen allen somit die Unannehmlichkeit, seinem Wunsch nicht entsprechen zu können. Clara bemerkte dieses Feingefühl ebenso wie ihr Vater und Bruder. Wilhelm tauschte einen Blick mit ihr und sie nickten sich einvernehmlich zu.

Solcherart mit allen Geschäften hochzufrieden begaben sich die von Scheweneys zusammen mit Triest ins Haus, wo ein sehr früher Lunch auf sie wartete. Triests Stallmeister strebte freudig der Küche zu, wo er bei vorherigen Besuchen bereits beste Erfahrungen mit der Bewirtung durch Frau Rühl gesammelt hatte.

Gedeckt war im Salon, der mit den ausladenden, schweren Möbeln und einigen Kunstwerken an den Wänden stets von allen Besuchern bewundert wurde. Hatten sie Besuch, mit dem Tee oder Kaffee eingenommen wurde, galt es auf den Stühlen und dem Kanapee Platz zu nehmen, die kunstvoll gearbeitet und wertvoll, aber leider reichlich unbequem waren.

»Haben Sie auch Ärger mit diesem Gesindel, diesen Pferdedieben, werter Graf?«, erkundigte Triest sich, als sie Platz genommen und sich von der Etagere bedient hatten. »Am Bahnhof habe ich etwas in dieser Art aufgeschnappt. Ich hoffe doch, an Friesenhain traut sich solches Diebespack nicht heran?«

Graf Hermann blickte düster in seine Kaffeetasse. »Bisher noch nicht, Triest. Und natürlich haben wir auf die trächtigen Stuten immer ein besonders gutes Auge. Sie stehen stets auf den Koppeln nah am Haus. Wir haben gute Hunde, die jeden Fremden melden.«

»So ist es recht.« Triest zeigte sich beruhigt und erkundigte sich beflissen nach der Gesundheit der gnädigen Gräfin und älteren Komtess. Denn weder Anna von Scheweney noch Luise nahmen an der kleinen Mahlzeit teil. Luise hatte sich gewiss in ihrem Zimmer eingeigelt. Und dass ihre Mutter nicht anwesend war, konnte Clara nur recht sein, denn die sah nicht gern, wenn ihre jüngste Tochter sich zu deutlich in die Belange des Gestüts einmischte.

So aber wartete Clara eine Gesprächspause ab und richtete sich dann an den Züchter: »Sagen Sie, Herr Triest, als wir im Juni bei Ihnen waren, haben wir uns doch auch die Stuten angeschaut, die bei Ihnen zum Verkauf stehen.«

»Haben Sie, Komtess, haben Sie«, antwortete Triest aufgeräumt und stellte den kleinen Porzellanteller, auf dem nur noch ein paar Krümel von den mit Schinken und Käse belegten Sandwiches zeugten, zurück auf den Beistelltisch.

»Es waren zwei Halbschwestern darunter. Ein Fuchs und eine Braune. Töchter von Ihrem Champion.«

»Fabelhafte Tiere!«, bestätigte Triest mit beinahe väterlichem Stolz. »Kerngesund. Elegant und doch kraftvoll. Beide echte Schmuckstücke der von uns so geschätzten Hannoveraner.«

»Bestimmt würden die beiden auch die Schatztruhe auf Friesenhain zieren«, sagte Clara mit einem Lächeln.

Ihr Vater runzelte über ihr Vorpreschen prompt die Stirn. Doch Wilhelm war geistesgegenwärtig und sprang ihr bei.

»Aber ja, genau das habe ich auch gesagt«, stimmte er ihr zu und beugte sich vor. »Wir sollten mal wieder für unsere eigenen Hengste für frisches Blut sorgen. Dir gefiel doch der Falbe besonders gut, nicht, Clara? Während ich ja für Füchse schwärme.«

Mit Wilhelm hatte Clara damals nach ihrer Rückkehr aus Hannover bereits über die beiden Stuten gesprochen, die eine echte Bereicherung für Friesenhain wären.

Aus etlichen Erfahrungen klug geworden, verließ Wilhelm sich in geschäftlichen Dingen gern auf den sicheren Instinkt seiner Schwester, der ihr umfassendes Wissen bereicherte. Claras Meinung war ihm wichtig. Ein warmes Gefühl der

Zuneigung für ihren Bruder durchflutete Clara, als er ihr nun heimlich zuzwinkerte.

Nun, da auch Wilhelm an den von Clara erwähnten Tieren so großes Interesse kundtat, glättete sich die Stirn des Grafen wieder und er wandte sich angeregt ebenfalls dem Züchter zu.

Doch Triest knetete seine Hände und schien peinlich berührt.

»Nun, werter Graf von Scheweney, werter Graf Wilhelm, verehrte Komtess, es ist so, dass diese beiden Stuten sich nicht mehr in meinem Besitz befinden«, sagte er.

»Oh, Sie haben sie verkauft?«, brach es aus Clara heraus.

Triest räusperte sich. »Ja, tatsächlich, das habe ich. Und wie der Zufall es will, haben die Tiere ihr Zuhause gar nicht weit von hier. Um genau zu sein, leben sie sogar in Ihrer unmittelbaren Nachbarschaft. Baron von Thebe wollte sie unbedingt haben.«

Clara konnte sehen, wie ihr Vater regelrecht zusammenzuckte. Doch er hatte sich schnell wieder unter Kontrolle, stocksteif aufgerichtet, die Miene eine glatte, ausdruckslose Fläche – wie immer, wenn dieser Name fiel.

Mit ihrem Bruder tauschte sie einen überraschten Blick.

»Baron von Thebe?«, wiederholte Wilhelm verwundert.

»Aber der Baron hat die Zucht noch nie auf so hohem Niveau betrieben«, wandte Clara ein. »Er zieht doch nur Pferde für den eigenen Gebrauch. Was will er denn mit zwei so wertvollen Stuten?«

Triest rutschte auf seinem Stuhl hin und her. Das Thema war ihm sichtlich unangenehm. Natürlich wusste er, wie alle ihrer Bekanntschaften, von dem unguten Verhältnis zwischen den benachbarten Gütern. Auch wenn der Grund dafür schon an die dreißig Jahre zurücklag, hielt das Zerwürfnis an. Und alle, mit denen sie Umgang pflegten, vermieden es stets, den Namen von Thebe auch nur zu erwähnen. Triest wand sich regelrecht.

»Ebenso mein Gedanke, Komtess«, murmelte er. »Aber auf dem Gut von Thebe scheint sich einiges zu tun. Und offenbar gehört die erweiterte Zucht von Hannoveranern wohl dazu.«

»Vater.« Clara wandte sich an ihn. »Wusstest du davon?«

Das vertraute Gesicht wirkte mit einem Mal wie aus Stein gemeißelt. Die hochgezwirbelten Spitzen des Schnurrbarts bewegten sich keinen Millimeter.

»Natürlich nicht«, antwortete er kühl. »Was die von Thebes tun oder lassen, liegt weit außerhalb meines Interesses.«

»Das fehlte uns noch«, brummte Wilhelm. »Nicht nur, dass uns dieser Reuben mit seinen drittklassigen Gäulen, die er unter Preis verkauft, immer wieder bei privaten Interessenten zuvorkommt, nun will uns von Thebe ebenfalls Konkurrenz machen?«

»Will der Baron tatsächlich im großen Stil züchten?«, hakte Clara bei Triest nach.

»Nun, ich …«, begann der verlegen.

»Was für ein Unsinn!«, hob der Graf seine tiefe Stimme, sodass Triest sofort verstummte. »Konkurrenz für Friesenhain!« Er schnalzte missbilligend. »Was für ein unerfreuliches Thema. Wilhelm, wenn wir für unsere Hengste frisches Blut brauchen, finden wir bei Triest sicher mehr als genug erstklassige Tiere. Noch etwas Kaffee, Triest?« Er läutete energisch mit der bereitstehenden Glocke. Sofort öffnete sich die Tür und Ranke kam herein.

Der Züchter war erleichtert, dass ihm weitere Nachfragen zu dem pikanten Thema erspart blieben, und klopfte mit beiden Händen auf seine Knie. »Nein, vielen Dank, werter Graf. Ich muss aufbrechen, um den Nachmittagszug nach

Hannover zu erwischen. Ich nehme an, die Droschke wird wohl nicht mehr warten?«

Der Graf winkte ab. »Die haben wir fortgeschickt. Sie fahren selbstverständlich mit unserer Kutsche. Ranke, sagen Sie Wolff, er soll anspannen.«

»Soweit ich weiß, steht der Landauer schon bereit, gnädiger Herr«, erklärte der Angesprochene mit einer Verneigung. »Der Stallmeister Triest erwähnte beim Essen, dass sie bald wieder aufbrechen müssen. Und da hat Albrecht vorsichtshalber anschirren lassen.«

»Mein guter alter Albrecht! Was werde ich nur ohne ihn machen«, stieß der Graf hervor und erhob sich von seinem Sessel. Beflissen sprang Triest ebenfalls auf, während Claras Vater fortfuhr: »Die Wahl des Kammerdieners wird gemeinhin immens unterschätzt. Mein Albrecht ist mir seit Jahrzehnten eine wahre Stütze, ein Juwel unter den Dienern. Immer denkt er mit, immer steht er bereits parat, wenn ich gerade erst nach ihm rufen will. Leider ist er mittlerweile gebrechlich geworden und wird bald einen neuen Kammerdiener einweisen müssen. Ich fühle mich bei dem Gedanken nicht so recht wohl, Triest, das kann ich Ihnen sagen. Ein neuer Kammerdiener, herrje, das ist fast schlimmer als eine zweite Ehe.« Er lachte dröhnend und schien die kurze Verstimmung gerade bereits vergessen zu haben.

Triest lachte mit und konnte nur zustimmen, obwohl Clara sicher war, dass er wohl kaum Vergleichsmöglichkeiten hatte. In Sachen Ehe schon, denn er war verheiratet und hatte vier Töchter. Doch mochte er daheim sicher nur über ein paar Dienstmädchen, wenn es hoch kam einen Diener, sicher keinen speziellen Kammerdiener verfügen.

»Wilhelm, ich denke, ich werde Triest ein Stück des Weges zu Pferde begleiten. So kann ich in Ibbenbüren ein paar

Sachen bei der Bank regeln. Möchtest du dabei sein?«, wandte der Graf sich an seinen Sohn.

Clara spürte einen feinen Stich. Da war es wieder: Sie würde ihr Vater nicht danach fragen. Im Gegenteil: Dass er sie ohne ein Wort überging, war für alle Beteiligten eine Selbstverständlichkeit. Leise seufzte sie. Nun hatten sich Luises aufrührerische Worte in ihre Gedanken geschlichen und brachten sie um ihre innere Ruhe und Einsicht in die Lage der Dinge, mit denen sie solchen Momenten üblicherweise begegnen konnte.

Da war es nur ein schwacher Trost, dass auch Wilhelm den Kopf schüttelte. »Freifrau von Assen und ihre Tochter haben sich für heute Nachmittag angekündigt«, erklärte er und streifte auch sie dabei mit einem Blick. Die Ratlosigkeit darin griff Clara erneut ans Herz.

Die Häufigkeit, mit der die Besuche des Mutter-Tochter-Gespanns in der letzten Zeit stattfanden, ließen auf eine gewisse Absicht schließen.

Anders als seinen Schwestern gestand man Wilhelm als Mann zu, sich zunächst in seinem Leben zu festigen, ehe er eine junge Adelige zum Altar führen würde. Doch einmal würde es kommen. Und die Freifrauen von Assen schienen das ebenso zu sehen.

Wenn Clara Wilhelms Blick richtig deutete, war er jedoch noch nicht so weit, über einen solchen Schritt ernsthaft nachzudenken.

»Oh, na ja.« Ihr Vater hob die Hände. »Was soll man machen, Triest. Die Kinder sind erwachsen und haben diesbezüglich Pläne. Dann werde ich wohl allein mitkommen. In zwei bis drei Stunden bin ich zurück.« Er klopfte Wilhelm auf die Schulter und die drei Männer verließen gemeinsam den Raum. Wilhelm mit ihr unbekannten Zielen.

Clara erhob sich ebenfalls und strich ihren Rock glatt.

Es war ein angenehmes Zusammensein gewesen. Doch der kurze Moment, in dem Triest in seiner Verlegenheit nicht so recht ein und aus wusste und ihr Vater zu einer Statue zu erstarren schien, wirkte in ihr nach.

Wie konnte ihr Vater die Neuigkeiten zu den Pferdezuchtplänen des Barons von Thebe einfach so abtun? Wenn Konkurrenz im Anmarsch war, sollten sie darüber mehr wissen. Wilhelm dachte da genauso, wie sie seinen Worten entnommen hatte. Aber ihr Vater verschloss lieber vor allem, was sich an dieser Seite seiner Ländereien tat, die Augen.

Allerdings hatte er auch die einzige Person erwähnt, von der Clara nun ein wenig Aufklärung erhoffen konnte.

Sie verließ den Salon, durchquerte die Halle in den Gang zum Arbeitszimmer und nahm die, hinter einer Tür mit milchigem Glaseinsatz verborgene, schmale Treppe hinunter in den Dienstbotentrakt.

Als sie gerade die letzten steinernen Stufen nahm, bog unten aus einer der offenstehenden Türen ein junges Mädchen mit Haube und Kittel, das einen großen Korb mit Gemüse im Arm trug. Bei ihrem Anblick blieb die Vierzehnjährige in ihren klappernden Holzpantinen abrupt stehen und machte einen unbeholfenen Knicks.

»Guten Tag, Komtess.«

»Guten Tag, Käthe. Ist der Stallmeister vom Triest noch hier?«

»Nein, Komtess. Er is' schon raus zur Kutsche. Die Herrschaften woll'n zum Bahnhof«, antwortete die Küchenmagd.

»Umso besser«, befand Clara. »Wo steckt denn Albrecht?«

»Ähm …« Käthe machte hilflos große Augen.

»Schon gut, ich find ihn schon.«

Von ihren Besuchen hier unten – meist zusammen mit

Marie, die als Stallmeistertochter ein und aus ging – wusste Clara, dass es zwischen Küche, Spülküche, Wäscheraum, dem Lager für Geschirr und Silber wie auch den Schuh- und Nähkammern stets sehr geschäftig zuging. Trotzdem schienen alle augenblicklich zu spüren, wenn in diesem immer geschäftig brummenden Bienenstock plötzlich ein Schmetterling erschien. In diesem Moment tauchten im Durchgang zur Küche die rosigen Wangen von Frau Rühl auf. Gleichzeitig kam eine kleine Gestalt in hochgeschlossenem, grauem Kleid mit energischem Schritt den langen Flur entlanggeraschelt. An einer feinen Kette um ihre Hüfte klimperte leise ein reich bestückter Schlüsselbund. Frau Mecken hielt wie immer die Hände vor dem Bauch verschränkt, das schmale Gesicht in besorgte Falten gelegt.

»Komtess, stimmt etwas nicht? War etwas mit dem Lunch nicht in Ordnung?«, erkundigte die Haushälterin sich.

»Mit dem Lunch? Was soll damit nicht in Ordnung gewesen sein?«, echote die Köchin Frau Rühl und klopfte sich die mehlbestäubten Hände an ihrer Schürze ab, als wolle sie sich auf eine handgreifliche Auseinandersetzung zu diesem Thema vorbereiten.

»Der Lunch war vorzüglich wie immer«, beeilte Clara sich zu sagen, damit Frau Rühl sich gar nicht erst aufzuregen begann. Die große, kräftige Frau war einer der gutmütigsten Menschen, die sie kannte. Sie sah ihren Küchenmägden viele Fehler nach, lachte gern bei der Arbeit und hatte für alle Anliegen des Personals ein offenes Ohr. Clara sah noch sich selbst mit Marie als Kinder hier unten spielen und zwischen den Räumen auf dem engen Flur um die Wette rennen. Einmal war Marie dabei gestürzt und hatte mit blutendem Knie weinend am Boden gesessen. Da war Frau Rühl wie aus dem Nichts aufgetaucht, als habe sie eine feine Antenne immer auf dieses mutterlose Kind gerichtet. Sie hatte Marie in ihre weiten Arme geschlossen, behutsam angehoben und tröstend an ihrer breiten Brust geborgen.

Die Köchin mit dem sonnigen Gemüt war der gütigste Mensch, den Clara sich denken konnte. Nur in einer Hinsicht verstand Frau Rühl nicht den geringsten Spaß: wenn die von ihr zubereiteten Mahlzeiten bekrittelt wurden.

»Ich liebe besonders die kleinen Sandwiches mit den eingelegten Gurken«, setzte Clara mit einem verschwörerischen Lächeln hinzu.

Sofort beschwichtigt lächelte Frau Rühl breit. »Weiß ich doch. Die mach ich immer speziell für Sie, Komtess Clara.«

Frau Mecken sah mit verschränkten Händen zwischen ihnen hin und her. Sie hielt unter den Dienstboten strenge Ordnung und hatte jede Kleinigkeit unter Kontrolle.

»Sie können mir bestimmt sagen, wo ich Albrecht finde?«, richtete Clara sich daher an sie.

»In der Gesindestube, Komtess«, kam die Antwort prompt, aber immer noch ein wenig besorgt, und sie setzte hinzu: »Er macht nur eine kleine Pause, denn er hat den ganzen Morgen die Stiefel des Grafen geflickt und poliert.«

»Was er immer ganz ausgezeichnet macht. Und weswegen ihm eine Pause sehr wohl zusteht«, versicherte Clara, die nicht wollte, dass ihr Besuch hier unten als Kontrolle aufgefasst wurde. »Ich will nur einen kurzen Plausch mit ihm halten. Danke.«

Clara wandte sich nach links, sich der fragenden Blicke durchaus bewusst, die in ihrem Rücken gewiss getauscht wurden.

Dass sie allein, ohne Marie, hier auftauchte, musste dem Personal merkwürdig erscheinen. Zwar kam es in den beiden Etagen der Herrschaften immer mal wieder zu kurzen

Gesprächen zwischen der Dienerschaft und Mitgliedern der Grafenfamilie, das blieb gar nicht aus, wenn beispielsweise Agnes ihr beim Ankleiden und Toilette machen half. Auch die Absprachen zur Haushaltsführung hielt Gräfin Anna mit Frau Mecken in ihren eigenen Räumen ab. Aber hier im Untergeschoss oder oben unter dem Dach, wo die Schlafkammern der Bediensteten lagen, erschien recht selten ein Familienmitglied. Und die Zeiten, zu denen Clara und Luise zusammen mit Marie in der Küche eine Süßigkeit erbettelt hatten, waren lange vorbei.

Schräg gegenüber der hinteren Tür zur Küche bog Clara erneut ab in die Gesindestube.

An dem langen Holztisch mit etlichen Stühlen drumherum nahm das Personal die Mahlzeiten ein, saß in den Pausen zusammen oder verrichtete einfache Näharbeiten. Doch jetzt spiegelte die leere, blank gewienerte Platte nur das Sonnenlicht, das durch die breiten, aber niedrigen Fenster, die hier im Untergeschoss dicht unter der Decke lagen, von Süden hereinfiel.

Schon aus ihrer Kindheit, wenn sie mit Marie hier herumgerannt war, wusste Clara, dass in dem großen Kamin am Ende des Raumes immer ein Feuer brannte – denn hier unten war es auch im Sommer stets kühl. In einem der beiden in die Jahre gekommenen Sessel, die dort standen, saß Albrecht. Der alte Kammerdiener ihres Vaters hielt ein Buch auf dem Schoß und Clara dachte schon, er sei so sehr darin vertieft, dass er sie nicht habe kommen hören. Doch da sah er auf.

»Komtess Clara«, sagte er mit seiner bereits leicht brüchigen Altmännerstimme und wollte aufstehen.

»Bleiben Sie sitzen, Albrecht.« Clara winkte ab, während sie zu ihm ging, und zog sich einen Stuhl vom Tisch heran. »Was lesen Sie?« Sie deutete mit dem Kopf auf sein Buch.

Er zeigte ihr den Einband. Sie erkannte ihn gleich wieder.

»Das alte Märchenbuch!«, rief sie entzückt.

Er lachte leise glucksend. »Meine jüngste Enkeltochter ist verrückt danach. Und sie ist eine scharfe Kritikerin, wenn es darum geht, dass ich beim Lesen nicht das rechte Tempo halte oder in der Zeile verrutsche. Diese Prüfungen besteh ich nur mit ein wenig Übung.«

Sie lachten beide und Clara fühlte ein warmes Gefühl in sich aufsteigen bei dem Gedanken, dass der Mann, den sie seit jeher als den Diener ihres Vaters kannte, in seiner Pause das Vorlesen übte, um seiner Enkelin zu gefallen.

»Marie und ich waren damals nicht so kleinlich, als Sie uns vorgelesen haben, Albrecht.«

»Ach, da war ich noch jünger, flotter und …« Er verstummte und betrachtete kurz seine Hände, die von der Gicht verformt und ihm ein ewiges Ärgernis waren, weil sie nicht mehr genau das taten, was er von ihnen wollte. Und schon gar nicht so schnell, wie er es verlangte.

Clara streckte ihre Hand aus und legte sie kurz auf den Arm des Alten.

»Sie sind immer noch unser wertvollstes Pferd im Stall, Albrecht«, sagte sie.

»Ach, Komtess, das ist sehr nett von Ihnen. Aber wir beide wissen, dass meine besten Tage lange hinter mir liegen.«

»Nein, es ist die Wahrheit. Mein Vater war gerade wieder voll des Lobes, als er hörte, dass Sie bereits den Landauer haben anschirren lassen, um seinen Besuch in die Stadt zu fahren. Das war höchst umsichtig und so typisch für Sie, Albrecht«, versicherte Clara.

Albrechts wässrige Augen unter den weißen, buschigen Brauen leuchteten kurz auf.

»Ist doch eine Selbstverständlichkeit. Wenn ich hör, dass

Triest und sein Stallmeister den Mittagszug kriegen wollen, und wenn ich weiß, dass die Droschke schon wieder fort ist, dann ist doch klar, was zu tun ist«, brummte er bescheiden. Aber Clara spürte, dass er sich über ihr Lob freute.

»Albrecht, ich bin heruntergekommen, weil ich Sie gern eine Sache fragen möchte.«

»Nur heraus damit, Komtess!« Er sah sie aufmerksam an.

»Ihr Sohn hat doch einen Jungen, der auf der anderen Seite vom Seewald in Diensten steht«, begann sie.

Der Alte zog gleich die Brauen zusammen. »Eine Schande ist das, Komtess Clara, eine echte Schande!«, knurrte er. »Blut von meinem Blut. Und hat nichts Besseres zu tun, als bei einer fremden Familie den Fasan aufzutragen. Noch dazu bei *dieser* Familie! Wie konnte er mir das antun? Auch wenn sie da händeringend nach Dienerschaft gesucht haben, nachdem der junge Erbe eingezogen ist.« Kaum hatte er diese Worte ausgesprochen, starrte Albrecht sie entgeistert an. »Nun ist es mir herausgerutscht! Nicht nur alt und unnütz, sondern auch gedankenlos!«, schalt er sich dann selbst und wurde unter seiner runzeligen Haut tiefrot.

Clara horchte auf. »Was sagen Sie, Albrecht? Ein Erbe? Aber der Baron von Thebe und seine Frau haben doch keine Kinder.«

Albrecht, über sich selbst verärgert, rang die Hände. Er stand schon seit Jahrzehnten im Dienste des Grafen und war mit allem, was seinen Herrn betraf, eng verwachsen. Es fiel ihm sichtlich schwer, über die von Thebes zu sprechen. Doch schließlich gab er sich einen Ruck.

»Nun, wenn ich es schon ausgeplaudert habe, können Sie auch alles wissen, Komtess. Sie sind verständig und werden das Rechte damit anfangen.« Kurz hielt er inne und sagte dann: »Sie haben natürlich recht, Baron Otto von Thebe und seine Frau haben keine Kinder. Aber der alte Baron Otto, der ja noch lebt, auch wenn man ihn beim Kirchgang nicht mehr sieht, weil er geistig sehr verwirrt sein soll, wie mein Enkel sagt, der alte Baron Otto also hatte ja noch den jüngeren Sohn. Und wiederum dessen Sohn, also Neffe vom jetzigen Baron, der soll einmal alles bekommen. Das Land, das Anwesen und den Titel. Er ist wohl der Zweite von dreien, in England aufgewachsen, und sicher froh, dass auf diese Weise für ihn gesorgt ist. Das Anwesen wirft sicher einiges ab im Jahr. Schon im frühen Sommer ist er eingezogen und wird nun vom Baron in die Geschäfte eingewiesen. Wenn jetzt die Herbstsaison beginnt, müssen Sie sich wohl darauf vorbereiten, dass Sie ihm auf einem der Bälle begegnen könnten. Mein Enkel erzählt, dass er hier und da schon in Gesellschaft gegangen ist.«

Clara war froh, dass sie saß. Diese Neuigkeit hätte sie sonst ins Wanken gebracht.

»Weiß mein Vater von diesen Vorgängen in der Nachbarschaft?«, wollte sie vorsichtig wissen.

Doch Albrecht sah sie so entsetzt an, dass sie seiner Antwort kaum noch bedurfte. »Mitnichten, Komtess. Und ich will ganz sicher nicht der sein, der ihm davon erzählt.«

Kopfschüttelnd versuchte Clara, diese Nachricht in all ihrer Bedeutung zu fassen.

»Und Sie sind wirklich sicher?«, hakte sie noch einmal nach. »Es ist der Sohn von Friedrich von Thebe? Von jenem Mann, der meinen Großvater auf dem Gewissen hat?«

»Gott sei seiner Seele gnädig!«, murmelte Albrecht und bekreuzigte sich. »Ihr Großvater, der alte Graf Wilhelm, würde gewiss zu Frieden und Eintracht raten. So war er. Hat auch auf dem Sterbebett dem jungen Unglücksschützen nichts nachgetragen. *Was geschehen ist, ist geschehen*, hat er damals gesagt.«

Clara griff nach seinen verkrüppelten Fingern. »Aber Vater betont stets, dass dieser Unfall hätte verhindert werden können. So wie er immer sagt, war es wohl keine Absicht, aber grobe Fahrlässigkeit, dass dieser Schuss sich löste. So klein die Jagdgesellschaft auch war, einer wurde getroffen … Und offenbar hat die Familie von Thebe die Schuldfrage doch ganz ähnlich gesehen. Denn nur das erklärt ja wohl, warum der alte Baron Otto seinen Sohn Friedrich ins Ausland schickte und er von dort nie zurückgekehrt ist.« Aufgewühlt von diesen Neuigkeiten stand Clara auf, strich ihren Rock glatt, auf dem sich jedoch keinerlei Falte zeigte, und setzte sich wieder.

Albrecht, der ihre innere Unruhe mit Besorgnis sah, sagte: »Ich nehme an, es bleibt keine andere Wahl, Komtess. Der Baron und seine Frau sind kinderlos und kein weiterer Neffe in Sicht, der Titel und Anwesen übernehmen könnte. Der ältere Sohn von Friedrich von Thebe erbt das Anwesen in der Nähe Londons, wo sie leben. Der jüngere, Richard von Thebe, ist nun unser Nachbar. Und hat wohl große Pläne. Er will das Gut zu neuem Glanz bringen, heißt es unter dem Personal dort. Pfff, neuer Glanz! Dass ich nicht lache.«

Eine feine Gänsehaut zog über Claras Arme und sie fröstelte plötzlich. Diese Neuigkeiten hatte sie nicht erwartet, aber sie passten zu den Informationen, die sie von Triest erfahren hatte. Und sie waren außerordentlich beunruhigend.

»Richard von Thebe also«, murmelte sie.

»So erzählt mein Enkel«, bestätigte Albrecht und grummelte dann wieder: »Dieser Bengel! Hätte hier im Haus wohl auch unterkommen können, sich hocharbeiten, wie wir alle das getan haben. Aber er musste ja sofort die Livree tragen.«

Clara drückte sanft seine knotigen Hände mit ihren.

»Sie haben mir sehr geholfen, Albrecht. Wie immer eine der Stützen unseres Hauses!«

Wieder lächelte er, doch diesmal lag darin auch eine feine Traurigkeit.

»Wenn ich doch nur noch könnte, wie ich wollte, Komtess Clara. Dann müsste der Neue nicht kommen. Und der Graf müsste sich nicht mit jemand Fremdem abgeben. Das mag er nicht, das weiß ich. Mir muss er nichts erklären. Ich weiß, welche Stiefel er auf der Jagd trägt und in welcher Ordnung seine Orden an die Uniform gehören. So ein Neuer hat doch von nichts eine Ahnung.«

»Es wird schon alles werden. Schließlich wird der neue Diener Sie haben, um alles zu lernen, was nötig ist, wenn er in ein paar Wochen hier ankommt«, versuchte Clara ihn zu trösten und erhob sich wieder. »Nein, bitte, bleiben Sie sitzen. Sie müssen doch noch üben.« Mit einem Lächeln deutete sie auf das zerlesene Buch in seinem Schoß.

An der Tür drehte sie sich noch einmal kurz um. Der alte Kammerdiener saß im Sessel und blickte gedankenverloren in die Flammen.

Vor einer Minute noch hatte Clara ihm versichert, dass alles schon seinen guten Lauf nehmen werde. Und was den neuen Kammerdiener ihres Vaters anging, war sie dessen auch zuversichtlich. Doch diese andere Sache gab ihr zu denken.

Seit Kindheit an war die Familie von Thebe für sie und ihre Geschwister ein Thema, das so gut wie nie berührt wurde. Viel zu schmerzlich war für den Grafen Hermann, dass er seinen eigenen Vater schon so früh hatte verlieren müssen. Durch eine dumme Unachtsamkeit, ein gelöster Schuss bei einer kleinen gemeinsamen Jagd unter damals noch befreundeten Nachbarn.

Wie würde er nun reagieren, wenn der Sohn dieses unglücklichen Schützen so nah bei ihnen lebte? Und wenn der zudem im Sinn hatte, Friesenhain durch wertvolle Pferde

Konkurrenz zu machen? Albrecht hatte gewiss recht gehabt damit, die Neuigkeit vorerst für sich zu behalten. Clara musste auch erst einmal in Ruhe darüber nachdenken, ehe sie jemandem, und seien es auch Luise, Marie oder Wilhelm, davon erzählte.

Doch während sie die Treppe hinaufstieg, konnte sie nicht dagegen an: Eine ungute Vorahnung beschlich sie.

Marie

3

»Ich freu mich, dass du heute zum Kirchgang die schöne Bluse getragen hast, Marie«, sagte Frau Rühl mit breitem Lächeln, als sie an diesem Sonntag beim Frühstück saßen. Bei den Mahlzeiten am langen Holztisch in der Gesindestube hatte Marie ihren Platz direkt neben der Köchin.

Der Stuhl von Maries Vater ihr gegenüber war leer, da er noch auf der Pferdeschau in Hannover weilte. Wenn er hier gewesen wäre, hätte er ihr nun wohl unter dem sich lichtenden, roten Haar einen wohlwollenden Blick zugeworfen. Seit Maries Geburt hatte Theo Paas ihr auch die Mutter ersetzen müssen, doch schon in der Kindheit hatte sich eingebürgert, dass für Maries Kleidung und ähnliche Fragen Frau Rühl zuständig war. Seit genau dem Tag, an dem die winzige Marie die damals neue Köchin auf Friesenhain zum ersten Mal gesehen und die kleinen Ärmchen nach ihr ausgestreckt hatte. Frau Rühl, die ihren Mann im Krieg verloren hatte und kinderlos geblieben war, hatte sie hochgenommen und mit dem weißblonden Winzling auf der breiten Hüfte weiter den Brei auf dem Herd gerührt. Seitdem liebte Marie sie, wie sie wohl ihre Mutter geliebt hätte.

»Eine Dame mit ausgewählt gutem Geschmack hat sie mir

geschenkt«, erwiderte sie daher jetzt schmunzelnd, denn die Bluse hatte sie zum letzten Geburtstag von der Köchin erhalten. Während sie ein verschmitztes Lächeln teilten, leerte Marie mit dem letzten Löffel ihre Schale mit Haferbrei.

Die Hauswirtschafterin Frau Mecken erhob sich von ihrem Platz. Augenblicklich kam Bewegung in die zwei Dutzend Männer und Frauen, die um den Tisch gesessen hatten: Burschen und Knechte, Mägde, Waschfrauen und Diener. Nur der alte Kammerdiener Albrecht und Fräulein Trebitz, die Zofe der Gräfin, blieben, gemäß ihrer Sonderstellung im Gefüge, noch einen Augenblick sitzen.

Marie aber trieb die kleine Gruppe der auf Friesenhain verbliebenen Stallknechte und -burschen hinaus auf den Gang und dann zum Hintereingang. Wie Wasser aus der Tränke drängten sie die drei Stufen hinauf, um sich dann im Innenhof innerhalb weniger Augenblicke in alle Richtungen zu verteilen.

»Rudi, du schaust nach den tragenden Stuten, hörst du?«, rief sie dem schlaksigen Vierzehnjährigen nach. »Achte besonders auf Fee. Sie war heute früh so unruhig.« Er nickte zackig und ging los, um diese wichtige Aufgabe zu erledigen.

Für die anderen hatte Marie schon am frühen Morgen die Arbeit für den Tag eingeteilt. Sie selbst musste nun ihren feinen Sonntagsstaat gegen ihre Alltagskleidung für den Stall eintauschen, ehe sie sich ein wenig mit dem neuen Hannoveranerhengst beschäftigen würde, den sie gestern schon in Augenschein genommen hatte.

Also lief sie durchs Nordtor hinaus. Das alte Pförtnerhaus, das dort am Fahrweg lag, war das einzige Zuhause, das Marie kannte. Das Häuschen war klein, aber sie liebte es inniglich.

Als sie nun zur Tür hereinkam, trat sie direkt in die behagliche Stube mit ihrem großen Kamin, dem Sofa und den beiden Sesseln. Auch das Bücherregal stand dort, in dem ihr Vater sämtliche Lektüre zu Hannoveranern, Friesen, spanischem Warmblut und Pferdezucht im Allgemeinen sammelte, derer er habhaft werden konnte. Marie hatte ebenfalls ihr Regalbrett darin. Und dort wohnten all die Romane und Abenteuergeschichten, die sie zu ihren Geburtstagen oder zum Weihnachtsfest von Clara, Luise und den Herrschaften geschenkt bekommen hatte. Diese Bücher waren ihr Schatz. Und wenn sie mit dem Staubwedel herumsauste, schenkte sie ihnen ganz besondere Aufmerksamkeit. Oft nahm sie einzelne heraus, blätterte in ihnen und erinnerte sich bei der einen oder anderen Zeile an die Stunden voller Spannung, Gänsehaut und tiefer Gefühle, die sie beim Lesen dieser Geschichten schon verbracht hatte. Aber heute Morgen hatte sie für solche Muße keine Zeit. Sie ließ die Holzpantinen neben der Tür stehen und lief die schmale Treppe hinauf, die in der Ecke gegenüber der Tür in das obere Geschoss führte. Dort lag ihre kleine, bescheiden eingerichtete Kammer neben der ihres Vaters.

Während sie den langen, blauen Rock, den sie gerade beim Frühstück getragen hatte, gegen den kurzen für die Stallarbeit, und die helle, edle Bluse mit dem bestickten Aufschlag gegen die leichte aus braunem Leinen tauschte, warf sie einen Blick aus dem Fenster. Die alte Kastanie, die schon zum Park gezählt wurde und im Frühjahr so herrlich rot blühte, dass in ihrer Krone ein einziges Summen und Brummen zu hören war, trug Ende August bereits Früchte an den Zweigen. Bald würden sie die stachelige Hülle sprengen, um braunglänzend den Boden zu übersäen. Dann würden die Kinder vom Pächterhof herüberkommen und sie in ihren Kitteln aufsammeln.

Wieder unten ließ sie die kleine, an die Stube angrenzende

Küche links liegen. An dem winzigen Tisch darin mit zwei Stühlen saßen ihr Vater und sie nur selten zu einem gemeinsamen Tee oder Kaffee, da sie alle Mahlzeiten drüben einnahmen.

Statt in die Holzpantinen schlüpfte sie nun in die Lederstiefeletten, die beim Umgang mit den Pferden so viel praktischer waren. Geschickt schnürte sie sie zu und überprüfte, dass der kurze Rock bis zu ihnen an die Knöchel reichte. Dann zog sie die Tür hinter sich zu und lief am Nordtor vorbei in Richtung Hengststall.

Genauso wie sie es vorausgesehen hatte, gebärdete sich der Friese Donner auch heute noch wie ein alberner Halbwüchsiger, der seine Felle davonschwimmen sieht: Schrill wiehernd trabte der Angeber an seinem Koppelzaun auf und ab, warf den Kopf, sodass seine rabenschwarze, lange Mähne nur so flog, und ließ unter dem glänzenden Fell seine Muskeln spielen. Die drei Hannoveranerhengste führten sich längst nicht so prätentiös auf. Gestern hatten sie aus ihren jeweiligen Ausläufen heraus den neuen Artgenossen immer mal wieder neugierig beäugt, aber heute hatten sie sich aufs Grasen verlegt. Solange die Stuten weit genug entfernt und außer Sicht von ihnen standen und zwischen ihren Ausläufen ausreichend Platz vorhanden war, verhielten sie sich friedlich.

Marie hoffte, dass auch der Neue sich dort bald in diese Haltung einfügen würde. Sie betrachtete Walzerpromenade noch einmal aus der Entfernung, die perfekte Winkelung der Hinterhand, Brustkorb und Halsansatz. Trotz seiner deutlich erkennbaren Kraft wirkte er fein und bewegte sich beinahe anmutig. Ja, Clara hatte recht gehabt, dieser Hengst würde Friesenhain Ehre machen, wenn er seine guten Eigenschaften vererbte.

Als sie näher an den Auslauf trat, schon eine Hand am

Gatter, hörte sie hinter sich weite Schritte auf dem Kies und fuhr herum.

»Marie, entschuldige, ich wollte dich nicht erschrecken.« Es war Wilhelm, der junge Graf von Scheweney. Sofort spürte Marie eine seltsame Befangenheit in sich aufsteigen, obwohl sie sich sonst hier draußen stets wie ein Fisch im Wasser fühlte.

»Ach, du hast mich nicht erschreckt. Ich hatte nur gleich im Kopf, es könnte ein Bursche sein, der mich zu einer fohlenden Stute ruft«, antwortete sie.

»Ein Stallbursche? Hm, nein, damit kann ich nicht dienen«, erwiderte er mit einem Schmunzeln.

Marie wandte sich rasch ab, weil ihre Wangen zu glühen begannen.

»Ich will mir den Neuzugang noch einmal ansehen. Er ist famos, findest du nicht?«, fuhr Wilhelm fort, die Augen auf Walzerpromenade gerichtet.

Dies war sicheres Terrain und Marie antwortete schnell: »Oh ja! Ein wacher Blick mit Neugierde, Stolz, Gutmütigkeit. Aber auch ein wenig Feuer. Es wirkt, als sei er gut behandelt worden.«

»Das alles siehst du?«, fragte Wilhelm leicht verwundert und trat ebenfalls ans Gatter, um den Ausdruck des neuen Hengstes genauer zu betrachten.

So dicht beieinander hatten sie schon lange nicht mehr gestanden. Wahrscheinlich war es Jahre her.

Wenn sie sich hin und wieder einmal drinnen im Haus begegneten, weil Marie zusammen mit Clara und Luise am Konversationsunterricht teilnahm, gingen sie meist nur freundlich grüßend aneinander vorbei. Trafen sie in den Stallungen aufeinander, war oft ihr Vater dabei, und es ging immer um die Pferde.

Nun so nah neben ihm zu stehen, verwirrte Marie und ließ

ganz unerwartet alte Bilder in ihr aufsteigen. Die Bibliothek. Wilhelms junges Gesicht über die Seiten eines Abenteuerromans gebeugt. Wie er aufsah und direkt in ihr Gesicht, sein versunkenes Lächeln dabei.

Sie atmete tief ein und wischte die Erinnerungen rasch beiseite.

Stattdessen öffnete sie das Gatter, ging in den Auslauf und spürte fast augenblicklich leises Bedauern über den Verlust der ungewohnten Nähe.

Der Hengst zögerte nicht, ihr entgegenzukommen, und nahm vertrauensvoll den schrumpeligen Apfel, den sie in ihrer Rocktasche versteckt hatte. Nachdem er ihn genussvoll verspeiste hatte, untersuchte er interessiert den derben Stoff.

Marie schmunzelte. »Nun staunst du, hm? Wahrscheinlich hast du bisher nur Männer kennengelernt, in Hosen.«

Wilhelm, immer noch am Gatter, lachte leise. »Da hast du bestimmt recht, Marie. So etwas Kurioses wie dich hat der gute Triest gewiss nicht zu bieten.«

Seine Worte waren gewiss nicht böse gemeint, aber Marie empfand plötzlich einen feinen scharfen Schmerz wie ein Schnitt in ihrer Brust.

War es das, was Wilhelm heute in ihr sah? Eine Kuriosität? Eine junge Frau, die mal in Hosen, mal im Rock die Arbeit eines angehenden Stallmeisters tat?

Sie war froh, dass sie sich mit dem Pferd beschäftigen konnte und nicht zum jungen Grafen hinsehen musste, der sie oder vielleicht auch nur das Tier beobachtete.

»Clara meint, du sollst dir einen Namen für ihn ausdenken«, sagte er da ganz ohne Arg. Wahrscheinlich war ihm nicht einmal klar, dass er sie zutiefst getroffen hatte.

»Ich habe schon einen«, erwiderte Marie möglichst leichthin.

»Wie gefällt dir Amadeus?«

Er überlegte kurz. »Nun, das passt. Sowohl zu seinem offiziellen Namen wie auch zu seinem offensichtlichen Wesen. Er scheint nicht nur begabt, sondern auch aufgeschlossen. Ich teile es Vater gern mit.«

Damit nickte er ihr freundlich zu und ging davon.

Eine Weile stand Marie wie betäubt im Auslauf, streichelte Amadeus und starrte vor sich hin.

Was für eine sonderbare Begegnung das gewesen war.

Ob er es auch so empfunden hatte? Und ob er auch noch hin und wieder an damals dachte? An die Bilder, die Marie gerade so ungefragt vor Augen getreten waren?

Wie viele Jahre war das her?

Marie versuchte, sie zu zählen, es mussten zehn oder mehr sein, doch in ihrem Kopf ging alles durcheinander. So deutlich sah sie plötzlich wieder die gemeinsamen Nachmittage mit Wilhelm in der Bibliothek vor sich. Jene Stunden, während derer Clara ihrem Vater über das Gestüt folgte und Luise draußen im Baumhaus das Fernglas zu bisher unentdeckten Ländern schweifen ließ.

Wilhelm hatte ihr damals Bücher gezeigt, die er selbst geliebt hatte, als er in ihrem Alter, also sieben Jahre jünger gewesen war. Zunächst waren es Märchen und Kinderreime, mit denen er sie unterhalten und das Lesen mit ihr geübt hatte.

Später, als Marie selbst fließend las und daher der Grund des Übens nicht mehr zählen konnte, war immer deutlicher geworden, dass die Freude an neuen Geschichten und verschnörkelten Sätzen sie beide auf unerwartete Weise verband. Es war nicht mehr nur Wilhelm gewesen, der sie auf neue Entdeckungen in der Bibliothek hinwies. Auch Marie fand hin und wieder einen besonderen Schatz, den sie nur zu gern mit Wilhelm teilte, dem Jungen, der ihr lange so etwas wie ein großer Bruder gewesen war und dann nach und nach zu etwas anderem, unendlich kostbarerem wurde: einem Freund.

Ein Zusammensein war Marie von allen am deutlichsten in Erinnerung geblieben. Es war an einem Tag im Herbst gewesen. Sie selbst war vierzehn Jahre alt und Wilhelm nach seinem einundzwanzigsten Geburtstag kurz davor, zum Freiwilligen-Jahr der Kavallerie des Königlich Preußischen Gardekorps in Berlin beizutreten. Bei den Gardedragonern sollte er ein Jahr lang das Soldatenleben kennenlernen, Turnen, Exerzieren, Schießen lernen, ehe er hoffentlich die Prüfung zum Unteroffizier und später Reserveoffizier bestehen und dann neben dem Grafen seinen Platz in der Leitung des Gestüts einnehmen würde.

An jenem Tag saß Marie in ihrer liebsten Fensternische der Bibliothek von Friesenhain, ein aufgeschlagenes Buch im Schoß, *Gullivers Reisen* von Jonathan Swift, während sie die Beine angezogen hatte. Doch sie gab nur vor zu lesen. In Wahrheit beobachtete sie heimlich den hochgewachsenen, jungen Mann, in dem sie kaum noch den schlaksigen Wilhelm von früher erkennen konnte. Er saß ein paar Meter entfernt an einem Sekretär, über Papier gebeugt, über das beständig seine Feder kratzte.

Genau das war in den letzten Monaten öfter vorgekommen: dass Wilhelm an ihren Nachmittagen in der Bibliothek nicht in einem der Bücher las, sondern selbst mit Schreiben beschäftigt war.

Es war kein Briefpapier, auf dem er in seiner steilen Handschrift die Tinte wirken ließ. Keine Korrespondenz. Und Marie brannte darauf zu erfahren, was sonst es sein mochte, an dem er so eifrig arbeitete, dass er sogar ihre Anwesenheit zu vergessen schien – denn manchmal brummte er unwillig, strich etwas durch, ersetzte Worte und ganze Sätze und fuhr sich mit der freien Hand so oft durchs Haar, dass es am Ende vollkommen zerzaust war.

An diesem frühen Abend fiel das Licht golden durch die hohen Fenster herein. Ein Rotkehlchen hatte sich in der Blutbuche vor den Bibliotheksfenstern niedergelassen und sein melancholischer Herbstgesang machte Marie das Herz schwer. Trotz ihrer Jugend wusste sie sehr gut, was Abschied bedeutete. Oft hatte sie lieb gewonnene Pferde hinter der Kutsche der neuen Besitzer davontraben sehen. Und dann war ja auch im letzten Jahr ihre liebe Großmutter gestorben, die so lange krank gewesen war und sich daher nie hatte um sie kümmern können – nur die Geschichten, die sie Marie mit ihrer zittrigen Stimme erzählt hatte, waren von ihr geblieben. Sie wusste um den Schmerz, der ihr bevorstand, selbst wenn dieser Abschied keiner für immer sein würde.

Ihr musste wohl ein Seufzer entschlüpft sein, denn plötzlich hob Wilhelm den Kopf und sah zu ihr herüber. Seine blauen Augen glänzten beinahe fiebrig, aber sie lächelten.

»Was ist denn, Marie? Ist dieses Buch doch zu viel für dich?«, erkundigte er sich. »Ich habe dir doch absichtlich nicht den ursprünglichen Roman gegeben, sondern das daraus entstandene Kinderbuch herausgesucht.«

Marie legte sorgsam das Lesezeichen, das Clara ihr mit einer lila Fliederblütenrispe bestickt hatte, zwischen die Seiten und klappte die Lektüre zu.

»Zu viel? Gewiss nicht. Nein, es hat spannende Stellen, wirklich, aber mit *Reise um die Erde in 80 Tagen* von Jules Verne kann es sich einfach nicht messen. Wenn ich zwischen den Zeilen noch über anderes nachdenken kann, dann ist es eher wohl zu wenig denn zu viel für mich.«

Er lachte laut auf, was nicht oft vorkam und sie sofort zum Mitlachen ansteckte.

»Wir haben wie immer den gleichen Geschmack«, antwortete er. »Worüber hast du denn *zwischen den Zeilen* so nachgedacht?«

»Darüber, was du da so eifrig schreibst«, entgegnete sie, ehe sie der Mut wieder verlassen konnte.

Wilhelm blickte auf das Papier hinunter und dann mit so etwas wie aufblitzender Unternehmungslust wieder zu ihr.

»Ich bin gerade fertig geworden. Möchtest du, dass ich es dir vorlese?«

»Da fragst du?«

»Aber wehe du lachst!«, drohte er ihr mit dem Finger.

»Nur, wenn es lustige Stellen hat«, versprach sie.

Und er las.

Es war eine kurze Geschichte über einen Fuchs und einen Hasen, die sich auf dem Feld trafen, eigentlich doch Feinde, denn natürlich wollte der Fuchs den Hasen zu Mittag verspeisen. Doch dann hört der Hase mit seinen langen Ohren den Jäger im Gebüsch heranschleichen und warnt den Fuchs. Nur durch eine gemeinsame List schaffen sie es, der Flinte zu entkommen.

Gegen Ende, als es wirklich spannend wurde, ballte Marie sogar die Hände zu Fäusten und konnte erst wieder locker lassen, als sie die ungewöhnlichen, neuen Freunde in Sicherheit wusste. Während der Fuchs dem Hasen versprach, ihn und seine Nachkommen nie mehr zu behelligen, und die beiden sich zum Abschied zunickten, saß Marie wie vom Donner gerührt auf ihrem Platz auf der Fensterbank.

Wilhelm ließ das Papier sinken und sah sie fragend an. Natürlich wartete er darauf, dass sie ihre Meinung mitteilte, aber Marie konnte vor lauter innerer Bewegung zuerst gar nichts herausbringen.

»So still, Marie?«, fragte er mit leicht kratziger Stimme, die

die Kiekser des Stimmbruchs längst hinter sich gelassen und die sonore Tiefe eines erwachsenen Mannes angenommen hatte. »Hat es dir so gar nicht gefallen?«

Das löste ihre Zunge. »Oh doch! Und wie! Ich finde nur keine Worte und kann dir gar nicht sagen, Wilhelm, wie sehr es mir gefällt. Es ist das Schönste und Spannendste, was ich je gehört habe! Und so berührend. Denk dir nur, wie schön, wenn Feinde plötzlich Freunde werden.« Das meinte sie ganz ehrlich und genauso kam es auch heraus.

Wilhelm wurde rot unter ihrem bewundernden Blick und er schob die Seiten auf dem Sekretär zusammen.

»Hast du noch mehr davon? Noch mehr Geschichten?«, wollte Marie wissen, denn sie spürte in sich plötzlich eine Gier. Ein drängendes Verlangen, das vielleicht am ehesten zu vergleichen war mit dem, wenn Frau Rühl früher zu Kinderzeiten den Gugelhupf machte und in der Schüssel mehr Teig für eifrige kleine Finger übrig blieb, als hätte sein müssen – weil Marie bereits mit den Füßen zappelnd neben ihr gewartet hatte. Aber nein, es war noch anders. Es ging noch tiefer. Marie war jedoch sicher, dass dieses neue Wollen nicht so leicht zufriedenzustellen sein würde wie ihr Appetit auf Kuchenteig.

»Ein paar schon«, sagte Wilhelm zögernd. »Ich habe sie hier in der Bibliothek geschrieben und bewahre sie in meinem Zimmer auf.«

Marie konnte nicht anders, sie platzte heraus: »Oh, bitte lass sie mich lesen! Ich würde sie so gern lesen. Deine Geschichte ist so wunderbar. Weißt du, ich glaube fast, du könntest selbst ein Schriftsteller sein.«

Der junge Mann sah Marie an, mit einem Male so erschüttert, dass sie sofort verstummte.

»Wie kannst du das wissen?«, murmelte er, eher zu sich

selbst als zu ihr, und setzte noch leiser hinzu: »Du bist doch noch ein halbes Kind.«

Die letzten Worte gaben Marie einen feinen Stich. Doch sie reckte das Kinn.

»Schon lange nicht mehr«, erwiderte sie trotzig. »Den Landauer konnte ich schon mit elf allein anschirren und alle Könige und Fürsten von Preußen, Hannover und Sachsen seit dem Fürstenbund 1785 hersagen. Im letzten Jahr habe ich alle Romane von den Brontë-Schwestern und alle Bücher von Jules Verne gelesen. Und die Bibel. Und was eine gute Geschichte ist, das weiß ich ganz sicher!«

Da stand Wilhelm auf und kam mit raschem Schritt zu ihr herüber. Er nahm ihre Hand, was er vorher noch nie getan hatte, und hielt sie fest in seiner.

»Das ist wirklich wahr, Marie. Von Geschichten verstehst du sicher mehr als die meisten hier im Haus. Und wenn du sagst, ich könnte ein Schriftsteller sein und Bücher schreiben, dann ist das mehr als ich selbst zu denken gewagt habe. Denn schau, meine Pflicht ist es doch nun, ein guter Soldat zu sein, damit ich Reserveoffizier werde, für den Fall, dass wieder ein Krieg kommt. Und wenn keiner kommt, ja, dann muss ich ja das Gestüt führen, wenn Vater es mir übergibt. Friesenhain bedeutet Arbeit vom Morgengrauen bis zum Abend. Das weißt du so gut wie ich. Wie sollte ich da wohl Bücher schreiben können?«

Sein erhitztes Gesicht war ihrem so nah und seine Hand klammerte sich an ihre, als sei sie die Ältere, die Erwachsene von ihnen beiden. Maries Herz klopfte von all der Aufregung, und vielleicht auch ein bisschen wegen seiner plötzlichen Nähe. Die sich ganz anders anfühlte, als es bei Clara und Luise der Fall war, wenn sie eng aneinandergekuschelt im Parkpavillon saßen.

»Wie das gehen sollte, weiß ich auch nicht«, antwortete sie vorsichtig. Denn mit einem Mal fühlte sie sich genauso, wie er sie gerade genannt hatte: unsicher wie ein Kind. »Ich sage aber, dass du es kannst. Das weiß ich so sicher, wie Vater schon bei den Absetzern sagen kann, welches Pferd Friesenhain später würdig vertritt und welches als Kutsch- oder Reitpferd für die Damen verkauft wird.«

Bewegt sah er sie an. »Das, liebe Marie, bedeutet mir sehr viel. Danke.« Wieder drückte Wilhelm ihre Hand. Doch dann schien ihm überhaupt erst aufzufallen, was er da tat. Sein Blick aus den blauen Augen verharrte kurz auf ihren ineinander verschlungenen Fingern, dann ließ er sie abrupt los und trat ein Stück zurück. Sofort empfand Marie einen Verlust, wie ein Vorgeschmack von dem, was wohl bald kommen würde. Wie er sie ansah. Als habe er sie noch nie zuvor richtig betrachtet.

Wilhelm räusperte sich. »Ich will dich aber bitten, mit niemandem darüber zu reden. Versprichst du mir das? Können meine Geschichten und mein ...«, kurz zögerte er, doch dann sprach er es aus: »Mein Herzenswunsch, selbst zu schreiben, bitte unser Geheimnis bleiben?«

Ein Geheimnis? Zwischen dem von ihr so bewunderten Wilhelm und ihr selbst?

Marie musste schlucken und nickte. »Ich gebe dir mein Hase-Fuchs-Versprechen«, sagte sie, denn die gerade verklungene Geschichte hallte in ihr mit allen Gefühlen nach. Samt der Freude über diese Auszeichnung. Freude, die mit dem dunklen, schweren Kummer kämpfte.

»Erst lächelst du. Und jetzt so traurig. Warum?«, wollte er sofort wissen, weil er das verdächtige Glitzern in ihren Augen richtig gedeutet hatte.

Marie schluckte tapfer. »Ich dachte nur, dass du doch bald

fort sein wirst, bei den Gardedragonern. Und wer wird dann mit mir hier sitzen und lesen? Und gerade jetzt, wo ich entdeckt habe, was für schöne Geschichten du selbst schreibst.«

Sein Lächeln ließ in einem einzigen Augenblick endlich die Freude in ihr den Sieg davontragen. »Aber ich komme ja zurück, Marie. Ich werde Urlaub haben. Zu Weihnachten bin ich wieder hier.«

»Und deine Geschichten? Die, die ich noch nicht kenne?«, hakte sie schnell nach. »Liest du mir die noch vor, ehe du nächste Woche aufbrichst?«

Ihre Worte schienen ihn sehr zu freuen, denn sein sonst oft ernstes Gesicht leuchtete regelrecht. »Da finden wir eine Gelegenheit, Marie!«, sagte er.

Aber das hatten sie nicht. Am Ende war noch so viel zu tun, auch für Wilhelm so viel zu erledigen gewesen, dass es zu keinem weiteren zweisamen Zusammensein in der Bibliothek gekommen war.

Als Wilhelm abgereist war, hatte Marie sich leer wie noch nie gefühlt. Clara und Luise schienen ihn nicht halb so sehr zu vermissen. Nur die Pferde hatten Marie ablenken können. Die Pferde und der Gedanke an Wilhelms ersten Urlaub zur Weihnacht. Doch das Wiedersehen war anders verlaufen als gehofft.

Wilhelm hatte einen anderen jungen Mann, einen Kameraden von den Dragonern mitgebracht, hatte mit dem modischen kleinen Schnurrbart und in seiner blauen Uniform mit rotem Kragen und Ärmelaufschlag, den blitzenden Goldknöpfen schneidig und fremd ausgesehen. Alle hatten die schwarz-weißen Schnurabzeichen um die Schulterstücke seines Uniformrocks bewundert und gesagt, dass er nun tatsächlich ein Mann sei. Als Wilhelm seinem Freund die Stallungen zeigte und ihm dort auch Marie vorstellte, hatte der Husar sie *ein hübsches Ding* genannt und ihr zugezwinkert.

Wilhelm hatte verwundert die Brauen gehoben und dann ärgerlich die Stirn gerunzelt. Danach hatte er seinen Freund nicht mehr in die Stallungen gebracht. Die gesamten zwei Wochen seines Urlaubs hatte er die Bibliothek nicht ein einziges Mal betreten, obwohl Marie jeden Nachmittag dort auf ihn gewartet hatte.

Das wichtigste und innigste Gespräch, das sie je miteinander geführt hatten, war auch das letzte dieser Art gewesen.

Nun waren sie soeben zum ersten Mal seit Jahren wieder zu zweit gewesen. So unerwartet. So lapidar. Nur wenige Worte zum neuen Pferd hatten sie getauscht. Und Wilhelm hatte sie *etwas Kurioses* genannt.

Einen Kloß im Hals spürend, wandte Marie sich zum Gatter. Amadeus folgte ihr und bettelte um eine weitere Streicheleinheit, die sie ihm natürlich gewährte. Damals wie heute, dachte sie nachdenklich, waren die Pferde ihr stets Trost und Rückhalt.

Nachdem sie sich von Amadeus verabschiedet hatte, ging Marie an der Scheune und der Sattlerei vorbei und bog durch das Tor in den Hof des Gestüts.

Sofort flog ihr Blick zu den Boxen der tragenden Stuten hinüber. Alle werdenden Mütter fraßen vom Heu in den Raufen, mit einer Ausnahme: Die braune Fee mit der schmalen Blässe stand mit gesenktem Kopf einfach da und wirkte teilnahmslos. Vielleicht schlief sie im Stehen. Gut, wenn sie sich etwas ausruhte, ehe die Geburt losging.

Um Fee nicht zu stören, ging Marie nicht zu ihr, sondern sah bei einer hübschen Fuchsstute und deren kleiner Tochter nach dem Rechten. Der Nabel des Fohlens hatte sich entzündet und musste regelmäßig mit einer Tinktur eingerieben werden, die der Tierarzt dagelassen hatte. Keine leichte Angelegenheit, wenn die vier Tage alte Patientin derart kitzelig unter dem Bauch war und mit ungelenken, langen Beinen nach allen Seiten sprang.

Normalerweise erledigten diese Aufgabe ihr Vater und sie gemeinsam, indem Marie das Fohlen ablenkte und Theo Paas rasch die Behandlung vornahm. Doch der war ja zusammen mit den beiden erwachsenen Stallburschen auf der Pferdeschau in Hannover, wo sie Friesenhains beste Dreijährige vorführten. Vielleicht würde sie beim nächsten Mal auch dabei sein dürfen?

Diese Schau fand jedes Jahr statt, aber diesmal war auch der Kaiserliche Stallwirtschafter zugegen. Daher setzten alle große Hoffnungen in die Vorführungen, besonders der Graf von Scheweney selbst, dessen passioniertes Ziel es war, Friesenhainpferde am kaiserlichen Hof vertreten zu sehen, als Kutsch- oder Reitpferde für den Kaiser höchstpersönlich. Welche Reputation wäre das! Diese Ehre würde in Adelskreisen die Runde machen und der Friesenhainnachwuchs wäre begehrter denn je.

Marie war sicher, dass ihr Vater das Gestüt auf der Schau würdevoll vertrat. Derweil hatte sie auf alles in den Ställen ein wachsames Auge. Die Knechte und jüngeren Stallburschen respektierten sie als die Tochter des Stallmeisters, zumal sie auch mit den jungen Herrinnen befreundet war.

Während Marie das kleine Stutfohlen schmuste und dessen Wunde behandelte, hörte sie Rudi und Alfred ein paar Boxen weiter ausmisten.

Rudis energische Stimme erscholl alle paar Minuten, um dem jüngeren Alfred Anweisungen zu geben.

»Das Stroh weiter darüber! Und jetzt verteil's! Bisschen mit Zack! Fräulein Paas mag's nich, wenn alles nur in einer Ecke klumpt. Weil, wenn die Pisse auf'n Boden platscht, spritzt's die Wand hoch«, ertönte es gerade. Offenbar wähnten die Jungen sich außerhalb ihrer Hörweite.

Marie musste über Rudis Umgangssprache leise schmunzeln, denn in ihrer Gegenwart bemühte er sich stets, wohlerzogen zu reden und nicht wie ihm der Schnabel gewachsen war. Aber es rührte sie auch, mit welcher Wichtigkeit er ihren Namen aussprach.

»Rudi?«, konnte sie die hellere Stimme des jüngeren Alfreds hören.

»Was?«

»Wie kommt's, dass Fräulein Paas mit den Komtess zusamm'n ausreitet? Sie reden mit'nander daher, wie als wär'n se gleich und gleich«, wollte Alfred wissen. »Und dann geht sie ja auch oben ein und aus. Nicht nur unten beim Gesinde, nee, auch bei de' Herrschaften, wo sie Französisch und Englisch und Lesen von Landkarten lernt.«

Marie verhielt sich still, denn Rudis Antwort interessierte sie. Schon oft hatte sie sich gefragt, was die Knechte und Stallburschen wohl von ihrer ungewöhnlichen Sonderstellung auf Gestüt Friesenhain hielten.

»Das is', weil Herr Paas damals mit uns'rem Grafen zusamm'n im Krieg war. Ja, da guckst'e. Da warst'e noch lang nicht gebor'n. Se' haben zusammen gegen die Franzosen gekämpft, Seite an Seite und war'n bei der großen Schlacht von Sedan und der Belagerung von Paris dabei. Zumindest denk ich das so. Ganz gewiss weiß ich aber, dass es da war, wo Herr Paas den Fuß verlor'n hat. Mit dem Holzfuß merkt man's ja nur, weil er hinkt. Reiten kann er ja trotzdem noch ganz famos. Und als sie zurück war'n, da hat Herr Paas geheiratet und 'ne kleine Tochter gekriegt. Nur ist die Frau dabei gestorben ...«

»Ach! Deswegen hat Fräulein Paas keine Mutter mehr!«, warf Alfred eifrig ein.

»Schlaumeier!«, neckte Rudi ihn. »Aber stimmt, so war's.

Und dann, ja, dann kam die Jagd im Herbst, die wo immer 'n Haufen Gäste geladen sind. Auch das is' schon lange her. In dem Jahr, als mein ältester Bruder geboren wurd. Das sind jetzt achtzehn Jahre.«

»Was is'n passiert, auf der Jagd?«, wollte Alfred ungeduldig wissen.

»Was Schlimmes, furchtbar Schlimmes. Es hat geregnet, schon wochenlang. Jeden Tag Regen, Regen. Der Boden war schwer und rutschig, die Wege schlammig, manche unpassierbar. Man kam nicht durch, blieb einfach stecken. Aber Herbstjagd ist Herbstjagd, mein ich wohl. Die Füchse und Böcke war'n ja da, nech? Alle Gäste kamen. Die Pferde wurden gezäumt und gesattelt, die Meute losgelassen. Und los ging's mit der wilden Hatz! Der junge Herr, Graf Wilhelm, war auch dabei, jünger als du!«

»Was!«, rief Alfred entsetzt. »Jünger als ich! Und auf'm Pferd bei der Jagd? Zwischen der Hundemeute? Und bei solchem Wetter?«

»Na, hör mal! Graf Wilhelm reitet tadellos«, verteidigte Rudi gleich seinen jungen Herrn. »So wie der Graf selbst. Aber manche Dinge passier'n trotzdem. Wie dieser Sturz ...«

»Er is' vom Pferd gestürzt?«, keuchte der Kleine.

»Nicht Graf Wilhelm. Und auch Graf von Scheweney selbst nicht – aber sein Pferd!«, erzählte Rudi. Inzwischen waren die Geräusche ihrer Arbeit verstummt. So gebannt lauschte der junge Stallbursche offenbar seinem älteren Vorbild. »Bei einem Sprung im Wald ist es ausgerutscht! Und hat den Grafen unter sich begraben!« Marie hörte Alfred nach Luft schnappen. Ihr selbst war bei dem Gedanken an diesen schrecklichen Vorfall auch nicht wohl in ihrer Haut. Rudi fuhrt fort: »Das Pferd war hin. Genickbruch. Mausetot von jetzt auf gleich.«

»Und der Graf?«

»Alle Grafen und Barone sprangen zur Hilfe, um ihn zu befreien. Doch als sie das Ross zur Seite geschafft hatten, was mussten sie sehen?«

»Was denn, Rudi? Nu' sag schon! Guck, mich schaudert's schon!«

Mit dramatisch gesenkter Stimme fuhr Rudi fort: »Ein Ast, so dick wie mein Arm, hatte sich in die Brust vom Grafen gebohrt.«

Jetzt spürte Marie, wie auch über ihren eigenen Arm eine Gänsehaut kroch. Obwohl sie diese Geschichte kannte, sie selbst oft gehört hatte, war dies stets die Stelle, an der sie innerlich wie erstarrte. Was für eine Lage! Welch schrecklicher Anblick musste das gewesen sein. Und der zehnjährige Wilhelm hatte alles mitansehen müssen.

»War er ... tot?«, hauchte Alfred jetzt.

Rudi schnaubte. »Natürlich nicht, du Dummkopf. Sonst würde er doch nicht mehr hier rumspazieren. Aber viel hätte nicht gefehlt. Weil nämlich ein paar Adelsmänner, allesamt Hochwohlgeboren, sogar ein Fürst war drunter, den Stock herausziehen und die Wunde sofort vor Ort versorgen wollten. Doch zum Glück war unser Herr Paas zur Stelle. Er war bei der Jagd mitgeritten, um auf'n jungen Grafen Wilhelm zu achten. Und jetzt stellte er sich allen hohen Herrschaften entgegen. Er war sogar zum Kampf bereit, mit seinen bloßen Fäusten! Bei seinem eig'nen Leben wollt er nich zulassen, dass jemand den Stock herausriss. Zu oft hatte er im Krieg gesehen, wie Kameraden bei sowas schneller wie der Blitz verbluteten. Und weil er zwar ruhig, aber so überaus energisch war – ganz so, wie bei den Dreijährigen, wenn sie erst den Sattel nicht dulden wollen, weißt du –, und weil er keine andre Meinung gelten ließ und niemand es wohl besser wusste, gaben sie nach. Auf einer Trage brachten sie den Grafen ins Haus, der Stock ragte ihm aus der Brust. Nach dem Doktor war schon geschickt worden. Der kam mit zwei Kollegen und dem Apotheker. Weil es doch um Leben und Tod vom Grafen ging, nech? Die Doktors nähten die Wunde wieder zu und retteten ihn.«

»Dem Herrn im Himmel sei Dank!«, schickte Alfred ein Stoßgebet los. »Sonst hätt' ich heut' keine so gute Arbeit. Und natürlich bin ich auch froh, dass der Graf weiterleben durfte«, setzte er rasch hinzu. »Aber was war denn nun mit dem Stock?«

»Den haben die Doktors natürlich rausgezogen, ehe sie die Wunde versorgt haben, Dummkopf. Aber Herr Paas, da war'n sich alle einig, hatte dem Grafen das Leben gerettet. Andernfalls wär unser Herr damals an Ort und Stelle im Wald verblutet.«

Einen Augenblick herrschte Stille.

Dann sagte Alfred andächtig: »Ich will auch einmal einem Grafen das Leben retten. Das ist eine wahre Heldentat. Findest du nicht, Rudi?«

»Sicher. So was bringt Ehre. Und es gibt auch viele Möglichkeiten dazu. Es muss nicht immer ein Stock in der Brust sein, mein ich. Aber wenn dann der Graf auch noch so voller Dankbarkeit ist wie unserer, dann kann es wohl sein, dass der Stallmeister eine Stellung auf Lebenszeit bekommt und dass seine Tochter mit den Kindern der Herrschaften erzogen wird. Tja, so kam das, dass unser Fräulein Paas mit den Komtess Umgang hat.«

»Das ist sehr gerecht«, befand Alfred.

»So will ich meinen«, stimmte Rudi ihm zu.

Marie, von beiden immer noch unbemerkt in der Box, spürte, wie ihr das Herz aufging. Dass die Jungen sich er-

zählten, was Rudi vermutlich von den erwachsenen Stallburschen aufgeschnappt hatte, zeigte nur, dass alle hier ihr
wohlgesonnen waren. Sie war nun einmal die Tochter des
Stallmeisters, mit den Töchtern der Herrschaften befreundet
und durch diesen Umgang viel gebildeter, als es junge Frauen
in ihrer Stellung üblicherweise waren. Das unfreiwillig be-
lauschte Gespräch bewies, dass niemand hier in den Stallungen ihr ihre Sonderstellung neidete. Und was Fräulein Trebitz
denken mochte, konnte Marie egal sein. Ihre gute Frau Rühl
mit ihrem großen Herzen und die strenge, aber gerechte Frau
Mecken sorgten schon dafür, dass die Zofe der Gräfin mit
ihren leisen Lästereien bei niemandem in der Dienerschaft
recht Gehör fand.

Neben der Erleichterung, die Marie über diese unerwartet gewonnene Erkenntnis empfand, fühlte sie auch noch ein
anderes Gefühl, das in ihr anschwoll: Stolz auf ihren Vater,
der damals so geistesgegenwärtig eingegriffen und sich gegen
wichtige Freunde seines Herrn durchgesetzt hatte, die gesell-
schaftlich weit über ihm standen. Theo Paas war Marie nicht
nur immer ein liebevoller, sie fördernder Vater gewesen, sondern tatsächlich auch ein Held und Retter. Und als Lohn
für seine selbstlose Tat hatte er nichts für sich selbst erbeten,
sondern lediglich eine gute, schulische Ausbildung für seine
kleine Tochter.

Während sie so still in sich hineinlächelte, vernahm sie
plötzlich ein Geräusch, das nicht in die übliche, harmonische
Ruhe des Stalles passte: Es war ein hartes, schnelles Keuchen,
der schmerzerfüllte, rasselnde Atem eines Pferdes.

Rudi hatte es auch gehört. »Lass alles liegen und stehen,
Alfred, und geh Fräulein Paas suchen. Sie soll schnell herkommen!«

»Ich bin schon da«, rief Marie und verschloss hastig die

Boxtür hinter sich. Für die Jungen war keine Zeit, um verwundert über ihr plötzliches Auftauchen zu sein. Gemeinsam liefen sie rasch die Stallgasse hinunter zu der Box, in der Fee stand.

Marie sah auf den ersten Blick, dass etwas nicht in Ordnung war. Das Fell der Stute war schweißbenetzt, sodass ihr Braun beinahe schwarz wirkte. Ihre Flanke bebte. Die Augen blickten riesig und voller Angst, sodass das Weiß hervortrat.

Fee war eine erfahrene Stute, die schon vier Fohlen ohne Komplikationen das Leben geschenkt hatte. Jede Geburt war problemlos verlaufen. Doch diesmal schien das Schicksal es anders zu wollen. Am ganzen Körper zitternd, legte Fee sich ins Stroh nieder, doch schon drückte sie sich ächzend wieder hoch, drehte sich im Kreis, nervös mit dem Kopf schlagend. Warum blieb sie nicht liegen?

Bei diesem Anblick wurde Marie eiskalt vor Angst.

»Alfred, renn so schnell du kannst zum Haus hinüber. Du hast meine Erlaubnis, ohne Antwort aufs Klopfen direkt zur oberen Hintertür hineinzulaufen, nicht zum Gesindetrakt, hörst du? Gleich rechts hinter der Tür liegt das Arbeitszimmer des Grafen. Hol ihn her! Schnell!«

»Aber der Graf ist doch nach dem Frühstück nach Osnabrück, Fräulein Paas«, wusste Rudi. »Auf Geheiß vom alten Albrecht haben Alfred und ich die Schimmel vorm Landauer angeschirrt. Wolff kutschiert. Sie sind schon seit 'ner Stunde weg.«

Marie überlegte fieberhaft. »Nun denn, der junge Graf ist da. Und Komtess Clara. Sag ihnen, wir brauchen hier Hilfe. Renn!«

Der Kleine nickte und tat wie ihm geheißen.

»Wo sind die Knechte, Rudi?«, wollte Marie von dem Älteren wissen.

»Auf den hinteren Feldern, Fräulein Paas, beim Heueinholen.« Richtig, das hatte sie doch selbst heute Morgen angeordnet. Das Wetter war ideal dazu.

»Dann kommt es nun auf uns an, Rudi. Irgendetwas stimmt nicht mit Fee.«

Marie trat in die Box. »Ruhig, meine Schöne, nur ruhig. Dir und deinem Kleinen geschieht schon nichts. Na, lass mich mal schauen.«

Sie ließ ihre Hand an der bebenden Flanke entlanggleiten und tastete nach hinten. Es schien, als stünde die Geburt kurz bevor. Warum blieb Fee nicht liegen?

Es schien ihr furchtbare Schmerzen zu bereiten, und so sprang sie wieder auf, kaum, dass sie am Boden war.

»Was ist denn mit ihr, Fräulein Paas? Kann's sein, dass das Fohlen falsch herum liegt?«, mutmaßte Rudi, der schon bei einigen Geburten dabei gewesen war und sich auch mit möglichen Schwierigkeiten auskannte.

»Das weiß ich nicht, Rudi. Aber wir müssen uns ganz ruhig verhalten, ja? Fee darf nicht spüren, dass wir uns um sie sorgen. Das würde ihr nur noch mehr Angst machen«, mahnte Marie ihn.

Erleichtert hörte sie, dass draußen auf dem Hof eilige Schritte zu hören waren. Als Marie den Blick wandte und Wilhelm durch die Stallgasse auf sie zueilen sah, hätte sie vor Erleichterung fast aufgeschluchzt.

Dicht hinter dem Grafensohn folgten Luise und Clara. Alfred bildete mit seinen kurzen Beinen das Schlusslicht.

Wilhelm trat in die Box neben Marie und legte seine Hand kurz auf ihre Schulter. *Ich bin da*, sagte diese Geste. *Du bist nicht mehr allein mit der Verantwortung.* In seinen Augen, in denen stets so viel Gefühl lag, stand Besorgnis.

»Was ist mit ihr?«, wollte Luise vom Gang her wissen.

Marie schüttelte den Kopf. »Ich weiß es nicht. Sie will nicht liegen bleiben, weil es ihr Schmerzen bereitet.«

Luise wurde blass.

Schlagartig fiel Marie ein anderer Tag vor sieben Jahren ein. Sie war erst vierzehn gewesen und die zwei Jahre ältere Luise sechzehn, als Luises liebste Friesenstute fohlte. Auch diese Stute hatte ein ganz ähnliches Verhalten gezeigt wie Fee jetzt. Am Ende hatten sie die Stute verloren. Und das Fohlen, ja, das kleine, mickrige Fohlen, das so falsch im Geburtskanal gelegen hatte, war heute die wunderschöne, lebendige Jeltje, an der Luises ganzes Herz hing.

»Vielleicht gehst du besser ins Haus, Luise?«, schlug Marie vor, die die bleiche Miene der Freundin richtig deutete. Der Albtraum von damals stand wohl auch ihr vor Augen.

»Nein«, presste Luise hervor, obwohl sie aussah, als sei eine Ohnmacht nicht weit.

»Was können wir tun?«, wollte Clara wissen.

»Im Grunde nur abwarten, was geschieht. Solange wir nicht wissen, was nicht in Ordnung ist, sind uns die Hände gebunden«, antwortete Wilhelm ganz richtig.

Doch da richtete Clara sich auf. »Ich laufe geschwind ins Stallmeisterhaus und erhitze Wasser. Falls wir eingreifen müssen, ist es das Beste, alle haben saubere Hände. Komm mit mir, Alfred.«

Der junge Stallbursche, auf dessen Gesicht die Sommersprossen plötzlich dunkel herausleuchteten, schien froh über die Gelegenheit, der Situation zu entkommen.

Fee ächzte erneut schwer.

Dann brachen ihre Hinterbeine regelrecht weg, und sie ließ sich ins vorbereitete Strohbett sinken.

Da lag sie nun, den edlen Kopf immer wieder gen Hinterteil drehend, während die nächste Wehe in Wellen durch ihren Körper lief. Mit einem Schwall ergoss sich Fruchtwasser ins Stroh. Rudi sprang rasch hinzu und tauschte mit geübten Griffen die nasse Einstreu gegen frische aus.

»Da!«, rief er dann und deutete mit dem Finger.

Tatsächlich erschienen im Geburtskanal zwei kleine Hufe nebeneinander, noch umhüllt von milchig schimmernder Haut.

»Dem Himmel sei Dank! Es kommt!«, stieß Marie hervor. »Du machst das wunderbar, Fee! Nun ruh dich kurz aus. Die nächste Wehe kommt schon gleich.«

Doch die Stute schnaubte angestrengt und fuhr mit dem Kopf immer wieder herum.

Wilhelm beugte sich vor und sah genauer hin.

»Wie ich befürchtet habe«, sagte er dann mit erstickter Stimme. »Da sind bereits die Nüstern.«

Marie spürte ihr Herz so heftig pochen, dass sie meinte, es müsse ihre Brust zersprengen.

Bei einer normalen Fohlengeburt kamen immer zuerst die Hufe und dann die endlos scheinenden, langen Vorderbeine, die Fesseln, das Karpalgelenk. Erst dann, wenn schon ein halber Meter Beine zu sehen war, erschien der Kopf des Kleinen.

Wenn bei diesem hier schon das Maul direkt hinter den Hufen zu sehen war, bedeutete das, dass das Fohlen die Vorderläufe eingeklappt hatte. So aber war es zu breit, um durch die natürliche Öffnung hinauszugleiten.

Und tatsächlich. Die nächste Welle kam. Fee presste schnaubend und warf den Kopf. Doch das Maul des Jungen schob sich nur ein paar Zentimeter weiter hinaus. Es steckte fest.

Marie schluckte und wagte kaum, den Blick zu heben, um zu Luise zu sehen. Es war wie eine Wiederholung der

Geschehnisse von damals, und es überlief sie eiskalt bei dem Gedanken, was ihnen wohl in den nächsten Stunden bevorstehen würde.

Wilhelm neben ihr ballte die Fäuste. »Kann ich denn gar nichts tun?«

»Der Rossarzt ist bei den Poggenpohls«, sagte Marie mit bedrückter Stimme. »Das hat er heute Morgen mitteilen lassen, falls wir ihn brauchen.«

Wilhelm ballte die Fäuste. »Das ist nicht weit. Ich bin der Einzige von uns, der Reitkleidung trägt. Aber kann ich euch allein lassen?«

»Ohne den Doktor können wir hier nichts ausrichten. Wenn er es rasch herschafft, wäre das die größte Hilfe«, antwortete Marie, während Luise nur angespannt auf das leidende Pferd starrte. »Aber es geht um Minuten.«

Kurz erwiderte Wilhelm Maries Blick. Und für einen winzigen Moment spürte sie die Verbindung von damals wieder ganz lebendig zwischen ihnen pulsieren.

Dann wandte er sich bereits entschlossen um. »Rudi, schnell! Hilf mir dabei, Komet zu satteln. Ich reite hin und hole den Arzt her!« Schon war Wilhelm mit dem Stallburschen hinaus.

Es wird zu spät sein, fuhr es Marie durch den Kopf. Doch sie kämpfte tapfer gegen diesen Gedanken an.

Kostbare Minuten vergingen. Luise, die bei jeder Aufregung gern hin und her lief, klammerte sich an die Boxtür, wohl um diesen Impuls zu unterdrücken. Denn natürlich hätte ihr Umherlaufen Fee nur noch nervöser gemacht. Stattdessen kaute sie angestrengt auf der Unterlippe, während ihr Brustkorb sich rasch hob und senkte.

Clara und Alfred erschienen mit zwei Waschschüsseln voll dampfendem Wasser, Tüchern und einem Stück Seife. Wehe um Wehe lief über Fees Flanken, doch das Fohlen kam nicht heraus.

Da wandte die Stute in ihrem aussichtslosen Kampf plötzlich den Kopf.

Der Blick ihrer großen, angstvollen Augen ruhte kurz auf Marie. Darin lag so viel Gefühl, dass Marie spürte, wie ihr Tränen die Wangen hinabliefen. Fast war es, als wolle das liebe Tier Abschied von ihr nehmen, sich noch einmal bedanken für alle guten Momente, das Streicheln und Bürsten und die herrlichen Zeiten auf den saftigen Wiesen rund um Friesenhain. Dann ließ Fee sich ganz auf die Seite fallen, legte den Kopf ab und schloss die Augen.

Clara gab einen leisen Schluchzer von sich. Rudi stammelte murmelnd ein Gebet, das er aus dem Gottesdienst kannte. Doch durch Luise ging mit einem Mal ein Ruck. Hatte sie die ganze Zeit wie festgewachsen dort gestanden, so fuhr sie nun plötzlich zusammen.

»Nein!«, sagte sie laut über den rasselnden Atem des Pferdes hinweg. »Nein, das werde ich nicht zulassen!«

Sie griff nach dem Seifenstück und wusch sich in einer der Schüsseln energisch die Hände.

Dann trat sie in die Box.

»Luise! Was hast du vor?«, fragte Clara beunruhigt.

Mit fliegenden Fingern knöpfte Luise die viel zu engen Ärmel ihres beigefarbenen Empfangskleides auf, um die Hände und Arme gänzlich frei zu bekommen. »Damals, als das mit Jeltjes Mutter passierte, da fragte ich später einmal den Rossarzt, was er getan hätte, wenn er denn rechtzeitig trotz Schnee und Sturm bei uns hätte sein können. Und ich denke, es ist wohl nichts mehr zu verlieren, wenn wir selbst es versuchen.«

»Aber was denn nur?«, wollte Marie nun auch wissen.

Doch Luise wandte sich an die Stallburschen: »Ihr besorgt

uns einen Strick. Ein oder zwei Meter lang. Aber einen guten, ja? Kräftig muss er sein und darf nicht reißen. Und nicht zu dick, damit ich ihn gut knoten kann. Und ein Stück festes Holz, um das wir das eine Ende binden können.« Sie wedelte mit der Hand, und die Jungen rannten davon, erleichtert darüber, etwas tun zu können.

Derweil kniete Luise sich mit ihrem eleganten Rock in das von Fruchtwasser, Blut und Kot beschmutzte Stroh hinter Fee und untersuchte die weißlich schimmernde Haut über dem kleinen Maul des Fohlens.

»Es lebt noch!«, teilte sie ihnen mit.

Da waren bereits wieder die Stallburschen zurück, mit allem, was Luise gewünscht hatte.

Mit geschickten Fingern zerriss Luise die weißliche Haut über den winzigen Hufen und band das eine Ende des Stricks um einen von ihnen. Dann knotete sie das andere um das Stück Holz, sodass nur ein halber Meter zwischen beiden Enden übrig blieb.

Marie verstand, was die Freundin vorhatte, und hockte sich an Fees Seite, wo sie deren Bauch massierte.

Die Stute schlug die Augen auf und hob den Kopf.

»Versuch es noch einmal, meine Schöne«, flüsterte Marie ihr mit erstickter Stimme zu. »Wir helfen dir.«

Und tatsächlich glitt eine Welle über die Flanke. Mit der Wehe gemeinsam stemmte Luise sich nach hinten und zog zuerst vorsichtig, dann mit aller Kraft am Holz. Und wie durch ein Wunder, erschien die Fessel, noch ein Stück und noch ein Stück rutschte das Bein vor, bis es schließlich so lang und gestreckt herausragte, wie es sein musste.

Die Wehe verebbte. Fee schnaufte laut. Doch plötzlich lag etwas in der Luft, das vorher ganz und gar zu schwinden drohte: Hoffnung.

Mit vor Anspannung zittrigen Fingern löste Luise unter einigen Schwierigkeiten den Knoten und wollte ihn um den anderen Huf binden. Doch das Seil war zu glitschig, um es erneut festzuziehen. Clara eilte mit der Waschschüssel herbei. Sie reinigten das Seil, so gut es ging, und Luise rieb es mit ihrem Rock halbwegs trocken. Nun gelang es mit dem Knoten. Gerade rechtzeitig! Denn schon durchlief Fee die nächste Wehe. Wieder zog Luise, diesmal unterstützt von ihrer Schwester, während Marie deutlich spürte, wie das Fohlen sich im Geburtskanal streckte. Als auch das zweite Bein war, wo es sein musste, glitt der Kopf für einen Moment zurück. Doch schon mit der nächsten Wehe erschien er wieder.

»Da! Die Nüstern! Aber die Haut liegt noch darüber. Wenn der Brustkorb heraus ist, muss es atmen können!«, rief Marie.

»Oh, Vater unser im Himmel, hilf!«, wimmerte Alfred, der sich an Rudi klammerte.

Doch Luise hatte es auch gesehen und schob mit einer kraftvollen Bewegung die Haut vom Maul des Fohlens herunter.

Es gelingt! Die beiden schaffen es!, jubilierte alles in Marie. *Dank Luise werden beide überleben, Mutter und Kind.*

Es dauerte tatsächlich nicht lange, dann lag das Fohlen ganz vor ihnen im Stroh. Als Fee den Kopf drehte, um ihr neues Kind zu beschnuppern, lachte Marie glücklich auf. Beruhigend murmelnd half sie der vollkommen geschwächten Stute, sich aufzurichten, während Luise das Kleine mit Stroh abrieb. Da begann es, sich zu regen.

»Es ist eine kleine Stute«, sagte Luise, übers ganze Gesicht strahlend. »Und ich glaube, sie hat einen wahrhaft heldenhaften Namen verdient. Marie, hast du eine Idee?«

Sie musste nicht lange überlegen, denn der Name war einfach da.

»Athena«, sagte sie.

Clara lachte hell auf. »Du hast recht. Die griechische Göttin für Strategie und Kampf! Der Name ist für diese Kleine gerade gut genug.« Strahlend sahen sie einander an. Clara streckte die Arme aus und zog Marie und Luise beide kurz an sich. Arm in Arm standen sie da und sahen zu, wie Fee ihr Kleines beschnupperte und es hingebungsvoll ableckte. Auch Rudi hatte mit verdächtig glänzendem Gesicht den Arm um Alfreds schmächtige Schultern gelegt, die beiden grinsten selig.

Die kleine Athena, gerade erst auf der Welt angekommen, verstand das Stupsen und Drängen ihrer Mutter und versuchte, auf die zerbrechlich dünnen, scheinbar viel zu langen Beine zu gelangen. Luise, die nun gar nichts mehr auf ihr ruiniertes Kleid gab, half ihr dabei und zeigte ihr, wo sie die beste erste Milch bekommen konnte, die bereits aus dem Euter tropfte.

Nach ein paar Minuten erfüllte das Schmatzen und Fees leises, zärtliches Schnauben den Stall und alle darin befindlichen Herzen. Selbst Rudi und Alfred sahen verklärt zu, wie Athena ihre erste Mahlzeit zu sich nahm.

Fürs Erste satt und vollkommen erschöpft von der anstrengenden Geburt, sank das Stutfohlen anschließend wieder ins Stroh.

»Hol eine gute Portion Kraftfutter für Fee«, ordnete Marie an Rudi gewandt an. Doch ehe er losgehen konnte, waren auf dem Hof draußen plötzlich Hufgeklapper und Stimmen zu hören. Drei Männerstimmen waren es.

Und schon erschienen sie in der Tür und kamen raschen Schrittes über die Stallgasse herüber: Graf Hermann von Scheweney. Der Rossarzt Doktor Heuser. Und Wilhelm.

»Ich habe Wilhelm und den Doktor auf der Chaussee getroffen. Wie steht es?«, rief der Graf ihnen entgegen.

Doch Wilhelm, erhitzt und mit wirrem Haar, sah nur Marie, nur sie allein an. Mit einem Schlag war es, als habe es all die Jahre der Entfernung nie gegeben. Er las in ihrem Gesicht wie in einem aufgeschlagenen Buch. Für dieses Verständnis brauchte es keine Worte. Wilhelms Blick tastete über ihre Miene, und Besorgnis und schlimmste Ahnung flogen aus seiner eigenen davon. Ein Lächeln breitete sich auf seinem Gesicht aus und ließ in Marie einen Wirbel an Empfindungen heraufschießen. Ja, bei diesem Leuchten in den vertrauten Augen fühlte Marie sich so leicht und befreit, dass sie zugleich vor Erleichterung weinen und vor Glück hätte lachen mögen.

Luise

4

»Darf ich vorstellen«, sagte Luise mit immer noch feuchten Augen, Gesicht, Hände und Kleid mit Blut und Fruchtwasser verschmiert. »Dies ist Athena, ein fantastisches, kleines Mädchen, das sicher mal eine Abenteurerin werden wird.«

»Und einen Namen hat sie auch schon. Und so einen treffenden«, sagte ihr Vater.

Der Rossarzt Doktor Heuser trat in die Box und untersuchte Mutter und Fohlen, während Luise ihm schilderte, was vorgefallen war.

»Ihr Vorgänger hat mir vor ein paar Jahren einmal erzählt, was getan werden muss, wenn die Beine des Fohlens derart eingeknickt sind. Und so habe ich es einfach getan«, schloss sie schließlich.

»Und Sie haben Mutter und Kind damit das Leben gerettet, Komtess«, erwiderte der Arzt und nickte ihr anerkennend zu, wenn auch ein wenig ungläubig. »Da sieht man mal wieder: Es ist keine Sache von Kraft, sondern von Wissen und richtigem Handeln. Ich selbst wäre wohl zu spät gekommen.«

»Ja, es sah nicht gut aus«, pflichtete Clara ihm bei. »Wenn Luise nicht gewesen wäre …«

»Marie hat ebenso Anteil daran. Und auch du hast geholfen!«, unterbrach Luise ihre Schwester, weil sie nicht alles Lob für sich allein behalten wollte.

»Sehr gut gemacht, Komtess! Auch die Nabelschnur ist bestens versorgt. Wirklich sehr gut gemacht!«, wiederholte der Arzt und wandte sich an den Grafen. »Nun muss in den nächsten ein, zwei Stunden nur noch die Nachgeburt heraus. Aber dafür sehe ich keine Probleme. Für mich gibt es hier nichts mehr zu tun, werter Graf Scheweney. Ich werde wieder aufbrechen und den Poggenpohls bei der Zwillingsgeburt beistehen, wenn sie denn heute noch zu erwarten ist.«

Der nickte. »Tun Sie das, Doktor Heuser.«

Wilhelm setzte hinzu: »Uns'ren Dank, dass Sie gleich mitgeritten sind!«

»Selbstverständlich.«

»Alfred, bring dem Doktor sein Pferd«, ordnete Wilhelm an.

»Und ich hol den Hafer«, sagte Rudi und die beiden Stallburschen sausten dem Arzt vorweg davon.

Dann standen sie einen Moment alle stumm da, Luises Vater, Bruder, Schwester und Freundin. Alle betrachteten die Stute, deren Fell immer noch vor Schweiß glänzte und die immer wieder das Fohlen im Stroh beschnupperte und ableckte.

Schließlich räusperte sich ihr Vater.

»Luise, du darfst stolz auf dich sein. Paas, der hätte es vielleicht fertiggebracht, die beiden Pferde zu retten. Aber ich weiß nicht, wer sonst. Und auch du, Marie, sehr gut gemacht! Ganz der Vater!«

»Danke, gnädiger Herr.« Marie schoss die Röte ins Gesicht.

Luise selbst spürte die Wärme vielmehr in ihrer Brust, denn es kam nicht oft vor, dass ihr Vater Lob für sie hatte.

Vor Verlegenheit sah sie an sich herunter. »Ich sollte mich wohl umkleiden.«

»Dann komm mit ins Haus.« Ihr Vater wies ihr den Weg und in seiner Begleitung ging sie die Stallgasse hinunter, während Wilhelm und Clara noch bei Marie und den Pferden blieben.

In der Tür kamen ihnen Rudi und Alfred entgegen, mit einer Schütte voller Kraftfutter für Fee. Alfred warf dem Grafen einen scheuen Blick zu, doch der hatte kaum Augen für die Jungen, die vor ihm den Kopf neigten.

Ein wenig konnte Luise die Befangenheit der Burschen verstehen, denn wie sie nun neben ihrem Vater über die Rasenfläche auf die Treppe zur hinteren Tür zuschritt, fühlte auch sie sich ein wenig fremd. Es kam so gut wie nie vor, dass sie mit dem Familienoberhaupt allein war. Wenn es etwas zu bereden gab, was ihre Eltern ihr mitzuteilen wünschten, dann übernahm das stets ihre Mutter.

»Du hast heute Mut und Einsatz bewiesen, Luise«, sagte ihr Vater da mit seiner sonoren Stimme. »Eine echte von Scheweney!« Ein größeres Lob konnte Luise sich aus dem Mund ihres Vaters nicht vorstellen. »Ich würde dir gern etwas schenken, weil du für uns alle diese wertvolle Stute und das Fohlen gerettet hast. Hast du einen Wunsch?«

Sofort schoss es durch Luises Kopf, was ihr größter Wunsch wäre, wenn man ihr den nur gestatten würde: nicht zur Heirat mit einem fast Fremden gezwungen zu werden. Ihre Freiheit, selbst entscheiden zu dürfen, wie und mit wem sie leben wollte.

Doch allein der Gedanke, dies vor ihrem Vater anzusprechen, ließ Luises Zunge in ihrem Mund zu einem unbeweglichen Klumpen anschwellen. Nie im Leben würde sie es wagen, ihm gegenüber das Thema Heirat zu erwähnen –

auch wenn es, wie sie beide wussten, seit etlichen Monaten durch alle Räume des Hauses geisterte.

»So stumm? Das bin ich gar nicht gewöhnt von dir«, kommentierte ihr Vater prompt ihr Schweigen.

Sie erreichten die Freitreppe und mit einem Mal fiel Luise ein, worüber sie gestern Morgen nach dem Ausritt an genau dieser Stelle mit ihrer Schwester gesprochen hatte.

Bei dem Gedanken daran, was sie nun würde aussprechen können, wurde ihr heiß und kalt. Konnte sie das tatsächlich riskieren?

»Es gäbe schon etwas ...«, begann sie kurz entschlossen und brach dann doch wieder ab, überwältigt von ihrer eigenen Courage.

»Heraus damit!«, verlangte der Graf.

Luise holte tief Luft. »Es geht um die Konversationsstunde in Französisch am Montagnachmittag«, begann sie ein wenig unbeholfen. »Oder besser: Es geht darum, dass ich sie gern übergehen würde, zugunsten einer Versammlung, die zur selben Zeit in Osnabrück stattfindet.«

Mitten auf der Treppe hielt der Graf inne und sah sie verwundert an. »Eine Versammlung?«

Sie musste schlucken. »Eine Versammlung des Allgemeinen Deutschen Frauenvereins.«

Nun war es heraus. Was Luise eigentlich als mühsam verheimlichten Ausflug mit anschließender Lüge über ihren wahren Aufenthalt und damit verbundenem schlechtem Gewissen geplant hatte, lag nun mit einem Mal offen.

Ihr Vater sah sie aus seinen strahlend blauen Augen ernst an. Der an den Enden hochgezwirbelte Schnurrbart stand unbewegt.

Mit einem Mal wurde Luise sich ihres über und über beschmutzten Kleides bewusst. Sie roch nach Stall, Pferd, Blut und Schweiß. Auch ihr Haarknoten hatte sich aufgelöst, Strähnen ihrer hellbraunen Locken hingen um ihr Gesicht. Da sie sich ungeachtet des Drecks mehrmals mit den Händen durchs schweißnasse Gesicht gefahren war, entsprach auch sicher das nicht dem Bild, das ihr Vater von einer wohlgeratenen Komtess hochhielt. Und nun offenbarte sie ihm etwas, wovon sie wusste, dass ihm dies ein Dorn im Auge sein würde. Sie hätte sich selbst ohrfeigen können.

»Du weißt, was ich von dieser Sache halte«, waren denn auch seine ersten Worte. »Reden schwingende Bürgerinnen, die nicht wissen, wo ihr Platz ist, sondern stattdessen am liebsten in den Reichstag einziehen wollen. Das ist kein Ort für eine Komtess von Scheweney. Woher weißt du überhaupt davon? Soviel ich weiß, steht nichts davon in der *Kreuzzeitung* oder einer der anderen, die zu uns ins Haus kommen.«

Jetzt saß sie endgültig in der Falle. Und nicht nur sie selbst. Wenn sie ihm nun die Wahrheit sagte, würde sie Fräulein Gehmlich schrecklich bloßstellen. Was hatte sie nur getan?

Doch ihr Kopf schien leer und ihr fiel keine Ausflucht ein. Wenn nur Clara an und auf ihrer Seite gewesen wäre. Der wäre gewiss eingefallen, was jetzt zu sagen war. Luise versuchte sich vorzustellen, wie ihre Schwester wohl argumentieren würde, und wagte die Flucht nach vorn.

»So ist es nicht, Vater«, sagte sie. »Ich meine, wie es da manchmal über den Sturm auf den Reichstag heißt. Es geht nur darum, dass die Bürgerinnen und auch Adelige fundierte Bildung fordern. Du selbst hast doch damals, als wir noch Kinder waren, so großen Wert darauf gelegt, dass auch Clara und ich eine gute schulische Unterrichtung bekamen. Weißt du noch, wie keine der üblichen Hauslehrerinnen dir in deinen kleinen Prüfungen gut genug war? Bis Fräulein Gehmlich zu uns kam. Und die, das weißt du sicher auch noch, hat schließlich in der Schweiz studiert, wo Frauen Zugang zu den Hochschulen haben und an den höheren Mädchenschulen lehren dürfen. Ihr umfassendes Wissen kommt nicht von ungefähr. Viele andere gebildete Frauen möchten nur Zugang zu Wissen und dem Recht, es weiter vermitteln zu dürfen.«

»Fräulein Gehmlich?«, wiederholte ihr Vater und sah sie verdutzt an. »Wird sie etwa auch dort sein?«

Luise biss sich kurz auf die Lippe. Jetzt half wohl nur die ganze Wahrheit. »Ja. Sie wird über ihre Ausbildung in der Schweiz sprechen und wie eine solche auch hier umzusetzen wäre. Ich wollte sie gern bei ihrem Vortrag hören.«

»Sie hat dich also eingeladen, ihrem Vortrag beizuwohnen?« Mit hochgezogenen Brauen sah er sie streng an.

Luise schluckte. »Nun, wahrscheinlich war wohl eher ich diejenige, die darum bat, dabei sein zu können.« Sie hielt die Luft an, in Erwartung einer harschen Reaktion. In ihrem Kopf überschlugen sich bereits die Gedanken. Wie sollte sie ihrer bewunderten Lehrerin je wieder unter die Augen treten können, wenn ihr Geständnis für diese Folgen haben sollte? Vielleicht würde sie die Anstellung auf Friesenhain verlieren, die mittlerweile zwar nur noch ein paar Stunden hin und wieder umfasste, der Lehrerin aber lieb und teuer war und ihr gute Reputation verschaffte?

Es verging ein Moment, dann noch einer. Der Graf sah mit gerunzelter Stirn nachdenklich vor sich hin und bog mit Daumen und Zeigefingern die Schnurrbartenden hoch.

Schließlich straffte er die Schultern.

»Nun, ich muss sagen, ich hatte nicht mit solcher Art Bitte gerechnet, als ich dir anbot, dir deinen Einsatz zu lohnen. Aber ich stehe zu meinem Wort. Fräulein Gehmlich ist eine anständige Person und eine famose Lehrkraft, der ich vertraue, dass sie es nicht zu bunt treiben wird. Wenn sie auf der Versammlung spricht, darfst du hinfahren, um sie zu hören. Lass dich von Wolff kutschieren, und natürlich begleitet er dich auch hinein, bis Fräulein Gehmlich dich in Empfang nehmen kann.« Er maß Luise noch einmal mit einem scharfen Blick. »Ich kann mich doch auf dich verlassen, Luise? Du achtest auf deinen, auf unseren guten Ruf?!«

»Selbstverständlich, Vater«, brachte Luise heraus, so überwältigt war sie von dieser Wendung.

»Dann also hast du deinen Kopf mal wieder durchgesetzt, mein Kind«, antwortete er. Und wenn sie sich nicht täuschte, hatte sogar eines seiner Augen dabei ein wenig gezwinkert.

Einem kurzen Impuls folgend, wollte Luise ihn umarmen, doch ihr vor Dreck starrendes Kleid hielt sie zurück. So streckte sie nur die Hand aus und legte sie kurz an seinen Arm. »Danke, Vater.«

Er tätschelte ihre Hand und hielt ihr die Tür auf.

Als sie an ihm vorbeigegangen war, sagte er: »Ach, und Luise …?« Er würde doch keinen Rückzieher machen? Luise sah ihn nervös an. »Nimm ein Bad, ehe du dich umkleidest«, schloss er zwinkernd. Damit verschwand er hinter der Tür seines nah am Eingang liegenden Arbeitszimmers.

Wie vom Donner gerührt stand Luise einen Moment auf den blau-weißen Fliesen. Ihr Magen flatterte, ein unbändiges Lachen wollte sich Bahn brechen. Sie durfte zur Versammlung! Soeben hatte ihr Vater ihr tatsächlich die Erlaubnis gegeben, die Versammlung des Deutschen Allgemeinen Frauenvereins zu besuchen! Rasch presste sie beide Fäuste vor den Mund und vollführte mit den Füßen einen kleinen Trippeltanz auf der Stelle.

Weder Lügen noch schlechtes Gewissen mussten sie auf diesem Abenteuer begleiten, nicht mal eine Anstandsdame.

Lediglich der gute Wolff würde als verschwiegener Kutscher dabei sein.

Und ihre Mutter? Was würde die dazu meinen? Sicher würde sie sich eine missbilligende Bemerkung nicht verkneifen. Doch wenn der Graf etwas versprochen hatte, würde die Gräfin das nicht infrage stellen. Ihre tadelnde Miene würde Luise mit Gleichmut ertragen.

Ach, wenn es doch nur schon morgen Nachmittag wäre!

Sie sah an sich hinunter und auf ihre Hände. Nun, wahrscheinlich würde sie die Zeit bis dahin gut nutzen können, um wieder ganz sauber zu werden und um sich an ihrer kleinen Heldentat, wegen der alles gut ausgegangen war, zu freuen.

Clara

5

Clara sah dem Landauer vom Fenster ihres Zimmers aus nach, und ein leises Bedauern beschlich sie. Luise war immer diejenige von ihnen gewesen, die auf Abenteuer auszog, auch wenn sie dabei als Kind nicht weiter als in Wilhelms Baumhaus oder in die Gebüsche des Parks gekommen war. Ihre ältere Schwester schien schon immer über einen unersättlichen Drang zu verfügen, Neues zu entdecken und sich selbst zu beweisen. Doch gestern, dort unten im Stall, da hatte sie bewiesen, dass es sich dabei nicht nur um Träumereien und Gespinste handelte. Nein, Luise war die Einzige von ihnen gewesen, die wusste, was zu tun war, und die nicht gezögert hatte, all ihre Kraft darauf zu verwenden. Und nun, zum Mittag des folgenden Tages, brach sie bereits auf zu einem weiteren unberechenbaren Erlebnis.

Als Luise sie gefragt hatte, ob sie mitfahren wolle, hatte Clara sofort entschieden abgelehnt. Sie hatte den Konversationsunterricht, aber im Grunde war es etwas anderes, das sie abgehalten hatte, ihre Schwester zu begleiten: Clara schätzte ihren Seelenfrieden. Sie hatte sich durchaus eingerichtet in ihrem Leben als Grafentochter, die die Geschicke des Gestüts begleiten durfte, ehe sie eine eigene Familie haben würde.

Diese Zufriedenheit mit ihrem Leben wollte sie nicht aufs Spiel setzen durch verwirrende Reden von Frauen, die in einer vollkommen anderen Welt lebten. Einer Welt, die mit ihrem eigenen Dasein als Tochter des Adels so gar nichts zu tun hatte. Und dass diese Versammlung auch in ihr etwas bewegen würde, dessen war Clara gewiss. Schließlich hatten schon die wenigen Sätze ihrer Schwester gereicht, um in Clara eine merkwürdige Unzufriedenheit auszulösen.

Nein, sie gehörte hierher, auf Friesenhain. Zumindest so lange, bis sie ihrem bisher noch gesichtslosen Zukünftigen in ein eigenes Heim folgen würde. Doch daran wollte sie heute schon gar nicht denken, denn ihr Zuhause zu verlassen, würde gewiss mit heftigem Abschiedsschmerz einhergehen.

Als die Kutsche mit Wolff auf dem Bock am Ende der Allee ihren Blicken entschwand, ergriff eine seltsame Unruhe von Clara Besitz. Bis Fräulein Gehmlichs Vertretung, der stets nervöse Monsieur Dupont, erscheinen würde, war es noch Stunden hin.

Eine Weile strich sie durch ihre vertrauten Räume, setzte sich an den Sekretär, nahm einen Bogen Papier, begann einen Brief an ihre Tante in Berlin, die Wilhelm während seines Freiwilligen-Jahrs bei der Kavallerie des Königlich Preußischen Gardekorps eine angemessene Bleibe gewährt hatte. Doch nach einer halben Seite brach Clara wieder ab, weil alle Zeilen ihr so belanglos erschienen.

Sie setzte sich an die Frisierkommode, betrachtete den ordentlich gesteckten kastanienbraunen Haarknoten auf ihrem Kopf. Dabei sah sie im Spiegel die angelehnte Tür zum geräumigen Ankleideraum, den Luise und sie sich teilten, da er zwischen ihren Zimmern lag. Durch den Türspalt ragte der Zipfel der dunkelgrünen Jacke, die sie gern zu ihrem Reitrock trug. Agnes hatte sie offenbar nicht ordentlich weggehängt, sondern sie auf ihrem Bügel hinter der Tür vergessen. Der Anblick brachte Clara auf eine Idee. Und zwar eine, die ihr in ihrem alltäglichen Trott geradezu abenteuerlich erschien. Vielleicht würde sie die Zeit nutzen können, um ihre eigene Neugierde ein wenig zu befriedigen.

Rasch klingelte sie nach Agnes, die kurz darauf an der Tür klopfte und mit freundlichem Lächeln eintrat.

»Ich möchte ausreiten, Agnes«, teilte Clara ihr mit. »Schick bitte eine der Mägde zum Stall. Tessa soll gesattelt werden. Und dann hilfst du mir bitte aus dem Kleid und in den Reitrock, ja?«

»Gerne, Komtess Clara.« Agnes verschwand noch einmal, um kurz darauf zurückzukehren. »Ihre Stute ist bereit, wenn Sie runterkommen, Komtess.« Das Kammermädchen war bald an die zwanzig Jahre alt, also nicht sehr viel jünger als Clara selbst mit ihren einundzwanzig. Seit sie vor vier Jahren den Dienst bei den Komtessen angetreten hatte, hatte sie viel gelernt, war nicht nur mit den Kleidern immer geschickter, sondern auch im Umgang sehr viel gewandter geworden.

»Möchten Sie eine neue Bluse? Ich habe die mit dem blauen Kragen gerade gestärkt. Sie steht Ihnen so wunderbar, weil sie die gleiche Farbe hat wie Ihre Augen«, schlug sie jetzt vor.

Agnes selbst besaß blaue Augen, aber nicht dunkel wie Veilchen, so wie Clara, sondern so hell wie das erfrischende Wasser eines Bergsees. Ihre großen, etwas vorstehenden Schneidezähne waren ihr ewiges Kümmernis, wie Clara aus den kleinen, vertraulichen Gesprächen wusste, zu denen es während der Toilette zwischen ihnen ganz selbstverständlich kam. Doch Clara fand sie deswegen nur noch aparter. Was vielleicht auch mit Agnes' Charakter zusammenhing. Sie war immer fröhlich und verbreitete stets gute Laune. Weil sie außerdem fleißig und hilfsbereit war, erfreute sie sich nicht nur bei den Komtessen, sondern auch bei der restlichen Dienerschaft großer Beliebtheit. Sicher würde es nicht mehr lange dauern, bis sie sich Zofe nennen durfte. Dies war ihr eigenes, aber vor allem erklärtes Ziel ihrer Mutter, die streng darüber wachte, dass Agnes dieses Streben nie aus den Augen verlor.

»Ich werde niemandem begegnen. Da tut es auch die von gestern«, antwortete Clara nun auf die Blusenfrage. »Nur eilen muss ich mich, damit ich rechtzeitig für die Konversationsstunde zurück bin.« Plötzlich konnte es Clara gar nicht schnell genug gehen.

Solcherart angespornt half Agnes ihr aus dem Rock.

»Wie geht es denn dem kleinen Fohlen, Komtess Clara? Das, das Sie und Komtess Luise gerettet haben, als die Stute und das Kleine miteinander zu sterben drohten?«, erkundigte sie sich ehrfürchtig, während sie Clara die lange Hose hinhielt, die sie unter dem Reitrock trug.

»Der kleinen Athena geht es wunderbar, Agnes. Aber um ehrlich zu sein, verdiene ich selbst das Lob gar nicht. Luise aber, die wusste, was zu tun war. Noch von damals her, als ihre eigene Stute Jeltje geboren wurde. Ich habe nur ein wenig geholfen.«

»Sie sind immer so bescheiden, Komtess Clara«, bemerkte Agnes. »Wenn man Rudi und Alfred reden hört, dann sind Sie beide wahre Heldinnen gewesen. Und Fräulein Paas auch.« Agnes druckste kurz ein wenig herum, ehe sie anschloss: »Es ist nur so, dass ich nicht weiß, ob ich das schöne Kleid von Komtess Luise noch hinschaffe. Der Schmutz und all das, ja, das ginge wohl, wenn ich es ein paar Mal koche und ordentlich Kernseife nehme. Aber der Spitze wird es schaden. Und dann das Blut auf dem hellen Stoff.« Sie hielt ihr auch den

Reitrock hin, Clara stieg hinein, und Agnes schloss hinten die vielen kleinen Häkchen.

»Mach dir keine Sorgen, Agnes«, beruhigte Clara die junge Frau, während sie schon in die Bluse schlüpfte. »Du weißt doch, dass meine Schwester sich aus solchem Putz nicht viel macht. Ich könnte mir sogar denken, dass sie es dir schenkt, damit du dir daraus ein hübsches Festkleid schneidern kannst.«

»Oh, Komtess Clara!« Sie konnte im Spiegel sehen, wie Agnes tief errötete. »Ich wollte damit nicht sagen …«

Clara schüttelte den Kopf. »Das weiß ich doch. Du hast ja recht. Das Kleid ist verdorben. Aber es war den Einsatz wert. Und wenn dann eine, nämlich du, eine Freude daraus ziehen kann, indem du mit deinen geschickten Fingern und deinem Schneidertalent dir selbst einen feinen Staat daraus machen kannst, dann werden alle glücklich und zufrieden sein.«

Agnes knöpfte mit bebenden Händen den letzten Blusenknopf zu. »Ach, Komtess Clara, Sie sind immer so freundlich«, murmelte sie, immer noch in großer Verlegenheit.

»Weil ihr alle so gute Arbeit tut«, erwiderte Clara und schenkte ihr ein herzliches Lächeln, ehe sie sich ein letztes Mal im Spiegel betrachtete. In Reitrock, schmalem Hut und Stiefeletten sah sie aus wie eine herrschaftliche junge Dame, die einen kleinen Ausritt zum Vergnügen machen wollte. Also genau richtig für ihr Vorhaben.

»Falls meine Mutter sich erkundigt: Ich mache nur einen kleinen Spazierritt durch den Park und übers Land«, trug Clara dem Kammermädchen noch auf. Dann eilte sie über den Korridor zur breiten Treppe und die Stufen hinunter.

Unten lag Gimpel hingesteckt neben einem der gewaltigen Palmkübel und sprang auf, als er sie kommen hörte.

Clara streichelte den freudig wedelnden Hund und betrachtete ihn nachdenklich. Dann sagte sie leise, wohl eher zu sich selbst: »Wenn ich auf den Ländereien bleibe, brauche ich keine Begleitung. Aber ein guter Hund kann niemals schaden.« Also klopfte sie ihm auf die Seite, und er trabte eifrig neben ihr her, als sie zum hinteren Eingang lief.

Agnes sollte recht behalten: Tessa stand bereits gesattelt und gezäumt am Aufsteigeplatz. Alfred an ihrer Seite.

»Sag Fräulein Paas, ich komme später zu ihr, wenn ich zurück bin. Vielleicht in einer Stunde«, bat Clara den Stallburschen, während er ihr in den Damensattel half.

»Das mache ich«, versprach Alfred und setzte hastig hinzu: »Komtess. Fräulein Paas is' nämlich die meiste Zeit bei Fee und dem Fohlen.«

»Das denke ich mir. Umso schöner, dass wir nun auch dich haben, der hier auf alles andere achtet«, antwortete Clara und amüsierte sich still, als sie sah, wie der Kleine vor Stolz ein paar Zentimeter wuchs.

Dann wendete sie Tessa und ritt im gemäßigten Schritt zum Tor hinaus, über den Fahrweg und hinein in den Park. Gimpel lief eifrig an ihrer Seite.

Erst als sie außer Sichtweite des Hauses war, ließ sie ihre brave Stute antraben. Der Doggenrüde spurtete los und hatte seinen Spaß daran, sie zu einem Wettrennen aufzufordern, sodass sie über seinen Eifer schmunzeln musste. Den Blick nach vorn gewandt, ließ sie Tessa schließlich in einen leichten Galopp fallen. Es ging in Richtung der Ländereiengrenze. In Richtung des benachbarten Gutes von Thebe.

Es war eine schöne Strecke und Clara genoss die langsam heraufziehenden Herbstfarben des Landstrichs. Gold, Rot, Orange und sämtliche Brauntöne bereiteten ihren großen Auftritt in wenigen Wochen vor. Die Vögel machten gerade ihre Mittagspause. Nur hier und dort übte einer die Stimme. Statt ihrer strich der Wind durch die Zweige der vereinzelten, großen Bäume auf den Wiesen und ließ deren Laub sacht rauschen.

Was sagte Luise immer? Dass sie hier draußen eine Freiheit empfand, die ihr sonst im Leben fehlte? Ja, heute konnte Clara sie ein wenig verstehen, denn auch sie spürte ihr Herz sich weiten. Wie Luise sich wohl gerade fühlte? Gewiss war sie noch auf dem Weg nach Osnabrück und betrachtete die vorbeiziehende Landschaft, aufgeregt wegen dem, was sie auf der Versammlung erwartete.

Brav folgte Tessa Claras Hilfen und durchquerte einen leise gurgelnden Bach, dessen nur knöchelhohes Wasser im Sonnenlicht funkelte. Gimpel blieb zunächst am Ufer zurück, jaulte wie ein Welpe und wagte schließlich einen gewaltigen Sprung über das furchterregende Wasser hin, für den Clara ihn ausgiebig lobte, obwohl sie innerlich lachen musste.

Nach etwa einer halben Stunde erreichte sie das kleine Waldstück, das die Grenze zu den Ländereien des Nachbargutes bildete. Während sie Tessa zwischen den Bäumen hindurchlenkte, fragte sie sich beständig, ob sie noch auf eigenem Grund und Boden ritt oder sich bereits auf dem fremden befand. Bei so ausgedehntem Besitz wie Friesenhains war das auf den Meter nicht immer sicher zu sagen. Selbst ihr Vater, mit dem zusammen sie und Wilhelm vor ein paar Jahren die Grenzen der Ländereien abgeritten waren, hatte diesbezüglich keine Gewissheit gehabt. Vielleicht war es auch Niemandsland, auf dem sie sich gerade bewegte?

Clara erinnerte sich, dass sie damals bis zu dieser kleinen Lichtung dort gekommen waren, die sich nun vor ihr auftat. An deren Rand stand eine alte, aber gut befestigte Jagdhütte, die einladend wirkte.

Ihr Vater hatte seinen Wallach angehalten und mit dem Kopf auf die andere Seite der Lichtung hinübergenickt.

»Von Thebes Land.« Mehr hatte er nicht gesagt, sein Pferd gewendet und war ihnen voran den Weg zurückgeritten, den sie gekommen waren.

Clara erinnerte sich noch an den beklommenen Blick, den sie mit Wilhelm getauscht hatte.

Die Geschwister waren damit aufgewachsen, dass die von Thebes trotz der räumlichen Nähe und ihres Titels keine Familie war, mit der sie verkehrten. Auch wenn das nicht immer so gewesen war. So wie Albrecht ihr erst neulich unten in der Gesindestube erzählt hatte, war der Kontakt sogar sehr freundschaftlicher Natur gewesen. Sodass ihr Großvater, Graf Wilhelm von Scheweney, und Baron Otto von Thebe gemeinsame Jagdausflüge unternommen hatten. So wie jenen, zu dem sie mit ihren Söhnen unterwegs gewesen waren. An jenem Tag, an dem sich aus der Büchse des jungen Friedrich von Thebe ein Schuss gelöst und den Grafen tödlich verwundet hatte. Seit jenen Tagen wurde in ihrer Familie über das Nachbargut zumeist geschwiegen.

Während Clara Tessa erneut antrieb, mit klopfendem Herzen die Lichtung überquerte und die Jagdhütte links liegen ließ, kam ihr der Gedanke, dass nicht nur Luise heute etwas unternahm, was ihren Eltern missfiel. Auch ihr eigenes Überschreiten dieser stets gewahrten Grenze wäre dem Grafenpaar gewiss ein Dorn im Auge.

Als die Bäume sich nun lichteten, lag vor ihr eine weite Wiese, die sich den sanften Hang eines niedrigen Hügels hinabstreckte. Ein Feldweg führte inmitten hoher Hecken hindurch direkt auf das herrschaftlich wirkende Gutshaus zu. Es war ein hübsches Sandsteingebäude mit zwei von Zinnen gezierten Türmen, dessen etliche Fensterscheiben das Augustsonnenlicht spiegelten.

Anders als Claras Zuhause trennte der Besitz von Thebe das

Wohnhaus deutlich von den etwas entfernt liegenden Ställen und Scheunen. Und zu ihrem großen Bedauern musste Clara feststellen, dass die Pferdekoppeln noch hinter diesen lagen. Auf diese Weise würde sie ihre Neugierde nicht stillen können, denn sie konnte zwar etwa zwei Dutzend Pferde ausmachen, die dort grasten, doch waren auf diese Entfernung keine Einzelheiten zu erkennen. Schon gar nicht könnte sie etwas über die Qualität der Tiere herausfinden. Dabei hatte sie gehofft, zumindest eine der beiden Stuten von Triest zu entdecken, die ihr wegen ihrer auffälligen Blesse gut in Erinnerung geblieben war. Ob sie es wagen konnte, auf dem Hügelkamm das Anwesen zu umrunden und von der anderen Seite einen Blick zu gewinnen, ohne entdeckt zu werden?

Gimpel spürte ihre Anspannung und winselte leise.

»Du hast recht, Gimpel«, sagte sie leise. »So taugt es nichts. Ganz oder gar nicht.«

Gerade als sie Tessa zurück in den Wald lenken wollte, um die Route über den kleinen Hügel einzuschlagen und so näher an die Koppeln heranzureiten, erschien unten am Herrenhaus in der prächtigen Vordertür ein Mann. Ohne nach links und rechts zu blicken, lief er mit federndem Schritt die breite Freitreppe hinunter. Er war dunkelhaarig, seine aufrechte Körperhaltung und sein flotter Schritt ließen ihn jung wirken. Er ging nach links in Richtung der Stallungen.

Clara überlegte bereits, ob dies womöglich der junge Freiherr Richard von Thebe sein mochte, von dem Albrecht gesprochen hatte, da hielt der Mann plötzlich inne.

Vielleicht war sein Blick über die Wiesen bis hierher zum Waldrand gestreift, jedenfalls wandte er sich ihr nun frontal zu und sah zu ihr her.

Clara erschrak bis ins Mark.

Sie hatte geglaubt, unter den Bäumen geschützt zu sein,

verborgen von den Schatten, die das dichte Laub warf. Doch dabei hatte sie wohl vergessen, dass sie auf einem Schimmel ritt. Tessa musste vor dem Hintergrund des dunkelgrünen Dickichts geradezu leuchten.

Hastig riss Clara am Zügel. Die Stute, erschrocken über die ungewohnt schroffe Anweisung, erschrak und tänzelte kurz. Dann warf sie sich gehorsam herum und galoppierte an. Gimpel folgte ihnen ins Gehölz. Aber Clara musste sich selbst nichts vormachen: Der Fremde unten im Tal hatte sie ganz ohne Zweifel gesehen.

Luise

6

Luise sah fortwährend aus dem Kutschenfenster hinaus auf die flache Landschaft, die sich bis zum Horizont streckte, blühende Wiesen und Äcker, auf denen hoch das goldene Korn stand. Kleine Wälder von Birken und Pappeln flogen vorbei und als sie den Hischebach auf der kleinen Brücke überquerten, hüpfte eine Entenfamilie flugs vom Ufer ins Wasser und suchte unter den überhängenden Zweigen einer Trauerweide Schutz.

Wolff und Rudi hatten die Friesen eingespannt, was Wolff gern tat, wenn Luise oder die Gräfin ausfuhren. Er wusste um deren Vorliebe für die schwarzen Perlen Frieslands. Außerdem, so sagte er, müsse das Vierergespann immer mal wieder geschult werden, falls es doch einmal vorgeführt werden sollte. Und so trabten die vier Pferde munter dahin, die langen, gewellten Mähnen flatterten im Takt.

Wie ländlich Friesenhain lag, wurde Luise immer dann besonders bewusst, wenn sie einmal einen Besuch bei den Berliner Verwandten machten. Aber ein Ausflug ins knapp dreißig Kilometer entfernte Osnabrück reichte auch schon, um sich klarzumachen, dass das Gut ein traumhafter Ort zum Leben war, aber weitab von allen modernen Entwicklungen.

Auf der eineinhalbstündigen Kutschfahrt versuchte Luise sich immer wieder auszumalen, wie es auf der Versammlung des Frauenvereins wohl zugehen mochte.

Waren die Bürgerinnen allein dort, so wie sie – nur mit Bediensteten unterwegs? Und wenn nicht, in wessen Begleitung waren sie dann? Sie könnten doch unmöglich alle ihre Mütter oder Tanten bei sich haben.

Als sie schließlich durch die Straßen in Richtung Zentrum und Bürgersaal rollten, spürte Luise die Nervosität in sich aufsteigen. Was vorher nur Aufregung gewesen war, wich einer Unsicherheit, die sie an sich gar nicht kannte und von der sie nicht wusste, wie sie sie ablegen sollte.

Dies wurde nicht besser, als Wolff den Landauer auf den großen Platz vor einem lang gestreckten Gebäude lenkte und ihn neben ein paar weiteren größeren Kutschen abstellte. Er gab dem Stallknecht, den er mitgenommen hatte, einige mahnende Anweisungen, wie er in der Abwesenheit des Kutschers auf die Pferde zu achten und sie zu versorgen hatte. Sie würden nicht abgespannt werden, sondern sollten warten. Doch mussten sie mit Wasser und Futter versorgt werden.

Während Wolff mit dem Gehilfen sprach, blickte Luise aus dem offenen Kutschfenster und sah sich unauffällig um. Auf dem gepflasterten Platz vor dem Bürgersaal entdeckte sie einige Frauen, die zu zweit oder in kleinen Gruppen dem Eingang zustrebten. Sie trugen allesamt dunkle, hochgeschlossene Kleider ohne viel Pomp, neben denen Luise ihr eigenes Nachmittagskleid mit den modisch großen Ballonärmeln, den Stickereien auf dem Rock und dem Spitzenbesatz an Hals und Ärmelabschluss furchtbar herausgeputzt erschien. Vielleicht hätte sie nicht ausgerechnet das fliederfarbene wählen sollen, und dazu den violetten Ausgehhut, auf dem sich zwei mit Perlen bestickte Seidentücher umeinanderschlangen und von rot gefärbten Federn gekrönt wurden? Aber Agnes, die sonst als Kammermädchen und angehende Zofe ein gutes Gespür für die rechte Kleidung zu jedem Anlass hatte, war selbst unsicher gewesen.

»Wie sind denn die anderen Damen dort gekleidet, Komtess?«, hatte sie begierig wissen wollen. Als angehende Zofe hatte sie großen Ehrgeiz darin entwickelt, ihre jungen Herrinnen stets angemessen herauszuputzen. Doch Luise hatte nur ratlos mit den Schultern zucken können. Und so hatten sie gemeinsam ein Ensemble gewählt, das sie für gebührend elegant, aber nicht pompös hielten.

Keine von den schlicht gekleideten Damen hier war in Begleitung eines Bediensteten.

Wolff half ihr den Tritt hinunter. Luise spielte kurz mit dem Gedanken, ihn zu bitten, bei der Kutsche auf sie zu warten. Doch die Anweisung ihres Vaters war eindeutig gewesen. Und da er ihr diesen Ausflug erlaubt hatte, wollte sie ihn lieber nicht erzürnen, indem sie sich seinen Worten widersetzte.

»Am besten suchen Sie sich einen Platz gleich hinter dem Eingang, Wolff«, sagte sie. »Ich werde ja nicht weit sein.«

»Wie Sie wünschen, Komtess.« Er nickte und folgte ihr mit einem Meter Abstand, als sie möglichst selbstbewusst ausschritt und dabei so zu wirken versuchte, als habe sie schon oft an einem derartigen Treffen teilgenommen.

Es war ja nicht das erste Mal, dass sie in große Gesellschaft ging, versuchte sie ihr rasch klopfendes Herz zu beruhigen. Schließlich war sie prächtige Empfänge und Feierlichkeiten gewohnt, war sogar zusammen mit ihrer Familie schon am Kaiserhof empfangen worden. Da brauchte sie eine solche provinzielle Veranstaltung doch nicht zu scheuen. Zwar war Osnabrück mit seinen fünfundvierzigtausend Einwohnern, dem Gerichtsgebäude, Gefängnis, den Bibliotheken und höheren Schulen, dem großen Güterbahnhof und verschiedenen Wirtschaftszweigen größer als Ibbenbüren. Doch eine Großstadt wie Hannover oder gar Berlin war es längst nicht.

Leider bröckelte ihr Selbstbewusstsein, sobald sie die Tür erreicht hatte und in den Saal trat.

Es war ein rustikales Gebäude, innen wie außen, das mehr durch die Gaslampen denn durch das durch die hohen, schmalen Fenster hereinfallende Tageslicht erleuchtet wurde. Weil Boden, Wände und Decke gleichermaßen aus dunklem Holz bestanden, wirkte der Saal, in den sie durch die doppelflügelige Tür trat, recht düster.

Vor einer Bühne, ebenfalls aus blankem Eichenholz, und über eine schmale Treppe an der einen Seite zu erreichen, waren Dutzende Stühle und Bänke aufgestellt, von denen viele bereits besetzt waren. Es herrschte eine angeregte Atmosphäre, in der Stimmen durcheinanderperlten, Gelächter und hier und da auch ein Rufen zu hören waren.

Für einen kurzen Moment blieb Luise stehen und versuchte, all das mit einem einzigen Blick zu erfassen. Die Garderobe, Frisuren und Hüte der meisten an die hundert Frauen machten nicht viel her, aber dennoch gab es so viel zu schauen, dass Luise kaum wusste, wohin sie sich als Erstes wenden sollte. All diese Gesichter, aufgeregt und energisch. Auch ein paar Männer waren darunter. Aber in erster Linie Frauen. So viele Frauen aller Altersstufen, die einander zugewandt angeregt diskutierten, sich mal höflich, mal überschwänglich begrüßten und lachten. Sie wirkten so anders als die adeligen Frauen, die mit ihren Töchtern, Müttern und Schwestern auf Friesenhain regelmäßig zu Besuch kamen. Hier wurde stets artig geschwiegen, wenn andere sprachen, und nie würde eine dieser Damen sich den Hut vom Kopf reißen, wie es gerade eine junge Frau ganz in ihrer Nähe tat.

Natürlich verkehrte ihre Familie auch mit einigen Bürgerlichen. Doch die Frauen hier schienen viel lockerer, und einige von ihnen trugen kein Korsett, was deutlich zu erkennen war. Eine lief sogar in einem Fahrradanzug herum: Hosen, die – eng an den Waden, um die Hüfte herum sich weitend – viel Bewegungsfreiheit bieten mochten.

Wolff, der sich ebenfalls mit großen Augen umsah, trat neben der Tür zur Seite, wie Luise ihm aufgetragen hatte. Augenblicklich schien er bemüht, mit der dortigen Wand zu verschmelzen.

Luise ihrerseits ging weiter in den Saal hinein und blickte sich nach allen Seiten um, in der bangen Hoffnung, ein bekanntes Gesicht zu sehen.

Alle Anwesenden redeten durcheinander, ohne auf sittsames Schweigen oder zur Schau getragene Anteilnahme an den dümmsten Nebensächlichkeiten zu achten. Vielmehr machten sie alle den Eindruck, als sprächen sie nur über das, was sie wirklich interessierte.

Sicher war Luise auf den ersten Blick anzusehen, dass sie zum ersten Mal hier war. Und tatsächlich wandten sich ihr bereits einige Gesichter zu, aus denen sie fremde Augen neugierig musterten. Mit ihrer Nachmittagstoilette, dem Haarknoten unter dem feinen Hut fiel sie auf wie ein Goldfisch im Karpfenteich.

Luise hielt verkrampft den cremefarbenen Beutel mit Puder und Taschentuch in ihren behandschuhten Händen und kämpfte gegen den Impuls an, auf dem Absatz kehrtzumachen.

Da hörte sie plötzlich durch das Stimmengewirr ihren Namen.

»Komtess Luise?«, wiederholte eine vertraute Stimme.

Vor Erleichterung wurden Luise die Knie weich.

Fräulein Gehmlich schob sich an einer Gruppe Frauen vorbei und umfasste Luises Unterarm, als könne sie nicht glauben, dass sie ihre ehemalige Schülerin tatsächlich hier vor sich sah, und müsse sich auf diese Weise Gewissheit verschaffen.

»Sie sind es tatsächlich!«, sagte sie hocherfreut. »Dass Sie wirklich gekommen sind! Willkommen!«

Luise griff nach der vertrauten Hand der Frau, die fast einen Kopf kleiner war als sie selbst. »Ich kann es selbst kaum glauben, Fräulein Gehmlich. Ehrlich gesagt kommt mir alles ein wenig vor wie in einem Traum«, gestand sie.

»Und ich sehe, in Begleitung von Wolff. Das heißt, Ihr werter Herr Vater hat seine Erlaubnis gegeben«, fuhr ihr Gegenüber mit einem Blick in Richtung Tür fort, wo Wolff auf seine ineinander verschränkten Hände starrte. Die Lehrerin hatte die vierzig bereits überschritten, wovon ein paar zarte Fältchen um ihre weit auseinanderstehenden, lebendigen Augen sprachen. Die brünetten Haare zu einem ordentlichen Knoten aufgesteckt, in einem schlichten, grauen Ausgehkleid, sah sie auf den ersten Blick aus wie immer. Doch auf irgendeine Weise wirkte sie hier in diesem Raum voller Frauen plötzlich noch selbstsicherer. Außerdem trug die Lehrerin eine gerüschte Plakette an die Brust geheftet, auf der *BDF* zu lesen war, die Abkürzung für: Bund Deutscher Frauenvereine.

»Ja, das hat er. Aber wenn Fee nicht gewesen wäre … oder besser die kleine Athena …« Luise brach lachend ab. »Herrje, Sie müssen mich für vollkommen verwirrt halten. Aber die Geschichte ist erzählenswert, wenn auch wohl jetzt keine Zeit dafür ist.«

Ihre ehemalige Lehrerin lächelte breit. »Dann freue ich mich auf die Gelegenheit dazu. Haben Sie schon einen Platz? Nein? Dann kommen Sie mit, bei uns ist noch etwas frei.«

Luise folgte Fräulein Gehmlich durch die Menge der Frauen, die ebenfalls alle in den Stuhlreihen vor der Bühne nach freien Plätzen Ausschau hielten.

Viele der Frauen hier trugen eine Plakette und wirkten dadurch tatsächlich noch stolzer auf die Sache, die sie alle zusammen vertraten.

Schließlich hielt ihre ehemalige Lehrerin bei ein paar Stühlen an, auf denen sich bereits zwei Damen niedergelassen hatten. Die eine, in einem bordeauxfarbenen Kleid, das Luises eigenem an Chic in nichts nachstand, sah mit ihren großen, rehbraunen Augen zu ihr hoch. Die andere, in einen sehr maskulin wirkenden Dreiteiler gekleidet, sprang bei ihrem Anblick von ihrem Stuhl auf wie eine gespannte Feder.

»Komtess Luise, darf ich Ihnen meine Freundinnen vorstellen? Paula Brugge.« Sie deutete auf die Frau im feinen Kleid, die vielleicht Ende zwanzig sein mochte. Ihre scharf geschnittene Nase gab ihrem Gesicht etwas Markantes, obwohl ihr restlicher Körper weich und rund schien. »Paula ist Malerin, eine wahre Künstlerin, die wunderbare Gemälde der Natur, aber auch hervorragende Portraits malt.« Paula Brugge stand nun auch auf und reichte Luise eine kleine Hand, die jedoch einen festen Griff beherrschte. »Und dies ist Hedwig Schmeid.« Sie deutete auf die drahtige Frau im Anzug, an dem noch nicht einmal das Einstecktuch, passend zur Krawatte, fehlte. »Hedwig kämpft aus ganz persönlicher Betroffenheit um das Recht der Frauen auf anerkannte Ausbildung, denn sie will studieren. Sie kam über die bildenden Künste zur Architektur.«

»Und zu mir«, setzte Paula Brugge hinzu und warf Hedwig ein Lächeln zu. Diese streckte die Hand, die sie gerade noch Luise zum Gruß gereicht hatte, aus und berührte zärtlich deren Arm bis hinunter zur Hand.

»Wie ihr euch denken könnt, meine Damen, ist dies nun also Komtess Luise von Scheweney, eine meiner Schülerinnen auf Friesenhain«, sagte Fräulein Gehmlich an ihre Freundinnen gewandt, während Luises Blick noch auf den ineinander verschränkten Fingern der beiden Frauen verweilte.

»Müssten wir nicht eigentlich knicksen, Komtess?«, fragte Hedwig.

»Aber nein! Ich ... ich bin doch gar nicht...«, wehrte sie ab, erschrocken bei dem Gedanken, in dieser Situation eine derartige Ehrerbietung zu erhalten, und unsicher, ob es sich bei Hedwigs Worten nicht doch um einen kleinen Scherz handelte.

»Verstehe«, half Paula ihr. »Sie sind inkognito hier. Aber dann sollten wir, damit niemand Verdacht schöpft, einander beim Vornamen nennen und Du sagen. Das ist durchaus so üblich hier, sollten Sie wissen.« Ihre Augen blitzten.

»Paula, ich weiß nicht ...«, wandte Fräulein Gehmlich unangenehm berührt ein.

Doch Luise kam ihr zuvor. Nichts wollte sie lieber als deutlich machen, dass sie trotz aller sichtbaren Unterschiede dazugehörte: »Nein, lassen Sie nur, Fräulein Gehmlich. So ist es mir viel lieber. Schließlich geht es bei der Versammlung hier auch darum, dass wir alle gleich sind, nicht wahr?« Beim Blick in die anerkennenden Mienen der beiden Fremden fühlte Luise sich bereits deutlich besser.

»Ihr könnt ja beim Förmlichen bleiben«, schlug Paula vor. »Dann kommt ihr nicht durcheinander, wenn ihr euch demnächst wieder auf Friesenhain trefft.«

Damit war also auch diese pikante Entscheidung umschifft und alle waren einverstanden.

»Ich kann leider nicht viel länger bei Ihnen bleiben, Komtess«, teilte Fräulein Gehmlich ihr mit. »Alle Vortragenden versammeln sich gleich neben der Bühne. Ich bin als Dritte an der Reihe und weiß nicht, wann ich das letzte Mal so nervös war.«

»Sie werden glänzen, da bin ich ganz sicher!«, versicherte Luise ihr mit Überzeugung.

Das Lächeln ihrer Lehrerin geriet vor Aufregung ein wenig schief, doch in ihren Augen glänzte Eifer.

»Wir werden die Komtess … wir werden *Luise* unter unsere Fittiche nehmen, keine Bange, Elsie. Nun geh und zeig allen, was du kannst!« Paula gab der Freundin einen kleinen Schubser.

Fräulein Gehmlich straffte die Schultern, nickte Luise noch einmal zu und verschwand in Richtung Bühne.

»Am besten setzen wir uns, ehe die besten Plätze alle belegt sind. Schaut mal, da vorn sind vier nebeneinander frei, wie für uns gemacht!«, bemerkte Hedwig und deutete in die Stuhlreihen. Selbstbewusst schritt sie ihnen voran bis zum letzten der Stühle und ließ sich dort nieder. Paula wählte den Platz neben ihr und Luise setzte sich zwischen sie und den freien Stuhl.

»Was treibt dich zu uns, Luise?«, wollte Paula dann ehrlich interessiert von ihr wissen. Das ungewohnte Du von einer fremden Person brachte Luise nun doch ein wenig in Verlegenheit.

»Ich kann mich nicht an eine Zeit erinnern, in der ich nicht ein Junge sein wollte. Die Möglichkeiten im Leben, die sich ihnen boten, schienen mir so viel größer und vielseitiger«, begann sie schließlich zögernd.

»Oh, ich weiß, was du meinst!«, stöhnte Hedwig und hakte einen Daumen in die kleine Tasche ihres Jacketts. Unter der Bluse trug sie sicher kein Korsett, was ihre flache Brust erklärte. Die Hosen bauschten sich unter dem Jackettschoß, ehe sie unterhalb der Knie eng anlagen wie Strümpfe. Jetzt beugte sie sich vor, um sich besser am Gespräch mit Luise beteiligen zu können, und stützte dabei die Hände auf die Knie wie ein junger Bursche, und kurz blinzelte Luise irritiert. Doch passte es im Grunde nicht wunderbar zu dieser ungewöhnlichen Frau? Hedwig jedenfalls schien sich wie ein Fisch im Wasser zu fühlen. »Ich habe vier Brüder. Sie durften alles, laut und wild sein, und wenn sie Widerworte gaben, setzte es was, aber im Grunde fand alle Welt es doch nur richtig, dass sie ihren eigenen Willen fanden. Meine Schwester und ich aber, wir sollten brav und sittsam sein, still, ruhig und nachgiebig. Wie froh ich war, als ich mein Elternhaus endlich verlassen konnte, um aufs höhere Internat zu gehen. Aber ich kam vom Regen in die Traufe. Die Zucht der Lehrer war streng, und alles drehte sich nur darum, aus uns gefühlvoll singende, stickende, von allem nur ein bisschen ahnende spätere Ehefrauen und Mütter zu formen. Gut, dass ich da Gefährtinnen fand, die wie ich dem Ganzen heimlich trotzten.« Hedwig warf Paula einen zärtlichen Blick zu, den diese lächelnd erwiderte. »Sobald wir die drei Jahre höhere Schule hinter uns hatten, kehrten wir ins bequeme Heim zurück und setzten von dort aus unsere ganz eigenen Pläne um. Mein Vater ist Verleger, musst du wissen. Bücher und Zeitungen sind gefragter denn je. An Mitteln mangelte es uns nie, nur an Gerechtigkeit. Die mussten wir uns selbst schaffen – und sind immer noch dabei.«

Diese leidenschaftliche Rede sprach Luise aus dem Herzen.

»Ich weiß noch, wie oft unsere Gouvernante mich aus dem Baumhaus holte, das im Park für meinen Bruder Wilhelm gebaut worden war. Besser *holen ließ*, denn sie selbst traute sich freilich nicht hinauf«, antwortete sie und musste bei dem Gedanken an das hilflose Rufen von unten schadenfroh grinsen. »Ich sollte nicht spielen wie ein Junge. Aber irgendwann mussten sie einsehen, dass das Wilde mir auch mit Verboten und strengen Worten nicht auszutreiben war. Es war wohl eher eine Resignation auf ihrer Seite. Aber solange ich bei Festivitäten und Besuch artig im sauberen Kleid dabeisaß und nicht mit den Füßen zappelte, erlaubte man mir schließlich meine kleinen Ausbrüche.«

»Und warst du damit zufrieden?«, forschte Paula mit aufmerksamem Blick, als kenne sie die Antwort bereits.

Luise spürte, wie ihre Brust weit wurde vor unerwartetem Glück über dieses echte Interesse.

»Nein, wohl nicht. Als ich den Kinderschuhen entwuchs, wurde es nur noch schlimmer. Denn da begriff ich, dass dies nur der Anfang gewesen war.« Paula und Hedwig nickten zu ihren Worten und das ermutigte Luise fortzufahren: »Irgendwann wird mein Bruder den gesamten Familienbesitz erben. Den Titel und das Land, alle Besitztümer darauf, aber eben auch Friesenhain, das Gestüt. Meine Schwester Clara, die Jüngste von uns, hat sehr viel mehr Ahnung von den Geschäften als Wilhelm. Sicher würde sie das Gestüt wohl gern selbst leiten. Aber daran ist natürlich nicht zu denken.«

Paula seufzte. »Nein, natürlich nicht. Solch eine Stellung kann sich nur eine reiche Witwe leisten, deren Mann ihr alles hinterlassen und die selbst so viel Grips beisammenhat, keine weitere Ehe einzugehen, egal wie viele Kandidaten um sie und ihr Geld werben.«

»Ihr seid also beide nicht … verheiratet?«, wollte Luise vorsichtig wissen.

Paula schmunzelte und Hedwig lachte laut auf: »Gott bewahre! Nein, was betuchte Eltern ihren Töchtern geben können ist genug Auskommen, um ein eigenes Leben zu führen – auch wenn das als unschicklich gilt. Das haben meine getan.

Und so bin ich frei, zu leben wie ich will. Auch wenn ich noch nicht arbeiten kann, was ich arbeiten möchte. Ich habe einen Mäzen, den berühmten Architekten Josef Schlinger, kennst du ihn?« Luise schüttelte beklommen den Kopf. War es doch recht unwahrscheinlich, dass sie irgendjemanden kannte, mit dem diese bewunderungswürdigen Frauen verkehrten. Hedwig winkte ab. »Ach, das muss dir nicht unangenehm sein. Friesenhain ist alt und wird wohl keine Bauleute mehr brauchen. Schlinger ist der Gefährte meines Onkels, Eduard Schmeid, der Bruder meines Vaters. Josef ist so eine Art Pate im Geiste für mich. Er hat schon früh erkannt, was in mir schlummerte, und mein Interesse an der Architektur geweckt. Auf meinen Reisen habe ich mir über dieses Gebiet jede Menge angeeignet und er hat mir alles Weitere beigebracht, was an Fachwissen nötig ist.« *Auf ihren Reisen?*, stutzte Luise. Das klang, als sei Hedwig ganz allein in Europa oder gar der Welt umhergezogen, um ihrem Ziel näherzukommen »Er meint stets, er schätzt meinen freien Geist, denn der gehört dazu, wenn man Gebäude von Luft und Licht erschaffen will, wie er immer sagt. Aber um selbst Häuser entwerfen zu dürfen, als entlohnter Beruf und nicht nur zum Zeitvertreib, brauche ich das Studium mit Abschlussexamen. Und dafür kämpfe ich. Für mein eigenes Recht darauf. Aber auch für das Recht aller Frauen auf so einen Studienplatz.«

Paula hatte Hedwig bei deren Worten zugehört und nahm nun wieder ihre Hand. »Du wirst es schaffen, Liebe! Das Verfahren zur Genehmigung einer Ausnahmeerlaubnis für dich läuft doch schon, weil Schlinger für dich gesprochen hat. Du wirst die erste weibliche Studentin an der Königlich Technischen Hochschule in Hannover sein! Und dann machen wir den Weg frei für alle Frauen, die nach dir kommen wollen.«

Ein Verfahren zu Genehmigung einer Ausnahmeerlaubnis?
Luise war sehr beeindruckt. Sie fand die Art, wie mutig und hartnäckig Hedwig ihr Ziel verfolgte, so bewundernswert, dass sie zunächst regelrecht sprachlos war. Offenbar hatte sie schon als Kind gewusst, was sie mit ihrem Leben anfangen wollte. Sie war gereist, hatte sicher viel gesehen. Wie beneidenswert ein solcher Werdegang doch war.

Schließlich wandte Luise sich an Paula: »Willst du auch studieren?«

»Nein, aber ich möchte mehr Anerkennung für meine Arbeit. Meine Bilder werden gut verkauft, wenn die Leute sie nur zu sehen bekommen. Doch nur wenige Galeristen oder gar Museen wollen sie ausstellen, weil ich eine Frau bin. Es gibt ein paar, immerhin. Doch meine andere Arbeit ist ertragreicher, denn da weiß niemand, wer genau dahintersteht: Ich entwerfe Muster für unsere Tapeten, musst du wissen.«

Plötzlich begriff Luise. »Paula Brugge! Von der Tapetenmanufaktur Brugge? Tatsächlich? – Das ist ja wunderbar. Wir haben auf Friesenhain gleich mehrere Räume mit den schönen Tapeten aus der Manufaktur. In unserem Frühstücksraum ist sie gelb, mit exotischen Pflanzen und Vögeln darauf.«

Paulas Augen leuchteten auf. »Oh ja, die mag auch ich besonders gern. Mein Bruder wollte, dass ich dem Ara Papagei seine roten und blauen Federn gebe und dem Tukan mit dem gewaltigen Schnabel sein schwarzes Kleid samt weißem Hals, aber das fand ich zu bunt. Ich habe ihm gesagt, dass es nicht immer auf die Farben ankommt, die man tatsächlich sieht. *Wenn ich nur die Tiere und Pflanzen fein genug ausarbeite und verschiedene Gelbtöne verwende, wird alle Welt meinen, die bunte Exotik zu sehen*, habe ich ihm gesagt.«

»Und du hattest recht. Für mich ist die Tapete voller Farben des Dschungels«, pflichtete Luise ihr bei. »Obwohl du nur die Farbe Gelb benutzt hast, sehe ich vor mir auch alle anderen.« Der Gedanke, dass in Friesenhain ein kleines Kunstwerk die vertrauten Wände zierte, das von dieser bemerkenswerten Frau entworfen worden war, begeisterte sie. »Warum will dein Bruder dir denn in deine Arbeit hineinreden? Hat er das Recht dazu?«, erkundigte sie sich dann mit einem leisen Groll auf den Unbekannten.

Paula schien amüsiert. »Die Frage ist verständlich, Luise. Aber er hat tatsächlich das Recht dazu, denn wir entscheiden alles gemeinsam. Welche neuen Muster wir ins Programm für Tapeten und Stoffe nehmen, welche neuen Maschinen wir anschaffen und ob wir den Lohn der Arbeiter in den Fabrikhallen erhöhen. Das tun wir, weil die Manufaktur uns beiden gehört.«

Darauf wusste Luise nun endgültig nichts zu erwidern. Eine Fabrik, die zur Hälfte im Besitz einer unverheirateten Frau war? Das war geradezu unerhört. Von so etwas hatte sie noch nie erfahren. Ja, sie hatte sich nicht einmal gefragt, ob es so etwas wohl gab.

»Paulas Eltern sind bei einem Häuserbrand gestorben, als die beiden sehr klein waren«, erklärte Hedwig ihr. »Oh, mein herzliches Beileid«, beeilte Luise sich zu sagen.

»Danke, Luise. Es ist lange her. Ich bin achtundzwanzig und mein Bruder über dreißig. Wir hatten das Glück, einen wunderbaren Vormund zu haben, der uns alle Freiheiten ließ. Wahrscheinlich sind wir deswegen beide so … aufrührerisch.«

Aufrührerisch klang in Luises Ohren seltsam schockierend und verlockend zugleich. Doch ehe sie nachfragen konnte, was genau dieses Wort in Bezug auf Paulas Leben beinhaltete, entstand vorn an der Bühne Unruhe.

Eine Frau erklomm die Stufen, begrüßte alle Anwesenden und kündigte den Beginn der Vorträge für *in ein paar*

Minuten an. Rasch suchten sich auch die Letzten im Saal einen Platz.

Interessiert sah Luise sich um. Ein befremdlicher Anblick war das: ein so großer Raum und auf der Bühne ein Podest und ein breites Banner, und überall Frauen. Fast, ja, denn ein paar Männer waren tatsächlich in den Reihen auszumachen.

Einer, groß und kräftig, mit modischem blondem Schnäuzer und ebensolchem Haar, in einem braunen Anzug mit Hemd und Schal, trat soeben nah neben sie.

Erschrocken sah Luise zu ihm auf und hätte am liebsten Paula am Ärmel gezupft, die sich mit Hedwig ganz in die andere Richtung gedreht hatte, um einer Freundin in der Menge Zeichen zu machen.

»Ein neues Gesicht?«, bemerkte der Fremde und deutete eine Verbeugung an, ehe er sich neben Luise auf den freien Stuhl fallen ließ. Ohne seinen Namen zu nennen.

Luise schnappte regelrecht nach Luft, denn solch ein Verhalten war ihr noch nie untergekommen. Er saß nun so dicht neben ihr, dass sie seine Wärme regelrecht spüren und seine Rasierseife oder irgendeinen anderen würzigen Duft riechen konnte.

»Der Platz ist bereits belegt, mein Herr«, war es aus ihr herausgeplatzt, ehe sie überlegt hatte. Selbstverständlich hätten sie erst einander vorgestellt werden müssen, ehe sie derart miteinander sprachen. Zuerst er ihr, dann sie ihm. Doch niemand schien sich dafür zuständig zu fühlen. Der fremde Mann jedenfalls fand wohl nichts dabei, sie einfach anzusprechen, ohne zu wissen, wer sie war.

Er hob nur die Brauen und sah auf seinen Stuhl hinunter.

»Tatsächlich? Er schien mir ganz leer«, antwortete er ihr mit deutlicher Erheiterung.

Was für ein Rüpel war das! Erst ließ er sich ganz ohne Höflichkeit neben ihr nieder und dann besaß er die Frechheit, sich lustig zu machen? Empört richtete Luise sich noch ein wenig steifer auf und erwiderte seinen Blick mit grimmiger Entschlossenheit.

»Mein Herr«, begann sie und hörte ihrer Stimme das mühsam unterdrückte Beben an, was sie nur noch mehr in Rage brachte über diesen ungehobelten Kerl. »Unsere Freundin kommt nach ihrem Vortrag gewiss zurück und dann ...« Ihr gingen tatsächlich die Worte aus. Hitze schoss in ihr auf und strömte in ihre Wangen.

»... dann werde ich aufstehen und ihr diesen von Ihnen so engagiert verteidigten Stuhl überlassen«, versprach er in einem versöhnlichen Tonfall, der zu sagen schien, sie solle sich mal nicht so aufregen. Seine braunen Augen lachten. Doch dann besann er sich wohl, denn er senkte noch einmal den Kopf und flüsterte ihr zu, denn vorn hatte bereits die erste Rednerin die Bühne betreten: »Mein Name ist Max Brugge. Ich begleite meine Schwester auf viele Versammlungen. Die Frauenfrage ist auch für uns von Belang, müssen Sie wissen.«

Luise schwankte zwischen erneuter Empörung über sein vertrauliches Flüstern und Erleichterung. Der Fremde war Paula Brugges Bruder? Jener, der bunte Papageien auf gelben Tapeten liebte? So fremd war er also doch nicht. Und gewiss hielt er sie für eine der engeren Freundinnen seiner Schwester, daher seine Vertraulichkeit. Der Gedanke, dass er womöglich in ihr eine Frauenrechtlerin sah, löste ein ganz neues Gefühl in ihr aus: einen bisher unbekannten Stolz, der sie selbst überraschte.

»Interessant für Sie als ... Herren?«, hakte sie leise nach.

Er schmunzelte. »Wohl auch. Ich meinte aber eher für uns als Sozialdemokraten.«

Schockiert starrte Luise ihn kurz an und wandte sich dann abrupt in Richtung Bühne. Ein Sozialdemokrat. Diese Art von politischen Unruhestiftern, wie ihr Vater sie stets nannte, hatte sie sich ganz anders vorgestellt: grobklotzig, Kautabak kauend und fortwährend Parolen auf den Lippen, die dem Adel ebenso wie den Fabrikbesitzern die Russische Grippe an den Hals wünschten, die die Welt doch gerade erst überwunden hatte. Es waren schließlich Vaterlandsverräter. So jedenfalls hatte Luise es gelernt, während Bismarcks Sozialistengesetz diese Partei von Reichsfeinden ab 1878 verboten hatte. Erst seit ein paar Jahren, 1890 musste das gewesen sein, galt das Gesetz nicht mehr und die Parteimitglieder konnten sich wie Max Brugge nun derart unbeschwert in der Öffentlichkeit zu ihrer politischen Gesinnung bekennen.

Warum aber brachte Max Brugge die Forderung der Frauen nach besserer Bildung mit dieser gefährlich ideellen Ausrichtung des Proletariats in Verbindung? Er hatte gesagt, die Frauenbewegung sei auch für die Sozialdemokraten interessant. Wie konnte das sein?

Luise spürte eine brennende Neugierde und hätte zu gern mehr darüber erfahren. Aber natürlich kam nicht infrage, das Gespräch mit einem dieser Querulanten zu führen, zumal sie ebenfalls hätte flüstern müssen.

»Und Sie?«, raunte Max Brugge ihr nun zu. »Wie heißen Sie?«

Luise, vollkommen eingenommen von all den Gedanken und zudem gewohnt, von anderen vorgestellt zu werden, räusperte sich kurz.

»Ich bin die Komtess Luise von Scheweney, Tochter des Grafen von Scheweney auf Friesenhain«, stellte sie sich dann in aller Form vor.

Ihr Gegenüber wirkte einen Moment lang überrascht,

ließ dann jedoch den Blick kurz über den Spitzenbesatz an Luises fliederfarbenem Jackenkragen und über ihre Jadeohrringe gleiten.

»Willkommen, Komtess. Ich bin gespannt, wie lange Sie bleiben«, sagte Max Brugge dann. Was natürlich trotz der vorweggestellten Begrüßung in diesen Kreisen eine Unverschämtheit war. Wie kam er auf die Idee, ihr Interesse, und wenn schon nicht dies, dann zumindest ihre Höflichkeit, der Veranstaltung bis zum Ende beizuwohnen, anzuzweifeln?

Mit vor Empörung erhitztem Gesicht wandte Luise den Kopf wieder nach vorn und versuchte, dem Vortrag zu folgen. Das war nicht ganz einfach, denn ihr gerade noch so überbordendes Hochgefühl war von seiner Bemerkung in Kombination mit seinem Blick gedämpft worden. Gedämpft von dem unangenehmen Gefühl, trotz all ihres Wünschens und Drängens letztendlich doch nicht dazuzugehören.

Luise

7

Im Laufe der folgenden Stunde legte sich Luises Zorn auf Max Brugge und seine spitze Bemerkung. Natürlich vergaß sie nicht, dass er neben ihr saß. Doch die Vorträge auf der Bühne fesselten sie, und so registrierte sie es nur hin und wieder, wenn ihr Sitznachbar mit allen anderen applaudierte oder die Beine anders überschlug, sodass der würzige Duft ihr erneut in die Nase stieg.

Besonders Fräulein Gehmlichs Rede nahm Luise mit, denn ihre Lehrerin sprach von den Forderungen der sogenannten *Gelben Broschüre*, in der offenbar in diesen Kreisen höchst angesehene Frauen, von denen Luise jedoch noch nie gehört hatte, die Forderung nach wissenschaftlicher Qualifizierung von Lehrerinnen erhoben. Namen schallten durch den Saal, bei denen das Auditorium beifällig nickte und gar applaudierte: Helene Lange, Minna Cauer, Henriette Schrader und andere.

»Warum wurden deren Argumente und einleuchtenden Forderungen vom preußischen Unterrichtsminister so vehement abgelehnt?«, rief Fräulein Gehmlich. »Nun, ich kann es Ihnen sagen, meine Damen: In Deutschland herrscht immer noch die Ansicht, dass die geistig unselbstständige Frau die beste ist. Nur sie wird den Interessen ihres zukünftigen Mannes unkritisch, ja, unterstützend gegenüberstehen. Und so werden die Mädchen und jungen Frauen weiterhin erzogen, um nichts weiter in ihrem Leben zu erreichen, als Ehefrau und Mutter zu sein.« Luise saß wie vom Donner gerührt und lauschte diesen deutlichen Worten, die so klar aussprachen, was sie selbst schon lange in ihrem Herzen bewegte. Ein Gefühl von wahrer Euphorie erfasste sie, als sie plötzlich begriff, dass sie nicht allein in der Welt war mit ihren Überlegungen und Wünschen. Nein, es gab noch so viele andere Frauen, die ebenfalls den ihnen vorgezeichneten Weg nicht akzeptieren wollten.

Ihre ehemalige Lehrerin fuhr mit erhobener Hand fort: »Wird uns aber schon die höhere Mädchenbildung verweigert, wie steht es dann erst um die Hochschulen? Oh, meine Damen, die Furcht der Herren vor Konkurrenz bleibt weiterhin der Hauptgrund für ihren heftigen Widerstand gegen solchen Fortschritt!«

Fräulein Gehmlichs kluge und leidenschaftliche Worte lösten im Auditorium eine Welle der Zustimmung und minutenlangen Applaus aus. Einige Frauen riefen: »Es wird endlich Zeit!« oder »Wir sind ebenso gut wie die Männer!«.

Zu ihrem eigenen Schrecken hörte Luise sich selbst »Bravo!« rufen und einen beifälligen scharfen Pfiff ausstoßen, wie sie es in ihrer Kindheit von den Stallburschen gelernt hatte. Rasch sah sie sich um, doch in der allgemeinen Begeisterung nahm niemand Anstoß daran. Nur Max Brugge neigte kurz den Kopf und sein Mund verzog sich zu einem Schmunzeln.

Dem würde das Spötteln noch vergehen! Am liebsten hätte Luise ihm berichtet, dass dies ihre Lehrerin war, die dort vorn derart kämpferisch sprach – über die gerechten Forderungen der Frauen auf umfassende Bildung in den Wissenschaften sowie der Architektur, dem Journalismus und den Künsten. Ja, Fräulein Gehmlich hatte ihr mit viel Geduld Englisch und Französisch beigebracht, Notenlesen und über ihren Stickarbeiten mitleidig geseufzt. Aber sie hatte Luise offenbar noch einen anderen Geist eingehaucht. Da konnte dieser Max Brugge grinsen, wie er wollte. Als Mann konnte er schließlich seine hehren Ziele ganz offen kundtun.

Heimlich ließ Luise ihren Blick durch den Saal schweifen. Wer waren diese Frauen, die heute den Weg hierher gefunden hatten? Sie mutmaßte hier eine Tochter aus bürgerlichem Hause, dort eine Gouvernante und direkt neben dieser die Gesellschafterin einer reichen Witwe. All diese Frauen führten ihr alltägliches Leben, von der herrschenden Gesellschaft als selbstverständlich betrachtet, während sie an Nachmittagen wie diesem gemeinsam um Gerechtigkeit und für ein großes Ziel kämpften. Das Ziel nämlich, dass differenzierte Bildung und entsprechender Beruf zukünftig auch ihr Dasein bereichern durften, nicht nur das der Männer.

Kurz vor Ende der Veranstaltung erhob Max Brugge sich von seinem Platz. Er nickte Luise kurz zu und verschwand ohne eine höfliche, wortreiche Verabschiedung, die so einem Kennenlernen üblicherweise folgte, durch die Stuhlreihen. Paula und Hedwig, die gebannt der letzten Rede folgten, bemerkten sein Fortgehen nicht einmal. Luise aber war froh, dass sie nun um die Verlegenheit herumkam, noch einmal Konversation mit einem Sozialdemokraten führen zu müssen. Womöglich hätte er sogar eine Bemerkung darüber gemacht, dass sie entgegen seiner Erwartung bis zum Schluss durchgehalten habe. Was hätte sie auf so etwas antworten sollen? Dass von Durchhalten nicht die Rede sein konnte? Dass sie die Vorträge mit größtem Interesse verfolgt, mit tiefer innerer Bewegung gelauscht hatte?

Nein, so war es besser. Luise musste keinen Gedanken mehr an Herrn Brugge verschwenden, konnte ungestört von seinem spöttischen Blick ebenso applaudieren wie alle anderen im Saal und nach der Auflösung der Versammlung ihrem lieben und nun noch sehr viel mehr bewunderten Fräulein Gehmlich beide Hände drücken.

Erst als sie sich schließlich verabschiedete und nach hinten in den Saal dem Ausgang zustrebte, fiel ihr Wolff wieder ein. Der stand freilich noch an Ort und Stelle, wirkte aber seltsam benommen. Kein Wunder, denn ihr selbst schwirrte der Kopf von den Reden.

Noch ganz aufgelöst von all den Eindrücken ließ Luise sich von ihm in die Kutsche helfen, ehe er selbst den Bock bestieg, auf dem der Bursche geduldig gewartet hatte.

»Auf kurzem Wege nach Haus, Komtess Luise?«, fragte der Kutscher.

»Ja, Wolff. Aber eilen Sie sich nicht. Dort erwartet mich nichts.«

Und wie sie losfuhren, durch die Straßen und zur Stadt hinaus, hallten diese letzten ihrer eigenen Worte in ihr nach.

Stimmte das tatsächlich? Erwartete sie auf Friesenhain nichts als die übliche Einöde von dreimal täglich Toilette machen, gähnend langweilige Höflichkeitsbesuche, der sonntägliche Gang in die protestantische Christuskirche, sich träge dahinziehende Konversationsstunden und eher bemühte denn talentierte musikalische Übungen? Nein, da war doch noch anderes, noch so viel mehr, nicht wahr?

Mit einem Schlag tauchten die bewegenden Erlebnisse vom Vortag im Stall vor ihrem inneren Auge wieder auf. Durch die kraftvollen Eindrücke des Nachmittags waren die Gedanken an die liebe Stute Fee in ihrer Not beinahe verdrängt worden wie die Bilder eines nächtlichen Albtraumes, die durch den Tag verblassen und schließlich vergehen. Doch jetzt sah Luise plötzlich die Szene wieder ganz klar und deutlich vor sich: Sie selbst im beschmutzten Stroh kniend. Verzweifelt, weil das tragische Schicksal, dem sie vor sieben Jahren so hilflos hatte zusehen müssen, sich zu wiederholen drohte. Doch dann spürte sie erneut den eisernen Willen, der sie erfasst hatte, weil sie diese Mutter und ihr Junges nicht dem Schicksal überlassen wollte. Der brennende Wunsch durchfuhr sie erneut, der sie bei Fees angstvollem Blick zu ihr erfüllt hatte: der heiße Wunsch, zu helfen. Sie hatte das Richtige tun wollen, um auch in der Abwesenheit des Rossarztes nichts dem dunklen Zufall zu überlassen. Und das große Glück für alle war gewesen, dass sie von damals her gewusst hatte, was zu tun war, um beide Tiere zu retten.

Plötzlich richtete Luise sich in dem Sitz des übers Straßenpflaster der Stadt ruckelnden Landauers auf.

Der Rossarzt war nicht rechtzeitig zur Stelle gewesen. Damals nicht, und gestern auch nicht. Er hatte etliche Höfe und mehrere Gestüte in ihrem Landkreis zu betreuen. Wenn er einmal über Nacht fort war, konnte in einem Notfall niemand ihn erreichen. Und so waren sie auf Friesenhain auf die Erfahrung und das Wissen des Stallmeisters Paas und der schon lange in Diensten stehenden Stallburschen angewiesen. Wussten die nicht weiter, konnte es leicht das Leben eines der Pferde kosten.

Was aber, wenn auf Friesenhain eine Person leben würde, die über alle Krankheiten und wie man ihnen beikam, über die zu befürchtenden Schwierigkeiten bei Geburten und die dann notwendigen Hilfen genau Bescheid wusste? Eine Person, die von den besten ihres Fachs sowohl die Diagnose wie auch das richtige Vorgehen gelernt hatte?

Von fieberhafter Erregung ergriffen, zog Luise die Handschuhe aus und betrachtete ihre schlanken, aber auch starken Finger, die heute Morgen so fest hatten zugreifen können. Es war keine Sache von Kraft, das hatte Doktor Heuser selbst gesagt. Es war *eine Sache von Wissen und richtigem Handeln.*

Und selbst wenn einmal körperliche Kraft notwendig sein sollte, die sie selbst nicht aufbringen konnte, so waren doch ausreichend Männer in den Stallungen, die alle Handgriffe würden ausführen können, die sie ihnen auftrug.

Eine feine Flamme züngelte in Luise auf, breitete sich aus, ergriff Besitz von ihren Gedanken. Wie ein Feuer, das sich rasant ausbreitete.

Hedwig Schmeid wollte Architektur studieren, hatte sie gesagt. Von einem Verfahren für eine Ausnahmegenehmigung war die Rede gewesen. In den Vorträgen der Versammlung hatte Luise auch von der Möglichkeit erfahren, bei ihrer Sache zugeneigten Professoren in deren Seminaren als Gasthörerin beizusitzen.

Wenn das in der Architektur möglich wäre, warum dann nicht auch in anderen Bereichen der Bildung und der Studien?

Mit einem Schlag, dort auf dem vertrauen Platz in der Kutsche, durchfuhr Luise die Erkenntnis, nach der sie so lange gesucht hatte. Auf einmal rückte alles an seinen Platz: ihr intensiver Wunsch, ihrem Dasein einen Sinn zu geben. Ihr Sehnen danach, mehr zu sein als Ehefrau, Mutter und Repräsentantin. Ihre beständige, innere Unruhe, die sie empfand, wann immer von ihrer Zukunft die Rede war. Das alles schien nun plötzlich schon immer ein Ziel gehabt zu haben, das mit einmal klar vor ihren Augen stand wie die Landschaft hier auf der Chaussee.

Luise wusste von der Königlichen Tierärztlichen Hochschule, der ehemaligen Rossarzneischule, in Hannover. Auch Heuser hatte dort seinen Doktor gemacht.

Der Direktor der Hochschule, Professor Dammann, war über die Landesgrenzen hinaus berühmt, des Weiteren Mitglied des Kaiserlichen Gesundheitsamts und Landesveterinäramts. Paas hatte in seiner kleinen Bibliothek im Pförtnerhaus sogar ein Buch von ihm: *Die Gesundpflege der landwirtschaftlichen Haussäugetiere,* in dem auch einiges über Pferdekrankheiten zu lesen war.

Es hieß, dass Direktor Dammann auch hin und wieder an den Hof gerufen wurde, wenn eines der Lieblingstiere des Kaisers die Rehe hatte oder sonst wie ernsthaft krank war.

Ja, das war es, was ihr immer gefehlt hatte! Luise wollte an der Rossarzneischule lernen, an der Königlichen Tierärztlichen Hochschule studieren! Sie wollte alles erfahren, was bisher über Pferde und deren Krankheiten bekannt war. Damit sie im Notfall wusste, was Pferden wie Fee das Leben retten konnte. Und mit solch einem Wissen würde sie Friesenhain gewiss mehr dienen können als mit einer noch so glanzvollen Partie.

Plötzlich wünschte sie sich, sie würde nicht in dieser für eine Komtess angemessenen Kutsche unterwegs sein und dahinzockeln, als habe sie kein Ziel. Sie wollte auf Jeltje sitzen, ihrer Stute die Zügel vorgeben und voller Tatendrang losgaloppieren – so wenig konnte sie mit einem Mal ihre Zukunft erwarten.

»Wolff?«, rief sie zum Kutscher.

»Komtess?«

»Lassen Sie die Pferde laufen. Sie sind ausgeruht und können uns wohl schneller nach Hause bringen.«

»Sehr wohl, Komtess.« Wolff schnalzte mit der Zunge und ließ die Peitsche einmal über den schwarzen Köpfen zischen. Er schlug die Tiere nie, darauf achtete Paas. Und das brauchte es auch nicht. Ihre stolzen Friesen wussten, was ihre Aufgabe war, und zogen in einem Sprung gemeinsam an. So donnerten sie auf der Platanenallee dahin, Friesenhain entgegen. Und womöglich einer Zukunft, die in Luises Augen plötzlich nicht mehr dunkel war, sondern regelrecht zu leuchten begann.

* * *

Wolff half ihr vor der Freitreppe aus der Kutsche. Während Luise die Stufen hinaufeilte, so schnell es ihr Rock und die Ausgehschuhe zuließen, rollte hinter ihr die Kutsche über den feinen Kies der Auffahrt und verschwand im Park, wo sie auf der Nordseite des Vierkanthofes das Tor passieren würde.

Der Nachmittagstee war längst vorbei. Und bis zum Dinner waren es noch zwei Stunden. Die Aufregung hatte Luise hungrig gemacht. Vielleicht könnte sie Frau Rühl um einen kleinen Imbiss auf ihrem Zimmer bitten. Und während Agnes ihr beim Umkleiden helfen würde, könnte sie der eilig herbeigerufenen Clara und hoffentlich auch Marie von ihrem Entschluss erzählen, sonst würde sie vor freudiger Erregung platzen.

Doch als sie durch die Eingangshalle eilte, öffnete sich die Tür zum Salon und ihre Mutter trat heraus.

»Ah, Luise, habe ich doch recht gehört. Es war die Kutsche in der Auffahrt«, sagte sie.

»Guten Abend, Mutter.« Luise hielt inne, unsicher, was sie hinzufügen sollte.

»Ich sehe, du bist wohlbehalten zurück. Wenn auch ein wenig erhitzt.« Der kühle Blick aus den grünen Augen tastete über ihr Gesicht. Natürlich hatte der Graf seiner Frau von Luises ungewöhnlicher Bitte und seiner ausgesprochenen Erlaubnis erzählt. Doch dass Anna von Scheweney gegen das Wort ihres Mannes keinen Einspruch erhoben hatte, bedeutete noch lange nicht, dass sie den Ausflug ihrer älteren Tochter gutgeheißen hätte.

»Wie geht es Fräulein Gehmlich?«

Luise wusste, dass dies wahrscheinlich eine verborgene Frage danach war, ob der Plan des Grafen aufgegangen war und Luise ihre Anstandsdame vor Ort angetroffen hatte.

Daher antwortete sie betont entspannt: »Ganz ausgezeichnet, Mutter. Sie freut sich auf den nächsten Besuch hier und lässt ergebenst grüßen.«

Luise war froh, dass ihre Mutter kein genaues Wissen darüber hatte, welchen Vorträgen ihre ältere Tochter den Nachmittag über gelauscht hatte. Deren Inhalt hätte sie sicherlich entsetzt, wenn nicht sogar erzürnt. Aber so nickte sie nur.

»Danke, mein Kind. Und wie war … dein Ausflug?«

Nun betrat sie gefährliches Terrain. Anna von Scheweney hielt nichts davon, dass Frauen ihr Leben in die eigenen Hände nahmen, wie sie hin und wieder bei entsprechenden Gelegenheiten betonte. Das bewirke nur, dass sie ihre Pflichten gegenüber der Familie vernachlässigten, meinte sie stets. Und schließlich lebte sie auch selbst nach diesem Grundsatz und hatte ihr eigenes Dasein ganz dem guten Namen der von Scheweneys, dem Gestüt Friesenhain und ihrem Mann untergeordnet.

Daher gab es nun wohl nur eine einzige mögliche Antwort, die die Wahrheit entfremdete, Luise aber eine Predigt ersparen würde: »Es war unterhaltsam, Mutter. Mal etwas anderes.«

Die schmalen Brauen ihrer Mutter wanderten nach oben und Luise setzte rasch hinzu: »Ich habe interessante Bekanntschaften gemacht. Fräulein Gehmlich hat mir Paula Brugge vorgestellt. Die Malerin. Als Künstlerin entwirft sie die floralen Muster für die Stofftapeten, die in der Manufaktur Brugge hergestellt werden. Sie konnte sich noch genau an jenes erinnern, das wir im Frühstückszimmer haben. Du magst diesen gelben Dschungel doch auch so gern, nicht wahr?«

Luise konnte ihrer Mutter ansehen, dass die nicht recht wusste, was sie von diesem heiteren Plauderton halten sollte. Sie kannte ihre ältere Tochter zu gut und hatte mehr als einmal deren geschickte Ablenkungsmanöver erlebt. Mit schmalen Augen musterte sie Luise, als versuche sie, ihre Gedanken zu lesen.

»Paula Brugge sagst du? Tatsächlich? Sie ist mit ihrem Bruder zusammen Eigentümerin der Manufaktur«, antwortete sie nun und wusste damit mehr, als Luise über die Geschwister geahnt hatte.

Luise fragte sich, ob ihrer Mutter auch zu Ohren gekommen war, welcher politischen Gesinnung dieser gewisse Bruder anhing. Ihre Bekanntschaft mit ihm behielt sie besser für sich, denn deren Unschicklichkeit würde ihre Mutter gewiss in ihrer Meinung bestätigen, was solcherart Unternehmungen anging.

»Das habe ich auch erfahren, und wusstest du, dass sie auch Portraits und Landschaft malt?«, erwiderte Luise. »Ihre Bilder scheinen recht gefragt zu sein und werden in einigen Galerien ausgestellt. Vielleicht sollten wir sie in Betracht ziehen, wenn wir einmal ein neues Familienportrait malen lassen?«

Ihre Mutter musterte sie noch einmal. Doch diesmal war ihr Blick milder. »Ich bin froh, dass du so kultivierte Bekanntschaft geschlossen hast, Luise. Als dein Vater mir mitteilte, wohin er dich fahren lässt, habe ich zunächst meinen Ohren kaum getraut. Ehrlich gesagt habe ich befürchtet, dich mit einem Kopf voller unsinniger Ideen heimkehren zu sehen.« Und diese Befürchtungen hatte Luise seit gestern in jedem der Blicke ihrer Mutter erkannt und stumm zu ignorieren versucht. Die Gräfin fuhr fort: »Aber offenbar habe ich mich grundlos gesorgt. Warum lädst du Fräulein Brugge nicht einmal ein? Zum Lunch oder Tee? Dann können wir sie ein bisschen näher kennenlernen.«

»Oh, Mama, das ist eine wunderbare Idee!« Für einen Moment spürte Luise ihr Herz vor Freude über diese Möglichkeit schneller schlagen und der ungewohnte Wunsch, ihre Mutter zu umarmen, überkam sie wie eine wogende Welle. Doch das hatte sie schon seit ihrer Kindheit nicht mehr getan. Und dann tauchte auch das Bild von Hedwig in ihren Fahrradhosen vor ihr auf, wie sie draußen die Freitreppe heraufkommen und mit energischer Faust an die Tür pochen würde. Was würde Gräfin Anna von Scheweney dazu sagen?

Luise räusperte sich. »Ich werde ihr gleich morgen schreiben und sie bitten, einmal herzukommen. Nun muss ich mich aber umziehen. Ich fühle mich schrecklich staubig von der Reise.«

Sie wollte schon weitereilen, als ihre Mutter die Hand ausstreckte. Erst jetzt sah sie den geöffneten Brief darin.

»Mit der Nachmittagspost kam Nachricht von Cousine Maxim. So wie sie schreibt, wird euer Vetter wohl schon bald hier ankommen. Er scheint die Reise kaum erwarten zu können.«

Einen winzigen Moment lang stutzte Luise. Nur einen Wimpernschlag dauerte es, bis die Erkenntnis in ihr aufgeregtes, von so vielen bewegenden Dingen besetztes Gemüt drang, um wen es sich bei jenem Vetter handelte. *Krabbelchen!* War es tatsächlich erst ein paar Tage her, dass sie von diesem Besuch erfahren hatte? Es schienen ihr Jahre zu sein, so viel war inzwischen geschehen.

»Johan van Leeuwen? So bald schon?«, antwortete sie mit dünner Stimme.

»So bald schon, ja. Ich rechne Ende der Woche mit ihm.«
Ihre Mutter fixierte sie kurz, als rechne sie mit irgendeinem
Widerspruch. Als Luise schwieg, setzte sie hinzu: »Wolltest
du dich nicht umkleiden?«

»Natürlich. Ja. Ich bin schon auf dem Wege.« Luise eilte
die Stufen hinauf und bog oben in den Ostflügel ab, in dem
die Räume der Komtessen lagen.

Rasch klopfte sie an Claras Tür. Von drinnen erklang ein
munteres »*Qui? Entrez!*«.

Ach ja, heute Nachmittag hatte der Konversationsunterricht stattgefunden!, erinnerte Luise sich und streckte den
Kopf zur Tür hinein.

»Clara! Marie! Ihr zwei hier zusammen, was für ein
Glück!«, entfuhr es ihr. Sie schlüpfte hinein ins Zimmer zu
Schwester und Freundin, die gemeinsam in einer der Fens-
ternischen saßen.

Clara steckte den Finger zwischen die Seiten des Franzö-
sischbuches, das sie auf ihrem Schoß hielt, und klappte es zu.

»Das klingt nach aufregenden Stunden!«, sagte sie mit
ihrem typisch herzlichen Lächeln. »Komm, setz dich zu uns
und erzähl, was du erlebt hast!«

Luise hastete zu ihren beiden Vertrauten hinüber, ließ sich
zwischen sie auf die gepolsterte Bank fallen. Doch sobald sie
saß, sprang sie wieder auf.

»Ich weiß gar nicht, wo ich anfangen soll!« Sie begann, auf
und ab zu laufen, während ihre Augen durchs Zimmer huschten. Schließlich blieb sie stehen und sah sich genauer um.
»Alles sieht aus wie immer«, stellte sie beinahe verwundert fest.

Clara und Marie lachten beide.

»Wieso denn nicht?«, erkundigte Clara sich. Worauf Luise
zu ihnen trat und eine Hand ihrer Schwester und eine ihrer
Freundin ergriff.

»Ich glaube, dass alles hier noch so ist wie vorher, erscheint mir so seltsam, weil ich selbst mich so sehr verändert fühle«, sagte sie.

Da wurden sie beide ernst.

»Erzähl!«, bat Clara eindringlich.

Marie

8

»Tierärztin?«, wiederholte Clara mit schreckgeweiteten Augen. »Luise, aber das ist doch völlig unmöglich!«

Marie, die Luises lebhaftem Bericht ebenfalls mit Spannung gefolgt war, sah zwischen den beiden Schwestern hin und her. Sie waren so unterschiedlich. Clara, die immer noch neben ihr in der Fensternische saß und nervös den Stoff ihres Rockes knetete, war regelrecht entsetzt von dem, was Luise da gerade gesagt hatte. Als Lebensziel die Tiermedizin! Kein Wunder, dass Clara schockiert war, denn für die jüngere Komtess stand stets außer Frage, dass sie den Ansprüchen ihrer Familie und Friesenhains genügen wollte. Luise dagegen ... Nun, Luise war schon immer ein freier Geist gewesen.

Was mussten diese Versammlung, jene Frauen in Hosenanzügen, die die gleichen Rechte wie Männer forderten, all diese modernen Ansichten in ihr ausgelöst haben!

Jetzt war bei Claras Worten alle Farbe aus Luises erhitztem Gesicht gewichen.

»Bitte zweifle nicht an mir, Clara!«, stieß Luise hervor und wandte sich rasch auch an sie. »Und auch du bitte nicht, Marie! Ihr zwei seid die Einzigen, von denen ich dachte, dass ich auf euren Zuspruch bauen kann!« Ihre grünen Augen schwammen in Tränen, die sie nur noch mühsam zurückhalten konnte, während ihr Atem so rasch ging, als sei sie gerannt.

Marie stand auf und umarmte die Freundin, die ihr Gesicht in ihrem Haar barg und leise schluchzte.

»Keine Angst, Luise, natürlich kannst du auf uns zählen. Es kommt jetzt nur so überraschend. Und wir machen uns beide Sorgen um dich«, sagte Marie tröstend und blickte zur jüngeren Schwester, die noch wie betäubt am Fenster saß. »Nicht wahr, Clara?«

Da ging ein Ruck durch Clara, auch sie erhob sich und strich Luise über den Rücken. »Natürlich sind wir da. Und wir glauben an dich«, beteuerte auch sie mit leicht zittriger Stimme, ihre eigenen Bedenken kurz in den Hintergrund schiebend. »Wenn ich an gestern denke, unten im Stall. Wie du eingegriffen und getan hast, was getan werden musste! Du allein hast Fee und ihr Kleines gerettet.«

Die Worte ihrer jüngeren Schwester schienen Luise zu beruhigen. Ihre Schultern hörten auf zu beben und nach ein paar tiefen Atemzügen richtete sie sich wieder auf. Marie ließ sie los. Nun standen sie alle drei sehr dicht beieinander, so nah, dass jede fühlen konnte, was in der anderen vorging.

Clara holte tief Luft. Dann sagte sie eindringlich: »Aber, Luise, es ist ein großer Schritt von so einer Heldentat in unseren Ställen, von der zwar die Dienstboten untereinander erzählen, die aber wohl nie dem Fürsten zu Ohren kommen wird, bis hin zu einem Studium an der Tierärztlichen Hochschule in Hannover. Wer hat schon mal von so etwas gehört? Eine Frau als Ärztin?«

»Aber es gibt sie!«, entgegnete Luise aufgebracht mit erhobenen Händen. »In der Versammlung heute hat eine von ihnen gesprochen: Elisabeth Winterhalter. Sie ist eine beeindruckende Person, müsst ihr wissen. In Zürich studiert, hat sie sich vor ein paar Jahren mit ausländischer Approbation in Frankfurt niedergelassen als ... nun, als Gynäkologin.«

Sie blickten einander kurz an, alle drei bemüht, nicht beschämt dreinzuschauen. Auf einem Gestüt wussten natürlich auch sie als junge Frauen gewiss mehr von diesen Dingen als ihre Altersgenossinnen in den Städten. Doch waren sie es nicht gewöhnt, darüber ganz offen zu sprechen, auch untereinander nicht. Das hatten sie nur einmal getan, als Luise ihre erste Monatsblutung bekommen hatte und mit ihr einen gehörigen Schreck, den sie Clara und Marie in heller Panik anvertraut hatte. Clara hatte bei der Mutter Rat gesucht und Gräfin Anna hatte ihre damalige Zofe abkommandiert, den drei Mädchen den Umgang mit Binden und Bindengürtel zu zeigen.

Daher wusste Marie zuverlässig, dass Gräfin Anna ihre Töchter nicht zur Seite genommen und in weiterführender Hinsicht aufgeklärt hatte. Mit Grauen erinnerte sie sich noch an den Abend, an dem ihr Vater einmal einen solchen Ansatz gewagt hatte. Damals war sie sechzehn gewesen und vor Scham beinahe im Boden versunken. Er hatte schnell eingesehen, dass er sie nur in furchtbare Verlegenheit brachte, und etwas von *vielleicht noch zu jung* und *Frau Rühl sicher eine geeignete Stelle für Fragen* gemurmelt. Das Thema war nie wieder aufgekommen.

»Sie wird ordentlich zu kämpfen haben, diese Frau Doktorin«, mutmaßte Clara nun. »Die männlichen Ärzte werden in ihr eine Konkurrenz sehen und ihr unterstellen, dass sie nicht so gut sein kann wie ihre Kollegen.«

»Oh, das ist sie aber!«, widersprach Luise entschieden. »Sie ist so gut in ihrem Handwerk, dass ihre beiden männlichen Kollegen vor Ort sie bei Operationen hinzuziehen. Sie vertritt die Meinung, dass wir Frauen mindestens ebenso gute medizinische Arbeit leisten können wie die Männer. Nur brauchen wir die Chance auf entsprechende Ausbildung – und zwar auch hier im deutschen Kaiserreich.« Sie rang erneut die Hände und nahm ihr rastloses Hin und Her wieder auf. »Stellt euch vor: Elisabeth Winterhalter hat die Frauen im Saal ermutigt, sich für eine Ausnahmeerlaubnis zum Studium zu bewerben, ganz wie Hedwig Schmeid es in Sachen Architektur tut. Ich wusste nicht einmal, dass es so etwas gibt. Sie sagt, mit wichtigen Fürsprechern ist vieles möglich. Natürlich müssen wir Frauen hart arbeiten, viel härter als die Männer, um uns zu beweisen. Aber wenn wir dies erst geschafft haben, wenn wir gezeigt haben, dass wir es ebenso gut können, wird es für die Generationen nach uns leichter sein.«

Marie spürte, wie die fiebrige Begeisterung der Freundin allmählich von ihr Besitz ergriff. Hatte sie nicht selbst schon ganz ähnliche Gedanken gehabt, als sie den Kinderschuhen entwuchs und begann, sich die Achtung der Stallburschen zu verdienen? Dem einen oder anderen hatte sie erst beweisen müssen, dass sie ebenso wie ihr Vater verstand, mit den Pferden umzugehen. Etwas, das sie gewiss weniger Anstrengung gekostet hätte, wäre sie als Junge zur Welt gekommen.

»Vater sagt immer, dass zu seiner Jugendzeit eine junge Frau wie ich nicht mit den Pferden hätte arbeiten dürfen«, schoss es da aus ihr heraus. »Geschweige denn hätte sie, wie ich es tue, davon träumen können, eines Tages selbst Stallmeisterin zu werden. In dieser Hinsicht hat sich bereits etwas geändert. Hier auf Friesenhain ist es jetzt selbstverständlich, dass auch ich die Pferde für die Kavallerie einreite.«

»Und zwar in Hosen!«, rief Luise triumphierend und mit in die Höhe gereckter Faust.

Clara, die immer noch am selben Fleck stand und Luise

mit den Blicken folgte, schien hin- und hergerissen zwischen liebevoller Zuneigung für ihre temperamentvolle Schwester und echter Besorgnis. »Die Hosen müssen sein, Luise, das weißt du doch«, gab sie zu bedenken. »Im Damensattel fallen alle Hilfen durch Schenkel und Sitz weg. Wie sollte Marie da ein Pferd für die Soldaten einreiten?«

Luise deutete mit dem Finger auf sie. »Da siehst du es: Marie tut es, weil es getan werden muss! Nur so macht es Sinn. Und sie tut es, obwohl sie eine Frau ist. Niemand fragt danach, ob es schicklich ist.«

Marie fing einen Blick von Clara auf und glaubte, ihn deuten zu können. Ihre Freundin war nur zu gutmütig, um ihre Gedanken auszusprechen. Sie wollte ihre Schwester nicht verletzen. Deswegen übernahm Marie selbst es, Luise darauf hinzuweisen: »Ich bin nur die Tochter eines Stallmeisters. Meine besondere Situation hier im Hause hat ergeben, dass ich gebildeter bin als jede andere an meiner Stelle. Aber davon abgesehen, bin ich für alle, die auf Friesenhain verkehren, vollkommen unwichtig. Niemand schaut zu mir auf, niemand orientiert sich an mir, wie es bei euch als den Grafentöchtern nun einmal ist ...«

Als ihre Worte leise verklangen, hörte sie selbst, dass sie traurig klang, obwohl sie das nicht gewollt hatte.

Aber tatsächlich war ihr der Unterschied im sozialen Rang zwischen den beiden Komtessen und ihr selbst selten so deutlich gewesen wie in der letzten Zeit. Was vielleicht auch mit Wilhelm zu tun hatte, der in ihr ebenfalls nichts anderes als die Tochter des Stallmeisters zu sehen schien.

Von diesem Gedanken ganz verstört, verebbten die Worte, und sie sah auf das hübsche Muster des persischen Teppichs, der sich zwischen Bett und Toilettentisch erstreckte.

Luise, die ihren Worten aufmerksam gefolgt war, wandte

sich ab, trat an den hüfthohen Kamin und umfasste mit beiden Händen den marmornen Vorsprung.

»Wenn das so ist, Marie, dann wünschte ich, wie du zu sein. Ich neide es dir nicht, dass du irgendwann Stallmeisterin sein wirst, wie du es dir wünschst. Unsere Väter werden es gewiss gestatten, da bin ich sicher. Du hast es verdient und ich freue mich mit dir, wenn es so wird. Nein, ich wünschte nur, ich selbst könnte auch meinen Traum verwirklichen und eine sinnvolle Arbeit tun.« Ihr gesenkter Kopf ließ ahnen, was in ihr vorging.

Marie tauschte mit Clara einen Blick. Sie spürte in ihr dieselbe Sorge um ihre impulsive Schwester und Freundin, die sich mit solch einem Traum gewiss Ärger einhandeln würde, sollte sie versuchen, ihn wahr werden zu lassen.

Wie immer, solange Marie denken konnte, übernahm Clara die Rolle der Pflichtbewussten und Verständigen. Leise trat sie zu Luise, blieb jedoch hinter ihr stehen, ohne sie zu berühren.

»Du hast gewiss recht mit deinem Wunsch, Luise. All die Frauen des Vereins haben gewiss recht. Und eine Hedwig Schmeid, Tochter einer angesehenen und sehr wohlhabenden Bürgerfamilie, darf wohl auf diesen Studienplatz in Architektur hoffen«, sagte sie nun und fügte leiser hinzu: »Zumal sie keinen Ehemann hat. So wie du erzählst, lebt sie mit Paula Brugge und deren Bruder im selben Haus? Ich meine, sie führen ihm gewiss den Haushalt?«

Luise löste die verkrampften Finger vom Kaminsims und wandte sich um. »Ihr Bruder? Hm.« Sie schnaubte. »Ich habe euch ja erzählt, wie unhöflich er war. Aber er war dort. Als Mann, meine ich. Und er hat behauptet, hinter den Forderungen des Frauenvereins zu stehen.« Sie presste kurz die Lippen fest aufeinander, als löse die Erinnerung daran unangenehme Gefühle in ihr aus, die sie dann jedoch beiseiteschob. »Ich glaube also kaum, dass Paula Brugge ihrem Bruder den Haushalt führt. Sie werden eine Haushälterin haben. Nein, es ist wohl so, dass sie und Hedwig Schmeid zusammenleben. Ich meine … als Paar.«

»Als Paar?«, wiederholte Clara fassungslos.

Marie konnte ihre Reaktion nachvollziehen und starrte ebenfalls Luise an.

Einmal hatte unten in der Gesindestube eine der Mägde kichernd erzählt, sie habe am Morgen zwei *Kesse Väter* über den Platz vor der Christuskirche gehen sehen. Beide in Anzügen mit Hut und Mütze, und Arm in Arm. Marie hatte keine Ahnung gehabt, was das bedeutete. Doch an der Art, wie Frau Mecken dem Mädchen das Wort verboten und drohend in die Runde geschaut hatte, damit auch bloß niemand das Thema fortsetzte, hatte sie erkannt, dass es sich um etwas Skandalöses handeln musste. Nach der Mahlzeit hatte sie sich noch herumgedrückt und gewartet, bis Frau Rühl und sie für ein paar Minuten allein in der Küche waren.

Dann hatte sie gefragt. Und erfahren, dass *Kesser Vater* eine Bezeichnung war für Frauen, die mit Frauen zusammenlebten. Frau Rühl hatte mit rosigen Wangen erklärt, dass dies freilich höchst selten vorkam und daher kein Grund, weiter darüber nachzudenken.

Also waren Luises frische Bekanntschaften wohl solche Seltenheiten?

»Nun ja«, sagte Luise und reckte das Kinn. »Anfangs habe ich gedacht, ich hätte die kleinen Gesten zwischen ihnen missdeutet. Schließlich umarmen auch wir uns hin und wieder. Aber dann wurde mir klar, dass Paula und Hedwig wohl etwas anderes verbindet. Etwas Inniges, das ich selbst nur schwer greifen konnte. Vielleicht, weil ich es noch nie erlebt habe.«

»Ich denke, Luise«, fuhr Clara nun, vorsichtig in ihrem Gesicht forschend, fort, »dass du dich mit ihnen wohl nicht vergleichen willst?«

Luise schüttelte den Kopf. »Sie sind so frei, Clara. Sie haben eigenes Einkommen und tun, was sie wirklich tun wollen. Keine dummen Spinnereien, verstehst du? Sie tun das, was ihrem tiefsten Wunsch im Leben entspricht.«

Clara hob kurz die Hände zu einer hilflosen Geste, um dann wieder in den schweren Stoff ihres Rockes zu greifen, als bedürfe sie des Halts. »Ich verstehe, dass dich das anzieht, Luise, denn das klingt ganz nach dir. Aber du bist eine Komtess. Wir gehören dem Adel an. Sogar für eine Heirat benötigen wir die Zustimmung des Kaisers«, sagte sie leise mahnend.

»Bitte erinnere mich jetzt nicht an dieses Thema!«, stöhnte Luise und schüttelte eine hellbraune Strähne aus ihrem Gesicht, die sich aus dem Knoten gelöst hatte. »Wenn ich nur daran denke, wie Mutter gerade diesen Brief schwenkte! Denkst du etwa schon ans Heiraten, Marie?«, erkundigte sie sich dann bei ihr.

Eine leichte Hitze stieg in Marie auf. »Heiraten? Um Himmels willen, nein. Aber selbst, wenn es so wäre, würde es bei mir ja nicht um politische Allianzen oder Bündelung von Besitz gehen, so wie bei euch«, lenkte sie rasch das Gespräch von sich wieder auf die Komtessen.

Luise stieß laut die Luft aus. »Was hat das aber mit meiner beruflichen Ausbildung zu tun? Niemand kann etwas dagegen haben, wenn ich daheim für die Gesundheit unserer Pferde sorge.«

Clara hörte auf, ihren Rock zu malträtieren, und verschränkte die Finger ineinander. Marie kannte diese Geste. Vernunft und Weitsicht sprachen daraus. Die Erziehung der Gräfin Anna von Scheweney.

»Ist diese Ärztin, diese Elisabeth Winterhalter, verheiratet?«, wollte Clara wissen.

Luise sah ihre Schwester an. »Was tut das zur Sache?«, erwiderte sie beinahe trotzig. »Aber wenn du es wissen willst: Nein, Paula und Hedwig haben mir auf meine Frage hin anvertraut, dass Doktorin Winterhalter es ebenso hält wie sie selbst: Sie lebt mit ihrer Gefährtin zusammen.«

Marie, die den ersten Schreck von gerade verdaut hatte, kam der Verdacht, dass diese *Kessen Väter* womöglich gar nicht so selten waren, wie Frau Rühl ihr hatte weismachen wollen.

»Lulu«, sagte Clara eindringlich, aber in zärtlichem Ton. »Ich sage dir nichts, was du nicht schon weißt. Und ich sage es nur, weil ich dir Kummer ersparen will, der sicher auf dich wartet, wenn du diese Idee verfolgen solltest. Mutter hat Pläne mit dir, das weißt du so gut wie ich. Sie wird deiner Idee nicht zustimmen. Und so sehr Vater auch früher unsere umfassende Bildung gutgeheißen hat und an allen Fortschritten interessiert war, so wenig wird er von diesem Vorhaben begeistert sein. Seit wir erwachsen sind, hat Mama das Sagen über uns Töchter. Und sie will für uns beide eine gute Partie arrangieren. Der Brief, den du da erwähnt hast, ja, das ist die Zukunft, Lulu.« Luise machte eine unwirsche Bewegung mit der Hand. Doch Clara sprach weiter und Marie konnte sie für ihre ruhige Art, aus der so viel Zuneigung für die Schwester sprach, nur bewundern. »Unser Vetter aus den Niederlanden macht nicht von ungefähr auf seiner Reise durchs Land auch bei uns Station. Ein Besuch von ein oder zwei Wochen will etwas bedeuten. Und wenn ich ehrlich sein soll, dann muss ich sagen, dass auch ich dir raten wollte, ihm freundlich zu begegnen. Womöglich ist er ein echter Herr geworden. Immerhin, er kann einen recht passablen Löwen zeichnen.«

»Wie?«, machte Luise und auch Marie konnte der Freundin nicht folgen.

Clara schüttelte den Kopf. »Ach, nichts.«

Luise war in Gedanken bereits weitergaloppiert. »Du meinst es gut mit mir, Clara, und ich weiß, dass du recht hast, was Mutters Absichten angeht. Egal, ob Johan von Leeuwen und ich einander verabscheuen oder nicht, ein paar Jahre des Studiums an der Rossarzneischule in Hannover passen gewiss nicht in Mutters Pläne.« In sichtbarer Verzweiflung ballte sie die Hände zu Fäusten.

»Ich muss mit Vater sprechen!«, brach es dann aus ihr hervor.

Marie schnappte nach Luft. Freilich, sie selbst hätte mit Paas ein Gegenüber, mit dem sie beinahe auf Augenhöhe solche Dinge besprechen könnte. Doch die Komtessen, das wusste Marie von jeher, hatten zum Grafen ein ganz anderes Verhältnis. Schon als Kind war Luise mehr als einmal mit ihrem überbordenden Temperament an die Grenzen der väterlichen Nachsicht gestoßen. Schon allein, dass sie jetzt diese Möglichkeit in Betracht zog, zeigte, dass es ihr ernst war.

Auch Clara schien für einen Moment entsetzt. Doch als Luise ihren Blick mit wilder Entschlossenheit erwiderte, seufzte sie ergeben.

»Ich sehe, es ist dir auch mit aller guten Absicht nicht auszureden.« Sorgfältig strich sie ihren Rock glatt, wie um sich zu sammeln, ehe sie fortfuhr: »Dann lass mich mit ihm reden. Vielleicht schaffe ich es, ihm die Wichtigkeit dieser neuen Entwicklung deutlich zu machen.«

Luise eilte durchs Zimmer, stolperte fast über die Teppichkante und riss Clara in ihre Arme, Lachen und Weinen in einem.

»Das würdest du tun?«, rief sie, völlig aufgelöst.

Auch in Maries Augen brannten plötzlich Tränen der Rührung, als sie sah, wie Clara mit der freien Hand ihre eigenen beiseite wischte.

»Ach, Lulu, ich würde doch alles für dich tun«, murmelte Clara, die in der Umarmung der fast einen Kopf größeren Schwester versank.

Marie schluckte den Kloß in ihrem Hals hinunter, während sie ihre Freundinnen betrachtete, und eine zarte Pflanze von Hoffnung stieg in ihr auf. Claras großherziges Angebot bot tatsächlich eine Chance. Sie war der Liebling des Grafen, weil sie immer verständig und überlegt handelte und dabei stets das Wohl Friesenhains im Auge behielt. Wenn Graf Hermann in dieser Sache jemandem zuhören würde, dann war sie es.

Luises Bericht wirkte noch in Marie nach, all die guten Argumente sprachen doch für sich. Und sollte der Graf tatsächlich einlenken und seiner älteren Tochter das Studium erlauben, würde die Gräfin wie immer nichts dagegen tun. Ihre Missbilligung würde Luise billigend in Kauf nehmen, da war Marie sicher.

Nun lösten die Schwestern ihre innige Umarmung. Luise behielt aber Claras Hände in ihren.

»Was sagst du, Marie, habe ich nicht eine wundervolle Schwester?«, wollte Luise von ihr wissen.

»Die beste!«, erwiderte sie mit einem Lächeln. »Und wenn es gelänge, würde es dir so gut zu Gesicht stehen. Du warst schon immer mehr fürs Handeln und Anpacken. Sogar noch mehr als ich, die ich meine Nase auch so gern in Bücher stecke. Umso schöner, wenn es so viel Sinn ergibt und du damit den Pferden helfen könntest.«

Luise wandte sich mit leuchtenden Augen zu ihr um.

»Wenn Clara die beste Schwester ist, dann bist du die beste

Freundin, die ich mir nur wünschen kann, Marie! Wenn du sagst, dass ich den Pferden helfen kann, klingt es gleich nach einem gescheiten Vorhaben mit Hand und Fuß.« Wieder an Clara gerichtet, fragte sie: »Wann wirst du mit Vater sprechen?«

Clara überlegte. »Lass mir ein wenig Zeit. Ich muss erst nachdenken, wie ich es am besten anstellen kann. Und dann erwartet Vater ja die Depesche von der Pferdeschau. Paas wird telegrafieren, ob unsere Hannoveraner vor den Augen des Kaiserlichen Stallwirtschafters bestanden haben und demnächst bei Hofe eingesetzt werden. Darauf hofft Vater schon so lange. Eine solche Nachricht wird ihn sicher in gute Stimmung versetzen. Die beste Ausgangslage für ein Gespräch dieser Art.«

»Du könntest in die Politik gehen«, meinte Luise halb ernst, halb scherzhaft. Nach Aufregung und Verzweiflung sprach nun die Erleichterung über Claras Angebot aus ihrer Miene. »Fest steht, dass ich so einen Nachmittag wohl noch nie erlebt habe. Euer mit dem spitzmausgesichtigen Monsieur war sicher ebenso aufregend, wie?« Sie zwinkerte ihnen zu.

Marie lachte auf. Doch als sie zu Clara schaute, sah sie, dass die zögerte und erst einstimmte, als sie ihren fragenden Blick bemerkte.

Seltsam. Schon vorhin, in der Konversationsstunde, hatte Clara einen eher abwesenden Eindruck gemacht. Einmal hatte sie sich schrecklich verhaspelt, was Monsieur Dupont zu einem kleinen Vortrag über französische Grammatikgrundlagen ermuntert hatte. Sogar Marie hätte es besser gewusst und sie war längst nicht so gut in den Fremdsprachen wie Clara, denn ihr fehlte die Übung, die die Komtessen durch den Umgang mit ihren Verwandten im Ausland genossen.

Ihr Blick fiel an Clara vorbei auf die Standuhr.

»Oh, schon so spät!«, rief sie aus. »Ich muss noch nach Fee und dem Fohlen sehen.« Und schon war sie an der Tür.

»Es geht ihnen doch gut?«, wollte Luise leicht beunruhigt wissen.

Marie nickte. »Sie sind beide wohlauf. Athena trinkt ganz eigenständig. Sie ist eine kleine Kämpferin.« Die Hand schon auf der Klinke lächelte sie der Freundin zu. »Wie du, Luise.« Dann schloss sie die Tür hinter sich.

Luise

9

Beim Frühstück am nächsten Morgen konnte Luise kaum die Füße stillhalten.

Unentwegt gingen ihr Momente des gestrigen Nachmittags im Kopf herum. Beim Dinner gestern Abend hatte sie sehr darauf geachtet, die Nachfragen ihres Vaters zur Versammlung möglichst ruhig und sachlich zu beantworten. Sicher durch ihre Mutter bereits unterrichtet, hatte auch er sich nach Paula Brugge erkundigt.

»Famose Idee, sie einmal zum Tee einzuladen«, hatte er generös zugestimmt. »Kunst und Kultur erfährt man am besten, indem man die Künstler selbst kennenlernt und mit ihnen über ihre Werke spricht.«

Clara hatte dabei von ihrer Suppe nicht aufgesehen. Doch Luise, die der Schwester gegenübersaß, hatte an ihren bebenden Nasenflügeln erkannt, dass sie bestimmt auch daran dachte, welche besondere Form von Wissensaustausch sich Luise in Wirklichkeit von ihrer neuen Bekanntschaft erhoffte. Später hatte Luise vor lauter Aufregung kaum in den Schlaf finden können.

Heute Morgen waren alle bereits wieder zu ihrem alltäglichen Einerlei, wie es Luise plötzlich vorkam, zurückgekehrt.

Der Graf las seine Zeitung und reichte wichtige Artikel an Wilhelm weiter. Als Ranke die Morgenpost hereinbrachte, entstand kurz Aufregung. Doch die erwartete Depesche von Paas von der Pferdeschau in Hannover war nicht dabei.

»Schlechtes Zeichen«, brummte ihr Vater.

»Es könnte auch ein gutes sein«, widersprach Clara in beschwichtigendem Tonfall. »Beispielsweise, wenn der Kaiserliche Stallwirtschafter sich erst noch die Zeit nehmen will, die besten aus unseren Pferden auszuwählen.«

Luise bemerkte das kurze Flackern im Blick des Grafen, ehe er Clara ein Lächeln zuwarf und sich wieder in die *Kreuzzeitung* vertiefte.

»Würde es euch passen, wenn ich Paula Brugge für übernächsten Sonntag zum Tee einlade?«, wandte Luise sich an ihre Mutter.

Diese nickte. »Natürlich, Luise. Tu das. Baronin und Baroness von Assen können auch einmal zum Dinner kommen, nicht wahr, Wilhelm? Du hast ja nicht immer Zeit, um beim Tee anwesend zu sein.«

»Sicher, Mutter«, antwortete der, kurz aus seiner Betrachtung der Alleebäume draußen gerissen.

Luise merkte, wie ihr Bruder neben ihr unbehaglich auf seinem Stuhl hin und her rückte, ehe er sich wieder auf seinen gefüllten Teller konzentrieren konnte. In ihr regte sich ein warmes Mitgefühl, denn Wilhelm ging es im Grunde ganz ähnlich wie ihr. Auch von ihm wurde erwartet, dass er den Bund fürs Leben schloss. Von ihm hing ab, dass der Titel weitergegeben wurde und Friesenhain auch in Jahrzehnten noch den von Scheweneys gehören würde.

Doch anders als bei ihr drängte bei ihm nicht die Zeit. Er würde auch noch in zehn Jahren einen Erben zeugen können, während sie dann als alte Jungfer gelten würde.

Unwillkürlich tauchte das Bild von Paula Brugge vor ihr auf.

Sie war schon in den späten Zwanzigern und machte dennoch keineswegs einen vertrockneten Eindruck. Im Gegenteil. Ihre runde Gestalt, das markante Gesicht und der feste Händedruck sprachen von jeder Menge Lebensfreude.

Wie musste es wohl sein, die Erbin eines großen Vermögens zu sein und damit tun und lassen zu können, was man wollte? Paula tat genau das, was ihrem Leben Sinn gab: Sie malte. Und sie entwarf wunderschöne Muster, die ganze Familien in den Häusern erfreute, in denen sie als Tapeten zum Einsatz kamen.

Was sie wohl von der politischen Gesinnung ihres Bruders hielt? Luise spürte regelrecht wieder die spöttischen, braunen Augen auf sich gerichtet, als sie sich ihm im Gemeindesaal vorgestellt hatte. Eine Komtess, die einem Sozialdemokraten begegnete. Bei dem Gedanken entschlüpfte ihr unwillkürlich ein leises Lachen.

Prompt hob ihre Mutter, die ihr schräg gegenübersaß, den Kopf und musterte sie fragend. »Was denn, Luise?«

»Ach, ich erfreue mich nur an diesem herrlichen Wetter. Ich glaube, ich mache gleich mit Jeltje einen Ausritt«, flunkerte sie rasch.

»Dass die Freifrauen von Assen später zu einem kurzen Lunch hier sein werden, hast du sicher nicht vergessen«, erinnerte die Gräfin sie.

»Natürlich nicht«, versprach Luise, die das selbstverständlich vergessen hatte. Vielleicht auch hatte vergessen wollen, denn weder die Baronin noch ihre als Einzelkind schrecklich verwöhnte Tochter waren nach ihrem Geschmack.

Ihre Mutter richtete die Aufmerksamkeit wieder auf ihren Teller und Luise auf ihre gerade noch so amüsant gefundenen Gedanken.

Ob Paula ihre Einladung nach Friesenhain annehmen würde? Sie schien nichts dabei zu finden, dass eine adelige Tochter ihrer Versammlung beiwohnte. Plötzlich spürte Luise ein regelrechtes Kribbeln in den Fingern, tupfte sich mit der Serviette den Mund und stand auf.

»Dann mache ich mich besser rasch auf den Weg, um rechtzeitig wieder hier zu sein«, sagte sie. Und nachdem sie mit Clara einen Blick getauscht hatte, dem sie entnahm, dass auch ihre Schwester an das gestern gegebene Versprechen dachte, ging sie hinaus.

Sie eilte die Treppe hinauf in ihr Zimmer, direkt an den Sekretär, wo sie die Feder eilig übers Papier kratzen ließ. Nur ein paar Zeilen. Dann faltete sie das Blatt, versiegelte es und adressierte die Post mithilfe der Karte, die Paula ihr gestern gegeben hatte. Das Wohnhaus der Brugges lag offenbar mitten in Ibbenbüren, nicht weit von der Tapetenmanufaktur.

Sie klingelte nach Agnes, die gleich darauf erschien.

»Könntest du bitte den Brief aufgeben?«, bat Luise sie und reichte ihr den Umschlag. »Und sag Alfred, er soll Jeltje satteln. Aber den Jagdsattel, bitte.«

»Gerne, Komtess Luise.« Agnes nahm das Kuvert. »Soll ich Ihnen dann gleich beim Umkleiden helfen, Komtess?«

»Aber nein. Dieses Kleid habe ich bestens im Griff und komme allein zurecht«, erwiderte Luise mit einem Augenzwinkern.

Dennoch blieb Agnes stehen und sah sie weiterhin an.

»Gibt es noch was?«, erkundigte Luise sich.

Prompt sprudelte Agnes heraus: »Die Schneiderin war gerade da und hat Stoffmuster hiergelassen. Ein wunderschönes Dunkelrot in Samt und ein leuchtendes Blau in Seide sind dabei. Sie sagte, Sie sollen in Ruhe aussuchen und sie kommt morgen wieder, um Maß zu nehmen. Offenbar hat die gnädige Herrin auf dem neuesten, modischen Schick bestanden – geradewegs aus London und Paris. Und dass die neuen Kleider *baldmöglichst* fertig sein sollen.«

Luise hielt kurz inne. Offenbar bereitete ihre Mutter alles vor, um ihrem Großvetter auf Friesenhain nur das Beste zu bieten. Sicher ahnte auch Agnes, worauf der bevorstehende Besuch hinauslief. Sie lächelte ihrem Kammermädchen zu und sagte: »Ich glaube, du hast immer mehr Freude an meinen neuen Kleidern als ich, Agnes. Nun lauf.«

Die lachte, knickste und war mit dem Brief wieder hinaus.

Einen Moment stand Luise einfach da und starrte vor sich hin. Gefangen zwischen der inneren Erregung, die sie gewiss nicht loslassen würde, bis Clara den rechten Moment für das Gespräch mit ihrem Vater gefunden haben würde, und dem erdrückenden Unwohlsein bei dem Gedanken an den erwarteten Großvetter aus den Niederlanden.

Dann riss sie sich zusammen, ging hinüber ins Ankleidezimmer und schälte sich aus ihrem Hauskleid. Das weiche Korsett, das sie tagsüber gern trug und das sich vorne mit Häkchen schließen ließ, behielt sie an.

Ohne zu zögern, griff sie nach ihren Reithosen, die sie mit einer Bluse und Reitjacke kombinierte. Den Reitrock schloss sie über den Hosen. Einen oberflächlichen Blick würde sie mit dieser kleinen Maskerade täuschen, nicht aber ihre Mutter. Daher stahl Luise sich auf Strümpfen hinaus, huschte leise die Treppe hinunter und durch die Halle. Als sie die große Palme zum Hintereingang hinter sich liegen hatte, stieg sie in die Stiefeletten und schnürte sie mit flinken Fingern zu. Im Hof traf sie auf Alfred, der Jeltje geputzt hatte, bis sie nur so glänzte, und sie soeben sattelte.

»Ich bin gleich zurück«, sagte Luise und ging in die Kammer, in der die Stiefel und groben Regenmäntel aufbewahrt wurden. Hier entledigte sie sich des Reitrocks, den sie über einen Bock warf. Alfred schien die Veränderung nicht aufzufallen. Er hatte sie bereits in Hosen gesehen und kannte auch Marie darin. Fast ehrfürchtig sah er zu Luise auf, während er Jeltjes Zaumzeug sortierte. Ihr Einsatz im Stall für Stute und Fohlen musste ihm gehörigen Respekt eingeflößt haben, vielleicht sogar Bewunderung.

Luise strich Jeltje die dichten, schwarzen Stirnlocken aus dem freundlichen Gesicht. »Du kommst gut aus mit ihr, wie es scheint?«, erkundigte sie sich bei dem neuen Stallburschen.

»Ja, sie is 'ne ganz Brave«, erwiderte der Junge und setzte rasch hinzu: »Komtess.«

Luise verbarg ihr Schmunzeln. »Keine Ähnlichkeit mehr mit einem Spukpferd?«

»Heil'ge Maria Mutter Gottes, nein! 's war ja nur das Schwarze. Und die lange Mähne. Und die Kötenbehänge.« Er deutete auf das lange Fell an den unteren Beinen. »Aber nu' kenn' ich sie und weiß, das im Seewald war sie nich'.«

Luise sah zu, wie er das Halfter löste und Jeltje bereitwillig den hoch getragenen Kopf senkte, um sich aufzäumen zu lassen.

»Du bleibst also dabei, dass du ein Pferd im Seewald gesehen hast, das auf den ersten Blick aussah wie Jeltje? Ein Friesenpferd?«, wollte sie von Alfred wissen.

Der Junge warf ihr einen scheuen Blick zu und sah sich dann ängstlich um.

»Du kannst es ruhig sagen. Von mir bekommst du keine Schelte. Ich möchte es wirklich wissen, weißt du«, forschte Luise nach.

Alfred druckste ein wenig herum. Doch dann sagte er: »Da war eins. 's schnaubte und schnaufte und spuckte Feuer aus den Nüstern. Wenn's 'n echtes Pferd gewesen wär, dann bestimmt ein Friese. Aber weil hier weit und breit keiner nich' Friesen hat und die von Ihren Herrschaften alle brav auf der Wiese stehen, nech wahr, da kann es doch nur 'n Spukpferd sein«, bestätigte er dann. »Komtess.«

Luise musterte ihn nachdenklich. Das Waldstück mit dem kleinen See in seiner Mitte lag in Richtung Norden etwa eine halbe Stunde Ritt von Friesenhain entfernt. Was würde es schaden, wenn sie sich dort ein wenig umsehen würde? So hatte sie wenigstens ein Ziel, mit dem sie sich ablenken konnte.

»In Ordnung, Alfred. Ich glaube dir«, sagte sie dann an den Jungen gewandt, der sie daraufhin mit großen Augen ansah.

»D … danke, Komtess«, stotterte er.

»Führ bitte Jeltje zum Aufstieg und gurte noch einmal nach.«

Voller Eifer kam er ihrem Wunsch nach. Luise stieg über den kleinen Tritt auf und übernahm die Zügel. »Vielleicht finde ich dein Spukpferd ja?«, sagte sie zu Alfred und während der Junge ihr staunend nachblickte, trabte sie auf Jeltje zum Tor hinaus.

Clara

10

Nach dem Frühstück ging Clara in die Bibliothek und nahm sich den Landwirtschaftlichen Anzeiger vor.

Wilhelm hatte sie auf einen längeren Artikel zu Traktoren mit Verbrennungsmotor hingewiesen. Konnte es wirklich sein, dass so große Fahrzeuge die bewährten Ochsen- oder Pferdegespanne komplett ablösen würden? Die Traktoren mit Dampfantrieb jedenfalls waren viel zu schwer für ihren hiesigen Boden. Sie zerstörten mehr, als dass sie halfen. Doch diese weitere Neuerung in der Antriebstechnik, die aus Amerika zu ihnen herüberkam, versprach einiges.

Ob wohl die Barone von Thebe darüber nachdachten, auf diese fortschrittliche Bodenbearbeitung umzusteigen? Wie Albrecht gesagt hatte, sollte sich auf dem Gut einiges tun.

Ebenso wie schon gestern Abend stand Clara wieder der Anblick des jungen Mannes vor Augen, der unten vor dem Herrenhaus den Blick ihr zugewandt hatte. So ein sonderbarer Moment, in dem sie einander angesehen hatten, ehe sie die Flucht ergriffen hatte. Als sei eine Sagengestalt mit einem Mal im wirklichen Leben erschienen.

Unwillig schnalzte Clara mit der Zunge, was sie von Luise abgeschaut hatte und sich nur erlaubte, wenn sie allein war.

Warum dachte sie nur immer wieder an diesen einen Moment zurück? Ganz sicher würde sie Richard von Thebe nicht noch einmal die Gelegenheit geben, sie am Rand seines zukünftigen Besitzes auszuspähen. Und er wusste ja auch gar nicht, wer sie war. Sicher würde sie diese unerfreuliche Situation bald vergessen haben. Luise und Marie hatte sie gestern in all der Aufregung jedenfalls nicht davon erzählt. Sie sollte sich auf Wichtigeres konzentrieren.

Also las Clara nach dem ersten Überfliegen den Artikel noch einmal ganz in Ruhe. Maschinen waren gewiss nicht ihr Spezialgebiet, aber sie war gern bereit, sich darauf einzulassen, wenn es Friesenhain nutzen konnte. Ihrer natürlichen Neigung entsprechend, beherrschte sie kompliziertes Rechnen und wusste über alle gängigen Preise auf dem Markt Bescheid, sei es Getreide, Vieh oder Handwerk. Sie hatte ein Auge für gute Pferde und konnte durch ihre instinktive Menschenkenntnis einschätzen, mit welchen Händlern sich faire Geschäfte machen ließen und wen sie besser mieden. Diese Dinge interessierten sie brennend. Denn es hing alles mit dem Gestüt zusammen, das ihr ganzer Stolz war.

Bei diesem Gedanken angekommen, sah Clara von der Zeitung auf und ließ ihren Blick zum Fenster hinauswandern, wo ein Teil des Parks zu sehen war.

Ein leises Seufzen entschlüpfte ihr, denn sie machte sich nichts vor. Ihre Zukunft als Komtess lag nicht in den Geschäften, die ihr so viel Freude machten. Nein, ihr größter Anteil am Wohlergehen der Grafenfamilie von Scheweney würde irgendwann in einer vorteilhaften Heirat liegen, die ihnen weiteren Einfluss bescheren würde. Diese Tatsache hatte sie nie infrage gestellt.

Nun kam aber Luise, die schon als Kind so oft aufmüpfig gewesen war, und stellte ihre Pflicht als Tochter einer adeligen

Familie infrage. Sie wollte etwas anderes, etwas vollkommen Neues. Und auch, wenn sie betonte, dass ihr Wissen über die Rossarznei Friesenhain und den dort lebenden Tieren zugutekommen würde, war doch auch klar, dass sie damit ihr eigenes Ziel verfolgte. Ein Ziel, mit dem sie den Plan durchkreuzen würde, den ihre Eltern für sie geschmiedet hatten: die baldige Heirat mit einem geeigneten Kandidaten.

Clara konnte ihre Schwester verstehen, aber genauso auch ihre Eltern. Die Frage war nur, ob es ihr gelingen würde, derart zwischen beiden Parteien zu vermitteln, dass niemand den Eindruck haben würde, beim Nachgeben das Gesicht zu verlieren. Alle mussten das Gefühl gewinnen, dass Luises gewünschter Weg von enormem Vorteil sein würde. Nicht nur für sie allein, sondern für sie alle.

Die Sonne war bereits hinter der dicken Eiche verschwunden und wieder aufgetaucht. Es musste also mehr als eine Stunde vergangen sein. Ob die Depesche aus Hannover schon eingetroffen war, auf die sie alle so angespannt warteten? Sie sollte bei ihrem Vater vorbeischauen. Vielleicht war er froh über eine Ablenkung und würde mit ihr über Vor- und Nachteile der im Artikel besprochenen Traktoren diskutieren.

Mit dem Anzeiger in der Hand ging Clara hinaus in die Halle, durchquerte sie in Richtung Gang zur Hintertür und dem Arbeitszimmer des Grafen.

Die Tür war geschlossen, was darauf hinwies, dass ihr Vater sich drinnen befand. Doch als Clara gerade die Hand zum Klopfen hob, hörte sie hinter dem dicken Holz seine laute Stimme.

»Das kann so nicht weitergehen, Wilhelm!«, donnerte er in tiefem Bass. »Triest kennt durch seine Geschäfte viele Pferdeleute mit Rang und Namen. Ich konnte noch abwiegeln, es herunterspielen, aber wenn er herumerzählt, dass der junge Graf von Scheweney, der zukünftige Herr von Friesenhain, Angst vor einem neuen Hengst hat ...« Kurz war eine leisere, aber ebenso tiefe Stimme zu hören, die ihres Bruders. Was er sagte, konnte Clara nicht verstehen. »Es ist mir gleich, wie du es nennen magst, Wilhelm! Nenn es meinetwegen Respekt, nenn es Vorsicht. Ich jedenfalls nenne es Angst. Und genau das hat Triest auch gemeint, als er mich darauf ansprach. Denkst du etwa, dein Zurückzucken fällt niemandem auf? Nein, so geht das nicht! Du musst dich endlich zusammenreißen! Ich verlange, dass du selbst den neuen Hengst bei der nächsten Vorstellung an der Hand führst und reitest. Ich ... Wilhelm! Bleib hier! Du bleibst gefälligst ...«

Rasche Schritte näherten sich der Tür. Clara sprang zur Seite und huschte in die Nische mit den Mänteln.

Wilhelm stürmte aus dem Arbeitszimmer, die Tür hinter sich zuschlagend. Zuerst wandte er sich zum Hof, war schon fast hinaus, doch dann überlegte er es sich anders und drehte sich um in Richtung Halle.

Rasch trat Clara aus ihrem Versteck. Er zuckte kurz erschreckt zusammen und sie streckte die Hand nach ihm aus. Seine tiefblauen Augen glühten regelrecht vor Zorn. Und es lag auch noch etwas anderes darin. Verzweiflung? Der Anblick schnitt Clara ins Herz.

»Wilhelm?«

Doch ihr aufgewühlter Bruder schüttelte den Kopf. »Jetzt nicht, Clara. Tut mir leid.« Damit war er bereits an ihr vorbei in die Halle. Clara konnte hören, wie seine schnellen Schritte die Treppe hinaufeilten und oben verklangen.

Einen Augenblick stand sie unentschlossen im Gang. Aus dem Arbeitszimmer drang unterdrücktes Schimpfen. Ganz sicher war dies kein günstiger Moment, um mit dem Grafen über Neuerungen aus Amerika zu sprechen. Wenn er in dieser Stimmung war, ließ man ihn am besten in Ruhe.

Clara wollte sich bereits zum Gehen wenden, da öffnete sich die Tür zur Treppe der Dienstboten und der alte Kammerdiener ihres Vaters, Albrecht, trat heraus.

»Guten Tag, Komtess Clara«, sagte er mit einer Verbeugung.

»Guten Tag, Albrecht, ich wollte gerade …«, begann Clara.

Da riss hinter ihr der Graf die Tür auf, offenbar im Begriff, hinauszueilen. Als er sie beide hier sah, prallte er regelrecht zurück.

»Was gibt es?«, fragte er mit umwölkter Stirn.

Sein Blick fiel auf das kleine Silbertablett, das Albrecht in der Hand hielt. »Die Depesche von Paas aus Hannover?«

»Sehr wohl, gnädiger Herr«, antwortete Albrecht und streckte ihm das Tablett entgegen.

Graf Hermann griff danach und schon während er sich wieder ins Arbeitszimmer wandte, entfaltete er hastig das Papier.

Obwohl sein Herr ihn kaum noch wahrnahm, verneigte Albrecht sich kurz und verschwand wieder die hintere Treppe hinunter.

Da ihr Vater die Tür nicht hinter sich geschlossen hatte, folgte Clara ihm mit bangem Herzen ins Zimmer.

Er stand mit dem Rücken zu ihr am Fenster, die Depesche in der Hand, die schlaff herabhing, und sah hinaus.

Clara räusperte sich leise.

Ihr Vater sah sich nicht um, doch sie wusste, dass er sie gehört hatte. Seine durchgedrückten Schultern und die steife Haltung verhießen nichts Gutes.

»Wieder nichts«, verkündete er dann. »Dabei war ich mir gerade diesmal so sicher. Der Kaiser will Schimmel, heißt es. Und unsere sind lupenrein. Es gibt nichts auszusetzen an ihnen. Und dennoch.«

Clara verschränkte die Hände vor dem Bauch. »Das tut mir leid, Vater.«

»Ja«, brummte er grollend vor mühsam unterdrückter Wut. »Nun dürfen wir gespannt sein, welche Pferde der Kaiserliche Stallwirtschafter letztendlich wählen wird. Und gewiss hat diese Wahl nichts mit der Qualität der Tiere zu tun. Ich kann mir schon denken, wie sie ausgesucht werden: als freundliche Geste des Kaisers an seinen ehemaligen Kanzler. Erst gerät der Kaiser mit Bismarck aneinander und entlässt ihn. Aber nun sucht unser Reichsoberhaupt nach Möglichkeiten der Versöhnung. Wer weiß, welcher Günstling des Fürsten zufällig ein paar minderwertige Kutschpferde zum Verkauf hat und sich über die Reputation freuen darf.«

Clara stand wie erstarrt. Dass ihr Vater derart vom Kaiser sprach, hatte sie noch nie gehört. Er war stets ein loyaler Untertan. Wie außer sich musste er sein, dass seine jahrelangen Bemühungen nun wegen politischer Winkelzüge erneut zu keinem Ziel geführt hatten.

Sie schluckte den Kloß in ihrem Hals hinunter, der sich dort aufgrund ihrer eigenen großen Enttäuschung über die Neuigkeit gebildet hatte.

»Du hast sicher recht, Vater«, stimmte sie ihm dann möglichst ruhig zu. »Diese Entscheidung hat nichts mit unseren Pferden zu tun, sondern nur mit … Politik.«

Jetzt wandte er sich ihr zu. Das vertraute Gesicht war rot, die Nasenspitze blass vor Anspannung über den wie versteinert wirkenden spitzen Enden seines Schnurrbartes. Die Hände hielt er zu Fäusten geballt.

»Da sprichst du recht, Clara«, presste er hervor. »Ich werde es wohl nicht mehr erleben, dass ein Friesenhainer vor der kaiserlichen Kutsche läuft oder gar seine Hoheit aufs Schlachtfeld trägt.«

Clara, die sehr wohl wusste, welch große Auszeichnungen das wären, und doch selbst darauf gehofft hatte, trat zu ihm und berührte seinen Arm. »Das darfst du nicht sagen, Vater. Du hast noch viele Jahre vor dir. Warte es nur ab. Es wird der Tag kommen, an dem Friesenhain dieses Ziel erreicht.«

Mit einem bemühten Lächeln hob der Graf die Hand und strich ihr kurz über die Wange. »Das lob ich mir, Kind. Niemals aufgeben. Ein echter von Scheweney gibt nicht auf.«

Sein Blick glitt über das weinrote Kleid und die mit kleinen Edelsteinen verzierten Schildplattkämme in ihrem Haar, die er ihr zum letzten Weihnachtsfest geschenkt hatte.

»Du bist sehr hübsch heute, Clara. Erwarten wir hohen Besuch, den ich vergessen habe?«

»Ach nein, nur Baronin von Assen und ihre Tochter. Sie kommen auf dem Weg zu Verwandten für ein Viertelstündchen und einen Imbiss vorbei.«

Ihr Vater wirkte gedankenverloren. »Ja, die junge Freifrau von Assen. Eine hübsche, in allen weiblichen Belangen gebildete junge Dame. Was hältst du von ihr?«

Clara zögerte einen Moment. »Wie du sagst, Vater. Sie ist hübsch und bestimmt ist sie in allen Fertigkeiten junger Damen ganz ausgezeichnet unterrichtet. Viel mehr kann man von einer jungen Dame von Adel und gerade mal zwanzig nicht erwarten.«

Jetzt nickte der Graf, hielt dann aber wieder inne, legte den Kopf schief. »Du bist ebenfalls sehr gut geraten und beherrschst das Klavier und den Stickrahmen. Aber mir scheint, dich macht noch sehr viel mehr aus. Du bist ungewöhnlich gut gebildet, Fräulein Gehmlich sei Dank, und hast dir alles wichtige Wissen übers Gestüt selbst angeeignet, nur durch

Fragen, Zuhören und Mitdenken. Was von außergewöhnlicher Klugheit zeugt. Also gibt es wohl doch die Ausnahmen, die mehr zu bieten haben als das, was man gerade so erwarten darf.«

Vor Freude über dieses Lob errötete Clara. »Danke, Vater.«

Die Spitzen seines gezwirbelten Schnurrbarts zuckten. Solch kostbare Momente, in denen sie sich von ihm gesehen fühlte, hatte es früher öfter gegeben. Doch seit Wilhelm von seinem Jahr beim Militär zurück war, waren sie immer kürzer und rar geworden. So wie jetzt auch, denn er räusperte sich und fragte: »Bist du aus einem bestimmten Grund hier, Clara? Ich habe noch viel Arbeit liegen.«

Clara schüttelte den Kopf. »Nein, ich kam nur zufällig vorüber.«

In diesem Moment läutete die Türglocke. Rankes Schritte auf den Fliesen der Halle waren zu hören.

»Das werden die von Assens sein. Viel früher als erwartet«, sagte Clara. »Möchtest du eine kleine Pause einlegen? Dich auf andere Gedanken bringen lassen?«

Er winkte ab. »Nein, ich würde die Damengesellschaft in meiner derzeitigen Stimmung nur stören. Bitte entschuldige mich mit dringenden Geschäften.«

»Das mache ich, Vater.« Clara ging zur Tür. Als sie sich im Rahmen noch einmal umdrehte, stand der Graf wieder mit dem Rücken zu ihr und sah aus dem Fenster. Seine kleine, aber beeindruckende Gestalt wirkte plötzlich in sich zusammengefallen, ein Anblick, der Clara schmerzte. In der Hand hielt er immer noch die Depesche.

Leise schloss Clara die Tür und stand einen Augenblick dort, um sich zu sammeln. Dies war wahrlich nicht der rechte Moment für Luises Anliegen gewesen. Aber er würde noch kommen.

Sie atmete ein paarmal tief durch, probierte dann still für sich ein freundliches Lächeln. Erst als es sich anfühlte, als ob ihr dies gelänge, ging sie den Gang entlang und trat in die Halle.

Tatsächlich waren Mutter und Tochter von Assen vor der angekündigten Zeit angekommen. Wie immer waren beide so pompös ausstaffiert, dass Clara augenblicklich froh war um ihr eigenes, elegantes Kleid und die sorgfältig gesteckte Frisur. Offenbar warteten die Damen darauf, dass Ranke sie im Salon ankündigte.

Die Baronin war ganz nach der neuesten Mode, allerdings in einem betont schlichten Dunkelgrau gekleidet. Luise hatte neulich einmal bemerkt, dass sie bei den Besuchen auf Friesenhain offenbar ihrer Tochter die Bühne überließ. Diese übertrumpfte ihre Mutter auch heute mit leuchtendem Taubenblau, cremefarbener Spitze und Stickereien in kräftigem Rosa. Eine Kombination, die Clara spontan an Frau Rühls herrliche Blaubeersahnetorte mit Baiserhaube denken ließ. Der Hut der jungen Frau war mächtig, gewiss eine echte Herausforderung für diejenige, die ihn auf einem zarten Hals balancieren musste. Während Ranke den Besuch der Gräfin meldete, fühlten die beiden Damen sich unbeobachtet. Die Mutter begutachtete kritisch die Garderobe ihrer Tochter und zupfte an den Rüschen des hohen Ausschnitts herum, ebenso an einer ihrer blonden Locken.

Clara atmete tief ein, räusperte sich laut und trat dann aus ihrer Deckung hinter einer der Palmen hervor. Sofort ließ die Baronin von ihrer Tochter ab, und beide wandten sich ihr zu.

»Herzlich willkommen, Baronin und Baroness von Assen«, sagte Clara.«

Die Baronin, wohl um die vierzig, aber trotz ihres Alters im Adelsstand unter dem der Komtess, knickste sacht vor ihr.

Sie hatte sich gut gehalten und wirkte mit ihrem zarten Porzellangesicht und der Stupsnase beinahe zehn Jahre jünger. Vielleicht auch, weil sie nur dieses eine Kind hatte bekommen können, das ihr ganzer Augenstern war.

Margarete von Assen besaß dasselbe Püppchengesicht wie ihre Mutter, nur noch glatter. Ihre zarten Hände hielt sie meist ineinanderliegend, was ihre schlanken Arme elegant neben der eng geschnürten Taille stehen ließ, als wolle sie gleich zu einer Ballettfigur ansetzen. Leider wirkte diese graziöse Geste derart einstudiert, dass sie Clara stets irritierte.

»Komtess, guten Tag. Wie geht es Ihnen?«, erkundigte sich die Baroness nun und knickste sehr viel tiefer als ihre Mutter.

Dabei erhielt Clara einen ersten, genaueren Blick auf den außergewöhnlichen Kopfputz der Baroness und wäre fast zurückgewichen. Mitten auf dem Hut saß eine Feldlerche, die Flügel ausgebreitet schien sie zwischen Zweiglein mit Blattgrün und roten Beeren mitten im Flug erstarrt zu sein, die Augen durch glitzernde Glassteine ersetzt.

Erst neulich noch hatte Luise empört von dieser neuen Pariser Mode berichtet, die nicht nur einzelne Federn, sondern gleich ganze Vögel an den Hüten vorsah.

»Wie viel lieber sind mir die Singvögel im Park, wenn die Sonne aufgeht und ich bei offenem Fenster ihrem Konzert lauschen kann!«, hatte ihre Schwester kopfschüttelnd gesagt. »Was haben die armen Geschöpfe davon, tot auf meinen Hut gesteckt zu sein?«

Wie gut, dass Luise von ihrem Ausritt noch nicht zurück war. Sie war oft so impulsiv, dass ihr womöglich zu dieser ungewöhnlichen Toilette eine allzu deutliche Bemerkung entschlüpft wäre.

Clara selbst war froh darüber, dass in diesem Moment

Ranke wieder zu ihnen trat, sich verneigte und zur offenstehenden Salontür wies. »Baronin und Baroness von Assen, Gräfin von Scheweney erwartet Sie.«

Clara ließ den Damen den Vortritt und folgte ihnen in den Salon.

Mit ihnen huschte auch etwas Weißes, Plüschiges durch die Tür, die Ranke sogleich hinter ihnen wieder schloss: Hummeltje, die Angorakatze der Gräfin, die meist in deren Nähe anzutreffen war.

Clara registrierte, dass ihre Mutter seit dem Frühstück noch einmal Toilette gemacht hatte. Hierbei hatte sie Wert auf Eleganz und Schlichtheit gelegt, die ihre natürliche klassische Schönheit nur unterstrich. Sie trug ein smaragdgrünes Kleid, das ihre Augen voll zur Geltung brachte, mit hohen Ballonärmeln und fuchsfarbenem Besatz am Ausschnitt und den Ärmelenden. Die Haare trug sie aufgesteckt, mit einer karamellfarbenen Locke an jeder Schläfe, was sie noch jugendlicher aussehen ließ. Groß und gertenschlank wie sie war, sah sie beeindruckend aus, und Clara bemerkte, dass die Besucherinnen sie in einer Mischung aus Scheu, Bewunderung und Konkurrenz musterten.

Man begrüßte sich, tauschte Artigkeiten aus, versicherte, dass ein kurzer Besuch wie dieser besser sei als gar keiner, und nahm schließlich auf den unbequemen, zierlichen Stühlen am Teetisch Platz.

Wie auf einen Wink klopfte es an die Tür, und Ranke erschien mit dem Teewagen, auf dem zartes Porzellan, ein paar Sandwiches und so viele kleine Küchlein auf einer Etagere lagen, als erwarteten sie nicht nur zwei, sondern zwanzig Gäste.

Es dauerte nur kurze Zeit, bis jede der Damen einen kleinen Teller mit einem Häppchen vor sich balancierte. Ob gewollt oder nicht, hatte die Baroness ein Küchlein ausgesucht, das farblich zu ihrer Toilette passte.

Clara versuchte, den toten Vogel auf Margaretes Hut zu ignorieren, dessen leblose Augen auf deren Teller starrten. Auch Gräfin Anna schaute derart betont nicht dorthin, dass es beinahe auffällig war. Was für eine abstruse Situation.

»Luise wird sehr enttäuscht sein, Sie verpasst zu haben«, sagte Clara. »Wir hatten ein wenig später mit Ihnen gerechnet und sie ist ausgeritten. Vater lässt sich entschuldigen. Er hat mit dringenden Geschäften zu tun.« Plötzlich stand der Anblick ihres Bruders, wie er gerade an ihr vorbeigestürmt war, wieder vor ihren Augen. Um zu verhindern, dass ihre Mutter womöglich nach ihm schicken ließ, setzte sie rasch hinzu: »Ebenso Wilhelm.«

Margarete sah enttäuscht aus. Was sicher nicht daran lag, dass der Graf oder Luise ihrem Treffen fernblieben.

»Ja, die jungen Pferde wollen vom ersten Moment an wohlversorgt sein«, stimmte Anna von Scheweney ein, um ihren Sohn glaubwürdig zu entschuldigen. »Unser Stallmeister ist derzeit auf der großen Schau in Hannover. Der Kaiserliche Stallwirtschafter wird erwartet.«

Clara biss sich zart auf die Lippe. Natürlich wusste ihre Mutter noch nichts von Paas' Depesche. Aber jetzt war nicht der rechte Moment, um sie von der erneuten Niederlage Friesenhains zu unterrichten.

Erfreulicherweise rettete Hummeltje die Situation und hielt die Gräfin davon ab, Näheres über die Hoffnungen kundzutun, die Friesenhain in besagte Pferdeschau setzte. Die schneeweiße Katze setzte unverhofft mit einem geschmeidigen Satz auf den Schoß ihrer Herrin, die rasch ihren Teller in Sicherheit bringen musste. Clara griff schnell danach und stellte ihn auf dem Tischchen ab.

»Was für eine hübsche Katze!«, bemerkte Margarete von Assen mit spitzem Mund, einem einzelnen weißen Haar nachblickend, das durch die Luft schwebte und wie magnetisch angezogen am grauen Rock ihrer Mutter haften blieb.

Anna von Scheweney streichelte das seidenweiche Fell und lächelte in die ockerfarbenen Augen, die zu ihr hochblinzelten. »Ja, Hummeltje ist außen wie innen ganz wunderbar«, bestätigte sie mit einer so warmen Stimme, die nicht oft von ihr zu vernehmen war.

»Oh, Margarete liebt alle Tiere, nicht wahr, Margarete?«, tönte die Baronin, stets voll des Lobes über ihre einzige Tochter, die keine Makel zu haben schien.

Vielleicht traf diese Aussage nur nicht auf Lerchen zu?, überlegte Clara still für sich. Oder der Begriff der *Liebe zu Tieren* sollte wohl neu definiert werden.

Margarete machte ein Gesicht, das jungen Damen wohl geziemte, wenn sie über alle Maßen gelobt wurden: in bescheidenem Rahmen erfreut.

»Besonders natürlich die eleganten. Das Damenpferd, das wir vor zwei Jahren von Friesenhain für sie gekauft haben, ist ihr ganzer Stolz. Nicht wahr, Margarete?«, fuhr die Baronin fort.

»Ja, Mutter. Amigo ist wunderbar.« Die junge Frau wandte sich an die Gräfin und Clara, wirkte dabei jedoch plötzlich ein wenig nervös. Ihre Wangen färbten sich rosa, während sie sagte: »Ich kann gar nicht zählen, wie oft mir schon gesagt wurde, dass er ausgesprochen herrschaftlich trabt. Und zugleich ist er so bequem zu reiten. Immer wenn ich mit ihm in Gesellschaft ausreite, sind alle begeistert von dem Bild, das wir zusammen abgeben. Und er ist wirklich sehr … willensstark.«

»Aber natürlich. Er ist …« Anna von Scheweney sah hilfesuchend zu Clara.

»Amigo war einer der Besten seines Jahrgangs, was sein Gangwerk angeht«, sprang Clara ihr bei, denn ihre Mutter hatte sicher keinerlei Erinnerung an den hübschen Fuchs, der für den Militärdienst zu zierlich gebaut gewesen und daher von Anfang an als Damenpferd geschult worden war.

»Oh ja, er läuft ausgesprochen elegant«, stimmte Margarete ihr zu. Für einen Moment wirkte es, als wolle sie noch etwas hinzusetzen, als gäbe es ein *Aber*, das sie anbringen wollte. Doch sie zögerte und fuhr dann hastig fort: »An Schick und Erhabenheit mangelt es ihm gewiss nicht. In dieser Hinsicht ist er ein ideales Tier. Erst neulich hat mir noch Hans von Fabel gesagt, dass der schönste Schmuck einer wahrlich vornehmen Dame ein solch auserlesenes Reittier sei.«

Als Margarete bei den letzten Worten dem scharfen Blick ihrer Mutter begegnete, senkte sie rasch den Blick. Ihre Wangen, schon jetzt von einem leuchtenden Rosa übergossen, das wunderbar zur Spitze ihres Ausschnitts passte, färbten sich nun tiefrot.

»Ein Bekannter meines Mannes«, erklärte Baronin von Assen mit schief geneigtem Kopf in Richtung der Gräfin. »Sehr kluger Kopf, wie mein Mann immer sagt. Aufstrebend und ehrgeizig. Ihm steht wohl eine Karriere in Berlin bevor.« Als Anna von Scheweney nur sacht nickte, setzte die Baronin rasch hinzu: »Ich selbst habe freilich davon keine Ahnung. Politik ist nichts, worin ich mich verstehe. Blumengestecke oder ein ausgefallenes Muster für den Altarbehang, ja, da kenne ich mich aus.«

»Ihr Geschmack in diesen Dingen ist weithin bekannt«, bestätigte die Gräfin. »Wie auch Ihr Geschick in der Auswahl Ihrer Dienstboten. Wir haben weiß Gott keinen Grund zur Klage, was unsere Dienerschaft angeht. Doch der alte Kammerdiener des Grafen wird seine Arbeit nicht mehr lange tun können. Sie glauben nicht, was für eine Tragödie dahintersteckt. Der Graf ist deswegen beinahe täglich schlecht gelaunt. Kein Nachfolger war ihm bisher gut genug, und Sie wissen ja selbst, dass es nicht leicht ist, jemanden für so eine wichtige Position zu finden. Niemand ist so nah am Grafen wie sein Kammerdiener.«

»Oh ja, darüber weiß ich tatsächlich Bescheid«, stimmte die Baronin ihr eifrig zu. »Wenn meine Zofe nicht um etliches jünger wäre als ich, ich würde mich gewiss schon jetzt sorgen, ob ich sie je würde ersetzen können. Sie ist ein Juwel. Auch Margaretes Kammermädchen hat sich wunderbar gemacht. Nicht wahr, Margarete? Deine Ida versteht sich auf all die modischen Kniffe und Raffinessen. Ich denke, sie ist nicht mehr weit von der Zofe entfernt. Frisuren und Hüte sind ihr Spezialgebiet.« Clara und ihre Mutter, die gerade zufällig einen Blick getauscht hatten, sahen beide rasch fort. War da nicht ein leichtes Zucken in den Mundwinkeln der Gräfin?

Da riss Baronin von Assen mit einem hellen Laut auf den Lippen einen weiß behandschuhten Zeigefinger in die Höhe. »Da fällt mir ein! Der Bruder der guten Ida Neumann hat gerade die Ausbildung zum Kammerdiener abgeschlossen! Er war eine Weile Hausdiener bei uns«, erzählte sie der Gräfin und setzte mit vertraulichem Vorbeugen hinzu: »Doch vielversprechende junge Männer wollen natürlich höher hinaus, und so hat er sich zu diesem Schritt entschieden und auswärtig die Ausbildung gemacht. Der Baron hat freilich keinen Bedarf. Und soweit ich weiß, hat Ida gerade erst wieder erwähnt, dass ihr Bruder, Emil heißt er, noch keine Anstellung gefunden hat, die ihm zusagt. Er weiß sehr wohl, was sich für einen ziemt, der einmal im Haushalt eines Barons gedient hat.«

Anna von Scheweney merkte auf. »Ein gut ausgebildeter, junger Kammerdiener, der mit den Sitten und der Etikette des Adels vertraut ist?«

»Soll er zum Vorsprechen kommen? Ich könnte über seine Schwester den Kontakt vermitteln«, schlug die Baronin vor.

»Das ist eine wunderbare Idee. Sie ahnen ja nicht, liebe Baronin von Assen, wie erleichtert ich wäre, wenn dieses leidige Thema endlich vom Tisch wäre«, antwortete die Gräfin.

Während die Mütter so weiterplauderten, musterte Clara unauffällig die Tochter ihr gegenüber. Es fiel ihr schwer, in diese Seele hineinzublicken, die doch nur ein Jahr jünger war als sie selbst. An den bisherigen Treffen, es mochten inzwischen wohl ein Dutzend sein, die von beiden Seiten eindeutig eines bestimmten Zieles wegen stattfanden, war Clara nicht schlau aus ihr geworden. Margarete von Assen war ein verwöhntes Einzelkind. Sicher hatte sie so gut wie nie einen Schritt außerhalb des Hauses ohne ihre Mutter oder die Gouvernante getan. Die Unterhaltungen waren meist von der Baronin dominiert, während Margarete eher still danebensaß. Doch ab und an blühte sie plötzlich auf und wusste durchaus etwas zu sagen. Und zwar immer dann, wenn es um neue Kleider und das Präsentieren derselben auf Promenaden oder Bällen ging. Auch an Konzerten oder Museumsbesuchen schien sie in erster Linie zu interessieren, wen sie dort traf und was sie selbst zu dieser Gelegenheit getragen und wofür sie sehr bewundert worden war. Über die Musik an sich oder die Meisterwerke, die sie betrachtete, hatte sie in der Regel eher wenig zu sagen. Was musste es für ein armes Leben sein, wenn die Vergnügungen sich ausschließlich um den eigenen Putz und das Aufsehen drehten, das sie damit erreichte. Ein wenig verwundert stellte Clara fest, dass die junge Frau ihr leidtat. Und mit dieser auch ihr eigener Bruder.

Im Gegensatz zu Luise war Wilhelm eher still und in sich gekehrt. Er schien stets etwas zu denken zu haben und las in jeder freien Minute. Selbstverständlich den *Landwirtschaftlichen Anzeiger* und den Politikteil der Zeitung, aber auch – und das war das Besondere an ihm – Romane. Das war schon immer so gewesen.

Wie würde ihr Bruder damit zurechtkommen, an seiner Seite eine Frau zu haben, die von all dem kaum etwas zu wissen schien, geschweige denn, dass es sie interessierte?

Clara hatte nie den Eindruck gehabt, dass eine der jungen Frauen, denen Wilhelm auf Bällen oder zur Jagdsaison begegnete, bleibenden Eindruck bei ihm hinterlassen hatte. Er war in all seinen Gebaren charmant, weil gut erzogen, und tanzte ausgezeichnet. So mancher weibliche Blick folgte ihm, wenn er, schlank und aufrecht, durch die Menge ging. Aber Clara hatte noch nie bemerkt, dass er selbst seine Augen von einer der jungen Adeligen nicht abwenden konnte.

Und weil er mit achtundzwanzig langsam in das Alter kam, in dem an so etwas gedacht werden konnte, hatte also ihre Mutter für ihn die Fühler ausgestreckt.

Und da war die Familie von Assen gewesen. Alter Adel, überall geachtet. Nur eine einzige Tochter, die den gesamten Besitz erben würde, und sich zudem beim ersten Besuch auf Friesenhain vom herrschaftlichen Wohnhaus, der Größe der Halle und Salons, dem weitläufigen Park und den vielen, stolzen Pferden ausgesprochen beeindruckt gezeigt hatte. Die Augen der Baronin von Assen hatten geglänzt – wohl bei der Vorstellung, ihr einziges Kind könne zukünftig Herrin über dieses Reich sein. Und so hatte man sich öfter getroffen, regelmäßigen, gesellschaftlichen Umgang begonnen.

Zu den Dinners, bei denen Margarete und Wilhelm sich gegenübersaßen, war es natürlich zu kurzen Gesprächen zwischen den beiden gekommen. Von Margaretes Seite her ein wenig schüchtern, aber auch neugierig, von Wilhelms freundlich und aufmerksam. Doch nach diesen Begegnungen hatte Clara an ihrem Bruder eine gewisse Ratlosigkeit entdeckt, über die ihre Eltern hinwegzusehen schienen.

Sie konnte Wilhelm verstehen, denn sie selbst fände die Aussicht, ihr Leben an der Seite von Margarete von Assen zu verbringen, auch alles andere als verheißungsvoll.

»Clara?«

Sie schrak zusammen und starrte ihre Mutter ertappt an, da sie dem Gespräch nicht gefolgt war. Die senkte kaum merklich den Kopf.

»Ja, natürlich, Mutter«, sagte Clara rasch und die Gräfin wandte sich wieder an den Besuch.

»Dann steht also einem gemeinsamen Ausritt der jungen Damen nichts weiter im Wege. Über Tag und Uhrzeit können wir ja noch übereinkommen.«

»Und über die Begleitung«, setzte Baronin von Assen hinzu.

»Selbstverständlich.« Anna von Scheweney nickte.

Sie erhoben sich, Baronin und Baroness knicksten und wurden vom herbeigeläuteten Ranke hinausbegleitet.

Als die Tür sich schloss, atmete Claras Mutter tief aus, als habe auch sie den Besuch mehr als Pflicht, denn als angenehme Zerstreuung empfunden. Aber Clara wusste, dass sie das niemals zugeben würde. Hummeltje hatte sich auf dem Polster neben ihrer Herrin zusammengerollt und schnurrte, während die schlanken Finger durch ihr Fell strichen.

»Was diesen geplanten Ausritt angeht, wäre es wohl besser, nicht zu erwähnen, dass in unserer Familie diese Dinge etwas lockerer gehandhabt werden«, sagte die Gräfin, während sie die Katze liebevoll betrachtete. »Ausflüge zu Pferde ohne Anstandsbegleitung mögen wohl für die Töchter eines Gestüts üblich sein, aber für andere nicht.«

»Für Margarete von Assen gewiss nicht«, erwiderte Clara mit einem leisen Schmunzeln. Ein kurzes Lächeln erschien in den Zügen ihrer Mutter, als genieße sie ebenso wie Clara, mit ihrer Tochter einer Meinung zu sein. Doch dann wurde sie gleich wieder ernst. »Wo steckt Wilhelm nun wirklich? Luise und er wussten beide von diesem kurzen Besuch. Ich war davon ausgegangen, dass sie anwesend sein würden.«

»Aber sie waren viel zu früh, Mutter«, warf Clara ein. »Luise hatte keine Chance, rechtzeitig zurück zu sein. Und Wilhelm …« Sie hielt kurz inne und ihre Mutter hob die Brauen.

Clara beschloss, den Streit zwischen Bruder und Vater nicht zu erwähnen. Das konnte ihr Vater selbst tun, wenn er es wollte. Doch diese andere Sache sollte die Gräfin erfahren und würde sie gewiss von Wilhelm ablenken: »Die Depesche aus Hannover ist da«, wechselte sie daher recht brüsk das Thema.

Beim Blick in ihr Gesicht konnte ihre Mutter sich deren Inhalt zusammenreimen.

»Wie nimmt euer Vater es auf?«, wollte sie wissen.

Clara schüttelte den Kopf.

Gräfin Anna seufzte tief. »Das war zu erwarten.« Sie legte die Hände in ihren Schoß und starrte einen Moment darauf. Dann gab sie sich einen Ruck.

»Ich gehe hinauf und klingele nach Frau Mecken. Wir brauchen heute ein besonderes Dinner. Lauter Leibspeisen eures Vaters. Dem Himmel sei Dank ist die Speisekammer gerade gut gefüllt.«

Hummeltje, die nach Katzenart ein untrügliches Gespür für die Vorhaben ihrer Herrin besaß, streckte sich und sprang mit einem lauten Plumps, den man dem graziösen Tier nicht zugetraut hätte, hinunter.

»Sie muss wohl hinaus.« Anna von Scheweney strich ein paar weiße Haare vom Stoff ihres Rockes und folgte dem Tier. Clara tat es ihr nach.

»Komm, Hummeltje«, sagte sie zu der Katze. »Ich wollte ohnehin in die Stallungen und nach Fee und dem Fohlen schauen.«

Ihre Mutter nickte ihr dankbar zu. Am Fuß der Treppe trennten sich ihre Wege. Die Gräfin ging hinauf. Die weiße Katze trippelte durch die Halle, hielt kurz inne, als Gimpel sich hinter einem der Palmenkübel erhob, doch als sie ihn erkannte, lief sie unbeirrt weiter, strich mit dem hochgereckten buschigen Schwanz kurz durch sein Gesicht und bog in den Gang zum Hintereingang ab.

Luise

11

Jeltje schritt flott aus. Den edlen Kopf, an dem gut zu erkennen war, dass hier in die alte Kaltblutrasse feurige spanische Warmblüter eingekreuzt worden waren, hielt sie stolz erhoben und achtete auf jedes Zeichen ihrer jungen Herrin.

Sie galoppierten ein gutes Stück des Weges, bis Luise die Stute schließlich in ruhigen Trab fallen ließ und sie sich auf diese Weise dem großen Waldstück näherten, das den See umgab und das im frühen Nachmittagslicht ruhig vor ihr lag.

»Meine Schöne, wir lassen uns von einer Spukgestalt nicht erschrecken, oder?«, raunte Luise Jeltje zu. Und nicht nur das, dachte sie heimlich für sich. So eine Geisterjagd war eine wunderbare Ablenkung von dem, was zu Hause wohl gerade geschah.

Hatte Clara schon die Gelegenheit ergreifen können und mit ihrem Vater gesprochen? Nein, besser jetzt nicht darüber nachdenken. Schließlich hatte sie hier eine Aufgabe – auch wenn die vielleicht nur der Fantasie eines abergläubischen Jungen entsprungen war.

Von dieser Seite des Waldstücks aus war die alte Handelsstraße nicht auszumachen, die zwischen den Ländereien der Grafenfamilie und denen der benachbarten Freiherren von

Thebe hindurchführte. Aus den Niederlanden kommend, konnte man auf ihr zu Pferde, in der Kutsche oder auf dem Fuhrwerk auf direktem Wege Osnabrück und weiter auch Hannover erreichen. In wenigen Monaten, wenn im Winter die Bäume ohne Laub waren und der See eine eisige Fläche, konnte man hin und wieder das Rufen der Fuhrmänner oder Peitschenknallen der Kutscher auf der Straße ausmachen, doch jetzt war alles still. Die Blätter und dichten Büsche schluckten alle Geräusche von jenseits des Waldes.

Luise lenkte Jeltje von dem Feldweg über die Wiese in den Wald hinein. Einem schmalen Pfad folgend, den auch die Stallburschen und Knechte auf ihrem Weg zum Baden nahmen, drang sie weiter in den Wald hinein.

Die Pfade und Bäume waren ihr von den winterlichen Vergnügungen mit Schlittschuhen auf dem See vertraut, doch jetzt im Spätsommerkleid, das bereits Farbtöne des Herbstes annahm, sah der Wald anders aus. Alles war so dicht bewachsen, dass sie manchmal nur ein paar Meter weit ins Unterholz schauen konnte.

Natürlich glaubte sie nicht an Spukgestalten. Nicht so, wie die Stallburschen und die Mägde unten im Gesindetrakt es taten. Und doch kroch eine angenehme Gänsehaut über ihren Nacken, als sie immer tiefer in den Wald hineinritt. War das doch ein Abenteuer ganz nach ihrem Geschmack.

Wieso nur musste ihr nun einfallen, dass diese Art von Freiheit womöglich bald ein Ende haben könnte? War sie erst einmal verheiratet, gebunden an einen Fremden und ein neues Zuhause, war sicher keine Zeit mehr, auf eigene Faust loszureiten und Geheimnissen auf die Spur zu gehen. Eine verheiratete Frau hatte etliche Pflichten zu erfüllen. Darauf wies ihre Mutter sie beinahe täglich hin. Ein eigener Hausstand bedurfte wirtschaftlicher und planerischer Überlegungen. Sie würde für Personal und die Pflege aller Bekannt-schaften zuständig sein, und nicht zuletzt auch für das Wohl ihres Gemahls. Womöglich würden sich auch bald Kinder einstellen …

Diese Gedanken legten sich wie Kieselsteine in Luises Magen und ließen sie den Grund ihres Hierseins beinahe vergessen. Bis sie nach einer Weile durch die Stämme der Hainbuchen das Glitzern des Wassers sah.

Da. War da nicht ein Geräusch gewesen? Auch Jeltje hatte es gehört und wandte mit gespitzten Ohren den Kopf in diese Richtung. Den Hals angespannt, war sie bereit, jederzeit da-vonzustürmen. Es hatte sich angehört wie brechende Zweige.

Der See lag ganz ruhig vor ihr. Hier und da durchstieß ein Fisch auf der Jagd nach Insekten die Wasseroberfläche. Bunt schillernde Libellen sirrten darüber hinweg. Doch davon ab-gesehen war es ganz still. Nicht einmal ein Vogel war jetzt um die Vormittagsstunde zu hören. Als sie sich näher umsah, bemerkte Luise den großen, umgefallenen Baumstamm, den Alfred als sein Versteck erwähnt hatte. Wenn der Junge und sein Freund dahinter Schutz vor dem Spuk gesucht hatten, musste die Geistererscheinung etwa dort vorn aufgetaucht sein. Luise ließ Jeltje langsam in diese Richtung laufen. Ihre eigene Anspannung übertrug sich auf ihre Stute, die unruhig tänzelte und mit gespitzten Ohren nervös um sich blickte.

»Keine Angst, meine Schöne«, sagte Luise mit möglichst ruhiger Stimme und grub die Fingerspitzen in das schwarze Fell des Halses, um sie zu beruhigen. Erst jetzt merkte sie, dass sie selbst den Atem angehalten hatte. »Spukgestalten gibt es nicht. Erst recht nicht in Form eines Friesen. Und wenn es kein Geist gewesen ist, muss es doch …« Sie brach ab, zog scharf die Luft ein und nahm die Zügel kürzer. Da waren Hufabdrücke im weichen Boden nahe dem Wasser! Abdrücke von unbeschlagenen Hufen. Alfred hatte sich nicht getäuscht. Hier musste ein Pferd gewesen sein.

In diesem Augenblick knackte es zu ihrer Linken erneut im Unterholz. Jeltje erschrak, warf sich herum und wollte durchgehen. Doch Luise hielt den rechten Zügel sehr kurz und saß tief im Sattel, ganz so wie Paas es ihr schon als Kind beigebracht hatte, sodass die Stute sich lediglich zweimal im Kreis drehte, ehe sie mit geblähten Nüstern wieder stehen blieb.

Nun lenkte Luise den Kopf ihrer Stute wieder in die Richtung, aus der das Geräusch gekommen war, und Jeltje blieb mit hoch erhobenem Kopf aufgeregt schnaubend stehen. Gemeinsam würden sie sich der vermeintlichen Gefahr stellen und nicht kopflos davonrennen, wie Pferde es als Fluchttiere üblicherweise taten.

Luise blinzelte. Sah sie richtig? Tatsächlich. Dort drüben, etwa hundert Meter entfernt, von einer Buche und niedrigem Gebüsch fast verborgen, stand ein Tier. Ein großes, schwarzes Pferd, das zu ihnen herüberspähte.

»Alfred, Alfred, du hattest also tatsächlich recht«, murmelte Luise leise zu sich selbst. Ihr Herz flatterte vor Aufregung. Konnte das sein? War das Pferd dort drüben wirklich …?

In diesem Augenblick nahm sie eine weitere Bewegung wahr, diesmal rechts von ihr. Dort kam in zügigem Schritt ein Reiter auf einem Braunen durch den Wald. Er trug elegante, wenn auch reichlich staubige Reisekleidung samt Reithut und hatte sie noch nicht bemerkt. Sein Blick war auf das schwarze Pferd vor ihm im Dickicht gerichtet. Das schwarze Pferd, das nun nervös schnaubte.

Die sensible Jeltje reagierte auf die Furcht des unbekannten Tieres, indem sie mit dem Kopf schlug. Das fremde reiterlose Pferd machte einen Ansatz loszulaufen, doch etwas schien es zu hindern und so blieb es mit weit geblähten Nüstern stehen. Jetzt konnte Luise verstehen, wieso der Stallknecht behauptet hatte, das Spukpferd habe Rauch geblasen.

»Warten Sie«, rief sie mit gedämpfter Stimme zu dem Fremden hinüber. »Wenn Sie näher herankommen, wird es fliehen.«

Der Reiter, ein schlanker Herr mit sonnengebräuntem Gesicht, rotblondem Schnauzbart und hellen Augen, wohl etwa in ihrem Alter, sah sich überrascht um, entdeckte sie und zügelte sein Reittier. Zwischen ihnen lagen vielleicht zwanzig Meter. Das fremde Pferd stand in etwa doppelter Entfernung zu ihnen unruhig immer noch an derselben Stelle.

»Wem sagen Sie das? Ich spiele mit dem Kerlchen schon über eine Stunde hier im Wald Verstecken.« Amüsement und Ärger mischten sich in die Stimme des Fremden. In ihr klang eine angenehme Melodie, die Luise vertraut vorkam.

»Kein Wunder, wenn Sie ihn so vor sich herjagen«, erwiderte Luise, automatisch die männliche Form übernehmend. Ihr Instinkt sagte ihr, dass es sich bei diesem Pferd da drüben nicht um eine Stute handelte.

Außerdem musste dieses Tier Menschen kennen, denn es war zwar nervös, doch reagierte es auf ihre Stimmen nicht mit Panik.

»Und welchen Vorschlag haben Sie, meine Dame?«, wollte der Reiter wissen.

Luise überlegte. Sie schätzte ihren eigenen Abstand zu dem fremden Pferd und den des Reiters. »Genau südlich von hier befindet sich eine Koppel. Ich bin gerade dran vorbeigekommen und habe gesehen, dass das Gatter weit offen steht. Zu zweit könnten wir es schaffen, das Pferd langsam dorthin zu treiben, ohne dass es in Panik davonrennt. Wir dürfen nur nicht zu nah heran. Und nicht zu schnell vorgehen.«

Der Fremde schien über ihren Vorschlag nachzudenken. Jeltje scharrte nervös mit einem Huf, hob den Kopf und wieherte. Das schwarze Pferd in seiner Deckung erwiderte den Ruf mit kraftvoller Stimme und bewegte sich unruhig.

»Ein großer Ast hat sich in seinem Schweif verfangen«, teilte der junge Mann Luise mit. »Deswegen kommt er nicht mehr so schnell vorwärts.«

»Ach je, der Arme. Wahrscheinlich ist er erst in Panik losgerannt und hat inzwischen aufgegeben. Er wurde hier schon vor ein paar Tagen gesichtet. Er muss vollkommen erschöpft sein«, mutmaßte Luise. »Von wegen Spukpferd. Es ist einfach nur ein verloren gegangenes Tier, das allein herumirrt.« Dann deutete sie mit ihrer behandschuhten Hand nach rechts. »Sie bleiben dort drüben. Orientieren Sie sich an dem Pfad, der direkt aus dem Wald hinausführt. Ich kenne mich hier aus und reite durchs Unterholz. Bleiben Sie auf gleicher Höhe mit mir und werden Sie nicht zu schnell.«

»Jawohl, werte Dame, ganz wie befohlen«, erwiderte er mit hörbarem Schmunzeln und tippte sich mit dem Finger an den eleganten Reithut.

Natürlich gehörte es sich nicht, dass sie ihn so herumkommandierte. Aber was kümmerte sie das? Er war ein Unbekannter, den sie nie wiedersehen würde und auf dessen Meinung sie nichts zu geben brauchte.

Diesem Pferd aber musste geholfen werden. Wahrscheinlich war es irgendwo ausgebrochen und irrte nun schon seit Tagen umher. Nun bereute Luise, den kleinen Alfred nicht gefragt zu haben, wann genau er seinem Spukpferd begegnet war. Vielleicht war es verletzt. Sie mussten ihm dringend helfen.

Offenbar hatte der fremde Herr selbst keine bessere Idee als die von ihr vorgeschlagene. Also setzten sie auf Luises

Nicken hin vorsichtig ihre Pferde in Gang. Schritt für Schritt näherten sie sich dem Schwarzen. Der wich nach und nach zurück. Als er noch einmal wieherte, antwortete Jeltje und das schien ihn zu beruhigen. Langsam schritt er vor ihnen her, den hinderlichen Ast im dichten Schweif verwickelt hinter sich her schleifend. Sorgsam hielt er die Distanz von etwa fünfzig Metern zwischen ihnen ein, sodass er stets von Unterholz und Gebüsch vor Luises Blicken halb verborgen war. Doch da er sie und den anderen Reiter von zwei Seiten hinter sich wusste, ging er in die geplante Richtung. Es gelang! Luise hätte vor Freude am liebsten laut gejubelt.

Während sie sich auf diese Weise der Koppel näherten, warf Luise aus dem Augenwinkel immer wieder einen Blick zu ihrem Verbündeten hinüber. Sie kannte ihn nicht einmal vom Sehen. Vielleicht war er ein Reisender, der auf der Straße entlanggekommen war? Oder ein Besucher auf dem Gut von Thebe? Auf jeden Fall war er ein feiner Herr und kein gewöhnlicher Kaufmann, das war seiner Kleidung ebenso anzusehen wie seinem edlen Pferd, einem hübschen spanischen Warmblut.

Hin und wieder wandte auch der Fremde den Kopf und sah zu ihr herüber. Doch Luise erkannte es stets und hatte den Blick bereits rechtzeitig nach vorn gerichtet. So begegneten ihre Blicke sich nie.

Nach etwa zehn Minuten erreichten sie auf diese Weise den Waldrand. Der Schwarze zögerte, den Schutz der Bäume zu verlassen, und tänzelte unruhig auf der Stelle. Vor ihnen, keine fünfzig Meter entfernt, befand sich das offenstehende Gatter. Links und rechts davon erstreckte sich der extra hohe Zaun für die jungen Hengste, die hier grasen durften, wenn sie von ihren Müttern abgesetzt wurden. Die Entfernung zum Gestüt war für solch eine schwierige Zeit ideal, denn so konnten Mütter und Söhne einander nicht rufen und auf diese Weise einen Ausbruchsversuch provozieren.

Angesichts der deckungslosen Wiese vor ihm überlegte der Schwarze ganz offensichtlich, in den schützenden Wald zurückzukehren, und drehte bereits um. Es war keine Zeit für eine detaillierte Absprache.

»Bleiben Sie rechts!«, rief Luise dem Fremden zu und trieb schon im nächsten Moment Jeltje an. Die Stute machte einen Satz und galoppierte gehorsam auf das fremde Pferd am Waldrand zu. Erschrocken über den vermeintlichen plötzlichen Angriff tat der Schwarze einen gewaltigen Sprung, bei dem sich der im Haar verwickelte Ast endlich löste, und stob mit hoch erhobenem Schweif und steif gerecktem Hals nach vorn, hinaus auf die freie Fläche.

Sofort drosselte Luise Jeltjes Tempo. Beim Anblick des fremden Pferdes hielt sie kurz die Luft an. Diese Muskeln unter dem schwarzen Fell. Die wehende volle Mähne und der bodenlange Schweif. Die dichten Behänge an den Beinen. Auch wenn man diesem Pferd seine Zeit im Wald ansah, erkannte sie ganz deutlich: Alfred hatte recht gehabt! Es war wahrhaftig ein Friese! Und er galoppierte direkt auf den Zaun der Koppel zu. Den Sprung würde er nicht schaffen. Für solch hohe Hindernisse waren Friesen mit ihren schweren Kaltblutvorfahren nicht gebaut. Er würde doch nicht hineinkrachen?! Doch offenbar kam das Pferd zu dem gleichen Schluss und brach im letzten Augenblick zur rechten Seite aus. Es galoppierte am offenen Gatter vorbei, am Zaun entlang Richtung Feldweg. Doch da erschien genau im rechten Augenblick der Fremde auf dem braunen Wallach, der mitten in den Weg sprang. Das Auftauchen des fremden Artgenossen, von dem der Reiter ihm ein »Ho, ho!« zurief, ließ den Friesen abrupt abbremsen und umdrehen. Schräg hinter ihm auf der linken

Seite trabte jedoch Luise auf Jeltje heran. Der Schwarze sah nur einen einzigen Ausweg: das offene Koppeltor. Er preschte hindurch und galoppierte über die gesamte Koppel bis zum anderen Ende, wohl an die dreihundert Meter von ihnen entfernt. Dort verfiel er in aufgeregten Trab, lief am Zaun auf und ab und blieb schließlich schwer atmend und schnaubend stehen. Er wirkte schmutzig, Mähne und Schweif waren schlimm zerzaust und schrien regelrecht nach einer Bürste. Aber darunter steckte eindeutig ein sehr edles Tier.

Der fremde Reiter war bereits aus dem Sattel gesprungen und schloss das Gatter mit dem Riegel, während sein Pferd in aller Ruhe zu grasen begann.

»Geschafft!«, rief er und lachte Luise von dort unten strahlend an. Sie konnte nicht anders, als vor Erleichterung ebenfalls zu lachen. Die gute Laune des jungen Mannes mit seinem offenen, sonnengebräunten Gesicht, aus dem seine wässrig blauen Augen herausleuchteten, war ansteckend. Die Aufregung des kleinen Abenteuers kribbelte noch auf ihrer Haut.

»Das haben wir wunderbar hinbekommen!« Erneut sah sie zu dem schwarzen Pferd hinüber, das am anderen Ende der großen Koppel mit bebender Flanke stand und zu ihnen herübersah.

»Was für ein schöner Hengst«, stellte Luise fest. »Sehen Sie nur die Muskeln an seinem Hals und die Form der Kruppe. Ein edles Tier, auch wenn es etwas verwahrlost aussieht. Wahrscheinlich ist er schon Tage oder gar Wochen allein unterwegs.«

»In der Tat wunderschön«, bemerkte ihr Verbündeter. Als sie ihn ansah, stellte sie fest, dass sein Blick dabei jedoch auf ihr ruhte.

Luise spürte, wie ihre Wangen heiß wurden. Da sie die natürliche Eleganz und Schönheit ihrer Mutter geerbt hatte, war sie Komplimente gewöhnt. Auf Bällen und Gesellschaften, ja. Aber doch nicht allein mit einem Fremden. Nicht hier draußen auf den Ländereien von Friesenhain, zu Pferd und in *Hosen*, wie ihr mit einem Male und zu ihrem größten Entsetzen auffiel. Gut, dass sie diesen Unbekannten nie wiedersehen musste.

Ehe sie etwas erwidern konnte, setzte der Fremde hinzu: »Was tun wir nun mit ihm? Müssten wir nicht den Besitzer ausfindig machen?«

Luise, verärgert über ihre eigene Verlegenheit, machte eine ungeduldige Geste mit der Hand. »Ach, das lassen Sie ruhig meine Sorge sein. Ich kenne mich hier bestens aus. Sie selbst sind wohl auf der Durchreise?«

»So könnte man sagen, ja. Wobei ich mein Ziel schon fast erreicht habe. Oh, verzeihen Sie …«, er zog seinen Hut und neigte den Kopf, »mein Name ist Johan van Leeuwen.«

Für einen Moment starrte Luise ihn an, mit fassungslos aufgerissenen Augen.

O nein, wie hatte sie so dumm sein können. Dabei war ihr seine ungewöhnliche Sprachmelodie gleich aufgefallen, und schließlich wusste sie doch, dass ihr Großcousin in Bälde eintreffen sollte. Über der Aufregung um den unbekannten Friesenhengst hatte sie einfach nicht darüber nachgedacht.

Prompt fuhr ihr Großvetter fort: »Ich bin unterwegs aus den Niederlanden zu einem Gestüt, das hier ganz in der Nähe liegen muss. Leider habe ich den Abzweig wohl verpasst. Aber als mir zufällig dieses Pferd über den Weg lief, schien mir das wie ein Schicksalswink. Ich nehme an, es gehört dorthin. Sie wissen nicht zufällig, wo …?«

»Friesenhain liegt etwa drei Kilometer entfernt dort hinten«, sagte Luise und deutete mit der Hand in die Richtung. »Aber dieses Pferd gehört nicht zum Gestüt.«

Er legte den Kopf schief. »Verzeihen Sie, aber langsam kommt mir ein Verdacht, wen ich hier vor mir habe ...«, sagte er mit gerunzelter Stirn.

Luise reckte den Kopf, als sei an ihrem Aufzug nichts weiter auzusetzen, und sagte mit möglichst fester Stimme: »Ich bin Komtess Luise von Scheweney.«

Die Augen ihres Gegenübers weiteten sich kurz und wurden dann mit seinem Lächeln schmal. Er holte zu einer großen Geste aus, riss den Hut vom Kopf und verneigte sich in einer vollendet eleganten Verbeugung, wie sie nur die wenigsten Männer in staubiger Reisekleidung fertigbringen würden.

»Wenn ich gewusst hätte, wem ich hier zufällig begegnet bin, Komtess, hätte ich mich förmlicher vorgestellt.«

»Wir hätten keine Zeit dazu gehabt«, half Luise ihm aus der Klemme.

Wieder verneigte er sich. »Da haben Sie ganz sicher recht, Komtess.« Es entstand eine Pause, in der keiner von ihnen etwas sagte, und Luise empfand ein Bedauern darüber, dass die Unbefangenheit, mit der sie gerade noch miteinander umgegangen waren, schlagartig mit der Erwähnung ihrer Namen verflogen war.

Mit einigem Unbehagen wurde Luise klar, dass sie keinerlei Erfahrung hatte mit Situationen, in denen sie mit einem fremden Mann allein war. Schon in der Frauenversammlung hatte sie sich Max Brugge gegenüber schrecklich unbeholfen gefühlt. Und nun dies.

Natürlich ging sie wie selbstverständlich mit den Dienern um oder mit Stallmeister Paas. Doch in diesen Fällen waren die Rollen klar verteilt, und sie verhielt sich so, wie sich eine junge Gräfin den Angestellten ihrer Familie gegenüber zu verhalten hatte. Doch dies hier war neu. Jungen Männern in ihrem Alter begegnete sie nur in Gesellschaft. Und da waren sie alle so schrecklich förmlich, dass vom wahren Charakter eines Mannes wohl kaum etwas zu erkennen war. Geschweige denn, dass sie einen von ihnen durch einen Tanzsaal hätte dirigieren können wie grade eben ihren Großvetter durch den Wald. Sie hatte keine Ahnung, was sie nun sagen sollte. Daher war sie froh, als Johan wieder das Wort ergriff.

»Darf ich Sie zurück zum Gestüt begleiten, Komtess?«

Aha, da waren sie also, die gewohnten Artigkeiten.

»Sicher.« Er ging zu seinem grasenden Pferd hinüber, hob einen Fuß in den Steigbügel und schwang sich mühelos in den Sattel. Ein geübter Reiter also.

»Sie wollten wohl nicht mit der Kutsche reisen?«, fragte Luise, in der Hoffnung, dass das als angemessene Konversation zwischen ihrem Vetter und ihr gelten würde. »Dazu ist noch Zeit, wenn ich alt bin«, erwiderte Johan mit einem verschmitzten Lächeln. »Und wie ich sehe, fühlen Sie sich im Sattel ebenso wohl.« Sein Blick glitt an ihrer Gestalt in der engen Reitjacke und den Hosen herab.

Die Kombination seiner angenehmen Stimme und seines Blickes verwirrte Luise derart, dass sie mit dem ersten herausplatzte, was ihr in den Sinn kam: »Bitte sagen Sie der Gräfin nicht, dass ich in Hosen und mit Jagdsattel hier draußen war! Ich weiß, es schickt sich nicht, aber ich dachte nicht, dass ich jemanden treffe, wenn ich so weit draußen nach diesem vermeintlichen Spukpferd suche.« Im selben Moment wollte sie sich bereits auf die Zunge beißen. Wie konnte sie nur ihm gegenüber, den sie gar nicht kannte, so vertraulich sein und auch noch ihre unangemessene Kleidung zur Sprache bringen! Manchmal hätte Luise viel darum gegeben, stets so wohlüberlegt zu handeln wie Clara.

Doch Johan van Leeuwen schien nichts Schlimmes dabei zu finden. Seine hellen Augen blitzten vor Belustigung, was sie ihm nicht verübeln konnte. Doch er hatte sich gut im Griff, neigte den Kopf und sagte: »Ich bete darum, dass Ihre Garderobe nicht das ausschlaggebende Thema zwischen Ihrer verehrten Frau Mutter, der Gräfin, und mir sein wird. Ich wäre hoffnungslos überfordert, denn ehrlich gesagt verstehe ich davon überhaupt nichts.«

»Vielen Dank. Das ist sehr freundlich von Ihnen«, erwiderte Luise erleichtert.

»Freundlichkeit ist gewiss nicht meine einzige Stärke, wie ich glauben darf, aber eine, die mir leichtfällt.« Er lächelte und wendete sein Pferd, sodass Luise Jeltje an seine Seite lenken konnte. Im Schritt ritten sie einträchtig zum Feldweg hinüber und schlugen die Richtung zum Gestüt ein. Gleichzeitig sahen sie noch einmal über die Schulter zurück zu dem Pferd auf der Koppel und mussten dann beide über diese Gleichförmigkeit schmunzeln.

Erst als sie kurze Zeit nebeneinander ritten, konnte Luise ihre Gedanken so weit ordnen, dass ihr die übliche Konversation einfiel, an der sie sich hoffentlich drei Kilometer lang festhalten konnte.

»Wie war Ihre Reise, Vetter?«, erkundigte sie sich.

Er neigte den Kopf, als er sie von der Seite ansah. Neben dem rotblonden Schnauzbart ragten auch ebensolche Koteletten unter seinem Hut hervor. Das helle Haar stand ihm zur Sonnenbräune seines Gesichts ausgezeichnet. Er hatte so gar keine Ähnlichkeit mehr mit dem *Krabbelchen* von damals.

»Sehr angenehm, vielen Dank. Das Wetter hat mitgespielt und mir ist es lieber, von trockenen Straßen staubig als vom Regen durchnässt zu sein«, antwortete er. »Außerdem kommt man zu Pferde doch sehr viel schneller voran als mit der Kutsche. Allerdings werde ich mich vor dem Treffen mit Graf und Gräfin von Scheweney wohl nicht angemessen kleiden können. Ich habe nicht daran gedacht, mein Gepäck vorauszuschicken. Es kommt sicher erst kurz vor Abend an.«

»Vater und Mutter werden Sie in Reisekleidung ebenso herzlich empfangen wie in Frack und Zylinder. Schließlich leben wir auf einem Gestüt«, entgegnete Luise. »Wie geht es Ihren Eltern, Großonkel und Großtante van Leeuwen?«

»Es geht ihnen bestens, danke der Nachfrage. Sie lassen Grüße an die ganze Familie ausrichten.« War es die Tatsache, dass er von den Verwandten in den Niederlanden sprach, dass sein Akzent plötzlich noch deutlicher herauszuhören war?

»Und Ihren Brüdern? Ich hoffe, Alexander und Paul sind auch wohlauf?«

»Auch die beiden erfreuen sich bester Gesundheit. Vielen Dank.«

»Es tut mir sehr leid, dass Ihre Großmutter im Winter verstorben ist. Ich hoffe, unser Kondolenzschreiben hat die Familie erreicht?«

»Ja, hat es. Vielen Dank für die Anteilnahme.«

Ehe sie eine weitere artige Frage stellen konnte, wandte sich Johan kurz entschlossen im Sattel zu ihr. »War das jetzt nicht genug der Etikette, Base?« Er lächelte höflich, doch in seinen Augen blitzte etwas auf. »Unser Kennenlernen war so außergewöhnlich, dass wir diese Förmlichkeiten doch überspringen können, oder?«

Luise blinzelte. So viel zum Festhalten an Artigkeiten, von denen sie gehofft hatte, dass sie ihr durch diese ungewöhnliche Situation helfen würden.

Sie hatten das Ende der Koppel erreicht, wo der fremde Hengst sie mit erhobenem Kopf wachsam beobachtete. Ganz offensichtlich wartete er ab, ob sie sich weiter für ihn interessierten. Pferde waren sehr sensibel, was das anging. Sie spürten sogleich, wenn jemand etwas mit ihnen vorhatte.

Doch als der Hengst merkte, dass sie lediglich vorbeiritten und nichts weiter von ihm wollten, entspannten sich die Muskeln unter seinem schmutzigen Fell.

Luise wandte sich noch einmal um und sah, wie er den Kopf neigte, um ein Büschel saftiges Gras zu rupfen.

Johan deutete zurück zur Koppel. »Erzählen Sie mir doch lieber, was es mit diesem Spukpferd, wie Sie es nannten, auf sich hat.«

Nun, das durfte wohl auch zur Konversation genügen, befand Luise und erzählte von Alfreds Geistererscheinung im Wald und wie sie beschlossen hatte, der Sache auf den Grund zu gehen.

Dass sie diesen kleinen Ausflug auch deswegen unternommen hatte, um sich von den Gedanken zur baldigen Ankunft ihres Großvetters aus den Niederlanden abzulenken, ließ sie natürlich aus.

»Was für eine spannende Geschichte!«, rief Johan begeistert. »Das heißt, niemand weiß, woher das Pferd stammt? Juckt es Sie nicht in den Fingern, herauszufinden, wie es hierher geraten ist? Und warum es niemand vermisst? So ein wertvolles Tier allein hier draußen – irgendjemand muss doch nach ihm suchen, oder?«

»Genau das habe ich mich auch gefragt«, pflichtete Luise ihm bei. Johans reges Interesse entspannte sie. Genug der Etikette, hatte er gesagt. Und er verhielt sich auch danach. Sie konnte regelrecht spüren, wie die Anspannung von ihr abfiel.

»Vielleicht ist er einem Pferdehändler, der auf der Straße unterwegs war, ausgerissen?«, überlegte sie. »Oder er begleitete eine Kutsche, die verunglückte?«, schlug Johan seinerseits vor und deutete in Richtung Handelsstraße.

Luise wiegte den Kopf. »Er hat jedenfalls den richtigen Ort ausgesucht, um sich zu verstecken. Friesenpferde sind aus der

Mode gekommen. Kaum jemand hält oder züchtet sie noch. Was ich selbst nicht verstehen kann, denn für mich sind sie die Besten. Nicht, Jeltje?« Sie fuhr mit der behandschuhten Hand über den glänzend schwarzen Hals ihrer Stute. »Wir haben immer welche auf dem Gestüt. Um Mutters willen natürlich, denn für sie sind die schwarzen Perlen ein Stück Heimat. Neben ihrer alten Stute und meiner Jeltje haben wir noch weitere, einen Hengst und ein ganz wunderbares Wallach-Gespann für die Kutsche. In der näheren Umgebung hält niemand sonst Friesen. Und niemand kennt sich so gut mit ihnen aus wie unser Stallmeister Paas und seine Tochter.«

»Und Sie selbst, nehme ich an, Komtess?«, schmeichelte Johan ihr mit dem angenehm leichten Singsang in der Stimme.

Luise streichelte weiter Jeltjes Hals. »Ein bisschen kenne auch ich mich aus, das stimmt. Durch meine Liebe zu den Pferden.«

»Nichts anderes habe ich nach Ihrem wohldurchdachten Manöver gerade im Wald erwartet«, sagte Johan und lächelte sie offen an. »Daran habe ich Ihren Pferdeverstand gleich erkannt.«

Luise spürte, wie ihr Mund sich ebenfalls zu einem Lächeln verzog, und gab Jeltje mit etwas Schenkeldruck und Klopfen der Wade das Zeichen für die nächstschnellere Gangart. Johan reagierte sofort und so trabten sie nebeneinander den Wiesenweg entlang.

Hin und wieder warf Luise einen Blick hinüber zu dem Reiter neben ihr, der so interessiert und entspannt die schöne Landschaft betrachtete, die ihr Zuhause war. Die Weite, welche hier im Norden harmonisch kontrastiert wurde von der Ibbenbürener Bergplatte, dem Schaf- und Dickenberg, die sich als sanfte Hügel erhoben und mit ihren herbstlich bunt bewaldeten Höhen dem Auge schmeichelten. Sie kamen an einem abgeräumten Acker vorbei, an dessen Feldrand die Bäume golden leuchteten und über dessen Furchen ein großer Fuchs auf Mäusejagd geschäftig schnürte.

Wie hatte sie diese Begegnung gefürchtet. Sie hatte einen unsympathischen, im besten Falle nichtssagenden jungen Mann erwartet, in dessen Gegenwart sie sich beständig am Gähnen würde hindern müssen. Dass ihr Kennenlernen auf so unerwartete Weise besonders verlaufen war, jenseits aller Etikette, brachte sie durcheinander. Denn wenn sie zu sich selbst ehrlich war, wirkte ihr Cousin so ganz anders, als sie ihn sich vorgestellt hatte.

Clara

12

Clara folgte der mit hochgerecktem Puschelschwanz trippelnden Hummeltje in den Gang zum Hof.

An der Tür des Arbeitszimmers hielt sie kurz inne und lauschte, konnte drinnen die unruhigen Schritte ihres Vaters hören. Während sie selbst die nichtssagende Konversation mit den Damen von Assen hatte ertragen müssen, war ihr Vater gedanklich gewiss immer noch bei Paas' Depesche und den schlechten Nachrichten, die sie enthalten hatte. Aber es gab nichts, womit sie ihn jetzt trösten und über die schmerzliche Enttäuschung, die sie auch selbst empfand, hinweghelfen könnte.

So öffnete sie den Hintereingang, und Hummeltje huschte an ihr vorbei nach draußen. Die Doggen, die die schlechte Laune ihres Herrn witterten wie einen Einbrecher und in diesem Fall lieber etwas auf Distanz blieben, lagen in vormittäglicher Ruhe träge neben der Treppe unten im Hof und beobachteten, wie die weiße Katze an ihnen vorbeihuschte.

Clara sah sich um, ob sie irgendwo Marie ausmachen konnte.

Doch stattdessen entdeckte sie Wilhelm, der mit dem kleinen Alfred und Stute samt Fohlen Athena an der Waschstelle neben dem Brunnen stand. Gut, dass ihr Bruder nach der ersten Wut, die ihn hinauf in sein Zimmer getrieben hatte, doch wieder zu seinen Aufgaben heruntergekommen war.

Während Clara zu ihm hinüberging, sah sie, dass er Alfred darin angewiesen hatte, die Fesseln der Stute von Blut und Schmutz der gestrigen Geburt zu säubern. Nun war sie wieder sauber und sollte just in ihre Box zurückgeführt werden. Athena stakste ungelenk um ihre Mutter herum und staunte mit großen Augen in die Gegend. Bei diesem Anblick musste Clara unwillkürlich lächeln.

»Noch denkt die Kleine, der Innenhof sei das gesamte Universum«, sprach Clara Wilhelm an, der Alfred wachsam nachsah, als der Bursche die Stute davonführte. »So wie ich selbst es als Kind auch getan habe. Bis ich begriff, dass es ein Außen gibt: den Park, die Ländereien, das Nachbargut ...«

Sie brach ab, weil ihr prompt der peinliche Moment wieder in den Sinn kam, als die Gestalt vor dem Anwesen von Thebe sie oben am Waldrand entdeckt hatte.

Wilhelm wandte sich ihr zu, im ersten Moment ein wenig verlegen, wie es schien. Schließlich hatte Clara ihn vor einer halben Stunde noch sehr aufgelöst aus dem Zimmer des Vaters stürmen sehen.

»Ja, du hast recht«, sagte er und fuhr sich mit einer Hand durchs Haar, womit er seine stets mühsam gekämmte Frisur wieder einmal in Unordnung brachte. »Als wir begriffen, dass es große Städte gibt, das ganze weite Land, die gesamte Welt, da haben wir wahrscheinlich unsere Unschuld verloren.«

Sie lächelten einander an, ein wenig wehmütig, aber auch aufmunternd.

»Hat Vater es dir schon gesagt?«, erkundigte Clara sich vorsichtig.

Wilhelm sah fort in Richtung Stallgasse, von wo sie Alfreds

und Rudis helle Stimmen hören konnten. Und war da nicht auch Marie zu hören? Clara hätte sich denken können, dass sie nicht weit war, wenn die jungen Burschen mit den Pferden zu tun hatten.

»Ja. Als ich wieder herunterkam, kurz nachdem wir uns ...« Wieder fuhr er sich mit der Hand durchs Haar. »Als du und ich uns gerade unten getroffen hatten«, wich er aus, wohl um den lauten Streit mit ihrem Vater nicht zu erwähnen.

»Als du oben warst, hast du die Damen von Assen knapp verpasst. Sie sind kurz darauf eingetroffen«, teilte Clara ihm mit und beobachtete die Reaktion ihres Bruders, der kurz zögerte und sie dann, wie um Entschuldigung bittend, mit gesenktem Kopf von unten herauf ansah.

»Ich weiß«, raunte er ihr zu.

Clara musste ein Schmunzeln verbergen und hatte den Eindruck, dass auch Wilhelm davon nicht weit entfernt war. Doch dann wurde er wieder ernst.

»Als ihr im Salon verschwunden wart, bin ich hinunter und habe bei Vater geklopft. Nun, es brauchte eigentlich nur einen kurzen Blick in sein Gesicht.«

Sie tauschten einen betretenen Blick.

Ehe Clara etwas antworten konnte, war in der Toreinfahrt Hufgeklapper zu vernehmen.

»Da kommt Luise zurück. Sie hat die von Assen auch ... verpasst«, bemerkte Clara. Doch die Doggen, die von ihrem Platz neben der Freitreppe zum Wohnhaus den besten Blick zum Hofeingang hatten, sprangen bellend auf und rannten den Ankömmlingen entgegen. Daraufhin schlugen auch die Jagdhunde in ihren Zwingern an und ihr Läuten hallte von den Mauern wider.

»Jemand Fremdes?«, fragte Wilhelm verwundert. Und da bogen schon zwei Pferde in den Innenhof.

Jeltje kannte das Getöse der Hunde und ließ sich nicht beirren. Doch der Fremde, ein kräftiger Brauner, schlug nervös mit dem Kopf und wollte am liebsten vor den vermeintlichen Angreifern wieder zum Tor hinaus fliehen. Der junge Mann im Sattel hatte alle Hände voll zu tun, ihn zu beruhigen.

Wilhelm stieß einen gellenden Pfiff aus und winkte die Doggen zurück auf ihren Platz. Brummend und knurrend folgten sie, während die Jagdhunde von einem herbeigeeilten Knecht beruhigt wurden.

»Wer ist das?«, erkundigte Wilhelm sich leise bei Clara, während sie den Ankömmlingen langsam entgegengingen.

Sie musterte den blonden, jungen Mann in staubiger Reisekleidung, der sich jetzt Luise zugewandt hatte und offenbar eine Bemerkung über die Hunde machte, denn sie nickte und deutete den davontrottenden Doggen nach.

Clara kannte diesen Mann nicht. Und doch. Irgendetwas an seiner Art, sich leicht zur Seite zu neigen, erinnerte sie an jemanden. Dann lachte er über etwas, das Luise gesagt hatte. Dabei warf er den Kopf zurück, und schlagartig wusste Clara, wer dort gerade ankam.

»Das ist Johan!«, wisperte Clara ihrem Bruder zu. »Unser Vetter Johan van Leeuwen!«

»Aber wieso kommt er in Gesellschaft unserer Schwester?«, erwiderte Wilhelm verwirrt.

»Und Luise im Jagdsattel!«, stieß Clara hervor, zwischen Entsetzen und heraufziehendem hysterischem Lachen.

Wilhelm schüttelte den Kopf und warf ihr einen amüsierten Seitenblick zu. »Sie bringt sich wieder einmal um Kopf und Kragen. Wenn Mutter das sieht.«

Auch die Stallburschen hatten die hereinkommenden Pferde gehört. Rudi und Alfred kamen sofort herbeigelaufen, um Jeltje und das fremde Pferd in Empfang zu nehmen.

»Was ist mit Fee?«, fragte Wilhelm rasch den jüngeren der Jungen.

»Fräulein Paas kümmert sich, gnädiger Herr«, teilte Rudi ihnen mit.

»Und sie möchte, dass wir ihr gleich sagen, ob Komtess Luise das Spukpferd gesehen hat«, setzte Alfred gewitzt hinzu. Es war ihm an der Nasenspitze anzusehen, dass er selbst vor Neugierde brannte. Verschämt murmelte er: »Ich hab es ihr erzählt, wohin Sie wollten … Komtess.«

Auch Luise, die sich soeben von Jeltjes Rücken gleiten ließ, hatte es gehört.

»Ich habe es nicht nur gesehen«, berichtete sie dem Stallburschen mit geheimnisvoller Stimme. »Ich habe es sogar eingefangen! Und es wartet jetzt brav auf der Absetzerkoppel hinterm Nordwald.«

»Wie bitte?«, rief Clara, während Wilhelm verwirrt fragte: »Was für ein Spukpferd?«

Luise lachte. Clara konnte nicht anders, als bei diesem Anblick zu staunen. Ihre Schwester wirkte gelöst und unbefangen, so ganz anders als Clara es in Anwesenheit des Vetters erwartet hätte. Der schwang sich nun ebenfalls von seinem Ross, dessen Zügel Rudi entgegennahm.

»Ihr habt richtig gehört«, bestätigte Luise und sagte zu Alfred: »Das darfst du auch gern Fräulein Paas sogleich berichten. Rudi kann sich derweil um Jeltje und das fremde Pferd kümmern.« Der Junge, der mit weit aufgerissenen Augen gelauscht hatte, rannte sofort davon, während Rudi beide Pferde zum Trockenplatz führte. An Bruder und Schwester gewandt fügte Luise hinzu: »Aber die Heldentat habe ich nicht allein vollbracht. Seht nur, wen ich zufällig getroffen habe: Vetter van Leeuwen kam des Weges und hat mir tatkräftig geholfen.«

»Nicht der Rede wert«, wehrte Johan mit einem amüsierten Seitenblick zu Luise ab. »Ich hatte gerade nichts anderes zu tun.« Die beiden lachten sich an. Clara beobachtete es verblüfft, bis Johan sich ihr zuwandte. Sein Blick glitt über ihr sorgfältig frisiertes Haar und das elegante Kleid, und er verneigte sich artig vor ihr. »Komtess Clara, nehme ich an? Ich freue mich sehr, Sie wiederzusehen. Es sind zu viele Jahre vergangen seit unserem letzten Treffen.«

»Willkommen auf Friesenhain, Vetter van Leeuwen«, antwortete Clara und knickste leicht. »Ich hoffe, Sie hatten eine gute Reise?«

Johan schlug die Hacken zusammen, was bei ihm jedoch weniger militärisch denn vergnügt wirkte. »Sehr gut, vielen Dank. Und dann war das Willkommen ja auch ein ganz besonderes. Wilhelm? Ja, Sie sind es, ich erkenne Sie an der verwegenen Frisur. Die habe ich Ihnen schon als Kind geneidet.«

Die beiden Männer schüttelten sich herzlich die Hände und neigten die Köpfe.

Mit einem »Ich bin sofort zurück!« verschwand Luise aus ihrer Reihe und eilte hinüber zur Kleiderkammer. Sie sahen ihr alle nach, und Clara wurde klar: Falls ihr Vetter es zu Pferde noch hatte ignorieren können, so war nun mehr als deutlich, dass die ältere Komtess höchst unschicklich gekleidet war.

»Wir haben noch gar nicht mit Ihnen gerechnet«, sagte sie rasch, um seine Aufmerksamkeit auf sich zu lenken. »Unsere Eltern werden hocherfreut sein.«

Wilhelm sah zwischen beiden hin und her. »Ich weiß ja, wir haben uns fünfzehn Jahre nicht gesehen. Aber wollen wir wirklich so förmlich miteinander sein, mit Knicksen, Verneigen und Siezen? Wir sind Vettern.« Das lockere Auftreten ihres Verwandten schien schon auf ihren Bruder abzufärben.

Johan selbst stieß in betonter Erleichterung Luft aus. »Das sind wir. Und ein Du ist mir bei euch so viel lieber.«

»Das lob ich mir«, stimmte Wilhelm ihm zu, und auch Clara fand die Vorstellung, gleich auf vertrauterem Fuß mit ihrem Vetter zu sein, wesentlich angenehmer als alle Etikette.

»Aber nun erzähl mal, was hat es denn mit diesem Spukpferd auf sich?«, erkundigte Wilhelm sich.

Johan antwortete: »Ein Friesenhengst. Ich entdeckte ihn zufällig, als ich das Waldstück zwischen Handelsstraße und eurem Land kreuzte. Zugegebenermaßen hatte ich wohl den Weg verloren. Aber … Base Luise hat nicht nur mich gerettet, sondern auch dieses herrenlose Pferd eingefangen.« Er lächelte bei dem Gedanken. »Wunderschönes Tier. Es ist sicher verloren gegangen. Gewiss irgendwo ausgerissen und tagelang durch die Gegend geirrt. Nun, und nachdem wir den Hengst gesichert hatten, haben Luise und ich erst festgestellt, wen wir da jeweils vor uns haben. Da war die Überraschung groß, und wir haben uns auf den direkten Weg hierher gemacht.« Johan sprach ausgezeichnetes Deutsch, bemerkte Clara. Die Melodie, die in seiner Stimme mitschwang und die sie – wenn auch reduzierter – von ihrer Mutter kannte, wirkte sehr charmant. »Allerdings mache ich mir jetzt ein wenig Sorgen: Unerwarteter Besuch ist doch eigentlich nie willkommen.«

»Du aber doch auf jeden Fall, Johan!«, sagte Wilhelm mit Überzeugung. »Und wir sind gespannt, welche Eindrücke du nach all den Jahren wohl von Friesenhain haben wirst.«

Johan sah ihn und Clara scheinbar prüfend an, dann sagte er: »Nun, wir sind alle gewachsen.«

Sie lachten alle drei, als Luise wieder neben ihnen erschien.

Clara bemerkte sofort, dass ihre Schwester den Reitrock eher notdürftig als überzeugend über ihre Hosen gewickelt hatte. Auch Johan schien das aufzufallen, wie sie an seinem kurzen Blick feststellte. Und wenn ihre Mutter Luise zu Gesicht bekommen würde, hielte diese kümmerliche Tarnung wahrscheinlich keine Sekunde lang der strengen Musterung stand. Nur Wilhelm schien nichts aufzufallen, was typisch für ihn war. Wahrscheinlich hatte er sich noch nie in seinem Leben Gedanken um die Toilette seiner Schwestern gemacht und hätte abends nicht sagen können, in welchem Kleid er sie zuletzt gesehen hatte.

Luise, gerade in den Hosen noch der typische Wirbelwind, wirkte nun ein wenig befangen.

»Wir haben gerade per Abstimmung beschlossen, Du zueinander zu sagen«, erklärte Johan.

»Ja, das passt«, erwiderte Luise lächelnd. Doch dann wandte sie den Kopf zu Clara und sah sie mit hochgezogenen Brauen fragend an, während sie halb scherzhaft fragte: »Ist sonst noch etwas geschehen, während ich fort war?«

Clara drehte den Kopf einmal von links nach rechts. Und Wilhelm seufzte.

»Die Depesche aus Hannover ist angekommen.« Sofort forschte Luise in ihren Gesichtern und las wohl die richtige Antwort darin, denn auch sie presste kurz die Lippen aufeinander. Gewiss dachte sie daran, dass diese schlechten Neuigkeiten das von Clara versprochene Gespräch mit ihrem Vater wohl auf eine unbestimmte Zeit aufschieben würden.

Da sie alle drei vor ihrem Vetter das Thema nicht anschneiden wollten, sagte Clara: »Luise, du wolltest gewiss hineingehen und dich umkleiden?« Ihr eindringlicher Blick in die grünen Augen ihrer Schwester widersprach dem beiläufigen Ton. »Da dein Gepäck noch nicht angekommen ist, Johan, wirst du noch etwas ausharren müssen, ehe du den Reisestaub wirst ablegen können. Aber wir werden dir auch so einen gebührenden Empfang bereiten und Mutter und Vater in den Salon holen.« Luise verstand den schwesterlichen Wink, nickte hastig und eilte über die quadratische Rasenfläche zum Hintereingang des Wohnhauses hinüber.

Clara entging nicht, dass der Blick ihres Vetters Luise folgte, bis sie im Haus verschwunden war.

Wilhelm, der sich als männlicher Vertreter der Familie in dieser Pflicht sah, rieb die Hände aneinander. »Normalerweise empfangen wir wichtigen Besuch vorn auf der Auffahrt, beeindrucken ihn durch die Schar der Dienerschaft, die große Halle und die Eleganz des Hauses. Und nur bei zu erwartendem Interesse seinerseits kommen wir irgendwann in den Ställen an«, sagte er. »Nun müssen wir umdenken.«

»Ja, ich habe euch mit meinem Überfall in eine schöne Bredouille gebracht. Wollen wir so tun, als sei nichts passiert? Ich schleiche mich zum Tor hinaus und klopfe vorne an, damit euer Hausdiener mich offiziell Graf und Gräfin von Scheweney melden kann?«, meinte John mit einem verschmitzten Grinsen.

»Was immer ihr aushecken wollt, ihr seid zu spät. Die Hunde haben uns verraten. Da kommt Vater«, warf Clara ein.

Tatsächlich war in der Flügeltür des hinteren Eingangs die kräftige Gestalt des Grafen erschienen. Er musste sie vom Fenster her ausgemacht haben, denn er hatte sein Jackett geschlossen und den Binder um den Kragen gelegt, den er im Hause sonst nie trug. Auch den breitkrempigen Hut hatte er aufgesetzt, den er sonst nur trug, wenn er vorne hinausging, nicht nach hinten zu den Stallungen.

Mit strammem Schritt kam er die Treppe hinunter, sofort umschmeichelt von den Hunden, deren Köpfe er im Vorbeigehen tätschelte, und quer durch den Hof auf sie zu.

Sofort änderte Johan van Leeuwen seine Haltung und stand sehr aufrecht, um sich dann vor Claras Vater formvollendet zu verneigen.

»Johan! Was für eine Überraschung!«, dröhnte dieser und streckte dem jungen Mann die Hand zu seinem berüchtigten festen Händedruck entgegen.

»Graf von Scheweney, es ist mir eine Ehre, hier sein zu dürfen. Auch wenn ich zu meiner Bestürzung feststellen musste, dass Sie mich noch gar nicht erwarten«, erwiderte Johan.

»Ach, was! Solcher Besuch ist doch jederzeit willkommen!«, entgegnete der Graf. »Ich wollte meinen Augen nicht trauen, da ich hinaussah, als die Hunde anschlugen. Übrigens stürzte Luise gerade im kleinen Flur an mir vorbei.« Mit erhobenen Brauen sah er Clara fragend an. Sie deutete unauffällig an sich hinunter und zupfte kurz an ihrem Rock, um ihrem Vater zu verstehen zu geben, dass Luise sich umkleiden wollte. Er nickte zufrieden.

»Wunderbar, dass du da bist, Johan, ganz wunderbar. Das macht meinen Tag gleich um Etliches besser«, sagte er dann aufgeräumt, warf Wilhelm einen eher düsteren Blick zu und betrachtete dann seinen Großneffen mit offensichtlichem Wohlgefallen.

»Wie das? Was hat zu Ungemach geführt?«, erkundigte der sich höflich.

»Eine unschöne Nachricht von unserem Stallmeister, der in Hannover bei der großen Pferdeschau weilt«, sagte der Graf und winkte ab.

»Aber wir müssen doch nicht hier im Hof herumstehen«, meinte ihr Vater sodann und klatschte in die Hände. »Gehen wir hinein. Ranke soll uns einen Imbiss bringen. Du musst hungrig von der Reise sein.«

»Ich habe vor zwei Stunden noch an einem guten Gasthof

pausiert, um mein Pferd zu schonen«, wandte Johan ein. Sie blickten alle zum Trockenplatz, auf dem Rudi und Alfred den Braunen und Jeltje herumführten. Und so sahen sie auch, wie Marie mit dem gesattelten Komet aus der Stallgasse trat.

Sie schaute zu ihnen herüber und hielt inne, scheinbar unschlüssig, ob sie zurückkehren oder ihren Weg fortsetzen sollte. Clara bemerkte, dass auch sie ihre Reithosen trug – doch war der Anblick bei Marie so selbstverständlich, dass es nicht unangebracht wirkte wie bei einer Grafentochter, die alle Welt nur in feinen Kleidern kannte.

»Willst du ausreiten, Marie?«, rief Wilhelm ihr zu.

Daraufhin schnalzte sie Komet zu und führte ihn weiter in ihre Richtung.

»Alfred hat mir erzählt, na, besser herausgesprudelt, dass Luise das Spukpferd eingefangen hat und es tatsächlich ein Friese ist. Ich will zur Absetzerkoppel hinaus und ihn mir anschauen. Vielleicht braucht er Wasser und Futter«, erklärte Marie mit leiser Stimme ein wenig schüchtern. Normalerweise bewegte sie sich hier im Hof und in den Stallungen ganz natürlich, doch der fremde, junge Mann in feiner, wenn auch von den Straßen staubiger Kleidung schien sie einzuschüchtern. Ihr Blick aus den haselnussbraunen Augen, die in ihrem frischen Gesicht und unter dem hellen Haar nur so leuchteten, huschte zu Johan hinüber.

Einen Moment sagte niemand ein Wort. Es gab keine Etikette für diese sonderbare Situation, dass adeliger Besuch und zudem ein Verwandter der Familie im Hof des Gestüts empfangen wurde. Und nun wusste scheinbar niemand, ob Marie in ihrer Sonderstellung ihm vorgestellt werden sollte.

Wilhelm löste sich als Erster und hatte seine Entscheidung diesbezüglich getroffen, indem er an sie gewandt erklärte: »Luise hat nicht nur das fremde Pferd eingefangen, Marie, sondern auch unseren Vetter, Johan van Leeuwen, der geradewegs aus den Niederlanden über die Handelsstraße gekommen ist.« Er deutete auf ihn. »Johan, das ist Marie Paas, die Tochter unseres Stallmeisters. Sie arbeitet ihrerseits mit den Pferden und ist die gute Seele Friesenhains.«

Während Marie sofort, Komet am langen Zügel neben sich, in einen tiefen Knicks sank, zögerte Johan. Dann neigte er knapp den Kopf. Offenbar war ihm nicht ganz klar, wieso Wilhelm die junge Frau vorgestellt hatte, würdigte dies jedoch mit einer schlichten Höflichkeit.

Clara war erleichtert, denn nichts hätte sie in diesem Augenblick mehr geschmerzt, als wenn ihr Vetter ihre beste Freundin wie eine Bedienstete behandelt oder gar seine Verwunderung über die Vorstellung kundgetan hätte.

»Was ist das für eine Sache mit einem Spukpferd? Ein fremdes Tier?«, wollte der Graf wissen.

Clara erzählte ihm rasch, was es damit auf sich hatte, und Johan setzte hinzu, dass es sich um alles andere als einen Geist handelte, sondern um einen springlebendigen, wenn auch etwas verwahrlosten Friesenhengst.

Hermann von Scheweney wandte sich daraufhin an Marie: »Wenn du dir den Hengst ansiehst, nimm besser jemanden mit, Marie. Paas würde mir nicht verzeihen, wenn du dich beim Umgang mit einem fremden Pferd womöglich in Gefahr bringst.«

Er sah zum Trockenplatz hinüber, wo sich gerade auch Alfred zu Rudi gesellte. Aber die beiden Jungen kamen für solch eine Aufgabe nicht infrage. Ratlos suchte Marie Claras Blick.

Doch da sagte Wilhelm: »Wenn es mir nicht als Unhöflichkeit gegen dich, Johan, ausgelegt wird, könnte ich mitreiten?«

Der Graf maß Wilhelm kurz mit einem Blick und nickte dann entschieden. »Tu das! Wie ich deine Mutter kenne, wird sie unseren Besuch sowieso die nächste Stunde in Beschlag nehmen. Wenn ihr zurück seid, stößt du einfach wieder zu uns.«

Wilhelm neigte den Kopf zum Einverständnis und sah Marie fragend an.

»Oh«, machte die und stand einen Moment überrascht da. Dann hielt sie ihm Komets Zügel hin. »Ich sattle rasch ein anderes Pferd für mich.« Sie wandte sich um und war kurz darauf im Stall verschwunden.

Graf Hermann von Scheweney deutete zum Haus hinüber. »Dann teilen wir mal der Gräfin die freudige Überraschung mit!«

Damit ging er ihnen voraus. Clara lächelte Johan zu und sie folgten ihm.

»Hab keine Angst vor Mama«, wandte sich Clara in scherzhaftem Ton an ihren Vetter. »Sie weiß durchaus, wann es genug ist mit den scheinbar endlosen Fragen zur Familie und allem, was ihr an der Heimat lieb und teuer ist.«

Er lachte leise. »Oh, ich kann verstehen, wenn sie Friesland vermisst. Immer, wenn ich von meinen Reisen heimkomme, ist mir klar, dass ich nie anderswo leben will. Gut, dass ich es nicht muss.«

Diese Aussage versetzte Clara einen feinen Stich. Ihr geliebtes Zuhause war Friesenhain, und dennoch würde sie es irgendwann verlassen müssen, um ihrem Ehemann zu folgen. Und als wäre das nicht genug, kam nun auch noch die Aussicht hinzu, dass Luise so weit entfernt leben würde.

»Diese Marie Paas«, erkundigte Johan sich leise bei ihr, während ihr Vater etliche Schritte vor ihnen bereits die Treppe ansteuerte. »Ich war, ehrlich gesagt, ein wenig verwundert, dass wir einander vorgestellt wurden. Aber jetzt dämmert es mir: Sie wurde mit euch erzogen, nicht wahr? Ich erinnere mich vage an eine tragische Geschichte, weil Mama damals lange von ihr sprach. Das Mädchen tat ihr furchtbar leid, wo es doch Halbwaise war.«

»Das stimmt. Wir haben zusammen Unterricht und Erziehung genossen. Sie ist für Luise und mich eine liebe Freundin und keine Angestellte«, antwortete sie, und er nickte, als würde ihm nun einiges klar.

Der Graf hielt ihnen die Tür auf, und nachdem sie eingetreten waren, durchquerten sie zusammen die Halle und nahmen Kurs auf den Salon.

»Ranke«, richtete der Graf sich an den Diener, der wie aus dem Nichts aufgetaucht war. »Bitte eilen Sie sich und sagen Sie der Gräfin, dass unser Besuch aus den Niederlanden eingetroffen ist.«

»Sollte ich mich nicht erst ein wenig frisch machen?«, schlug Johan vor. Doch Graf Hermann winkte ab.

»Ach, was! Für ein erstes Willkommen geht es alle Male. Wir leben auf einem Gestüt. Ein bisschen Staub kommt immer ins Haus.«

Es dauerte nicht lange, da öffnete sich im Salon die Tür und Hummeltje huschte herein wie eine eifrige Zofe, die Claras Mutter anzukündigen wünschte. Die trug nun ein blassgelbes Teekleid, heller und freundlicher als das beeindruckende grüne, welches sie zum Besuch der Damen von Assen angehabt hatte, und ihre schlanke Gestalt sah darin äußerst elegant aus.

»Johan!« Der Rock ihres Kleides schwang um ihre Beine als sie auf ihn zuging und dem jungen Mann beide Hände entgegenstreckte. »Was für eine Freude, dich zu sehen!«

Auch vor ihr verneigte Johan sich tief.

»Die Freude ist ganz auf meiner Seite, Gräfin von Scheweney.«

Tadelnd sah sie ihn an. »Früher hast du mich *Tantchen* genannt. Aber ich sehe ...« Demonstrativ musterte sie ihn. »Diesem Alter bist du natürlich entwachsen. Wie sprichst du deine Verwandten in meiner schönen Heimat an?«

Er schien tatsächlich ein wenig verlegen. Oder tat er nur so, wohl wissend, dass er dadurch umso charmanter wirkte?

»Meist mit Vornamen und Tante oder Onkel«, erklärte er.

»Dann soll das für uns gerade gut genug sein«, bestimmte die Gräfin und strahlte ihn an. »Schließlich sollst du dich gleich wie zu Hause fühlen und an deine schönen Erinnerungen an deinen letzten Aufenthalt auf Friesenhain anknüpfen.«

»Sehr gerne, Tante Anna«, erwiderte Johan mit einer kleinen Verbeugung.

»Nun übertreibst du aber, Anna«, sagte der Graf. »Er war ja damals noch ein Kind und wird sich gewiss nicht mehr erinnern können.«

Johan schaute verschmitzt, was ihm bei seinem blonden Haar und dem Schnäuzer gut stand. »Oh, doch, ich erinnere mich noch sehr lebhaft daran, von meiner Base Luise ins Baumhaus gelockt worden zu sein, um dort oben gefesselt und geknebelt zu werden.«

Anna von Scheweney fror in ihrer Bewegung ein, was Johan sofort bemerkte, denn er setzte mit einem breiten Lächeln hinzu: »Das ist natürlich längst verziehen. Vor allem, wenn meine liebe Cousine mich heute so herzlich begrüßt, wie sie es draußen auf den Ländereien tat.«

Erst jetzt wurde die Gräfin darüber aufgeklärt, wie Luise und er sich bei dem Vorhaben, einen herumirrenden, fremden Hengst einzufangen, zufällig getroffen hatten und welchen Verlauf Johans Eintreffen auf Friesenhain dann genommen hatte.

Sie runzelte ärgerlich die Stirn und wandte sich an ihren Mann: »Hermann, ich muss leider sagen, dass du manchmal gerade die falsche Entscheidung triffst. Kaum ist unser sehnlich erwarteter Besuch hier, rennen alle in unterschiedliche Richtungen davon und du unterstützt sie auch noch dabei. Marie Paas kann sehr wohl auf sich allein achtgeben, so wie sie es immer tut. Da ist sie ihrer lieben verstorbenen Mutter, Gott hab sie selig, sehr ähnlich. Wilhelm hätte sie also nicht begleiten müssen. Und auch Luise hättest du aufhalten sollen. Was ist denn an ihrem Ausreitensemble auszusetzen, dass sie sich für eine erste kurze, inoffizielle Begrüßung unbedingt umziehen muss? Schließlich hat der gute Johan sie ja bereits darin gesehen.« Dies war der Moment, Clara konnte es deutlich in den Zügen ihrer Mutter erkennen, in dem Anna von Scheweney ein haarsträubender Verdacht kam. Sicher tauchte mit wachsendem Entsetzen vor ihrem inneren Auge die Vision auf, in der ihre ältere Tochter dem Mann, der als Ehemann für sie ausgewählt war, bei ihrer ersten Begegnung in Hosen gegenüberstand.

Der alarmierte Blick, den sie Clara zuwarf, entging auch Johan nicht. Doch anstatt sich dezent abzuwenden und den Moment verstreichen zu lassen, antwortete er: »Genau das habe ich auch gesagt. Das elegante *Reitensemble*«, er betonte das Wort, das seine Großtante gewählt hatte, als sei es ihm fremd, »stand meiner Base ganz ausgezeichnet. Aber sie bestand darauf, rasch in ein passendes Empfangskleid zu wechseln. Was man sicher als Zeichen bester Erziehung gelten lassen kann und keineswegs als Unhöflichkeit gegen mich.«

Augenblicklich war die Gräfin beruhigt und lehnte sich mit einem erleichterten Lächeln in ihrem Sessel zurück.

»Du bist sehr freundlich, Johan. Und dazu von einem entzückenden Kind zu einem rechten Ehrenmann geworden, das sehe ich auf den ersten Blick.«

Still für sich konnte Clara den Worten ihrer Mutter nur beipflichten. Mit keiner Silbe hatte Johan van Leeuwen Luise verraten und ihren unpassenden Aufzug erwähnt.

Das zeugte tatsächlich von jeder Menge Anstand und Freundlichkeit. Auch wie er sich zu Hummeltje beugte und die Katze mit schmeichelnden Worten streichelte, während sie ihm schnurrend um die Beine strich, nahm Clara gänzlich für den Vetter ein.

Wäre Luises leidenschaftlich vorgebrachter Wunsch nicht gewesen, dass Clara mit ihrem Vater sprechen und ihn um die Erlaubnis bitten möge, seiner älteren Tochter den Besuch der Hochschule zu erlauben, hätte Clara nun frohlockt.

Johan war gut aussehend, weltgewandt, tierlieb und offenbar auch umsichtig. Welch ideale Voraussetzungen für einen Heiratskandidaten!

Doch wenn er auch eine Frau in Hosen nicht weiter anstößig zu finden schien, was würde er wohl zu einer sagen, die das Studium der Tiermedizin seiner Hand vorziehen würde?

Marie

13

Während Marie neben Wilhelm in flottem Trab durch den Park ritt, sprachen sie nicht.

Wenn sie einander in den Stallungen trafen, gab es solche Stille nie. Es gab immer etwas zu fragen oder zu berichten, die Pferde betreffend. Natürlich richtete der junge Graf sich mit solchen Anliegen auch häufig an ihren Vater. Aber es gab immer wieder Situationen, in denen er auch sie hinzuzog und um ihre Meinung bat. Maries Ansichten zu einer geplanten Verpaarung oder der Entwicklung eines einzelnen Pferdes interessierten ihn. Dann lauschte er aufmerksam ihrer Einschätzung, setzte das eine Mal etwas dagegen, stimmte ein anderes Mal zu. Er achtete sie als eine, die ebenso viel Ahnung von den Tieren hatte wie er selbst, das spürte sie. Vielleicht war es die Schule durch Clara, die er in ihrem mannigfaltigen Wissen um alle Belange des Gestüts respektierte. Eine Schwester, die ihm bei den Geschäften zur Seite stand.

Ob sie selbst für ihn auch so etwas wie eine Schwester war? Und was war an diesem Gedanken, das ihn für Marie so zweischneidig machte? Denn einerseits bedeutete dies doch liebevolle Zuwendung und ein gewisses Zusammengehörigkeitsgefühl. Doch andererseits ... Ja, was war dieses Andererseits?

Oft dachte sie an die gemeinsamen Stunden in der Bibliothek zurück. Wilhelm, mit über ein Buch gebeugtem Kopf,
wie er ihr vorlas, während sie sich in ihre liebste Fensternische
kuschelte. Wie er die Stimme ulkig verstellte und sie beide
darüber lachten.

Doch während sie nun schweigend dahinritten, zogen
andere Bilder beinahe greifbar aus der Vergangenheit vor
Marie auf. Ein Wettrennen auf ihren Pferden, bestimmt von
Luise angestoßen – doch Wilhelm war mit ihr, Marie, Seite
an Seite geritten, und sie hatten sich zugelacht, während
Luise mit lautem Geschrei vor ihnen durchs Ziel ging. Oder
jener Winternachmittag draußen am zugefrorenen Waldsee,
als Wilhelm ihr das Schlittschuhlaufen beigebracht hatte.
Wie wunderbar es sich angefühlt hatte, ihre kleine Hand in
seiner. Aber schon ein paar Jahre später hatte sie ihn darin
übertroffen, war ihm neckisch vorausgelaufen, und er hatte
sie nicht fangen können – bis sie beide lachend an den überhängenden Zweigen einer Trauerweide Rast gesucht hatten.
Wie alt war sie da gewesen? Dreizehn, vierzehn? War es gewesen, kurz bevor er zum Militär ging?

Die Zeit dort hatte ihn verändert, zu einem jungen Mann
gemacht.

»Was für ein schöner Tag für einen Ausritt«, riss seine
Stimme sie plötzlich aus ihren Tagträumen.

Sie verließen soeben das Parkgelände und drosselten das
Tempo, da der Weg durch die Felder uneben wurde.

Täuschte sie sich oder klangen seine Worte auch ein wenig
unsicher, als habe er ähnlich wie sie nach einem passenden
Gesprächsthema gesucht?

»Ja, ganz wunderbar«, stimmte sie ihm zu und ärgerte sich,
weil ihr nicht mehr zu sagen einfiel. Wie gern hätte sie ihn
gefragt, welchen Roman er gerade las. Ob er einen Buchtipp

für sie hatte. Aber sie wusste nicht einmal, ob sie noch dieselbe Vorliebe für Lektüre hatten. Seit seinem Einjährigen bei den Gardedragonern hatten sie sich nie wieder über diese gemeinsame Leidenschaft ausgetauscht. Als sei es etwas, das zu einem Mann, der sich nun Reserveoffizier nennen durfte, nicht passte.

»Das ist sehr freundlich von dir, mich zu begleiten, Wilhelm. Wo du doch so viel zu tun hast«, sagte sie schließlich, als auch er an nichts Weiteres anknüpfte.

Er lächelte und fuhr sich mit der Hand durchs Haar, während die andere Komets Zügel hielt. Weil sie so spontan aufgebrochen waren, trug er keinen Hut und sah auf diese Weise hier draußen seltsam privat und verletzlich aus. »Ach, so arg ist es gar nicht. Die Zeit habe ich schon.«

»Ich dachte nur, weil du trotz des Damenbesuchs im Stall gearbeitet hast«, war es Marie bereits entschlüpft, ehe sie darüber nachgedacht hatte. Doch kaum war es heraus, schoss ihr das Blut in die Wangen, und sie hätte sich ohrfeigen mögen für diese Bemerkung.

Wie konnte sie das nur ansprechen? Natürlich, unten in der Gesindestube tratschten sie und waren alle einer Meinung, was die häufigen Besuche der Baronin von Assen und ihrer Tochter zu bedeuten hatten: Natürlich wollte der junge Herr die hübsche Baroness zur Frau nehmen. Da ziemte es sich, dass sie sich gegenseitig besuchten und einander sowie die Familien kennenlernten.

Marie redete nie mit, wenn es unten im Haus um dieses Thema ging. Es war nicht so, dass es sie nicht interessierte. Vielleicht war sogar das Gegenteil der Fall. Aber der Kern des Ganzen behagte ihr so wenig, dass sie lieber die Ohren verschloss und den Raum verließ, wenn die Sprache darauf kam.

Sie hatte Margarete von Assen kennengelernt, als deren Eltern vor zwei Jahren auf der Suche nach einem Damenpferd für ihre Tochter gewesen waren, da das alte Pony aus deren Kinderzeit in die Jahre gekommen war.

Marie hatte eine helle Stute mit butterweichem Trab vorgeführt, die sie selbst gewählt hätte, wenn sie hätte entscheiden müssen. Das Pferd war sanft, ausgesprochen klug und voller Aufmerksamkeit, wenn man etwas von ihm verlangte. Doch die damals achtzehnjährige Margarete hatte ein Schnütchen gezogen. Baron von Assen, der es gewohnt war, seinem Engel jeden Wunsch von den Augen abzulesen, hatte ratlos zu Graf von Scheweney geschaut, der wegen des hohen Besuchs diesem Verkauf ebenfalls beiwohnte.

»Haben Sie nicht etwas Feurigeres, werter Graf? Ein Tier von mehr Temperament?«, hatte er gefragt.

Marie und ihr Vater hatten sich angesehen. Und dann hatte Marie Amigo geholt. Der Wallach hatte ein zu geringes Stockmaß für den Dienst bei der Kavallerie, war hierdurch jedoch ideal für den Damensattel. Es war ein Tier, das auf den ersten Blick viel hermachte, weil es sich stolz hielt und die Beine warf. Aber er hatte seinen eigenen Kopf, und wenn jemand nicht verstand, ihn richtig zu lenken, konnte er schnell schlecht gelaunt und störrisch werden.

Obwohl sie dies erwähnt hatte, war alles zu spät gewesen, als Margarete von Assen den Fuchs unter dem Sattel erblickte. Ihre Augen begannen zu strahlen. Sie sah nur die wirbelnden Hufe und den hoch getragenen Schweif und stellte sich wohl sich selbst vor, wie sie dort oben Hof hielte.

Marie war froh, dass niemand um ihre Gedanken wusste, denn sie kam nicht umhin, in Amigos eitlem Gehabe die junge Frau selbst gespiegelt zu sehen.

Als Graf Hermann von Scheweney meinte, Pferd und neue

Herrin passten ganz ausgezeichnet zueinander, hatten alle gelächelt und genickt. Nur ihr Vater, Theo Paas, und sie selbst hatten einen kurzen Blick getauscht und dann schnell fortgesehen – zu offensichtlich wäre wohl gewesen, auf welche Weise sie selbst auch ganz und gar dieser Meinung waren.

Als dann vor ein paar Monaten Margarete und ihre Eltern erneut auf Friesenhain aufgetaucht waren, einmal zum Tee, dann mehrmals zum Dinner blieben, war Marie nicht gleich klar gewesen, was das zu bedeuten hatte. Bis sie unten die Küchenmädchen darüber tuscheln hörte. Von der ausgesuchten, eleganten Garderobe der jungen Baroness war die Rede gewesen. Von ihrer kerzengeraden Haltung, den zierlichen Händen und den außergewöhnlichen Hüten. Und es war gekichert und spekuliert worden.

Marie hatte auf ihre eigenen Hände hinabgesehen, die bei den Mahlzeiten zwar sauber, aber immer ein wenig rau waren. Sie besaß nur einen einzigen Hut für den Kirchgang, und wenn sie mit den Pferden umging, dachte sie nicht darüber nach, wie sie sich hielt oder ob sie elegant wirken würde. Für so etwas hatte sie als Tochter des Stallmeisters, die ihre – wenn auch geliebte – Arbeit tun musste, keine Zeit.

Seitdem mied sie den Klatsch darüber. Zugleich aber registrierte sie jedes Mal wie mit eigens dafür geschärften Sinnen, wenn das Coupé der Damen von Assen die Auffahrt herauf-rollte.

Und nun war ihr auch noch eine so dumme Bemerkung entschlüpft. Auf die Wilhelm nur sehr zögerlich reagierte.

»Nun, die Pferde gehen natürlich den privaten Besuchen vor«, sagte er und blickte dabei starr geradeaus, als sei es ihm peinlich, sie bei diesen Worten anzusehen.

»Selbst wenn es fremde Pferde sind«, meinte Marie mit einem Lächeln, das ihm hoffentlich glaubwürdig versicherte, dass ihre erste Bemerkung nur so leicht dahingesagt gewesen war.

»Selbst dann«, bestätigte er und wandte endlich den Kopf, um sie anzuschauen. Woraufhin Marie rasch fortsah, als der warme Blick aus den blauen Augen auf sie gerichtet war.

»Was hältst du von dieser Geschichte mit diesem fremden Hengst, den Luise da eingefangen hat? Alfred nennt es *das Spukpferd*, nicht wahr?«, fuhr er fort.

»Ich muss gestehen, ich habe dem Jungen erst nicht geglaubt, als er davon erzählte«, gab Marie zu. »Ein Friese. Ganz allein unterwegs. Ich dachte, Alfred sei an seinem ersten Tag am Gestüt von unserem Friesengespann so beeindruckt gewesen, dass er womöglich nachts von ihnen geträumt hatte und es für bare Münze hielt. Die Jungen reden den lieben langen Tag von Abenteuern und wilden Geschichten.«

»Ja, es klang tatsächlich wie eine Spukgeschichte«, pflichtete Wilhelm ihr bei. »Und es sieht Luise ähnlich, dass sie der Sache auf den Grund zu gehen beschließt und einfach auf eigene Faust losreitet.«

Marie musste lachten. Damit hatte er seine Schwester treffend beschrieben.

»Und dann trifft sie auch noch euren Vetter, der auf dem Weg nach Friesenhain ist. So ein Zufall!«

»Das stimmt. Aber vielleicht war so ein Zusammentreffen der beiden genau das richtige. Luise ist in dieser Hinsicht so ganz anders als alle jungen Damen, die wir kennen. Die vornehmen Fräulein retten sich doch alle in die üblichen Höflichkeiten. Bei Luise aber ersticken Förmlichkeit und Etikette schnell alle Sympathie«, bemerkte Wilhelm.

Marie schwieg überrascht.

Luise hatte Clara und ihr von ihren Befürchtungen rund um Johan van Leeuwen erzählt. Doch dass Wilhelm einen so klaren Blick auf die Gefühle seiner Schwester hatte, hatte sie nicht erwartet.

Erneut ging Marie die kurze Begegnung mit dem jungen Mann im Hof durch. Er wirkte schneidig und unternehmungslustig. Die kleinen weißen Fältchen um seine Augen verrieten, dass er gern lachte. Zudem war er in Luises Alter und allein aus dem Nachbarland herübergereist. Zu Pferde, nicht bequem in einer gefederten Kutsche, welche sicher die meisten gewählt hätten. Womöglich also ein Abenteurer. Ob Luise das wohl gefiel? Sicher aber hatte er doch einen Stein bei ihr im Brett, weil er ihr geholfen hatte, das fremde Pferd in die Koppel zu treiben.

Reichte ein solcher Vorschuss an Sympathie, um wesentlich Größeres ins Auge zu fassen?

Marie fiel erst nach einer Weile auf, dass ihre Gedanken und ihr Schweigen darüber das mühsam in Gang gebrachte Gespräch zwischen Wilhelm und ihr wieder zum Erlahmen gebracht hatten.

Und ausgerechnet zum Thema Heirat, das ihr selbst noch so fern lag, musste sie sich in dieser Situation Gedanken machen. Auch ihr Vater schien es nicht eilig zu haben, sie mit einem Schwiegersohn davonziehen zu sehen. Friesenhain verlassen? Nein, Marie sah sich auch in ferner Zukunft als Stallmeisterin genau dort.

Warum war ihr Kopf also nun angefüllt mit Luise und ihrem Vetter oder mit Wilhelm und der Baroness von Assen? Bei letztem Gedanken spürte sie einen feinen Schmerz, der ihr durch Brust und Magen fuhr.

Wilhelm räusperte sich.

Sie hob den Blick und sah zu ihm hinüber, wie er auf Komet neben ihr ritt. Groß und aufrecht. Er trug die üblichen Reithosen, deren Anblick ihr wohlvertraut war, ein wollenes Hemd, darüber ein offenes, kurzes Jackett und glänzende Stiefel. Trotz der verstrubbelten Haare und der alltäglichen Kleidung wirkte er aristokratisch in seiner ganzen Haltung.

»Schau, da ist die Koppel«, sagte er und deutete mit dem Kopf hinüber, als sie aus einer kleinen Waldschneise hinausritten.

Dort hinten lag der kleine Wald, in dem sich der See befand, an dessen Ufer Alfred als Erster das fremde Pferd gesehen und Luise es wiederentdeckt hatte.

Diese Koppel begann dort hinten am Waldrand und zog sich bis weit herüber. Sie war hoch eingezäunt, damit die Hengstfohlen, die hier als Absetzer hin und wieder untergebracht wurden, keine Ausbruchsversuche unternehmen konnten. Die weitläufige Weide erstreckte sich durch das nachmittägliche Sonnenlicht bis zu den Bäumen, durch deren Mitte Wilhelm und sie gerade geritten waren. Und dort, im tiefsten Schatten fast verborgen, stand ein schwarzes Pferd und sah zu ihnen herüber.

Komet und Maries Wallach hatten den Unbekannten längst bemerkt und spähten mit gespitzten Ohren zum Fremden. Komet war als Jagdpferd gelassen und durch Maries Training mit allerlei Überraschungen in der Landschaft vertraut. Doch ihr eigenes Pferd, ein Siebenjähriger, der demnächst ans Regiment gehen sollte, schnorrte nervös. Durch die angespannten Nüstern sog er laut Luft ein und stieß sie ebenso geräuschvoll wieder aus. Marie gab an den Zügeln links und rechts rasche Paraden, damit der Wallach hinsah, sich mit der angsteinflößenden Gestalt auseinandersetzte und nicht in wildem Galopp die Flucht ergriff.

Der schwarze Hengst näherte sich langsam. Auch er hatte Kopf und Schweif hoch erhoben und war ganz offensichtlich bereit, sofort Reißaus zu nehmen, sollte er der Meinung sein, dass dort eine Gefahr lauerte.

Seine Statur, die edle Gestalt und die unter dem stumpf schwarzen Fell spielenden Muskeln ließen Marie den Atem anhalten.

Ohne recht darüber nachzudenken, glitt sie auf der von der Koppel abgewandten Seite vom Pferd und reichte Wilhelm die Zügel ihres Reittieres.

»Was hast du vor?«, wollte er wissen. Doch sie schüttelte nur den Kopf, schon ganz und gar auf den Hengst hinter dem Zaun konzentriert.

Der beobachtete genau, wie sie in ihren Hosen leichtfüßig, aber mit ruhigen Bewegungen, über die Koppeleinzäunung kletterte und dann einen Bogen einschlug, sich eher Richtung Seewald denn auf ihn zubewegte.

Dieses erste Kennenlernen, das spürte Marie deutlich, würde ganz anders verlaufen müssen als das mit Amadeus. Im Gegensatz zu dem Hannoveranerhengst daheim auf Friesenhain hatte dieses Pferd hier schlechte Erfahrungen mit Menschen gemacht. Das bewiesen seine Vorsicht und Fluchtbereitschaft.

So wie ihr Vater es ihr vor vielen Jahren beigebracht hatte, näherte Marie sich dem Friesen nur langsam. Schon als Kind hatte sie herausgefunden, dass Pferde es nicht mochten, wenn man geradewegs auf sie zuging, womöglich noch mit raschem Schritt. Zu tief saß der Instinkt in diesen Tieren, die sich vor Raubtieren in Acht nehmen mussten. Und so wanderte sie ruhigen Schrittes und ohne Eile in einem Bogen um den Hengst herum.

Wenn sie in seine Richtung sah, dann blickte sie ihm nicht ins Gesicht, sondern auf seine Schulter. Auf diese Weise kam sie langsam, Stück für Stück, näher an ihn heran, während er sie immer noch argwöhnisch beobachtete.

Schließlich war sie ihm so nah, dass sie nach ihm hätte greifen können. Doch so unbedacht war Marie nicht. Sie blieb stehen und blickte möglichst entspannt zum Waldrand hinüber.

Aus dem Augenwinkel konnte sie Wilhelm sehen, der sie von Komets Rücken aus gespannt beobachtete.

Marie holte tief Luft und ließ sie dann mit einem sanften Geräusch wieder aus, das dem Schnauben eines Pferdes glich, wenn es seinen Artgenossen mitteilen wollte, dass kein Anlass zur Beunruhigung bestand.

Prompt wandte der Hengst ihr zum ersten Mal den Kopf zu.

So standen sie eine kleine Weile, während er sie genau beobachtete und Marie tief ein und auf beruhigende Weise schnaubend wieder ausatmete.

Vorsichtig streckte sie die Hand zur Seite aus, mit der Rückseite zum Pferdmaul, sodass sie nicht hätte zugreifen können.

Sie spürte den heißen Atem des Tieres auf ihrem Handrücken. Die feinen Tasthaare, die über ihre Haut strichen.

Langsam, um ihn nicht zu erschrecken, trat sie einen Schritt zurück, sodass sie nun neben seiner Schulter zu stehen kam. Sie legte die geschlossene Handfläche auf die Stelle, unter der sein Schulterblatt saß, und glitt dann mit zugleich sanftem, aber beständigem Druck hinunter bis zur Brust.

Der Hengst ließ es geschehen, auch wenn seine Haut unter ihrer Berührung ein paarmal zuckte.

Dann fuhr sie wieder hinauf und kraulte seinen Mähnenkamm. Pferde taten das auch beieinander, das hatte Marie oft auf den Weiden beobachten können. Sie standen dabei nebeneinander, den eigenen Kopf Richtung Schweif des anderen Tieres gedreht und kraulten sich mit ihrem Gebiss gegenseitig. Das entspannte sie und zeigte, dass sie einander nichts Böses wollten.

Offenbar tat auch dem fremden Hengst ihre Liebkosung gut. Er senkte ein Stück den Kopf ab und schnaubte ebenfalls.

Sie musste leise lachen.

»Ach so«, sagte sie mit sanfter Stimme zu ihm. »Du tust ganz wild, aber wenn man dir mit Zärtlichkeiten kommt, dann wirst du zu einem schwarzen Lämmchen, ja?«

Er antwortete ihr mit einem Blick aus seinen dunklen Augen, in denen sie neben der Angst, die ihn in der letzten Zeit ständig begleitet haben musste, noch etwas anderes sah, das sie tief berührte. Etwas wie eine Sehnsucht, die sie auch in sich selbst spüren konnte.

»Ich helfe dir«, versprach sie ihm, die Hand tief in seiner langen Mähne vergraben, in der sich Dreck und Blätter verfangen hatten. »Warte nur noch ein paar Stunden ab, vielleicht noch die Nacht. Dann hole ich dich nach Friesenhain. Da wird es dir gut gehen.«

Sie wollte sich lieber nicht vorstellen, dass sie den Besitzer dieses prachtvollen Tieres würden ausfindig machen müssen, denn ihr Gefühl sagte ihr, dass die Scheu des Pferdes wohl dort ihren Ursprung haben würde. Lieber stellte sie sich vor, wie sie sich das Vertrauen des Friesen verdienen und ihm ein gutes Leben ermöglichen würde. Sicher fände sich auf dem Anwesen ein Platz, wo sie ihn unterbringen könnten.

Zum Abschluss betrachtete sie den Hengst noch einmal ganz genau von allen Seiten, strich ihm ein letztes Mal über die Flanke und ging dann auf geradem Weg zu Wilhelm und den beiden wartenden Pferden jenseits des Koppelzauns hinüber.

Sie stieg auf die Planken und von dort in den Sattel des Wallachs, den Wilhelm ihr in Position gebracht hatte.

»Was für ein wunderschönes Tier!«, sagte sie mit Blick hinüber zum schwarzen Hengst. »Ich dachte zuerst, er würde Reißaus nehmen, aber dann hat er begriffen, dass ich ihm nichts Böses will, und er hat sich von mir anfassen lassen. Am rechten Hinterlauf hat er eine Verletzung, die ich gern versorgen möchte. Bestimmt von dem Ast, den Luise erwähnt hat. Wenn er den eine Weile hinter sich her geschleift hat, ist er ihm vielleicht gegen die Fessel geschlagen. Aber ein Umschlag und entsprechende Arzneicreme werden das wieder richten. Und sonst fehlt ihm nur die ordentliche Pflege, eine Wäsche. Und seine Hufe müssen gerichtet werden, die sind viel zu lang.«

Mit einem letzten Blick hinüber zu ihrem neuen Freund – denn als solchen betrachtete Marie das Pferd bereits – drehten sie um und ritten den Weg zurück, den sie gekommen waren.

»Meinst du, wir können ihn auf der kleinen Koppel direkt am Pförtnerhaus unterbringen?«, wollte sie von Wilhelm wissen. »Dann hätte ich ihn ganz in meiner Nähe. Außerdem ist es bei den anderen Hengsten gerade unruhig wegen des Neuen. Donner führt sich deswegen auf, als nähme man ihm demnächst das Leben. Diesem hier aber würde Ruhe und hingebungsvolle Pflege guttun.« Eine Weile sprach sie davon, wie sie es anstellen wollte, das Vertrauen des fremden Pferdes zu gewinnen. Sie hatte jede Menge Ideen dazu.

Dann, als sie bereits den Rand des Parks erreichten, fiel ihr plötzlich auf, dass Wilhelms Mundwinkel sachte zuckten.

»Was?«, fragte sie, beinahe empört, denn ihr war gleich klar, dass er über sie so belustigt war.

»Ach Marie, du bist einfach unbeschreiblich«, brach es vollkommen unerwartet aus ihm hervor. »Den ganzen Hinweg sprichst du kaum ein Wort und scheinst weit weg zu sein. Aber sobald du dieses Pferd gesehen und mit ihm Freundschaft geschlossen hast, wie du es nennst, plapperst du wie ein Wasserfall.«

»Aber ... Das stimmt doch ganz sicher nicht!«, widersprach sie aufgebracht. »Ich habe doch nur ...« Dann verstummte sie und sah ihn entsetzt an. »Bei der heiligen Jungfrau! Du hast recht! Ich habe ununterbrochen geredet, seit wir wieder aufgebrochen sind!«

Beim Blick in ihre wohl unfreiwillig komisch verzogene Miene, legte Wilhelm den Kopf in den Nacken und lachte laut.

Es war das freie, ungezwungene Lachen aus ihren Kindertagen, das sie immer so geliebt hatte, und sie konnte nicht anders, als miteinzufallen. Sie mussten beide so lachen, dass ihre Stimmen laut durch den Park schallten und einen der Gärtner aufschauen ließen, der eine Buchshecke mit der Schere bearbeitete. Marie war, als würde ihr Herz, wie ein in einem Käfig eingesperrter Vogel, sich plötzlich aufschwingen und in die Lüfte steigen – so frei und leicht fühlte sie sich plötzlich.

Als sie sich wieder beruhigt hatten, bedachte Wilhelm sie mit einem Seitenblick, den sie schwer deuten konnte, und schüttelte leicht den Kopf.

»Wie du mit dem Tier gesprochen hast«, sagte er und klang tatsächlich ein wenig verwundert. Oder womöglich gar bewundernd? Ach, nein, das war doch Unsinn.

»Was meinst du?«, fragte sie schnell, ehe sie noch mehr solche törichten Dinge denken konnte.

Er hob die Schultern. »Ich habe nicht gehört, was du zu ihm gesagt hast, nur deine leise Stimme. Aber es schien genau das Richtige zu sein. Das Pferd hat sich entspannt, es hat an deinem Haar geschnuppert und zugelassen, dass du es berührt hast. Ich glaube, du hast ein besonderes Talent, was das angeht, Marie. Wenn ich dich so im Umgang mit den Pferden beobachte, liegt das auf der Hand. Schon so manches Mal habe ich dabei gedacht, dass deine Art, mit den Tieren umzugehen, unserer Zeit weit voraus ist.«

Nun saß sie wie vom Donner gerührt. Er hatte sie beobachtet? Über sie nachgedacht?

»Und jetzt bist du wieder verlegen, wie das kleine Mädchen von damals, dem ich Geschichten vorlas«, setzte er leise hinzu, fast, als spräche er eher zu sich selbst.

Dass er das erwähnte, zum ersten Mal seit vielen Jahren ihre gemeinsamen Stunden in der Bibliothek zur Sprache brachte, ließ den Herzensvogel über ihnen plötzlich jubilieren.

»Verlegen? Das hättest du wohl gern«, erwiderte Marie verschmitzt, ihr tiefes Gefühl geschickt überspielend, »stattdessen habe ich überlegt, ob ich mit einem solchen Talent, das du mir zuschreibst, nicht vielleicht eine richtige Anstellung auf Friesenhain bekommen sollte.«

»Das erste Stallfräulein?«, ging Wilhelm zum Scherz auf ihre Worte ein. »Wir sollten das mit Vater besprechen.«

Wieder lachten sie gemeinsam.

Als sie nebeneinander durch den Park und auf das hintere Tor zuritten, sprachen sie erneut über die Unterbringung des fremden Pferdes und wie sie es anstellen wollten, es geordnet hierher zu bringen. Und währenddessen dachte Marie nicht ein einziges Mal an die Gerüchte, die unten in der Gesindestube kursierten. Der Gedanke an Margarete von Assen war weit, weit fort.

Luise

14

Schon am ersten Nachmittag und Abend, die er auf Friesenhain verbrachte, erwies sich der Besuch aus den Niederlanden als echte Bereicherung. Johan verstand es nicht nur, der Gräfin mit schön ausgeschmückten Erzählungen das Heimweh nach Friesland zu nehmen, unter dem sie auch nach all den Jahren immer noch litt, sondern vertrat auch zu politischen Fragen, die den Grafen interessierten, recht ähnliche Meinungen, sodass alle Gespräche diesbezüglich harmonisch abliefen. Wilhelm und er tauschten sich über ihre Zeit beim Militär aus, wirkten schon bald eher wie älterer und jüngerer Bruder denn wie Cousins. Clara überredete Johan, ihnen eine Kostprobe seines Zeichentalents zu geben. Ihr Vetter behauptete, keine Spur besser als zu Löwen-Zeiten geworden zu sein. Doch Clara brachte ihm Papier und Kohlestift und gespannt sahen sie zu, wie er mit einigen Strichen den Kopf eines Pferdes skizzierte. Die Ohren, der sanfte Schwung der Nüstern, der stolze Hals, die Augen.

»Das ist Jeltje!«, stellte Luise überrascht fest und betrachtete die Zeichnung fasziniert. »Wie kannst du sie so gut treffen, wo es doch heißt, ein schwarzes Pferd sehe aus wie das andere? Und doch ist ihr Ausdruck unverkennbar.«

Johan legte den Kopf schief und sah sie mit einem verschmitzten Lächeln an. »Manchmal reicht ein intensiver erster Eindruck, um ein bleibendes Bild zu erzeugen. Ich finde, ihre Augen zeigen einen ganz besonderen Charakter. Aufmerksam, neugierig und doch sanft.«

»Du hast recht.« Luise griff nach dem Blatt und hielt es für ihre Eltern hoch, damit sie es auch bewundern konnten.

»Johan, du bist ein wahrer Künstler!«, rief ihre Mutter und tauschte dann mit dem Grafen einen Blick. Luise schien, als läge darin mehr als nur die Begeisterung über Johans Zeichentalent, denn auch ihr Vater fasste daraufhin sowohl den Besuch wie auch sie selbst kurz ins Auge. Sein zufriedenes Lächeln berührte sie kurz unangenehm. Doch dann erinnerte sie sich daran, dass alles, was die Laune ihres Vaters hob, den Weg bereiten könnte für das anstehende Gespräch, das Clara mit ihm zu führen versprochen hatte.

Außerdem musste sie sich selbst eingestehen, dass ihr Vetter vollkommen anders war, als sie erwartet hatte. Und dies erwies sich auch in den folgenden Tagen so.

Nach ihrem gemeinsamen Abenteuer am Waldsee schien betonte Förmlichkeit, die ihr stets ein Gräuel war, zwischen ihnen unangebracht. Stattdessen hatte Johan schnell begriffen, dass sie Komplimenten gegenüber unempfindlich war, sich für seine Reiseberichte jedoch brennend interessierte.

Und so unterhielt er bei den kommenden Mahlzeiten die ganze Familie mit seinen Schilderungen von seekranken Kapitänen, der glühenden Sonne Niederländisch-Indiens und den Gepflogenheiten in den Kolonien.

»Ich könnte mir auch vorstellen, noch einmal eine solche Reise zu tun«, bemerkte er, als sie hingerissen seinen Schilderungen der Landschaft Surinames gelauscht hatten. Und er hatte mit einem kurzen Blick in ihre Richtung hinzugesetzt:

»Vielleicht dann nicht allein. Ich stelle es mir noch schöner vor, diesen Reichtum mit jemandem zu teilen.«

Aber Johan sprach nicht nur von sich, sondern stellte auch viele Fragen zum Alltag auf Friesenhain.

Luise wunderte es nicht, dass sie selbst für die Aufgabe auserkoren wurde, ihm alles en détail zu zeigen. Ihre nächsten Tage waren damit angefüllt, Johan überall herumzuführen, ihm Ställe und Besitz vorzustellen.

Anfangs gaben Clara, Wilhelm oder gar Gräfin Anna selbst die Begleitung. Doch nachdem sich mehr und mehr herausstellte, dass Johan von seiner Familie her keinen strengen Sittenkodex gewohnt und ihm eher abgeneigt war, beschied Anna von Scheweney, dass die jungen Leute doch ruhig zu zweit losziehen sollten.

»Schließlich habt ihr bereits gemeinsam ein Wildpferd eingefangen«, begründete sie ihre Entscheidung mit einem Lächeln.

Schon allein auf Friesenhain gab es freilich viel zu sehen und zu erläutern. Für Johan, dessen Familie eine große Eisengießerei in Hellendoorn besaß, schienen das Leben auf einem Gestüt und die landwirtschaftlichen Geschäfte neu und spannend zu sein. Stets hatte er sein Skizzenbuch dabei und fertigte in Windeseile von vielen Situationen kleine Zeichnungen an.

Er begleitete Luise sogar zur Pächterfamilie Stock, deren kranke Großmutter sie hin und wieder besuchte. Dort fing er mit seinem Kohlestift das niedliche Gesicht des jüngsten Enkels ein und machte die Zeichnung der Alten zum Geschenk. Die freute sich darüber noch mehr als über den weichen Stuten und das eingemachte Obst, das Luise mitgebracht hatte.

»Das war sehr freundlich von dir, Johan«, sagte Luise mit

dem leeren Korb am Arm, als sie später nach Friesenhain zurückgingen.

»Mir hat es Freude gemacht, den Kleinen zu zeichnen. Und wieso sollte ich dann nicht teilen?«, erwiderte er.

Mit schief gelegtem Kopf sah Luise ihn an. »Zu teilen scheint etwas zu sein, das du insgesamt gern tust.«

»Findet das Ihre Zustimmung, Komtess?«, erkundigte er sich verschmitzt.

Bei dem heiteren Blitzen in seinen Augen musste sie lächeln.

»Sehr wohl, gnädiger Herr«, antwortete sie. »Und was darf *ich* als Nächstes mit *Ihnen* teilen?«

Kurz überlegte er, ehe er erwiderte: »Obwohl du mir ja schon das in der Scheune zu kunstvollen Türmen geschichtete Heu gezeigt hast, fehlen mir in meiner Führung noch die landwirtschaftlichen Gerätschaften. Die sind in den Schuppen hinter den Hengstställen untergebracht, richtig?« Er lehnte sich im Gehen vertraulich zu ihr und raunte ihr zu: »Ich muss gestehen, dass für mich das, was für euch die Pferde, eben Maschinen sind. Sie üben auf mich eine magische Anziehungskraft aus.«

Luise sah an sich herunter. Sie trug das neue, dunkelrote Ausgehkleid mit seinen cremefarbenen Spitzen und Stickereien. Seit Johan vor ein paar Tagen angekommen war, legte Agnes ihr auch für den Alltag die schönsten Kleider heraus. Luise hatte den Verdacht, dass ihre Mutter ihr Kammermädchen dazu angewiesen hatte. Johan, der ihrem Blick gefolgt war und nun ebenfalls bemerkte, wie der kostbare Saum über den Boden raschelte, konnte sich ein Schmunzeln nicht verkneifen.

»Du könntest dich vorher umkleiden, falls du Bedenken hast, dass du das schöne Kleid ruinierst«, schlug er vor und setzte leiser hinzu: »Wie du inzwischen weißt, habe ich auch gegen Hosen nichts einzuwenden.«

Luise gelang es, nicht zu erröten und sie stimmte in sein Lachen ein. Aber selbst ihr wäre es seltsam vorgekommen, Hosen zu tragen, wenn sie nicht zu Pferde unterwegs waren. Also wählte sie nur ein schlichteres und etwas kürzeres Kleid für die Besichtigung und überließ es dem Pächter, Johan alles zu erklären.

Ebenso wie den Anschauungsunterricht auf dem Gestüt mochte Johan es jedoch auch, die nähere Umgebung zu erkunden und durch die umliegenden Dörfer und Liegenschaften zu schlendern und Ibbenbüren selbst kennenzulernen. Zu allem, was er vom Leben der einfachen Arbeiter, Händler und Handwerker sah, hatte er eine passende Geschichte aus den Niederlanden oder den Kolonien parat. Luise fand es sehr angenehm, dass er an allem heitere Seiten zu kennen schien, und sie lachten viel.

Seiner offenen Art entsprechend hielt er einen Plausch mit Pfarrer Rückerts, scherzte mit den Kaufleuten, sprach beim Schmied vor, um nach der langen Reise einen neuen Beschlag seines Pferdes zu vereinbaren, bedachte die Auslagen der Krämer mit ebensolchem Interesse wie die des winzigen Buchladens, der auch Schreibwaren führte.

Die Frauen im Dorf knicksten vor Luise, die Männer verneigten sich. Mehr als einmal fing sie neugierige Blicke auf.

»Man scheint allgemein sehr interessiert an den Belangen der Familie von Scheweney«, bemerkte Johan amüsiert, als sie die Poststation wieder verließen. Hier hatte er beim aufgeregten Postmann Pohl ein Telegramm an seine Eltern und einen Brief mit der Ankündigung seines baldigen Kommens an Onkel und Tante in Hannover aufgegeben.

Ehe er die Tür hinter ihnen schloss, warf Luise noch einen

Blick in den kleinen Schalterraum, wo der eifrige Beamte Herr Pohl gerade durch den Vorhang in die Hinterstube zu seiner Frau verschwand.

»Du untertreibst«, antwortete sie ihrem Vetter. »Sicher wird in Windeseile der ganze Ort wissen, dass die Komtess Luise von Scheweney mit ihrem Großvetter Johan van Leeuwen aus den Niederlanden soeben flanieren war – und zwar ohne Begleitung.«

»Dem Himmel sei Dank«, erwiderte Johan und verneigte sich zum Kaufmann Riggerts hinüber, der sie von der anderen Straßenseite aus unverhohlen anstarrte. »Diese Etikette ist doch längst überholt. Wie gut, dass Onkel und Tante das ebenso sehen.«

Luise überlegte kurz, ihn darüber aufzuklären, dass die lässige Handhabung ihrer Eltern in dieser Sache wohl weniger deren eigene Einstellung widerspiegelte, als die Absicht, ihm selbst möglichst zu gefallen.

Auf diese Weise verflog die erste Woche von Johans Aufenthalt auf Friesenhain. Sein Besuch war viel angenehmer, als sie erwartet hatte. Er lenkte sie sogar ab von dem, was sie in jedem Augenblick beschäftigte, sobald sie allein war: Ihr frisch gefasster Plan für ihre Zukunft und die Frage, wann Clara wie versprochen mit ihrem Vater über ihr großes Anliegen würde reden können.

In den ersten Tagen nach Paas' Nachricht von der Pferdeschau war nicht daran zu denken gewesen, das hatte Luise eingesehen. Paas und die erwachsenen Stallburschen kehrten mit den Pferden zurück, das Thema wurde noch einmal aufgewühlt, um dann, ganz langsam, zu versickern.

»Meine Güte, nun bin ich schon eine gute Woche hier«, sagte Johan, während die ganze Familie am Mittwochmorgen im honiggelben Frühstückszimmer beisammensaß.

»Und wie schade, dass du uns in wenigen Tagen schon wieder verlässt«, erwiderte Gräfin Anna und warf Luise einen auffordernden Blick zu.

Die sagte leichthin: »Ach, daran denken wir jetzt noch nicht, nicht wahr, Johan? Erst kannst du auf dem Empfang am Freitag noch beweisen, ob du so gut tanzen wie zeichnen kannst.«

»Nun bekomme ich Lampenfieber«, scherzte Johan, was ihm jedoch niemand abnahm. »Dagegen hilft an diesem wunderschönen Morgen nur ein ausgedehnter Spaziergang durch den Park, würde ich denken. Vielleicht hat jemand Lust, mich zu begleiten?« Dass er sich dabei ganz besonders an Luise richtete, fiel gewiss nicht nur ihr auf.

»Ich muss in den Ort für ein paar Erledigungen«, erklärte Clara, die in den letzten Tagen großes Geschick in Sachen Ausreden bewiesen hatte.

»Mich ruft die Arbeit«, sagte Wilhelm schulterzuckend. »Und ich hatte überlegt, Johan, ob du mich bei einer Sache begleiten möchtest. In zwei Stunden etwa will ich zu einem unserer Pächter, um dort den neuen Mähbinder anzusehen, den wir angeschafft haben und reihum verleihen. Hättest du Lust, mitzukommen und ihn dir anzusehen?«

Johan war sofort sehr angetan. »Sehr gern sogar. Ist er dampfgetrieben?«

Alle am Tisch sahen verwundert auf.

»Aber nein. Er wird von Pferden gezogen und dabei von Maschinenrädern angetrieben. So muss niemand das Binden von Hand übernehmen«, erklärte Wilhelm.

Johan spitzte kurz die Lippen. »Nun, ich sehe mir das Gerät sehr gern an. Obwohl ich glaube, dass Pferde- und Ochsenantrieb in der Landwirtschaft bald ihre Zeit hinter sich haben.«

Wilhelm legte den Kopf schief. »Meinst du die dampfgetriebenen Traktoren, die Pflüge und Mähdrescher ziehen?

Die sind vielleicht geeignet für die trockenen Prärien Nordamerikas, aber hier, auf unseren schweren Böden, kann man sie nicht einsetzen. Sie würden mehr zerstören als Gutes anrichten.«

Johan wandte sich lebhaft an seinen Großvetter und bezog auch den Grafen mit ein, der interessiert den Kopf von seiner Morgenlektüre hob: »Aber nein, Dampfmaschinen, die sind doch schon wieder von gestern. Ich meine Traktoren mit Verbrennungsmotoren, wie es sie auch bei den Automobilen gibt. Erst im Juni fand doch die große Wettfahrt Paris-Bordeaux-Paris statt, über fast tausendzweihundert Kilometer. Der Gewinner, Émile Levassor, fuhr ein Automobil mit benzinbetriebenem Motor und legte die Strecke in weniger als fünfzig Stunden zurück! Fünfzig Stunden!«

»Man höre und staune«, sagte Wilhelm. »Wie interessant, dass du das Thema ansprichst, Johan. Erst kürzlich war darüber ein Artikel im *Landwirtschaftlichen Anzeiger*. Wir haben uns noch gefragt, ob diese Entwicklung auch irgendwann auf uns zukommen wird, nicht wahr, Vater?«

Graf Hermann nickte. »Ich muss gestehen, dass ich früher dachte, für wen solche Eile bei der Arbeit von Vorteil sein soll. Glaubst du wirklich, Johan, dass es benzinbetriebene Traktoren geben wird, die auf unseren europäischen Böden einzusetzen sind?«

»Natürlich, der Fortschritt ist nicht aufzuhalten«, meinte Johan selbstsicher. »Und ich würde sogar so weit gehen, zu sagen, dass diejenigen, die sich ihm eher früh als später öffnen, wohl einen großen Vorteil haben werden.«

Graf Hermann antwortete mit einem nachdenklichen Nicken. »Da magst du wohl recht haben, Johan. Wir müssen mit der Zeit gehen, uns Neuem nicht verschließen, nicht wahr?«

»Genau so ist es!«, bestätigte der Angesprochene.

Luise, die dem Gespräch erst nur halb gelauscht hatte, horchte auf und versuchte sogleich Blickkontakt zu Clara aufzunehmen. Ihr Vater sprach davon, mit der Zeit zu gehen! Wäre das nicht eine gute Gelegenheit für ihre Schwester, im Anschluss an die Mahlzeit das Gespräch mit ihm zu suchen?

Doch Clara war, im Gegensatz zu ihr, voll beim erörterten Thema. Statt Luises Blick zu registrieren, legte sie die Gabel nieder und sagte: »Für uns als Verpächter würde das vielleicht nicht mal etwas ausmachen, es sei denn die Maschinen könnten auch den Ertrag erhöhen. Aber für unsere Pächter würde es einen Unterschied machen, wenn sie statt der Ackergäule und der Ochsen einen Traktor in der Scheune stehen hätten. Der muss in der Zeit, in der er nicht arbeitet, weder gefüttert, noch versorgt oder vermehrt und angelernt werden.«

Luise konnte wieder einmal nur staunen, mit welcher Umsicht ihre Schwester sämtliche Zusammenhänge des Gutes im Auge behielt. Auch ihr Vater schien etwas Ähnliches zu denken, denn er warf Clara einen Blick zu, wie Luise ihn nur selten auf sich selbst spürte. Voller Stolz und Zufriedenheit.

»Hauptsache, die Dragoner kommen nicht auf die Idee, mit Automobilen in die Schlacht zu ziehen«, sagte er mit einem Schmunzeln, bei dem sein gewaltiger Schnäuzer sich an den Enden noch weiter nach oben bog.

Alle am Tisch lachten, sogar die Gräfin, die sich sonst bei solchen Themen eher zurückhielt. Offenbar war auch sie bester Laune. Und da kam es auch schon: »Bis zur Besichtigung des neuen Pfluges ist aber auf jeden Fall Gelegenheit, sich bei dem schönen Wetter ein wenig die Beine zu vertreten«, stellte sie mit Blick auf Johan und Luise fest.

Johan sah sie fragend an und sie nickte zustimmend.

Anna von Scheweney lächelte und ihr Seufzen konnte

nicht darüber hinwegtäuschen, wie zufrieden sie war. Sie deutete mit der Serviette zu ihrem Mann hinüber. »Aber ihr müsst allein gehen. Der Graf und ich sind im Haus verlangt. Der Kammerdiener, den Baronin von Assen empfohlen hat, will vorsprechen. Das wird gewiss dauern, wenn alle etwas dazu beitragen wollen. Frau Mecken wird zuerst mit ihm sprechen, und dann natürlich Albrecht. Und wenn die beiden es für lohnend befinden, sind ja auch wir selbst gefragt.«

Da auch Clara etwas anderes zu tun hatte, war also ein zweisamer Gang beschlossen. Sie wollten gerade aufbrechen, als Ranke mit dem kleinen silbernen Posttablett in der Halle erschien.

»Soll ich Ihnen den Brief auf den Empfangstisch legen, Komtess?«, fragte er höflich.

Luise griff nach dem schlichten Umschlag, der mit einem hübschen Siegel verschlossen war, welches eine filigrane Blüte darstellte. Verwundert drehte sie das Kuvert. Eine Adresse in Ibbenbüren. Von Paula Brugge.

Luises Herz schlug ein paar Takte schneller. Seit der Versammlung des Frauenvereins am vorletzten Montag war die Zeit wie im Fluge vergangen. Johans Ankunft und alle diesen Umstand begleitenden, nicht alltäglichen Unternehmungen. Und dann natürlich der fremde Friesenhengst. Viel hatte Luise von ihm seit ihrem kleinen Abenteuer am Seewald nicht zu Gesicht bekommen. Doch sie hörte von Clara und ebenso von Wilhelm, der sich dem Pferd auch seltsam verpflichtet zu fühlen schien, wie Marie den Schwarzen mit einiger Mühe zum Gestüt gebracht hatte und offenbar nun jede freie Minute mit ihm verbrachte, um sein Vertrauen zu gewinnen.

Ja, so viel war seit dem Tag von Johans Ankunft geschehen. Und doch hatten ihre Gedanken immer wieder zu dem Entschluss gefunden, den sie auf dem Heimweg gefasst hatte: Die Idee, mit einer Ausnahmegenehmigung an der Tiermedizinischen Hochschule in Hannover zu studieren, schwelte permanent in ihr. Wenn Luise abends im Bett über den vergangenen Tag nachdachte, wälzte sie sich unruhig hin und her. Die Bilder von der Versammlung schienen zu verblassen, die gewonnenen Eindrücke verloren nach und nach an Kraft.

Musste das Vorhaben, selbst eine berufliche Laufbahn als Tierärztin anzustreben, ihr nicht wie ein Traum vorkommen, wenn sie Tag für Tag mit ihrem Vetter verbrachte, der als Ehemann für sie auserkoren war?

Solche Gedanken beschäftigten sie bis spät in die Nacht und ließen sie unruhig schlafen. Bis am nächsten Morgen ein weiterer Tag begann, an dem Johans Begleitung mehr und mehr zu einer Selbstverständlichkeit wurde.

Nun aber hielt sie Paula Brugges Brief in der Hand. Das Papier ganz deutlich spürbar zwischen ihren Fingern, keineswegs also ein Traumgebilde.

Und allein der Gedanke daran, was sie neben der Einladung noch in ihrem Brief an die Künstlerin geschrieben hatte, ließ nun Luises Nervenenden vibrieren. Wie lautete wohl Paulas Antwort darauf?

Obwohl Johan nicht einmal in die Richtung des Umschlags schaute, widerstand Luise nur mit Mühe dem Drang, den Absender vor seinem Blick zu verbergen – als verrate sie damit so viel mehr als nur den Namen einer neuen Freundin.

Sie nickte Ranke zu und steckte den schmalen Brief in die Tasche ihres Ausgehrockes, ohne ein Wort darüber zu verlieren.

Stattdessen rief sie leise Gimpel zu sich, der sofort herangesprungen kam und sie in der Rolle der Anstandsdogge begleitete, während Johan und sie die hintere Treppe hinunter in den Hof nahmen.

»Wie kann ein so großer, beeindruckender Hund nur so einen Namen verdienen?«, erkundigte Johan sich mit einem Schmunzeln und knuffte den Rüden spielerisch in die Seite, was dieser mit einem leisen Blaffen kommentierte, als fände er selbst nichts weiter dabei, so gerufen zu werden.

Luise lachte. »Das hat durchaus seinen Sinn.« Sie umrundeten zusammen das Rasenkarree auf dem breiten Kiesweg. Luise winkte kurz Rudi zu, der vor der Sattelkammer auf einem Schemel gesessen und ein Zaumzeug geflickt hatte, bei ihrem Auftauchen jedoch aufsprang und sich in ihre Richtung verneigte. Während Luise und Johan mit der Dogge neben sich auf das große Nordtor zusteuerten, fuhr sie fort: »Gimpel kam vor zwei Jahren als Welpe zu uns. Vater hatte ihn höchstpersönlich aus dem Wurf ausgesucht, weil er ihn für besonders protektiv hielt. Clara und ich durften dabei sein. Uns hatte der Kleine zu verdanken, dass seine Ohren nicht kupiert wurden. So sieht er doch viel hübscher aus, oder nicht?«

Johan betrachtete den Hund, dessen Ohren bis zu seinem breiten Kiefer herabhängen durften, während die seiner meisten Artgenossen bis hinauf zur Ohrmuschel abgeschnitten und auf diese Weise grausam verstümmelt wurden, um einem gewissen Schönheitsideal zu entsprechen.

»Hübscher?«, wiederholte ihr Vetter amüsiert und strich sich selbst mit einer übertriebenen Geste über den rotblonden Schnäuzer. »Ich dachte, so ein Hund soll nicht hübsch aussehen, sondern Angst einflößen. Hat sich denn seine Neigung zum Beschützen trotz der Schlappohren gut entwickelt?«

Luise strich lächelnd über Gimpels Kopf. »Das dürftest du bei deiner Ankunft doch gehört haben.«

Johan hob abwehrend und lachend die Hände. »Ich bin überzeugt. Als Fremder ohne die Begleitung von Wilhelm, Clara und eurem Vater hätte ich auf der Türschwelle ganz schön dumm ausgesehen, so wie er mich verbellt hat. Ich nehme an, er hätte auch ernst gemacht?«

»Ganz sicher sogar. So wie er es auch tun soll, wenn seine Warnung von fremden Besuchern ignoriert wird. Das ist uns gerade in der letzten Zeit eine große Beruhigung, da hier in der Gegend Pferdediebe ihr Unwesen treiben, die es auf trächtige Stuten abgesehen haben.« Luise strich über das blauschwarze Fell. »Schon als kleiner Welpe hat er begriffen, dass er zum Schutz da ist. Er war gerade erst ein paar Tage bei uns, als sich im Park, nahe am Hof, ein dramatisches Schauspiel bot: Ein Gimpeljunges war zu früh aus dem Nest gehüpft, und die Stallkatze wollte kurzen Prozess machen. Aber da hatte sie ihre Rechnung ohne Gimpel gemacht! Er hat sich aufgeführt wie ein Löwe und das Küken beschützt, bis einer der Burschen das Vögelchen in der hohlen Hand retten und ins Nest in der Fichte zurücksetzen konnte.«

»Verstehe! Das brachte dem jungen Hund seinen Spitznamen ein.« Johan nickte und schien von der Erklärung sehr angetan. Luise war schon aufgefallen, dass er für alles Begründungen suchte und erst zufrieden war, wenn er eine gute gefunden hatte. Das sprach von Neugierde und Interesse am Kern der Dinge, was sie selbst durchaus kannte.

Sie lächelte über seinen Eifer, sogar den Namen eines Wachhundes zu durchleuchten. »Richtig, und er behielt ihn auch, als er längst seine stattliche Größe erreicht und seinen Schutzdienst im Wohnhaus übernommen hatte.«

Gemeinsam tauchten sie in die dunklen Schatten des Tores ein, um schließlich auf der anderen Seite wieder herauszutreten. Das Morgenlicht des frühen Septembers fiel von Osten her in den Park und ließ Bäume und Laub mal breite, mal schmale, sanft bewegte Muster auf die Rasenflächen werfen. Feiner Nebel hing hier und da zwischen Buchen, Eichen, Walnuss, Kastanien, Eiben und Fichten.

Durch ihr Auftauchen aus dem Tor erschreckten sie ein rostrotes Eichhörnchen, das in großen Sätzen davon- und einen Stamm hinaufsprang, und von dort oben empört auf sie herabkeckerte.

Der über den Hauptweg des Parks voraustrabende Gimpel wandte den Kopf und sah Luise mit leicht geöffnetem Fang an, als würde er sich über die Aufregung dieses kleinen Tieres amüsieren.

»Und das Wildpferd? Wie werdet ihr das nennen?«, wollte Johan wissen.

Luise musste lachen und schüttelte den Kopf. »*Stürmer* ist doch kein Wildpferd, Johan. Er ist ein waschechter Friese, und noch dazu ein wunderschöner. Das heißt, er muss irgendwo mit Sorgfalt gezogen worden sein. Marie konnte ihn am Halfter hierherführen, mit einiger Geduld und Mühe zwar, aber es ist ihr gelungen, was bei einem wirklich wilden Pferd doch nicht möglich wäre.« Sie verstummte, denn die Erinnerung an das einzige kurze Gespräch, das sie seitdem mit Marie hatte führen können, stieg wieder in ihr auf. Die Freundin hatte besorgt geklungen, denn das scheue Pferd schien Schlimmes erlebt zu haben, forderte im Umgang viel Gelassenheit und Ausdauer, die die Stallburschen mit ihrer vielen Arbeit am Gestüt nicht aufbringen konnten. Und so blieb die Versorgung des Pferdes allein bei der Tochter des Stallmeisters.

»Dann hat er also schon seinen Namen weg. *Stürmer*. Ja, das passt zu ihm«, stimmte Johan langsam nickend zu und suchte in ihrem Gesicht wohl nach Bestätigung, wurde beim

Anblick dessen, was er sah, aber gleich ernst. »Du siehst besorgt aus?« Er streckte die Hand aus und berührte mit seinen Fingerspitzen kurz die ihren, an denen sie wieder einmal keine Handschuhe trug, obwohl das doch für den guten Ton als unabdingbar galt.

Seine vorsichtige Geste berührte sie und sie seufzte. »Ach, ich fühle mich verantwortlich für den Hengst. Schließlich war ich es, die dieser seltsamen Spukgeschichte nachgegangen und wegen der er hier gelandet ist. Aber obwohl Clara die letzten Tage fast nichts anderes getan hat, als Briefe an alle Pferdehalter der nahen und auch ferneren Umgebung zu schicken, wissen wir immer noch nicht, woher er stammt. Hier in der Nähe scheint ihn niemand zu kennen oder gar zu vermissen. Es ist und bleibt ein Rätsel, wieso er ausgerechnet auf unserem Grund und Boden aufgetaucht ist. Dass wir das nicht wissen, wäre wohl nicht so schlimm, wenn … ja, wenn er einfacher anzufassen wäre. Denk nur, wie er vor uns geflohen ist, dort im Wald. Und wie er sich aufgeführt hat, als wir ihn in die Umzäunung treiben wollten.«

Johan nickte mit schief gelegtem Kopf und lächelte sehr charmant. »Du wirst lachen, Luise, aber an diese Situation denke ich tatsächlich sehr oft. Und du?« Sein Blick forschte in ihrem. So intensiv wie er sie ansah und sich ein wenig zu ihr neigte, war mehr als deutlich, dass ihr Kennenlernen für ihn etwas Besonderes gewesen sein musste. In seinem Blick brannte die Hoffnung, es möge für sie ebenso sein.

Sie räusperte sich, weil ihr bei dieser Frage nicht ganz wohl war. Ja, es stimmte, Johans Gesellschaft war ihr sehr angenehm. Doch seine kurzweiligen Erzählungen von Reisen und fremden Ländern waren für sie in erster Linie eine Ablenkung von dem gewesen, was sie so sehr beschäftigte.

Dieser Moment führte ihr wieder deutlich vor Augen, aus

welchem Grund er nach Friesenhain geladen worden war, und was die Konsequenz daraus für ihre eigenen Pläne sein würde.

Sie lächelte ausweichend und wandte den Blick ab. »Stürmer war schon da im Wald sehr ungebärdig, nicht? Er lässt sich nicht von den Burschen anfassen, nicht einmal von Paas. Der Hengst scheint furchtbare Angst vor Männern zu haben. Wahrscheinlich hat er schlechte Erfahrungen gemacht.«

Johan antwortete nicht und Luise schielte im Gehen zu ihm hinüber. Sicher hatte er ihr Ablenken bemerkt.

Sie bog in einen schmaleren Weg ein, der nicht so oft betreten wurde und ihr schon allein deshalb mehr zusagte. Bereits als Kind hatte sie es gemocht, wie diese kleinen Pfade sich um die Bäume und sogar durch dichtes Gebüsch schlängelten. Verschwiegen, weil allen Blicken entzogen, waren sie, versprachen Heimlichkeit und dieses gewisse Kribbeln einer womöglich nahenden Gefahr – zumindest war ihr das als Kind so erschienen.

Heute war es wohl nicht anders, allerdings hatte sie nicht bedacht, dass sie längst nicht mehr der kleine Wildfang von damals war, der hier Verstecken spielte.

Nach wenigen Schritten merkte sie stattdessen, dass ihre Wahl zur Folge hatte, dass ihr Vetter und sie näher beieinander gehen mussten, damit sie nicht mit den Ziersträuchern am Wegrand in Konflikt gerieten.

So dicht gingen sie nebeneinander, dass sie sich immer mal wieder berührten. Seine Hand streifte leicht die ihre. Luise spürte, wie ihr Herz schneller schlug. Eine verwirrende Nervosität ergriff sie.

Johan ging schweigend neben ihr. Doch Luise war sicher, dass auch er die veränderte Stimmung spürte. Als er wieder sprach, klang seine Stimme samtig rau.

»Möchtest du eigentlich reisen, Luise?«, wollte er wissen und sah sie von der Seite her an.

»Reisen?«, wiederholte sie irritiert, denn sie selbst wäre jetzt nicht auf solch einen Gedanken gekommen. »Du meinst, so wie du es getan hast? Nach Niederländisch-Indien und Suriname?«

Er nickte lebhaft. »Möchtest du all die Pracht nicht auch mit eigenen Augen sehen?«

Seine Frage überraschte sie, und sie hob verwundert den Kopf.

»Ehrlich gesagt habe ich darüber noch nie nachgedacht. Für Mutter scheint so etwas nicht infrage zu kommen. Und Wilhelm hatte nach seinem freiwilligen Jahr bei der Kavallerie wenig Lust, Friesenhain für die weite Welt zu verlassen. Noch viel weniger würde er dabei seine kleine Schwester im Schlepptau haben wollen«, antwortete sie schließlich.

»Also war es bisher nur ein Mangel an Gelegenheiten!«, stieß Johan triumphierend hervor. Mit leuchtenden Augen wandte er sich ihr auf dem schmalen Wege zu, während sie langsam weitergingen: »Ich habe von der Welt noch längst nicht alles gesehen, was ich gern einmal in Augenschein nehmen würde. Es muss ja nicht gleich Afrika sein. Die Schiffspassagen sind, zugegeben, nicht unbedingt jedermanns Sache. Aber auch unsere Nachbarländer haben viel Reizvolles zu bieten. Die Wasserstraßen Venedigs. Griechenlands Amphitheater. Schneebedeckte Gipfel in den Alpen. Oder etwas so Aufregendes wie den Eiffelturm in Paris.« Sein eindringlicher Blick schien sie geradezu aufzufordern, in seine Begeisterung einzufallen.

Luise wiegte den Kopf. »Von dem habe ich natürlich Bilder gesehen. Er ist ganz und gar aus Stahl gebaut, richtig? Ich glaube nicht, dass mir so eine Konstruktion gefallen würde.«

»Oh, doch ganz sicher!«, widersprach Johan engagiert. Er drehte sich herum und lief rückwärts, sodass er nicht nur dicht vor ihr, sondern auch noch vis-à-vis zu ihr ging. »Es ist Stahl und damit für ein Gebäude recht ungewöhnlich, ja, aber zugleich auch ist es Kunst. Der Eiffelturm vereint in sich Pariser Eleganz und ein Sinnbild der Moderne. Man kann mit einem Lift hinauffahren und von dort oben über die ganze Stadt schauen. Würde dich das nicht reizen?«

Sofort stand Luise vor Augen, was sie über die große Stadt an der Seine in Fräulein Gehmlichs Unterricht gelernt und so faszinierend gefunden hatte. »Aber ja, natürlich. Montmartre ... Notre-Dame ... die Seine. Das muss alles wunderschön sein«, stimmte sie ihm lebhaft zu.

Johan schlug die Hände ineinander. »Ich bin ganz sicher, dass es ein Erlebnis ist, das niemand in seinem Leben je wieder vergessen wird.«

Abrupt blieb er stehen, und Luise musste jäh abbremsen, um nicht direkt in ihn hineinzulaufen. Sie stolperte, und er streckte den Arm aus, um sie mit einer Hand zu stützen.

»Entschuldige! Ich bin ein Tollpatsch«, sagte er lachend.

Sie lachte mit ihm, nahm jedoch sehr deutlich wahr, dass er seine Hand auf ihrem Arm liegen ließ. »Es ist nur meine Begeisterung«, fuhr er fort. »Sie überrollt mich manchmal regelrecht. Ich glaube, darin sind wir uns ziemlich ähnlich, nicht wahr?« Sicher spielte er darauf an, dass gestern Abend nach dem Essen in illustrer Runde am Kamin Thema war, mit welchem Temperament Luise schon als Kind durchs Leben gerannt war. Doch eine Antwort erwartete Johan nicht, sondern setzte selbst leiser hinzu: »Ich dachte nur gerade daran, dass Paris ja auch die Stadt der Liebe ist. Auf einer Hochzeitsreise würde sich so ein Besuch des Eiffelturms ganz sicher hervorragend machen. Denkst du nicht? Luise?«

Wie er ihren Namen nach einer kleinen Pause noch hinzusetzte und so vor ihr stand, die anfängliche Begeisterung gegen die wesentlich stillere Bitte um ihre Zustimmung getauscht, überkam Luise plötzlich Panik. Natürlich hatte sie es im letzten Jahr mit so einigen Anwärtern auf ihre Hand zu tun gehabt. Aber noch nie war es zwischen ihr und einem von ihnen so weit gediehen, dass sie tatsächlich einen ernst gemeinten Antrag hatte fürchten müssen.

Nun aber stand in wenigen Tagen Johans Abreise zu seinen Verwandten in Hannover an. Was läge näher, als dass er sich ihr erklären und den Boden für seine Rückkehr bereiten wollte?

Die warmschwüle Luft des Altweibersommers zwischen ihnen schien geradezu vor Spannung zu knistern. Würde er jeden Augenblick vor ihr auf die Knie gehen?

Mit enger Kehle, in der sie ihren Herzschlag wild pulsieren spürte, wusste sie kaum, wohin sie schauen, geschweige denn, was sie sagen sollte.

Und da kam ihr Gimpel zu Hilfe: Er ließ einen markerschütternden Beller hören und setzte los, war in Sekundenschnelle um die nächste Ecke verschwunden.

Luise und Johan sahen sich für einen Moment wie erstarrt an, dann beeilten sie sich, ihm zu folgen. Als sie um den dichten Rhododendron bogen, erkannten sie zweihundert Meter entfernt unter den höchsten Maronenbäumen drei Jungen. Die Kinder waren barfuß und ihre Kleider erinnerten eher an dreckstarrende Lumpen, denn an wärmende Hosen und Joppen. Alle drei Burschen hielten die Enden ihrer armseligen Kittel fest und hatten in diesen so entstehenden Beuteln gewiss viele der Früchte gesammelt. Erschrocken hatten sie die Köpfe gehoben und starrten zu ihnen herüber. Nun, nicht zu ihnen, sondern wohl eher zu dem grauschwarzen Ungetüm, das da mit Getöse auf sie zusprang. Und da kam Leben in die Jungen. Sie warfen sich herum und gaben Fersengeld. Der Kleinste von ihnen verlor all seine Beute, während er den beiden Älteren hinterherstolperte. Er war so klein und schmächtig, wohl nicht mal sechs Jahre alt.

Luise, die Gimpels Einsatzfreude kannte und spontan Mitleid mit den Flüchtenden empfand, steckte Daumen und Zeigefinger zu einem Bogen zusammengefasst zwischen die Lippen und ließ einen gellenden Pfiff ertönen. Johan neben ihr zuckte kurz zusammen, lachte jedoch laut, als Gimpel abrupt abbremste und mit weiten Sprüngen den Rückweg antrat.

»Was für ein Tausendsassa!«, rief er. Da er dabei aber Luise ansah, war nicht ganz klar, ob er den Hund oder dessen Herrin meinte, die so vortrefflich auf den Fingern pfeifen konnte.

Die fremden Kinder verschwanden raschelnd im Unterholz und waren schon nicht mehr zu sehen. Gimpel kam mit heraushängender Zunge und wehenden Ohren heran, setzte sich neben Luise und sah mit lachendem Hundegesicht zu ihr auf, als wolle er sagen: »Der Feind ist verjagt! Habe ich das nicht toll gemacht?«

Sie musste über seinen Eifer schmunzeln und strich ihm lobend über den Kopf. Ihr Herz jedoch schlug immer noch schnell. Ob aus Aufregung über diesen Einsatz, bei dem sie die jungen Diebe gerade noch vor einem wütenden Hund bewahrt hatte, oder wegen ihres knappen Entkommens aus einer auf ganz andere Weise kniffligen Situation, das hätte sie nicht sagen können.

»Wollen wir zum Haus zurück?«, schlug sie rasch vor, damit eine Stimmung, wie sie gerade noch geherrscht hatte, erst gar nicht wieder aufkommen möge. »Ich will dich nicht so lange in Beschlag nehmen. Bestimmt brennt Wilhelm schon darauf, dir die neuen Maschinen zu zeigen.«

Johan zögerte einen Moment. Sicher hatte er bemerkt, dass sie froh war, der gerade noch zwischen ihnen herrschenden Intimität entkommen zu sein. Doch dann lächelte er auf seine typische herzliche Art.

»Was immer du möchtest, Luise.«

Sie nickte ihm zu, und gemeinsam wandten sie sich um.

Die Hand, mit der sie gerade noch den undamenhaften Pfiff losgelassen hatte, von dem ihre Mutter sicher behaupten würde, so etwas gehöre sich bestenfalls für Gassenjungen, suchte ein wenig verschämt ihren Weg hinein in die Rocktasche.

Und da traf sie auf ein Stück Papier.

Der Brief!, fiel Luise wieder ein, während ihre Finger den Umschlag ertasteten. Paula Brugges Brief, in dem sich bestimmt die Antwort auf ihre Einladung befand. Und vielleicht noch ein wenig mehr. Was auch immer dieses *Mehr*, das sie sich erhoffte, auch bedeuten mochte.

Wie von der zarten Berührung ihrer Fingerspitzen mit dem vielversprechenden Kuvert geleitet, schritt Luise aus und ihre Füße fanden ganz automatisch den nahegelegenen, breiten Hauptweg, der sie nach Friesenhain zurückführen würde.

Luise

15

Im Hause wartete bereits Wilhelm auf sie, um mit Johan zur Besichtigung des Pfluges aufzubrechen. Luise entschuldigte sich und eilte hinauf in ihr Zimmer. Gleich hinter der geschlossenen Tür öffnete sie mit fliegenden Fingern das Kuvert. Ihre Augen flogen über die Zeilen:

Liebe Luise,
was habe ich mich über deine Einladung zum Tee gefreut, die gerade ankam. Da will ich dich nicht lange auf eine Antwort warten lassen und sage: Sehr gern komme ich am Sonntag für einen Besuch nach Friesenhain. Ich freue mich, deine Eltern und Geschwister kennenzulernen.

Mehr aber noch brenne ich darauf, alles über das zu erfahren, was du in deinem Brief nur vage angedeutet hast. Du schreibst von einer Erkenntnis, die du nach der Versammlung und unserem Kennenlernen gewonnen hast und die deine Zukunft beeinflussen wird. Das klingt nach wirklich umfassenden Veränderungen, an denen ich nur zu gern Anteil nehmen werde.

Auf deine Frage nach Hedwigs Fortschritten bei ihrem beruflichen Vorhaben darf ich dich an den aufregenden Nach-

richten teilhaben lassen, die uns gestern erreichten: Hedwigs
Plan, über eine Ausnahmegenehmigung zum Studium der
Architektur in Hannover zugelassen zu werden, nimmt mehr
und mehr Gestalt an. Aber dazu lieber mündlich, und am
allerliebsten hier bei uns daheim.

Kurz: Würdest du Hedwig und mir die Freude machen
und uns schon am Samstag einen Besuch im bescheidenen
Brugge-Haus machen? Damit würden wir deiner Einladung
nach Friesenhain zuvorkommen, doch lässt sich der Tag nicht
verschieben. Denn Hedwig lädt zu einem Treffen zum Lunch
ein, nur eine Handvoll Menschen, die in Bezug auf ihr Vor-
haben mit ihr gefiebert haben. Und als ich ihr von deiner be-
gierigen Nachfrage in deinem Brief erzählte, rief sie: »Luise
muss auch dabei sein!« Du siehst, du hast gar kein Auskom-
men. Du musst *kommen. Elisabeth, dein Fräulein Gehm-*
lich, wird leider an dem Tag nicht dabei sein können. Aber
ich hoffe sehr, dass du trotzdem zusagst, denn ich freue mich
sehr darauf, dich wiederzusehen, Luise. Auf dass das zarte
Pflänzlein, als das wir unsere Freundschaft noch betrachten
müssen, wachse und gedeihe.

Herzlichst
Paula

Luise las diese Zeilen noch einmal, und noch einmal. Sie
kamen ihr vor wie eine erfrischende Brise, ein Schwall kaltes
Quellwasser ins träge Gesicht. Sie fühlte sich wachgerüttelt,
während sie doch gerade dabei gewesen war, erneut in ihr
ehemaliges, gleichgültiges Dösen zu sinken.

Den Brief fest in der einen Hand ging sie mit raschen
Schritten hinüber zum Fenster, sah hinaus. Doch dort draußen hielt ihr Auge nichts, und so wandte sie sich um, schritt
zum Kamin, zum Toilettentisch, zur Tür des Ankleiderau-

mes und zurück. Erst jetzt wurde ihr klar, dass sich die in dieser Woche unternommenen Ausflüge, die Mahlzeiten und Abende mit ihrer Familie, Johans Erzählungen wie ein dämpfender Umhang um die neu erwachten, so lebendigen Empfindungen gelegt hatten. Dieser Brief aber, Paulas Worte beschworen wieder alles in ihr herauf. Die Frauenversammlung mit all ihren engagierten Rednerinnen stand mit einem Mal wieder so klar vor ihrem Auge, als sei sie gerade erst aus dem Saal getreten. Hedwigs Pläne, eine echte berufliche Laufbahn anzustreben, schwirrten durch ihren Kopf. Ihre eigene, auf der Heimfahrt gewonnene Erkenntnis darüber, wie sie ihr Leben gestalten wollte, brannte erneut in ihr lichterloh.

Den Brief an die Brust gedrückt, lief sie erneut zum Fenster hinüber und schalt sich selbst: »Wie habe ich nur zulassen können, dass diese frisch entzündete Flamme wieder leise zu erlöschen drohte?«

Unten erschienen gerade Wilhelm und Johan auf ihren Pferden vor dem Eingang und ritten, in ein angeregtes Gespräch vertieft, nebeneinander die Allee hinauf. Der Morgenspaziergang mit Johan, die prekäre Situation hinter dem Rhododendron, schienen Luise mit einem Mal weit entfernt.

Luise faltete den Brief rasch zusammen, steckte ihn zurück in die Rocktasche und war schon auf dem Gang zur Empore. Sie umrundete sie halb und eilte die Treppe wieder hinunter, die sie vor ein paar Minuten noch hinaufgestiegen war. Ranke, der gerade die Halle durchquerte, blieb kurz stehen und verneigte sich.

»Wissen Sie, wo meine Schwester ist, Ranke?«, erkundigte sie sich.

»Ich glaube, die Komtess Clara ist zusammen mit Fräulein Paas in der Bibliothek, Komtess Luise«, antwortete er.

»Danke.« Am Fuß der Treppe bog Luise nach rechts ab und fand die Tür zur Bibliothek nur angelehnt.

Sie ging hinein. Doch drinnen erblickte sie die beiden Gesuchten nicht, sondern vernahm nur ihre leisen Stimmen. Sie kamen von hinter dem Regal her, das als Raumteiler zu dem Teil des großen Zimmers fungierte, in dem zwei Sofas und mehrere Sessel als bequeme Sitzgelegenheiten zum Lesen einluden. Als Luise um die Ecke bog, sah sie noch, dass Clara und Marie zwar vor einem der Wandregale standen, die Gesichter den Büchern zugewandt, sie jedoch mit leiser Stimme intensiv miteinander sprachen.

Beim Auftauchen von Luise fuhren die beiden jungen Frauen zusammen, Clara mit einem kleinen Schreckenslaut.

»Oh, tut mir leid, ich wollte euch nicht erschrecken«, entschuldigte Luise sich, konnte aber im nächsten Augenblick nicht mehr an sich halten. Sie riss den Brief aus der Tasche und hielt ihn in die Höhe. »Ich habe Post bekommen, Clara!«, rief sie. »Stell dir vor ...« Doch als sie die Miene ihrer Schwester sah, verstummte sie.

»Ist etwas passiert?«, wollte sie wissen. »Was tut ihr hier Geheimnisvolles?«

Marie sah bekümmert zu Clara, die nervös ihre Hände knetete.

»Ich habe mir endlich ein Herz gefasst, Luise«, sagte sie. »Der Moment schien günstig und Papa in guter Stimmung, geradezu aufgeschlossen nach unserem Gespräch beim Frühstück. Da habe ich mit ihm gesprochen.«

Luises Herz, das gerade noch vor freudiger Erregung rasch geschlagen hatte, hielt einen Moment inne. Claras bedauernder Blick sagte im Grunde schon alles. Aber das konnte doch nicht sein!

»Über meine Pläne?«, hakte sie rasch nach und griff nach

Claras Arm. »Du hast ihm davon erzählt? Was hat er gesagt?«

Ihre kleine Schwester, die immer so pflichtbewusst und geradeheraus war, wirkte bedrückt wie selten. Bei dem Ausdruck in den blauen Augen, die denen des Grafen ähnlich sahen, sackte Luises Magen ein Stück hinab. Clara legte die freie Hand auf ihre.

»Er war ganz entschieden. Ganz entschieden dagegen«, sagte sie leise.

Luise starrte sie an. Claras Worte hatten etwas Endgültiges. Aber das konnte doch nicht sein. »Aber ...? Aber hat er denn nicht nachgefragt? Will er nicht von mir Näheres erfahren? Oder mit Mutter darüber sprechen?«

Clara biss sich kurz auf die Lippe. »Ich habe es wirklich versucht, Luise. Du weißt, ich kann gut mit ihm reden. Aber er will nichts davon wissen. Wenn er so entschieden ist, würde Mutter nichts anderes sagen. Und in dieser Frage gewiss nicht.«

Mit trockenem Mund musste Luise schlucken. »Aber wie hat er denn reagiert?«, erkundigte sie sich, immer noch ungläubig, dass ihr großer Traum so unspektakulär beendet sein sollte.

Clara hob die Schultern. »Du kennst ihn doch. Er war verwundert. Vielleicht sogar beeindruckt. Aber es war ihm absolut undenkbar, deinen Wunsch näher in Betracht zu ziehen.«

»*Vielleicht sogar beeindruckt*«, wiederholte Luise langsam. Sie griff nach diesen Worten wie nach einem Rettungsring auf hoher See. »Bedeutet das nicht, dass er meinen Wunsch tief im Innern doch gutheißt? Offenbar hat er mir eine solche Entwicklung nicht zugetraut. Da ist eine spontane Ablehnung doch nur natürlich. Vielleicht muss er erst in Ruhe darüber nachdenken, um dann seine Erlaubnis geben zu können?«, überlegte sie fieberhaft.

Clara drückte fest ihre Hand. »Oh, liebe Lulu, mach dir bitte keine Hoffnungen!« Ihr Blick fiel auf den Brief in Luises Hand, der zwischen ihre eigenen Finger geraten war.

Doch ehe Luise ihr und Marie erklären konnte, was es damit auf sich hatte, waren durch die offenstehende Tür draußen in der Halle Stimmen zu hören.

Es war die sonore Stimme des Grafen und die des Dieners Ranke. Und während sich ein Paar Schritte entfernte, kam eines näher und durch die Tür zur Bibliothek.

»Clara? Luise?« Das war ihr Vater.

Luise tauschte mit ihrer Schwester einen Blick und beide traten um das Regal herum. Marie hielt sich zögernd zurück, hinter der Bücherwand seinem Blick verborgen.

»Da seid ihr beide, sehr gut«, sagte der Graf zu seinen beiden Töchtern und setzte gleich hinzu: »Luise, mit dir möchte ich sprechen. Nein, Clara, bleib ruhig, du weißt, worum es geht.«

Luise konnte es nicht ertragen, einfach dazustehen und abzuwarten, was ihr Vater zu sagen haben würde, sondern preschte voran: »Clara hat mir gerade erzählt, dass sie mit dir gesprochen hat, Vater.«

Er bedachte sie mit einem Blick, den sie aus Kindertagen gut kannte. Darin lagen sowohl leichte Verärgerung wie auch Verwunderung darüber, wie seiner pflichttreuen Frau und ihm selbst als formvollendetem Mitglied der Adelsfamilien im Kaiserreich eine solche Tochter hatte passieren können.

»Ja, Luise, du warst schon immer gut darin, Clara vorzuschicken, um Einverständnis zu deinen ungewöhnlichen Plänen einzuholen«, sagte er.

Luise spürte, wie Clara ein Stückchen näher zu ihr rückte, und war froh um diese leise Versicherung ihrer Unterstützung, als ihre Ellenbogen sich berührten.

»Es tut mir leid, wenn du das so verstanden hast, Vater«, sagte sie mühsam beherrscht und spürte überdeutlich das Papier des Briefes in ihren Händen. »Clara selbst hat vorgeschlagen, mit dir zu reden. Sie weiß zu gut, dass ich immer gleich mit der Tür ins Haus falle. Ich bin nun mal ein Hitzkopf und schieße leicht über das Ziel hinaus. Wie so oft wollte Clara nur vermitteln und das Beste für uns alle.« Dankbar sah sie ihre Schwester an, die angespannt in den Stoff ihres Rockes griff.

Ihr Vater sah sie mit gerunzelter Stirn an, während die Enden seines Schnäuzers unwillig zitterten. »Ein Hitzkopf, ja, du sagst es. Und kaum lasse ich die Zügel mal ein wenig locker, kommst du von dieser grotesken Versammlung mit solchen Ideen nach Hause. Ein Studium der Tiermedizin! Du, als Komtess! Was für ein Hirngespinst, Luise!«

»Bitte sag das nicht so abfällig, Papa!«, fuhr sie auf.

»Einer muss die Wahrheit aussprechen!«, setzte ihr Vater entgegen. »Wieder einmal eine deiner verrückten Ideen. Nur, dass es diesmal um mehr geht als die Erlaubnis, ins Baumhaus hinaufzuklettern und Pirat zu spielen. Es geht um deine Zukunft, Luise. Die Weichen, die wir nun stellen, werden dein ganzes Leben bestimmen. Du kannst doch nicht ernsthaft annehmen, dass ich meine Tochter nach dem Vorbild dieser Frauenzimmer von dannen ziehen lasse, damit sie gegen das Gesetz verstößt und unter lauter Männern in Studiersälen sitzt.«

Luise ballte die Fäuste und konnte nicht verhindern, dass sie lauter sprach als zuvor. »Diese Frauen, von denen du sprichst, verstoßen nicht gegen das Gesetz! Sie ...«

»Es ist eurem Geschlecht nicht gestattet, an den Hochschulen des Kaiserreichs zu studieren!«, entgegnete der Graf scharf, ohne ihre Argumente abzuwarten.

»Aber es gibt Ausnahmeregelungen«, erwiderte Luise beharrlich, wohl wissend, dass sie ihn mit ihrer Unnachgiebigkeit reizen würde. Doch sie konnte nicht anders. »Frauen, die als besonders talentiert in ihrem Fach gelten und deswegen bekannte Fürsprecher haben, dürfen den Vorlesungen und Seminaren beisitzen. Und in der Schweiz dürfen sie, ebenso wie die Männer, ihren Abschluss machen und ihren Beruf ausüben. Da war eine Ärztin, die gesprochen hat, Elisabeth Winterhalter, sie hat in Zürich studiert und ihr Examen gemacht und betreibt nun eine Praxis in Frankfurt. Sie hat gesagt, dass wir Frauen ebenso in der Lage sind ...«

Nun war es um die Geduld ihres Vaters geschehen: »Schluss damit!«, brauste er auf. »Deine Mutter hatte recht: Ich hätte dir den Besuch dieser Veranstaltung verbieten sollen!«

»Aber, Vater, es war das Beste, was mir seit Langem geschehen ist!«, widersprach Luise ebenso und spürte plötzlich die leichte Berührung von Claras Hand an ihrem Ellenbogen. Darauf zwang sie sich, ruhiger zu atmen, ehe sie fortfuhr: »Ja, mag sein, dass die Versammlung mich zum Nachdenken angeregt hat. Aber das wäre gewiss nicht passiert, wenn nicht schon etwas in mir geschlummert hätte. Da ist schon so lange dieses Drängen in mir.« Sie schlug mit der flachen Hand gegen die Brust. »So ein Wille, etwas Sinnvolles zu tun in meinem Leben. Und was mich zu dieser Entscheidung bewogen hat, das waren doch nicht die Reden auf der Versammlung, sondern vielmehr die Ereignisse des Morgens jenes Tages: Wie ich mit meinen eigenen Händen und dem wenigen Wissen, das ich einmal einem Rossarzt abgelauscht habe, das Leben zweier unserer Pferde gerettet habe! Zwei Pferde, die gestorben wären, hätte ich nicht eingegriffen, weil der Tierarzt nicht rasch genug da war – genau wie es damals bei Jeltjes Geburt war. Und das wird immer wieder geschehen, Vater.

Doktor Heuser wird auch andernorts gebraucht. Was ist denn schlimm daran, wenn ich lernen will, wie ich selbst unseren Tieren dann helfen kann?! Immer sagst du, dass ich am wenigsten fürs Gestüt tue. Wilhelm übernimmt die Geschäfte. Clara weiß über alles Bescheid und steht mit Rat zur Seite. Aber ich? Nun möchte ich etwas Wertvolles tun. Ich möchte mein Leben etwas Sinnvollem widmen und zugleich Friesenhain. Ist es nicht das, was du von deinen Kindern wünschst?«

Der Graf, der sich bei ihren Worten halb abgewandt hatte, als beherrsche er sich nur mühsam und wolle ihren Argumenten im Grunde gar nicht zuhören, schwieg.

Luise konnte im vertrauten Profil verschiedene Emotionen spielen sehen. Da war Zorn, ja. Aber auch etwas anderes, auf das sie nicht zu hoffen gewagt hatte. Ein Innehalten. Er wägte ihre Worte ab, das war ihm anzusehen. Er dachte nach.

Luise wagte kaum zu atmen und spürte, dass auch Clara neben ihr die Luft anhielt. Aus der sanften Berührung an ihrem Ellenbogen wurde ein fester Griff.

Als der Graf sich schließlich wieder ihr zuwandte, schien die größte Wut verraucht zu sein. Während sein Blick auf ihr ruhte, glomm in seinen Augen etwas, das Luise in Bezug auf sich selbst bisher nur selten gesehen und das sie gerade jetzt nicht erwartet hatte. War es tatsächlich väterlicher Stolz? Eben jenes Gefühl, das er für sie womöglich erst seit ihrer Heldentat bei der Geburt von Athena entdeckt hatte?

Er räusperte sich.

»Es ist nicht so, Luise, dass ich kein Verständnis hätte für deinen Wunsch. Du weißt, dass alles, was Friesenhain zugutekommt, ganz in meinem Sinne ist. Es spricht sehr für dich, dass du bei deinem Wunsch in erster Linie an das Gestüt denkst.«

Für einen kurzen Moment setzte Luises Herz aus, und

weil sie schon die Luft anhielt, begann es vor ihren Augen zu flimmern. Konnte es sein? Hatte er doch ein Einsehen und würde seine Antwort noch einmal überdenken? Doch dann sprach ihr Vater weiter: »Aber ich kann diese Idee nicht gutheißen. Ich verbiete es dir ein für alle Male, in diese Richtung zu insistieren.«

Die Luft strömte aus ihren Lungen.

Sie spürte, wie die Farbe ihre Wangen verließ.

Ihr Vater erkannte ihr Erblassen ebenso und tätschelte kurz ihren Arm. »Nimm es nicht so schwer, Kind. Denk nicht mehr daran. Du hast hier auf Friesenhain ein sehr angenehmes Leben, das dir keine Wünsche offenlässt. Du kannst gehen, wohin du willst, empfangen, wen du möchtest, hast alle Annehmlichkeiten, zum Beispiel deine geliebten Ausritte auf Jeltje. Oh, und wenn du möchtest, schenke ich dir das Fohlen, das du gerettet hast. Wie habt ihr es genannt?«

Stille.

Luise brachte kein Wort heraus. Soeben brachen die Wünsche für ihr gesamtes Leben zusammen und ihr Vater bot ihr als Trostpflaster ein Pferd als Geschenk?

»Athena«, antwortete Clara leise an ihrer Stelle.

»Ah, ja, das passt«, sagte der Graf.

Dass Luise einfach nur dastand und nicht reagierte, schien ihn unangenehm zu berühren. Mit solch emotionalen Situationen hatte er nur selten zu tun. Für Derartiges war sonst seine Frau zuständig.

»Wilhelm und Johan sind gerade aufgebrochen, um die neuen Pflüge zu besichtigen«, teilte er ihnen mit. Luise zunickend setzte er hinzu: »Johan ist wirklich ein famoser junger Mann! Weltgewandt, aufgeschlossen. Nach so einem Kavalier kann man hierzulande wohl lange suchen. Vielleicht haben seine Reisen ihn so geprägt.«

Weil Luise immer noch nichts erwiderte, räusperte Clara sich leicht und bestätigte: »Das stimmt. Er ist sehr aufgeschlossen, sehr modern eingestellt. Das ist mir an so einigen Stellen aufgefallen. Selbst Mama hat es mehr als einmal bemerkt. Womöglich ... womöglich fände er Luises Vorhaben gar nicht so abwegig?«

Dass ihre Schwester einen solchen Vorstoß wagte, nachdem ihr Vater das Thema als abgeschlossen erklärt hatte, zeigte Luise nur, wie erschüttert sie selbst wirken musste.

Clara gab niemals Widerworte, stellte nie infrage, was das Familienoberhaupt entschied. Deswegen wurde sie jetzt tiefrot unter dem kritischen Blick des Grafen.

»Ich kann mich doch darauf verlassen, dass du Johan nicht mit derartigen Vorschlägen behelligen wirst, Clara? Du bist doch schließlich die Vernünftige von euch beiden«, sagte er.

»Natürlich nicht, Vater. Ich wollte nur ... vermitteln«, wiegelte Clara ab.

Der Graf seufzte. »Natürlich. Das ist auch gut so, Clara. Du tust nur recht, wenn du deiner Schwester ein glückliches Leben wünschst. Das sollten Geschwister einander. Aber ich bin euer Vater, ich habe in Bezug auf euch andere Aufgaben und durch meine Erfahrung den besseren Überblick. Ich muss euch lenken, damit ihr nicht in die falsche Richtung aufbrecht.« Nun sah er Luise ins Gesicht, und sie bemühte sich, dem Blick aus seinen blauen Augen möglichst unerschrocken zu begegnen. »Johan ist ein guter Mann, Luise. Und nachdem wir nun solch Unerfreuliches besprechen mussten, will ich dir noch sagen, wie erfreut deine Mutter und ich sind, dass sich zwischen euch alles zum Besten zu entwickeln scheint. Du wirst sehen, wenn erst einmal das Aufgebot bestellt ist und deine Mutter mit dir die Aussteuer aussuchen fährt, sind diese neuen Ideen rasch vergessen. Dann warten ganz andere

Abenteuer auf dich. So reisefreudig, wie Johan ist, wird er dir ganz sicher Europa und darüber hinaus bestimmt noch mehr von der Welt zeigen wollen.« Sein Schnurrbart hob sich über seinem aufmunternden Lächeln. »Sicher wird er alles zeichnen, was ihr euch gemeinsam anschaut, und dich vor jedem Ausblick. Und wenn ihr zurück seid, wirst du einen eigenen Hausstand haben, und wenn Gott will auch bald eine Familie.«

In Luises Kehle saß ein mächtiger Kloß, an dem kein Wort vorbeizukommen schien. Doch sie zwang sich, den Kopf zu heben und mit aller ihr zu Verfügung stehenden Stärke zu sagen: »Johan mag freundlich und unterhaltsam sein. Aber ich denke nicht, dass Reisen und hübsche Zeichnungen die Art von Abenteuer sind, nach der ich mein Leben ausrichten möchte.«

Nun stand ihr Vater wie erstarrt.

»Luise«, flüsterte Clara und ihre Finger wanderten vom Ellenbogen zu Luises Hand. Doch sie entzog sie ihr, Paula Brugges Brief in der Faust noch festumschlossen.

»Was willst du damit sagen?«, fragte der Graf so langsam und gedehnt, wie ein heraufziehender Sturm sich mit allzu drückender Schwüle ankündigte.

Luise war, als müsse sie Anlauf nehmen, um über einen weiten Graben zu setzen. Sie wusste, dass sie stürzen könnte, in eine Tiefe, an die sie lieber nicht denken wollte. Aber sie musste es wagen. Sie durfte nicht an diesem Ufer verharren. Sie musste springen.

Mit aller Festigkeit, zu der sie fähig war, sagte sie: »Wenn dieser Schritt bedeutet, dass ich meinen eigenen Plänen nicht folgen darf, werde ich Johan van Leeuwen nicht heiraten.«

Marie

16

Nachdem diese Worte wie ein Peitschenknall verklungen waren, breitete sich im Raum eine Stille aus, in welcher der Fall der berühmten Stecknadel zu hören gewesen wäre.

Marie, die es einfach nicht mehr ertrug, nicht zu wissen, was vor sich ging, lugte um die Regalecke herum.

Luise und ihr Vater hielten den Blick. Luise mit stolz gerecktem Kinn, unter dem ihre Brust nur so flog. Ihr Vater mit kaum zu deutendem Ausdruck, in dem Härte und Zorn sich zu einer unbewegten Maske vereinten.

So still war es, dass die in der Halle plötzlich zu hörenden Stiefelabsätze wie Pistolenschüsse klangen. Einer immer ein wenig lauter als der andere, ein Humpeln, das Marie so wohl vertraut war. Und doch ließ die Stimme im Türrahmen sie alle aufschrecken.

»Gnädiger Herr?« Es war ihr eigener Vater, der dort mit seinem kupferroten Haar und dem dichten Bart über dem grobem Arbeitshemd in der Tür stand und verwirrt von einem zur anderen schaute. Seine braunen Augen verengten sich für einen Moment. »Oh, Verzeihung, Graf, ich war auf der Suche nach Marie. Ranke sagte mir ...«

»Ich bin hier, Papa.« Marie trat um das Regal herum und

warf Graf Hermann einen entschuldigenden Blick zu. Denn nun würde ihm sicher bewusst, dass sie alles mitangehört hatte.

Luise schien gar nicht recht mitzubekommen, was geschah. Sie stand einfach da, atmete rasch und starrte vor sich hin. Clara grub die Hände in den Kleiderstoff und sah zwischen Vater und Schwester hin und her.

Paas wirkte verdutzt, als Marie plötzlich vor ihm stand. Doch er fing sich schnell wieder und sagte: »Ich wollte dich bitten, mir mit dem Fohlen mit dem entzündeten Nabel zu helfen. Offenbar bist du die Einzige, bei der es einigermaßen still steht.«

»Natürlich. Ich komme«, sagte sie und wollte sich bereits an den Komtessen vorbeischieben, froh der Situation auf diese Weise entkommen zu können.

Doch da sagte der Graf: »Seh ich das recht, Paas? Ein Brief auf dem Papier des Dragoner Regiments Neunzehn in Osternberg?« Mit einem Kopfnicken deutete er auf das Papier in Paas' einer Hand.

Der schien im Zwiespalt, ob er vor ihnen allen frei reden sollte.

»Heraus damit, Paas! Was gibt es?«, verlangte Graf Hermann zu wissen und kehrte damit Luise den Rücken zu.

Marie sah, wie das Gesicht ihrer Freundin versteinerte, denn offenbar war das Gespräch damit für beendet erklärt.

Von Kindheit an kannte Marie die Komtess und wusste, dass die in ihr sicher brodelnde Wut sich jeden Moment ein Ventil suchen konnte.

Paas sah noch einmal zögernd vom sichtbar aufgewühlten Grafen zu Luises erhitzter und Claras blasser Miene. Doch da die Anweisung mehr als deutlich gewesen war, trat er näher, wobei er das Bein mit dem Holzfuß ein wenig nachzog und im Stehen dann das andere belastete.

»Tatsächlich ist der Brief aus Osternberg. Von meinem Freund Hauptmann Willeke, Ausbilder bei den Neunzehnern. Er schrieb wegen der Friesenhainer, die sie im Frühjahr übernommen und die sich sehr gut entwickelt haben. Er ist voll des Lobes.«

Nicht nur Marie kannte ihren Vater gut. Auch der Graf, der im Krieg dessen Gesellschaft als Bursche schätzen gelernt hatte und auf Friesenhain selbst Paas' umsichtige Hand stets lobte, wusste, dass dies nicht alles war.

»Und weiter?« Ungeduldig wedelte er mit der Hand, den Streit mit seiner Tochter noch im Gemüt.

»Nun«, setzte Paas langsam fort. »Willeke schreibt auch, dass der Kaiserliche Stallwirtschafter seine Wahl getroffen hat, was das neue Kutschgespann für den Kaiser angeht. Es sind sechs Schimmel, Herr Graf, aus derselben Zucht, aus der auch der Fürst selbst seine Pferde bezieht.«

Bestürzt sah Marie zu Luise, die ihren Blick ebenso erwiderte und auch zur beklommen dastehenden Clara schaute. Dies war genau das, was Graf Hermann befürchtet hatte. Und die Nachricht würde seine Stimmung sicher nicht bessern.

»Vetternwirtschaft!«, presste der Graf heraus. »Ich wette, Bismarck wird den Stallwirtschafter in irgendeiner Weise verpflichtet haben. Wenn er schon den Kaiser nicht gängeln kann, so wie er es mit seinem Großvater konnte, dann intrigiert er auf diese Weise. Und der Kaiser lässt es geschehen, um des lieben Friedens willen.«

Maries Vater sah zur Seite und straffte unbehaglich die muskulösen Schultern. Marie war klar, dass Graf Hermann diese Worte vor niemand anderem als seinem alten Freund derart ausgespuckt haben würde. Sie grenzten an Hochverrat. Der Graf legte die Hände an seinen Jackettaufschlag und hielt ihn fest. Ein- oder zweimal hatte Marie ihn in Situationen erlebt, in denen er um Beherrschung rang. Dann hatte er stets diese Geste ausgeführt.

So starrte er einen Moment lang an Paas vorbei durch die offene Tür in die Halle. Dann ging ein Ruck durch ihn und er löste die Hände vom Revers.

»Es gibt viel zu tun«, sagte er, klang dabei aber deutlich müde. Paas, der sicher wusste, was in seinem Herrn und Weggefährten vorging, nickte kurz und wollte sich schon empfehlen, als Luises Vater noch etwas einfiel: »Wie macht sich eigentlich dieses fremde Pferd, Paas? Der Friese aus dem Seewald.«

Nun war es plötzlich an Marie, eine Welle des Unbehagens zu spüren. Stürmer war gewiss kein Thema, das in die aufgewühlte Stimmung des Grafen passte. Ihr Vater schien das ebenso zu sehen. Dass er sich mit der Antwort schwertat, war ihm deutlich anzusehen.

»Um ehrlich zu sein, ist er ... nun, recht problematisch«, gestand er schließlich.

»Problematisch?«, wiederholte der Graf mit gerunzelter Stirn.

Marie wollte sich zu gern einmischen, doch ihre gute Erziehung hielt sie zurück, nach der sie nicht ungefragt auf den gnädigen Herrn einreden sollte.

Paas' Antwort bestand aus einem Nicken. »Schön ist er, das steht mal fest. Er bringt alle Qualitäten mit, die ein guter Zuchthengst haben sollte – zumindest äußerlich. Aber sein Wesen macht leider alle diese äußeren Vorteile zunichte. Er lässt sich aufgrund seines Temperaments kaum bändigen. Nur Marie schafft es mit viel Geduld, sich ihm zu nähern, um seine Wunde am Bein zu versorgen.« Ihr Vater sah sie mit einem kleinen Lächeln an, in dem sich Stolz mit der Gewissheit paarte, dass dies im Kern eher schlechte Nachrichten waren.

Auch Graf Hermann bedachte sie mit einem Blick.

»Nur Marie, sagen Sie? Aber wenn Sie ihn richtig anpacken, dann wird es doch wohl gehen, Paas?«, verlangte er zu wissen.

Wieder zögerte ihr Vater. Aber seine Ehrlichkeit siegte: »Die älteren Stallburschen und ich selbst haben es versucht, Herr Graf. Aber wir alle dürfen uns dem Tier nicht weiter als bis auf ein paar Meter nähern. Es ist zu gefährlich.«

Luise machte eine rasche Bewegung mit den Händen, als wolle sie irgendwie eingreifen. Doch es war bereits zu spät. Sie alle konnten der Miene des Grafen ablesen, dass er das Für und Wider dieser Lage erwog.

»Ich hatte keine Ahnung, dass er solche Schwierigkeiten macht«, brummte er. »Und es ist nicht herauszufinden, wohin er gehört?«

Clara, die den Stoff ihres Rockes malträtierte, antwortete: »Leider gibt es nichts Neues dazu, Vater. Vielfaches Herumfragen in der näheren und weiteren Umgebung hat nichts herausgebracht. Niemand scheint ihn zu vermissen oder zu kennen. Freilich habe ich nicht … nicht wirklich *alle* in unserer Nachbarschaft befragen können.«

Für einen Moment hatte Marie den Eindruck, dass Clara noch mehr sagen wollte, womöglich irgendetwas Heikles – doch sie entschied sich dagegen und verstummte.

Dem Grafen schien das Zögern nicht aufzufallen, denn er wischte mit einer Handbewegung Claras Einschränkung fort: »Ich kenne dich, mein Kind, und weiß, dass du mehr als gründlich bist. Also beherbergen wir somit ein Pferd, das in seiner Haltung und Versorgung enormen Aufwand und somit auch Kosten bedeutet. Der Hengst braucht eine eigene

Koppel, fern von den Stuten. Da wir über seine Abstammung nichts wissen und natürlich über keinerlei Papiere für ihn verfügen, ist an seinen Einsatz für die Zucht nicht zu denken. Außerdem haben wir mit Donner bereits ein hervorragendes Exemplar. Die Rasse ist inzwischen so unbedeutend, dass ein Beschäler für die spärliche Nachfrage bei Weitem ausreicht. Ebenso wenig scheint dieser fremde Hengst reitbar zu sein?« Blick zu Paas, der bedauernd, aber entschieden den Kopf schüttelte. Der Graf hob beide Hände. »Also bedeutet das Pferd für das Gestüt nur eine Belastung. Ich denke, wir wissen alle, was in so einem Fall zu tun ist: Es ist ein Fall für die Rossschlachterei. Lassen Sie den Abdecker kommen, Paas.«

Luise sog entsetzt die Luft ein. Auch Clara stand wie erstarrt. Doch Marie konnte nicht an sich halten. Alle gute Erziehung war vergessen.

»Nein, bitte!«, rief sie und trat händeringend sogar ein paar Schritte auf den Grafen zu. »Das dürfen Sie nicht tun, Herr Graf!« Alle standen wegen ihres Ausbruchs wie vom Donner gerührt. Sie konnte, sie durfte sich nicht stoppen! Sie musste ihnen sagen ... »Was er jetzt gerade zeigt, ist nicht sein wahres Wesen. Er hat nur Angst, weil er sicher Schlimmes erlebt hat, und muss wieder lernen zu vertrauen. Sie dürfen ihn nicht ...«

»Marie!«, unterbrach ihr Vater sie mit einer Strenge, die sie von ihm nur selten erlebt hatte. »Du vergisst dich. Du sprichst mit dem Grafen!«

Marie starrte ihn einen Moment lang an. Die Panik in ihr stob auf wie ein Schwarm Spatzen, der in die nächste Hecke flieht. Dann senkte sie rasch den Blick, sank in einen Knicks, taumelte, sodass Luise nach ihrem Arm greifen und sie stützen musste.

»Verzeihen Sie mir, Herr Graf«, flüsterte Marie kaum hörbar.

Trotz ihres gesenkten Kopfes registrierte sie, wie Graf Hermann von Scheweney mit ihrem Vater einen Blick tauschte. Er nickte seinem alten, nun beschämt dastehenden Weggefährten zu.

»Ich denke, dieses Verhalten ist der angespannten Situation anzurechnen. Wollen wir nicht mehr darüber reden. Mein Entschluss steht fest.« Damit ging er mit steifen Schritten hinaus.

Luise

17

Es blieb still, bis sich das Klacken seiner Stiefel durch die Halle entfernt hatte. Luise fühlte sich innerlich wie erstarrt. Was war das für ein grauenhafter Tag für sie alle!

Da hob Marie den Kopf, das Gesicht tränenüberströmt. »Es tut mir leid, Vater«, flüsterte sie.

»Was ist nur in dich gefahren, unsren Herrn, deinen Gönner, so anzufahren?«, antwortete Paas, streckte den Arm aus und zog seine Tochter in eine Umarmung. Sie sank hinein und weinte bitterlich an seiner Schulter.

Luise fing Claras Blick auf. Gemeinsam sahen sie zu Vater und Tochter, die sich auf eine viel innigere Weise vertraut waren, als sie selbst es mit ihren Eltern kannten. Luise jedenfalls konnte sich nicht daran erinnern, jemals in den Armen ihres Vaters von einem schlimmen Kummer getröstet worden zu sein.

Paas streichelte Maries Rücken und redete leise mit ihr. »Kind. Marie, so beruhig dich doch. Ich weiß, das Tier liegt dir am Herzen. Aber Graf von Scheweney hat recht: Niemand außer dir wagt sich in die Nähe des Hengstes, und auch du kommst nicht ohne Blessuren davon … Ja, meinst du, mir fällt nicht auf, dass du beinahe so stark hinkst wie ich, immer

278

wenn du denkst, ich sehe es nicht? Hat er dich mit einem Tritt am Knie verletzt?«

Marie entzog sich der Umarmung und griff dankbar nach dem Taschentuch, das Clara ihr reichte. Nachdem sie sich geschnäuzt und die Augen getupft hatte, sagte sie mit einer Spur Trotz: »Das war nur, weil Stürmer sich erschreckt hat, als ich gerade seine Wunde versorgt habe. Er hat es nicht böse gemeint, Papa. Danach habe ich gemerkt, wie leid es ihm tut. Er hat immerzu in mein Haar geschnaubt.«

Paas schüttelte den Kopf. »Ach, Marie.«

Die griff nach seiner Hand und drückte sie fest. »Bitte, Papa, sprich mit dem Grafen. Auf dich wird er hören! Stürmer braucht nur ein wenig Zeit und Geduld. Du sagst doch selbst immer, dass man ein Pferd nicht gleich aufgeben soll. Ich weiß, dass ich Stürmer dazu bringen kann, Menschen wieder zu vertrauen. Und dann wird er auch reitbar sein. So etwas geschieht aber nicht in ein paar Tagen.«

Paas schüttelte den Kopf. »Nein, Marie, so geht das nicht. Wir haben hier an die hundert Pferde zu versorgen. Nach den neuen Nachrichten müssen wir all unser Streben darauf richten, bei der großen Schau in Berlin endlich das Ziel des Grafen zu erreichen. Ein neuer Kaiserlicher Stallwirtschafter ist womöglich die Chance für Friesenhain. Wir können es uns nicht erlauben, dass ein einziges Pferd so viel Aufmerksamkeit und Kraft bedarf. Der Graf hat recht. Es gibt nur eine vernünftige Lösung.«

Marie sah ihren Vater einen Moment lang ungläubig an. Dann sackten ihre Schultern herab. Die ganze Person schien in sich zusammenzusinken, wurde so klein und jämmerlich, dass es Luise bis ins Mark schmerzte.

Clara war sofort zur Stelle und legte den Arm um die Taille ihrer besten Freundin.

»Komm«, sagte sie in ruhigem Ton. »Ich bringe dich hinunter zu Frau Rühl. Wie ich sie kenne, wird sie irgendetwas haben, das diesem Schrecken ein wenig die Schärfe nimmt.«

»Ich kann doch jetzt nichts essen«, widersprach Marie schwach.

»Das musst du auch nicht. Aber ein wenig mütterlicher Trost, der wird dir guttun«, erwiderte Clara, ganz die, die am besten wusste, was für die Freundin nun gut war.

So gingen die beiden jungen Frauen hinaus, Marie immer noch mit gesenktem Kopf und schleppendem Schritt, während Clara sie mit dem Arm um ihre Hüfte langsam und besonnen vorwärts führte.

Das Bild versetzte Luise einen heftigen Stich der bösen Erinnerung und des schlechten Gewissens.

Als ihre Lieblingsstute damals starb und nur die kleine Jeltje überlebte, hatte sie weder essen noch schlafen können. Marie hatte ihr beigestanden, ihr geholfen, den Nabel des Fohlens zu versorgen und es zusätzlich zur Milch der Ammenstute, die selbst noch ein Kleines zu versorgen hatte, mit der Flasche zu füttern. Marie hatte keine hohlen Worte des Trostes gesucht, sondern nur stundenlang ihre Hand gehalten, während sie bei dem Fohlen saßen, in stiller Trauer um dessen Mutter vereint.

Und nun, da Marie ganz offensichtlich ihr eigenes Herz so sehr an ein besonderes Pferd gehängt hatte, hatte Luise sich nur ein einziges Mal nach den Fortschritten mit ihm erkundigt. Sie war mit Johan herumgezogen, ausgeritten, hatte Besuche gemacht, ihm die Ländereien gezeigt. Dabei war ihr nicht klar gewesen, wie viel Marie in kurzer Zeit an Gefühlen für Stürmer investierte, den sie selbst mit ihrem Vetter im Seewald entdeckt und auf die Friesenhainkoppel getrieben hatte.

Es war eines, ein geliebtes Pferd an den Tod unter einer Geburt oder an eine schlimme Krankheit zu verlieren. Aber ein anderes war es, ein gesundes Tier zum Schlachter zu bringen, weil die Wirtschaftlichkeit und somit der Verstand dazu rieten.

Paas, dem die Gemütsverfassung seiner Tochter ebenfalls zuzusetzen schien, sah Marie und Clara nach, wie sie durch die Halle gingen und in den Gang verschwanden, in dem die Treppe hinunter in den Dienstbotentrakt führte.

Er seufzte tief, bedachte Luise mit einem bedauernden Blick und wollte sich mit »Komtess Luise« bereits abwenden, als sie die Hand ausstreckte und ihn am Arm zurückhielt.

»Paas?«

Fragend sah er sie an.

Sie rang die Hände, unsicher, ob sie das Richtige tat. »Es hat keine Eile, den Abdecker zu rufen. Heute gibt es genug anderes zu tun. Bitte warten Sie noch bis morgen früh. Ich … Nun, vielleicht gibt es doch einen Weg, wie wir Marie diesen Kummer ersparen können.«

Verwunderung trat in seine dunklen Augen. »Bei allem Respekt, Komtess Luise, aber wie wollen Sie das schaffen? Wie schon gesagt, Ihr Vater, der Herr Graf, hat vollkommen recht mit seiner Entscheidung. Ich sehe nicht, wie Sie das bis morgen früh ändern könnten.«

Sie lächelte schwach. »Ich muss nachdenken, Paas. Ja, ich muss nachdenken.«

Nach einem weiteren, verwunderten Blick in ihr Gesicht nickte er und ging, die Tür im Hinausgehen hinter sich schließend.

Luise war allein. Das aufgewühlte Meer ihrer Gefühle ließ noch ein paar Wellen brechen, doch dann wurde es ruhig in ihr.

Luise trat ans Fenster, unter dem der Sekretär stand, und sah auf den westlichen Garten hinaus, der nun, am späten Vormittag, das schon herbstliche Sonnenlicht in allen Farben einfing. Über die wohl gepflegten Staudenrabatten, das Rondell mit der Sonnenuhr und den Seerosenteich hinweg konnte sie weiter hinten die Koppel für die jungen Stuten ausmachen. Silhouetten der friedlich grasenden Pferde waren zu sehen, die dort Seite an Seite über das saftige Grün zogen. Bei diesem Anblick atmete sie tief ein und wieder aus. Ihre Erregung, Wut und Ohnmacht, die sie gerade noch empfunden hatte, war zu einem schmerzhaften, kleinen Pochen geschrumpft. Was war ihre Verzweiflung gegen den Verlust eines Lebens?

Solch ein glückliches Pferdeleben, wie das, was sie dort draußen sah, solche Zufriedenheit hatte sie dem fremden Hengst auch gewünscht. Doch nachdem sie das Abenteuer seines Einfangens genossen und die Schilderungen dessen gern wiederholt hatte, war die Erfüllung dieses Wunsches für sie in den Hintergrund gerückt. Zu sehr war sie mit Johans Besuch und ihrem eigenen Schicksal beschäftigt gewesen. Und zu sehr hatte die neue Erkenntnis darüber, welchem Ziel sie selbst im Leben gern folgen würde, sie in Beschlag genommen.

Marie aber hatte es versucht. Sie hatte Stürmer unter einigen Mühen, aber mit Erfolg, nach Friesenhain gebracht. In Sicherheit, wie sie bestimmt geglaubt hatte. Sie hatte Zeit und alle Kraft geopfert, um das Vertrauen des Hengstes zu gewinnen. Hatte sogar Verletzungen in Kauf genommen, die sie dem Tier nicht einmal nachtrug. Und nun sollte alles umsonst gewesen sein?

Und sie, Luise selbst, war schuld daran.

Hätte sie doch Alfreds Spukgeschichte nur belächelt und

nicht für bare Münze genommen. Hätte sie den fremden Friesen zwar bestaunt, aber dann seinem Schicksal überlassen. Wer weiß, vielleicht hätte er andernorts tatsächlich das glückliche Leben gefunden, das auch ihm zustand?

Nun aber war er gefangen, ebenso wie sie selbst. Über Stürmers Sein und Vergehen wurde von höherer Stelle bestimmt, ebenso wie über ihr eigenes Schicksal.

Sie griff in die Rocktasche und holte Paulas mittlerweile mitgenommen aussehenden Brief hervor. Wie viel Glück, wie viel Hoffnung hatte dieses Stück Papier ihr vor einer einzigen Stunde noch bedeutet. Sie betrachtete es eingehend, die energische, feine Handschrift, das hübsche Siegel. Dann seufzte sie und schob den Brief wieder zurück.

Sie musste sich nichts vormachen. Ihre trotzige Weigerung, Johan zu heiraten, würde ihr nichts nutzen. Ihr Vater hatte seine Entscheidung getroffen, was ihren Wunsch nach dem Studium anbelangte. Sie würde ihn nicht umstimmen können.

Während sie dies in aller Klarheit dachte, spürte sie, wie hinter ihren Lidern Tränen brannten. Eine einzelne wagte sich hervor und wurde sogleich von ihrer Hand ärgerlich beiseite gewischt. Für Selbstmitleid würde noch ausreichend Zeit sein. Nun war der Moment, um zu handeln. Um zumindest für einen von ihnen ein besseres als das beschlossene Ende zu versuchen. Wenn sie selbst schon in dieser Falle festsaß, dann wollte sie doch zumindest ein Gutes damit bewirken.

Entschlossen wandte sie sich um und verließ raschen Schrittes die Bibliothek.

In der Halle schrak sie Fräulein Trebitz, die Zofe ihrer Mutter, auf, die gerade mit einem Kleid über dem Arm die Treppe herunterkam, und hastig knickste, als Luise vorbeieilte. Nur nicht innehalten. Nur nicht zögern. Sonst würde sie es am Ende vielleicht doch nicht tun. Und dann würde sie sich im Spiegel nicht mehr anschauen wollen.

Die Tür des Arbeitszimmers ihres Vaters war geschlossen.

Sie klopfte energisch an und trat ein, ohne seine Aufforderung abzuwarten.

»Luise«, sagte er überrascht, doch sofort trat Ärger in seine Züge. »Du kommst doch hoffentlich nicht, um mich weiter mit dieser unsäglichen Idee mit diesem Studium zu belästigen? Ich habe meine Meinung dazu wohl klar genug zum Ausdruck gebracht und werde nicht …«

»Was das angeht, habe ich verstanden, Vater«, unterbrach Luise ihn. Doch dann verließen sie die Worte. Ein Kloß in ihrem Hals verhinderte, dass sie beherzt aussprach, was sie hierhergeführt hatte.

Er musterte sie. Eine steile Falte auf der Stirn, denn er spürte ihre wilde Entschlossenheit. Allerdings zog er falsche Schlüsse. »Dann geht es um Johan? Luise, der junge Mann hat gestern bereits bei mir vorgesprochen, mit ernsten Absichten. Eigentlich wollte ich ihm die Gelegenheit geben, dich selbst zu fragen, so wie er gebeten hat. Aber nun darf ich dir sagen, dass ich ihm mein Einverständnis zugesichert habe. Ich denke also nicht daran, deine Weigerung, deinen Großvetter zu heiraten, zu akzeptieren.«

Ernst sah er sie an, wohl in Erwartung eines schroffen Widerspruchs.

Luise holte tief Luft. Dann antwortete sie: »Dann wird dich freuen, dass ich nicht mehr vorhabe, mich zu weigern.«

Ihr Vater hob in ehrlicher Verblüffung die Brauen. »Nicht? Heißt das, du wirst Johan van Leeuwen, entgegen deiner gerade noch getätigten Aussage, doch heiraten, wenn er dich bittet?«

Sie schloss für einen winzigen Moment die Augen. »Ja, Vater, das werde ich.«

Es dauerte ein paar Sekunden. Dann atmete der Graf tief und erleichtert aus.

»Mein Kind«, sagte er und streckte ihr die Hände entgegen. Der Schnäuzer bog sich nach oben und Luise zwang sich, ebenfalls zu lächeln. »Das sind ja mal wunderbare Neuigkeiten! Ich frage dich nicht, was diesen Sinneswandel bewirkt hat, verlass dich drauf. Dafür freue ich mich viel zu sehr darüber.« Er lachte leise. Seine sichtbare Freude schmerzte sie auf eine feine, noch unbekannte Weise. Weil er ihr Glück dort sah, wo sie es nicht erkennen konnte und vielleicht auch nie finden würde. Während ihre große Sehnsucht nach einer anderen Art der Erfüllung von ihm so vehement abgelehnt wurde.

»Vielleicht solltest du aber danach fragen«, sagte sie zaghaft. Denn nun kam es darauf an. Es war ihr klar, dass er sich nicht auf diesen Handel einlassen würde, wenn sie ihren Wunsch als Bedingung vorgetragen hätte. Aber nun, da sie ihre Zustimmung zur Heirat gegeben hatte, bestand immer noch die Möglichkeit, dass er ihre Bitte dennoch ablehnen würde.

Ihr Vater, ihre beiden Hände mit seinen eigenen großen umfassend, legte den Kopf schief.

»Nun, Luise? Dann frage ich dich.«

Sie zwang sich, ihm gerade in die Augen zu blicken, als sie sagte: »Ich möchte dich um ein Hochzeitsgeschenk bitten.«

»Ist es kostspielig?«, mutmaßte er, plötzlich zum Scherzen aufgelegt.

Sie schüttelte den Kopf. »Vorhin wolltest du mir das Fohlen, die kleine Athena, schenken. Erinnerst du dich?«

»Natürlich.«

»Ich wünsche mir tatsächlich ein Pferd. Aber eine Stute habe ich schon. Und wie du weißt, schlägt mein Herz, ebenso wie das von Mutter, für die Friesen. Ich möchte den fremden Hengst. Ich wünsche mir *Stürmer* als Hochzeitsgeschenk.«

Kurz glaubte sie, ihr Vater wolle wieder aufbrausen, weil seine Augen sich verengten. Doch dann schüttelte er den Kopf und lachte auf.

»Luise, du bist eine von Scheweney, das beweist du mal wieder. So einen Sturkopf hat in unserer Familie allerdings sonst nur einer: dein Vater.«

Ihr Herz wurde leicht. »Dann sagst du Ja?«

Der Blick ihres Vaters ruhte immer noch auf ihr, während er ihre Hände drückte.

»Wie könnte ich dazu jetzt Nein sagen, Luise?«, sagte er kopfschüttelnd. »Allerdings unter einer Bedingung!«

Sie forschte in seiner Miene. »Die wäre?«

»Bis zu deinem Hochzeitstag muss das Tier reitbar sein. Eine Jagd muss es ja nicht gleich sein. Aber ein Spazierritt im Park, ohne dass wir um dein Leben fürchten müssen. Wenn euch das gelingt, erhältst du noch eine neue Sattelausstattung für ihn dazu. Ach und ...«, er machte eine kurze, bedeutungsvolle Pause, »natürlich solltest du aus diesem Grunde nicht eine sehr viel längere Verlobungszeit als sonst üblich ins Auge fassen. Sind wir uns einig, Tochter?«

Luise dachte daran, wie Marie sich gerade noch in die Arme ihres Vaters geschmiegt hatte, dort Trost und Halt suchend. So eine Geste kam ihr selbst fremd vor. Aber sie verstärkte den Druck ihrer Finger auf die Hände des Grafen.

Fest und ohne Zögern drückte sie zu. Und teilte ihm auf diese Weise mit, dass sie einen Pakt geschlossen hatten.

Clara

18

Der Freitagabend war heran und mit ihm der Empfang, den die von Scheweneys für ihren Großneffen Johan van Leeuwen gaben.

Clara wartete in ihrem Abendempfangskleid darauf, dass Agnes von Luise zu ihr kommen und ihre Haare aufstecken würde. Sie hatte das beigefarbene mit dem Spitzenbesatz am Hals gewählt, obwohl das Kammermädchen ihr mit sicherer Hand zu dem neuen grünen samt weiterem Ausschnitt geraten hatte. Doch Clara wollte, dass dies Luises Abend würde. Sie allein sollte in ihrem neuen, leuchtend blauen Kleid mit der perlenbestickten Stola glänzen.

Äußerlich still und geduldig saß sie auf dem gepolsterten Stuhl vor dem Spiegel, doch in ihren Augen stand Unruhe, weil in ihr so viel in Bewegung war.

Seit Luise vor zwei Tagen zu Marie und ihr hinunter in die Küche gekommen war, schien alles in Clara ein beständiges Auf und Ab zu sein.

Sie sah ihre Schwester vor sich, wie sie blass, aber gefasst im Türrahmen gestanden hatte, während Marie am Küchentisch ihren Tränen freien Lauf ließ. Die von Frau Rühl vor sie hingestellten Krapfen hatte ihre Freundin nicht beachtet.

Clara hörte wieder und wieder die Worte, die Luise gesagt hatte, klar und deutlich, aber so ganz und gar ohne Gefühl. Oder vielmehr mit einer so versteinerten Miene, dass klar gewesen war, welchen Sturm an Gefühlen sie dahinter verbarg.

Marie war plötzlich verstummt, hatte den Kopf gehoben, die Freundin fassungslos angeschaut.

Auch Frau Rühl, die neben Marie saß, hatte Luise angestarrt, während die Küchenmädchen in ihrem geschäftigen Tun innehielten und von einem Schritt auf den nächsten nicht mehr zu wissen schienen, was sie gerade noch so zielstrebig verfolgt hatten.

Clara hatte gleich erkannt, dass ihre Schwester den Bediensteten hier bot, was sie sonst nur aus zweiter oder dritter Hand einander zuflüsternd erfuhren: die höchst persönlichen Belange der Herrschaften. Aber obwohl Clara den Impuls verspürt hatte, Luise an der Hand zu fassen und mit sich hinauf in ihr Zimmer zu ziehen, war sie kaum in der Lage gewesen, sich zu rühren, so schockiert war sie.

Ja, es stimmte, sie mochte Johan und hätte ihn für eine wirklich gute Wahl gehalten, sollte Luise auf der Suche nach einem Ehemann sein. Doch da sie sehr genau wusste, dass eine Heirat in krassem Gegensatz zum wahren Wunsch ihrer Schwester stand, war sie vollkommen sprachlos gewesen.

Da war plötzlich Leben in Marie gekommen. Sie war aufgesprungen, die Finger um die Tischkante gekrampft, und hatte vehement den Kopf geschüttelt.

»Nein, Luise, das darfst du nicht!«, hatte sie möglichst fest gesagt. »Damit besiegelst du dein Schicksal. Du triffst eine Entscheidung, die für dein ganzes Leben gelten wird. Und das, um ein Pferd vor dem Schlachter zu retten?« Bei den letzten Worten hatte ihre Stimme gezittert.

Luise und Marie hatten sich über den langen, blanken

Holztisch in der Küche hinweg angesehen, beide in ihrem jeweiligen Kummer gefangen und dennoch mit so viel Verständnis für den Gram der anderen.

»Würdest *du* es tun?«, hatte Luise geflüstert. »Wenn du Stürmer damit retten könntest, würdest du dieselbe Entscheidung treffen?«

Marie hatte ihren Blick hilflos erwidert, ehe sie ihn senkte und langsam nickte.

»Dann steht es fest«, hatte Luise entschieden, sich in der nächsten Sekunde plötzlich der vielen Augen um sie herum bewusst werdend. Frau Rühl zur Salzsäule erstarrt. Die drei Küchenmädchen, die in ihren Bewegungen eingefroren waren wie in einem Kindermärchen. Diener Ranke und der alte Kammerdiener Albrecht im Türrahmen zur Gesindestube stehend.

Albrecht war es auch gewesen, der die Stille unterbrach.

»Was haltet ihr alle Maulaffen feil?«, hatte er die Mädchen angeschnauzt. »Habt ihr nicht genug zu tun?«

Als Kammerdiener des Grafen und am längsten im Dienst der Herrschaften genoss Albrecht unter dem Gesinde eine Sonderstellung. Alle respektierten und achteten ihn. Sofort hatten die Mägde gespurt und waren mit den Schüsseln und Gemüsekörben dorthin geeilt, wohin sie gerade noch gewollt hatten. Auch Ranke war rasch mit dem Teetablett die Treppe hinauf verschwunden.

Frau Rühl hatte den Arm um Marie gelegt und sie zurück auf den Stuhl gezogen.

»Du isst jetzt erst mal was, Mädchen«, hatte sie beschieden und noch ein paar Gebäckstücke mehr auf die Teller geladen. »Komtess Luise, Sie sollten auch zugreifen. So ein Entschluss sollte nicht mit leerem Magen verdaut werden. Kommen Sie.«

Luise hatte sich zu einem Lächeln gezwungen, den Kopf geschüttelt und zu ihrer Freundin gesagt: »Wir werden das schaffen, Marie, nicht wahr? Du wirst es hinkriegen, dass Stürmer rechtzeitig reitbar sein wird. Bis zum ... Hochzeitstag.« Das Wort klang fremd und schal aus ihrem Mund.

»Ich werde alles daransetzen, Luise!«, hatte Marie versichert.

Dann hatte Luise die Schultern gestrafft, ihr entschlossen zugenickt und war gegangen.

Seitdem hatte Claras ältere Schwester sich kaum anmerken lassen, dass sie die wohl folgenschwerste Entscheidung ihres bisherigen Lebens getroffen hatte.

Sie saß pünktlich bei den Mahlzeiten, plauderte und lachte, auch wenn wohl niemandem außer Clara auffiel, dass ihre Schwester weniger aß als sonst. Sie war gestern mit Johan und Wilhelm zu einem langen Ausritt aufgebrochen und hatte die Schneiderin kommen lassen, um ihr Kleid für den Empfang noch einmal abzunähen.

Den Eltern gegenüber verhielt Luise sich ganz wie immer. Als es darum ging, die Gräfin um die Erlaubnis zu bitten, am Samstagmittag einem Lunch bei Paula Brugge beizuwohnen, hatte Luise ihre Schwester um Rat gebeten. Ob ihr Vater der Mutter wohl von den Plänen in Sachen Studium erzählt hatte? Doch Clara hatte es nicht sagen können. Sollte Anna von Scheweney davon wissen, hatte offenbar Luises Einlenken in Sachen Heirat dieses kurz aufgetretene Ärgernis in den Schatten gestellt.

Luise würde Paula Brugges Einladung annehmen dürfen und die Künstlerin wurde ihrerseits am Sonntag auf Friesenhain zum Tee erwartet.

Clara fasste sich selbst im Spiegel kritisch ins Auge. Ihr Gesicht war trotz seiner Zartheit runder und weicher als das von Luise, deren hohe Wangenknochen und gewölbte Brauen sie hochmütig hätten aussehen lassen, wenn sie nicht so ein fröhliches Gemüt gehabt und so oft gelacht hätte.

Sie selbst, fand Clara, sah ebenso nachgiebig aus, wie sie war. Hätte sie selbst den Schneid gehabt, ihrem Vater zunächst die Stirn zu bieten und dann seine Entscheidung bezüglich Stürmer infrage zu stellen, ihn zum Einlenken zu bewegen, indem sie ein solches Geschenk erbeten hätte? Sie bezweifelte es.

Und sie bewunderte ihre Schwester, ihre Entschlusskraft. Nun, da Luise ihren Eltern mitgeteilt hatte, dass sie sich ihrem Willen zu beugen bereit war, schien sie vollkommen im Reinen mit dieser Entscheidung zu sein. Dass sie ein bisschen ernster war als sonst, hin und wieder nachdenklich in die Ferne schaute, diese Feinheiten fielen gewiss nur ihrer jüngeren Schwester auf.

Es klopfte an der Tür und auf ihr »Herein« trat Agnes ein, über dem Arm ein Handtuch, in das der bereits erhitzte Lockenstab gewickelt war.

»Oh, den werden wir nicht brauchen, Agnes«, sagte Clara, während das Kammermädchen den Stab auf der Frisierkommode ablegte. »Bürste nur einmal kräftig durch und steck mir einen Knoten. Heute Abend ist es Luise, auf die es ankommt. Sicher hast du sie hübsch zurechtgemacht?«

Agnes' Wangen glühten vor Eifer, als sie Claras Blick im Spiegel erwiderte und mit beiden Händen in ihre Haarpracht griff. »Sie ist wunderschön, Komtess Clara. Ich habe ihr Haar aufgesteckt, und an den Schläfen trägt sie ein paar Locken. Wir haben auch Rouge und Lippenstift benutzt. Das blaue Seidenkleid wirkt so elegant an ihr, mit seinen Perlmuttknöpfen und der feinen Spitze am weiten Ausschnitt und den Ärmelenden. Sie sieht aus wie ein federleichter Schmetterling im Sommerwind. Heute Abend wird sie gewiss die schönste junge Frau weit und breit sein!« Erschrocken hielt sie inne, und Clara sah im Spiegel die vor plötzlichem Entsetzen gerundeten Augen. »Neben Ihnen natürlich, Komtess Clara. Ihre Schwester, Komtess Luise, und Sie.«

Clara lachte leise. »Es ist schon gut, Agnes. Ich habe ja das Glück, dasselbe Kammermädchen in meinen Diensten zu haben, das das Zeug hat, schon bald zur Zofe aufzusteigen. Und so werde auch ich mich nicht verstecken müssen.« Sie zwinkerte Agnes zu, die ihr freudiges Lächeln vergeblich zu verbergen suchte, indem sie emsig begann, ihr dichtes Haar zu bürsten.

»Albrecht sagt, morgen in aller Frühe wird der junge Herr van Leeuwen wieder aufbrechen, Komtess?«, plauderte sie. »Dann könnte es ein ereignisreicher Abend werden, nicht wahr?« Im Spiegel konnte Clara beobachten, wie eine leichte Röte über ihre Wangen huschte.

Clara musste schmunzeln. »Ich nehme an, es wissen alle Bescheid, nicht wahr? Wie auch nicht, nachdem Luise es unten in der Küche verkündet hat. Aber in der Tat hat der junge Herr sich ihr noch nicht erklärt.« Luise hatte ihr und Marie von einer gewissen Situation im Park erzählt, die Gimpel jedoch zunichte gemacht hatte. Doch seitdem hatte Johan um keine Unterredung zu zweit gebeten.

Natürlich wusste er nichts von der dramatischen Entscheidung, die getroffen worden war. Und so hielt nun die gesamte Familie regelrecht die Luft an, wann er denn den Antrag, den er beim Grafen bereits angekündigt hatte, auszuführen gedachte.

Agnes hatte recht: der heutige Abend wäre eine gute Gelegenheit dazu. Alle waren feierlich gestimmt. Es würde ein Festmahl geben. Ihre Mutter hatte sogar eine kleine Kapelle bestellt und es würde getanzt. Was wäre da angebrachter als ein Antrag?

Auf Agnes' Gesicht im Spiegel lag ein feiner Widerspruch, als wolle sie gern etwas fragen, traue sich aber nicht recht.

»Was ist denn, Agnes?«, erkundigte Clara sich amüsiert, denn es war der jungen Frau deutlich anzusehen, dass ihr etwas auf der Seele brannte. Ihre Augen glänzten, und sie fuhr sich mehrmals mit der Zunge über die hübsch geschwungenen Lippen.

»Ach, es steht mir nicht zu«, sagte Agnes leise. »Aber ich frage es mich doch. Ob Komtess Luise den Herrn van Leeuwen wohl liebt? Sie kennt ihn seit ihrer Kindheit, nicht wahr? Daraus soll oft die größte Liebe wachsen.« Als sie das sagte, schoss ihr wieder die Röte ins Gesicht und setzte es regelrecht in Flammen.

Um sie nicht noch mehr in Verlegenheit zu bringen, wandte Clara den Blick ab und betrachtete im Spiegel ihre entstehende Frisur. Sie war nicht eitel, doch auf ihr volles, kastanienbraunes Haar war sie stolz und freute sich, dass Agnes es trotz der eher schlichten Aufmachung gut zur Geltung brachte.

»Liebe«, antwortete sie dann mit einer kleinen Verzögerung. »Wer kann schon sagen, wie sie entsteht und auf wen sie fällt. So wie ich Luise kenne, wird sie selbst es nicht wissen. Aber du hast recht, es steht uns wohl beiden nicht zu, darüber zu urteilen.«

»Natürlich nicht«, beeilte Agnes sich zu sagen und vertiefte sich wieder in ihre Arbeit. Während sie Claras Haar in einen lockeren Knoten schlang, hantierten ihre flinken Finger mit den Haarnadeln. »Ich wünschte, ich hätte auch noch eine ältere Schwester, die ich danach fragen könnte. Am besten eine, die auch kurz vor der Hochzeit stünde. Dann könnte ich alles ganz nah miterleben und ihr bei allen Fragen für die Vorbereitungen helfen. Aber leider sind sie beide dem Typhus zum Opfer gefallen. Der Herr sei ihrer Seele gnädig«, setzte sie rasch hinzu und Clara fiel in den kleinen Segen ein.

Während Agnes weiter plauderte und sich ausmalte, wie eine Hochzeit in der Schenke auf dem Dorfplatz aussehen würde, ganz so, wie sie sie schon bei ihren Basen hatte erleben dürfen, glitten Claras Gedanken in eine ganz andere Richtung. Zu einem anderen Leben, in dem ihre geliebte ältere Schwester einer furchtbaren Krankheit erlegen war und sie ohne sie würde auskommen müssen. Ohne Luises Lachen und ihr wirbelndes Temperament, das dem ansonsten oft so stillen Haus Lebendigkeit einhauchte.

Was für ein schrecklicher Gedanke. Sie zwang sich, ihn fortzuschieben und betrachtete das Ergebnis von Agnes' geübter Fertigkeit.

»Ist es recht so, Komtess Clara?«

»Sehr schön, Agnes.«

»Ich werde Ihnen noch geschwind das rote Schultertuch heraussuchen.«

Agnes war blitzschnell wieder da und reichte ihr das Tuch. Doch an der Art, wie sie mit gesenktem Blick stehen blieb, wurde Clara klar, dass sie noch etwas sagen wollte.

»Gibt es noch etwas, Agnes?«

Die junge Frau hob den Blick. »Ich habe mich nur gefragt, ob die hohen Herrschaften sich bereits wegen des Kammerdieners entschieden haben.«

Verwundert neigte Clara den Kopf. Agnes mochte zwar auch etwas Klatsch hin und wieder, gehörte aber nicht zu den Neugierigen, die alles zuerst wissen wollten.

»Soweit ich weiß, wird der junge Mann, der vor ein paar Tagen vorgesprochen hat, die Stelle antreten«, antwortete sie.

Über Agnes' Gesicht flog ein Ausdruck von größter Freude, ja, vielleicht sogar so etwas wie Euphorie?

»Bist du ihm begegnet, als er hier war?«, wollte Clara neugierig wissen.

Ihr Kammermädchen schüttelte den Kopf. »Nein, bin ich nicht, Komtess. Es ist nur … Der Albrecht ist recht alt und seine Gicht plagt ihn immer ärger. Und jetzt, wo der Winter kommt und er gern unten in der Stube am Feuer sitzt …«, stammelte Agnes.

Clara strich über ihren Arm. »Es ist lieb, dass du daran denkst, Agnes. Ja, Albrecht darf sich darauf freuen, am Feuer zu sitzen und seinen Enkeln Märchen vorzulesen.«

Agnes knickste tief vor ihr und öffnete ihr die Tür. »Ich wünsche einen schönen Abend, Komtess!«

Clara nickte ihr zu und ging hinaus. Dies würde womöglich sogar ein denkwürdiger Abend werden. Zumindest das Kleid der jungen Baroness von Assen sah verdächtig danach aus, stellte Clara fest, als sie die Treppe hinunter in die Halle ging, in der bereits einige frühe Gäste versammelt waren.

Margarete von Assen stach aus der kleinen Gruppe in ihrem goldgelben Kleid heraus wie ein exotischer Fisch im Karpfenteich. Ein exotischer Fisch mit einem Hut, groß wie ein Wagenrad, der gut zu einem Pferderennen oder in die Oper gepasst hätte. Diesmal zierten ihn gleich zwei kleine Vögel: Ein Rotkehlchen und ein Zaunkönig hockten mit gläsernem Blick inmitten von Trockenblumen und herbstbunten Beeren.

Clara zwang sich, nicht hinzusehen, während sie die junge Frau und deren Mutter begrüßte.

»Baronin, Baroness.« Sie tauschten Artigkeiten aus und die Baronin kam nicht umhin, wieder einmal zu erwähnen, dass ihr persönlicher Vorschlag dazu geführt hatte, dass der

Graf von Scheweney endlich einen geeigneten, jungen Kammerdiener gefunden hatte, nach dem Agnes gerade noch gefragt hatte. Emil Neumann, Bruder des Kammermädchens der Baroness, sollte noch vor Jahresende den Dienst auf Friesenhain antreten. Clara beteuerte ausführlich, wie hilfreich dieser Hinweis gewesen war, da zuverlässige Diener gar nicht hoch genug geschätzt werden konnten, und war froh, als das Thema schließlich mangels Ergiebigkeit fallen gelassen werden konnte.

Claras Vater und Bruder, beide in schwarzem Frack und Zylinder, was sie ausnehmend gut kleidete, gingen bereits unter den Gästen umher, verneigten sich oder schüttelten Hände. Johan hatte einen modernen braunen Anzug mit Jackett gewählt und ließ die Treppe hinauf in den ersten Stock nicht aus dem Blick. Und dort erschienen schließlich als Letzte der gastgebenden Familie die Gräfin in einer grünen Abendrobe, die aus einem eng geschnittenen Rock mit kleiner Schleppe sowie einem Bolerojäckchen mit gewaltigen Ballonärmeln bestand, und Luise.

Clara sah gerade zu ihrem Vetter und beobachtete, wie ihm beim Anblick ihrer Schwester die Luft wegblieb. Agnes hatte nicht untertrieben. Luise sah wunderschön aus und schritt an der Seite ihrer würdevollen Mutter mit der ihr typischen Lebendigkeit die Stufen hinab. Alle Blicke waren auf sie gerichtet.

Nach der Begrüßung der Gäste durch die Hausherrin ging es hinüber in den großen Saal. Hier gab es lautes »Ah« und »Oh« bei all der Blumenpracht, mit der die Bediensteten den Saal geschmückt hatten. Eine lange Tafel mit einem Büfett und ausreichend Stühlen für die etwa fünfzig Gäste lockte die Hungrigen, während im hinteren Bereich die Streicher und Bläser die Unterhaltungswilligen auf die Tanzfläche baten.

Clara bemerkte, dass Johan, wie erwartet, Luise kaum von der Seite wich. Luise stellte ihn allen Geladenen, seien es befreundete Adelsleute oder wohlhabende Nachbarn, vor und gemeinsam plauderten sie mit ihnen. Alle reagierten ausnehmend angetan auf den charmanten jungen Mann. Die anwesenden jungen Damen beäugten ihn natürlich besonders interessiert. Doch Johan hatte kein Auge für die züchtig niedergeschlagenen Lider, sondern neigte sich hin und wieder vertraulich zu ihrer Schwester.

Als sie sich zu Tisch setzten, geriet Johan neben sie, Luise vis-à-vis, während auf Claras anderer Seite Margarete von Assen Platz nahm, direkt Wilhelm gegenüber.

Clara beobachtete mit mühsam unterdrückter Erheiterung, wie auch ihr Bruder ganz offenbar darum bemüht war, das Ungetüm von Hut samt toten Singvögeln möglichst zu ignorieren.

Davon abgesehen jedoch tat er seine Pflicht und hielt mit der jungen Baroness Konversation, wobei sie jedoch den weit größeren Anteil trug. Doch da Wilhelm in der Regel schweigsam war, fiel das wohl nicht weiter auf.

Ihr direkt gegenüber saß ein alter Jagdgefährte ihres Vaters, den Clara schon von Kindesbeinen an kannte. Baron Leuthagen hatte im Krieg den Großteil seines Gehörs eingebüßt, sah jedoch nicht ein, wieso er sich wegen so eines Mankos nicht an der allgemeinen Unterhaltung beteiligen sollte. Auf seine Bitte hin musste Johan ihm quer über den Tisch noch einmal mit lauter Stimme die Geschichte von Stürmers abenteuerlicher Ergreifung schildern.

»Was ist denn nun mit diesem geheimnisvollen, fremden Hengst, Komtess Clara?«, wandte sich Baron Leuthagen dann neugierig an sie, während er dem Braten in Portweinsoße mit offensichtlicher Begeisterung zusprach. Ein voller Mund hinderte ihn nicht daran, seine Meinung für alle gut hörbar kundzutun: »Als ich Ihren Brief erhielt, konnte ich es gar nicht glauben. Ein wertvolles Tier allein unterwegs, und dann ausgerechnet auf dem Grund von Friesenhain. Konnten Sie den Besitzer inzwischen ermitteln?«

»Leider nicht. Aber ich habe vom Zuchtbuchamt in den Niederlanden eine Abschrift des Stammbuches seit dessen Bestehen in 1887 angefordert. Vielleicht gibt uns das Aufschluss. Wenn er überhaupt dort eingetragen ist«, antwortete sie. »Hier aus der Umgebung stammt er auf keinen Fall.«

»Luise, ich glaube, du hast mich heute Abend nicht euren unmittelbaren Nachbarn vorgestellt?«, fiel Johan an dieser Stelle auf. »Die, an deren Land der Seewald grenzt, in dem wir den Hengst gefunden haben. Wie heißen sie noch gleich?«

»Oh, das ist der Freiherr Baron von Thebe«, antwortete dröhnend Baron Leuthagen an ihrer Stelle.

Zufällig ergab sich, dass in diesem Moment das Gespräch an vielerlei Stellen am Tisch kurz verstummte. So zogen diese wenigen Worte, von dem fast tauben Baron fast gebrüllt, von allen Seiten Aufmerksamkeit auf sich.

Clara sah, dass die Miene ihres Vaters einfror, und ihre Mutter schien ihr plötzlich noch ein wenig blasser als üblich.

»Aber die werden Sie hier vergeblich suchen, Herr van Leeuwen. Manche Familien bleiben lieber für sich. Und das ist auch besser so, wenn Sie mich fragen. Es gibt Dinge, die verjähren nicht«, polterte Baron Leuthagen, ohne sich der Wirkung seiner Worte bewusst zu sein. Während er ungerührt eine weitere Kartoffel mit reichlich Soße auf die Silbergabel spießte, drohte am Tisch alle Unterhaltung zu versiegen. Niemand wagte etwas zu antworten.

Doch dann ging ein Ruck durch Graf Hermann von Scheweney und er rief seinem alten Freund zu: »Bald ist Zeit für die Jagd, Leuthagen. Sie reiten doch noch mit?«

»Das will ich meinen, Graf, das will ich meinen!«, dröhnte dieser. »Das Jagdhorn werd ich wohl noch hören, und wo die Hunde bellen. Immer der Meute nach, was?« Sie prosteten sich zu, und die Gesellschaft wandte sich wieder anderen Themen zu.

Clara aber dachte noch während des gesamten Essens über diesen Moment nach.

Es war eine alte Wunde, an die Baron Leuthagen ungewollt gerührt hatte. Und doch schien sie ihre Eltern auch heute noch so sehr zu quälen, dass ein Gespräch bei Tisch zu diesem Thema schier unmöglich war.

Clara hatte die alte Geschichte stets als gegeben hingenommen. War es doch schmerzhaft genug, dass ihr Großvater durch die Hand des damaligen Nachbarn zu Tode gekommen war. Sie wusste nicht so recht, wieso, aber plötzlich drängte sich ihr jedoch ein Gedanke auf, der ihr noch nie gekommen war: Wenn es damals ein Unfall gewesen war, wenn bei der kleinen Jagdgesellschaft der Schuss sich unwillentlich gelöst hatte, wieso waren ihre Eltern dann auch nach so vielen Jahren derart unversöhnlich?

Eine dumpfe Frage – oder war es gar eine Ahnung? – dämmerte in ihr herauf, während um sie herum alle anderen lachten und plauderten und die Musik heitere Melodien spielte. Konnte es sein, dass Großvaters Tod gar kein Unfall gewesen war? Dass Friedrich von Thebe damals womöglich fahrlässig gehandelt hatte?

Prompt trat ihr wieder der beschämende Moment in Erinnerung, als der junge Erbe sie oben am Waldrand auf Tessa entdeckt hatte, während sie die Koppeln auszuspionieren versuchte. Hatte der Vater dieses großen, schlanken Herrn dort unten womöglich an ihrem eigenen Großvater einen Totschlag begangen?

Diese Frage beschäftigte Clara noch, als sich bereits die Plätze am Tisch zu lichten begannen. Um sie herum waren alle in Richtung Tanzfläche aufgebrochen.

Johan ging um den Tisch herum und half Luise mit dem Stuhl.

»Luise, auf ein Wort?«, sagte er zu ihr und Luise verharrte, mit einer behandschuhten Hand auf der Tischkante, als wolle sie sich daran festhalten.

Clara hoffte, dass Johan klar war, dass sie selbst geradezu gezwungen war mitzuhören, wenn er und Luise nicht ein paar Schritte zur Seite taten. Doch ihr Cousin fuhr dessen ungeachtet fort: »Ich weiß, es war geplant, dass ich erst Ende November auf meiner Heimreise noch einmal hier Station mache. Aber so wie es gerade um mein Wohlbefinden bestellt ist, könnte ich mir vorstellen, dass ich früher zurückkehre. Ehrlich gesagt lockt mich der Aufenthalt bei unseren Verwandten in Hannover und Vaters Geschäftsfreunden samt achtzigjähriger Mutter in Potsdam nicht so sehr wie die Aussicht auf deine Gesellschaft.«

Luise warf ihr einen nervösen Blick zu. Clara lächelte ihr rasch aufmunternd zu und tat dann so, als beobachte sie die tanzenden Paare. Doch sie hielt die Ohren gespitzt.

»Wenn ich eine Achtzigjährige aussteche, soll das wohl ein Kompliment sein?«, antwortete ihre Schwester dem Vetter.

Clara schielte zu ihm, um seine Reaktion zu sehen. Johan schmunzelte, wurde jedoch schnell wieder ernst. »Wir hatten schöne Zeiten hier, Luise«, sagte er leiser. »Und doch schien es mir so, als ob noch etwas fehlte. Etwas, von dem ich mir wünschen würde, es möge noch wachsen und sich ausdehnen, wenn wir nun vielleicht für eine kleine Weile getrennt sind. Deswegen lasse ich es nun noch an etwas fehlen, was womöglich in Erwartung aller stand. Ich hoffe, du verstehst, was ich meine? Manche Fragen sollten nicht leichtfertig oder nur mit halbem Herzen gestellt und schon gar nicht beantwortet werden. Findest du nicht?«

Clara sah, dass Luise, den Kopf stolz erhoben, errötete.

»Was ich nur wissen möchte, Cousine: Würdest auch du mich unter diesen Umständen gern noch einmal für längere Zeit hier sehen?« Die letzten Worte waren so leise gesprochen, dass Clara sie nur gerade so verstehen konnte.

Auch ihre Mutter, die ganz in der Nähe stand, hatte lauschend den Kopf geneigt und schenkte der in lockerem Plauderton zwitschernden Baronin von Assen nur ein abwesendes Lächeln.

Ob Luise wusste, dass sowohl Mutter wie Schwester teilnahmen?

»Gewiss«, versicherte sie nun, und Clara atmete erleichtert auf, ohne dass ihr bewusst gewesen wäre, dass sie vorher die Luft angehalten hatte. Luise würde also zu dem Wort stehen, das sie ihren Eltern gegeben hatte – und auch ein wenig Stürmer. »Wir werden uns sicher alle freuen, dich wieder bei uns zu haben, Johan.«

Er zögerte kurz, dann ließ er ein Lächeln in seine Wangen springen und griff nach ihrer Hand. »Dann ist es jetzt an der Zeit, dass du mir zeigst, ob du tatsächlich so formvollendet tanzen kannst, wie du behauptet hast. Ich muss doch wissen, ob sich eine Rückkehr wirklich lohnt.«

Für einen kurzen Moment erschrak Clara über diese forschen Worte. Doch Luise, die solchen Schmiss mochte, lachte auf, befreit von der Ernsthaftigkeit.

»Dasselbe gilt für dich, Johan. Vielleicht hätte ich mit meiner Antwort bis nach den ersten Runden warten sollen?«, erwiderte sie keck. Und miteinander lachend gingen sie auf die Tanzfläche.

Clara sah, dass ihre Mutter den beiden zufrieden nachblickte, und fand selbst, was für ein hübsches Paar Schwester und Vetter abgaben. Beide gut aussehend und elegant. Und in einem spürbaren Einvernehmen, das aus den kleinen, vertrauten Gesten sprach, die aus dieser gemeinsamen Woche gewachsen waren.

Nicht weit von den beiden tanzten Wilhelm und Margarete von Assen, ihrerseits von deren Mutter frohlockend beäugt. Doch obwohl Claras Bruder ein guter Tänzer war und auch die Baroness alle Schritte beherrschte, wirkte dieses Paar seltsam steif und förmlich. Ihm fehlte etwas, das zwischen Luise und Johan deutlich zutage trat: das Gefühl.

Marie

19

Am frühen Samstagmorgen machte Marie sich bereits in der Futterkammer zu schaffen. Schon seit dem Sonnenaufgang war sie auf den Beinen, nachdem sie gestern Abend nur schwer hatte einschlafen können.

Natürlich gab es öfter kleine und große Empfänge drüben im Herrenhaus. Friesenhain war für seine Jagdgesellschaften und Bälle bekannt. Marie war das Gewusel unten im Dienstbotentrakt vertraut, bei dem alle durcheinanderliefen, Platten mit köstlichstem Essen die Treppe hinaufgetragen wurden, während die Musik aus dem großen Saal hin und wieder herunterschallte. Sie kannte das Aufgebot an Kutschen in der Auffahrt, deren Pferde von den Burschen mit Wasser versorgt wurden. Doch mehr hatte sie mit diesen Festlichkeiten doch nicht zu tun. In ihrer Kammer im Pförtnerhaus war die Gesellschaft nur ein fernes Summen von Stimmen und leisen Melodien, die durch ihr geöffnetes Fenster hereinwehten.

Marie konnte sich nicht daran erinnern, jemals wach gelegen zu haben mit dem nagenden Wunsch, selbst dort drüben sein zu können. Aber so war es gewesen gestern. Und sie konnte, nein, sie wollte nicht darüber nachdenken, warum das so war.

Stattdessen hatte sie ihre Gedanken auf anderes gelenkt und überlegt, wie sie heute mit Stürmer vorgehen wollte.

Nachdem ihr Vater und die Stallburschen den Umgang mit dem Hengst aufgegeben hatten, weil es für sie zu gefährlich war, sich ihm zu nähern, hing nun der Erfolg ihrer Arbeit mit ihm allein von ihr ab.

Ihr Vater hatte sich gewundert, dass der Graf kurz nach seiner Anweisung den Abdecker betreffend noch einmal im Stall erschienen war und den Auftrag zurückgenommen hatte.

Als Marie ihn abends in der kleinen Küche des Pförtnerhauses über die Umstände aufklärte, die zu dieser Entscheidung geführt hatten, hatte er sie nur mit großen Augen angesehen. Sicher war ihm bewusst, welch großen Schritt Luise mit ihrem Entschluss getan hatte, Stürmer zu retten.

Breitschultrig und kräftig wie ein Bär, war ihr Vater kein Mann vieler Worte. Er verstand sich besser darauf, mit den Pferden zu kommunizieren und dabei stets das Richtige zu tun. In seiner Gute-Nacht-Umarmung hatte an jenem Abend etwas Besonderes gelegen, vielleicht das Versprechen, dass seine eigene Tochter solch einen Weg nicht würde einschlagen müssen.

Marie griff in den Wassertrog mit den Möhren und schnitt einige davon in kleine Stücke. Was würde ihr Vater wohl davon halten, wenn sie beschlösse, gar nicht zu heiraten? Wer wusste schon, was die nächsten Jahre an Neuerungen bringen würden. Was Luise von den Frauen auf der Versammlung erzählt hatte, warf ein ganz neues Licht auch auf ihren eigenen möglichen Lebensweg. Vielleicht könnte sie wahr machen, wovon sie als Kind träumte: ihres Vaters Nachfolge als Stallmeisterin auf Friesenhain antreten.

Und der? Wäre dann wegen der fehlenden Enkel ein wenig enttäuscht, denn er mochte Kinder und wäre ein wunderbarer Großvater. Ganz gewiss aber würde er sie nie zu einer Ehe mit einem Mann drängen, dem nicht ihr Herz gehörte.

Sie schüttelte über sich selbst den Kopf. Luises Situation brachte sie ganz durcheinander. Dabei hatte sie doch so viel zu tun. Neben der Arbeit im Haus und Stall, die sie täglich erledigte, schaufelte sie sich so viel Zeit wie möglich für Stürmer frei. Marie war wild entschlossen, ihr Versprechen Luise gegenüber zu halten. Wenn ihre Freundin bereit war, ein solch gewaltiges Opfer zu bringen für das Leben des Pferdes, wollte sie selbst ihren Teil dazu beitragen, dass es nicht umsonst sein sollte.

Mit einem ganzen Eimer voll der herrlichsten Leckereien verließ Marie die Futterkammer, ging durch das Nordtor hinaus und ums Pförtnerhaus herum. Dort lag die separierte kleine Koppel, auf der sonst ein krankes Pferd oder eine Stute mit einem zu empfindlichen Fohlen untergebracht waren. Jetzt aber stand dort Stürmer inmitten eines goldenen Lichtflecks, den die Morgensonne durch die umstehenden Bäume auf die Wiese warf. Stolz aufgerichtet hielt er den muskulösen Hals, wie nur Friesenpferde es beherrschten, und blickte unverwandt mit blitzenden Augen zu ihr herüber. Seine Mähne, die sie gestern in einer nervenaufreibenden Stunde endlich gründlich hatte von Gestrüpp säubern und sorgfältig kämmen können, fiel über das schwarze Fell in seidigen Wellen herab. Seinen Schweif hatte er erhoben. Die langen Haare wehten in der frischen Morgenbrise des frühen Septembers.

Er sah so wunderschön aus, dass sein Anblick Marie für einen Moment den Atem raubte.

»Ich hoffe, er ist es wert«, sagte eine Stimme ganz in ihrer Nähe und Marie fuhr zusammen.

Im Schatten einer Platane stand Wilhelm, der den Hengst ebenfalls beobachtet hatte.

»Entschuldige, ich wollte dich nicht erschrecken«, sagte er, denn ihr Zusammenzucken war ihm nicht entgangen.

»Ich bin eigentlich nicht schreckhaft«, antwortete sie verlegen lächelnd. »Ich hatte einfach nicht damit gerechnet, dass jemand hier ist. Und nach dem Fest gestern Abend schon gar nicht so früh am Tag.«

Beide sahen sie zu dem Hengst hinüber, der sie seinerseits aufmerksam beobachtete. Marie las in seinen Augen, dass die panische Angst, die er dort draußen am Seewald empfunden haben musste, allmählich einem neugierigen Interesse wich.

Aber sahen das auch andere als sie selbst?

»Du weißt also von Luises ...« Das Wort *Handel* lag ihr auf der Zunge. Doch das war gewiss nicht angemessen. Schließlich handelte es sich hier um das Sakrament der Ehe.

»Du meinst den Wunsch meiner Schwester nach diesem bestimmten Hochzeitsgeschenk?«, half Wilhelm ihr. »Ja, sie hat es angedeutet. Und ehrlich gesagt, es hat mich nur ein winziges bisschen überrascht. Wer könnte auf so eine Idee kommen, wenn nicht Luise?«

Marie erwiderte sein schiefes Lächeln, das er ihr zuwarf, und erneut blickten sie zu Stürmer.

»Ich wollte ihn gerade mit ein paar Leckereien davon überzeugen, mir seine Hufe zu geben. Willst du zuschauen?«, hörte Marie sich zu ihrem eigenen Entsetzen fragen.

Sicher hatte Wilhelm alle Hände voll zu tun. Seit er in die Leitung des Gestüts eingestiegen war, war er mit wichtigen Dingen beschäftigt und hatte sicher keine Zeit, ihr bei dem Versuch zuzusehen, einem fremden Pferd behutsam den notwendigen Benimm beizubringen.

Doch zu ihrem Erstaunen erwiderte der junge Graf: »Ja, gern.«

Überrascht, aber auch erfreut griff Marie aus dem Eimer

Möhren und Rübenschnitzel, die sie in ihre Rocktasche stopfte. Der Stoff war rau und der Rock reichte nicht einmal hinunter zu ihren Knöcheln. Die jungen Damen, die gestern Abend in ihren auserlesenen Kleidern aus den Kutschen gestiegen waren, würde solche Montur bestimmt entsetzen. Doch Wilhelm kannte sie so und beachtete nicht, was sie trug. Stattdessen sah er ihr zu, wie sie die Koppel durch das Gatter betrat.

Nachdem Stürmer in den ersten Tagen stets auch vor ihr Reißaus genommen hatte, blieb er heute stehen und sah ihr entgegen, als sie sich langsam, aber mit festem Schritt auf seine Schulter zubewegte.

»Na, mein Schöner, hast du einen guten Tag? Mir scheint, du bist eher unternehmungslustig denn ängstlich heute. Das ist eine gute Voraussetzung, weißt du, ich möchte dich nämlich überzeugen, dass es eine gute Sache ist, mich deine Hufe anschauen zu lassen.« So redete sie unentwegt mit sanfter Stimme auf ihn ein, während sie sich mit einem Stück Möhre einschmeichelte und mit der anderen Hand an seiner Schulter hinunterfuhr. Die Hand flach auf dem glatten Fell, unter dem sich seine Muskeln abzeichneten, ging Marie einmal um das Pferd herum. Seine Kruppe und hintere Partie waren für Stürmer kein Problem. Doch immer, wenn sie mit der Hand seinen Hals hinaufstrich, zuckte er nervös mit dem Kopf zur Seite.

»Was immer sie mit dir gemacht haben, Stürmer, du wirst es nach und nach vergessen«, versprach Marie ihm, die seine Angst schmerzhaft spüren konnte.

Dann ließ sie die vergeblichen Versuche, ihn am Kopf zu berühren, sein und widmete sich seinem Vorderbein. Sie fuhr mit der Hand daran herunter, griff in das über den Fesseln herabfallende Fell und zupfte probehalber daran.

Stürmer entriss ihr das Bein und wich ein paar Schritte zur Seite. Doch er hatte seine Rechnung ohne Marie gemacht. Ohne sich von seinem Ausweichen von ihrem Vorhaben abbringen zu lassen, rückte sie mit ruhigen Bewegungen nach, griff erneut in den Kötenbehang. Nur, um wieder abgewiesen zu werden.

Es dauerte mehrere Anläufe, bis Stürmer begriff, dass er seine neue Freundin auf diese Weise nicht würde loswerden können.

Da Marie nie ungeduldig oder gar wütend wurde, war ihr Spiel für ihn wohl eher lästig denn wirklich bedrohlich. Und so ließ er ihr schließlich ihren Willen und blieb stehen, während Marie mit fester Hand den Vorderhuf anhob. In dem Augenblick, in dem der Huf den Boden verließ, ohne dass Stürmer einen Fluchtversuch unternahm, ließ Marie ihn sanft wieder zu Boden, belohnte den Hengst mit einem Rübenschnitzel und lobte ihn so überschwänglich, dass sie selbst über seinen erstaunten Ausdruck in den dunklen Augen fast lachen musste. Sogleich wiederholte sie die wenigen Handgriffe. Es gelang erneut. Und ebenso ein drittes Mal.

Marie fütterte und lobte, bis ihre Rocktasche nichts mehr hergab. Dann wandte sie sich um und ging zum Gatter hinüber, an dem Wilhelm auf sie wartete.

Als sie auf ihn zuging und ihn ansah, schlug ihr Herz bis zum Hals. Sie wollte sich einreden, dass dies von der Freude stammte, die sie über diesen kleinen Erfolg empfand. Doch als Wilhelm ihr das Gatter öffnete, die blauen Augen unverwandt auf sie gerichtet, verstärkte sich das wilde Klopfen noch.

Wilhelm, der ihre plötzliche Befangenheit nicht zu bemerken schien, schüttelte ungläubig den Kopf. »Du hast ein kleines Wunder bewirkt, Marie! Was für ein Unterschied zu dem Tag, an dem wir ihn auf der Koppel draußen am Wald sahen! Du hast ein Händchen für die Tiere. Das beweist du mit Stürmer einmal mehr.«

Weil sie befürchtete, unter seinem Lob zu erröten, beugte sie sich rasch über den Eimer und sammelte ein paar Möhrenstücke heraus, um sie in ihre Tasche zu stecken und später Fee zu spendieren. Sie hatte ein schlechtes Gewissen, obwohl die Stute und ihr Fohlen bei den Stallburschen in besten Händen waren. Stürmer hingegen hatte aufgrund seiner Abwehr gegen alle gut meinenden Hände niemanden mehr, der sich noch für ihn interessierte. Niemanden außer die Töchter des Gestüts, und jetzt wohl auch den jungen Grafen.

Endlich fühlte sie sich wieder so sicher, dass sie antworten konnte: »Das war tatsächlich ein großer Schritt für ihn. Und es zeigt, dass Geduld und Ausdauer bei ihm zum Erfolg führen werden. Zumindest, was den Umgang angeht.«

»Das Reiten könnte ein Problem werden, nicht wahr?«, erkundigte Wilhelm sich. »Wir wissen immer noch nicht, wie alt er wohl ist.«

Marie schüttelte den Kopf. »Obwohl er mir in den letzten Tagen deutlich mehr Vertrauen zu schenken beginnt, hat er mich noch nicht seine Zähne anschauen lassen, damit ich sein Alter schätzen kann. Du hast ja selbst gesehen, dass der Kopf für ihn der sensibelste Bereich ist. Mag sein, dass er so jung ist, dass er noch gar nicht eingeritten wurde. Du weißt, was das bedeutet.«

Sie sah ihn an, und wieder war da sein intensiver Blick, der sie aufforderte, weiterzusprechen. Obwohl er doch von diesen Dingen ebenso viel Ahnung hatte wie sie selbst.

»Ein Pferd einzureiten, das im Umgang freundlich und entgegenkommend ist, ist kein Problem für mich. Aber eines, das sich womöglich gegen den Sattel wehrt, den Zaum nicht akzeptieren will? Das würde gewiss nicht leicht.«

Wilhelm neigte den Kopf. Die Geste erinnerte sie an damals, als er ihr bei ihren Leseübungen geholfen und sie dazu gebracht hatte, mehr Selbstbewusstsein darin zu entwickeln.

»Du wirst es schaffen«, sagte er mit genau jener Überzeugung, in der Marie tatsächlich auch eine Spur von Bewunderung wahrzunehmen glaubte. Aber das war natürlich Unsinn. Trotzdem lächelte sie ihn dankbar an.

»Ich werde zumindest nichts unversucht lassen. Allerdings ...« Sie hielt kurz inne.

»Was denn?«, hakte er interessiert nach.

Sie schüttelte sacht den Kopf. »Wenn Stürmer sich nur an mich gewöhnt, wird es wahrscheinlich dennoch schwierig, ihn hierbehalten zu können. Ihn an Luise zu gewöhnen, das wird rasch gehen. Noch wichtiger ist aber, dass die Stallburschen oder zumindest mein Vater mit ihm umgehen dürfen, ohne um ihr Leben fürchten zu müssen. Und da sehe ich eine Schwierigkeit, denn keiner von ihnen hat die Zeit für solch aufwendige Lehrstunden.«

Wilhelms tiefblaue Augen waren unverwandt auf sie gerichtet, was sie zunehmend verwirrte. So lange hatte sie eine derartige Nähe zu ihm nicht mehr gespürt. Doch jetzt war ihr, als sei die alte Vertrautheit, die sich auf dem Rückweg von der Absetzerkoppel vor gut zehn Tagen zwischen ihnen erneut gezeigt hatte, fast mit Händen greifbar.

»Heißt das, du brauchst Hilfe?«, fragte er.

Sie zuckte mit den Schultern. »Ja, und am besten von einem Mann, an den Stürmer sich unter meiner Anleitung langsam gewöhnen kann, dem er vertraut und den er deswegen auch als Leitung akzeptiert.«

Mit geneigtem Kopf schien Wilhelm ihren Worten nachzulauschen, während er sich mit gespreizten Fingern durchs Haar fuhr.

Dann sah er sie zögernd an. »Könnte ich das tun?«

Überrascht erwiderte sie seinen Blick. »Du? Aber ...« Sie brach ab.

Wie viele Menschen wussten wohl von jenem größten Problem, das ein angehender Gestütsherr wohl nur haben konnte und das Wilhelm nun schon so lange plagte? Eines, das er nun über viele Jahre vor fremden Augen gut zu verbergen gelernt hatte, das Marie jedoch erkennen konnte, wann immer Wilhelm mit einem temperamentvollen, nervösen Pferd umging: Der junge Graf hatte Angst. Seit er als Zehnjähriger hatte mitansehen müssen, wie sein Vater unter das stürzende Jagdpferd geraten und dabei fast zu Tode gekommen war, gab es immer wieder Situationen, in denen er selbst zurückzuckte, wenn ein Tier sich wild und unkontrolliert gebärdete.

Es verstrich eine gefühlt viel zu lange Zeit und Marie konnte es kaum mehr aushalten, einfach dazustehen und es in ihrem Gegenüber arbeiten zu sehen, das Für und Wider, und immer wieder die Furcht, die durchschimmerte.

Ihre Handflächen begannen zu schwitzen und sie rieb sie unauffällig am Stoff ihres Rockes.

»Ich weiß, was du mit diesem *Aber* meinst«, sagte Wilhelm schließlich. »Es ist nur so, dass mein Herr Vater, der Graf ... Er hätte wohl gern, dass ich in gewisser Hinsicht mehr Initiative zeige.«

Aha. Offenbar war also auch dem Grafen Wilhelms Unsicherheit aufgefallen.

»Und du glaubst, Stürmer wäre das rechte Tier, um diesen Schritt zu tun?«, hakte sie vorsichtig nach.

Er ließ sich mit der Antwort Zeit, strich mit der Hand über das von vielen Griffen weich geriebene Holz des Gatters. »Du bist deiner Zeit weit voraus, Marie«, sagte er schließlich.

Sie neigte verwirrt den Kopf. »Was meinst du nun wieder damit?«

Er zuckte mit den Achseln, als läge die Antwort auf der Hand. »Du könntest die Kandare nehmen und ihn brechen, so wie es viele Ausbilder bei einem Fall wie Stürmer tun würden. Aber das hätte nur zur Folge, dass er wie eine Dynamitstange wäre, und niemand könnte sagen, wann die Lunte entzündet würde, wann er explodiert. Er würde wohl zu einem wahrhaft gefährlichen Reittier.«

Eine warme Welle von Zuneigung überschwemmte Marie. Dass Wilhelm so genau wusste, was sie selbst dachte, schien ihr wie ein kleines Wunder. Und auch, wenn Pferde wie Stürmer dem jungen Grafen durch seine persönliche Erfahrung in der Kindheit Angst einjagten, so wusste er sie doch zu lesen und vorauszusagen, wie sie reagieren würden.

»Du hast recht. Und ich würde mir nie verzeihen, wenn Luise etwas zustieße, wenn sie auf ihm im Sattel sitzt«, stimmte sie ihm zu und setzte entschlossen hinzu: »Aber genauso wenig würde ich mir verzeihen, wenn ich es nicht schaffen würde, ihm einen angenehmen Umgang beizubringen, und Luise somit ihr Opfer umsonst gebracht hätte.«

Dieser warme Blick glitt erneut über sein Gesicht. Sie zwang sich, ihn zu erwidern, obwohl ihr Herz dabei flatterte.

»Ihr Opfer«, wiederholte Wilhelm sehr leise, eher zu sich selbst. »Ja, unser Name, die Stellung der Familie verlangen von jedem von uns über kurz oder lang wohl ein solches.«

Seine Worte waren nicht mehr als ein undeutliches Murmeln und Marie war unsicher, ob sie darauf reagieren sollte. Dachte er etwa auch an die eigenen Heiratspläne? Wie passte die elegante Baroness mit dem Wort *Opfer* überein?

Marie wurde erlöst, indem Wilhelm sich ihr entschlossen zuwandte. »Sieh mal, Marie, wir beide wollen, dass das Vorhaben mit Stürmer gelingt. Und vielleicht könnte dabei ja nicht nur ihm, sondern auch mir geholfen werden. Wenn es eine gibt, die das Ganze richtig anpacken könnte, dann bist du das, Marie. Du könntest Stürmer lehren, wieder zu vertrauen, dir und … mir. Du könntest uns beide in gewisser Weise zueinanderbringen. Würdest du das tun?«

In ihrem Kopf überschlugen sich die Gedanken. Sein Vorschlag war wagemutig und aufregend. Aber er konnte gelingen. Bei der Mutter Gottes! Ja, so könnte es tatsächlich gehen!

»Da fragst du?«, brachte sie atemlos hervor. »Natürlich!«

Sie wollte noch mehr sagen, doch er hob rasch die Hand. »Ich habe nur eine Bedingung.«

Jede!, wollte sie am liebsten rufen, doch sie sah ihn nur mit schief gelegtem Kopf fragend an, während in ihr alles in Aufruhr war. Er wollte bei Stürmers Ausbildung tatsächlich dabei sein? Sie würden täglich Zeit miteinander verbringen?

»Solange wir noch keine Erfolge vorzuzeigen haben, möchte ich, dass wir im Geheimen vorgehen«, erklärte Wilhelm. In seiner Stimme, die es in den letzten Jahren mehr und mehr gewohnt war, mit sicherem Tone Anordnungen zu erteilen, war etwas ganz anderes zu hören. Unsicherheit. Und eine Bitte.

Der Marie nur zu gern nachkommen wollte. »Natürlich. Wir können uns gern hier treffen. Hinter unser Haus verirrt sich nie jemand. Vater hat's den Stallburschen verboten, weil er für uns ein bisschen privaten Raum haben will.« Bei dem Wort *privat* spürte sie, wie ihre Wangen heiß wurden, und schnell setzte sie hinzu: »Das würde unserem Vorhaben zugutekommen.«

»Dann …«, sagte Wilhelm und lächelte plötzlich, als gefiele ihr Vorhaben auch ihm, »geben wir einander ein Hase-Fuchs-Versprechen, dass unsere Treffen unser Geheimnis bleiben?«

Maries Herz hüpfte vor Schreck und plötzlichem Glücks-
gefühl aufgeregt auf und ab. Das *Hase-Fuchs-Versprechen* aus
ihrer Kindheit! Welches sie ihm in der Bibliothek gegeben
hatte, als er sie bat, niemandem von seinen selbst geschriebenen Geschichten zu erzählen. Er hatte es nicht vergessen.
Ebenso wenig wie sie selbst. Ihre Brust hob und senkte sich
rasch.

»Ja«, sagte sie ein wenig atemlos. »Das Hase-Fuchs-Versprechen.«

Sie lächelten sich an.

»Morgen am Nachmittag?«, schlug er vor.

»Morgen«, erwiderte sie, noch ganz benommen von dem
gemeinsamen Entschluss.

Er nickte ihr noch einmal zu, wandte sich um und ging
raschen Schrittes davon.

Marie sah seiner aufrechten Gestalt nach, bis er um die
Hausecke verschwunden war. Dann drehte sie sich zu Stürmer um, der nur zwei Meter hinter ihr stand und sie beäugte.

»Wir haben einen Mitstreiter«, teilte Marie ihm mit einem
so deutlichen Singen in der Stimme mit, das sie selbst lächeln
ließ. »Den besten.«

Luise

20

Das Haus in der kleinen, nur etwa fünftausend Einwohner zählenden Bergbaustadt Ibbenbüren, in dem Paula Brugge zusammen mit ihrer Gefährtin Hedwig Schmeid und ihrem Bruder Max wohnte, lag in der besten Gegend. Einige repräsentative Villen aus Backstein mit weiß verzierten Giebeln, die Luise an Zuckerguss auf einer Torte erinnerten, residierten inmitten großer Gärten an der kopfsteingepflasterten Straße, über die nun die Kutsche rumpelte. Luise, der nach Luft und Licht zumute gewesen war, hatte auf die kleine, wendige Kalesche bestanden und Wolff gebeten, eine der Friesenstuten anzuspannen. Ihr war der Gedanke unangenehm gewesen, mit dem Landauer vorzufahren, der stets aller Welt verkündete, dass hier eine Tochter aus wohlhabendem Hause unterwegs war.

Als Wolff die Stute schließlich anhalten ließ und vom Bock sprang, um Luise den Tritt hinunterzuhelfen, fühlte sie sich in dieser Voraussicht bestätigt. Denn das zweistöckige Haus der Brugges aus leuchtend gelbem Sandstein, mit seinen hübsch umrahmten Fenstern und dem roten Dach sprach Luise zwar sehr an, nahm sich aber trotz großbürgerlichem Wohlstand gegen das prachtvolle Friesenhain bescheiden aus.

Das schmiedeeiserne Tor in der mannshohen Hecke, die den gepflegten Garten umgab, stand weit offen. Luise wies Wolff an, am Kutschstand an der Ecke zu warten, und war noch nicht ganz vom Bürgersteig getreten, als die Haustür aufgerissen wurde. Paula Brugge kam mit ausgestreckten Händen den Gang zwischen dem weiß und violett blühenden Heliotrop auf sie zugestürmt. Ein Strahlen lag auf ihrem markanten Gesicht und sie streckte Luise die kleinen, kräftigen Hände entgegen.

»Luise! Wie schön, dass du kommst! Hedwig hat zufällig aus dem Fenster gesehen und gleich gewusst, dass du es bist. Komm herein! Wir sind schon alle versammelt.« Mit dieser herzlichen Begrüßung ließ Paula ihr keine Zeit, sich fremd oder gar unbehaglich zu fühlen. Umweht vom Vanilleduft der Blüten am Wegrand, sah Luise sich bereits ins Haus gezogen. Auch im langen schmalen Flur hatte Luise kaum Zeit sich genauer umzuschauen, obwohl die hübschen, mit Gaslicht erhellten Lampen allerlei geschmackvolle Bilder und Dekorationen beleuchteten – ganz wie Luise es vom Haushalt einer Künstlerin erwartet hatte. Doch Paula ließ ihr nur gerade so viel Zeit, den Hut abzunehmen und auf den Tisch beim Spiegel zu legen, ehe sie sie weiterzog. Sie hielt auf eine offenstehende Tür hinten im Flur zu, aus der die lauten Stimmen einer angeregten Gesellschaft klangen. Das schienen mehr Menschen zu sein als nur die *Handvoll*, von der in Paulas Brief die Rede gewesen war. Wenn Luise nun wieder die Nervosität spürte, die sie schon den ganzen Morgen begleitet hatte, schaffte Paula es, diese mit ihrem Plaudern zu entkräften: »Ich hoffe, du hast Appetit mitgebracht? Unsere gute Irmgard hat es zu diesem Anlass mit dem Lunch ein wenig übertrieben, fürchte ich. Das Büfett droht unter dem Gewicht der *Häppchen*, wie sie all die Leckereien nennt, zusammenzubrechen.«

Luise lachte. »Über mangelnden Appetit konnte ich mich eigentlich noch nie beklagen.«

»So ist es richtig!«, rief Paula. »Wir müssen stark sein für die Kämpfe, die wir auszutragen haben! Wie sollen wir für unsere Rechte eintreten, wenn wir immer nur zu essen wagen wie die Vögelchen, weil die Angst um unsere Wespentaillen uns die Kehle zuschnürt?«

In diesem Moment erschien auf der Treppe nach oben ein Paar Beine in Männerhosen und auf Hochglanz polierten Schuhen, das rasch die mit einem türkischen Teppich ausgelegten Stufen herabgeeilt kam. Es war Max Brugge, in Hemd, ohne Krawatte und das Sakko lässig über die eine Schulter geschwungen. Als er den Blick hob und Luise erkannte, stutzte er einen Moment lang. In nur wenigen Sekunden bei ihnen angekommen vollführte er sodann eine Verbeugung, die er mit einem spöttischen Lächeln begleitete.

»Komtess von Scheweney, habe die Ehre. Sie sind also der Einladung gefolgt?«

»Wie Sie sehen«, erwiderte Luise. »Ebenso wie ich bei der Versammlung neulich bis zum Ende geblieben bin und keine der Reden versäumt habe.« Diese kleine Spitze konnte sie sich einfach nicht verkneifen. Als Max Brugge sich wieder aufrichtete, meinte sie, in seinen lebhaften braunen Augen so etwas wie eine leise Anerkennung ihres Konterns zu entdecken.

Paula knuffte ihren Bruder in die Seite. »Sag bloß, du hast das angezweifelt. Du bist unverbesserlich, Max. Manchmal bist du ein schlimmerer Bohème als Konrad Telmann. Und der hat schließlich ein ganzes Buch dazu verfasst.« Damit manövrierte sie Luise geschickt in den Raum, aus dem die vielfältigen Stimmen erschollen.

Die kleine Gesellschaft bestand aus etwas mehr als einem Dutzend Frauen und – wenn man Max Brugge mitzählte –

drei Männern, die in kleinen Grüppchen im ganzen Raum verteilt standen. Sie waren angeregt in Gespräche vertieft und bemerkten Luises Eintreffen bestenfalls beiläufig. Im Raum gab es so viel zu sehen, dass Luise schon allein damit eine gute Zeit hätte zubringen können. Die Tapeten an den Wänden waren gewaltigen Gemälden gleich. Hatte Luise die gelben Stoffbahnen im Frühstückszimmer auf Friesenhain schon für ein kleines Kunstwerk gehalten, so wurde ihr nun klar, dass Paula Brugge noch zu sehr viel mehr in der Lage war. Es war, als betrete sie das Tropenhaus im Zoologischen Garten, in dem Pflanzen und Tiere aus aller Welt um ihre Aufmerksamkeit wetteiferten. Palmwedel schienen regelrecht aus der Wand zu wachsen, ein Tukan reckte den Kopf mit dem gewaltigen Schnabel, während über ihm ein Äffchen mit weißen Pinselhaaren an den Ohren aus dem Blätterwerk lugte. Als wären bunte Schmetterlinge und dahingleitende Papageien nicht schon genug der fremdartigen Eindrücke, wirkten die wertvollen Möbel wie aus verschiedenen Erdteilen zusammengewürfelt und gaben dem Raum damit etwas aufregend Exotisches. Auf Schränken und Büfetts standen merkwürdige Gegenstände und Figuren, die mal afrikanisch, mal asiatisch anmuteten und Luise magisch angezogen hätten, wären nicht all die ihr unbekannten Menschen gewesen. Sie alle sahen so kultiviert und zugleich so ungezwungen aus, dass Luise sich in ihrem eleganten Nachmittagskleid beinahe ebenso auffällig vorkam wie auf der Frauenversammlung in Osnabrück. Dabei hatte Agnes, den berichteten Erfahrungen von dort folgend, extra das eher schlichte hellbraune herausgesucht.

Einer der beiden fremden Männer war der einzig Ältere im Kreise, vielleicht um die fünfzig. Er war gewaltig, groß und breit wie ein Bär und lachte gerade dröhnend über einen Scherz des Jüngeren. Beide trugen Sakko, Hemd und Krawatte, doch es gab auch zwei Frauen, die ebenso gekleidet waren. Anderen war deutlich anzusehen, dass sie, so wie Paula Brugge selbst, kein Korsett unter ihrer Bluse trugen, was Luise sich trotz des ungewohnten Anblicks wunderbar befreiend vorstellte.

Plötzlich bedauerte sie sehr, dass Fräulein Gehmlich heute nicht dabei sein konnte, wie Paula in ihrer Einladung schon mitgeteilt hatte. Denn so hätte sie zumindest ein vertrautes Gesicht unter all den fremden entdeckt.

»Soll ich Sie vorstellen, Komtess?«, raunte Max Luise zu. Wieder dieser gewisse Tonfall, den Luise nicht einzuschätzen vermochte. Meinte er seinen Vorschlag tatsächlich ernst – so wie es in ihren Adelskreisen durchaus üblich gewesen wäre? Oder lag eher ihr Bauchgefühl richtig, und er wollte sie auf eine Art Probe stellen? Versuchte er sie auf die Probe zu stellen, ob sie in der Lage war, auf die ihr anerzogenen Umgangsformen zu verzichten?

»Das kann ich durchaus selbst übernehmen, Herr Brugge«, antwortete sie daher möglichst gelassen. »Davon abgesehen bin nicht ich die Hauptperson, die derart in den Vordergrund gerückt werden sollte. Das ist doch Hedwig, wie ich es verstanden habe. Ihre Neuigkeiten sind es, die alle interessieren, nicht der fremde Besuch in diesem Kreis.«

Seine Miene verriet ihr, dass er mit einer solchen Antwort nicht gerechnet hatte, denn es lag eine gewisse Verwunderung in seinem Blick, der ihr nun folgte, als Paula sie durch die Menge der Anwesenden hindurch zu Hedwig führte.

Paulas Gefährtin, genau wie in der Frauenversammlung in Hosen und Sakko gekleidet, freute sich ebenso über Luises Erscheinen wie die junge Hausherrin. Auch sie umfasste Luises Hände mit ihren eigenen und verkündete: »Nun sind wir komplett!« Dann wandte sie sich an alle Versammelten.

»Liebe Freundinnen, liebe Wegbegleiter, ihr alle seid meinem Ruf gefolgt! Vielen Dank!«

»Was hast du erwartet, Hedwig? Wir platzen vor Neugierde, was du zu berichten hast!«, rief eine junge Frau, die sich bei einem der Männer eingehakt hatte. Alle lachten.

»Dann will ich euch nicht länger hinhalten«, sagte Hedwig und griff nach Paulas Hand. »Vor zwei Tagen erreichte mich eine Depesche aus Hannover, vom lieben Josef Schlinger.«

Sie deutete über die Köpfe ihrer Freundinnen hinweg zu dem bärengroßen Mann hinüber, der ihr mit dem Glas in seiner Hand zuprostete. Einige der Anwesenden applaudierten und er lächelte breit in alle Richtungen.

Luise erinnerte sich, dass Hedwig bei ihrer ersten Begegnung auf der Frauenversammlung von ihm erzählt hatte. Josef Schlinger war ein bekannter Architekt. Und hatte sie nicht gesagt, er sei ein Freund ihres Onkels? Wie hatte Hedwig es noch ausgedrückt? Ihr *Pate im Geiste*! Ja, das hatte sie gesagt. Denn der Bauingenieur hatte wohl schon früh erkannt, welches Talent in Hedwig schlummerte, und half ihr dabei, ihren Wunsch nach einem Studium zu verwirklichen.

Jetzt hatten sich alle Augen auf ihn gerichtet. Im Zimmer war es sehr still geworden.

»Nun, wie ich vorausgesagt hatte, wollte die Königliche Technische Hochschule Hannover Hedwigs Fall nicht selbst entscheiden«, erklärte er mit lauter Stimme. »Doch vor ein paar Tagen erreichte mich dann ein Brief aus Berlin, vom preußischen Ministerium, dem die Hochschule untersteht. Und darin stand …« Josef Schlinger nickte Hedwig zu, und alle wandten sich zu ihr, hingen wie gebannt an ihren Lippen.

Hedwig kostete den Moment aus, sah der Reihe nach in die gespannten Gesichter im Kreise und sagte dann: »Darin stand, dass mein Antrag auf eine Ausnahmegenehmigung für ein Studium in Architektur und Bauwesen genehmigt wurde!«

Ein Tumult brach aus.

Alle riefen, klatschten und lachten durcheinander. Zwei Frauen flogen Hedwig um den Hals und bezogen auch gleich Paula mit ein, die kaum verhehlen konnte, dass die allgemeine freudige Anteilnahme ihr die Tränen in die Augen trieb.

Hedwig und Paula mussten aufgeregte Fragen beantworten und Glückwünsche entgegennehmen. Und so sah Luise sich mit einem Mal an den Rand der kleinen Gesellschaft gedrängt. Minutenlang stand sie dort, blickte auf das Getümmel und fand noch nicht den rechten Moment, ebenfalls ihre Glückwünsche auszusprechen, weil sie sich nicht an den sicher viel engeren Freundinnen vorbeischieben wollte, die Hedwig umringten.

»Sie sehen erfreut, aber nicht überrascht aus, Komtess«, erklang da neben ihr eine dunkle Stimme.

Max Brugge stand nur in Hemdsärmeln ganz in ihrer Nähe an das Büfett gelehnt. Er hatte das Sakko, das er eben noch über der Schulter getragen hatte, irgendwo abgelegt. Und während er damit beschäftigt war, eine Flasche Champagner zu öffnen, hatte er offenbar noch die Zeit, sie genauer zu beobachten.

»Weil es für das eine jede Menge und für das andere so gar keinen Grund gibt«, erwiderte Luise mit einem leichten Schulterzucken.

»Sie finden es nicht erstaunlich, dass eine junge Frau demnächst Architektin werden und in ihrem Wunschberuf arbeiten wird?«, hakte er nach und ließ davon ab, den Flaschenhals zu traktieren. Ihre Antwort schien ihn tatsächlich zu interessieren. Und obwohl der forschende Blick Luise ein wenig verunsicherte, berührte sein Wunsch, ihre Meinung zu erfahren, sie zugleich angenehm. Sie war es nicht gewohnt, in solchen Belangen nach ihren Gedanken gefragt zu werden. Aber im Grunde war es genau das, was sie sich immer gewünscht hatte: dass jemand ihren Standpunkt tatsächlich hören wollte. Jemand, dem wiederum andere zuhören würden, jemand, auf den es ankam. Als Hausherr traf dies auf Max Brugge ganz sicher zu.

»Natürlich ist es aufsehenerregend«, gab sie zu. »Doch Hedwig kommt aus einem Haus des gehobenen Bürgertums. Finanzielle Mittel sind ausreichend da. Vorbildung ebenfalls. Für wen sollten solche Ausnahmen gemacht werden, wenn nicht für eine Frau wie sie? Würde sie dem Adel angehören, wäre das etwas anderes. Darauf schaut die Gesellschaft noch kritischer. Und ihre Familie würde wahrscheinlich einer Laufbahn außerhalb einer Ehe nicht zustimmen.«

Nun legte Max den Kopf schief und kniff die Augen zusammen.

»Sagen Sie nur, Sie selbst würden auch gern Architektin werden?«, fragte er.

»Tierärztin«, hörte Luise sich zu ihrem eigenen Entsetzen selbstsicher sagen. Denn außer Clara, Marie und ihrem Vater hatte sie noch niemandem von dieser Idee erzählt. Wieso nun ausgerechnet Max Brugge? Er hatte sie bisher eher wie einen Fremdkörper in ihrem eingeschworenen Kreis behandelt. Und er war Sozialdemokrat. Als er sie weiterhin nur ansah, setze sie hinzu: »Ich würde gern …« Doch sie brach ab, korrigierte sich und fuhr mit lauterer, möglichst fester Stimme fort: »Ich *wollte* sehr gern Tiermedizin studieren. An der Rossarzneischule in Hannover.«

»Luise!«, rief Paula, die gerade neben ihnen aufgetaucht war. »Da komme ich ja gerade recht! Was höre ich da? Tiermedizin? Ja, natürlich! Was auch sonst? Das passt! Durch das Leben auf eurem Gestüt weißt du sicher schon eine ganze Menge darüber. Und Elsie hat erzählt, dass du neulich ein Fohlen bei der Geburt gerettet hast. Eure Dienerschaft hat wohl von nichts anderem gesprochen. Das war an dem Tag, als wir uns auf der Versammlung des BDF kennengelernt haben. Richtig?«

»Ja, das ist richtig«, stimmte Luise ihr zu und warf einen Blick auf Max Brugge, der sich wieder der Champagnerflasche zuwandte und beschäftigt schien. Luise senkte die Stimme: »Aber ich fürchte …«

»Oh, ich habe eine wunderbare Idee!«, unterbrach Paula sie und winkte Hedwig heran, die sich immer noch strahlend aus dem Kreis ihrer Freundinnen löste. »Hedwig, das musst du hören: Stell dir vor, Luise möchte Tiermedizin studieren!«

Hedwig riss die Arme hoch und klatschte in die Hände. »Was für Neuigkeiten! Ganz ausgezeichnet, Luise! Wer könnte dieses Vorhaben mehr gutheißen als ich!«

Luise schoss vor Freude die Hitze in die Wangen. »Oh, vielen Dank, Hedwig. Und dein Beispiel macht mir Mut. Herzlichen Glückwunsch! Was für wunderbare Neuigkeiten!«

Hedwigs Gesicht leuchtete regelrecht. Und dann riss sie die Augen auf, griff nach Luises Arm. »Luise! Du solltest mit uns nach Hannover kommen, wenn wir zu meiner Immatrikulation dorthin fahren! Josef sagt immer, dass Wissenschaftler sich häufig auch fakultätsübergreifend kennen. Vielleicht hat er Kontakte zur Rossarzneischule, die du nutzen kannst?«

»Aber ja!«, rief Paula begeistert.

Luise spürte, wie ihr Herzschlag vor Schreck kurz aussetzte. Gerade noch hatte sie ihrer neuen Freundin anvertrauen wollen, dass sie sich wohl demnächst mit ihrem Großvetter aus den Niederlanden verloben würde und somit ihre eigenen, daheim so unerwünschten Pläne würde begraben müssen. Und nun stand mit einem Mal ein solcher Vorschlag im Raum. Ein Vorschlag, der ihr nicht nur sehr verwegen erschien, sondern im selben Maße auch verlockend.

Bisher war ihr sehnlicher Wunsch ein eher theoretisches Konstrukt gewesen. Es hatte sie zwar für kurze Zeit belebt und in jubelnde innere Höhen gerissen, doch hatte sie an die praktische Umsetzung noch keinen Gedanken fassen können. Konnte es wirklich sein, dass sie durch Hedwigs Mäzen Kontakt zu einem Dozenten oder gar Professor an der Tiermedizinischen Hochschule erhalten könnte?

Während um sie her immer noch die aufgeregten Gespräche wogten, wurde Luise plötzlich klar, dass es in ihrer kleinen Gruppe still geworden war.

Paula und Hedwig blickten sie beide gespannt an. Und wenn sie nicht alles täuschte, war der Kampf, den Max Brugge mit der widerspenstigen Champagnerflasche austrug, eher ein Scheinkonflikt, der es ihm ermöglichte, ebenfalls auf ihre Antwort zu lauschen.

Luise schluckte. »Ich fürchte, mein Vater hat schon bereut, mir die Erlaubnis gegeben zu haben, an der Frauenversammlung in Osnabrück teilzunehmen. Er war … nun, wenig angetan von meinem Vorsatz, studieren zu wollen.«

Max Brugge ließ den Korken mit einem Knall aus der Flasche schießen, und während die Umstehenden mit lauten Rufen reagierten, sah er Luise unter seinen blonden Brauen in gespielter Verwunderung an: »Und ich dachte gerade schon, der erste Eindruck habe mich getäuscht und Sie seien keine von diesen Adelstöchtern, die sich von ihrer Familie ihr komplettes Leben vorschreiben lassen.«

Seine Worte trafen sie wie eine Ohrfeige. Luise spürte, wie ihre Wangen heiß wurden vor Wut und Scham.

»Achte nicht auf ihn«, sagte Hedwig und legte kurz ihre Hand auf Luises Arm, während sie Max einen tadelnden Blick zuwarf. »Die meisten hier im Raum stammen aus Verhältnissen, aus denen wir uns erst einmal freimachen mussten, ehe wir zu dem werden konnten, was wir heute sind. Max vergisst zu leicht, dass nach dem frühen Tod seiner Eltern der lockere Stil seines Vormunds ihm den Weg geebnet hat, den wir anderen uns mühsam erkämpfen müssen. Ihm ist erspart geblieben, sich zwischen den Ansprüchen der Familie und den eigenen Wünschen zu entscheiden.«

Nun war es an Max, die Lippen zusammenzupressen. Luise sah mit Genugtuung, dass Hedwigs Kontern ihn ebenso tief zu berühren schien wie seine eigenen Worte sie selbst.

»Da hast du's«, sagte Paula zu ihrem Bruder und stieß ihn mit dem Ellenbogen in die Seite. »Deine Skepsis wird dich doch hoffentlich nicht daran hindern, uns Geleit zu geben, wenn wir zur Hochschule fahren? Ich habe nämlich das sichere Gefühl, dass ich Graf und Gräfin von Scheweney bei meinem Besuch zum Tee morgen gewiss werde überzeugen können, dass Luise uns zu dieser kleinen Reise begleiten sollte.«

Max Brugge senkte den Kopf wie zur Entschuldigung und seine Augen suchten Luises. »Wenn die Komtess auch jetzt noch einverstanden ist?«

»Wenn Sie Ihre Schwester und deren Freundin auf solch wichtige Gänge begleiten, Herr Brugge, werde ich die Letzte sein, die dagegen Einspruch erheben kann«, erwiderte Luise und setzte hinzu: »Schließlich ist die Frauenfrage auch für Ihresgleichen von Belang.«

Es überraschte sie selbst, dass sie seine Worte von der Frauenversammlung derart gut im Gedächtnis behalten hatte, dass sie sie nun zitieren konnte. Auch Max Brugge sah sie von unten herauf verwundert an. Kurz kreuzten sich ihre Blicke wie in einem Duell.

Paula, die das zu bemerken schien, lachte. »Bei so einer Schwester hat er wohl gar keine andere Wahl.«

Als Max Brugge daraufhin herzlich in das Lachen einstimmte, war er Luise auf einen Schlag überaus sympathisch. Und dieser Gedanke wiederum verwirrte sie auf sonderbare Weise.

Clara

21

Das hier war eindeutig etwas für ihre wagemutige Schwester Luise, aber nicht für sie.

Mit klopfendem Herzen ritt Clara auf Tessa im Waldsaum an der Grenze zu den Ländereien der von Thebes entlang. Immer sorgsam darauf bedacht, nicht den Schatten der hohen Bäume zu verlassen und mit ihrem Schimmel erneut Zielscheibe für Blicke aus Richtung Herrenhaus zu werden.

Schon seit einer halben Stunde trieb sie sich hier herum. Anfangs waren ihre Hände vor Nervosität so schweißnass gewesen, dass sie die Handschuhe hatte ausziehen und die Finger am Reitrock hatte abwischen müssen. Die Stute war so brav, stets stehen zu bleiben und zu warten, bis ihre Herrin die Zügel wieder aufgriff. Trotzdem übertrug Claras Anspannung sich auf ihr Reittier – Tessa erschrak hier und da über ein Knacken im Unterholz oder einen auffliegenden Vogel, obwohl diese Dinge sie sonst nicht beunruhigten.

Gut, dass sie wenigstens Gimpel heute auf Friesenhain zurückgelassen hatte, dachte Clara. Denn der Doggenrüde hätte es durchaus fertiggebracht, mit seiner volltönenden Stimme vermeintliche Gefahr in den Büschen zu verbellen. Und dann wäre es um ihr heimliches Auskundschaften freilich geschehen gewesen. So aber ritt sie langsam über den sachten Hügelkamm, kam auch an der alten Jagdhütte vorüber, bis sie von ihrem Standort aus die Rückseite des Herrenhauses sehen konnte.

Der frühe September ließ noch einmal die ganze Pracht des Spätsommers spielen. Die Sonne schien vom wolkenlosen, blauen Himmel auf die Landschaft, ließ die Farben des sich verfärbenden Laubes strahlen. Unter Tessas Hufen knackten die Eicheln und Bucheckern, während es aus dem Unterholz nach Pilzen duftete. Am Christdorn erschienen schon erste rote Früchte, die in wenigen Wochen in der Vorweihnachtszeit die Halle auf Friesenhain schmücken würden. Dann würden sich die Stämme um sie her nackt und dunkel gen winterhellen Himmel recken. Doch noch standen die Blätter der Bäume dicht und verbargen eine Reiterin samt hellem Pferd.

Dort standen die Pferde, genau einundzwanzig, wie Clara zählte. Zahlenmäßig also keine Konkurrenz für Friesenhain. Aber Clara erkannte schon auf die Entfernung die herausragende Qualität der Tiere. Sie machte die schönen Stuten aus, die Triest dem Baron verkauft hatte: ein Falbe und ein Fuchs mit einer auffällig breiten Blesse, die den edlen Ausdruck des Tieres noch unterstrich.

Da sich im Haus und am Hof nichts rührte, stieg Clara vom Pferd und band Tessa mit lockerem Zügel an einen Ast. So konnte die Stute ein wenig von den Haselzweigen naschen und sich dadurch beruhigen. Tessa, die so etwas von sommerlichen Picknicks kannte, schien erleichtert, ihre nervöse Reiterin für eine Weile los zu sein.

Clara ging die hundert Meter zum Waldrand hinüber und spähte zu den fremden Pferden. Würde sie auf diese Weise herausfinden können, welche Zuchtlinie die von Thebes einschlagen wollten? Wohl eher nicht. Die Koppel reichte leider nicht bis zu ihr her. Zwischen den Tieren und ihr lag eine Futterwiese, auf der die zweite Mahd darauf wartete, eingeholt zu werden.

Clara bückte sich und griff eine Handvoll. Das Heu roch aromatisch und war in perfekter Länge geschnitten. Doch war es von unten noch feucht und sollte dringend gewendet werden, damit es nicht verdarb.

Während sie dort stand, nahm sie plötzlich aus dem Augenwinkel eine Bewegung wahr. Ein kleiner, rotbrauner Hund mit Schlappohren trabte eifrig zwischen Wiese und Koppel entlang. Er schien noch jung zu sein, denn er hüpfte ohne jedes Pflichtgefühl mal hierhin, mal dorthin, mit der Nase dicht am Boden.

Hinter ihm folgten zwei Männer dem schmalen Pfad, der von Norden her in Richtung Wald verlief. Mit Entsetzen erkannte Clara in einem von ihnen den jungen Herrn, der sie vor beinahe zwei Wochen hier oben am Wald bemerkt hatte. Seine schmale, hochgewachsene Gestalt und das schwarze Haar waren unverkennbar. Bei ihm war ein alter Mann mit schlohweißem Schopf, der unter seinem breitkrempigen Hut hervorwehte. Das musste der alte Otto von Thebe sein. Clara erinnerte sich, dass sie als Kind in der Kirche hin und wieder zu ihm hinübergespäht hatte, neugierig auf das Oberhaupt jener Familie, mit der sie keinen Umgang pflegten. Aber er war sehr stark gealtert, wovon nicht nur seine weißen Haare sprachen. Auch sein Gang war ein wenig wacklig. Albrecht hatte unten in der Gesindestube davon gesprochen, dass man den alten Gutsherrn nicht mehr in der Kirche sah, weil er geistig verwirrt war.

Von einer dichten Hecke aus Schlehen und Weißdorn verborgen, waren die beiden Männer so nah herangekommen, dass Clara nicht mehr Reißaus nehmen konnte, sondern hinter eine breite Eiche schlüpfte. Sie konnte nur hier ausharren und hoffen, dass die beiden nicht zu nah an ihr vorbeigehen oder gar das Pferd hinter dem dichten Gebüsch bemerken würden.

Clara hörte leise Stimmen, machte die Worte *Großvater* und dann *ausruhen* und *gleich zurück* aus. Als sie nichts weiter erlauschen konnte, lugte sie vorsichtig um den Stamm.

Der Alte hatte sich auf einer Bank am Wegrand niedergelassen und der Jüngere war zusammen mit dem Hund noch näher herangekommen.

Halb von ihr abgewandt, stand er dort, sodass sie nur etwa dreißig Schritte trennten. Sein Gesicht war beschattet von einer Schirmkappe, wie die Stallburschen sie häufig nutzten, doch seine Kleidung sprach davon, dass er zu den Herrschaften gehören musste. Zwar trug er kein Sakko, sondern nur ein beiges Hemd, doch das war ebenso wie die gut geschnittene Reithose aus teurem Stoff gefertigt. Die hohen Lederstiefel ließen die schlanke Gestalt schneidig und tatkräftig wirken.

Der Fremde ging in die Knie, um das Heu zu prüfen, und musste prompt die allzu stürmischen Liebesbezeugungen des Hundes abwehren. Leises Lachen begleitete die beidseitigen Albernheiten und halbherzigen Erziehungsversuche, die schließlich mit einem liebevollen Tätscheln beendet wurden. Clara spürte, wie ihre Mundwinkel sich ebenfalls hoben. So also gingen *strenge Herren* mit den viel gelobten, arbeitswilligen Jagdhunden um, wenn sie sich unbeobachtet fühlten.

Neugierig geworden auf ihren neuen Nachbarn beobachtete sie, wie er nun hockend eine Handvoll Heu aufnahm. Genau wie sie selbst gerade noch wog er den Schnitt in der Hand und roch daran. Dann tastete er mit der anderen Hand gen Boden, wendete die Mahd und verzog das Gesicht. Offenbar hatte auch er die Feuchtigkeit bemerkt und seine entsprechende Schlussfolgerung gezogen.

Obwohl Clara das Gesicht des Mannes nicht erkennen konnte, war sie recht sicher, hier den Neffen des Barons und Enkel des alten Mannes dort unten auf der Bank, also den Erben selbst vor sich zu haben.

Jetzt erhob er sich wieder und Clara erwartete, dass er nun denselben Weg zurück in Richtung Gut nehmen würde, um seinen Großvater wieder von seinem Ruheposten abzuholen. Doch der Mann stand minutenlang einfach nur da und sah in die Landschaft, erfasste mit seinen Blicken das Gut, samt Herrenhaus und Stallungen, den großen Teich, auf dem Enten schwammen und ein Ruderboot am Ufer dümpelte, die Koppeln, auf denen die Pferde grasten, die Futterwiesen bis hin zum angrenzenden Wald. Clara konnte seine Andacht von ganzem Herzen nachvollziehen, denn der Anblick war bezaubernd. Doch wuchs mit jedem Moment die Gefahr, dass Tessa sich durch ein Schnauben oder das Knacken eines Zweiges verriet oder dass der Fremde sie selbst in ihrem Versteck doch noch entdeckte.

In diesem Augenblick streckte er die Hand aus und ließ sie offen durch die am Waldrand stehen gebliebenen Halme streichen, wie ein Windhauch, der sie sanft bewegte. Es war eine zarte, beinahe zärtliche Geste, die Clara bei einem Mann noch nie gesehen hatte.

Seltsam berührt und mit angehaltenem Atem beobachtete sie, wie er mit den Fingern einen hochgewachsenen Busch wilden Thymians umfasste und danach die Hand ans Gesicht hob, um den würzigen Duft tief einzuatmen.

Als er die Hand wieder sinken ließ, wandte er sich ein Stück zur Seite, und sie konnte zum ersten Mal sein Gesicht erkennen: Es war fein geschnitten, der gängigen Mode entgegen glattrasiert. Im Gegensatz zu seinem glatten Gesicht hätte der dichte, schwarze Haarschopf mal wieder eine

Schere sehen können. Ein paar widerspenstige Strähnen hingen unter der Kappe hervor ins Gesicht, fast bis zu den dunklen Augen hinab.

Während sie noch neugierig starrte, spürte sie plötzlich an ihrem Rocksaum eine Bewegung. Ihr entfuhr ein leiser Schreckenslaut. Erst in der zweiten Sekunde erkannte sie, dass der junge Hund, den sie dummerweise aus den Augen gelassen hatte, sie entdeckt hatte und nun an ihr hochsprang.

»Belle?«, rief der Mann am Waldrand, als der Hund freudig winselnd um sie herumhüpfte und sie unbedingt gebührend begrüßen wollte. Das war es wohl, nun würde sie sich nicht länger verbergen können.

Um nicht gänzlich das Gesicht zu verlieren, trat Clara mit wild klopfendem Herzen hinter der Eiche hervor und dem Mann entgegen, der sich bereits aufgemacht hatte, um nach dem Hund zu schauen.

Als er sie sah, blieb er abrupt stehen und starrte sie an wie eine Geistererscheinung. Offenbar hatte er hier nicht mit einer weiteren Person gerechnet. Und so brauchte er ein paar Sekunden, um sich zu fangen.

»Wer sind Sie?«, entfuhr es ihm dann. Schließlich befand sie sich auf seinem Land.

Und Clara, stets so überlegt, stets vorbereitet auf alles in ihrem recht überschaubaren Leben, hörte sich zu ihrem eigenen abgrundtiefen Entsetzen sagen: »Verzeihen Sie, mein Herr, ich war nach Ibbenbüren unterwegs und wollte mir ein wenig die Gegend ansehen. Dabei muss ich den Pfad versäumt haben, der mich zu meinem Pferd zurückführt.«

Sie spürte, wie ihr die Schamesröte über diese dreiste Lüge in die Wangen stieg. Nicht nur, dass sie sich vom Nachbargut heimlich herangeschlichen hatte, um den Bestand der Pferde auszuspionieren, nun belog sie ihren Nachbarn auch noch, dass sich die Balken bogen. Wie würde sie mit so einer Aussage dastehen? Und noch dazu ganz allein, ohne Begleitung?

Letzteres schien den jungen Mann ebenfalls zu wundern, denn er sah sich unauffällig um, ob noch weitere Besucher hinter Bäumen und Büschen auftauchten. Dabei vollführte er eine artige Verbeugung.

»Dann wäre es mir eine Ehre, Ihnen behilflich zu sein«, bot er an. In seiner Stimme schwang der unüberhörbare Akzent der britischen Insel und erinnerte Clara daran, was Albrecht erzählt hatte: Der Erbe des Nachbarn war in England groß geworden.

Sie hob die behandschuhte Hand. »Oh, nein, vielen Dank. Das ist nicht nötig. Ich weiß wieder, wo ich bin. Meine Stute steht gleich dort drüben.« Sie wies vage in die Richtung.

»Reiten Sie nur nicht direkt nach Süden«, riet er ihr.

»Warum nicht?«, konnte sie sich nicht verkneifen zu fragen, denn in dieser Richtung lag Friesenhain.

Er schien in einem Zwiespalt zwischen Hilfsbereitschaft und Verpflichtung zur Höflichkeit gegen seine unbekannten Nachbarn. Doch dann sagte er: »Ich kann es nicht aus eigener Erfahrung bestätigen, aber ich habe gehört, dass Fremde auf dem dortigen Anwesen nicht gern gesehen sind.«

Clara hätte am liebsten empört widersprochen. Doch dann wäre ihre Lüge aufgeflogen. So sagte sie nur: »Wenn man dort mein Durchreiten überhaupt bemerken würde. Es kann ja nicht überall so gute Spürhunde geben, die Fremde gleich entdecken.« Damit beugte sie sich hinab und kraulte die kleine Belle hinter den langen Ohren.

»Wie schön, dass Sie es so heiter nehmen«, erwiderte er mit Blick auf die Spuren auf ihrem Rock. »Spaniel sind Zeit ihres Lebens Kindsköpfe, aber Belle hier ist erst ein knappes

Jahr und muss noch lernen, sich zu benehmen. Belle, komm her! Komm zu mir!«

Die junge Hündin gehorchte mehr schlecht als recht, nur um gleich wieder mit fliegenden Ohren die nächste Idee auszuhecken: Kläffend schoss sie den Weg hinab.

»Belle!«, rief ihr Besitzer ihr nach.

Doch der Hund hörte nicht, setzte seinen Weg fort und tollte zweihundert Meter weiter dem alten Mann auf der Bank um die Beine. Dieser tätschelte lachend den Hundekopf, hob die Hand und winkte ihnen zu.

Der junge Mann winkte zurück, deutlich verlegen, und wandte sich dann beinahe erschrocken zu ihr, verneigte sich erneut.

»Bitte entschuldigen Sie«, stieß er kopfschüttelnd hervor. »Da moniere ich die Manieren meines Hundes und habe meine eigenen ganz vergessen. Darf ich mich vorstellen? Ich bin Baron Freiherr Richard von Thebe, der Neffe des hiesigen Barons Otto von Thebe. Dort unten sitzt mein Großvater, der alte Baron Otto von Thebe.«

Clara erstarrte für einen Moment, denn dies wäre der Moment, in dem auch sie sich vorstellen sollte.

Wie, um Himmels willen, sollte sie aus dieser prekären Situation wieder herausfinden? Wie hatte sie nur diese Lüge auftischen können?

Um ihre Verstörtheit zu überspielen, knickste sie und schaffte trotz der Anspannung ein Lächeln.

»Lassen Sie nur«, sagte sie. »Bei Zufallsbegegnungen wie dieser kommt es nicht darauf an, wen man vor sich hat. Solange alle Beteiligten sich freundlich einen guten Tag wünschen und einander unbehelligt ziehen lassen.« Sie nickte Richard von Thebe möglichst freundlich zu und wandte sich zum Gehen.

»Dann einen guten Tag«, sagte der, ein wenig überrumpelt.

»Den wünsche ich Ihnen ebenso«, erwiderte sie, hob den Saum ihres Rockes ein Stück und machte, dass sie davonkam.

Obwohl sie sich nicht noch einmal umsah, konnte sie den Blick in ihrem Rücken spüren, bis sie hinter dem nächsten dichten Gebüsch endlich außer Sicht war.

Marie

22

Beim Sonntagsgottesdienst ließ Marie es sehr an Andacht fehlen. Ständig wanderten ihre Gedanken zu Stürmer und Wilhelm, den sie heute zu einer ersten Übungseinheit treffen sollte. Sie war froh, dass ihr Vater auf dem Heimweg keine Ambitionen zeigte, mit ihr über die Predigt zu sprechen, wie er es sonst gern tat. Schon seit ihrer Kindheit an hatte er es als seine Pflicht erachtet, sie in ihrem Glauben ebenso zu stärken wie in ihrer Fähigkeit, sich eine eigene Meinung zu bilden, und die Predigten des neuen, sehr modern eingestellten Pastors der Gemeinde eigneten sich seiner Ansicht nach gut zu beidem. Doch heute war stattdessen zwischen ihm, Frau Rühl und dem alten Albrecht jener neue Kammerdiener Thema, der in ein paar Wochen auf Friesenhain einziehen sollte. Emil Neumann hatte offenbar alle Fragen der Gräfin zufriedenstellend beantworten können, guten Eindruck auf den Grafen gemacht und zudem vor Frau Mecken, der strengen Haushälterin, bestanden. Am meisten wog aber, dessen waren Frau Rühl und Theo Paas sich einig, dass dieser Emil Neumann auch August Albrecht hatte überzeugen können.

»Hätt' ja nicht gedacht, dass ich das mal sage«, brummte der Alte jetzt gerade, während er auf seinem Stock gestützt neben den anderen lief. Lange schon konnte er nicht mehr bei einem strammen Schritt mithalten. Doch die anderen nahmen Rücksicht und taten so, als seien auch sie sonst in langsamerem Tempo unterwegs. Während die jüngeren Bediensteten bereits außer Sicht waren, ihren Pflichten entgegeneilend. »Aber der Junge hat einen klugen Kopf und Sinn für's Wichtige. Hat gleich erkannt, welche die besten, welche aber die *liebsten* Stiefel vom Herrn sind, nur vom Ansehen her. Genau so was braucht der Graf. Und mit ein bisschen Anlernen von mir wird er's wohl richten.«

»Ich hoffe nur, der schmucke Kerl wird nicht allen jungen Dingern bei uns unten den Kopf verdrehen«, brummte Frau Rühl, warf aber Marie einen verschmitzten Blick zu. »Ich kann's mir nicht leisten, dass meine Mägde mit den Gedanken nicht beim Eischnee oder der heißen Herdplatte sind.«

Marie wusste, dass die Sorge der Köchin nicht unbegründet war. Ein neuer, junger Diener im Haus, gut aussehend, wie die Mägde munkelten, Marie selbst hatte ihn am Tag seiner Vorstellung nicht gesehen, und unverheiratet, könnte für ein wenig Unruhe sorgen. Schließlich war das Gesinde Tag für Tag von morgens bis abends beisammen, ging seiner Arbeit nach, nahm gemeinsam die Mahlzeiten ein und hatte lediglich am freien Tag im Monat einmal Zeit für Anbandeleien außerhalb von Friesenhain. Diesen Tag nutzten die meisten jedoch, um ihre Familien in den umliegenden Dörfern zu besuchen. Und so war es nur natürlich, dass es unter den jungen Leuten zu Schwärmereien kam. Dass nicht mehr draus wurde, darüber wachte Frau Mecken mit strengem Auge. Aber selbst harmloses Schmachten konnte die Arbeit stören, wenn die Konzentration unter fehlender Erwiderung oder Eifersüchteleien litt.

Marie war froh, dass sie selbst nur zu den Mahlzeiten bei

den anderen saß und sonst in den Stallungen und auf den Koppeln unterwegs war, und abends im Pförtnerhaus neben ihrem Vater in einem ihrer Bücher lesen konnte. So hatte sie mit solchen Wirren kaum zu tun. Und das war auch gut, denn sie hatte eine große Aufgabe vor sich: Wie nur sollte sie Wilhelm und Stürmer zueinander bringen? Der Hengst war schreckhaft und wähnte von jedem fremden Menschen etwas Böses, insbesondere von Männern. Und Wilhelm ... Marie entschlüpfte ein leises Seufzen, das jedoch niemandem auffiel.

Marie lebte schon ihr ganzes Leben eng mit Pferden zusammen und hatte so manchen Unfall mitangesehen. Stürze beim Reiten, ein Huftritt oder Rempeleien aus Unachtsamkeit. Doch außer einem gebrochenen Zeh und blauen Flecken war nie etwas wirklich Schlimmes dabei geschehen. Weil ihr Vater als Stallmeister immer ein Auge darauf hatte, dass auch die Stallburschen respektvoll mit den Tieren umgingen und dabei die notwendige Vorsicht walten ließen.

Der Jagdunfall damals aber, bei dem Graf Scheweney unter sein stürzendes Pferd geraten war und dabei fast sein Leben gelassen hatte, musste auf eine junge, empfindsame Seele größten und schlimmsten Eindruck gemacht haben.

Die Gefahr, in der sein Vater schwebte, die panische Aufregung der adligen Freunde und das wütende, entschlossene Ringen des Stallmeisters mit ihnen, der als Einziger das Richtige tun wollte, hatte den damals Zehnjährigen zutiefst verstört.

Wilhelms Idee, dass sie gemeinsam nicht nur Stürmer, sondern auch ihm selbst würden helfen können, hatte gestern so wunderbar geklungen. Aber mit der Nacht waren auch die Zweifel gekommen. Würde sie allein solch tief sitzender Angst entgegenwirken können? Ausgerechnet im Umgang

mit einem Tier, das selbst das Vertrauen in Menschen verloren hatte?

»Ich kenne diesen Ausdruck, Tochter«, erklang da neben
ihr die Stimme ihres Vaters. »Das fremde Pferd beschäftigt
dich, richtig?«

Auf diese Weise aufgerüttelt, schob Marie ihre Hand in
die angebotene Armbeuge, und so gingen sie Seite an Seite
weiter.

»Du kennst mich gut, Papa«, antwortete sie. Manchmal
auch zu gut, setzte sie still in Gedanken hinzu. »Und diesbezüglich möchte ich dich um etwas bitten: Darf ich mir in den
nächsten Wochen tagsüber die Zeit nehmen, die es braucht,
um Stürmers Vertrauen zu gewinnen? Du weißt ja, worum
es geht.« Sie sah ihn von unten herauf an. In seinem kanti-
gen Gesicht stand der Ernst, den auch sie bei dieser Sache
empfand.

»Natürlich, Marie. Ich habe schon damit gerechnet, dass
du erst einmal andere Pflichten ein wenig vernachlässigen
musst. Aber tu nur, was du für richtig hältst. Und wenn du
Hilfe brauchst, dann bin ich da.« Er drückte ihren Arm kurz
mit seinem Ellenbogen an seine Seite. Marie spürte, wie die
vertraute Berührung ihr Kraft und Zuversicht gab.

Ihr Vater glaubte an sie. Von ganzem Herzen. Und genau
das wollte sie auch tun. Ihrem Herzen vertrauen.

* * *

Nachdem sich Marie aus ihrem guten Kirchkleid gewunden
und ihre übliche Stallkleidung übergezogen hatte, war sie
den Vormittag bei Stürmer gewesen. Mit Leckereien hatte
sie ihn dazu gebracht, sie vorsichtig seine Mähne bürsten
zu lassen.

Mittags hatte sie ihn nur kurz verlassen, um mit den anderen unten in der Gesindestube zu essen. Weil Wilhelm keine Uhrzeit genannt hatte, hatte sie Sorge, ihn zu verpassen, wenn sie sich anderswo in den Stallungen oder im Haus aufhielt. Sich permanent mit Stürmer zu beschäftigen wäre für den Hengst zu viel gewesen. Daher hatte sie eines ihrer liebsten Bücher aus dem Haus geholt, es war *Stolz und Vorurteil* von Jane Austen, einer englischen Schriftstellerin, die sie sehr verehrte, und saß nun lesend auf einem Baumstumpf auf der Koppel, dicht beim Pferd.

Das ruhige Sitzen tat nicht nur ihr gut. Der Hengst schien in ihrer Anwesenheit allmählich keine Bedrohung mehr zu sehen und döste ganz in ihrer Nähe.

Als von der Ecke des Pförtnerhauses Schritte auf dem Kies ertönten, war er jedoch sogleich hellwach und sah dem jungen Grafen entgegen, der dort auf sie zukam.

Bei Wilhelms Anblick in seinen üblichen Reithosen samt Stiefel, Hemd und kurzem Jackett spürte auch Marie ein unruhiges Flattern. Nun würde sich zeigen, ob ihre Idee sich würde umsetzen lassen.

»Da bin ich«, sagte Wilhelm und blieb unschlüssig am Gatter stehen.

Marie erhob sich von ihrem Sitzplatz, legte das Buch ordentlich dort ab und lächelte ihm ermutigend zu. »Du wirst hereinkommen müssen.«

Sie sah sein Zögern. Schließlich hatte er miterlebt, wie Stürmer sich gebärdet hatte, nachdem es ihr gelungen war, ihn mit viel Mühe von der Absetzerkoppel hierher zu bringen.

Doch dann ging ein Ruck durch Wilhelm, er legte den Bügel zurück, schlüpfte herein und schloss das Gatter wieder.

»Zieh am besten die Lederhandschuhe aus«, riet Marie

ihm. »Stürmer mag deren Geruch nicht. Vielleicht verbindet er sie mit etwas Schlimmem, das er erlebt hat.«

Er folgte ihrem Rat und ließ die Handschuhe auf dem Pfosten neben dem Gatter liegen. Dann kam er zu ihnen herüber, wohl, um seine Unsicherheit zu überspielen, mit viel zu forschem Schritt. Stürmer reagierte sofort darauf, hob den Kopf zu imposanter Höhe und trabte davon, zum anderen Ende der kleinen Koppel.

Beinahe beklommen sah Wilhelm sie an.

»Auf der Weide, wenn die Stutenherde zusammensteht«, begann Marie, ohne dieses erste, unglückliche Aufeinandertreffen zu kommentieren, »können wir genau erkennen, welcher Rangordnung die Tiere folgen, nicht?«

Wilhelm nickte und zuckte zugleich mit den Schultern, als wolle er sagen: *Und wenn?*

»Die Ranghohen schicken die Rangniedrigen hierhin und dorthin, wie es ihnen gerade passt, allein durch die Energie, die sie dabei einsetzen.« Sie raffte ihren groben Stallrock und schritt energisch auf Wilhelm zu, der ihr verblüfft entgegensah. Doch sie hielt nicht vor ihm an, ging einfach weiter und er wich mit verdutztem Gesichtsausdruck zur Seite aus. »So etwa«, sagte Marie, zufrieden über die gelungene Schaustellung.

Wilhelm war ihr mit einem kleinen Schritt ausgewichen. Und so standen sie nun sehr nah beieinander. Marie versuchte, sich davon nicht irritieren zu lassen. Seine blauen Augen wirkten vor Verwunderung über ihre Lektion heller als sonst. Ein wenig verlegen strich er sich mit der Hand durchs Haar, sodass eine dichte Strähne ihm in die Stirn fiel.

Marie löste rasch ihren Blick, legte die Hände ineinander und fuhr fort: »Stürmer scheint von uns Menschen nichts anderes zu erwarten, als fortgeschickt und bedroht zu werden. Deswegen ist es so wichtig, dass du ihm schon bei der Annäherung zeigst, dass du nichts Böses im Schilde führst. Er muss begreifen, dass du nicht willst, dass er geht, sondern dass du auf freundliche Weise Kontakt zu ihm aufnehmen willst.«

Wilhelm musterte sie kurz, als sähe er sie zum ersten Mal.

»Woher weißt du das alles?«, erkundigte er sich.

»Ich beobachte«, antwortete Marie schlicht. »Und ich lese. Nicht nur Romane lohnen die Lektüre, weißt du.« Sie sahen beide zu dem Buch, das sie gerade auf dem Baumstumpf abgelegt hatte, als er erschienen war. »Es gibt auch ein paar gute Abhandlungen von Pferdekennern, die eine andere Form von Dressur propagieren. Demzufolge möchte ich zumindest anfangs in kleinen Schritten vorgehen. Unser Ziel heute sollte sein, dass du dich Stürmer nähern kannst, ohne dass er Reißaus nimmt.«

Ein leises Seufzen entwich Wilhelms Lippen. »Das klingt … nach einem zeitlich hohen Aufwand. Bei allem, was ich täglich zu tun habe, wäre es schön, wenn es einen Weg gäbe, der …«

»Es gibt keinen schnelleren Weg«, unterbrach Marie ihn. »Sein Vertrauen wird anfangs nur langsam wachsen. Und du musst ihm zeigen, dass du es wert bist.« Plötzlich schien ihre Kehle trocken. Dass er es wert war. Du liebe Güte, was sagte sie da? Schnell setzte sie hinzu: »Später werden wir in größeren Schritten vorgehen können. Aber zunächst müssen wir die Grundlagen dafür legen.«

Der Grafensohn sah aus, als wisse er nun selbst nicht mehr genau, welcher Teufel ihm die Idee zu diesem Unterfangen zugeflüstert hatte.

»Was tun wir, wenn er mich angreift?«, fragte er, deutlich bemüht, seine Anspannung nicht zu zeigen. Sie beide wussten, dass es durchaus Pferde gab, die nicht viel davon hielten, wenn Menschen etwas von ihnen wollten. Und nicht alle waren damit zufrieden, im Zweifelsfall zu fliehen, sondern gingen auf Konfrontation.

»Das wird er nicht tun, wenn du ihn nicht in die Enge treibst«, versprach Marie und hoffte, dass sie sich in dieser Hinsicht auf ihr Gefühl würde verlassen können.

»Wenn du es sagst«, erwiderte Wilhelm darauf auch skeptisch. »Was also soll ich tun? Schau mal, allein, wenn ich in seine Richtung auch nur ein paar Schritte wage ...« Er tat es und sofort reagierte Stürmer, indem er mit dem Kopf schlug und nur darauf zu warten schien, in welche Richtung Wilhelm losgehen würde, um dann sogleich in die entgegengesetzte zu fliehen.

Auch Marie wurde bei diesem Anblick etwas flau im Magen. Doch natürlich würde sie so schnell nicht aufgeben.

»Wir müssen es eben üben«, schlug sie vor.

Wilhelm sah aus, als wolle er widersprechen, doch offenbar fiel ihm auch nichts anderes ein, wie er sein Versprechen einlösen könnte.

Also versuchte er wieder und wieder, sich Stürmer zu nähern. Aber immer, wenn er eine bestimmte, unsichtbare Grenze überschritt, die der Hengst als zu nah empfand, nahm das Tier wieder Reißaus. Sein hoch erhobener Kopf, die ängstlich blickenden Augen und die weit geblähten Nüstern, aus denen er immer wieder das charakteristische Schnorren hören ließ, waren Zeichen, dass dies für ihn kein Spiel, sondern tatsächlich angstbesetzter Ernst war.

»Damit kommen wir nicht weiter«, entschied Wilhelm, nach einem Dutzend dieser Versuche. »Wir werden ihn nur weiter verschrecken, wenn ich das rechte Maß nicht treffe.« Er klang ärgerlich über sich selbst.

»Dann üben wir es erst mal miteinander«, hielt Marie dagegen, ehe sie recht darüber nachgedacht hatte. »So wie ich dir gerade die Sache mit der Energie erklärt habe.«

Wilhelm schien zu begreifen. Langsam wandte er sich ihr zu. Vorsichtig schritt er aus, als handele es sich bei ihr um ein scheues Pferd.

Marie versuchte, sich einzufühlen in ein Tier, das panische Angst vor solchen Annäherungen hatte.

»Stopp!«, sagte sie daher mit erhobener Hand. Er hielt inne. »Du schaust mich an«, erklärte sie ihm

Wilhelm war irritiert. »Aber ... Soll ich das nicht?«

Kurz blickten sie einander in die Augen, gleichermaßen verwirrt. Sie mussten beide blinzeln und Wilhelm räusperte sich.

Marie versuchte, ihr klopfendes Herz zu ignorieren und sich ganz auf ihr Vorhaben zu konzentrieren. Diese Blicke hatten nichts mit ihm und ihr zu tun, sagte sie sich selbst. Es war nur eine Übung. Also antwortete sie: »Nein, sollst du nicht. Dein Blick ist zu ... intensiv.« Oh Himmel, was sprach sie da? »Sieh lieber an mir vorbei, etwa einen halben Meter neben mich. Das wäre Stürmers Schulter.«

Er tat es. Wartete ab. Marie nickte.

Dann machte er ein paar Schritte auf sie zu. Wieder hob sie kopfschüttelnd die Hand. »Geh nicht in einer geraden Linie. Mach einen kleinen Bogen. Zeig mir damit, dass du mich nicht angreifen willst.«

Plötzlich erschien ein kleines, beinahe spitzbübisches Lächeln auf seinem Gesicht, als sei auch ihm aufgegangen, wie verrückt ihre Worte klangen. »Aber ich will dich ja nicht angreifen«, murmelte er. Setzte dann jedoch ihre Aufforderung langsam um.

Marie sah zu, wie der schlanke junge Mann, den Blick einen halben Meter neben sie gerichtet, langsam auf sie zukam. Wie hatte sie heute Morgen nach dem Kirchgang gedacht? Sie wollte mit ganzem Herzen dabei sein? Ihr törichtes Herz schien das auf verstörende Weise misszuverstehen. Sie schob den Gedanken rasch beiseite und lobte Wilhelm: »Ja, so ist es schon besser. Und jetzt ein bisschen weniger militärische Haltung, bitte.«

Prompt senkte er den stets so aufrecht getragenen Kopf. Ruhig und besonnen, ganz bei sich wirkte er. So vollkommen anders, als er vorhin auf die Koppel gekommen war.

Auch Stürmer schien das wahrzunehmen, denn er hatte aufgehört, Wilhelm fortwährend zu beobachten, sondern begann zu grasen. Ein gutes Zeichen.

»So, und auf diese Weise versuchen wir es jetzt noch einmal«, sagte Marie leise. Sie ging zu dem Eimer mit den Leckerbissen hinüber und reichte Wilhelm ein paar Möhren. »Fass ihn nicht an, auch wenn er dich nah genug heranlässt. Reich ihm nur die Möhren und dann entfern dich wieder langsam.«

Der junge Graf machte alles genauso, wie sie es gerade gemeinsam geübt hatten. Langsam und dennoch beständig, tief und ruhig atmend, zwischendurch kurz entspannt innehaltend näherte er sich Stürmer. Der beäugte ihn zwar wieder misstrauisch, ergriff aber nicht gleich die Flucht so wie bisher.

Marie atmete ebenfalls tief ein und aus, entspannte ganz bewusst ihre Schultern und lächelte, um Stürmer auch von ihrer Seite zu signalisieren, dass ihm nichts Schlimmes drohte.

Es sah alles gut aus. Doch dann kam der Moment, in dem Wilhelm vorsichtig die Hand mit der Möhre ausstreckte. Obwohl Marie den Atem anhalten wollte, zwang sie sich, ruhig weiter zu atmen.

Würde es gelingen? Würde eine erste Annäherung der beiden geschafft werden?

In der entscheidenden Sekunde drang plötzlich aus dem Park ein lautes Geräusch zu ihnen herüber, ein Krachen und dann eine fluchende Männerstimme. Stürmer erschrak und machte einen nervösen Satz. Darauf zuckte Wilhelm instinktiv zusammen und diese rasche Bewegung wiederum ließ Stürmer fliehen.

Als Wilhelm sich daraufhin zu ihr umwandte, fiel Maries wilde Euphorie, die sie über diesen gerade erzielten Erfolg empfunden hatte, in sich zusammen. Sie eilte zu ihm hinüber, beunruhigt über seinen Gesichtsausdruck zwischen Ärger über sein eigenes Zusammenzucken und Resignation wegen Stürmers Reaktion darauf.

»Es hat geklappt! Das sah wirklich gut aus«, lobte sie ihn. »Er hat dich vollkommen freiwillig so nah an sich herangelassen wie bisher keinen der Stallburschen oder auch meinen Vater. Wir müssen nur Geduld haben und …«

»Nein, Marie«, sagte Wilhelm und schob die verschmähten Karotten mit einer ärgerlichen Bewegung in die Tasche. »Das hat doch keinen Sinn. Wie lange sind wir hier nun beschäftigt? Eine Stunde? Ich kann nicht jeden Tag so viel Zeit für ein einzelnes Pferd aufwenden, das nicht bereit ist, seinen wie auch immer gearteten Schrecken hinter sich zu lassen. Es wird nicht gelingen! Alles Mühen wird vergeblich sein!«

»Das darfst du nicht denken!«, rief Marie. »Nur weil du selbst es bisher nicht geschafft hast, über diesen dunklen Schatten in deiner Vergangenheit zu springen, heißt das nicht, dass ihr es nicht zusammen schaffen könnt. Stürmer und du, ihr könntet euch gegenseitig heilen!«

Fassungslosigkeit trat in Wilhelms Miene. Marie sank das Herz hinab in die Knie. Was hatte sie gesagt! Sie hatte ihre geheimsten Gedanken und Hoffnungen offenbart. Schlimmer noch: Sie hatte Wilhelm gezeigt, dass sie sehr wohl um seine Schwierigkeiten im Umgang mit Pferden wie Stürmer wusste und dass ihr die Ursache dafür durchaus klar war. Ein so intimer Einblick in seine Seele musste dem Grafensohn schrecklich unangenehm sein. Noch schlimmer als ihr Mitwissen um seine Schriftstellerträume.

Während sie einander anstarrten, schienen so viele Gefühle in ihm miteinander zu ringen, dass es Marie körperlich schmerzte. Sie wollte ihm so gern helfen.

»Lassen wir es gut sein«, sagte Wilhelm schließlich mit distanziert klingender Stimme, wandte sich um und ging Richtung Gatter.

»Wilhelm, nein, warte!« Marie folgte ihm rasch mit ausgestreckter Hand. Ehe sie noch recht überlegen konnte, was sie da tat, griff sie nach seinem Ellenbogen und erschrak im selben Augenblick darüber. Was maßte sie sich an? Den jungen Herrn des Gestüts einfach so am Arm zurückzuhalten! Das auch noch, nachdem sie ihm gerade erst klargemacht hatte, dass sie die Abgründe in ihm kannte, die er vor aller Welt zu verbergen suchte.

Wilhelm war jedoch zu sehr Ehrenmann, als dass er sich von ihr einfach losgerissen hätte. Er blieb stehen und wandte sich mit leicht gerunzelter Stirn zu ihr um. Doch ehe er etwas sagen oder Marie ihn erschrocken loslassen konnte, weiteten sich plötzlich seine Augen.

»Marie! Sieh nur!«, raunte er ihr zu.

Sie warf vorsichtig einen Blick zurück und erkannte, dass Stürmer ihnen gefolgt war. Mit nur wenigen Metern Abstand blieb der Hengst stehen und sah sie mit gespitzten Ohren aufmerksam an.

»Hier!« Wilhelm griff behutsam in seine Taschen und reichte ihr zwei dicke Möhren.

Doch Marie schüttelte den Kopf. »Gib du sie ihm«, sagte sie leise.

Der junge Graf zögerte kurz, dann trat er neben sie, dann an ihr vorbei noch einen Schritt weiter auf Stürmer zu, wobei er darauf achtete, sich seitlich zu drehen und dem Pferd nicht frontal zu begegnen.

Auf Armeslänge bot er Stürmer eine der Möhren an.

Der Hengst streckte den Kopf und nahm den dargebotenen Leckerbissen. Er kaute in Ruhe, während seine dunklen Augen sowohl Marie wie auch Wilhelm intensiv musterten. Auch die zweite Karotte fand ihren Weg. Und diesmal nickte Stürmer sogar einmal kurz mit dem Kopf, als wolle er zeigen, wie gut es schmeckte.

Als klar war, dass es keine weiteren Leckerbissen geben würde, entfernte Stürmer sich ein Stückchen, senkte den Kopf und begann in aller Ruhe zu grasen.

Wilhelm und Marie standen wie vom Donner gerührt. Eine ganze Weile fiel kein Wort zwischen ihnen. Als wüssten sie beide nicht, wie sie nun miteinander umgehen sollten.

Schließlich zog Wilhelm die an einem feinen Lederband befestigte Uhr aus der Hosentasche und warf einen Blick darauf. »Gehst du auch hinein?«

Sie sah ihn fragend an.

»Die Teezeit ist längst vorüber. Aber wenn wir Glück haben, bekommen wir noch ein paar Reste ab«, erklärte er mit einem Achselzucken.

Marie spürte ihr Herz heftig klopfen. War dies nach ihrem forschen Vorstoß ein Friedensangebot?

»Ich glaube, wir sollten nicht gemeinsam durch den Innenhof gehen«, wandte sie ein. »Wenn wir möchten, dass unsere Treffen geheim bleiben sollen.« Sie machte eine Pause und wagte dann zu fragen: »Wir treffen uns doch weiterhin?«

Er holte kurz Luft und stieß sie wieder aus. Dann sagte er: »Natürlich. Natürlich treffen wir uns weiterhin, Marie.«

Erleichterung durchflutete sie. Insgeheim hätte sie Stürmer gern umarmt und geküsst, weil er in letzter Sekunde doch seine Bereitschaft signalisiert hatte, mit ihnen zu arbeiten.

»Dann auf morgen?«, fragte Wilhelm.

Sie nickte. »Auf morgen.«

Einen Augenblick lang schien es ihr so, als wolle er noch etwas sagen. Doch dann wandte er sich abrupt um und ging davon. Schon war er hinter der Hausecke verschwunden.

Marie drehte sich zu Stürmer herum und sah zu, wie er das allmählich spröder werdende Herbstgras abriss und zufrieden kaute. Er schien nun ganz mit sich im Reinen zu sein, nun, da niemand mehr etwas von ihm wollte. Sie widerstand der Versuchung, zu ihm zu gehen und ihn zu streicheln, aber sie genoss es, ihn so entspannt zu sehen.

Schließlich entschied sie, dass sie Wilhelm einen guten Vorsprung gegeben hatte, und war bereits auf dem Weg zum Brunnen am Pförtnerhaus, um sich die Hände zu säubern, da sah sie, dass die Handschuhe des jungen Grafen immer noch auf dem Pfosten neben dem Gatter lagen.

Kurz hielt sie dieses Pfand in der Hand und strich mit dem Daumen über das weiche Leder. Dann steuerte sie den Brunnen an. Nachdem sie ihre Hände kräftig geschrubbt und abgetrocknet hatte, ging sie durchs Nordtor in den Innenhof und hielt auf den Hintereingang der Herrschaften zu.

Vom Gesinde waren ihr Vater und sie die Einzigen, die diesen Eingang benutzen durften. Alle anderen nahmen aus dem Hof den Eingang an der Ecke, der auch für die Lieferungen der Lebensmittel und die Post genutzt wurde und der über ein paar Stufen direkt in den Dienstbotentrakt hinunterführte.

Marie lief die Stufen zur Etage der Herrschaften hinauf und schlüpfte zur Tür hinein.

Dort, neben der Garderobe für die Mäntel, stand ein kleiner Tisch, auf dem sich auch stets Handschuhe fanden. Hier legte sie auch Wilhelms ab und wollte bereits die Tür zur Treppe hinunter in den Gesindetrakt nehmen, als sie aus der Halle Luises und Claras Stimmen hörte.

Auf einen Schlag brannte lichterloh das Verlangen in ihr, den Freundinnen von dem riesigen Erfolg mit Stürmer zu berichten. Sie könnte ganz allgemein von Stürmers erstem Vertrauensbeweis erzählen, ohne Wilhelm zu erwähnen.

So spähte Marie neugierig um die Ecke.

Ihre Freundinnen standen auf den blau-weißen Fliesen neben einer der großen Palmen mit einer Frau in den späten Zwanzigern und ihren Eltern zusammen. Offenbar war man nach dem gemeinsamen Tee gerade mitten in der Verabschiedung. Die Tür zum Salon stand noch offen.

»Es freut mich wirklich, Sie kennengelernt zu haben, Fräulein Brugge«, sagte die Gräfin gerade und reichte der jungen Frau die Hand.

Luises neue Bekanntschaft Paula Brugge nahm die Hand der Gräfin, knickste in angemessener Form, aber selbstbewusst.

»Ich habe unser Kennenlernen ebenfalls sehr genossen, Gräfin von Scheweney. Und Hummeltje hat sich bereits in mein Herz geschlichen«, erwiderte sie mit einem Zwinkern, das Marie von ihrem Posten aus gut erkennen konnte.

Daraufhin lachte Graf Hermann laut auf. Seine Frau stimmte herzlich ein, was bei ihr nicht häufig vorkam. »Entschuldigen Sie nochmals die Sache mit dem Tee«, sagte sie. »Dass die Katze in Bezeugung ihrer Sympathie aber auch so stürmisch sein muss. Ich hoffe, der Fleck wird Ihrem Mädchen keine Probleme bereiten.«

»In dem Fall wird er mich immer an diese wunderbare, weißfellige Freundin erinnern, die ich heute gewinnen durfte«, antwortete Paula Brugge. Aus ihrem Versteck musterte Marie die kleine, selbstbewusste Frau neugierig. Hatte Luise nicht gesagt, dass Paula Brugge auf der Versammlung und daheim einen echten Damenanzug getragen hatte? Oder war das die andere, diese Hedwig Schmeid gewesen? In dem grünschillernden Ausgehensemble mit den Puffärmeln wirkte die junge Fabrikantin tadellos, geschmackvoll und zugleich voller Selbstverständlichkeit. Auch der kleine Strohhut mit den Hortensienblüten stand ihr ausgezeichnet.

»Und Sie, Graf von Scheweney, ich hoffe, ich konnte Sie beruhigen, was Luises Ausflug nach Hannover angeht?«, wandte Paula Brugge sich nun an den Grafen.

»Ich bitte Sie, Fräulein Brugge, da ist kein Grund zur Besorgnis. Reisen und sich geistig umtun, das bildet doch, sage ich immer. Zumal in solch hoch geachteter Gesellschaft.«

Marie riss die Augen auf. Es war also gelungen! Luise und Paula hatten das Grafenpaar von dem gemeinsamen Ausflug nach Hannover überzeugt.

Als Luise ihr und Clara gestern Abend von diesem Plan erzählt hatte, war die jüngere Schwester skeptisch gewesen und hatte befürchtet, ihre Eltern könnten den Braten riechen und neben Museum und Hochschule für Architektur auch den anvisierten Abstecher zur Tiermedizinischen Hochschule wittern. Doch offenbar hatte Paula Brugge sie eingewickelt und für die kleine angebliche Bildungsreise begeistern können.

»Wir lassen Sie wissen, wenn das Familienportrait in Angriff genommen werden soll«, sagte die Gräfin und setzte noch hinzu: »Vielleicht wird es auch erst im nächsten Jahr der Fall sein. Wir erwarten ein oder zwei Veränderungen.«

Mit der einen Veränderung spielte sie natürlich auf Johan

van Leeuwen an. Das war gewiss auch Luise klar, denn ihr Gesicht verdüsterte sich für einen kurzen Moment, wie Marie von ihrem Posten an der Ecke erkennen konnte. Und die zweite Veränderung ...

Kurz sah sie die stupsnasige Baroness Margarete von Assen vor sich, die mit ihrer Mutter in der letzten Zeit so häufig auf Friesenhain zu Besuch war. Doch diesen Gedanken wollte Marie jetzt nicht zulassen. Nach dieser schönen Stunde sollte etwas Störendes keinen Platz in ihr haben. Leise zog sie sich in den Flur zurück und nahm die Tür zu der Treppe, die in den Gesindetrakt hinunterführte.

Luise

23

Die Landschaft flog vor den Zugfenstern nur so dahin.

Auf einigen Äckern stand noch das Grün der Zuckerrüben, die bald eingeholt würden. Doch die meisten Felder waren abgeerntet und wurden von Krähenscharen bevölkert. Die Bäume trugen bereits ihr spätsommerliches Herbstkleid in Gelb, Rot und hellem Braun, das im Sonnenlicht leuchtete. Um die dichten Hecken, die schützend vereinzelt liegenden Gehöfte mit ihren roten Ziegelmauern umstanden, schwärmten Wolken aus Spatzen.

»Wie gut, dass Ibbenbüren mit Heinrich Wattendorff schon seit Jahren einen Reichstagsabgeordneten stellt«, bemerkte Hedwig, die Luise gegenüber neben Max Brugge saß. »So sind wir in den Genuss der Schnellzüge mit ihren Durchgangswagen gekommen, die direkt nach Berlin brausen, nicht wahr?«

Paula, die neben Luise einen kleinen Picknickkorb auf den Knien balancierte, lachte. »Das sagst du jedes Mal, wenn wir in diese Richtung aufbrechen. Aber dem Himmel sei Dank müssen wir heute ja nicht so weit. In nicht mal vier Stunden sind wir schon in Hannover.«

»Und ich sage jedes Mal«, mischte Max Brugge sich ein,

»dass es ideal ist, mit einer kleinen Reisegesellschaft ein Abteil für sich zu haben.« Blitzschnell beugte er sich vor und griff aus dem aufgeklappten Korb ein kleines Päckchen aus Fettpapier, das er rasch auswickelte. »So müssen wir nicht fürchten, mit Irmgards vorzüglichem Eiersalat Fremde zu belästigen.«

»Oder ihnen gar etwas anbieten zu müssen?«, neckte Paula ihn, während er genüsslich in den Stuten biss, der tatsächlich bereits verlockenden Duft verbreitete.

Luise lächelte in die Runde, lehnte den Imbiss jedoch ab. Sie hätte nicht gewusst, ob sie einen Bissen herunterbekommen würde, so aufgeregt wie sie war.

Schon mehrmals war sie zusammen mit der Familie oder nur Clara und ihrer Mutter zu Verwandtenbesuchen in Berlin gewesen, also einer noch weit größeren Stadt als Hannover. Trotzdem empfand sie vor jedem dieser Ausflüge eine belebende Erregung – als erwarte sie dort noch sehr viel mehr als Straßenbahnen, die bimmelnd durch die Stadt glitten und von denen Menschen aller Altersstufen geschäftig auf- und wieder absprangen, Theater und Konzerthäuser, allerorten Gaslaternen und in einigen Etablissements wie dem Café Bauer sogar elektrisches Licht.

Schon immer war ihr gewesen, als warte an diesen Orten, an denen das Leben nur so zu pulsieren schien, auch für sie selbst etwas Besonderes, Überraschendes, Überwältigendes. Und genau so war es diesmal ja auch, denn sie sollte zum ersten Mal einen Fuß in die Tiermedizinische Hochschule Hannover setzen.

»Ist unser Nachmittagstee mit deinen Eltern nicht ganz wunderbar verlaufen?«, riss Paula sie jetzt mit einem verschmitzten Augenaufschlag aus ihren Gedanken.

Lebhaft wandte Luise sich an sie. »Oh ja, ist das wirklich erst ein paar Tage her?« Ein nervöses Lachen entfuhr ihr. »Wie froh war ich, als ich dich von meinem Zimmerfenster aus unten aus der Kutsche steigen sah!«

»Hast du etwa erwartet, dass ich nicht komme?«, fragte Paula erstaunt.

Luise schüttelte den Kopf und zupfte an ihrem Handschuh. »Dass du kommst, da war ich mir sicher. Aber du hattest tags zuvor erwähnt, dass auch du hin und wieder Anzüge trägst wie Hedwig.« Sie sah zu Paulas Gefährtin hinüber, die heute jedoch in ein schlichtes Kleid mit eng anliegenden Ärmeln und einer Art Krawatte am Kragen gekleidet war.

»Ha!«, machte Max Brugge und wirkte hoch amüsiert, während er nach einem weiteren Sandwich griff. »Liebe Schwester, die Komtess hat befürchtet, eine Frauenrechtlerin im Anzug könne die Grafenfamilie beehren.«

Luise fühlte sich ertappt, denn genau das war es gewesen, was sie beunruhigt hatte. Die Vorstellung, was ihre stets tadellos gekleidete Mutter zu solch einem Auftritt gesagt hätte, bereitete ihr jetzt noch schwitzige Hände. Aber musste Herr Brugge darüber derart süffisant grinsen?

»Hör nicht auf ihn, Luise«, sagte Hedwig zu ihr und spähte ebenfalls in den Korb, den ihre Gefährtin auf dem Schoß hielt. »Er ist nur neidisch, weil wir beides tragen können, und er es nicht wagen würde, in einem Kleid auf die Straße zu gehen.«

Paula platzte heraus und auch Luise konnte sich ein Schmunzeln nicht verkneifen, während Max Brugge säuerlich das Gesicht verzog und ein paar Krümel vom Revers seines Tweed-Anzuges klopfte. Doch Hedwigs Zurechtweisung zeigte Wirkung und er sagte nichts weiter.

»Denkst du denn, meine Präsentation hat ihnen gefallen?«, erkundigte Paula sich.

Luise lächelte bei der Erinnerung an die spürbare Begeisterung ihrer Eltern über ihre neue Bekanntschaft.

»Kleid und Hut waren perfekt, Paula. Aber du selbst warst es, die sie bezaubert hat. Vater war von deinem Charme gleich ganz eingenommen. Und Mutter war betört, weil du für alles Schöne im Salon, alle Bilder und Kunstgegenstände ein Lob hattest. Ganz zu schweigen davon, dass Hummeltje sich dir geradezu angebiedert hat.«

Paula nickte zufrieden, entkorkte eine Saftflasche und schaffte es, trotz des Ruckelns die goldgelbe Flüssigkeit in einen Becher zu gießen. Den bot sie Luise an. Sie dankte und trank in einem Rutsch den Becher aus, weil sie durstiger gewesen war als geahnt. Fast erschrocken hob sie den Blick, doch die anderen schienen an ihrem Benehmen nichts zu finden.

»Und deine Schwester?«, fragte Paula. »Wie fand sie den Besuch?«

»Clara?« Luise reichte ihr den Becher zurück. »Sie war beeindruckt, wie geschickt du unseren Eltern die Erlaubnis für diesen Ausflug abgeluchst hast, ohne auch nur die kleinste Schwindelei zu bemühen. Du hast geplaudert und erzählt und sie einfach nur das hören lassen, was sie hören wollten: Bildung und Kultur! Wie hätten sie da Nein sagen können. Und Clara hat große Augen gemacht, als ich ihr später das Päckchen zeigte, das du sehr schlau Ranke beim Hereinkommen übergeben hast. Agnes hatte es in mein Zimmer gelegt, und ich wusste erst gar nichts damit anzufangen«, erzählte Luise belustigt.

»Ein Paket?«, erkundigte Max Brugge sich neugierig. »Was war drin?«

»Nur ein paar kleine Leihgaben, die ich für die Überreichung vor dem Grafen als etwas zu heikel befand«, erklärte Paula schlicht und wandte sich dann gespannt an Luise: »Hast du etwa schon ein paar Zeilen der Lektüre gelesen?«

»Ein paar Zeilen! Ich habe alles verschlungen!«, teilte Luise ihr begeistert mit.

Das Päckchen hatte die Zeitschrift *Die Gleichheit* enthalten, von der Luise erst am Tag zuvor auf dem Treffen im Haus der Brugges erfahren hatte, eine Schrift von sozialdemokratischen Frauen unter der Leitung der Frauenrechtlerin Clara Zetkin. Außerdem das Buch *Die Frau und der Sozialismus* von August Bebel.

»Ich war mir vorher gar nicht bewusst, dass die Bewegung nicht nur Rechte für bürgerliche Frauen erkämpfen will«, sagte Luise jetzt.

»Aber nein, es geht auch um die der Arbeiterinnen und der Armen. Denk nur an all die Ehefrauen, die auch heute noch ihren prügelnden Männern ausgesetzt sind und keine Handhabe besitzen, sich und ihre Kinder zu schützen«, erklärte Paula. »Nicht, solange sie wie ein Besitzstück von ihrem Vater an ihren Ehemann übergeben werden«, setzte Hedwig grimmig hinzu.

Luise genoss das weitere ernsthafte Gespräch über die Lektüre, die Paula ihr, so umsichtig vor den Augen ihrer Eltern verborgen, zur Verfügung gestellt hatte, denn seitdem schienen ihre Augen weit geöffnet.

Am wertvollsten aus besagtem Päckchen aber war ihr eine kleine Schrift, bei der Clara und sie gestaunt hatten, wie schnell Paula sie hatte beschaffen können: Eine Auflistung von Seminaren und Vorlesungen sowie einem Großteil der Lehrkörperschaft an der Tiermedizinischen Hochschule Hannover. Letztere kleine Schrift befand sich nun als gutes Omen in Luises Beutel, den sie sicher auf ihrem Schoß hielt.

Nun war sie also tatsächlich unterwegs. Ohne ihre Mutter oder Anstandsdame, worauf ihre Eltern verzichtet hatten, weil neben den beiden Frauen, die immerhin schon an die dreißig waren und besten Ruf genossen, auch Max Brugge als tatkräftiger Unterstützer und notfalls auch als Beschützer die Damen begleiten würde.

»Bist du nervös, Luise?«, wandte Hedwig sich in diesem Moment an sie. »Als ich das erste Mal zur Hochschule gefahren bin, war ich ein Nervenbündel. Ich bewundere dich, dass du so ruhig bist.«

Obwohl diese Worte in Luise erneut ein Kribbeln auslösten, antwortete sie möglichst gelassen: »Natürlich bin ich sehr gespannt auf den Eindruck, den die Tiermedizinische Hochschule auf mich machen wird. Aber das Wichtigste am heutigen Tag ist doch das, was für dich ansteht, Hedwig. Immerhin wirst du deine Immatrikulationsunterlagen einreichen. Was für ein Schritt! Und ich darf dabei sein.«

Hedwig blies kurz die schalen Wangen auf und stieß dann die Luft wieder aus. »Herrje, immer wenn ich daran denke, wird mir heiß.« Sie rupfte die Handschuhe herunter und fächelte sich Luft zu, sah Luise dabei aber weiterhin an. »Ich weiß noch, wie es für mich war, als ich zum ersten Mal durch die Gänge ging, über die ich zukünftig ganz selbstverständlich als ordentliche Studentin zu schreiten hoffte. Damals kam es mir vor wie ein Traum. Du musst dir also immer sagen: ›Ich werde es gewiss schaffen! Hier werde ich studieren, meinen Abschluss machen, auf dass ich den Beruf ausüben kann, der mich ruft!‹« Sie reckte eine ihrer Hände zur Faust geballt in die Luft.

Luise senkte den Blick und schwieg beklommen, mit klopfendem Herzen. Auf dem Empfang im Brugge-Haus war sie unterbrochen worden, gerade als sie hatte erklären wollen, dass aus ihrem Wunsch nach dem Studium wohl nichts werden konnte, da ihre von der Familie gewünschte Verlobung kurz bevorstand. Auch bei Paulas Besuch auf Friesenhain waren Johan van Leeuwen und Luises Zukunft mit ihm kein Thema gewesen. Ihre Eltern hätten einer Fremden gegenüber so eine Verbindung niemals angesprochen, solange sie nicht offiziell war. Und die Briefe, die in der Zwischenzeit zwischen Paula und ihr hin und her reisten, waren voll mit Plänen und aufregenden Absprachen für ihren gemeinsamen Ausflug nach Hannover.

Ihre neuen Freundinnen gingen also nach wie vor davon aus, dass Luise ihren Wunsch weiterhin verfolgte, und wussten nichts von dem Hindernis, das dem wahrscheinlich entgegenstehen würde. Es jetzt zu erwähnen wäre Luise wie das Eingeständnis einer Lüge vorgekommen. Zumal es sich nicht geschickt hätte, solange Max Brugge zuhörte.

Paula deutete ihr verlegenes Schweigen falsch. »Jetzt hast du Luise doch noch nervös gemacht«, tadelte sie ihre Liebste und schlug dann mit den Handflächen auf ihren Rock. »Wir wollen nicht so ernst darüber reden! Lasst uns tun, als würden wir den Ausflug rein zum Vergnügen machen. Das hebt die Stimmung! Luise, erzähl doch noch einmal von der jungen Baroness, die neulich auf eurem Empfang war und einen Hut wie ein Vogelnest auf dem Kopf trug, das niemand anzuschauen wagte!«

Luise tat ihr den Gefallen und da sie gut erzählen konnte, war das Abteil bald erfüllt von Gelächter und heiteren Anekdoten, die sie die ernsten Gedanken vergessen ließen.

* * *

Schon auf Hedwigs kleinem Empfang letzten Samstag war Luise von Josef Schlinger beeindruckt gewesen. Der Architekt war ein gewaltiger Mann von über zwei Metern, mit den Ausmaßen und der Stimme eines gutmütigen Bären. Doch hier, in seinem Büro in der Hochschule für Architektur und Bauwesen, wirkte er noch imponierender.

Als Josef Schlinger nun Paula und Hedwig zur Begrüßung in die Arme zog, schienen die beiden Frauen darin regelrecht zu versinken. Luise musste unwillkürlich über dieses herzliche Willkommen lächeln, das von großer Verbundenheit sprach.

Mit Max Brugge tauschte der Riese ein herzhaftes Schulterklopfen. Dann verneigte er sich vor Luise.

»Sehr erfreut, Sie schon so bald wiederzusehen, Komtess von Scheweney. Und besonders unter diesen Umständen. Wie ich höre, wollen auch Sie die Berufswelt erobern, nur auf einem gänzlich anderen Gebiet?«

Luise warf ihren neuen Freundinnen einen überraschten Blick zu. Hedwig hob entschuldigend die Schultern. »Wir wollten es dir lieber nicht sagen, ehe wir hier sind. Sonst hätte dich das Lampenfieber gewiss niedergestreckt. Aber wir mussten doch in Erfahrung bringen, ob der gute Josef womöglich einen Kontakt zur Tiermedizinischen Hochschule hat.« Damit drehte sie den Kopf hinauf zum Gesicht ihres Gönners, dessen gewaltiger Bart das breite Lächeln nicht verbergen konnte.

»Den habe ich in der Tat. Sogar den besten«, bestätigte er nickend.

Luise war froh, dass ihr Gastgeber ihnen Plätze in einer kleinen Sitzecke des Raumes anbot, denn plötzlich drohten ihre Knie weich zu werden.

Sie musste nicht lange bangen, denn sobald sie alle saßen, drehte Hedwig mit leuchtenden Augen den Kopf zu ihr und sagte: »Stell dir vor, Luise, Josef verkehrt im selben Klub wie Medizinalrat Karl Dammann. Er ist der Direktor der Tiermedizinischen Hochschule. Sie kennen sich also nicht beruflich, weil es zwischen diesen beiden Wissenschaften ja auch so gar keine Überschneidungen gibt. Aber dafür persönlich, was doch in unserem Falle um Vielfaches günstiger ist, will ich meinen.«

Josef Schlinger lachte dröhnend. »Du hast es erfasst, liebe Hedwig. Solch ein privater Kontakt ist mit nichts aufzuwiegen. Und Dammann ist ein unorthodoxer Charakter, immer offen für Neues. Sein Sohn ist angesehener Bildhauer und Dammann angemessen stolz auf ihn. Und wenn die schönen Künste in einer Familie willkommen sind, erzählt das doch immer etwas über die Geisteshaltung, die dort herrscht, nicht wahr?« Diesmal nickte er Paula zu, die ja für ihre künstlerischen Fähigkeiten und Gemälde weithin bekannt war.

Josef Schlinger rieb seine prankengroßen Hände auf seinen Knien und nickte Luise zu. »Mit einer Droschke ist es nicht weit bis zur Hochschule, Komtess. Wenn Sie später hinüberfahren, fragen Sie nach ihm. Meine besten Grüße können Sie gern ausrichten. Ich habe ihm erzählt, dass Sie heute in der Stadt sind, und er war neugierig, Sie kennenzulernen. Sollte er gerade frei und nicht in einer Vorlesung sein, können Sie also ein paar Sätze mit ihm wechseln.«

Paula, die neben Luise saß, streckte die Hand aus und drückte fest ihren Arm. Luise selbst saß wie vom Donner gerührt. »Vorsprechen? So ganz ohne Vorbereitung?«, stammelte sie.

»Die werden Sie nicht brauchen, Komtess von Scheweney«, antwortete Josef Schlinger mit seiner tiefen Bassstimme. »Es ist ja keine Prüfung, nur ein erstes Kennenlernen.«

»Wobei der erste Eindruck natürlich entscheidend sein kann«, konnte Max Brugge sich nicht verkneifen zu sagen, wofür er sich von seiner Schwester einen mahnenden Blick einfing.

Plötzlich wünschte Luise heiß, Clara oder Marie würden sie begleiten. Ihre jüngere Schwester behielt stets einen kühlen Kopf, war so organisiert und wohl geordnet. Und Marie schaffte es nicht nur, den Pferden in aufregenden Situationen Halt zu geben, sondern auch einer aufgewühlten Freundin. Zwar hatte Clara sie heute Morgen fest umarmt und Marie hatte ihr leise flüsternd alles Gute für diese kleine Reise gewünscht, doch war Luise gar nicht auf die Idee gekommen, eine von beiden könne sie begleiten. Clara und Marie gehörten nach Friesenhain, waren dort so fest verwurzelt, dass es unsinnig schien, sie aus diesem Rahmen herauszureißen. Aber vielleicht wären Ruhe und Umsicht ihrer engsten Vertrauten genau das gewesen, was Luise jetzt gebraucht hätte.

Denn plötzlich schien sich ihr eine Tür zu öffnen, die sie für sich verschlossen geglaubt hatte. Und da hätte Clara wohl leise und klarsichtig in Luise die Ordnung geschaffen, die nun einmal der Realität entsprach: Wenn Großvetter Johan von seinen Verwandtenbesuchen zurückkam, würde er um ihre Hand anhalten. Und sie würde, ihr Versprechen gegen ihre Eltern einhaltend, einwilligen. Allein Maries Gegenwart würde sie daran erinnern, was sie auch Stürmer versprochen hatte.

Doch Friesenhain, ihre Schwester und ihre Freundin waren weit fort, denn für Hedwig war die Zeit gekommen, ins Sekretariat der Hochschule zu gehen und ihre Unterlagen einzureichen.

Sie alle begleiteten die Freundin, die plötzlich doch ein wenig nervös zu sein schien. Im Schreibzimmer saß eine in strenges Grau gekleidete Dame alle Papiere genau durch und versah die notwendigen Unterlagen mit Stempeln.

Als eingeschriebene Studentin der Architektur und des Bauwesens verließ Hedwig den Raum wieder und saß auch beim anschließenden Kaffee in Josef Schlingers Büro mit verklärt glänzenden Augen in ihrer Mitte.

Nachdem sie Hedwig gebührend gratuliert, ihr mit den Tassen zugeprostet hatten, erhoben sie sich alle wieder und Josef Schlinger rieb sich die Hände.

»Nun habe ich noch eine Überraschung«, verkündete er. »Einige der Dozenten und Professoren sind inzwischen so neugierig auf dich, Hedwig, dass sie dich unbedingt kennenlernen wollen. In einer Viertelstunde findet in einem der Seminarräume ein kleines Beisammensein statt.« Er beugte sich zu ihr. »Ich vermute, dass die Herren dich ein wenig auf die Probe stellen wollen. Aber keine Angst: Sie erwarten allesamt so wenig von einer jungen Dame, dass du sie mit deinem Wissen wahrscheinlich sprachlos zurücklassen wirst.« Dann richtete er den Blick aus den hellen Augen auf Luise und Max. »Deine Schwester, Max, habe ich als Hedwigs Begleitung gleich mit angekündigt und die Lehrkräfte rechnen mit ihr. Aber ehrlich gesagt hielte ich es für übertrieben, mit weiterer Verstärkung anzurücken.«

»Himmel!«, rief Hedwig daraufhin aus, die Wangen bereits vor erneuter Nervosität erhitzt. »Bloß nicht! Ich bin schon aufgeregt genug. Publikum würde mir wohl den Rest geben.«

Das konnte Luise nur zu gut nachvollziehen, empfand aber dennoch ein tiefes Bedauern, denn zu gern hätte sie erlebt, wie die selbstbewusste Hedwig die älteren Professoren mit ihren Kenntnissen überzeugte.

Max runzelte die Stirn. »Wie lange wird dieses Treffen dauern, Josef? Wir haben zugesagt ...« Sein Blick glitt zu Luise. »Nun, wir müssen zu einer bestimmten Stunde zurück sein, und die Züge fahren so ungünstig, dass uns nur einer bleibt, der es treffen würde. Unser Zeitplan in Hannover ist somit ziemlich eng.«

Josef Schlinger hob gleichermaßen Hände und buschige Brauen. »Das kann ich nicht sagen. Vielleicht eine Stunde? Oder zwei?«

Luise rutschte das Herz. »Dann werden wir keine Zeit mehr haben, zur Tiermedizinischen Hochschule zu fahren«, stellte sie fest und spürte, wie ihr Magen sich zu einem enttäuschten Knoten zusammenzog. »Und was wird Ihr Freund, Direktor Dammann, denken, wenn ich gar nicht erscheine, nachdem er so freundlich war, ein kurzes Kennenlernen nicht abzulehnen?«

Die kleine Gruppe tauschte ratlos Blicke.

Dann sagte Hedwig entschlossen: »Paula, du und Max, ihr fahrt mit Luise. Meine Zulassung ist beschlossene Sache, ja, schon Geschichte, würde ich sagen. Mir kann nichts passieren, egal, welche kuriosen Fragen mir die Dozenten gleich stellen mögen. Aber Luise hat recht: Wenn sie nicht bei Dammann erscheint, selbst wenn er in einem Seminar steckt und sie nur nach ihm fragen kann, wird das ein sonderbares Licht auf sie werfen und vielleicht den einzigen Kontakt zerschlagen, den wir haben.«

Luise sah Paulas Zögern und wie schwer es ihr fiel, die Gefährtin zurückzulassen. Doch nach wenigen Sekunden nickte sie und wollte schon Hedwig verlassen und an ihre Seite treten, da hörte Luise sich sagen: »Ich könnte mit Ihnen allein hinfahren, Herr Brugge.« Sie schaute dabei nicht in seine Richtung, denn ihr Vorschlag kam ihr selbst höchst unschicklich vor.

Alle sahen sie denn auch verblüfft an. Sie straffte die Schultern. »Sogar meine Eltern haben Sie als Unterstützer und Beschützer, wie mein Vater es ausdrückte, akzeptiert. Auf diese Weise kann Paula bei Hedwig sein, wenn sie dieses wichtige Gespräch mit ihren künftigen Dozenten führt. Und ich verpasse nicht diese Chance, die Sie, Herr Schlinger, mir freundlicherweise eröffnet haben.« Während sie ihren Vorschlag formulierte, war sie sehr darauf bedacht, nur zu Paula und Hedwig zu sehen und jeden Blick zu Max Brugge zu vermeiden. Sie konnte spüren, wie er sie intensiv von der Seite anschaute. War er einfach nur überrascht oder lag in seinen Augen wieder der feine Spott, den sie inzwischen darin schon mehr als einmal gesehen hatte?

Josef Schlinger betrachtete sie ebenfalls von seiner stattlichen Höhe aus, allerdings mit offensichtlichem Wohlwollen.

»Eine Frau der Tat und des Mitgefühls, wie ich sehe, Komtess von Scheweney! Ich bin entzückt. Nun? Sind alle einverstanden?«

Paula öffnete den Mund, wohl, um zu widersprechen, doch Luise sah, wie Hedwig kurz die Hand ausstreckte und sanft mit einem Finger den Arm der Gefährtin berührte. Die beiden Frauen sahen sich an. Luise empfand es nicht zum ersten Mal im Zusammensein mit den beiden, doch diesmal war es besonders stark zu spüren: dieses unsichtbare Band aus inniger Zuneigung und wortlosem Verstehen, das zwischen ihnen bestand.

Ja, es stimmte, sie war anfangs irritiert davon gewesen. Denn dass zwei Frauen sich derart zugetan sein konnten, hatte sie einfach nicht gewusst. Aber nun betrachtete sie es anders und bewunderte dieses spürbare Band, das gewiss nicht zwischen allen Eheleuten, die Luise kannte, geknüpft war. War es nicht das, worauf es tatsächlich ankam in einer Partnerschaft? Wie schön wäre es, jemanden an ihrer Seite zu haben, der sie ebenso ansehen würde wie Paula jetzt ihre Hedwig.

Luise beschwor Johans Bild herauf. Den heiteren Blick aus seinen inzwischen schon vertrauten Augen. Wie er sich zu ihr wandte und sie gemeinsam über einen Scherz lachten. Ob er sie ebenfalls zur Universität würde begleiten wollen, wenn sie sich einem Verhör durch zukünftige Lehrkräfte würde stellen müssen?

»Einverstanden«, sagten Hedwig und Paula wie aus einem Mund.

Max Brugge nickte knapp und wies mit der Hand zur Tür. »Dann brechen wir wohl besser auf, Komtess«, sagte er.

Sie verabschiedeten sich von Josef Schlinger und vereinbarten mit Paula und Hedwig, sich im Caféhaus Kröpcke im Stadtzentrum zu treffen, spätestens jedoch zur Abfahrtzeit des Zuges am Bahnsteig.

Während Luise neben Max Brugge die Treppe hinunter zum Ausgang nahm, bewegte sie stumm die Lippen und flüsterte tonlos: »Clara, Marie, ich wünschte, ihr wäret bei mir!«

Clara

24

Im Innenhof Friesenhains war es mittäglich ruhig.

Die meisten der Burschen machten eine Pause. Nur Clara, Marie und Rudi standen mit Fuchs und Schimmel am Sattelplatz, während Gimpel aufmerksam in die Gegend schauend neben ihnen lag. Tessa war bereits gesattelt und getrenst. Doch anstatt gleich aufzusteigen und loszureiten, hatte Clara Rudi zu den anderen geschickt, weil sie noch einen Moment bei Marie bleiben wollte, die mit Komets Pflege beschäftigt war.

»Denkst du auch die ganze Zeit an Luise?«, fragte die jetzt, während sie die Fesseln des Wallachs mit einer wohlriechenden Tinktur einrieb. Komet schnaubte und schnupperte an ihrem weißblonden Haar.

»Sag bloß, dir geht es auch so?«, erwiderte Clara und strich dabei Tessa über den weißen Hals. »Es ist, als würde permanent eine zarte Kinderhand an meinem Rockzipfel zupfen. Meine Gedanken sind ständig bei ihr. Was meinst du, hätte ich ihr anbieten sollen, sie nach Hannover zu begleiten?«

Marie sah sie von unten an, richtete sich auf und streckte ihren Rücken, während sie über die Frage nachdachte. Dann hob sie die Schultern. »Luise ist immer so abenteuerlustig und traut sich alles zu«, sagte sie. »Aber heute Morgen wirkte sie plötzlich richtig aufgelöst, nicht?«

Clara seufzte tief. »Ich habe sie fortwährend vor Augen, wie sie uns oben in meinem Zimmer von ihrem Entschluss erzählt hat, in Hannover zu studieren. Sie war so entschieden, fast wie Vater, wenn er sich etwas in den Kopf gesetzt hat. Und zugleich so …«

»Verzweifelt?«, half Marie ihr mit trauriger Miene.

»Ja, das trifft es. Sicher war ihr da schon klar, wie unmöglich ihr Vorhaben ist. Als ich sie heute Morgen umarmt habe, hatte ich das deutliche Gefühl, dass sie sich vielleicht zum ersten Mal in ihrem Leben fürchtet. Aber wovor?«

Maries warme braune Augen blickten sie liebevoll an. »Davor, dass sie etwas so nah kommt, was sie sich sehnlich wünscht, und es letztendlich doch nicht wird haben können?«, schlug sie vor. »Sie wollen auch zur Tiermedizinischen Hochschule, nicht wahr?«

Clara nickte. »Diese Paula Brugge, so sympathisch und herzlich sie war, muss über ein knallhartes Kalkül verfügen. Sie hat Vater und Mutter derart um den kleinen Finger gewickelt, dass die gar nicht wussten, wie ihnen geschah. Und schon war das Einverständnis zu dieser Reise gegeben. Seitdem wohnen zwei Seelen in mir, Marie, das kann ich dir sagen.«

»Wie meinst du das?« Marie schob die Hand in die Rocktasche und holte zwei Möhrenschnitze heraus, die sie den Pferden gab.

Clara presste kurz die Lippen aufeinander. »Ich kann nur hoffen, dass Paula Brugge und ihre Partnerin auch bedenken, dass Luise nicht aus ihren bürgerlichen Kreisen stammt. Bei der Möglichkeit, die sie Luise bieten, haben sie hoffentlich auch bedacht, dass ihre neue Freundin trotz aller hehren Wünsche ihre töchterlichen Pflichten erfüllen muss. So fühlt die eine dieser beiden Seelen.« Dann spürte sie, wie sich ein kleines Lächeln auf ihrem Gesicht ausbreitete und die Sorge darin zu verdrängen versuchte. »Aber schon im nächsten Moment betet die andere darum, dass dieser Ausflug irgendeine noch so kleine Chance, ein bisher nicht bedachtes Schlupfloch offenbaren könnte. Dann wünsche ich mir nichts mehr, als dass meine starke, wilde Schwester nicht gebrochen wird durch die Last der Adelstradition. Dass sie ihren Wunsch erfüllen und ihr Ziel erreichen kann.«

Marie fuhr Komet durch die Mähne und lächelte sie voller Mitgefühl an. »Und weil du wegen dieser beiden Seelen nicht weißt, wohin mit dir, willst du zu den Absetzerkoppeln reiten, um dort nach dem Rechten zu sehen? Das könnte doch auch einer der Burschen tun.«

Clara spürte, wie ihr heiß wurde, und wandte sich rasch Tessa zu, die sie verwundert ansah, als frage sie sich, warum sie nicht endlich aufbrachen.

»Es ist eine schöne Strecke. Und auch, wenn diese Pferdediebe, die immer mal wieder ihr Unwesen treiben, es auf trächtige Stuten und nicht auf Halbjährlinge abgesehen haben, kann eine Vergewisserung, dass alles in Ordnung ist, doch nicht schaden«, wich sie Marie aus. Durch all den Wirbel in Luises Leben, die entscheidenden Fragen, die dort gerade zur Debatte standen, hatte Clara immer wieder den Bericht von ihrem Zusammentreffen mit Richard von Thebe verschoben. Ihr ganzes Leben lang war die Erwähnung dieser Familie auf Friesenhain ein Tabu gewesen, das sie auch jetzt hatte immer wieder zögern lassen. Nun war die Begegnung, zu der sie mit ihm gesprochen, die Spanielhündin Belle kennengelernt und auch den alten Baron Otto von Thebe auf Entfernung gesehen hatte, schon eine knappe Woche her.

Sicher würde Marie sich wundern, wenn sie jetzt plötzlich damit herausrückte. Es gäbe dem Ganzen noch mehr Gewicht. Clara selbst sagte sich immer wieder, dass diese kurze Begegnung von keinerlei Bedeutung war und deswegen zur Schonung aller auf Friesenhain nicht erwähnt werden musste. Dennoch hatte sie mehr als einmal an die wenigen Sätze gedacht, die sie mit dem dunkelhaarigen Erben des Nachbarn gewechselt hatte. Dabei sah sie stets seine aufmerksamen, dunklen Augen ebenso vor sich, wie sie seine angenehme Stimme mit dem englischen Akzent zu hören schien.

Vielleicht hatte Clara ihrer Schwester und ihrer besten Freundin auch nichts von diesem Treffen erzählt, weil sie sich nach wie vor wegen des Schwindels schämte, den sie dem Nachbarn in ihrem Schreck aufgetischt hatte. Warum nur hatte sie sich ihm nicht vorgestellt, so wie er es doch auch getan hatte?

Marie beäugte sie fragend. Ihre Freundin kannte sie so gut, dass sie bestimmt ahnte, dass die Schönheit des Weges nicht alles war, was Clara dorthin zog. Doch Marie war ebenso klug wie rücksichtsvoll und fragte nicht weiter.

»Dann hab einen schönen Ritt. Und du, Gimpel, passt gut auf deine junge Herrin auf, verstanden?«, wandte sie sich an den Doggenrüden. Der sprang leise blaffend auf und trabte zum Hoftor. Clara und Marie mussten beide über ihn lachen.

* * *

An ihrem Ziel, am Rande der Ländereien angekommen, beobachtete Clara die vier Hengstfohlen, die allesamt im zeitigen Frühjahr geboren worden waren und nun hier von ihren Müttern getrennt untergebracht waren. Bei ihnen war Klabauter, ein alter, schwerer Wallach, der früher den Landauer gezogen hatte und nun sein Gnadenbrot genoss. Er war immer noch groß und kräftig. Ihm fiel es nicht schwer, unter den Jungspunden für Ordnung zu sorgen und ihnen den Respekt beizubringen, den spätere Kavalleriepferde nun einmal besitzen mussten. Als der alte Wallach Clara erkannte, kam er an den Zaun. Sie sah sich rasch nach allen Seiten um, schwang dann ihr Bein über das Horn des Damensattels und ließ sich hinuntergleiten. So konnte sie Klabauter zwischen den Ohren kraulen, was er liebte, und zwischen ihm und den Jungen die mitgebrachten Möhren gerecht verteilen.

Hier zeigte sich schon, welcher der Halbjährigen sich durchzusetzen versuchte, die anderen zur Seite drängen wollte und welcher lieber den Weg des geringen Widerstandes ging und sich eher am Rande der Gruppe aufhielt. Marie hatte Clara oft auf solche Dinge aufmerksam gemacht. Es hatte sich nämlich gezeigt, dass der Charakter eines Pferdes sich schon in diesem jugendlichen Alter zeigte, in dem sie noch guten Einfluss darauf nehmen konnten: den Mut der Ängstlicheren stärken, die Selbstüberschätzung der Vordrängler dämpfen.

Gerade wollte Clara auf den Zauntritt klettern und wieder in den Sattel steigen, als Gimpel ein leises Knurren vernehmen ließ. Sie sah auf, und im nächsten Moment durchfuhr sie ein eisiger Schreck: Dort am Waldrand stand ein hübscher Rappe mit schneeweißer Blesse. Sie kannte dieses Pferd, es war ihr letzte Woche bereits auf der Koppel aufgefallen, die sie so ins Visier genommen hatte. Auf seinem Rücken saß ein schlanker, schwarzhaariger Mann, der die Stute nun antrieb und zu ihr herübergetrabt kam. Dicht neben ihm hielt sich die kleine rostbraune Hündin. Allerdings nicht lange, denn sie hatte Gimpel ausgemacht und wetzte plötzlich los, allen Rufen ihres Herrn zum Trotz.

Gimpel, der gerade noch in Verteidigungshaltung gewesen war, stand nun stocksteif da und nahm den Ansturm des kleinen Hundemädchens hochaufgerichtet und leise winselnd entgegen.

Nach der ersten kurzen Begrüßung, dem gegenseitigen Beschnuppern und eifrigem Wedeln, neigte Gimpel plötzlich den Vorderkörper tief herab. Belle verstand die Spielaufforderung sofort und die beiden tobten wild den Weg entlang, wobei der Rüde sorgsam darauf achtete, die viel Kleinere nicht zu rempeln.

Bei diesem Anblick hätte Clara sonst gewiss gelacht, doch jetzt spürte sie ihr Herz heftig klopfen, während sie Richard von Thebe entgegensah. Heute trug er neben seinen Reithosen auch ein feines Jackett über Hemd und Halsbinde sowie Zylinder. Er sah aus wie ein Herr, der im Stadtpark flanieren wollte.

Bei ihr angekommen, schwang er sich vom Pferd, verneigte sich leicht und zog den Hut.

»Guten Tag, Komtess von Scheweney«, grüßte er sie dabei sehr höflich und blickte sie von unten herauf an. »Haben Sie sich etwa wieder verirrt? Und sogar zur selben Uhrzeit wie beim letzten Mal?«

Clara spürte, wie Hitze in ihre Wangen schoss. »Sie haben mich durchschaut, Freiherr von Thebe«, gestand sie. »Und ich kann mich für meine kleine Lüge nur entschuldigen. Ich hatte nicht damit gerechnet, jemanden auf dem kleinen Hügel zwischen unseren Ländereien anzutreffen.«

»Um genau zu sein, lag unser Treffpunkt nicht *zwischen* unseren Ländereien«, bemerkte Richard von Thebe ernst. Aber war da nicht auch ein Funkeln in den dunklen Augen? »Die Grenze wäre nämlich dort vorn, irgendwo in der Nähe der alten Jagdhütte.« Er deutete zum Waldrand. »Es war also deutlich Von-Thebe-Land, auf dem Sie letzte Woche unterwegs waren.« Er war wohl zu höflich, um sie direkt um eine Erklärung zu bitten.

Clara entschied sich für die Flucht nach vorn: »Und wieder erwischt. Sie scheinen schon recht gut zu wissen, wo die Grenzen Ihres späteren Besitzes verlaufen. Und sicher fragen Sie sich zu Recht, was ich dort zu suchen hatte. Ich muss gestehen, dass ich neugierig war. Der Pferdezüchter Triest hat uns kürzlich einen neuen Hengst gebracht. Als ich mich nach zwei seiner vielversprechendsten Stuten erkundigte, auf die ich selbst ein Auge geworfen hatte, teilte er uns mit, dass sie nun bei Ihnen leben. Ich war also ... nun ...« Verflixt, die Worte gingen ihr aus unter seinem dunklen, ernsten Blick.

»Wissbegierig, wie es ihnen geht?«, schlug Richard von Thebe vor.

»Neugierig«, gab Clara zu.

Da zuckte es zum ersten Mal amüsiert im glattrasierten Mundwinkel des jungen Barons. Trotzdem antwortete er zuvorkommend: »Sie hätten wohl nicht einfach einen Besuch ankündigen und sich die Stuten vor Ort ansehen können?«

»Wohl nicht«, antwortete sie. »Womöglich ist Ihnen in der Zeit, die Sie nun hier leben, aufgefallen, dass es um die nachbarschaftlichen Kontakte unserer Güter nicht besonders gut bestellt ist?«

Ihr Gegenüber neigte den Kopf. »So wenig gut, dass es ein paar Tage gedauert hat, ehe ich herausfinden konnte, dass unsere Nachbarn, Graf und Gräfin von Scheweney, zwei Töchter haben, die etwa im Alter der jungen Frau sein mögen, die mir an unserer Wiese begegnet ist.«

»Das haben Ihre Verwandten Ihnen erzählt?«, erkundigte Clara sich. Dann schienen die von Thebes wohl offener über ihre Nachbarn zu sprechen als ihre eigenen Eltern.

Richard von Thebe strich sich mit der Hand eine dunkle Locke aus der Stirn, die ihm in die Augen zu fallen drohte. »Mitnichten. Glauben Sie mir, wenn ich Ihnen sage, dass einer unserer Hausdiener bei dieser Wissenslücke ausgeholfen hat?«, fragte er.

Jetzt musste Clara wohl oder übel zugeben: »Das glaube ich. Ich selbst habe von Ihrer Ankunft hier durch den alten Kammerdiener meines Vaters erfahren. Wahrscheinlich ist dieser Hausdiener, von dem Sie sprechen, sein Enkelsohn. Ein junger Mann, mit Nachnamen Albrecht?«

»Ja, so heißt er.«

Sie sahen einander an und Clara erkannte in den dunklen Augen ihr gegenüber Verwunderung über den Umstand, dass ihrer beider Familien, die jeweils andere totschwiegen.

Ob er nichts von den Umständen wusste, die zu diesem Zerwürfnis geführt hatten? Hatte sein Vater ihm etwa nie erzählt, dass durch einen unglückseligen Unfall in seiner Jugend ein Mensch zu Tode gekommen war?

Wie gut, dass die Hunde in diesem Moment wieder bei ihnen ankamen. Gimpel ließ sich glücklich hechelnd, mit weit heraushängender Zunge neben Clara ins Gras fallen, während Belle noch mit fliegenden Schlappohren um ihn herumhüpfte.

»Verraten Sie mir, welche der beiden Töchter ich kennenzulernen die Ehre habe?«

»Ich bin Clara von Scheweney, die jüngere«, klärte sie ihn auf.

»Ach«, machte er. »Ich hatte auf die ältere getippt. Von der es hieß, sie habe ihren ganz eigenen Kopf und gehe gern mal eigene Wege.«

»Heißt es das?«

Jetzt war es an ihm, verlegen zu werden. »Verzeihen Sie,

dass ich mich auf Klatsch der Dienerschaft berufe. Aber Tante und Onkel sind unbeugsam hart gegen alle meine interessierten Fragen. Aus ihnen ist nichts herauszubekommen. Und mein Großvater ist ...« Seine Miene verdunkelte sich wie in einer großen Sorge.

»Geht es dem alten Baron nicht gut? Als ich ihn neulich sah, da auf der Bank am Weg, schien er noch ganz gesund zu sein«, hakte Clara höflich nach, als befänden sie sich auf einem Teeempfang und seien sich gerade offiziell vorgestellt worden.

Richard von Thebe hob die Hände. »Körperlich ist er vollkommen in Ordnung, ja. Aber das Alter setzt ihm dennoch zu. Er ist zunehmend ... verwirrt.«

Sie senkte den Blick, denn derartiger geistiger Verfall war etwas, über das niemand gern sprach.

Stille breitete sich zwischen ihnen aus, die unangenehm zu werden drohte. Doch Tessa und die Rappenstute retteten sie, indem sie einander beschnupperten und dann mit angelegten Ohren quietschend nacheinander schnappten.

Der junge Baron und Clara nahmen ihr jeweiliges Pferd zurück und lächelten sich beide entschuldigend an.

»Sie fragen gar nicht, warum nun ich meinerseits auf Ihrem Land unterwegs bin«, stellte Richard von Thebe fest, ohne seinen Großvater noch einmal zu erwähnen.

»Möchten Sie es mir sagen?«

Er zog aus seinem Jackett einen gefalteten und mit einem Siegel versehenen Brief heraus. »Da meine lieben Verwandten in ihrem Schweigen derart verschworen zu sein scheinen, habe ich beschlossen, selbst tätig zu werden. Als zukünftiger Baron von Thebe und hoffentlich guter Nachbar will ich dem Grafenpaar von Scheweney meine Aufwartung machen. Ich hatte vor, in Richtung Friesenhain zu reiten und einem der

Burschen dort mein Schreiben mit meiner Karte zu geben.«
Zögernd betrachtete er sie. »Wahrscheinlich würde es sich
nicht ziemen, Ihnen mein Schreiben auszuhändigen?«

Erschrocken sah Clara ihn an. »Um Himmels willen!«, entfuhr es ihr und sie legte daraufhin rasch die Hand an den
Mund. »Ich bitte um Entschuldigung.«

So wie es aussah, musste ihr Gegenüber ein Lächeln unterdrücken, doch er tat so, als müsste er sich räuspern, und überspielte es so geschickt.

»Nein, nein«, sagte er. »Sie haben ganz recht. Das wäre wohl
der falsche Weg. Sicher ist es Ihnen lieber, wenn niemand erfährt, dass wir schon Bekanntschaft geschlossen haben?«

Rasch nickte sie, froh, dass er so viel Feingefühl zeigte und
sie ihn nicht erst darum bitten musste.

»Dann will ich es ganz richtig machen und mein Gesuch
für einen Antrittsbesuch ganz offiziell von einem Burschen
bringen lassen«, entschied er.

»Danke.« Clara nickte ihm zu, über die Maßen erleichtert
über seinen Takt.

Einen kurzen Moment standen sie unschlüssig voreinander. Dann sah Clara zu Tessa hin. Wäre sie allein, würde sie
auf den Zauntritt und von dort in den Sattel steigen. Doch
solch ein Gebaren samt Heben des Rockes kam in der Gegenwart eines fremden Herren natürlich nicht infrage. Sie
könnte Tessa nun entweder fortführen oder …

»Darf ich Ihnen behilflich sein?«, bot er in diesem Augenblick an. Galant hielt er ihr die Hand hin.

Sie zögerte nicht und ließ sich von ihm über den Tritt im
Zaun in den Sattel helfen.

»Haben Sie vielen Dank.«

»Keinerlei Ursache. Ich freue mich, Sie auf Friesenhain
wiederzusehen«, sagte er.

Sie sah auf ihn hinunter, in die ausdrucksstarken Augen, die sie unter dem schwarzen Haar aufmerksam musterten.

»Komm, Gimpel, es geht heim«, forderte sie den Rüden auf, der sofort aufsprang und zur Stelle war. »Einen schönen Tag!«, wünschte sie Richard von Thebe und ließ Tessa aus dem Stand antraben. Die Stute schien dem fremden Rappen zeigen zu wollen, was ein Friesenhainpferd konnte, und lief so elegant wie selten los.

Belle rannte ein paar Meter mit, wusste anscheinend aber doch, wohin sie gehörte, denn bald drehte sie ab und kehrte zu ihrem Herrn zurück.

Clara konnte diesmal nicht widerstehen und sah sich um, ehe der Pfad sie zwischen die Bäume führte.

Richard von Thebe hatte sich ebenfalls in den Sattel seiner Stute geschwungen, während Belle das Pferd umkreiste, und sah ihr nach. Er hob die Hand zum Gruß. Ohne zu überlegen, erwiderte sie die Geste.

Als sie in das Waldstück ritt und der junge Baron aus ihrem Blickfeld verschwand, fragte Clara sich, welch seltsames Gefühl sie plötzlich beschlich.

Sie fühlte sich leicht und ihr war nach einem grundlosen Lächeln zumute. Natürlich hatte das nichts mit dem zufälligen Zusammentreffen mit Richard von Thebe zu tun. Nein, sie fühlte sich einfach so gut, weil es ein durch und durch schöner Herbsttag war, weil die Vögel sangen und eine leichte Brise ihr Gesicht kühlte. Und trotzdem war da ein seltsames Rumoren in ihr. Wie ein schlechtes Gewissen. Als fiele sie zum ersten Mal in ihrem Leben gerade durch diese freudige Leichtigkeit ihrer Familie in den Rücken.

Luise

25

Als Luise mit Max Brugge an ihrer Seite das Gebäude der Tiermedizinischen Hochschule betrat, nahm in ihr ein Hochgefühl immer mehr Raum ein, das sie nur aus Kindertagen kannte. Wenn sie als Piratin oben im Baumhaus nach fremden Kontinenten ausspähte. Oder als sie vor wenigen Jahren zum ersten Mal in Jeltjes Sattel saß und nach den ersten unsicheren Schritten der jungen Stute die innige Verbindung spürte, die zwischen ihnen seit der dramatischen Geburt bestand.

Ebenso fühlte sie sich jetzt.

»Und was denken Sie zu diesem ehrwürdigen Moment, Komtess?«, fragte Max Brugge in diesem Moment und schreckte Luise aus ihren Gedanken auf. »Sie haben doch kein schlechtes Gewissen Ihren Eltern gegenüber, weil denen wohl noch nicht gewiss ist, was Sie statt der vorgeschobenen, *außerordentlich wertvollen geistigen Bildung* tatsächlich hierherführt?«

Für einen Moment hörte Luise Paulas Stimme in seinen Worten, wie sie Graf und Gräfin von Scheweney ganz nebenbei die Vorzüge eines solchen Besuchs in der Hochschule anpries. Natürlich, wurde ihr in diesem Augenblick klar, hatte ihre Freundin mit ihrem Bruder über den Besuch auf Friesenhain gesprochen.

»Im Gegenteil«, erwiderte sie mit erhobenem Kopf. »Ich denke, meine Eltern wären sehr stolz auf mich, wenn sie mich jetzt sehen könnten. Unser Vater hat bei all seinen Kindern großen Wert auf gehobene Bildung gelegt.«

»Wie schön für Sie«, bemerkte Max Brugge.

Wieder einmal wusste Luise nicht, ob er es ernst meinte oder ob da nicht Spott in seiner Stimme mitschwang. Sie entschied sich dafür, nicht zu antworten.

Josef Schlinger hatte ihnen geraten, zunächst das Sekretariat im ersten Stock aufzusuchen, und dabei erwähnt, dass es wohl besser sei, wenn Max dort allein vorspreche.

Die Gänge dorthin waren auch jetzt am Tage von etlichen Gaslampen erleuchtet, aber menschenleer. Doch hinter einigen Türen, an denen sie vorüberkamen, waren Stimmen zu hören – einzelne, wohl die der Dozenten, und manchmal ein Gewirr, das wohl aus dem dortigen Auditorium stammte.

Während sie die Treppe hinauf in den ersten Stock stiegen, konnte Luise nicht anders, als die Frage zu formulieren, die sie schon seit Tagen immer mal wieder beschäftigte und erst recht, seitdem sie den Architekten Josef Schlinger selbst hatte kennenlernen dürfen: »Kommt es häufiger vor, dass ein Mäzen an einer Hochschule für eine junge Frau vorspricht und ihr damit hilft, ihren Wunsch umzusetzen?«

»Hin und wieder. Warum fragen Sie, Komtess? Hoffen Sie, auch einen aufzutreiben?« Max Brugge sah sie bei diesen Worten nicht an, trotzdem spürte sie sein Amüsement. Ärgerlich ließ sie seine letzte Frage unbeantwortet.

»Sicher hat Frau Schlinger dieser ungewöhnlichen Verbindung zwischen ihrem Ehemann und Hedwig ihren Segen gegeben und heißt gut, dass ihr Mann sich derart für eine junge Frau einsetzt?«, fragte sie stattdessen zurück.

Jetzt war es deutlich. Der dichte dunkelblonde Oberlippenbart zuckte deutlich, weil er sich ein Lachen verkniff. »Verstehe«, sagte er. »Sie möchten wissen, welche Art von … *Gegenleistung* Josef Schlinger fordert für die unschätzbare Hilfe, die er Hedwig angedeihen lässt?« Dann wandte er den Kopf und musterte sie derart, dass Luise mit aufsteigender Röte kämpfen musste, was ihren Ärger noch verstärkte. Dieser selbstgefällige Sozialdemokrat brachte es noch fertig, ihr ihren ersten und womöglich auch letzten Aufenthalt in der Hochschule vollends zu verderben.

»Nun?«, fragte sie spitz, um ihre Verlegenheit und ihre aufschäumende Wut zu überspielen.

»Vielleicht erleichtert es Sie, Komtess, zu erfahren, dass Josef Schlinger nicht verheiratet ist. Er ist schon seit Jahrzehnten der *enge* Freund von Hedwigs Onkel Eduard Schmeid. Er hat also Hedwig wie seine eigene Nicht aufwachsen sehen und schon früh ihr Potenzial erkannt. Wenn jemand ein Einverständnis zur Verbindung zwischen Mäzen und Günstling geben sollte, dann Hedwigs Onkel selbst. Da der jedoch das Bündnis erst angeleiert hat, sehe ich da keine Schwierigkeit. Sie?«

Luise überlegte fieberhaft. Bedeutete *enger Freund*, dass Hedwigs Onkel und Josef Schlinger in einer ähnlichen Lebensgemeinschaft lebten wie Paula und Hedwig? Sie wagte nicht, es auszusprechen. Von solchen Dingen verstand sie nichts und glaubte sich nur zu erinnern, einmal vor Jahren unten in der Küche etwas aufgeschnappt zu haben. Da war vom Sohn einer Bürgersfamilie im Ort die Rede gewesen, der wohl sein Leben lang *Junggeselle* bleiben würde – zumal ja auch das Gesetz nichts anderes zuließ. Dabei hatten sich alle Erwachsenen vielsagende Blicke zugeworfen. Als Luise nachfragte, hatte Frau Rühl rasch das Thema gewechselt.

Sie beschloss, die enge Freundschaft zwischen Hedwigs

Mäzen und ihrem Onkel einfach als selbstverständlich zu nehmen.

»Wenn die Sache so liegt, nicht die geringste«, antwortete sie daher betont gelassen und freute sich heimlich, als sie erkannte, dass auch sie in der Lage war, Max Brugge Rätsel aufzugeben, was sein leicht verwunderter Blick vermuten ließ. Offenbar hielt er sie für leicht zu schockieren. Nun, sie würde ihm anderes beweisen.

In diesem Moment kamen sie an einer Tafel vorbei, die sich in ihrer Breite über vier oder fünf Meter des Flures hinzog. Fasziniert blieb Luise stehen und bestaunte die mannigfaltigen Aushänge und hingekritzelten Notizen zu Vorlesungen und Seminaren.

Max Brugge ließ ihr einen Moment, doch dann wurde er ungeduldig. »Da vorn um die Ecke muss das Sekretariat sein«, sagte er und nickte mit dem Kopf zum Gangende hin. »Ich könnte kurz hineingehen und mich erkundigen, wo wir Rektor Dammann finden.«

Der Huf und sein Aufbau, Prof. Ludeknecht, las Luise gerade. Und: *Kolikbekämpfung durch Futterbeschränkung, Dr. Klein. Zwergenwuchs und Wasserkopf, Dr. Mertzen.*

»Sehr gern«, erwiderte sie, während ihre Hände vor Aufregung kribbelten. Schon allein die Titel der Lehrveranstaltungen klangen brennend interessant. Ach, wenn sie doch nur ....

Max Brugge knallte die Hacken zusammen wie ein Soldat und schritt dann in seinem modischen Tweed-Anzug von dannen.

Luise sah nur aus dem Augenwinkel, wie er sich entfernte. Viel zu spannend waren die Aushänge an der Tafel. Es waren nämlich nicht nur Seminare auszumachen, sondern auch persönliche Notizen.

Ein neuer Student aus München suchte ein Zimmer zur Untermiete. Ein anderer ein gebrauchtes Stethoskop. Einer hatte ein Klavier abzugeben und der nächste eine gut erhaltene Reihe an Fachbüchern für das erste Semester.

Neben diesen privaten Gesuchen, die Luise nur grob überflog, hingen dort auch ein paar Zeitungsausschnitte, die Dozenten der Universität zeigten und mehrfach den Rektor Professor Dammann selbst, der sich zu Belangen der Hochschule äußerte.

Eine Exkursion zum Landesgestüt wurde angeboten und versprach praktische Einblicke in Beschälung und Fohlengeburt sowie Ammenadoption. Nun, da würde sie wohl mit ihrem jetzigen Wissen schon glänzen können.

Luise spürte, wie ihre Handflächen in den Reisehandschuhen zu schwitzen begannen. Sie stellte sich vor, wie sie all diese Seminare selbst besuchen, den Vorlesungen lauschen und andere Gestüte auf Exkursionen besuchen könnte.

An der Tür zu ihrem Bewusstsein zupfte beständig mahnend die dunkle Ahnung, dass dies auf immer ein Traum bleiben würde, doch sie hielt diese Pforte eisern verschlossen, wollte den Hinweis nicht einmal denken. Stattdessen saugte sie alle Eindrücke und Informationen gierig auf.

Dann, vollkommen unerwartet, öffneten sich mit einem Mal auf dem Flur plötzlich mehrere Türen gleichzeitig.

Junge Männer in der Studententracht aus Anzug und Krawatte strebten heraus, allein, mit einer Kladde unter dem Arm, oder zu zweit, zu dritt ins Gespräch vertieft. Erschrocken sah Luise sich plötzlich einer Flut an fremden Gesichtern gegenüber, von denen viele einfach an ihr vorübereilten. Einige Augenpaare jedoch blickten sie verwundert an, wie sie hier stand und augenscheinlich in die Aushänge am schwarzen Brett vertieft war. Ihr erlesenes Kleid, dem ihre Herkunft womöglich anzusehen war, samt Hut mit Reiseschleier, zeichneten sie deutlich als Fremdkörper aus.

Der große Ansturm ebbte rasch ab, und auf dem Gang standen nur noch wenige kleine Grüppchen beisammen. Ganz in ihrer Nähe diskutierten vier junge Männer über den Einsatz von Chloroform bei schwierigen Operationen. Doch einer von ihnen, das registrierte Luise sehr wohl, sah immer häufiger zu ihr herüber, während seine Kommilitonen ganz im Thema aufgingen, Für und Wider erörterten.

»Kann ich Ihnen helfen, junge Dame?«, ertönte hinter Luise eine volltönende Stimme.

Sie fuhr zusammen.

»Oh, verzeihen Sie, jetzt habe ich Sie erschreckt.« Der Mann ihr gegenüber besaß gütige Augen, die sie über einen gewaltigen Vollbart hinweg freundlich anblickten.

Luise hatte dieses Gesicht vor wenigen Minuten noch auf Zeitungsbildern studiert. Vor ihr stand niemand Geringeres als der Leiter der Tiermedizinischen Hochschule, Professor Karl Dammann.

»Aber nein, ich bin nur etwas ... nervös, Professor Dammann«, antwortete sie schnell.

Er runzelte die Stirn. »Helfen Sie mir bitte, kennen wir uns? Warten Sie auf einen meiner Studenten, einen Bruder oder Verlobten, Fräulein ...?«

»Komtess Luise von Scheweney«, stellte Luise sich vor und deutete instinktiv einen Knicks an.

Professor Dammann antwortete mit einer Verbeugung und reichte ihr die Hand. Der eine Student aus der kleinen Gruppe machte seine Kommilitonen flüsternd auf sie aufmerksam und alle sahen her. Luise versuchte, die neugierigen Blicke zu ignorieren.

»Ah, jetzt verstehe ich, Komtess von Scheweney. Josef

Schlinger erwähnte da etwas.« Mit einem Mal veränderte sich seine Miene, wurde nicht mehr nur von reiner Freundlichkeit, sondern auch von lebhaftem Interesse geprägt, während er sie erneut musterte. Luise konnte sich vorstellen, wie er seine neuen Studenten ins Visier nahm, und hatte augenblicklich Mitleid mit einem jeden von ihnen. Diesen Augen, so liebenswürdig sie auch im ersten Moment blicken mochten, entging bestimmt nichts. Ganz wie es bei einem erfahrenen Mediziner sein sollte.

»Wie überaus wohlwollend von ihm«, sagte Luise. »Ich habe Josef Schlinger gerade noch getroffen, als ich meine Freundin, Fräulein Schmeid, zur Immatrikulation an der Hochschule für Architektur begleitete. Herzlichste Grüße darf ich ausrichten.«

»Verbindlichsten Dank, Komtess.« Er neigte den Kopf und fuhr sich dann durch den dichten Bart. »Wenn ich offen sprechen darf, Komtess, in der Architektur verhält es sich ein wenig anders als in meiner Wissenschaft. An einem Arbeitstisch Zeichnungen anlegen, auf dem Papier Baupläne entwerfen, ja, das ist das eine. Da ist es bei deutlichem Talent der Anwärterin durchaus hin und wieder möglich, eine Ausnahmeerlaubnis zu erwirken. Aber das andere sind Handgriffe und körperliche Anstrengungen, die bei so großen Tieren wie Pferden einiges an Kraft erfordern.«

Er dachte doch hoffentlich nicht, dass sie nicht wusste, was der Beruf eines Rossarztes bedeutete? »Die Aufgaben sind mir vollkommen klar, Professor Dammann«, erwiderte Luise daher rasch. »Auf unserem Gestüt Friesenhain bin ich mit all diesen Dingen aufgewachsen. Sicher haben Sie recht, und ich bin nicht so kräftig wie die meisten Männer. Aber trotzdem habe ich vor drei Wochen noch beinahe im Alleingang ein Fohlen mit eingeklappten Vorderbeinen auf die Welt geholt.«

Als sie an diese Stunden des Bangens und ihres wilden Entschlusses und umsichtigen Handelns zurückdachte, durchflutete sie erneut der Stolz über das Gelingen. »Der Tierarzt war nicht vor Ort und so habe ich selbst die nötigen Handgriffe getan: die Fohlenbeine nacheinander mit einem Strick umschlungen und herausgezogen, sodass die Stute mit ihren Wehen den Rest tun konnte.«

Sie konnte sehen, dass ihre Worte Eindruck machten. Doch ehe sie der Mut verließ, wagte sie noch etwas anderes in die Waagschale zu werfen: »Im Übrigen hat unser alter Tierarzt, Doktor Progel, bei einem Unfall eine Hand verloren. Damals dachten alle, er könne fortan nicht weiter praktizieren. Doch er bildete sich einen seiner Stallburschen als Gehilfen aus. Sein Assistent reiste immer mit ihm. Wann immer dem Doktor eine zweite Hand fehlte, hatte er durch seinen Gehilfen eine dabei. In so vielen Fällen kam es nicht auf die Kraft an, die der alte Doktor nicht mehr einsetzen konnte, sondern auf sein Wissen darüber, was überhaupt zu tun war.«

Professor Dammann hob die Brauen und sah sie aufmerksam an. »Sie haben diese schwierige Geburt ganz allein erkannt und gemeistert?« Sie nickte. Er erwiderte es. »Ich verstehe, worauf Sie mit der Geschichte über Ihren alten Tierarzt hinauswollen, Komtess.« Nun glitt sein Blick an ihr vorbei und einen Moment lang starrte er auf die Wand hinter Luise, als denke er über ihr Argument nach. Dann ging ein Ruck durch ihn. »Leider ist Ihr Erscheinen gerade etwas ungünstig. Ich muss zu einer Konferenz, die ich leite. Haben Sie später am Tag Zeit für eine Unterredung in meinem Büro?«

Wie gern hätte Luise nun beherzt zugesagt, doch sie schüttelte bedauernd den Kopf. »Unsere kleine Reisegesellschaft muss sich in zwei Stunden wieder am Bahnhof einfinden. Leider lässt sich die Rückfahrt nicht verschieben.«

Dammann nickte nachdenklich. »Dann telegrafieren Sie, wenn Sie das nächste Mal in Hannover sind. Wir sollten uns für ein Gespräch ein wenig Zeit nehmen.«

Vor Freude über dieses Angebot schoss Luise das Blut in die Wangen. »Das werde ich sehr gern tun. Vielen Dank, Professor.«

Mit einem knappen »Empfehle mich« neigte er den Kopf und war mit raschen Schritten kurz darauf die Treppe am Gangende hinunter verschwunden.

Luise drehte sich der Kopf. Was für eine schicksalhafte Begegnung! Welchen Eindruck hatte sie wohl auf den Rektor gemacht? Hatte sie sich gut geschlagen? Vielleicht hätte sie ihr Vorgehen bei Athenas Geburt noch etwas mehr ausführen sollen? Aber anscheinend hatte sie auch so überzeugt. Wieso sonst sollte der Professor ihr ein Gespräch vorschlagen? Doch sicher nicht nur, um ihr ihre Idee ausreden zu wollen.

Während sie noch atemlos und mit rasendem Herzen dort stand und kaum fassen konnte, was geschehen war, bemerkte sie zu spät, dass die Gruppe der vier Studenten näher gerückt war.

Erst als einer von ihnen sie ansprach, wurde ihr klar, dass sie sich mittlerweile mit den vieren ganz allein auf dem Gang befand.

»Was durften wir da gerade mitanhören?«, schnarrte er, während sein Blick unverhohlen über ihr Kleid und ihre Taille fuhr. »Eine junge Dame des Adels als Kommilitonin an der Tierärztlichen Hochschule?« Der Sprecher mit schlanker Gestalt und attraktivem Gesicht wandte sich leise lachend an seine Freunde. »Wenn einer von euch mir das erzählt hätte, hätte ich es für einen Witz gehalten.« Einer seiner Begleiter, der von der Natur nicht mit derselben Schönheit wie sein Freund, sondern mit einem bulldoggenartigen Kiefer ausgestattet worden war, grinste breit, als der Wortführer fortfuhr: »Und eine Fohlengeburt mit eingezogenen Vorderbeinen gemeistert? Ganz allein? Etwa in diesem feinen Aufzug?«

Wie kam dieser dahergelaufene Schnösel dazu, so herablassend mit ihr zu reden! Luise, die sich der Überzahl dieser Kerle gegenübersah, versuchte ihre aufkommende Unsicherheit zu verbergen, indem sie schnippisch antwortete: »Ich wüsste nicht, was Sie das angeht, mein Herr.«

Derjenige, der sie angesprochen hatte, lachte nun laut. »Mein Herr! Habt ihr das gehört? Fritz, merk du dir das gut! Demnächst heißt es hier auf den Gängen nur noch ›aber bitte, gnäd'ges Fräulein‹ und ›vielen Dank, mein Herr‹.« Er knickste spöttisch.

Fritz, mit dem Gesicht eines Windhundes – sahen denn hier alle wie Hunde aus? –, blickte jetzt ein wenig ratlos drein. Offenbar war er nicht sicher, ob er seinem Freund zustimmen sollte oder gegen die Komtess lieber höflich bleiben sollte.

Luise überlegte fieberhaft. Was sollte sie tun?

Dies war nicht ihr natürliches Habitat, in dem die Artigkeiten galten, zu denen sie erzogen worden war, die sie kannte. Zu gern hätte sie den Studenten, die wahrscheinlich nicht älter als sie selbst waren, Gleiches mit Gleichem vergolten. Doch ihr fiel schlicht nichts derart Gehässiges ein. Was ihr jedoch beim Blick in die sie umgebenden Gesichter, Windhund, Bulldogge, einfiel, war Gimpel. Es war ein paar Monate her, dass der Anführer der Jagdhunde die Pforte des Zwingers aufgebrochen und die anderen zu Unruhe angestiftet hatte. Gemeinsam hatten sie Jagd auf die Lämmer auf der Nachbarwiese gemacht. Gimpel, der dösend am Garten gelegen hatte, war sogleich zur Stelle gewesen. Zielsicher hatte er sich den Anführer herausgepickt und war ihm krachend in die Seite gefallen. Der Jagdhund hatte jaulend das Weite gesucht, seine Meute aufgestört hinter ihm drein. »Da seht ihr«, hatte der Graf damals gesagt, weil sowohl Marie als auch Clara und Luise anwesend waren. »Immer den Aggressor greifen und nie zeigen, wenn man Angst vor ihm hat. Dann regelt sich alles von allein.« Dazu hatte er dem stolzen Gimpel gebührend die Seite geklopft.

Diese Situation plötzlich genau vor Augen fixierte Luise den Anführer der kleinen Gruppe.

»Wenn die Medizinstudenten hier nicht zwei Gesichter haben, dann tut es mir sehr leid um Sie, mein Herr«, begann sie und hatte damit die Aufmerksamkeit auch seiner Freunde, die zwischen ihnen beiden hin und her sahen, »wenn Sie nicht in der Lage sind, hier im Zentrum von Bildung und Wissen Höflichkeit und Respekt zu zollen, dann werden Sie es wohl draußen auch nicht schaffen.« Und um ihm nicht zu zeigen, wie ihre Hände bebten, ballte sie sie zu Fäusten und trat einen Schritt auf den jungen Mann zu. Der wich instinktiv zurück. Ha! Luise triumphierte innerlich und das gab ihr noch mehr Auftrieb. »Und somit wird es Ihnen wahrscheinlich nie gelingen, das Herz einer ehrenwerten Frau zu gewinnen. Manieren scheinen bei der Auswahl der Studierenden hier jedenfalls nicht geprüft zu werden. Vielleicht sollte ich Rektor Dammann darauf aufmerksam machen?«

Die Züge auf dem gut aussehenden Gesicht ihr gegenüber entgleisten. Der junge Mann wurde puterrot und öffnete bereits den Mund, als Windhund, Bulldogge und der Vierte im Bunde sich wie verabredet gemeinsam abwandten. Als seien sie nie Zeuge dieses feigen verbalen Angriffs geworden, gingen sie erst langsam, dann immer zügiger den Korridor entlang davon.

Der Schönling brauchte ein paar Sekunden, um zu begreifen, dass er allein stand. Dann drehte er sich abrupt fort und folgte seinen Freunden. In wenigen Augenblicken erreichten sie die Treppe und verschwanden hinunter, ohne sich noch einmal umzusehen.

Luise wollte gerade erleichtert aufatmen, als sie hinter sich Schritte vernahm.

Sie fuhr herum. Nur um festzustellen, dass Max Brugge von der Ecke her auf sie zugeschlendert kam.

»Herr Brugge!«, stieß sie hervor, zwischen Erleichterung, Beschämung und Zorn schwankend. »Wo waren Sie so lange?«

Er deutete mit dem Kopf zurück. »Gleich dort. Ihnen hätte nichts passieren können.«

Ungläubig starrte Luise ihn an. »Wollen Sie etwa sagen«, begann sie dann mit vor Empörung sich fast überschlagender Stimme, »dass Sie diese Frechheiten einfach mitangesehen und nicht eingegriffen haben?«

Max Brugge klopfte ein paar unsichtbare Fusseln von seinem Revers. »Ich an Ihrer Stelle, Komtess, wäre dankbar für diese kleine Lehre. Natürlich hätte ich eingreifen und den Bengeln Manieren einbläuen können, aber was hätte Ihnen das geholfen? Glauben Sie wirklich, dass Männer wie diese Kerle sich anders benehmen werden, wenn Sie das Abzeichen einer immatrikulierten Studentin an der Brust tragen? Fragen Sie doch Hedwig danach, welchen Anfeindungen und welchem Spott sie schon im Vorfeld ihres Antrags zum Ausnahmeverfahren ausgesetzt war. Ich denke, wenn Sie ihre Geschichten hören, werden Sie feststellen, dass es nie früh genug sein kann, um Situationen wie diese meistern zu lernen. Schließlich kann nicht immer hinter der nächsten Ecke ein Ritter warten, der im Notfall bereit wäre, beizuspringen und Sie zu retten.«

»Ein Ritter? Ausgerechnet Sie?«, rief Luise, der es plötzlich gleichgültig war, ob jemand sie hören könnte. »Denken Sie, ein Ritter hätte zugeschaut, während eine junge Dame von ein paar Flegeln gedemütigt wird? Und dann noch mit diesem Argument, dass ich es lernen müsse, mich durchzusetzen? Sie … Sie …« Hier brach sie ab und schnappte nach Luft, ihn empört anstarrend.

Doch während sie seine Miene musterte, in der sich neben Amüsement nun auch ein wenig Sorge mischte, wurde ihr mit einem Schlag klar, dass dieser unverschämte Sozialdemokrat mit einem Teil seiner Rede wohl tatsächlich recht hatte. Und dies war ein Gedanke, der ihr bisher noch nicht gekommen war. Immer hatten ihre Überlegungen darum gekreist, was ihre Eltern zu ihren Plänen sagen könnten, und in letzter Zeit auch darum, ob ihr Großvetter Johan seiner Ehefrau ein Studium gestatten würde. Für den unwahrscheinlichen Fall, dass sie sich würde durchsetzen können, war ihr ihr zukünftiges Leben stets wie das Paradies erschienen: lernen dürfen, was sie zu wissen verlangte, mit aller Kraft auf den ordentlichen Abschluss hinarbeiten, und letztendlich einen sinnvollen Beruf ausüben. Das alles wäre die Erfüllung ihrer Wünsche. Hatte sie geglaubt.

Aber nun wurde ihr mit einiger Beklommenheit klar, dass Widerstand nicht nur durch ihre Familie und ihren zukünftigen Mann zu erwarten war und dass Hohn wohl ein beständiger Begleiter auf diesem Wege sein würde.

»Da schweigt die Komtess«, stellte Max Brugge fest. Doch in seiner Stimme klang nicht die Häme, mit der Luise nun eigentlich gerechnet hätte, weil er Zeuge von auftretenden Schwierigkeiten geworden war, an die sie noch nicht einmal einen Gedanken verschwendet hatte. Nein, es wirkte eher so, als bemühe er sich zwar um den für ihn typischen, feinen Spott, könne aber auch eine gehörige Portion Mitgefühl, sogar echt empfundenes Bedauern über die Umstände, nicht unterdrücken.

Weil sie nun erst recht nicht mehr wusste, wohin mit dem aufgestauten Ärger platzte Luise heraus: »Komtess! Komtess! Wieso betonen Sie immer wieder so deutlich, dass ich von Adel bin? Das scheint Ihnen ein Dorn im Auge zu sein, Herr Brugge. Aus welchem Grunde?«

Max hob die Brauen. »Ein Dorn? Mitnichten, Luise.« Sie schnappte nach Luft, weil er ihren Vornamen nutzte. Und konnte doch nichts dagegen sagen, weil sie sich selbst gerade noch beschwert hatte, dass er ihren Titel stets so betonte. »Aber gehe ich recht in der Annahme, dass Angehörige des Adels mit vielen Privilegien aufwachsen, die ihnen den Weg ins erwachsene Leben wie eine gepflasterte Straße ebnen? Respekt, den alle anderen sich erst verdienen müssen, wird Ihresgleichen doch allein durch den Rang der Eltern in die Wiege gelegt, nicht wahr?«

Luise trat einen Schritt vor, ähnlich wie sie es gerade bei diesem Studenten getan hatte.

»Und haben Sie bei Ihrer Kritik auch bedacht, Max«, zischte sie und sah mit Genugtuung, wie seine Augen sich überrascht weiteten, als auch sie ihn beim Vornamen nannte, »dass genau dies mein Dilemma ist? Ja, es stimmt: Ich habe nie um meine gesicherte Zukunft fürchten müssen, habe außergewöhnlich gute Bildung und Wohlstand genossen. Aber haben Sie sich einmal gefragt, was es mich kosten würde, gegen den Willen meiner Familie meinen eigenen Weg zu gehen?« Sie hob die Hand und wedelte mit einem behandschuhten Finger vor seiner Nase herum. »Nein, daran denken Sie nicht, während Sie von Ihrem hohen Ross auf mich herabsehen. Dabei liegt der Fall bei Ihnen doch gar nicht so anders als bei mir.« Sie stemmte die Hände in die Hüften.

»Sie mögen nicht von Adel sein. Aber Sie sind wohlhabend, von einem liberalen Vormund erzogen, der Ihnen alle Freiheit zur persönlichen Entwicklung ließ. Erzählen Sie mir nicht, dass Sie je um das Recht zu Ihrer persönlichen Entfaltung haben kämpfen müssen!« Er öffnete den Mund, um etwas zu erwidern, doch Luise schüttelte unwillig den Kopf, denn sie war noch nicht fertig: »Ich kann für meinen Titel nichts. Er wurde mir angeboren. Aber Sie, als Sozialdemokrat, als der Sie sich selbst bezeichnen, können doch sehr wohl entscheiden, ob Sie auf der Seite der wohlhabenden Arbeitgeber und ausbeutenden Fabrikanten oder auf der der bemitleidenswerten Arbeiter stehen, oder?«

Für einen Moment blinzelte Max Brugge. Sie schien ihn tatsächlich mit ihren Worten getroffen zu haben. Und es tat ihr nicht einmal leid. Waren diese Männer denn nicht alle gleich, die meinten, darüber urteilen zu können, wer sie war und was in ihr steckte?

»Das ist also Ihre Meinung von mir, Komtess?«, fragte er schließlich. Vorüber der kurze Moment, in dem er ihren Namen benutzt hatte. Er hakte die Daumen in die Taschen seiner Weste. »Nun, ich lade Sie ein, sich vor Ort selbst ein Bild davon zu machen, wie es unseren Arbeitern geht. Besuchen Sie mich in der Fabrik. Sie können jederzeit vorbeikommen. Ein Überraschungsbesuch ist doch wohl eigentlich am überzeugendsten, oder? Ich werde Ihnen zeigen, dass Ihre Vorurteile mindestens ebenso groß sind wie meine gegenüber dem Adel.«

Luise überlegte erst gar nicht, ob sie die Erlaubnis zu diesem Besuch erhalten würde. Mit hitzigem Gesicht fauchte sie: »Die Einladung nehme ich zu gern an. Aber ich warne Sie, Herr Brugge. Ich werde mir meine Meinung selbstständig bilden. Schmeicheleien oder Komplimente lassen Sie besser beiseite – auch wenn ich die von Ihnen sowieso nie erwarten würde –, denn ich bin wild entschlossen, mir ein eigenes Bild zu machen.«

Er bedachte sie mit einem langen Blick, den sie ebenso ernst erwiderte.

»Abgemacht«, sagte er. »Und im Übrigen: Nichts anderes habe ich von einer Freundin meiner Schwester erwartet.«

Marie

26

Marie hatte sich in den letzten Tagen angewöhnt, abends stets ein Zaumzeug oder Halfter mit ins Haus zu nehmen, vorgeblich um schadhafte Stellen auszubessern oder rissiges Leder einzufetten. Ihr Vater wunderte sich vielleicht darüber, dass sie die Arbeit, die sie üblicherweise im Stall verrichtete, nun in der Küche des kleinen Pförtnerhäuschens vornahm, sagte jedoch nichts. Und morgens war diese Tätigkeit eine gute Entschuldigung für sie, noch im Haus zu bleiben, während Paas bereits hinüber in den Hof ging, nach dem Rechten sah und die täglichen Aufgaben der Stallburschen einteilte. In Wahrheit wählte Marie absichtlich stets nur solche Stücke aus der Sattelkammer aus, an denen nicht allzu viel zu tun war. So brauchte es nur ein paar Handgriffe, um sie zu richten. Danach eilte sie hinaus zu Stürmers Koppel, wo Wilhelm oft schon auf sie wartete, immer ein Buch auf dem Schoß oder in der Hand und ein paar Leckereien für den Hengst in der Tasche.

Heute hatten sie einen weiteren Erfolg erzielt, indem der junge Graf dem Pferd die Hufe anheben und sie kontrollieren konnte, während Marie beruhigend Stürmers Hals streichelte und ihm gut zuredete. Vielleicht wäre das jemand anderem als ein jämmerlich kleiner Schritt erschienen, doch Marie war sicher, dass sie sich mittlerweile einer Grenze näherten, hinter der Stürmer weit zutraulicher und vertrauensvoller sein würde, indem er seine Angst vor Wilhelm und ihr endgültig überwand.

So war sie gut gelaunt und voller Zuversicht, als sie sich nach ihrer kleinen Übungseinheit trennten und Wilhelm durch das Nordtor in den Innenhof ging. Sie selbst lief ins Haus, kontrollierte den Zaum, den sie gestern mit hereingenommen hatte, befand ihn für zufriedenstellend ausgebessert und verließ mit dem Kopfteil in der Hand das Pförtnerhaus.

Vielleicht hatte sie Glück und Luise und Clara würden heute einen gemeinsamen Ausritt vorschlagen. Das war stets eine wunderbare Gelegenheit, Neuigkeiten auszutauschen. Von Wilhelms Erfolgen bei Stürmer durfte sie natürlich nichts berichten, denn das hatte sie ihm versprochen. Aber Luise war gestern Abend spät von ihrem Ausflug nach Hannover zurückgekehrt, und Marie brannte darauf zu erfahren, ob sie tatsächlich an der Tiermedizinischen Hochschule gewesen war und was sie dort erlebt hatte. Sicher würde Luise nur zu gern davon erzählen.

Als sie die Stufen hinabging, bemerkte sie drüben neben dem Nordtor im Schatten des Hauses zwei Gestalten. Es war nicht ungewöhnlich, dass dort jemand ging, denn der Hengststall mit den Ausläufen lag vom Tor aus nach rechts gen Osten hinüber, so wie sich das Pförtnerhaus nach links gen Westen befand. Stallburschen, die zur Versorgung der Hengste abgestellt waren, Lieferanten oder der Postbote nahmen alle diesen Weg. Doch die beiden, die dort an der Wand standen, wirkten nicht, als seien sie auf dem eiligen Weg zu einer Verrichtung. Sie drückten sich an die Mauer, als wollten sie verhindern, durch die über ihnen liegenden Fenster des Gebäudes womöglich vom Dienstpersonal oder jemandem der Familie gesehen zu werden.

Marie blieb stehen und kniff die Augen gegen das Morgenlicht zusammen, um besser sehen zu können.

Die Gestalten waren beide klein und zart. Kinder? Sie dachte an die Jungs, von denen Luise berichtet hatte, die im hinteren Teil des Parks Maronen gestohlen hatten.

Da wandte sich eine der beiden zur Seite, und sie erkannte, wer dort stand. Sie ging hinüber.

»Alfred? Was tust du denn hier?«, fragte sie, als sie nur noch wenige Meter entfernt war.

Beide Gesichter wandten sich ihr erschrocken zu. Etwas, das gerade von der einen Hand in die andere gewechselt war, fiel zu Boden. Alfreds Besucherin, ein mageres Mädchen mit struppigem Haar, entfuhr ein kleiner Schreckenslaut, und sie bückte sich rasch, um danach zu greifen. Es war ein Kanten Brot, den sie hastig in der Tasche ihres zerlumpten Kittels zu verbergen suchte.

Alfreds Augen waren geweitet, als er sie anblickte. Seine Sommersprossen wirkten im plötzlich käsebleichen Gesicht wie Drecksprenkel.

Marie sah fragend zwischen dem Jungen und dem unbekannten Mädchen hin und her. »Nun? Willst du mir deine Freundin nicht vorstellen?«

Alfred schluckte mehrmals, während das Mädchen sich derart zusammenkrümmte, als erwarte es jeden Moment einen Schlag oder zumindest böse Worte, vor denen es sich zu ducken galt.

»Das ist Änne«, sagte Alfred schließlich. »Änne Reuben. Ich kenne sie, von wo ich früher gearbeitet hab.«

Marie musterte Änne genauer. Das Kind war vielleicht elf oder zwölf Jahre alt, dünn wie ein Stock, mit rauer Haut und aufgekratzten Schorfstellen an den gräulichen Händen, die sich in ihren schmutzigen Kittel krallten.

»Dann bist du die Tochter vom Pferdehändler Reuben?«, hakte sie mit freundlicher Stimme nach, denn die Kleine tat ihr schrecklich leid. Jedem fühlenden Menschen musste sich bei Ännes Anblick das Herz vor Mitleid zusammenziehen.

Das Mädchen nickte.

»Und was tust du hier, Änne? Wolltest du einfach nur deinen Freund Alfred besuchen? Bis zu eurem Hof ist es doch ein ganz schöner Fußmarsch, meine ich.«

Änne wagte es offenbar nicht, den Blick von ihren Fußspitzen zu heben.

»Schau mich doch mal an, Änne«, bat Marie sanft. »Du musst keine Angst vor mir haben. Ich tue dir ganz sicher nichts.«

Änne rührte sich erst nicht. Dann aber vollführte sie plötzlich so etwas wie einen ungelenken, tiefen Knicks.

Alfred wand sich vor Verlegenheit. »Das ist das Fräulein Paas, Änne. Hab ich dir doch von erzählt.«

Da hob seine junge Besucherin endlich vorsichtig den Kopf und sah Marie ängstlich an. »Ich dachte, Sie wär'n die Komtess«, piepste sie.

»Auch die würde dir nichts Böses wollen«, stellte Marie klar und lächelte sie besonders herzlich an. »Aber nun sag doch, was dich hierherbringt.«

Ihr fiel auf, wie die schmalen Hände zu der prall gefüllten Kitteltasche wanderten. Eine glitt zögernd hinein und zog den Brotkanten hervor, der gerade in ihrem Schreck im Gras gelandet war. Das Mädchen präsentierte ihre Beute auf der zitternden Hand.

Maries Blick glitt zu Alfred.

Dessen Augen füllten sich sofort mit Tränen. »Ich hab

nichts genommen, was mir nicht zusteht, Fräulein Paas«, jammerte der kleine Kerl. »Das is das Brot, das Frau Rühl mir neben den Suppenteller gelegt hat. Ich hab's nich selbst gegessen, hab es aufgespart. Weil ich dachte, Änne kommt vielleicht. Hab doch nur geteilt, was mir gehört. Das ist doch kein Diebstahl, nech?«

Mit der einen Hand strich Marie über Alfreds Schulter, mit der anderen schloss sie von unten Ännes klamme Finger um das Brotstück. »Nein, das ist wahrlich kein Diebstahl, Alfred. Im Gegenteil, das ist christliche Nächstenliebe. Du selbst hast auf etwas verzichtet, damit jemand anderer etwas bekommt. Teilen spricht immer von Güte und Wohltätigkeit, denn damit tun wir anderen etwas Gutes.«

Der Brotkanten verschwand wieder in der Kittelschürze, in der sich sichtbar noch einiges andere befand. Doch Marie übersah es geflissentlich. Vielleicht war es ein Stück Hartwurst, Käse, ein Apfel oder Pflaumen. Egal, was es war, dieses Mädchen würde es mehr brauchen als alle, die auf Friesenhain lebten.

»Ihr habt nichts Unrechtes getan, ihr zwei«, sagte Marie eindringlich. »Aber wenn du wieder etwas mit Änne teilen möchtest, Alfred, dann komm vorher zu mir, ja? Du musst hier am Gut hart arbeiten und brauchst dein Essen, damit du kräftig bleibst. Aber sicher finden sich ein paar Dinge, auf die Frau Rühl in der Küche wird verzichten können. Ich werde dann mit ihr sprechen und euch helfen. Willst du das versprechen?«

Alfred sah sie an, als habe er die Erscheinung einer Heiligen vor sich. »Ja, Fräulein Paas. Ich schwöre, bei der Jungfrau Maria. Und beim Vaterunser. Und beim Heiligen Geist«, sagte er ergriffen.

Marie unterdrückte ein Schmunzeln. »Na dann, ab an die

Arbeit!« Sie wies in Richtung Hengststall, und mit einem heftigen Nicken, das ihm fast die Mütze vom Kopf riss, rannte er davon. Änne warf Marie einen letzten, scheuen Blick zu und lief ebenfalls davon. Nach ein paar Metern drehte sie sich noch einmal um und rief: »Auf Wiedersehen, Fräulein Paas!« Dann verschwand sie hinter ein paar Büschen des Parks.

Nachdenklich sah Marie dem Kind nach.

Der Pferdehändler Reuben war bekannt dafür, dass er bei zwielichtigen, sogenannten Züchtern, schlecht gehaltene, oft unterernährte Tiere billig aufkaufte, sie ein wenig aufpäppelte und dann für horrende Preise weiterverkaufte. Trotz seiner Gewinnspanne gelang es ihm immer noch, den Preis für die gut gezogenen, wertvollen Friesenhainpferde zu unterbieten. Auf diese Weise hatte schon mancher Käufer, dem es nicht auf Herkunft und Qualität ankam, sein Arbeitstier für weniger Geld von Reuben erstanden.

Der Graf, das wusste Marie von ihrem Vater, ärgerte sich zwar über die Dreistigkeit Reubens, nahm diese Konkurrenz jedoch nicht für voll. Die Kavallerie des in Oldenburg stationierten Dragonerregiments hielt Friesenhain stets die Treue und nur darauf kam es dem Grafen an.

Vor zwei, drei Jahren hatte ihre liebe Frau Rühl einmal davon gesprochen, dass Reubens Frau zusammen mit dem Baby gestorben sei. Doch Marie hatte nicht recht hingehört. Der Reuben-Hof lag an die zehn Kilometer weit entfernt, noch über die Handelsstraße hinweg. Und da sie mit ihnen eh nichts zu schaffen hatten, hatte sie das Schicksal der Familie nicht besonders interessiert.

Alfred, der bei dem Pferdehändler ein ganzes Jahr hart gearbeitet hatte, hatte anfangs bei der Arbeit im Stall das eine oder andere erzählt. Marie hatten sich die Haare dabei gesträubt, denn den Knechten dort ging es offenbar miserabel.

Reuben schien ein echter Leuteschinder zu sein. Und offenbar sorgte er auch nicht gut für seine eigenen Kinder, dass die es nötig hatten, so weite Wege für ein bisschen Essen zu gehen.

Immer noch berührt von der Begegnung mit dem armen Kind, ging Marie durch den dunklen Tordurchgang in den Innenhof. Just in diesem Augenblick wurde die doppelflügelige Tür am Haus jenseits der quadratischen Rasenfläche geöffnet. Luise und Clara kamen heraus, beide in ihren Reitröcken. Marie konnte Luises Augen bis hierher blitzen sehen, ihre ganze Gestalt schien vor Energie zu sprühen. Clara lächelte ihr entgegen.

»Marie, ist das nicht ein herrlicher Herbstmorgen?«, rief Luise und winkte. »Hast du Zeit für einen Ausritt?«

Marie musste schmunzeln, denn genau so hatte sie es sich gedacht. Während sie Rudi und einem der älteren Stallburschen Anweisung zum Satteln der Pferde gab, erging die ungeduldige Luise sich bereits in Andeutungen zu ihrer Reise nach Hannover. So wie es klang, hatte sie jede Menge erlebt.

Und über all den spannenden Dingen hatte Marie den kleinen Alfred und seine junge Freundin bald schon vergessen.

Luise

27

Das Wochenende war dahin und am Montag saß die Familie beim Frühstück, als Ranke hereinkam, das silberne Tablett mit zwei Briefen darauf vor sich hertragend.

Graf Hermann von Scheweney war in seine Morgenlektüre des *Landwirtschaftlichen Anzeigers* vertieft und griff geistesabwesend nach den Umschlägen. Einen reichte er sogleich über Wilhelm an Luise weiter. Er stammte von Johan, der schon ein paar Mal geschrieben hatte, seit er Friesenhain verlassen hatte. Immer mit amüsanten Berichten von seinen Verwandtschaftsbesuchen. Luise bemerkte, dass ihre Mutter sie dabei beobachtete, wie sie den Umschlag entgegennahm. Luise erwiderte ihren Blick mit einem Lächeln, das ihre Mutter hoffentlich mehr überzeugte als sie selbst, und legte das Kuvert neben ihren Platz. Sie würde Johans Zeilen später lesen. Ihre Mutter spitzte kurz die Lippen. Vielleicht war sie der Ansicht, ihre Tochter solle es nicht abwarten können, den Brief zu lesen, und ihn am besten gleich hier vor ihnen allen öffnen.

Für einen Moment überlegte Luise, ihr den Gefallen zu tun. Doch dann sah sie aus dem Augenwinkel, dass ihr Vater in der Bewegung erstarrt war. Auch die anderen hatten es bemerkt. Alle sahen zu ihm hin, während er das zweite Kuvert nun in der Hand hin und her wendete, als könne er durch reines Anschauen herausfinden, was es ihm sagen wollte.

Schließlich brach er das Siegel und faltete den Brief auf. Er überflog die wenigen Zeilen, runzelte die Stirn, überflog sie erneut.

Luise wollte einen fragenden Blick mit Clara tauschen. Doch ihre Schwester sah gebannt zum Vater hinüber und schien regelrecht die Luft anzuhalten. Hatte sie vielleicht eine Ahnung, worum es sich bei dem Schreiben handelte?

Schließlich hob ihr Vater den Kopf und sah in die Runde, wobei sein Blick an Gräfin Anna hängen blieb.

»Wir werden Besuch bekommen«, erklärte er. »Der junge Erbe vom Freiherrn von Thebe kündigt seinen nachbarschaftlichen Antrittsbesuch an und möchte sich vorstellen. Richard von Thebe, der Sohn von Friedrich.«

Stille senkte sich über den Tisch.

Die Gräfin war weiß wie die Kerzen in den Leuchtern geworden.

»Ich hatte keine Ahnung, dass Baron von Thebe unter seinen Neffen einen Erben gewählt hat«, sagte sie dann mit tonloser Stimme, die in Luises Ohren ganz fremd klang.

Wilhelm sah zwischen den Eltern hin und her. »Ich auch nicht. Ist dieser Erbe der Sohn von Friedrich von Thebe? Von jenem ...?«

»Albrecht hat neulich mal erwähnt, dass der junge Baron seit etwa einem halben Jahr bei Onkel und Tante lebt«, fiel Clara ihm ins Wort. Als nun alle sie ansahen, wurde sie tiefrot. Luise konnte wieder einmal nur staunen, dass ihre Schwester stets über alle Belange Friesenhains Bescheid wusste – offenbar auch besser als Eltern und Bruder.

»Albrecht?«, knurrte ihr Vater erschüttert. »Und zu mir kein Wort.«

»Weil er doch weiß …«, versuchte Clara sogleich den Diener in Schutz zu nehmen, bog dann aber ab, indem sie mit seltsam flattriger Stimme sagte: »Vielleicht stand noch nicht fest, ob der Neffe bleiben wollte, und jetzt, wo er sich dazu entschieden hat, möchte er vorstellig werden?«

Luise sah, wie ihre Mutter von der verlegenen Clara zum Grafen blickte. Doch der starrte immer noch auf die Zeilen in seiner Hand.

»Werden wir ihn empfangen?«, wollte Luise wissen. Zeit ihres Lebens hatte niemals ein von Thebe seinen Fuß über die Schwelle von Friesenhain gesetzt. Sollte sich dies nun plötzlich ändern?

Auch ihre Mutter schien sich der Antwort nicht sicher zu sein, denn sie sah den Grafen weiter mit unbewegter Miene abwartend an.

Schließlich ging ein Ruck durch ihn, und er schüttelte unwillig den Kopf, als könne er die unliebsamen Erinnerungen, die mit Familie von Thebe verbunden waren, auf diese Weise loswerden.

»Selbstverständlich empfangen wir ihn. Die Grafen von Scheweney wissen schließlich, was sich ziemt. Er kommt am Freitagvormittag«, entschied er, legte den Umschlag zurück aufs Tablett, tupfte sich energisch Mund und Bart mit der Serviette und gab vor, sich wieder in den Anzeiger zu vertiefen.

Damit war das Thema für ihn offenbar beendet.

Luise warf ihrer Mutter einen raschen Blick zu. Die saß steif aufgerichtet und starrte auf ihren Teller, die Gedanken offenbar vollkommen von der Neuigkeit gefangen.

Vielleicht wäre dies ein guter Moment? Ein Augenblick, in dem alle um eine willkommene Ablenkung von dieser Angelegenheit froh wären?

Luise legte ihr Besteck nieder und räusperte sich. »Ich bin eingeladen worden, mir die Tapetenmanufaktur Brugge anzusehen«, teilte sie ein wenig schwammig mit. Sollten ihre Eltern davon ausgehen, dass Paula die Einladung ausgesprochen hatte, würde ihr das nur recht sein. »Morgen findet der Konversationsunterricht mit Fräulein Gehmlich statt. Ich dachte daher, ich könnte heute nach Ibbenbüren hinüberfahren?«

Ihre Stimme verebbte über dem Tisch. Für einen kurzen Moment kam ihr der irritierende Verdacht, dass ihre Eltern ihr gar nicht zugehört hatten.

Doch dann hob ihr Vater den Kopf und sah Wilhelm an. »Interessiert dich das nicht auch, Wilhelm? Mit deiner Affinität zu Büchern? Die Manufaktur stellt einen Teil der benötigten Papierrollen selbst her. Ich habe mir sagen lassen, dass diese Maschinen immer leistungsfähiger werden. Sie können zwanzig Tonnen am Tag schaffen.«

Luise durchfuhr ein eiskalter Schreck und sie wartete gebannt, was ihr Bruder antworten würde. Zu ihrer großen Erleichterung schüttelte der den Kopf. »Ich war schon dort, Vater, mit Vetter Johan zusammen, der ja ein Maschinenfreund per se ist. Mich selbst interessiert es weniger, aber er fand es wohl ganz anregend.«

»Johan und du habt die Fabrik besichtigt?«, hakte Luise rasch nach.

Wilhelm warf ihr einen kurzen Blick zu. »Wie ich sagte, es war Johans Vorschlag, weil ihn die dampfgetriebenen Webstühle und die Papierwalzen interessierten. Aber noch einmal brauche ich das nicht zu sehen. Außerdem will ich mit dem Hufschmied sprechen, der heute für die Zweijährigen kommt. Paas sagte, die Preise müssten neu verhandelt werden. Das mache ich lieber selbst.«

Der Graf sah Luise abwägend an und dann weiter zu Clara.

»Wolff könnte mich fahren?«, schlug Luise blitzschnell vor, ehe er auf die Idee kommen konnte, am Ende ihre Schwester oder gar ihre Mutter als Anstandsdame einzusetzen. Doch Letztere schien ohnehin vom Gespräch kaum etwas mitzubekommen.

Da nickte ihr Vater, ebenfalls recht abwesend, und senkte den Blick wieder in die Zeitung. Auch wenn Luise bemerkte, dass er eine geraume Weile nur auf dieselbe Stelle starrte.

Nun, ihr sollte egal sein, was es mit diesem sonderbaren Antrittsbesuch des Erben vom Nachbargut auf sich hatte. Sie hatte die Erlaubnis nach Ibbenbüren zu fahren und dort einen Überraschungsbesuch in der Fabrik der Brugges abzustatten. Max Brugge hatte betont, dass sie jederzeit unangemeldet erscheinen konnte. Dass sie seinen Vorschlag gleich heute umsetzen würde, damit würde er sicher nicht rechnen.

Prompt spürte sie die gewohnte Ungeduld in sich aufsteigen, die sie so gut kannte. Wann immer sie etwas wirklich tun wollte, konnte sie selten abwarten, dass sie endlich aufbrechen konnte.

Daher war sie erleichtert, als die familiäre Frühstücksrunde sich schneller auflöste als gewöhnlich.

Graf und Gräfin verschwanden wortlos im Arbeitszimmer und den privaten Räumen, während Wilhelm mit unbekannten Zielen hinausging. Er hatte sich in der letzten Zeit angewöhnt, in den frühen Morgenstunden oder direkt nach dem Frühstück für eine Weile zu verschwinden. Immer hatte er ein Buch in der Hand und Luise wähnte, dass er sich in irgendeine stille Ecke zurückzog, um ungestört seiner Leidenschaft zu frönen. Als sie die Treppe hinauflief, hörte sie aber Claras rasche Schritte hinter sich.

»Brauchst du Agnes?«, wollte Luise wissen, die bereits

Ranke nach dem Kammermädchen geschickt hatte. Natürlich musste sie sich für den Ausflug umziehen, eines ihrer Ausgehkleider wählen.

Ihre Schwester wirkte aufgelöst. »Nein, nein, sie kann dich ruhig zurechtmachen. Ich wollte nur kurz mit dir über diesen Antrittsbesuch reden«, sagte sie und lächelte fahrig.

Ganz von ihren Ausflugsplänen beherrscht, musste Luise eine Sekunde überlegen, wovon sie sprach. »Ach ja, der Erbe des Barons. Kriegen wir nun doch mal einen von Thebe von Nahem zu sehen? Was gibt es da denn zu besprechen?«, erkundigte sie sich dann, und sie bogen gemeinsam in den von der Empore abgehenden Flur ein. Luise öffnete ihre Zimmertür und sie traten beide ein.

Das breite, bequeme Bett war bereits gemacht und mit der damastenen Tagesdecke abgedeckt. Die Tür zum Ankleidezimmer stand offen und Agnes kam heraus, als sie die Stimmen hörte.

»Das blaue Ausgehkleid, Agnes«, wies Luise sie an. »Ich fahre nach Ibbenbüren und besichtige die Fabrik einer Tapetenmanufaktur.«

Agnes knickste. »Sie könnten das grünschillernde nehmen, Komtess, das mit dem dunklen Rock. Es ist unempfindlicher als das blaue, passt zu Ihrem neuen Hut und steht Ihnen ausgezeichnet.«

Die letzten Worte ließen Luise zögern. Der Gedanke, bei ihrem Überraschungsbesuch auch besonders hübsch aussehen zu wollen, war doch eigentlich lächerlich, nicht wahr? Schließlich würde sie nur auf Max Brugge treffen. Und doch spürte sie nun plötzlich eine eindeutige Tendenz.

»Dass es unempfindlicher ist, ist ein guter Hinweis, Agnes«, sagte sie da, zufrieden über dieses Argument. »Das grüne dann. Und den neuen Hut.«

Agnes verschwand bei offener Tür im Nachbarraum.

Luise ging bereits zur Frisierkommode hinüber und kontrollierte ihre hellbraunen Locken.

Im Spiegel sah sie, dass ihre Schwester ein wenig unentschlossen mitten im Raum stand, die Hände vor dem Körper ineinandergeschlungen. »Was wolltest du denn besprechen, Clara? Was ist mit diesem Antrittsbesuch?«

Der Blick ihrer Schwester huschte zur offenstehenden Tür der Ankleidekammer, hinter der sie Agnes hantieren hören konnten.

Luise hatte den Eindruck, dass Clara lieber nicht riskieren wollte, von ihrem Kammermädchen gehört zu werden.

»Ich frage mich, ob wir etwas tun können, um den Besuch für uns alle möglichst angenehm zu gestalten. So wie Mutter und Vater reagiert haben, fürchte ich eine schreckliche Viertelstunde mit steifer Konversation über das Wetter«, sagte sie dann mit gesenkter Stimme.

Luise hob die Schultern. »Das wäre nicht das erste Mal, oder? Denk nur an die Besuche all dieser langweiligen, jungen Männer auf Brautschau.« Sie schüttelte sich wie ein Hund. »Und dass unsere Eltern das Treffen nicht mit Vorfreude erfüllt, ist kein Wunder, oder? Jahrzehnte gibt es keinen Kontakt zwischen unseren Gütern, wegen dieses furchtbaren Vorfalls damals. Und dann kündigt sich der Erbe einfach so zu einem kleinen Besuch an.«

Luise konnte sehen, wie Clara die Hände in den Stoff ihres Rockes grub.

»Aber trotzdem können wir doch versuchen, es für uns alle zu einer schönen Begegnung zu machen«, wiederholte sie flüsternd, aber beharrlich. »Der junge Baron weiß vielleicht gar nicht, in welche Eishöhle aus Ablehnung er hineingeraten könnte.«

Nun stutzte Luise und betrachtete Clara genauer, die prompt wieder errötete, beinahe so tief wie gerade unten im Frühstückszimmer.

»Das Wohlbefinden des jungen Herrn scheint dich sehr zu beschäftigen. Wieso das?«, wollte sie wissen.

Clara öffnete den Mund. Doch in diesem Moment kam Agnes aus dem Ankleideraum und trug das grüne Kleid über dem Arm, das sie auf dem Bett ablegte. Rasch verschloss ihre Schwester die Lippen wieder, um stattdessen beim Anblick des Kleides zustimmend zu lächeln.

»Du hast wirklich recht gehabt, Agnes«, lobte sie. »Dieses ist für so einen Fabrikbesuch genau das richtige. Und es sieht wunderbar zu deinen Augen aus, Luise.«

Während Agnes die rückseitigen Knöpfe an ihrem Kleid zu öffnen begann, sah Luise Clara fragend an.

Doch die winkte leichthin ab. »Ach, du hast recht. Ich mache mir mal wieder zu viele Gedanken. Am besten, ich überlasse dich jetzt Agnes, und wir sehen uns heute Abend wieder. Bestelle meine Grüße an Fräulein Brugge.«

Luise zögerte kurz. Wären sie allein, hätte sie ihrer Schwester jetzt anvertraut, worum es bei dieser Besichtigung der Fabrik wirklich ging. Doch so sehr sie Agnes schätzte, wollte sie doch nicht, dass irgendjemand sonst davon wusste, dass ihr Gastgeber in Wahrheit Paulas Bruder sein würde. Den sie zudem mit ihrem Besuch überraschen würde.

»Wenn ich sie antreffen sollte« antwortete sie und spürte denselben ausweichenden Gesichtsausdruck, den sie bei Clara sah, auch in ihrer eigenen Miene. Fast, als hätten sie beide ein Geheimnis voreinander. Doch ehe sie den Gedanken weiterspinnen konnte, hatte Clara sich verabschiedet und war hinaus.

Während Agnes ihr aus dem einen Kleid heraus- und in

das andere hineinhalf, versuchte Luise ihre Gedanken an den bevorstehenden Ausflug beiseitezuschieben.

»Und, Agnes, freust du dich darüber, dass nun feststeht, dass der neue Kammerdiener noch in diesem Herbst seinen Dienst antreten wird? Emil Neumann heißt er, glaube ich?«, erkundigte sie sich bei Agnes.

Der Zufall wollte es, dass sie sich in diesem Augenblick umwandte und ihrem Kammermädchen ins Gesicht sah.

Agnes wurde blass um die Nase, und ihre großen Augen weiteten sich noch ein wenig mehr.

»Freuen, Komtess?«, wiederholte Agnes zögerlich, während sie an den Ösen des grünen Ausgehkleids nestelte. »Wie meinen Sie das?«

»Clara hat erzählt, dass du dich um Albrecht sorgst und es begrüßt, wenn er bald seinen Ruhestand genießen kann, ebenso wie wir alle«, erklärte Luise.

Agnes atmete tief aus und versuchte ein Lächeln, das aber ein wenig schief geriet. »Sicher freue ich mich, dass der alte Albrecht dann seine gichtigen Hände schonen kann.«

»Freilich wird er dann seinen Nachfolger noch eine Weile gnadenlos herumscheuchen und jeden seiner Blicke mit Argusaugen beobachten«, malte Luise das Szenario aus.

Agnes lachte. Ihre Augen blitzten plötzlich. »Ja, so wird es wohl sein.«

Seltsam, dachte Luise. Heute scheinen alle irgendwie nicht wirklich preisgeben zu wollen, was sie wirklich denken. Nun ja, sie selbst bildete ja auch keine Ausnahme.

Sie war froh, dass sie weder Clara noch ihren Eltern begegnete, als sie kurze Zeit später die Treppe hinunterlief. Im Hof stieg Wolff gerade auf den Kutschbock. Er hatte die Friesen vorgespannt, wohlwissend, dass sie das schätzte.

Als sie durch das Nordtor hinausrollten, blickte Luise zum

Pförtnerhaus hinüber, und für einen kurzen Moment meinte sie, zwischen Hauswand und Bäumen drüben bei der Koppel die schlanke Gestalt ihres Bruders bei Stürmer stehen zu sehen. Aber da hatte sie sich bestimmt geirrt. Marie hatte sich für ihre Arbeit mit dem Friesenhengst gewiss Verstärkung von einem der Stallburschen geholt. Wilhelm schlug seit jeher um derart nervöse Pferde lieber einen Bogen. Als Kind hatte Luise, die selbst so furchtlos mit jedem Tier umging, ihn deswegen aufgezogen. Bis sie begriffen hatte, dass seine Scheu den Ursprung im schlimmen Unfall ihres Vaters haben musste. Seitdem erwähnte sie es nicht mehr. Und wenn selbst Paas behauptete, es sei für ihn zu gefährlich, mit Stürmer zu arbeiten, dann würde Wilhelm das ganz sicher nicht versuchen.

Sie blinzelte und richtete ihren Blick nach vorn, in Gedanken beim Besuch in der Tapetenmanufaktur.

Luise

28

Die Fabrik der Geschwister Brugge war wesentlich größer, als Luise sie sich vorgestellt hatte. Das stellte sie fest, als die Friesen an der Mauer entlangtrabten, die das gesamte Gelände umgab. Wolff lenkte die Kutsche durch ein breites, schmiedeeisernes Tor auf den gepflasterten Vorhof des dreistöckigen Verwaltungsgebäudes.

Die Gebäude, bestehend aus einem Haupthaus und den etwas entfernt liegenden Fabrikationshallen, waren aus unverputzten Ziegeln erbaut und besaßen allesamt Bogenfenster, deren Scheiben mit Metall eingefasst waren. Ein paar schlichte Unterkünfte für Arbeiter, aus deren Schornsteinen der Rauch von Feuerstellen stieg, lagen noch weiter abseits.

Überall herrschte rege Betriebsamkeit. Fuhrwerke mit gestapelten Brettern oder gewaltigen Kisten, in denen sich mühelos drei Menschen hätten verstecken können, suchten sich zielstrebig ihren Weg.

Neben dem ebenerdigen Eingang des beeindruckenden Verwaltungsgebäudes parkte ein Automobil. Ob das wohl den Brugges oder einem betuchten Kunden gehörte? Auf Friesenhain hatte noch keines der modernen Fortbewegungsmittel Einzug gehalten. Als Wilhelm es einmal ansprach, hatte ihr

411

Vater dazu nur gemeint, dass es ausreichend Pferde auf dem Gestüt gebe, um die Pferdestärke auch des leistungsstärksten, stinkenden Gefährts zu übertrumpfen.

Luise sah an dem Gebäude hinauf und fragte sich automatisch, hinter welchem dieser Fenster sich wohl Paulas Atelier befand, in dem sie ihre wunderschönen Bilder für die Tapeten entwarf. Und von welchem aus nun Max Brugge zu ihr würde hinaussehen und ihre Ankunft registrieren können.

Sie schickte Wolff mit ihrer Karte hinein.

Es dauerte nur ein paar Minuten, dann kam er in Begleitung einer älteren Dame von enormem Leibesumfang wieder heraus. Sie trug ein Kleid, das vor etwa zwanzig Jahren einmal modisch gewesen sein mochte, aber war ansonsten tadellos gepflegt. Der weißgraue Haarknoten der Dame war ordentlich, sprach jedoch wie auch das Kleid von wenig Eitelkeit. Die Erscheinung, die zuerst an eine freundliche, ältere Tante denken ließ, schien jedoch zu täuschen. Die Frau schritt derart weit aus, dass Wolff Mühe hatte, vor ihr an der Kutsche anzukommen, um Luise mit einer gereichten Hand über den Tritt zu helfen.

»Komtess von Scheweney, herzlich willkommen in der Tapetenmanufaktur Brugge!«, begrüßte die Frau Luise mit lauter Stimme und knickste dabei so zackig, als handele es sich bei ihr um einen Husarenoffizier. »Mein Name ist Frau Marta Klingemann. Ich bin die persönliche Sekretärin der Geschwister Brugge. Der junge Herr Brugge hat bereits erwähnt, dass eventuell ein Besuch von Ihnen anstehe. Aber er ging wohl nicht davon aus, dass er schon heute mit Ihnen rechnen durfte. Das Fräulein Brugge ist heute nicht im Werk, und er selbst ist in den Papierhallen unterwegs.«

»Oh.« Luise hatte Mühe ihre Enttäuschung zu verbergen. »Dann hat er zu tun, und ich würde nur stören?«

Frau Marta Klingemann, die mit viel Elan gewiss die sechzig überschritten haben mochte und ebenso resolut war, wie sie aussah, winkte ab. »Zu tun hat der junge Herr Brugge immer. Wenn Sie schon den Weg gemacht haben, werden Sie sich doch hoffentlich davon nicht abhalten lassen, dass wir ihn in den Hallen ausfindig machen müssen?«

Luise fiel auf, dass Frau Klingemann nicht den Vorschlag machte, einen Botenjungen loszuschicken, um Max Brugge ausfindig zu machen. Anstatt die junge Komtess in den Besuchsraum zu führen, ging sie davon aus, Luise selbst scheue den Weg nicht. Erfreut über so viel Tatendrang, der sie mit einbezog, schloss sie diese energische Frau mit den runden Wangen direkt ins Herz. »Würden Sie mich begleiten?«

»Na, aber sicher!«, rief Frau Klingemann und wandte sich geschäftig an Wolff: »Bleiben Sie nur bei den Pferden. Hin und wieder wird es mal laut, wenn Kisten abgeladen werden oder die Werksirene geht. Tiere vom Land können sich da schon mal erschrecken.«

»Aber unsre Friesen doch nicht«, entgegnete Wolff, in seiner Kutscherehre getroffen. Doch Luise nickte ihm zu, und er blieb brummelnd zurück.

Frau Klingemann schritt energisch aus und wies Luise nach rechts und links deutend auf einiges hin. Beispielsweise auf die schmalen Schienen im Pflaster, die die Halle der Kocher mit der der Papiermaschinen verbanden, sodass die Arbeiter die kleinen Wagen von den kräftigen Werksponys hinüberziehen lassen konnten.

Die erste Halle ließen sie links liegen, aber Frau Klingemann nickte hinüber. »Hier finden Sie die Arbeiterinnen an den Webstühlen. Meine liebste Werkshalle«, erklärte sie. »Ich mag dieses Geräusch, klick, klack, klick, klack. So zackig. Und daraus entstehen dann diese wunderbaren Muster, die

die junge Frau Brugge entwirft. Wird Ihnen Herr Brugge gewiss selbst zeigen wollen.«

Als sie an der Längsseite der nächsten Halle entlanggingen, hielt Frau Klingemann auf eine der Türen zu, die hineinführten. Von drinnen war lautes Stampfen und Dröhnen zu hören, das Luise aus der Ferne schon die ganze Zeit wahrgenommen hatte. Je näher sie der Tür kamen, desto lauter wurde es.

»Halle zwei, die Papiermaschinen. Hier könnten wir Glück haben. Fragen wir mal bei der Hallenleitung nach«, sagte sie und legte die Hand auf die Klinke. Doch sie zögerte und bedachte Luise mit einem abschätzenden Blick. »Sie sehen nicht aus, als seien Sie zimperlich, Komtess. Aber trotzdem eine kleine Warnung: Es ist laut dort drinnen. Soll ich allein hineingehen und schauen, ob ich Herrn Brugge ausfindig mache?«

Entschieden schüttelte Luise den Kopf. »Ich möchte mit hinein und alles selbst sehen – und eben auch hören.«

Frau Klingemann sah sie mit so viel Anerkennung an, dass Luise beinahe ein wenig stolz war, so geantwortet zu haben.

»Wenn es Ihnen zu viel ist, nehmen Sie besser die Finger an die Ohren«, riet die Dame. Damit öffnete sie die Tür.

Ein Krach schlug ihnen entgegen, wie Luise ihn noch nie vernommen hatte. Nicht auf den Pferdeschauen, wenn Händler, Züchter und Zuschauer durcheinanderschrien. Selbst im wildesten Trubel auf dem Bahnhof oder den Straßen Berlins nicht.

Frau Klingemann versuchte erst gar nicht, gegen den Lärm anzuschreien, sondern deutete mit dem Kopf den Gang zwischen den gewaltigen Maschinen entlang, die an der Wand aufgebaut waren.

Luise folgte ihr, immer darauf bedacht, den riesigen Rollen und Walzen nicht zu nah zu kommen. Papier sauste an einer

Stelle aus einer der Maschinen heraus und wurde in Sekundenschnelle auf der anderen Seite auf eine riesige Spule gewickelt. Allein der Anblick konnte schwindelig machen. Also richtete Luise den Blick lieber auf den schwarz-weiß gefliesten Boden oder die Rohre, die oberhalb der Maschinen unter der Decke verliefen und aus denen hin und wieder Stöße von Dampf traten. Auch Gaslampen fanden sich unter der Decke und an den Wänden. Doch jetzt, bei Tage, strömte durch die vielen Bogenfenster ausreichend Licht herein.

An den Maschinen standen Männer in Hemdsärmeln, die die Abläufe genau beobachteten, Hebel betätigten oder Knöpfe drückten. Sie alle wandten die Köpfe und nickten ihnen zu, als sie an ihnen vorbeigingen. Frau Klingemann überaus respektvoll, wie es schien, und ihr selbst mit unverhohlener Neugierde im Blick, der ihr elegantes Kleid samt Handschuhen, den Hut und ihr Gesicht einschloss.

Der ohrenbetäubende Krach schien alles zu beherrschen. Es roch ein wenig feucht nach Maschinenöl und Papierbrei. Aber Luise unterdrückte gewaltsam ein Naserümpfen. Dies war der Geruch, dem diese Menschen bei ihrer Arbeit Tag für Tag ausgesetzt waren, damit sie selbst die Zeitung oder ein neues Buch in den Händen halten und sich an den Tapeten in ihrem Heim erfreuen konnte. Da war es doch das Mindeste, dass sie selbst dies ertrug, ohne sich etwas anmerken zu lassen.

Während Luise schon nach ein paar Schritten in diesem Lärm und Dampf der Kopf dröhnte, fiel ihr auf, dass viele der Männer seltsame Konstruktionen auf den Köpfen trugen. Es sah aus wie gebogener Draht, an dessen Abschluss Stoff oder Fell angenäht war. Diese weichen Enden bedeckten die Ohren der Arbeiter. So etwas Kurioses hatte Luise noch nie gesehen.

»Aus den USA«, schrie Frau Klingemann ihr zu, die ihren verwunderten Blick bemerkte. »Ohrenschützer sind nicht nur im Winter gut gegen Kälte. Der junge Herr Brugge dachte sich, sie helfen bestimmt auch, dass die Arbeiter vom Lärm hier nicht taub werden.«

Luise staunte über diese wundersame, aber sicher hilfreiche Idee. Und Max Brugges Mitdenken für seine Angestellten beeindruckte sie beinahe wider Willen. Allerdings fragte sie sich, wie sie den Hallenleiter denn in diesem Krach und zudem mit Fellpuscheln über den Ohren nach Max Brugges Aufenthalt befragen wollten.

Doch in diesem Moment neigte Frau Klingemann sich zu ihr und rief ihr ins Ohr: »Habe ich es mir doch gedacht!«

Sie waren gerade um den Teil einer der Maschinen gebogen, der die Sicht auf alles, was dahinter lag, verborgen hatte. Nun lagen vor ihnen Tischreihen, an denen Männer Stapel von Papier in ordentliche Haufen sortierten und verschnürten. Über sie hinweg deutete die Sekretärin der Brugge-Geschwister in die hintere Ecke der Halle.

Dort befand sich ein gläserner Raum, in dem zwei Männer über einem Schreibtisch gebeugt standen.

Luise fasste den kleinen Beutel, den sie dabeihatte, fester und schalt sich selbst für die plötzlich aufkommende Nervosität. Wieso sollte sie aufgeregt sein, nur weil sie gleich Max Brugge gegenüberstehen würde? Denn um ebenjenen handelte es sich bei einem der beiden.

Obwohl er keinen Anzug trug, weder Jackett noch Krawatte, sondern nur ein in die von Trägern gehaltenen Hosen gestecktes Hemd, hatte sie ihn gleich erkannt.

Jetzt gerade strich er sich das blonde Haar zurück und fuhr sich mit nachdenklicher Geste über den Schnäuzer. Er deutete auf einen auf dem Schreibtisch ausgebreiteten Plan und diskutierte mit dem anderen Mann, der in ganz ähnlicher Aufmachung neben ihm stand und ebenso hitzig sprach.

»Oh ha!«, brüllte Frau Klingemann, sodass es in Luises Ohren schellte. »Wahrscheinlich geht es mal wieder um eine neue Maschine, die den Prozess noch leichter für die Arbeiter machen soll. Da reden sie sich gern heiße Köpfe.« Damit winkte sie Luise an ihre Seite und schritt auf die Tür in dem Glaskasten zu.

Als sie näher kamen, erkannte Luise, dass die gläserne Wand aus zwei Scheiben bestand, die dicht hintereinanderlagen.

Johan hatte ihr davon erzählt, als er die Herstellungshallen der Eisengießerei van Leeuwen daheim in den Niederlanden beschrieben hatte. Durch die Doppelung der Scheiben hielt die Luft dazwischen Wärme, Kälte, aber auch Schallwellen ab. Und so war es möglich, sich in diesen Glasräumen tatsächlich zu unterhalten, während draußen die Arbeit ihren ohrenbetäubend lärmenden Lauf nahm.

Obwohl der Gedanke an diese Parallele nahelag, schob Luise ihn mit gerunzelter Stirn zur Seite. Johan war weit fort, in Hannover oder Berlin. Und obwohl er die Fabrik selbst besucht hatte, war sie nicht sicher, was er von ihrem Ausflug hierher halten würde, wenn er davon wüsste. Erst jetzt fiel ihr ein, dass sie seinen Brief zwar mit hinauf in ihr Zimmer genommen, ihn dann aber ungeöffnet auf dem kleinen Sekretär liegengelassen hatte.

In diesem Moment klopfte Frau Klingemann an die Holztür mit Glaseinsatz, die in den Raum hineinführte. Obwohl das energische Pochen hier draußen nicht zu hören war, hoben drinnen beide Männer den Kopf und sahen zu ihnen her.

Meinte sie es nur oder erhellte sich die Miene Max Brugges, als er sie erkannte?

Frau Klingemann öffnete die Tür, und sie traten ein. Sobald die Tür hinter ihnen wieder ins Schloss fiel, wurde der Krach aus der Halle um ein Vielfaches gedämpft, und Luise atmete erleichtert auf.

»Komtess von Scheweney, folgen Sie jeder Einladung so prompt?«, begrüßte der Hausherr sie und verneigte sich vor ihr. Er überragte Luise, die selbst groß war, nicht weit und so fand sie sich bei seinem Aufrichten mit ihm beinahe Auge in Auge.

Kurz blitzte in ihrer Erinnerung der Moment auf, in dem sie sich auf dem Gang der Tiermedizinischen Hochschule mit erhitzten Köpfen gegenübergestanden und sich gegenseitig beim Vornamen genannt hatten. Das war natürlich nur ein kurzer Augenblick gewesen, sie beide verärgert, und diese Wogen hatten sich bereits auf dem Heimweg wieder geglättet, während sie zu viert über Hedwigs Immatrikulation gesprochen hatten und Luise von ihrer Begegnung mit Karl Dammann berichtet hatte. Selbstverständlich waren sie zu der angemessenen Anrede zurückgekehrt, als hätte es den kleinen Ausrutscher nicht gegeben.

Zu Frau Klingemann setzte Max hinzu: »Sie wissen, Frau Klingemann, dass Sie eine Spionin eingeschleust haben? Die Komtess ist wild entschlossen, in unseren Hallen Beweise dafür zu finden, dass unsere Arbeiter unter der Knute eines kapitalistischen Ausbeuters stehen.«

»Dann beweisen Sie Scharfsinn, Komtess«, konterte Frau Klingemann und blinzelte ihr tatsächlich kurz zu. »Ich bitte darum, die Ergebnisse Ihrer Untersuchung auf jeden Fall zu erfahren.« Luise mochte diese Frau wirklich.

»Wir sprechen später weiter, Precht«, wandte Max Brugge sich kurz an den Hallenleiter, der nickte und sich vor Luise verbeugte.

»Ihre Schwester ist nicht im Atelier, Herr Brugge«, informierte Frau Klingemann Max. »Soll ich statt ihrer bei der Führung über das Gelände dabei sein?«

Es war klar, dass diese Frau sich darauf verstand, was sich gehörte. Max Brugge würde kaum etwas anderes übrig bleiben, als dieses Angebot anzunehmen. Daher kam Luise ihm rasch zuvor: »Das ist sehr freundlich von Ihnen, Frau Klingemann. Aber Herr Brugge und ich sind bereits geübt in gemeinsamen Ausflügen. In Hannover musste unsere Reisegruppe sich trennen und er war so freundlich, mich in einer Angelegenheit zu begleiten.« Sie konnte spüren, wie Max Brugge sie überrascht von der Seite ansah.

Auch Frau Klingemann fasste sie ins Auge, und zum ersten Mal fand Luise in ihrem Blick einen anderen Ton als den der energischen Sekretärin. Es lag plötzlich eine Spur Mütterliches darin, als die ältere Dame erst sie und dann rasch auch Max Brugge musterte.

»Soll ich in der Küche einen Tee bestellen? Für in einer Stunde vielleicht?«, schlug sie vor.

Max Brugge sah sie fragend an. Luise nickte.

»Tun Sie das, Frau Klingemann. Bitte in meinem Büro. Das Besuchszimmer ist so …« Hier schienen ihm plötzlich die Worte auszugehen.

»Unpersönlich!«, beendete Frau Klingemann für ihn den Satz. Und Luise fragte sich für einige verwirrende Sekunden, warum es Max Brugge lieber sein sollte, sie in seinen persönlichen, statt in den offiziellen Räumen zu empfangen.

Doch dann verabschiedete Frau Klingemann sich schon und auch der Hallenleiter verneigte sich vor ihr und war hinaus. Die geöffnete Tür ließ kurz den dröhnenden Lärm der Maschinen herein und schloss ihn dann wieder aus.

Max Brugge wusste offenbar plötzlich nicht so recht, wohin mit seinen Händen und schob sie dann in seine Hosentaschen.

»Ich hatte wirklich nicht damit gerechnet, Sie heute schon wiederzusehen, Komtess«, sagte er.

Luise hob die Brauen. »Hätten Sie sonst ein paar Vorbereitungen getroffen, um die … *Spionin* in ihrer Urteilskraft zu schwächen?«

Er sah an sich herunter. »Ich hätte einen Anzug angezogen. Wenn Sie das zu solchen Maßnahmen zählen wollen?«

Luise lachte. »Oh, nein, lassen Sie nur. Ihr jetziger Aufzug passt viel besser zu Ihrem Auftreten als lässiger, sozialdemokratischer Fabrikbesitzer als ein hübsches Einstecktuch im Jackett.«

Der lockere Tonfall nahm der Situation von vornherein die Steifheit, die sie ebenso gut hätte entwickeln können. Und so deutete Max Brugge hinaus in die Halle.

»Wenn Sie tatsächlich eine Führung durch den Betrieb möchten, Komtess, haben Sie hier bereits den Bereich vor sich, in dem es am lautesten vorgeht. Ich erzähle Ihnen gern von hier aus, was in der Halle genau passiert, wenn Sie möchten. Und dann gehen wir hinaus und schauen es uns von Nahem an?«

Luise stimmte zu und Max glitt ohne Holpern in die Rolle des Fabrikanten, der über jeden Vorgang im Fertigungsprozess genau Bescheid weiß. Er erklärte die Maschinen ebenso verständlich wie die Tätigkeiten der Arbeiter, die die Geräte bedienten oder zwischen ihnen hin und her liefen, hochbeladene Wagen mit Papier oder Rollen über die breiten Gänge schoben. Viele der Männer hier trugen ebenfalls die Lärmschutzkonstruktionen, und langsam begann Luise, sich auch eine zu wünschen. Vielleicht einen Hut, der ebenso wirkte? Bei dem Gedanken musste sie schmunzeln.

Wie versprochen führte Max Brugge sie dann durch die Halle, deutete hierhin und dorthin. Aber anders als Frau Klingemann rief er ihr nichts zu. Vielleicht weil dies ein allzu vertrauliches Hinbeugen zu ihr bedurft hätte. Luise erkannte sein Mitdenken an, war aber auch froh, als sie die laute Halle verließen und sich draußen an der frischen Luft wiederfanden.

»Haben Sie Fragen?«, erkundigte Max Brugge sich.

In Luises Ohren rauschte es sonderbar. »Wo ist es denn auf dem Gelände am leisesten?«, wollte sie spontan wissen.

Er lachte. »Im Atelier, Paulas Arbeitsplatz. Es liegt unter dem Dach des Verwaltungsgebäudes, mit hohen Fenstern und zusätzlichen Oberlichtern, sodass es immer hell genug ist. Das kann ich Ihnen am Ende zeigen. Vor oder nach dem Tee, je nachdem wie lange wir nach der Führung noch Zeit haben. Wenn Frau Klingemann den Imbiss für in einer ...«, er griff in die Hosentasche und zog seine Taschenuhr heraus. Luise beobachtete, wie er den Uhrendeckel aufspringen ließ und nach einem Blick darauf das Utensil wieder in der Hosentasche verschwinden ließ.

Er hob den Blick und erwiderte ihren. Für einen Moment sahen sie sich an. Erst jetzt registrierte Luise, wie nah sie beieinanderstanden, denn sie konnte in seinen braunen Augen so etwas wie goldene Sprenkel erkennen. Gab es das?

»Ähm ...?«, machte er zerstreut, während er gleichermaßen in ihre Augen blickte.

»Der Tee?«, erinnerte Luise ihn.

»Ah ja.« Er blinzelte, zog die Uhr heraus und konsultierte sie erneut. »Also, wenn Frau Klingemann den Imbiss für in einer Dreiviertelstunde bestellt hat, sollten wir sie dann nicht warten lassen. Sie ist die Pünktlichkeit in Person.«

»Und sehr resolut, wie mir schien?« Luise folgte Max Brugge, der sie am Rand des breiten Fahrweges, auf dem mehrere Fuhrwerke unterwegs waren, zum hinteren Ende des Werksgeländes führte.

»Unbedingt! Sie ist schon seit über vierzig Jahren im Betrieb, hat damals bei meinen Eltern begonnen. Weshalb sie Paula und mich immer noch gern als die *jungen* Brugges bezeichnet. Ihr Mann ist im Krieg gegen Österreich gefallen und sie hat nie wieder geheiratet.«

»Oh, das tut mir leid«, sagte Luise mit echtem Bedauern für die ihr so sympathische Frau. »Mein Vater war auch im Krieg gegen Frankreich, doch er kam körperlich unversehrt heim. Anders unser Stallmeister, der als sein Bursche dabei war, und im Gefecht einen Fuß einbüßte.«

Max nickte mitfühlend. »Ja, viele in der Generation unserer Eltern hatten Verluste zu beklagen. Frau Klingemann hat sich nach diesem Schicksalsschlag ganz und gar der Manufaktur gewidmet. Und das tut sie immer noch mit Herz und Seele und auch durchaus eiserner Hand. Unser Vormund hat immer gesagt, dass sie statt ihres Ehemanns gegen Österreich hätte ziehen sollen. Er hat immer behauptet, das hätte den Krieg um einiges verkürzt.«

»Ich mag sie«, sagte Luise, ohne groß nachzudenken.

Max Brugges Blick war warm, als er ihr nickend zustimmte. »Sie ist ein Juwel. Ich kann mir die Firma ohne sie nicht vorstellen. Aber lassen Sie uns nun einen Blick hier hineinwerfen. Die Färberei. Halten Sie sich die Nase zu, es stinkt grässlich.«

Tatsächlich machten sie hier nur eine kleine Visite und gingen dann weiter zu der Halle mit den Webstühlen, von der Frau Klingemann gesagt hatte, es sei ihre liebste auf dem Gelände. Konzentriert kontrollierten die Arbeiterinnen die hin und her fahrenden Schiffchen mit den bunten Fäden. Die

Atmosphäre hier unter den Frauen, das Klackklack der sich umlegenden Webrahmen, wenn seine Betreiberin das Pedal bediente, gefielen auch Luise. Sie staunte, als Max Brugge ihr erzählte, dass bald zwei Dutzend neue Webstühle angeschafft und in einer hierfür komplett neu erbauten Halle aufgebaut werden sollten, dampfgetrieben und noch weit leistungsfähiger als die vor ihnen.

»Das ist eine hohe Investition, nicht wahr?«, erkundigte Luise sich.

Er bedachte sie mit einem anerkennenden Blick. »Da haben Sie recht, Komtess. Investitionen dieser Art bedeuten immer ein kleines Risiko. Aber wir müssen mit dem Markt mithalten.«

Pünktlich zur angekündigten Teezeit verließ Luise zusammen mit Max Brugge dann auch die Halle mit den Arbeiterinnen an den Webstühlen.

»Dieser Arbeitsplatz ist so viel angenehmer als die in der Papierherstellung«, stellte Luise fest, als er sie schließlich zum Eingang des Verwaltungsgebäudes hineinbat.

Drinnen musste Luise sich dringend umsehen, während Max sie durch die Halle führte.

Der Innenbereich des Gebäudes wirkte nicht rein zweckmäßig, wie es von einer Verwaltung zu erwarten gewesen wäre. Ähnlich wie im Privathaus der Brugges schimmerte überall der erlesene, künstlerische Geschmack Paulas durch. Sei es in den Wandlampen mit ihren hübsch verzierten Schirmen, den Bildern an den Wänden, die natürlich allesamt mit den Tapeten der Manufaktur verschönert waren.

»Sie meinen wegen des Krachs, der in der Papierhalle herrscht?«, wollte Max Brugge wissen und geleitete sie die Treppe hinauf in die Beletage, wo sein Büro lag.

»Aber ja. Diese gewaltigen Maschinen! Ist es nicht sehr

gefährlich, mit ihnen zu arbeiten? Das ist doch gewiss der Grund, warum Ringe oder weite Ärmel nicht gestattet sind?«

Max öffnete eine Tür und ließ ihr den Vortritt. Das Büro war groß, besaß zwei weißgerahmte Fenster hinaus aufs Gelände und an den Wänden eine rotgemusterte Tapete mit springenden Hunden.

»Bitte. Nehmen Sie doch Platz«, bot er ihr an und deutete auf ein bequem wirkendes Sofa hinter einem niedrigen Tisch, auf dem sich ein Teeservice und eine Etagere mit Gebäck befanden. Sie setzte sich.

Anstatt nach einem Mädchen zu klingeln, griff er selbst zur Teekanne, goss für Luise und sich selbst in die zarten Porzellantassen ein und bot ihr von dem Gebäck an. Luise griff nach einer puderzuckerbestäubten Leckerei und wartete dann auf die Beantwortung ihrer Frage.

Max ließ sich in einen der Sessel fallen.

»Ich gebe zu, es kann vorkommen, dass mal etwas passiert. Trotz aller Vorsichtsmaßnahmen ist die Gefahr von solchen Arbeitsunfällen nie ganz gebannt«, sagte er ernst. »Aber unsere Angestellten haben alle eine Krankenversicherung. Und die zahlt den Arzt oder das Hospital nicht nur, wenn ihnen hier etwas zustößt, sondern auch, wenn sie beispielsweise zu Hause die Stiege hinabstürzen oder eine Krankheit sie erwischt. Diese Versicherung kostet sie nur einen kleinen Teil ihres Lohns und kommt auch für die ärztliche Versorgung ihrer Familien auf.«

Das klang so viel besser, als Luise erwartet hatte. Heimlich nahm sie sich vor, Clara danach zu fragen, wie eigentlich die Dienstboten auf Friesenhain in solchen Fällen von Rechts wegen versorgt waren. Zu ihrer Schande wusste sie es nicht.

Nach der Lektüre, die Paula ihr dagelassen hatte, hatte sie für die Arbeiter andere Umstände erwartet. Dort war die Rede von Ausbeutung, mageren Löhnen, die auch bei schwersten Tätigkeiten kaum für die Familien der Arbeiter ausreichten.

Aber hier schien es anders zu sein. Weil die Geschwister Brugge auf der Seite ihrer Angestellten standen.

Sie bedachte das Kuchenstück auf ihrem Teller mit einem Blick. Doch obwohl es appetitlich aussah, schwirrten ihr so viele Fragen durch den Kopf, dass sie nachhakte: »Und was ist mit den Männern, die trotz des Hörschutzes ihr Gehör einbüßen, weil sie Tag für Tag bei ihrer Arbeit diesem gewaltigen Krach ausgesetzt sind?«

Max bedachte sie mit einem nahezu anerkennenden Blick. »Sie wären eine gute Kämpferin für unsere Sache, Komtess. Genau für solche Fälle gibt es in unserem Betrieb eine Rente für diejenigen, die aus dem Dienst ausscheiden – weil sie krank oder alt sind. Und ehe Sie fragen: Für die Frauen gibt es zusätzlich ein Muttergeld.«

Luise hob verblüfft die Brauen. »In allen Fabriken?«

Er schnalzte mit der Zunge. »Weiß der Himmel nicht in allen. Aber hier bei uns ganz sicher.«

»Wo Sie schon selbst die Frauen ansprechen, die hier für Sie arbeiten«, griff Luise das Thema auf. »Ich bin mit der Ansicht aufgewachsen, dass die Arbeit in solchen Fabriken für Frauen moralisch nicht haltbar ist.«

»Das sagt die Frau, die selbst Tierärztin werden möchte?«, konterte Max. »Was soll an der Arbeit hier in den Werkshallen moralisch verwerflicher sein als die Tätigkeit als Magd oder Dienstmädchen auf Friesenhain? Sie haben eine saubere, sichere Arbeit und müssen nicht wie ein Dienstmädchen die halbe Nacht darauf warten, bis die Herrschaften von einem Fest nach Hause kommen. Die Frauen hier arbeiten im Schnitt zwei Stunden weniger als das Personal in den privaten Haushalten, verdienen aber dreimal so viel, wie sie es als Dienstmädchen in Stellung tun würden.«

Zwei Stunden weniger? Und der dreifache Lohn? Luise hatte Mühe ihr Erschrecken zu verbergen. Beschämt dachte sie daran, wie oft sie von einem Ball oder Empfang erst in der Nacht heimkehrte und Agnes stets bereitstand, um ihr aus ihrer Robe zu helfen.

Doch dann fiel ihr ein, was sie dagegenhalten konnte: »Unser Personal erhält aber doch auch die gute Verpflegung und die Unterkunft, für die es nicht zahlen muss.«

Wieder dieser Blick. Doch während sich bei ihren ersten beiden Treffen in die Anerkennung ihrer Meinung auch immer Verwunderung gemischt hatte, war letztere nun nicht mehr zu erkennen. Er rechnete damit, dass sie diskutieren konnte und ihm dabei in nichts nachstand.

Daheim auf Friesenhain, ihre ganze Kindheit und Jugend lang, hatte sie Männer nur als tonangebend in Form ihres Vaters oder als Bedienstete erlebt. Nun musste sie sich eingestehen, dass sie den gleichberechtigten Umgang mit Max genoss.

»Werden Sie mit Ihrem Bruder und Vetter über den Besuch hier diskutieren?«, wollte er in diesem Moment wissen. »Die beiden waren vor gut zwei Wochen hier, um die Maschinen zu begutachten. Obwohl ich die Führung nicht selbst machte, hatte ich den Eindruck, dass die beiden mehr an den Produktionsvorgängen interessiert waren. Besonders Ihr Vetter?«

Luise blinzelte kurz, um den Gedanken an Johan rasch wieder fortzuschieben. »Oh, mein Bruder findet Maschinen nur mäßig spannend und mein Vetter ist ... derzeit bei weiteren Verwandten.«

Sie spürte seinen prüfenden Blick auf ihrem Gesicht und

suchte hektisch nach einer Möglichkeit, diesem Thema zu entkommen. Denn wenn sie mit ihm über eines gewiss nicht sprechen wollte, dann war es ihr Großvetter.

»Und hierin gehen Sie nun also vollkommen auf, Herr Brugge?«, versuchte sie es auf diese Weise und deutete zum Fenster hinaus auf das Werksgelände. »Die Leitung des Betriebes, den Ihre Eltern Ihnen und Ihrer Schwester vererbt haben? Gipfelt Ihr sozialdemokratisches Engagement in den guten Bedingungen, die Sie Ihren Arbeiterinnen und Arbeitern bieten?«

Ihre Worte packten ihn wohl bei seinem Stolz, was ihn prompt zu einer engagierten Antwort verleitete: »Ich sehe, meine Schwester hat Ihnen noch nicht alles von mir erzählt«, sagte er. »In der Tat sind meine Aufgaben hier zwar tagfüllend, doch liegt mir auch anderes am Herzen, wie Sie richtig feststellen. Durch die Kontakte, die über die Papierherstellung gewachsen sind, konnte ich seit ein paar Jahren auch journalistisch tätig sein. Ich schreibe durchaus beachtete Artikel für die *Deutsche Rundschau*, die *Kreuzzeitung*, aber auch ebenso für den *Vorwärts*, einem rein sozialdemokratischen Blatt.«

Luise horchte auf. »Und worüber schreiben Sie genau?«, hakte sie nach.

Er hob die Hände. »Ich verstehe mich als eine Art Sprachrohr meiner eigenen Arbeiter und versuche, andere Arbeitgeber auf notwendige Reformen hinzuweisen. Versicherungen, Rente, Muttergeld, saubere Unterkünfte, sichere Arbeitswege für die Frauen. Im Grunde handeln meine Artikel von ganz ähnlichen Themen, wie wir sie in der letzten Stunde besprochen haben. Aber warum lesen Sie nicht selbst einmal? Eine Zeitung wird es doch auch in einem traditionsbehafteten Haus wie Friesenhain geben?«

Da waren sie wieder, seine kleinen, feinen Spitzen gegen ihre Herkunft. Doch zum ersten Mal spürte Luise keine Wut in sich aufsteigen, sondern eine seltsame Beklommenheit. Als sei sie zum ersten Mal nicht mehr ganz sicher, wohin sie eigentlich gehören wollte.

Clara

29

Wenn Clara ehrlich zu sich selbst war, wusste sie nicht, ob sie den morgigen Tag mit seinem angekündigten Besuch aus der Nachbarschaft herbeiwünschen oder ihn fürchten sollte.

Was, wenn Richard von Thebe ihre flüchtige Bekanntschaft erwähnte? Zwar hatte er selbst vorgeschlagen, dies ihrer Familie gegenüber besser nicht zur Sprache zu bringen, aber woher wusste sie, dass er sich an diese Vereinbarung halten würde? Immerhin hatte sie indirekt seinen Besuch auf Friesenhain heraufbeschworen, indem sie selbst die Grenzen nicht gewahrt und neugierig zu den von Thebes hinübergeritten war. Ihr wurde ganz übel, wenn sie sich vorstellte, was ihre Eltern wohl zu solch einem Verhalten sagen würden.

Nun war es bereits Donnerstagmorgen. Gerade war die Familie dabei, die übliche Frühstückstafel aufzulösen.

Der Graf tupfte sich vorsichtig seinen gewaltigen Schnauzbart mit der Serviette ab, legte sie auf seinen Teller und schob den Stuhl zurück.

»Bis zum Mittag«, sagte er in die Runde, nickte seiner Frau zu und war bereits an der Tür, die Ranke ihm dienstbeflissen aufhielt.

Auch die Gräfin erhob sich und wandte sich im Aufstehen

an ihren Sohn: »Wilhelm, heute Nachmittag haben sich die Baronin und Baroness von Assen zum Tee angekündigt. Bitte sei diesmal dabei.«

Der Angesprochene hatte schon eine ganze Weile aus dem Fenster hinaus auf die Allee geschaut und zuckte bei diesen Worten leicht zusammen, als sei er in Gedanken weit fort gewesen.

Für alle im Raum war klar, dass er diese Aufforderung nicht würde ablehnen können. Clara hätte gern kurz ihre Hand auf seine gelegt oder einen mitfühlenden Blick mit ihm getauscht. Aber ihr Bruder war schließlich ein erwachsener Mann, kurz davor, die Geschäfte Friesenhains zu übernehmen. Und doch musste er solch einer Anweisung Folge leisten.

Vielleicht ging ihm etwas ganz Ähnliches durch den Kopf, denn kurz zuckten seine Mundwinkel, als müsse er eine spontane Antwort beherrschen. Dann lächelte er schwach. »Natürlich, Mutter.«

Anna von Scheweney erwiderte das Lächeln deutlich herzlicher und verließ mit einem Nicken auch an ihre Töchter den Frühstückssalon. Ranke schloss die Tür von außen hinter ihr.

Die drei Geschwister waren allein im Raum.

»Wie ist es eigentlich dazu gekommen, Wilhelm?«, fragte Luise da.

Er hob den Kopf und sah sie fragend an. »Zu was gekommen?«

Luise zuckte mit den Schultern. »Nun, dass die Damen von Assen so häufig zu Besuch kommen? Das war doch nach dem Frühjahrsball, oder?«

Wilhelm wandte den Blick wieder ab und blickte mit düster umwölkter Stirn zum Fenster hinaus.

Clara griff nach einem Ei und klopfte die Schale auf, während sie ebenfalls auf die Antwort des Bruders lauschte.

Doch die war schlicht. »Ich denke ja«, sagte er nur.

Luise seufzte. »Also auch ein stilles Abkommen zwischen den Müttern.«

Clara sah, wie Wilhelm tief Luft holte und sie nur langsam wieder ausließ. Das Thema schien ihm ebenso wenig zu behagen wie jede Erwähnung Johans bei Luise.

Auf Festen und Empfängen war Wilhelm gleichermaßen freundlich und galant. Unter den jungen Damen galt er zu Recht als gut aussehend, mit seinem hohen Wuchs, den breiten Schultern und dem markanten Kinn, kastanienbraunem Haar und dem stets leicht melancholischen Ausdruck. Aber Clara war noch nie aufgefallen, dass eine ihn besonders anzurühren schien, egal welch schöne Augen sie ihm auch machte. Luise hatte es mit ihrer Bemerkung also getroffen.

»Genauso dachte ich es mir«, fuhr ihre Schwester leise fort und zupfte mit den Fingerspitzen die Scheibe Stutenbrot auf ihrem Teller in kleine Stückchen. »Es sind also nicht nur die Frauen, die unter der Knechtschaft der Familientradition leiden. Auch ihr Männer müsst euch zwangsläufig beugen.«

Jetzt wandte Wilhelm den Kopf und sah Luise, die neben ihm saß, mit zusammengezogenen Brauen an. »Was ist heute Morgen los mit dir, Luise?«, wollte er leicht gereizt wissen. »Was redest du da von Knechtschaft?«

Luise ließ vom bedauernswerten Brot ab und hob die Hände. »Ich spreche nur aus, was wir doch alle wissen und was mir nun schon seit ein paar Tagen im Kopf herumgeht: Vater ist ein freundlicher Mann und liebt uns von Herzen. Doch hat er nicht nur gewisse Vorstellungen davon, wie seine Töchter sich zu benehmen und wann sie zu heiraten haben. Nein, er ist auch ganz entschieden darin, wie der Herr über

Friesenhain aufzutreten und sich zu halten hat. Der zukünftige Graf von Scheweney muss tatkräftig und energisch sein, bei den Herbstjagden die Gesellschaft im gestreckten Galopp anführen und in Geschäftsverhandlungen Durchsetzungsfähigkeit zeigen. Und er braucht eine Ehefrau. Dass du dir noch selbst keine gesucht hast, ist ihm gewiss ebenso ein Dorn im Auge wie die Tatsache, dass du eher dem Erscheinen eines neuen Romans entgegenfieberst als einer Pferdeschau.«

Clara musterte ihre Schwester verwundert. Ja, Luise war die Temperamentvolle von ihnen dreien. Aber dass sie so offen derartige Themen ansprach, das hatte es unter ihnen dreien noch nicht gegeben. Auch Wilhelm schien nicht recht zu wissen, was er davon halten sollte.

In seiner Miene hielten sich Ärger und Verwunderung die Waage.

»Auf dem Gestüt tue ich meine Pflicht«, sagte er nun, beinahe rechtfertigend. »Bin überall, wo ich gebraucht werde und meine Anwesenheit notwendig ist.«

Luise nickte, als stehe das außer Frage. »Und doch zweifele ich nicht daran, dass dein wahres Interesse vielmehr in der Bibliothek liegt, zwischen zwei Buchdeckeln oder im Literaturteil der Zeitung.«

Bei diesen Worten griff Luise an ihm vorbei zur *Deutschen Rundschau*, die Hermann von Scheweney wie jeden Morgen auch heute neben seinem Teller platziert hatte, wo das Blatt unberührt lag, der aufgeschlagene *Landwirtschaftliche Anzeiger* darüber. Im selben Augenblick streckte auch Wilhelm die Hand danach aus.

Die beiden sahen sich an.

»Ich glaube, ich war ein kleines bisschen schneller«, behauptete Luise. Ihre Hand schloss sich um die zusammengelegte Zeitung.

Doch Wilhelm, der sich sonst seinen Schwestern gegenüber stets nachgiebig zeigte, ließ ebenfalls nicht los.

»Du kannst sie in einer halben Stunde haben«, sagte er. »Ich muss nur ein paar Seiten überfliegen.«

»Ich ebenfalls«, erwiderte Luise störrisch.

Verblüfft sah Clara zwischen ihren Geschwistern hin und her. Was ging hier vor?

»Vielleicht wäre es besser, wenn du diesen Ideen, die neuerdings in deinem Kopf herumspuken, nicht noch mehr Nahrung gibst«, sagte Wilhelm betont ruhig.

Clara sah mit Beunruhigung, wie Luises Augen sich verengten. »Was meinst du damit?«, wollte sie lauernd wissen.

Wilhelm, ebenso wie sie immer noch die Zeitung umfassend, schüttelte langsam den Kopf. »Luise, ich glaube, ich errate, woher diese neuen Gedanken kommen, die dich nicht loslassen und von *Knechtschaft* und einem *Beugen vor unserer Tradition* flüstern. Es hängt mit der Besichtigung der Tapetenmanufaktur Brugge vor ein paar Tagen zusammen, richtig?«

Luises Augen weiteten sich. Sie warf Clara einen raschen Blick zu, denn natürlich hatte sie ihr und Marie von dem Besuch dort erzählt. Und Clara erinnerte sich noch zu gut an Luises Euphorie an jenem Abend. Aber woher wusste Wilhelm, was Luise erlebt hatte?

Als habe er ihre Frage gespürt, warf Wilhelm ihr einen kurzen Blick zu und sah dann wieder seine älteste Schwester eindringlich an. »Als Wolff erwähnte, dass du die Führung durch die Manufaktur nicht von einer jungen Dame, sondern einem Herrn erhalten hast, war mir gleich klar, wer das sein musste. Max Brugge hat auch Johan und mich empfangen, als wir die Hallen anschauten. Er hatte an dem Tag keine Zeit, um uns selbst zu führen, aber schon das kurze

Gespräch mit ihm hat ausgereicht, um Johan und mir zu zeigen, wo er steht. Er schreibt Artikel über die Rechte der Arbeiter, nicht wahr? Er ist bekennender Sozialdemokrat.« Beim letzten Wort senkte Wilhelm die Stimme und klang so noch nachdrücklicher. »Letzteres wird Vater wohl nicht wissen. Aber was würde er wohl dazu sagen, dass du mit so jemandem einen Nachmittag verbringst?«

Luise schnappte nach Luft und sprang auf, die Zeitung weiterhin umklammernd. »Willst du mir etwa drohen?«

Mit gerunzelter Stirn erhob sich ihr Bruder ebenfalls. Es sah lachhaft aus, wie Bruder und Schwester da voreinander standen, beide die Zeitung umklammernd. Doch Clara war weiß Gott nicht zum Lachen. Sie war sicher, dass Wilhelm seine Worte nicht böse gemeint hatte, und öffnete schon den Mund, um zu vermitteln.

»Natürlich nicht, Luise«, antwortete Wilhelm da schon deutlich einlenkend. »Ich will dich nur warnen. Die letzten Tage belauerst du die Zeitung, wie du es doch noch nie getan hast. Während Briefe von Johan den ganzen Tag ungeöffnet auf dem Tablett in der Halle liegen.«

Oh nein! Jetzt sprühten Luises Augen plötzlich Funken. Diese Miene war Clara nur allzu vertraut.

»Luise ...«, begann sie. Doch ihre Schwester achtete nicht auf sie.

»Wieso bringst du jetzt Johan ins Spiel?«, fauchte sie ihren Bruder an.

Wilhelm biss kurz die Zähne aufeinander, als bereue er seine Worte bereits. »Das ist deine Sache, Luise. Aber pass nur auf, dass Vater nicht ...«

Luise fuhr ihn an: »Und pass *du* auf, dass niemand mitbekommt, was deine *wichtigen Interessen* an dem Blatt sind. Das werden wohl schwerlich die politischen Themen oder

Wirtschaftsseiten sein. Dich interessiert doch nur der Vorabdruck dieses neuen Romans von Fontane. *Effi Briest!* Ein Roman über eine junge Frau, die Ehebruch begeht?! Und deswegen hechelst du jeden Morgen der *Deutschen Rundschau* entgegen? Pah!«

Sie riss an dem Blatt, doch Wilhelm hielt es eisern fest.

Die Röte war ihm bei Luises Worten ins Gesicht geschossen.

Endlich gelang es Clara, sich aus ihrer Schreckstarre zu lösen. Sie stand ebenfalls auf: »Was tut ihr denn da? Was ist in euch gefahren?«

Doch Luise war bereits so in Rage, dass sie nicht mehr aus ihrer Haut konnte. Wütend stampfte sie auf. »Alle Welt tut so, als seien meine Ansichten zu Gleichberechtigung und Selbstbestimmung schändlich und undenkbar. Dabei bin ich nicht die Einzige, die so denkt – und es ist egal, woher und von wem diese Ideen stammen!«, brauste sie und erinnerte Clara an das Kind von damals, das sich so oft ungerecht behandelt gefühlt hatte. »Sie sind bei Weitem wertvoller und wichtiger als die Liebesromane, die du unter dem Kopfkissen versteckst, Wilhelm!« Ihre Wangen glühten, während sie Wilhelm wütend anfunkelte.

Dessen Temperament lag so ganz anders als das seiner Schwester. Er sah sie nur mit einem Ausdruck an, der Clara ins Herz schnitt.

»Was weißt du denn schon?«, sagte er leise. »Was weißt du denn schon von mir?«

»Wilhelm!«, warf Clara flehend dazwischen. »Luise! Beruhigt euch doch!«

Luise beachtete sie nicht, sondern fuhr an ihren Bruder gewandt fort: »Ich weiß mehr, als du denkst. Wir alle tun das. Nur redet niemand davon. Wahrscheinlich spricht aus deinen

Worten nichts als Neid. Herr Brugge veröffentlicht nämlich selbst Artikel und liest sie nicht nur. Etwas, wovon du wohl nur träumen kannst!«

Abrupt ließ Wilhelm die Zeitung los und Luise taumelte kurz, um sich zu fangen.

»Du weißt ja genau, wovon du sprichst, Luise«, sagte er mit vor Ironie bebender Stimme. »Du kennst dich aus mit Träumen, die tatsächlich in Erfüllung gehen können, nicht wahr?«

Clara konnte es nicht fassen, aber für einen Moment sah es tatsächlich so aus, als wolle Luise mit der Zeitung nach ihm schlagen. Doch dann schleuderte sie das Papier auf den Tisch und rannte hinaus.

Wilhelm starrte ihr nach und blickte dann zu Clara. Sie hob hilflos die Hände.

»Was habt ihr getan?«, brachte sie kläglich heraus. »Ein solcher Streit! Aus dem Nichts! Dabei steht ihr doch auf derselben Seite. Wir alle drei tun das.«

Wilhelms blaue Augen, die den ihren so ähnlich sahen, erwiderten ihren ratlosen Blick mit schmerzlichem Ausdruck.

Sie konnte ihm ansehen, dass er tief getroffen war, die Auseinandersetzung ihm aber bereits leidtat. Ohne ein weiteres Wort ging er hinaus und schloss die Tür hinter sich.

Clara blieb allein im Zimmer zurück. Ihr schwirrte der Kopf.

Natürlich sprachen Luise und sie hin und wieder insgeheim über die Liebe ihres Bruders zur Literatur. Solange er dies nicht übertrieb, war so ein Interesse ja auch bei jungen Männern gern gesehen. Aber sie selbst hatte ihn in letzter Zeit überdurchschnittlich oft mit einem Buch verschwinden sehen. Hatte Luise recht und er vernachlässigte dadurch seine Pflichten auf dem Gestüt?

Und was hatte Wilhelm damit gemeint, dass Luise Johans

Briefe ungeöffnet liegen ließ und stattdessen in der Zeitung nach Artikeln aus der Feder Max Brugges suchte?

Clara erinnerte sich an den Montagabend, als Luise von der Besichtigung der Tapetenmanufaktur zurück war. Ihre Schwester hatte der Familie munter von den Fertigungshallen, den Papiermaschinen und den Webstühlen erzählt. Doch später, als sie zusammen hinaufgegangen waren, hatte sie Clara anvertraut, dass Paula Brugge gar nicht anwesend gewesen war, sondern ihr Bruder die Führung übernommen hatte. Und was alles aus ihr herausgesprudelt war, von Krankenversicherungen und Mutterschutz, Fragen nach den Arbeitsbedingungen ihrer eigenen Hausangestellten.

Konnte es sein, dass Wilhelm, der ihnen auf der Treppe gefolgt war, ein paar Worte aufgeschnappt hatte? Hatte er etwa daraus den Schluss gezogen, dass Max Brugge eine Konkurrenz für Vetter Johan sein könnte? Und noch wichtiger: Konnte das womöglich in Hinsicht auf Luises Gefühle tatsächlich so sein?

Clara umrundete den Tisch und schlug die Zeitung von hinten auf. Im Literaturteil fand sie sofort den Abdruck eines Kapitels aus dem Roman, von dem Luise gesprochen hatte. Sie las ein paar Zeilen. Meine Güte. Da war von einem Duell die Rede. Ein Ehrenmann schoss einen anderen nieder.

Sie blätterte vor, bis ihr eine Schlagzeile ins Auge sprang: *Verantwortung der Arbeitgeber. Ein Diskurs von Max Brugge.*

Auch hier las sie ein paar Zeilen. Dann noch mehr und bis zum Ende. Eine feine Gänsehaut überzog ihre Arme, denn sie spürte die Macht, die sich in diesen Worten entfaltete. Es war derselbe Geist, der aus Luises neuen Reden sprach. Und Wilhelm hatte recht: Auch Clara war plötzlich nicht mehr sicher, ob es für ihre Schwester gut war, wenn dieses Feuer weiter genährt würde.

Marie

30

Der September war schon halb herum und gönnte ihnen viele sonnige Tage, die die letzte Reife in die Früchte trieben. Die hohen Bäume, die Stürmers Koppel hinter dem Pförtnerhaus umstanden, trugen ihr Herbstkleid, das golden, rostrot und orange leuchtete. Der Tau auf dem Gras ließ die Erde würzig duften, besonders nach dem kleinen Regenguss, der in der Nacht niedergegangen war.

Nun wurden allerorten die Äpfel und Birnen geerntet. Frau Rühl und die Küchenmägde waren ununterbrochen damit beschäftigt, das Obst, Kartoffeln, Rüben und alles Gemüse einzukochen und Friesenhains Vorratskammer für den Winter zu füllen. Bald schon würden sie das Erntedankfest feiern.

Zu einem Dank war auch Marie zumute, denn Stürmers Entwicklung machte immense Fortschritte. Tag für Tag arbeitete sie mit dem Hengst, der ihr inzwischen so sehr vertraute, dass sie ohne große Vorsicht oder gar Angst, mit ihm umgehen konnte. Er gab ihr die Hufe, ließ sie sein wunderschönes Fell pflegen, die lange Mähne, den prachtvollen Schweif und die Kötenbehänge bürsten. Das alles hatte sie innerhalb von so kurzer Zeit erreicht, eine stramme Leistung. Doch Marie ließ nicht locker, dachte sich jeden Tag etwas Neues für Stürmer aus, was er vertrauensvoll dulden sollte und für das er gebührend gelobt wurde. Der Weg zu einem reitbaren Pferd war lang und so durfte sie ihnen beiden keine Pause gönnen.

Luise sah nun häufig in den Abendstunden vorbei. Dann standen sie plaudernd am Gatter und betrachteten das edle Tier, das ihr Hochzeitsgeschenk werden sollte. Es fühlte sich für Marie seltsam an, der Freundin zwar von den großen Fortschritten, aber nicht von der heimlichen Hilfe durch ihren Bruder erzählen zu können. Doch sie hatte es Wilhelm mit ihrem heiligen Hase-Fuchs-Schwur versprochen und hielt sich daran.

Auch Paas, der hin und wieder nach dem Hengst schaute, bemerkte, dass Stürmers Angst vor Männern allmählich zu schwinden schien. Auch hier brachte Marie es nur mühsam über sich, ihrem Vater nicht zu erzählen, wessen Verdienst das war. Denn bisher war es Wilhelm und ihr tatsächlich gelungen, die gemeinsame Schulung Stürmers vor allen anderen geheim zu halten.

Jeden Tag kam Wilhelm in den Morgenstunden auf die kleine Koppel hinter dem Pförtnerhaus, wo sie vor neugierigen Blicken geschützt waren und die auch die Burschen auf Paas' Geheiß mieden. Meist trug der junge Graf ein Buch unter dem Arm oder saß bereits am Koppelrand und las, wenn sie hinzukam.

Auch heute Morgen war die Frühstückszeit gerade vergangen, als der junge Graf am Gatter erschien. Marie war bereits mit Stürmers täglicher Fellpflege beschäftigt und erwartete eigentlich, dass Wilhelm den Riegel des Gatters umlegen und zu ihnen hereinkommen würde, doch er blieb dort stehen.

»Ich komme nur vorbei, um zu sagen, dass wir heute unsere Einheit besser ausfallen lassen«, teilte er ihr mit düsterer Stimme mit.

Sofort ließ Marie von Stürmer ab, legte das Putzzeug zur Seite und ging zu Wilhelm hinüber. »Ist etwas geschehen?«

Im ersten Moment war sie sicher, er würde einfach den Kopf schütteln und sich ohne eine weitere Erklärung wieder umwenden. Doch dann zögerte er.

In den vergangenen zwei Wochen war nicht nur in Stürmer eine Veränderung vorgegangen. Auch der Umgang zwischen ihnen beiden hatte sich spürbar gewandelt, war vertrauter geworden, beinahe so wie früher.

Schließlich ging ein Ruck durch ihn und er seufzte. »Es gab einen schlimmen Streit zwischen Luise und mir. Wir haben uns benommen wie die Kinder.« Kopfschüttelnd fuhr er sich ins glatt frisierte, kastanienbraune Haar und brachte es damit durcheinander.

Marie legte den Kopf schief und sah ihn fragend an.

Er lachte verlegen. »Heute erscheint der neue Teil von *Effi Briest* als Vorabdruck in der Zeitung. Ich war so gespannt, wie Fontane die Geschichte weitergehen lässt …«

»Oh! Und wie hat er es gelöst?«, unterbrach sie ihn aufgeregt. Wilhelm hatte ihr den Literaturteil stets aufbewahrt und abends in ihrer Kammer hatte sie die Geschichte der lebenslustigen jungen Frau gebannt verfolgt. »Baron Innstetten hat durch die zufällig gefundenen Briefe ihres Liebhabers von ihrer Untreue erfahren und Crampas zum Duell gefordert. Er schießt ihn tot, nicht wahr? Im Grunde muss es doch so sein. Und sei es nur, um Innstetten endgültig als den Prinzipienreiter hinzustellen, der er nun mal ist!«

Wilhelm betrachtete sie kurz ungläubig. »Genauso denke ich auch«, sagte er dann, während seine dunkel umwölkte Stirn sich glättete und der typischen Begeisterung wich, die Marie von ihren Diskussionen über Romane und Poesie kannte. Mit ausholender Geste argumentierte er: »Ein großherziger Mann würde es anders handhaben. Die Vergangenheit ruhen lassen. Oder doch zumindest beim Duell danebenschießen, wie es oft üblich ist. Aber Fontane hat Innstetten derart gezeichnet, als Inbegriff preußischer Haltung ...« Er brach ab und setzte neu an: »Um ehrlich zu sein, weiß ich es noch nicht. Luise und ich haben uns um die Zeitung gestritten und nun liegt das Blatt unangerührt im Frühstückssalon.«

Marie hätte ihn fast mit offenem Mund angestarrt. »Ihr habt euch um die Zeitung gestritten?«

Luise hatte schon als Kind aufbrausend sein können, wenn sie etwas wollte. Aber aus solchen Zankereien waren sie doch alle längst herausgewachsen. Und Wilhelm sah es gar nicht ähnlich, um so eine Lappalie etwas anzuzetteln.

Er las die Verwunderung in ihrem Gesicht, wandte den Blick ab. »Es steckte mehr dahinter.«

»Was denn?«, wagte sie zu fragen.

Wieder zauderte er kurz und legte dann beide Hände auf das obere Rundholz des Koppelzauns.

»Ich fürchte, Luise verrennt sich da in eine dumme Sache. Zuerst ihre Idee mit dem Studium der Tiermedizin. Vater hat es mir wie nebenbei erzählt. Und Clara noch ein wenig mehr, als ich sie danach fragte. Unsere Eltern haben es nicht recht ernst genommen, denn dieser Plan hat sich wohl zerschlagen in dem Augenblick, in dem Luise eingewilligt hat ...« Nun wusste er nicht weiter und fuhr mit den Daumen über das Holz des Zauns.

Ohne ihn anzusehen, half Marie: »Wenn du von den Heiratsplänen sprichst, die eure Eltern hegen für Luise ...« Sie unterbrach sich kurz, denn das gedachte *und dich* wäre ihr beinahe entschlüpft. Sie räusperte sich. »Nun ja, ich weiß davon. Luise ist meine Freundin und wir erzählen uns alles.«

Abrupt hob er den Kopf und sah sie an.

»*Fast* alles«, korrigierte sie sich. Das schien ihn zu beruhigen.

»Tja, wenn du davon weißt«, murmelte er. »Luise wird wohl ihre Pläne begraben müssen, was das Studium angeht, denke ich. Aber nun hat sie sich mit den Brugges angefreundet, diesem Geschwisterpaar, denen die Tapetenmanufaktur gehört.« Marie nickte ihm auffordernd zu, damit ihm klar war, dass sie auch davon wusste, und er fuhr fort: »Max Brugge ist Sozialdemokrat. Er veröffentlicht kritische Artikel auch in der *Deutschen Rundschau*, und ich fürchte, heute Morgen ging es wohl um solch eine Schrift von ihm, als Luise und ich aneinandergerieten. Sie scheint an diesen Ideen weit interessierter als an irgendwelchen Heiratsplänen. Als ich sie darauf hinweisen wollte, dass unsere Eltern darüber sicher nicht erfreut sein würden, hat sie es als Drohung verstanden.«

»Ach du lieber Himmel!«, entfuhr es Marie. »Das klingt ja ganz nach einer Situation, in der unser Hitzkopf so richtig aus der Haut fahren würde.«

Die Wut, die Wilhelm bei seiner Ankunft gerade noch so deutlich anzumerken gewesen war, schien verraucht. Er wirkte plötzlich zerknirscht.

»Du hast sie an einem wunden Punkt erwischt«, sagte Marie leise. »Der Einfluss eurer Eltern, die Verpflichtung gegenüber eurer Adelsfamilie ist für Luise oft nicht einfach zu tragen. Gewiss hätte ihr Herz sich in der Wahl zwischen Studium und Heirat anders entschieden. Sie tut nun, was von ihr erwartet wird, ganz wie die arme Effi in Fontanes Buch. Eigentlich sollte sie es auch lesen, nicht wahr? Bestimmt würde es ihr gefallen, wie der Autor die Enge der gesellschaftlichen Vorgaben aufs Korn nimmt. Genau die, in deren Rahmen Luise, soweit es geht, sich eine kleine Freiheit zu erhalten sucht.«

Wilhelm betrachtete seine Hände, die bis zum Riegel des Gattertors geglitten waren, dann wanderte sein Blick über die Koppel, zu Stürmer und hinauf in die Wipfel der Bäume.

»Du hast recht«, sagte er bekümmert. »In dem Moment gerade konnte ich es wohl nicht sehen, weil sie selbst ausgeteilt hat. Angeblich bin ich neidisch auf diesen Brugge, weil er seine Texte veröffentlicht, während ich nur davon träume.« Er schüttelte den Kopf. Sehr leise, kaum zu verstehen, setzte er hinzu. »Im Grunde geht es uns beiden doch ähnlich, Luise und mir. Wir beide können uns unseren Lebensinhalt nicht selbst aussuchen.«

Marie musste schlucken, weil seine Traurigkeit ihr ans Herz griff.

»Hat sie denn recht?«, wollte sie zaghaft wissen, denn dies war ein Thema, das sie ihm gegenüber seit vielen Jahren nicht angerührt hatte.

Er sah sie mit zur Seite geneigtem Kopf fragend an.

Marie nahm all ihren Mut zusammen und fragte: »Träumst du immer noch davon, deine eigenen Texte zu veröffentlichen? Ähnliche wie du sie früher geschrieben hast?«

Sein Blick glitt über ihr Gesicht, so intensiv, dass sie es fast zu spüren glaubte. Dann zupfte ein feines Lächeln an seinen Mundwinkeln. Es war ihr bisher nicht bewusst gewesen, wie traurig ein Lächeln wirken konnte.

»Fuchs und Hase?«, sagte er mit rauer Stimme. »Nein, solche Geschichten schreibe ich schon lange nicht mehr.«

Marie spürte bereits, wie leises Bedauern in ihr aufzog, als er hinzusetzte: »Aber andere.«

Diese beiden Worte sickerten in ihr Bewusstsein. Und daraus löste sich eine erst langsam, dann rasch wachsende Gier, so wie die, die sie damals auch empfunden hatte. *Gib mir deine Geschichten zum Lesen*, hätte sie am liebsten gerufen. *Oder noch besser: Lies sie mir vor!*

Doch im nächsten Moment sagte Wilhelm schon: »Allerdings sind sie nicht für fremde Augen bestimmt. Insofern hat Luise falschgelegen.«

Ihre gerade noch heraufziehende Begeisterung fiel als knittriges Bündel Enttäuschung in sich zusammen und ließ nur ziehende Sehnsucht zurück.

Sie schwiegen.

Schließlich sagte er: »Nun, wenn ich schon einmal hier bin … Vielleicht sollten wir doch eine kleine Lektion versuchen?«

Beide sahen sie zu Stürmer, der friedlich graste.

Sie nickte, immer noch gefangen in dem kurzen Moment, der ihr wie berstendes Glück in alle Glieder gefahren war, nur um dann gleich wieder zerstört zu werden.

Auch Wilhelm schien gedanklich noch halb abwesend, als er den Riegel umlegte und mit raschem Schritt die Koppel betrat. Sofort streckte Marie den Arm aus, um ihn zurückzuhalten. Und weil er so forsch ging, berührte ihre Handfläche seine Brust. Für ein, zwei Sekunden spürte sie den Leinenstoff des Hemdes, die Wärme darunter. Dann zuckten sie beide kurz zurück.

Marie überspielte den peinlichen Moment, indem sie lächelnd sagte: »Sieh dich nur an! Die Energie, die du gerade abgibst, würde auch ein sanfteres Pferd als Stürmer erschrecken. Atme erst einmal tief ein und aus.«

Gemeinsam holten sie Luft und ließen sie geräuschvoll wieder aus, so wie sie es vor jeder ihrer Einheiten getan hatten. Damit imitierten sie auch ein wenig das beruhigende Schnauben eines Pferdes, das sich in behaglicher Sicherheit wähnte. In den ersten Tagen waren sie beide dabei verlegen geworden. Doch inzwischen hatten sie sich an dieses gemeinsame Ritual gewöhnt. Ja, jetzt hielt Wilhelm sogar ihren Blick, während sie gemeinsam tief ausatmeten.

Dann gingen sie langsam zum Hengst hinüber, und Marie griff nach dem Striegel. Doch einem spontanen Impuls folgend, hielt sie ihn Wilhelm hin.

»Würdest du bitte schon mal anfangen? Ich muss noch etwas holen.« Sie reichte ihm die Kardätsche und ging, ohne zu zögern, an ihm vorbei Richtung Gatter.

Hinter sich konnte sie Wilhelm überrascht einatmen hören. Bisher hatte Marie ihn noch nie mit Stürmer allein gelassen. Der Hengst war nicht angebunden, sondern stand vollkommen frei ohne Halfter oder Zaum dort.

Als sie einen Blick zurückwarf, sah sie, dass beide, Pferd und Mann, ihr mit dem gleichen Ausdruck von Schreck und Verwunderung nachblickten. Fast hätte sie leise gelacht.

»Fang schon an. Er wird es mögen. Je länger du zauderst, desto eher wird er sich fragen, ob das alles rechtens ist«, sagte sie, öffnete das Gatter und schloss es hinter sich wieder. »Er mag es am liebsten an der Brust.«

Dann lief sie, ohne sich noch einmal umzudrehen, um die Hausecke.

Direkt dahinter blieb sie stehen, drehte sich um und spähte um die Mauer. Wilhelm hatte sich zu Stürmer gedreht und war dabei, dessen Flanke vorsichtig erst mit der Kardätsche, dann mit dem Striegel zu bürsten. Der schwarze Hengst stand noch am selben Fleck, sichtlich angespannter, aber weder auf Flucht noch auf Angriff ausgerichtet. Wilhelm strich ruhig und beständig über das glänzend schwarze Fell. Zuerst immer über dieselbe Stelle, aber dann arbeitete er sich langsam nach vorn.

Noch vor einem Monat wäre Stürmer allein bei dem Verdacht, jemand könne seinen Hals berühren, panisch zurückgewichen. Doch jetzt stand er still und schien genau darauf zu achten, was der junge Mann neben ihm tat.

Und da hörte Marie plötzlich etwas. Erst dachte sie, sie habe sich geirrt. Aber nein, das war Wilhelms Stimme. Sehr leise, ein Murmeln nur, und sie konnte nicht verstehen, was er sagte. Doch es klang beruhigend und freundlich, genauso, wie sie selbst mit den Pferden sprach.

Jäh spürte sie, wie sich in ihrer Brust etwas ausdehnte. Wärme breitete sich dort in alle Winkel aus, von denen sie nicht einmal geahnt hatte, dass dort noch Platz war. Sie lauschte dem Raunen, das die leichte Herbstbrise zur Hausecke herüberwehte. Sah, wie Wilhelm mit der weichen Kardätsche vorsichtig über Stürmers Schulter zu seiner Brust hinunterfuhr. Der Hengst hielt still, während seine Ohren unruhig spielten. Doch Wilhelms Stimme schien ihm Vertrauen einzuflößen. Als der junge Graf mit kreisenden Bewegungen die Brust des Pferdes massierte, streckte Stürmer genüsslich den Hals und schob die Unterlippe vor.

So ein ulkiges Gesicht hätte Marie normalerweise zum Lachen gebracht. Doch weil sie den schwierigen Anfang und die Mühen der letzten Wochen so deutlich vor sich sah, fühlte sie jetzt ein feines Brennen hinter ihren Augen.

Wilhelm sprach weiter mit dem Hengst, registrierte dessen Entspannung ebenfalls und schien mit jedem Strich der Bürste sicherer zu werden. Nach ein paar Minuten, in denen Pferd und Mann ganz beieinander waren, tauchte er wie selbstverständlich unter Stürmers Hals durch und widmete sich der anderen Schulter.

Und in diesem Augenblick geschah ein kleines Wunder. Stürmer, der in den vergangenen Wochen noch nie Kontakt zu einem anderen Menschen außer Marie aufgenommen hatte, wandte den schönen Kopf in Wilhelms Richtung. Der junge Graf, der sonst stets zurückgewichen war, aus Angst vor einem abwehrenden Biss, hielt in der Bewegung inne. Pferd und Mann sahen sich an. Dann senkte Stürmer den stolzen Hals und schnupperte vorsichtig an Wilhelms Haar. Dieser hielt einfach still, ließ die zarte Annäherung geschehen, voll Vertrauen, dass der Hengst nichts Böses im Schilde führte.

Dieser Anblick war so herzzerreißend, dass Marie nur mit Mühe einen leisen Schluchzer unterdrückte. Und das gelang ihr nur, weil sie hinter sich auf dem Kiesweg plötzlich Schritte hörte.

Hastig richtete sie sich auf und wandte sich um. Nur um dann vor Schreck zusammenzufahren. Denn es war niemand Geringeres als Gräfin Anna von Scheweney, die vom Nordtor aus auf sie zukam.

Den Rock ihres Kleides gerafft, damit er nicht über den mit Herbstlaub bestäubten Boden schleifte, schritt die Gräfin zielstrebig aus. Den Blick hatte sie zu Boden gerichtet, wohl um nicht unvermittelt in eine der kleinen Pfützen zu treten, die der nächtliche Schauer gebracht hatte.

Hatte sie Marie vom Tor aus bereits beobachtet? Was tat sie überhaupt hier? Marie konnte sich nicht daran erinnern, der Hausherrin jemals hier am Pförtnerhaus begegnet zu sein. Was, wenn sie ums Haus herum zu Stürmers Koppel gehen wollte und dann Wilhelm dort sah? Mit klopfendem Herzen beobachtete Marie, wie die Gräfin immer näher kam.

Nur noch ein paar Meter entfernt, sah Anna von Scheweney schließlich auf.

»Marie, da bist du ja. Paas sagte mir, dass ich dich wahrscheinlich hier finden würde.«

»Guten Morgen, werte Gräfin«, erwiderte Marie, neigte

den Kopf und knickste. Dass Wilhelm nur wenige Meter entfernt auf der Koppel um die Ecke stand und ihr kleines Geheimnis nun aufgedeckt zu werden drohte, ließ ihre Knie weich werden.

»Sicher fragst du dich, warum ich dich aufsuche. Dein Vater sagte mir, dass du mit diesem fremden Pferd, dem Friesenhengst aus dem Seewald, gute Fortschritte machst?«

Marie konnte nicht verhindern, dass ihr Blick kurz zur Hausecke glitt. Um Himmels willen. Wollte die Gräfin etwa ausgerechnet jetzt Stürmer anschauen?

»Das entspricht der Wahrheit, gnädige Frau«, antwortete sie und stellte entsetzt fest, dass ihre Stimme zittrig klang. Doch der Gräfin schien nichts aufzufallen, denn sie fuhr fort: »Ich habe ein Anliegen. Etwas, womit ich im Haus sonst niemanden behelligen kann. Es geht um ein Pferd, das ...« Sie zögerte kurz, »nun sagen wir, es tut nicht immer genau das, was seine junge Herrin von ihm verlangt. Es ist eines unserer Damenpferde. Ein Fuchswallach, den der Graf vor zwei Jahren als Reittier an die Baroness von Assen verkauft hat.«

»Amigo«, entfuhr es Marie.

Anna von Scheweney nickte. »Ja. Ja, so heißt er, glaube ich. Nun, die Sache ist ein wenig pikant, musst du wissen. Die Baronin hat mir unter vier Augen mitgeteilt, dass dieser Wallach der Baroness Schwierigkeiten bereitet. Er beugt sich nicht immer ... ihrem Willen.« Sie verschränkte die weiß behandschuhten Hände vor der schmalen Taille. »Ein ungehorsames Pferd, das kann mal vorkommen, auch auf Friesenhain. Aber da zwischen dem Haus von Assen und unserem eine Verbindung im Entstehen begriffen ist, wäre es von Vorteil, wenn kein Schatten darauf fällt. Kandare und Sporen helfen wohl nicht. Im Gegenteil, der Wallach wird damit noch störrischer. Da kam mir die Idee, ob du nicht einmal nach ihm sehen könntest. Immerhin hast du mit dem fremden Friesen eine gute Hand bewiesen, wie Paas beteuert. Du bist auch eine junge Frau, wie die Baroness, und kennst das Pferd. Als ich der Baronin den Vorschlag machte, war sie ganz angetan. Ihr Rittmeister hätte am Samstag Zeit, dir das Pferd vorzuführen.«

Marie war klar, dass dies keine Frage oder Bitte, sondern eine Order war. Die Gutsherrin sah Marie eindringlich an. In deren Kopf schwirrte es. *Kandare und Sporen.* Kein Wunder, dass Amigo störrisch wurde. Er konnte eigensinnig sein, und unter solch schmerzhaftem Zwang, den er auf Friesenhain nie erlebt hatte, verschloss er sich natürlich. Aber da waren auch noch andere Worte, die in Maries Kopf herumsausten, dass ihr fast schwindelig wurde:

Da zwischen dem Haus von Assen und unserem eine Verbindung im Entstehen begriffen ist, hatte die Gräfin gesagt. Dann stimmte es also, was die Mägde klatschten, und die hübsche Baroness war als Ehefrau für Wilhelm auserkoren.

Doch es aus dem Mund der Gräfin zu hören, als eine Tatsache, die offenbar feststand, das war wie ein Schlag ins Gesicht. Und dazu noch Wilhelms Worte, in denen es darum ging, dass er sich ebenso wie Luise seinen Pflichten und den Wünschen seiner Familie zu beugen hatte.

Mit einem Mal wurde Marie bewusst, dass Anna von Scheweney sie immer noch ansah. Den Kopf wie stets stolz erhoben, den schmalen Rücken durchgedrückt, stand sie vor ihr. In ihren fragenden Ausdruck mischte sich bereits Verwunderung. Marie hatte keine Ahnung, wie lange sie so in Gedanken die Gräfin ohne Antwort gelassen hatte.

»Natürlich mache ich das gern«, beeilte sie sich hastig zu sagen. »Samstag reite ich hinüber und schaue mir Amigo an.«

Die Gräfin streckte die Hand aus und tätschelte Maries

Arm. »Ich wusste, dass ich mich auf dich verlassen kann.« Damit nickte sie Marie freundlich zu, wandte sich um und ging davon.

Marie stand wie versteinert. Sie wusste, dass sie zu Wilhelm und Stürmer zurückkehren sollte, doch ihre Beine wollten nicht gehorchen. Und da war ein Schmerz, der ihr fast den Atem raubte. Hier oben saß er, direkt hier. Marie hob langsam die Hand und legte sie auf ihr Herz.

Clara

31

Clara hatte schlecht geschlafen. Der gestrige Streit ihrer Geschwister ließ ihr keine Ruhe. Luise war unbeugsam erzürnt gewesen und Wilhelm den ganzen restlichen Tag ausgewichen. Ihr Bruder hatte, wie Clara glaubte, ein versöhnliches Gespräch gesucht, doch wenn Luise schmollte und jemanden nicht sprechen wollte, war sie wie ein Aal: In einem Moment noch da, hatte sie sich jedem Zugriff im nächsten schon wieder entwunden.

Clara hatte es noch nie geschafft, sich solchen Spannungen in der Familie emotional zu entziehen. Und so fühlte sie sich heute Morgen wie bei einer heraufziehenden Erkältung mit schwerem Kopf und müden Gliedern. Ausgerechnet heute, wo Richard von Thebe seinen Besuch auf Friesenhain angekündigt hatte. In spätestens einer Viertelstunde würde er vorn die breite Treppe heraufkommen, und Ranke würde ihm die Tür öffnen.

Clara konnte sich nicht erinnern, jemals vor einem Besuch derart nervös gewesen zu sein. Sie hatte zweimal das Kleid gewechselt und es nur deswegen kein drittes Mal getan, weil Agnes bereits beim zweiten Mal so verwundert dreingeschaut hatte. Ihr Kammermädchen wusste, dass Clara nicht zu den eitlen jungen Damen gehörte, die die Kleideranprobe als eine Art Obsession betrieben. Und Clara wollte nicht, dass Agnes auf die Idee kam, der erwartete Besuch sei Grund für diese außergewöhnliche Sorgfalt.

Und doch trat sie nun ein letztes Mal an ihren Toilettentisch und überprüfte den Sitz der Hornkämme, die ihr zu ihrem kastanienbraunen Haar so gut standen. Beinahe verstohlen, obwohl niemand im Raum war, kniff sie sich in die Wangen und presste ein paar Mal die Lippen fest aufeinander, worauf sie ein wenig röter als sonst erschienen. Dann straffte sie die Schultern und ging hinaus.

Der Weg über die Empore führte sie auch am Gemälde ihres Großvaters vorbei, ein kerniger Mann mit vollem Bart und energisch funkelnden Augen. Als Kind hatte sie oft hier gestanden und es betrachtet. Nun jedoch ging sie raschen Schrittes an ihm vorbei, als könne sie so vor ihm verbergen, wen sie zu Besuch erwarteten. Den Sohn des Mannes, der unwillentlich seinen Tod verschuldet hatte.

Die Treppe in die Halle hinunter war ihr so vertraut und doch schien sie heute anders als sonst. Sie versuchte das Eingangsportal, die vier großen Palmen in ihren Kübeln, den blau-weiß gefliesten Boden, die hellen Säulen, die Deckenleuchter und verzierten Lampenschirme an der Wand mit fremden Augen zu sehen. Wirkte dies alles elegant oder dekadent, gar übertrieben exotisch? Sie schalt sich selbst über derartige Gedanken.

Was kümmerte es sie, was der Erbe ihrer Nachbarn von Friesenhains Empfangshalle dachte?

Als sie in den Salon kam, waren dort bereits ihre Eltern und Wilhelm versammelt. Letzterer stand am Fenster, sah hinaus und hing wieder einmal seinen Gedanken nach.

Der Graf selbst saß in einem der Sessel, den Blick in eine

Zeitung gerichtet, während die Gräfin auf einem der zierlichen und leider unbequemen Stühle mit einer Stickarbeit Platz genommen hatte.

Alle drei sahen kurz zu ihr her, als sie eintrat. Niemand sagte etwas. Eine seltsame Art von Stille lag im Raum, die Clara sofort ergriff und ihr das Atmen erschwerte. Sie setzte sich auf eine Ecke des Sofas und wartete mit einem Buch auf ihrem Schoß.

Die Uhr in der Halle schlug die volle Stunde.

»Er ist unpünktlich«, knurrte Hermann von Scheweney, als der letzte Schlag verklungen war, und faltete die Zeitung. »Ich habe keine Zeit, um auf ungebetenen Besuch zu warten. Besser sollte ich wieder an die Arbeit gehen.«

»Das wirst du nicht«, erklärte seine Frau, ohne von ihrer Arbeit aufzusehen. Die Lippen presste sie zu einem schmalen Strich zusammen. Dann hob sie den Blick. »Wo bleibt Luise? Es kann doch nicht ewig dauern in der Küche nachzuschauen, ob für den Kaffee alles beisammen ist.«

Clara schwieg überrascht. Ihre Mutter hatte Luise hinuntergeschickt, um das Kaffeegedeck für den Besuch zu kontrollieren? Soweit Clara zurückdenken konnte, war das noch nie vorgekommen. Ihre Mutter vertraute Frau Rühl sonst bei jeder Gelegenheit, und das zu Recht. Ihre Köchin war ausgesprochen tüchtig und gewissenhaft. Sie wusste, welchen hohen Standard sie Friesenhain schuldig war.

»Ich finde, Pünktlichkeit können wir bei einem nicht geladenen Besuch ja wohl erwarten«, brummte der Graf erneut und legte die Zeitung geräuschvoll zur Seite.

Wilhelm wandte den Kopf und warf Clara einen fragenden Blick zu. Wahrscheinlich wunderte er sich ebenfalls über das seltsame Verhalten ihrer Eltern. Zumindest ihr Vater war üblicherweise nicht derart reizbar. Ob etwas zwischen den beiden vorgefallen war? Oder ob die Anspannung schlicht damit zusammenhing, dass der Erbe des Nachbarn in Bälde bei ihnen eintreffen würde?

Gerade holte ihr Vater erneut tief Luft, als es an der Tür klopfte.

»Ja, bitte?«, rief Anna von Scheweney mit angestrengter Stimme.

Es wurde geöffnet und Albrecht trat ein. Clara staunte, denn schon seit geraumer Zeit hatte der alte Diener die Aufgabe, den Besuch hereinzuführen, an den jüngeren Ranke abgetreten. Warum war er heute im Dienst? War Ranke etwa krank? Beim Frühstück war er noch putzmunter gewesen. Zudem trug Albrecht Livree, war sichtlich um eine gerade Haltung bemüht und wirkte insgesamt ausgesprochen förmlich. Fast hätte man meinen können, der Fürst selbst würde erwartet.

»Freiherr Baron von Thebe, gnädige Herrschaften«, verkündete er würdevoll und trat dann zur Seite, um den Angekündigten einzulassen.

Clara spürte, wie sie, ganz ohne es zu wollen, den Atem anhielt.

Richard von Thebe betrat den Raum. Bei seinem Anblick wurde Clara deutlich, dass sie sich eine klare Vorstellung von seinem Auftritt gemacht hatte. Sie hatte ihn mit Hemd und Schirmkappe vor sich gesehen, und wenn schon ein Jackett, dann doch in Kombination mit seinen Reithosen. Doch stattdessen bewies der junge Mann, dass er von Etikette etwas verstand: Er trug einen perfekt sitzenden, dreiteiligen grauen Anzug samt Krawatte und Einstecktuch. Hut und Mantel hatte Albrecht ihm offenbar in der Halle bereits abgenommen. Das etwas zu lange, schwarze Haar, von dem ihm draußen im Wald und an der Koppel unbändige Locken in die

Stirn gefallen waren, hatte er mit Pomade gebändigt und ordentlich zurückgekämmt. Wie immer war er glattrasiert. Er sah ausgesprochen elegant und sehr … gut aus.

Alle erhoben sich von ihren Plätzen, und Hermann von Scheweney ging dem Besuch ein paar Schritte entgegen. Albrecht verneigte sich und wollte schon die Tür hinter sich schließen, als Luise hereinhuschte. Typisch für sie. Die ganze Familie wartete in angespannter Nervosität, und sie erschien in letzter Sekunde.

Auch Richard von Thebe schien von Luises hastigem Auftritt überrascht. Doch da neigte der Graf bereits den Kopf und sagte mit seiner tiefen Stimme: »Willkommen auf Friesenhain, Baron von Thebe.«

Richard verbeugte sich. Clara konnte nicht verhindern, dass sie seine hochgewachsene, schmale Gestalt wie gebannt anstarrte. Ihm draußen auf den Ländereien zu begegnen, war das eine gewesen, aber ihn hier in den vertrauten Räumen zu sehen, machte ihn plötzlich auf eine Weise zum Greifen echt, dass es sie beinahe ein wenig verstörte.

»Vielen Dank, dass Sie mich empfangen, Graf von Scheweney, Gräfin von Scheweney. Sehr freundlich von Ihnen«, erwiderte er. »Insbesondere, da Ihr neuer Nachbar mit diesem Besuch so lange auf sich hat warten lassen.« Er verneigte sich noch einmal in Richtung Anna von Scheweney. Die saß stocksteif auf der Sofakante, die Hände auf ihrem Schoß ineinandergekrallt. Seine Ehrerbietung erwiderte sie mit einem kaum merklichen Nicken und wandte dann rasch den Kopf wieder zur Seite, während ihre Brust sich schnell hob und senkte.

»Gewartet haben wir nicht unbedingt«, erwiderte der Graf und Clara blieb fast das Herz stehen. Wie konnte ihr Vater derart unfreundlich auf einen Besucher zugehen?

Doch Richard beantwortete die Worte mit einem Lächeln, als habe der Graf einen trockenen Scherz gemacht: »Das will ich doch hoffen. Ein Besitz wie der Ihre lässt das gar nicht zu, nehme ich an, Graf von Scheweney. Auf der kurzen Fahrt hierher durfte ich ihr Land bewundern. Ich muss sagen, Friesenhain übertrifft alles, was ich an Lob darüber gehört habe.«

»Sie haben Lob über Friesenhain gehört?«, hakte der Graf nach.

»Über die Maßen. Und von allen Seiten«, bestätigte Richard von Thebe, ohne mit den dichten, dunklen Wimpern zu zucken.

»Dann wollen wir unseren Teil dazu beitragen, den guten ersten Eindruck zu bestärken«, sagte Wilhelm und trat vom Fenster aus zu ihnen.

Das schien den Grafen plötzlich an seine Pflichten als Hausherr zu erinnern, denn er nickte erneut und streckte die Hand nach Luise aus. Die stand immer noch abwartend hinter Richard an der Wand mit dem Familienportrait, dem Wappen und den Bildern einiger bekannter Friesenhain-Pferde.

»Darf ich vorstellen, Baron von Thebe? Komtess Luise von Scheweney.« Luise knickste leicht und Richard verneigte sich. »Der junge Graf Wilhelm von Scheweney.« Die beiden Männer, die etwa im gleichen Alter liegen mochten, nickten sich wohlwollend zu. Und dann kam der Moment, vor dem Clara sich seit Tagen gefürchtet hatte: Ihr Vater wies zu ihr, und alle Blicke richteten sich auf sie, als er sagte: »Unsere jüngste Tochter, Komtess Clara von Scheweney.«

Richard von Thebe hatte sich exzellent im Griff. Er verneigte sich tief und lächelte, als sehe er sie zum ersten Mal. Nur in seinen dunklen Augen blitzte kurz ein belustigter Funke auf, der hoffentlich nur ihr auffiel.

»Komtess«, sagte er. Seine Stimme war heller als die ihrer männlichen Familienmitglieder. Aber in ihr lagen eine Melodie und ein Akzent, die Clara schon bei ihrer ersten Begegnung angenehm aufgefallen waren.

»Ich hoffe, Sie haben vor Ihre Kutsche nicht ausgerechnet eine der Stuten gespannt, die Sie Triest abgekauft haben, Baron von Thebe«, hörte sie sich zu ihrer eigenen Überraschung wortgewandt sagen. »Denn in diesem Fall werden Sie wohl zu Fuß nach Hause zurückkehren. Ich denke nicht, dass wir eine dieser beiden wieder fortlassen würden.«

Sie sah hinter Richard Luises verblüffte Miene. Auch ihr Vater sah sie verwundert an.

Wilhelm lachte: »So ist es richtig, Clara. Stell du nur gleich klar, wer hier in Sachen Qualitätspferde die Nase vorn hat.« Und erklärte an Richard gewandt: »Meine Schwester höchstpersönlich hatte ein Auge auf diese beiden Stuten geworfen und es gar nicht gern gesehen, dass jemand sie weggeschnappt hatte, ehe wir uns zum Kauf entschließen konnten.«

»Das erklärt einiges«, erwiderte Richard von Thebe.

»So?« Hermann von Scheweney sah argwöhnisch zwischen dem jungen Mann und seiner Tochter hin und her.

»Dass Triest sie erst nicht herausgeben wollte«, erklärte Richard.

Damit schien plötzlich das Eis gebrochen. Auf der Miene ihres Vaters erschien ein zufriedenes Lächeln und er bot dem Besuch einen Platz in der Sitzecke beim Kamin an, wo auch die Gräfin und Clara bereits saßen.

Alle fanden einen Platz, und als genügend Artigkeiten über das Wetter ausgetauscht waren, klopfte es erneut und Albrecht rollte einen Servierwagen mit Kaffeegedecken und zwei Etageren samt Köstlichkeiten herein.

»Ich Narr«, bemerkte Richard von Thebe, während er die

Auswahl musterte. »Warum bin ich nicht schon früher hergekommen?« Worüber Wilhelm und Luise beide lachten und sich daraufhin zum ersten Mal seit dem gestrigen Streit wieder direkt ansahen. Es war nur ein kurzer Blick, aber er wirkte versöhnlich.

Dies und dass ihr Vater sich zusehends entspannte, ließ Clara innerlich erleichtert aufatmen. Schon wollte sich eine leise Freude in ihr ausbreiten. Darüber, dass Richard sein Versprechen gehalten und nicht zu erkennen gegeben hatte, dass sie sich bereits begegnet waren. Und dieser Beweis in seine Vertrauenswürdigkeit war etwas, das sie aus bisher nicht gekannter Tiefe heraus freute. Sollte ihre bange Hoffnung erfüllt werden, dass sich hier tatsächlich so etwas wie eine gute nachbarschaftliche Bekanntschaft anbahnen konnte? Eine Hoffnung im Übrigen, die sie sich erst jetzt einzugestehen wagte.

Doch da geschah etwas, womit sie ganz und gar nicht gerechnet hatte. Ihre Mutter, die sonst stets ein Musterbeispiel an Gastgeberin bot, tat etwas, was Clara noch nie bei ihr erlebt hatte: Mitten in einen Satz des Grafen hinein, der gerade über die Forellen in dem kleinen Flüsschen sprach, das sowohl das Land von Thebes wie auch Friesenhains durchfloss, erhob Anna von Scheweney sich plötzlich ruckartig.

Alle sahen zu ihr.

Die vornehme Blässe der Gräfin war zu einem erschreckenden Grau geworden, ihre Lippen farblos, die Lider flatterten.

»Ich muss mich entschuldigen«, sagte sie mit seltsam rauer Stimme, die gar nicht nach Claras Mutter klang. »Mir ist plötzlich unwohl.«

Ehe Clara aufspringen und sie stützen oder sonst jemand etwas Mitfühlendes sagen konnte, war sie mit raschem Schritt zur Tür geeilt und schloss sie bereits wieder hinter sich.

Alle tauschten erschrockene Blicke. Sogar der Graf sah besorgt aus.

»Ich sehe besser nach ihr«, sagte Clara hastig und eilte ihrer Mutter nach.

Als sie die Tür hinter sich zuzog, sah sie die Gräfin gerade noch oben auf der Empore in Richtung Westflügel verschwinden.

Am Fuß der Treppe stand Albrecht wie vom Donner gerührt. Clara durchschritt rasch die Halle und der alte Diener sah ihr entgegen. Die Bestürzung in seiner Miene beunruhigte Clara noch mehr als alles bisher Geschehene. Seit ihrer Kindheit kannte sie ihn als Fels in der Brandung, den nichts umwerfen konnte. Doch nun wirkte er plötzlich hilflos und gebrechlich.

»Der junge Herr hätte besser nicht herkommen sollen«, murmelte er, als Clara seinen Arm berührte.

Sie tauschten einen Blick, doch mehr sagte er nicht. Also lief Clara die Treppe hinauf und bog nach links zu den Räumen ihrer Mutter.

Sie klopfte an die Schlafzimmertür und wollte eintreten, nur um festzustellen, dass die Tür verschlossen war.

»Mutter?«, rief sie alarmiert.

Es dauerte ein paar Sekunden, dann war von drinnen die mühsam beherrschte Stimme zu hören: »Es ist alles in Ordnung, Clara. Ich brauche nur ein wenig Ruhe.«

»Aber ...« Sie brach ab, denn sie wusste nicht, was sie sagen sollte. In ihrem Kopf schwirrten so viele Fragen, dass sie keine einzige zu fassen bekam. Erst recht keine, die sie jetzt in diesem Augenblick hätte stellen können.

»Soll ich dir ein wenig Kaffee schicken lassen?«, bot sie dann zaghaft an.

»Das ist lieb von dir. Ich klingle nach Fräulein Trebitz,

wenn ich etwas möchte«, war die Antwort. Es klang abschließend.

Einen Moment stand Clara noch ratlos vor der Tür. Dann machte sie kehrt und ging langsam wieder hinunter.

In der Halle sah sie Albrecht noch grade im Gang zur Treppe hinunter in den Gesindetrakt verschwinden.

Der junge Herr hätte besser nicht herkommen sollen, hatte er gesagt. So lange, wie er schon im Dienste ihrer Eltern stand, konnte er sich gewiss noch an jenen schicksalhaften Tag im Herbst vor vielen Jahren erinnern, als der alte Graf Wilhelm von Scheweney an den Schussverletzungen starb.

Es war so lange her. Clara war bestürzt, dass trotzdem allein der Besuch des jungen Erben bei allen, die damals Zeugen waren, einen solchen Schrecken ausgelöst hatte.

Richard von Thebe, der jetzt gerade dort drüben im Salon mit dem Rest ihrer Familie Konversation betrieb.

Clara ging durch die Halle auf die Salontür zu. Ihre Schritte hallten in ihren Ohren unnatürlich laut.

Sie legte die Hand auf die Klinke, atmete tief ein und drückte sie herunter. Als sie eintrat, flogen ihr alle Blicke entgegen und sie lächelte möglichst beruhigend in die Runde.

»Es ist nur eine kleine Schwäche. Sicher wird es ihr bald besser gehen.« An Richard gewandt setzte sie hinzu: »Meine Mutter lässt sich herzlich entschuldigen, Baron von Thebe.«

Er erwiderte ihren Blick und die Besorgnis in seinen beinahe schwarz wirkenden Augen ließ Wärme in Clara aufsteigen, so gefühlvoll wirkten sie. Sofort fühlte sie sich besser, ruhiger und auf seltsame Art auch verstanden.

Sie setzte sich auf ihren alten Platz neben Luise. Und während das harmlose Gespräch über die schöne Landschaft, die gerühmte und geliebte Tätigkeit der Londoner Damen, das sogenannte *Shopping*, weiterlief, versuchte sie, das Flattern in ihrer Brust zu beruhigen.

Sich selbst redete sich dabei ein, dass die gesamte Situation, am meisten aber der deutliche Schock ihrer Mutter, sie derart in Aufregung versetzte.

Doch immer, wenn Richard von Thebes Blick ihren traf und ihr Herz erneut schneller klopfte, geriet diese mühsam herbeifabulierte Erklärung ins Schwanken.

Luise

32

Als Luise am Samstagmorgen aus dem Bett in den bereitliegenden Morgenmantel schlüpfte und den ersten Blick aus dem Fenster warf, war es draußen trist und grau. Dichte Wolken dräuten über dem Horizont und drohten mit Regen.

Für die Ernte war das nicht weiter tragisch. Heu, Hafer, Gerste und Weizen waren bereits eingeholt. Die Äpfel und Rüben konnten auch bei Regenwetter geerntet werden. Aber die Tristesse dort draußen drückte aufs Gemüt.

Zumindest der Zank zwischen Wilhelm und ihr schien oberflächlich beigelegt. Luise hatte eigentlich erwartet, dass der gestrige Besuch des durchaus einnehmenden Baron von Thebe die folgenden familiären Gespräche bestimmen würde. Schließlich hatte dieses Zusammentreffen Potenzial dazu, *historisch* genannt zu werden. Doch nachdem der große, fast schlaksige junge Mann nach der angemessenen Viertelstunde Friesenhain wieder verlassen hatte, war es der Gesundheitszustand ihrer Mutter gewesen, der sie alle beschäftigte. Wie abgesprochen waren sie im Salon beisammengeblieben, Wilhelm mit hinter dem Rücken verschränkten Händen am Fenster, der Vater unruhig auf und ab gehend, Clara mit seltsam flattrigen Händen auf der Chaiselongue, während Luise selbst mühsam all die Fragen zurückgeschoben hatte, die sich ihr aufdrängten. Hatte der Zusammenbruch ihrer Mutter mit dem Besuch des jungen Barons zu tun? Weil er der Sohn des Mannes war, der den Tod ihres Großvaters verschuldet hatte? Hatte sie etwa eine besondere Beziehung mit dem alten Graf Wilhelm von Scheweney verbunden, die sie den alten Schmerz derart heftig spüren ließ? Weil stets der Mantel des Schweigens über diese Angelegenheit gebreitet worden war, hätte sie auch dies nicht sagen können.

Oder war der Schwächeanfall zu diesem Zeitpunkt schlicht ein Zufall gewesen?

Als Fräulein Trebitz vor dem Lunch berichtete, es gehe der Gräfin deutlich besser, sie lasse sich für das gemeinsame Mahl aber noch entschuldigen, war ihr Vater sogleich hinaufgegangen. Auch Clara hatte auf den Imbiss verzichtet und lieber ihr Zimmer aufgesucht, nach der Aufregung um ihre Mutter immer noch blass um die Nase.

Wilhelm und sie selbst hatten die Gelegenheit für ein paar Worte genutzt. Eine von Herzen kommende Entschuldigung auf beiden Seiten, ein versöhnliches Lächeln. Doch auch, wenn sie nun wieder miteinander sprachen, als sei nichts geschehen, waren doch Dinge gesagt worden, die Luise auch heute noch beschäftigten. Wie sehr, spürte sie erst jetzt, als sie sich dabei ertappte, dass sie erneut darüber grübelte, wieso Wilhelm Max Brugge und Johan van Leeuwen miteinander verglichen hatte. Er hatte sie dafür gerügt, Max' Artikel lesen zu wollen, anstatt über Johans Briefen zu schwelgen. Dabei hatten diese beiden Dinge doch nichts miteinander zu tun.

Johan. Luise zog den Morgenmantel enger um sich und seufzte.

Wilhelm hatte insofern recht, als dass ihr der Großvetter mit jedem Tag, den er fort war, weiter entfernt erschien.

Seine Briefe waren amüsant, ja. Und es war noch nicht lange her, als derartige Zerstreuung sie durchaus angezogen hätte. Aber es hatte sich etwas verändert. Sie selbst hatte sich verändert. Selbst die Abenteuer, die seine Reisen versprachen, konnten sie nicht mehr locken. Nicht jetzt, wo sie ein eigenes, hehres Ziel vor Augen hatte. Die Frauenbewegung beschäftigte sie beinahe unentwegt, ebenso wie die in weite Ferne gerückte Idee ihres Studiums der Tiermedizin.

Sie streckte die Hand aus, um nach Agnes zu läuten, als es an der Tür klopfte und ihr Zimmermädchen hereinschlüpfte.

An ihren großen Augen erkannte Luise, dass es nicht der übliche Besuch zur Morgentoilette war.

»Guten Morgen, Komtess.« Agnes knickste.

»Was gibt es, Agnes?«

»Marie Paas schickt mich, Komtess. Ich soll Ihnen und Komtess Clara bitte sagen, dass sie Sie beide im Stall erwartet. Und bitte recht bald, soll ich ausrichten, Komtess.«

Luise zögerte nicht, sondern streifte sofort den Morgenrock ab, hastete an den Toilettentisch und fuhr sich mit der Bürste durchs vom Schlaf zerzauste Haar.

»Dann hurtig, Agnes. Ein schlichtes Kleid, am besten eines, das seine besten Tage schon gesehen hat, mit möglichst kurzem Rock. Lauf schon!« Agnes eilte in das Umkleidezimmer und Luise rief ihr zu: »Ist etwas mit einer der Stuten?« Sofort tauchte das Bild Fees und ihres Fohlens vor ihr auf.

»Nein, es ist … etwas ganz anderes.« Agnes war blitzschnell zurück, legte das Kleid aufs Bett und half Luise mit flinken Fingern, die Locken zusammenzunehmen. Sie senkte die Stimme: »Marie hat in der Sattelkammer ein Mädchen entdeckt.«

Luise hielt überrascht inne. »Ein Mädchen? Etwa eine Liebschaft eines der älteren Stallburschen?«

»Aber nein, Komtess.« Agnes errötete. »Es ist ein Kind,

das der neue Stallbursche von seiner früheren Arbeit kennt, der Alfred.«

Das schien umso rätselhafter. Ungeduldig sprang Luise bereits wieder auf, und Agnes riss das Kleid auf, um ihr hineinzuhelfen.

»Hast du meine Schwester schon geweckt?«, fragte Luise. Bei allem Außergewöhnlichen würde Clara am ehesten Rat wissen.

Agnes nickte. »Komtess Clara hat gemeint, sie kleidet sich selbst an und ich solle gleich zu Ihnen.« Also schien ihre Schwester die Lage als ernst einzuschätzen.

Es dauerte nicht lange, Luise knöpfte gerade den letzten Knopf am Ausschnitt zu, während Agnes sich um den Verschluss am Rücken kümmerte, als es leise klopfte und Clara den Kopf zur Tür hereinstreckte.

»Bist du fertig? Soll ich schon hinuntergehen?«

»Ich bin so weit. Danke dir, Agnes!« Luise nickte dem Zimmermädchen zu und eilte zur Tür. Gemeinsam mit Clara lief sie so leise wie möglich entlang der Empore zur Treppe, während Agnes ihnen von der Zimmertür aus nachsah. Auch auf der Treppe setzten sie ihre Schritte behutsam. Wenn Marie sie zu so früher Stunde rufen ließ, war es sicher nicht in ihrem Sinne, wenn nicht nur ihre Freundinnen, sondern auch der halbe Hausstand im Stall erscheinen würde.

Gimpel, der vor der Hintertür gelegen hatte, sprang ihnen entgegen und umschmeichelte sie. Als Clara die Klinke niederdrückte, schlüpfte er mit ihnen hinaus und war der Erste im Hof. Hier herrschte bereits um diese frühe Stunde Betriebsamkeit. Doch während die Stallburschen und Knechte sie sonst fröhlich grüßten, nickten sie heute nur mit ernsten Mienen. Sie alle schienen um das zu wissen, weswegen ihre jungen Herrinnen so früh hier draußen waren.

Vor dem Eingang zur Sattelkammer stand der kleine Alfred und knetete seine Mütze. Als er sie kommen sah, wurde er unter seinen Sommersprossen blass wie Frau Rühls feiner Stuten.

»Guten Morgen, Alfred«, grüßte Clara ihn freundlich. Er starrte sie mit großen Augen an, in denen es verdächtig glitzerte.

»Ich hab nichts gemacht, Komtess Clara. Ich würd doch niemals nich …« Er konnte nicht weitersprechen, so sehr zitterte seine Unterlippe.

»Ist schon gut, Alfred.« Clara legte beruhigend ihre Hand auf seine Schulter. »Wir sprechen am besten mit Marie und …«

»Clara? Luise?«, ertönte von drinnen die Stimme ihrer Freundin.

Sie gingen hinein, wo Marie sie erleichtert begrüßte.

»Wie gut, dass ihr da seid! So können wir zusammen entscheiden, was wir tun sollen.«

Sie trug die Kleidung, die sie immer bei ihrer Arbeit in den Stallungen anhatte, einen derben, nur knöchellangen Rock über den Stiefeletten und eine dunkle Wollbluse mit einem leichten Schultertuch. Ihr weißblondes Haar war noch zum Nachtzopf geflochten, aus dem sich vom Schlaf ein paar Strähnen gelöst hatten, die wirr um ihr schmales Gesicht hingen. Jetzt deutete sie neben sich auf einen fleckigen Lumpenhaufen, der in einer der Ecken unter den Sätteln lag. Luise blinzelte. Ihre Augen mussten sich erst an das spärliche Morgenlicht dieses düsteren Tages gewöhnen, das durch das Stallfenster hereindringen konnte. Doch als das Altkleiderbündel sich bewegte, wurde ihr klar, dass es mitnichten nur ein paar Lumpen waren, die dort lagen.

»Oh nein!«, entfuhr es Clara in diesem Augenblick bereits, und sie ging vor dem kläglichen Häuflein in die Hocke.

Das Mädchen mit dem mageren Gesicht und den riesigen Augen darin starrte ihre Schwester angstvoll an. Die strohigen Haare standen wirr vom Kopf, Schmutz überzog die eingefallenen Wangen und einige dunkle Flecken.

»Das ist Änne Reuben«, erklärte Marie ihnen. »Die Tochter des Pferdehändlers. Ich habe sie neulich schon einmal hier am Hof getroffen, als ...« Marie sah kurz zur Tür, wo Alfred sich unter dem Sturz herumdrückte. Dann fuhr sie fort: »Offenbar ist sie von zu Hause fortgelaufen und hat sich die Nacht über hier versteckt.«

»Ich wusst' von nix!«, jammerte Alfred wieder los. »Ich kann doch nix dafür.«

»Das hat ja niemand behauptet«, beruhigte Luise ihn. »Habt ihr zwei euch angefreundet, als du bei Reuben im Dienst warst, hm?«

Alfred zögerte kurz, nickte dann. »Änne hat mir hin und wieder 'ne Kartoffel geschenkt, oder 'n guten Kotelettknochen mit noch Fleisch dran. Se' hat 'n gutes Herz, hat se'.« Seine Kappe erweckte fast ebenso sehr Luises Mitleid wie Mädchen und Junge selbst, so sehr wie er den Stoff in den Händen walkte.

»Was machen wir denn nun mit ihr?«, wollte Marie wissen und sah abwechselnd Luise und Clara an.

Clara, die stets zu allen Bediensteten den besten Draht fand, streckte die Hand aus und legte sie sanft auf Ännes Knie.

Die zuckte sichtbar zusammen. Clara wandte kurz bestürzt den Blick und fragte das Mädchen dann: »Bist du verletzt, Änne?«

Da hob die Kleine, die vielleicht elf Jahre alt sein mochte, den Kopf und sah sie der Reihe nach an. »'s is' nur ... Der Vater war betrunken. Den Kleinen tut er nix, die sind ja noch so winzig. Aber wenn ich ihm dann im Weg steh ...«

Luise musste schlucken, als ihr klar wurde, dass die dunklen Flecken in Ännes Gesicht und an ihrem Hals von Schlägen stammen mussten.

»Kommt«, entschied sie, denn die Situation war ihr mit einem Male unerträglich. »Lasst sie uns ins Pförtnerhaus bringen. Da ist es warm und wir können uns in Ruhe besprechen.«

Marie nickte. »Das ist eine gute Idee. Vater ist schon draußen auf den Koppeln.«

»Vielleicht möchtest du ja ein Bad nehmen, Änne?«, schlug Clara dem Mädchen vor und half der Kleinen hoch.

Stehend sah das Kind noch erbärmlicher aus. Mager und in dreckigem Kittel, die nackten Füße in Holzpantinen. Bei diesen Temperaturen, die der Herbst bereits mit sich brachte, musste sie schrecklich frieren. Sie kratzte sich an einer schorfigen Stelle am Arm.

Gemeinsam gingen sie hinaus in den Hof und in Richtung Nordtor, während Alfred ihnen mit ein paar Metern Abstand zögerlich folgte, als wisse er nicht recht, was von ihm verlangt wurde.

»Schau du nur grad am Hengststall nach dem Rechten, Alfred. Wir kümmern uns gut um deine Freundin«, sagte Luise zu ihm. »Und dann kommst du zum Pförtnerhaus, ja? Warte da. Vielleicht wollen wir dich noch etwas fragen.«

Er nickte und rannte aufs Tor zu, beinahe in Wilhelm hinein, der gerade im Begriff war, von draußen wieder in den Hof zu treten.

»Wilhelm?«, entfuhr es Luise. »Was tust du zu dieser Stunde hier? Hat Agnes dich etwa auch auf den Plan gerufen?«

Ihr Bruder sah sie mit großen Augen an. Dann huschte sein Blick rasch zu Marie, glitt über ihr Gesicht und den leicht aufgelösten Zopf, der ihr Gesicht weich und verletzlich wirken ließ. Marie jedoch war sehr damit beschäftigt, sich um Änne zu kümmern – obwohl Luise hätte schwören können, dass auch sie gerade noch Wilhelm angeschaut hatte.

»Nein, ich kam nur zufällig … wollte nur …«, begann ihr Bruder und deutete vage hinter sich.

Luise winkte ungeduldig ab. »Ach, das ist jetzt auch gleich. Hör mal, kannst du uns im Haus fürs Frühstück entschuldigen? Die kleine Änne Reuben, die Tochter von diesem Pferde- und Leuteschinder, hat sich heute Nacht bei uns verkrochen, und wir müssen uns um sie kümmern und überlegen, was zu tun ist. Vielleicht dauert es eine Weile. Und wahrscheinlich brauchen wir auch später Vaters Rat. Aber wir müssen die Kleine erst mal versorgen.«

Daraufhin sah Wilhelm gleich wieder zu Marie, und die erwiderte seinen Blick kurz, nickte leicht, während sie dem Mädchen die zitternden Schultern streichelte.

Seltsam. Früher, als sie alle noch Kinder waren, hatten Wilhelm und Marie Nachmittage lang ihre Nasen in staubige Bücher vergraben, während draußen im Park echte Abenteuer lockten. Aber seit sie erwachsen waren, war es Luise noch nie aufgefallen, dass zwischen ihrem Bruder und ihrer Freundin eine besondere Bindung bestand. Eine, die diese Blicke erklären würde. Verwirrt sah sie von einer zum anderen.

»Natürlich«, versprach Wilhelm jetzt. »Ich sehe dann in einer Stunde nach euch«, rief er ihnen noch nach, denn Marie und Clara tauchten bereits samt kleiner Schutzbefohlener ins Dunkel des Tores ein.

Luise beeilte sich, Schwester und Freundin zu folgen. Am Pförtnerhaus angekommen, ließ Änne sich willig hineinführen und in der vom Ofen geheizten Stube auf einen Stuhl platzieren.

Marie warf Holz nach und stellte den Kessel auf, um in der kleinen Badestube die Zinkwanne zu richten. Währenddessen redete Clara beruhigend mit dem Mädchen und brachte sie dazu, im Schein der hastig entzündeten Kerzen Arme, Beine und Gesicht herzuzeigen, die von blauen Flecken übersät waren.

Luise hatte Mühe, sich ihr Entsetzen nicht anmerken zu lassen, und tauschte beklommen Blicke mit ihrer Schwester.

»Nun erzähl mal, Änne«, sagte Clara zu dem Mädchen, nahm dabei ihre Hand. »Wie viele Kinder seid ihr denn, ihr Reubens?«

Die Kleine hob eine Hand mit ausgestreckten Fingern und zwei der anderen Hand.

»Sieben«, fasste Luise zusammen.

»Ich glaub schon«, antwortete die Kleine mit tränenrauer Stimme. »Aber die beiden Kleinsten, die liegen freilich auf'm Friedhof. Eins mit der Mutter zusammen im Sarg.«

Luise musste schlucken. Sie kümmerte sich wenig um die Geschäftsleute im Umkreis. Daher hatte sie nicht gewusst, dass die Frau des Pferdehändlers gestorben war. Nur Clara nickte wissend.

»Und an welcher Stelle bist du, Änne? Bist du das älteste Mädchen?«, fragte sie.

Nicken. »Meine Brüder sin schon erwachsen. Der eine ist weggelaufen, und wir dürfen seinen Namen nicht sagen. Und der andre ist immer beim Vater, mit 'n Pferden. Ich muss mich um alles kümmern am Hof, die Hühner, die fünf Kühe und das Schwein. Und die Kleinen, die Schwestern. Die sind nämlich nich zu nix zu gebrauchen noch nich.« Änne schniefte und wischte sich den Rotz mit dem Armrücken ab.

»Aber du bist doch selbst noch ein Kind. Das kannst du doch alles gar nicht schaffen«, sagte Luise entsetzt.

»Ich bin schon dreizehn!«, verkündete Änne mit nicht zu überhörender Empörung.

Clara strich ihr über die grauhäutige, von der vielen Arbeit raue Hand. »Und sag, passiert es öfter, dass euer Vater dich schlägt?«, wollte sie wissen.

Änne zog erneut die Nase hoch. »Nur wenn er trinkt, nech. Mein Bruder, der wer noch da is, is schlau. Macht sich davon und schläft auf dem Heuboden. Aber ich muss ja auf die Kleinen achten, und dass das Feuer nicht ausgeht.«

Was für ein grauenhaftes Leben. Luise mochte es sich gar nicht weiter ausmalen.

Zu ihrer Bestürzung begann Änne plötzlich wieder lauthals zu weinen. »Jetzt werden die Kleinen keinen Brei nich zum Frühstück kriegen, höchstens angebrannten, weil der Bruder ihn macht. Und die Kühe brüllen bestimmt schon, weil keiner nich zum Melken kommt. Dann muss der Vater das machen und ich krieg Prügel, wenn ich heimkomme. Dabei wollt ich doch nur die Nacht hier sein und früh morgens wieder am Hof. Aber dann bin ich in den Decken hier eingeschlafen und jetzt ist es schon spät und der Vater hat bestimmt schon gemerkt, dass ich davon bin …« Alles, was sie sonst noch stammelte, ging in ihren Schluchzern unter.

Luise sah ihre Schwester ernst an. Was sollten sie tun? Dem Mädchen erging es zu Hause schlecht. Aber würden sie ihr helfen können?

In diesem Moment erschien Marie. »Das Bad ist fertig. Und einen Läusekamm habe ich auch gefunden«, verkündete sie, ging zu ihrem Schützling und legte den Arm um sie. »Nun weine nicht mehr, Änne. Du kriegst jetzt ein schönes, warmes Bad, ganz für dich allein. Ich wasch dir auch die Haare mit guter Seife. Und danach schenke ich dir eins meiner alten Kinderkleider. Mein Vater schilt mich immer, dass ich sie nicht fortgebe, aber jetzt weiß ich, warum ich sie aufgehoben habe. Ich war nämlich früher mal genauso ein dünnes Ding wie du, weißt du. Und wollene Strümpfe habe ich auch noch für dich. Die sind zwar oft gestopft, aber warm sind sie immer noch.« Mit solchen Worten nahm sie Änne mit sich, Luise und Clara über die schmalen Mädchenschultern noch einmal einen ernsten Blick zuwerfend. Auch ihr musste bewusst sein, in welchem Zwiespalt sie sich jetzt befanden.

Als die Tür zur Badestube zufiel, ließ Luise sich in den Sessel sinken, in dem Marie abends meist saß und las.

»Der Himmel hilf uns, Clara. Was tun wir nun?«

Ihre Schwester sah sie bekümmert an. »Vater muss nach Reuben schicken. Er muss erfahren, dass das Kind hier ist.«

Sofort sprang Luise wieder auf. »Aber wir können Änne doch nicht einfach zurückschicken in diese ... diese Hölle!«

Clara hob die schmalen Schultern. »Aber wie sollen wir ihr helfen? Selbst wenn wir sie hierbehalten könnten – was freilich nicht geht –, wer sollte sich denn um sie kümmern? Und dann gibt es ja auch noch die kleinen Schwestern am Reuben-Hof. Auch wenn Reuben die nicht anrührt, wie Änne sagt, brauchen sie ja doch jemanden, der sie versorgt.«

Mit raschen Schritten begann Luise auf und ab zu gehen.

»Vielleicht könnte Frau Rühl das Kommando übernehmen? Änne selbst kann sich um ihre beiden kleinen Schwestern kümmern, das tut sie jetzt ja auch. Arbeit als Küchenmagd gibt es gewiss auch für sie. Sie könnten zusammen eines der leeren Dienstbotenzimmer unterm Dach haben. Und Frau Mecken sorgt dafür, dass alles in Ordnung bleibt. Wir könnten ...«

»Luise«, unterbrach Clara sie, die immer noch am selben Fleck neben dem Stuhl stand, auf dem Änne gesessen hatte.

»Das wird nicht gehen. Friesenhain kann nicht einfach drei fremde Kinder beherbergen. Aber wenn wir uns einmischen und es amtlich machen, dann würde die Polizei mit einer Pflegedame auf den Plan gerufen werden. Vielleicht müssten Änne und ihre Schwestern in ein Ziehkinderhaus.«

Jetzt hielt Luise inne und versuchte zu fassen, was Clara gesagt hatte. Polizei. Pflegedame. Ziehkinderhaus. Letzte Begriffe kannte sie nur vom Hörensagen und aus dem Unterricht bei Fräulein Gehmlich. Worte wie aus einer anderen Welt, zu der sie nie Kontakt haben würde, hatte sie immer geglaubt. Clara aber, die sich mit allen Pächtern und Händlern gutstellte, kannte diese Missstände offenbar. Mit einem Mal kam Luise sich schrecklich nachlässig vor, dass sie in ihren Besuchen bei Großmutter Stock ihr Maß an Mildtätigkeit erfüllt gesehen hatte. Als sie mit Johan bei der armen Pächterfamilie gewesen war und er der alten Frau die Zeichnung ihres Enkels geschenkt hatte, war er voll des Lobes über Luises gutherzigen Einsatz gewesen. Aber der, das wurde ihr gerade schlagartig bewusst, war doch nur ein Tropfen auf den heißen Stein.

Nun hörte sie durch die geschlossene Holztür Ännes helle Stimme, das Planschen von Wasser und die Kehle wurde ihr eng.

»Aber irgendetwas müssen wir doch tun können!«, sagte sie verzweifelt. Clara sah sie nur ratlos an.

Luise überlegte hin und her, ging im Kopf alle Menschen durch, die sie um Rat oder Hilfe bitten könnte. Da fielen ihr Paula und Hedwig und die Bücher, die die beiden ihr geliehen hatten, ein. Die umkämpften Frauenrechte sollten nicht nur dem Bürgertum zugutekommen. Nein, dies hier war genau solche Lage, die die Kämpferinnen ändern wollten: Frauen und Kindern, die heute immer noch per Gesetz ihren prügelnden Ehemännern oder Vätern ausgeliefert waren, sollte das Recht zur Seite stehen.

Aber da dieses Ziel noch nicht erreicht war, wie sollten sie jetzt mit dieser Situation umgehen?

Wären die beiden doch nur hier. Vielleicht würden sie wissen, wie sie Änne aus dieser Zwickmühle würden heraushelfen können.

Eine gute halbe Stunde war herum, als die Tür zur Badestube sich öffnete. Marie kam heraus und ihr folgte …

»Änne, du bist ja nicht wiederzuerkennen!«, entfuhr es Luise.

Ganz stimmte es nicht, denn das Mädchen war immer noch mager wie ein Stock, und die blauen Flecken fielen jetzt noch mehr auf, wo der Dreck von der rosa Haut geschrubbt war. Doch ihr Haar war gewaschen und fiel feucht und sorgfältig gekämmt auf den schmalen Rücken hinunter. Ein altes Schultertuch hatte die Kleine um sich gezogen, das Luise von früher vertraut vorkam. Das warme, braune Wollkleid mit dem hohen Kragen war ihr noch ein bisschen zu groß, doch sie sah unglaublich stolz aus, wie sie immer wieder über den dichten Rock strich und dann ihre in den warmen Strümpfen steckenden Füße bewunderte.

»Ein Kleid wie 'ne Dame 's tragen würd«, murmelte Änne mit einem Lächeln.

Clara trat zu ihr und ging vor ihr in die Hocke. »Jetzt fühlst du dich schon ein bisschen besser, hm?«

Die Kleine nickte.

Marie, die rasch in die Küche gehuscht war, streckte dem Mädchen eine Scheibe Brot und ein Stück Käse hin. Die Kinderaugen wurden kugelrund.

»Nun nimm und iss«, forderte Marie sie auf.

Das ließ Änne sich nicht zweimal sagen. Noch ehe eine von

ihnen sie auffordern konnte, sich doch zu setzen und die spärliche Mahlzeit in Ruhe einzunehmen, biss sie mit Heißhunger in den Käse und das Brot. Innerhalb kurzer Zeit hatte sie alles aufgegessen und nahm den Becher mit Milch entgegen, den Marie ihr ebenfalls reichte, um ihn in einem Zug bis auf den letzten Tropfen zu leeren.

»Aaah!«, machte sie dann und wollte sich schon mit dem Ärmel den Mund abwischen. Doch im letzten Moment hielt sie inne, als ihr bewusst wurde, dass sie ihr neues Kleid damit beschmutzen würde.

Clara griff in ihre eigene Rocktasche und hielt ihr ein mit Spitzen verziertes Taschentuch hin, an dessen Rand Luise in den feinsten Stickereien ihrer Schwester die Buchstaben *CvS* erkennen konnte.

Änne starrte ungläubig darauf. So lange, bis Clara selbst die Sache übernahm und mit dem feinen Stoff sanft, aber sorgfältig die Krümel und das Milchbärtchen beseitigte.

»So, und nun müssen wir uns überlegen, was wir mit dir tun«, sagte sie zu dem Mädchen.

Doch Marie, die von ihnen fort zum Fenster getreten war, wandte sich um und sagte mit leiser Stimme: »Ich glaube, was das anbelangt, haben wir keine Wahl.«

Luise sah es ihr an. »Wer kommt da?«, wollte sie rasch wissen und blickte ebenfalls hinaus.

Vom Fahrweg aus näherten sich zwei Pferde dem Haus. Sie wurden von zwei Männern geführt, der eine mittelalt, der andere gerade kein Junge mehr. Beide hager und kräftig wie Foxterrier. Vor ihnen schritt mit düster umwölkter Stirn Graf Hermann von Scheweney.

Der kleine Alfred, der ganz Luises Geheiß folgend am Haus gewartet hatte, blickte der kleinen Gruppe wie hypnotisiert entgegen. Schon bei seinem Anblick wäre Luise klar gewesen, wer dort kam. Aber auch Clara und Änne waren neben sie getreten und das Mädchen hauchte: »Der Vater.«

»Besser wir gehen hinaus, ehe sie an der Tür klopfen«, entschied Luise und ging den anderen voraus. Clara folgte ihr, zuletzt Marie mit Änne, die sich ängstlich an sie drängte.

Als die drei Frauen und das Kind aus dem Haus traten, hatten die Männer die Front fast erreicht.

Alfred, der beim Öffnen der Tür heftig zusammengezuckt war, wich zurück an die Wand.

»Sieh an!«, rief der ältere der beiden Fremden, ohne ihnen als Komtessen die geringste Achtung zu zollen. Das musste also Reuben sein. Drahtig und dennoch muskulös stand er ohne jede Scheu vor ihnen in seinen Arbeitshosen, dem knittrigen Wollhemd und der Schiebermütze, deren Schirm ihm in die Stirn reichte. Sein Gesicht wirkte wie ein Totenschädel, so straff spannte sich die Haut über die Knochen und so gelb waren seine Zähne, die er nun bei seinem falschen Lächeln entblößte.

»Hier versteckst du dich also. Ich sag doch, werter Graf, meine Knechte würden mich nicht anlügen. Wusste, dass sie hier ist. Und du, Tochter? Wolltest wohl ein bisschen feine Dame spielen, wie?«

Änne blieb neben Marie stehen und hielt den Blick gesenkt.

»Wir haben Änne gebadet und ihr warme Kleidung geschenkt«, sagte Luise barsch, denn sie misstraute dem übertriebenen Singsang in Reubens Stimme zutiefst.

»Meinetwegen«, erwiderte er. »Hast du erreicht, was du wolltest, du ungezogenes Gör?«

Änne duckte sich, als erwarte sie jeden Moment erneut Schläge, obwohl ihr Vater etliche Meter entfernt stand.

In diesem Moment tauchte am Nordtor schnellen Schrittes Wilhelm auf. Er trug kein Jackett, musste also Hals über Kopf aus dem Haus gestürzt sein. Als er sie hier versammelt sah, blieb er stehen und beobachtete, was vor sich ging.

»Das ist also das Mädchen, um das es geht?«, verlangte Hermann von Scheweney von Luise und Clara zu wissen.

»Das ist Änne Reuben, ja«, bestätigte Luise, während ihre Schwester nur nickte und die Hand auf Ännes knochige Schulter legte.

Der Graf betrachtete das Mädchen kurz. In den tiefblauen Augen ihres Vaters erkannte Luise den warmen Ausdruck von Mitgefühl.

»Nun, mir scheint, dass das Kind nicht gut behandelt wird, Herr Reuben«, sagte er mit seiner sonoren Stimme. »Ich kann Ihnen nur raten, Ihr Tun zu überdenken und sich zu ändern. Kinder sind ein hohes Gut, das viele nicht zu schätzen wissen.«

»Mit Verlaub, gnädiger Herr«, erwiderte Reuben mit vor Sarkasmus triefender Stimme. »Ich denke nicht, dass Sie mir irgendetwas zu sagen haben. Ich weiß schon selbst sehr genau, wie ich mit meiner faulen, nichtsnutzigen Tochter umzugehen habe. Jetzt komm schon her, du Balg!«, knurrte er an Änne gewandt.

Die löste sich von Maries Seite und schlich zu ihrem Vater hinüber. Als sie vorbeiging, warf sie Clara und Luise einen Blick zu, in dem sowohl Dankbarkeit für die empfangene Freundlichkeit wie auch eine unendlich müde Resignation lagen, die Luise ins Herz schnitt.

Sobald sie in Reichweite Reubens kam, ließ der seine Hand vorschnellen und packte Änne grob im Genick, um sie in Richtung ihres stumpf zuschauenden Bruders zu schubsen.

»Wagen Sie es ja nicht!«, fauchte Luise und trat ein paar Schritte vor in seine Richtung.

Reuben hob beinahe verwundert den Blick und sah sie genau an. Seine grausam funkelnden Augen über der Raubvogelnase richteten sich nun lauernd auf Luise und wanderten über ihr Gesicht.

»Was soll ich nicht wagen, werte Komtess?«, fragte er geziert.

»Sie dürfen Änne nicht wieder schlagen und so schlecht behandeln! Sie ist noch ein Kind, mit all den Aufgaben, die Sie ihr aufhalsen, völlig überfordert!«, platzte Luise heraus.

Reuben bedachte sie nur mit einem spöttischen Blick. Dann wandte er den Kopf und sah den Grafen mit einem schiefen Lächeln an. »Ich sehe, werter Graf, ich bin nicht der Einzige, dem die Tochter mal aus der Hand geht.«

Luise ballte die Fäuste und hätte sich am liebsten auf den fiesen Kerl gestürzt, doch da spürte sie eine Hand an ihrer Seite. Clara, die beschwichtigend nach ihrem Arm griff.

Ihr Vater stand hoch erhobenen Hauptes da. Seine ganze Haltung drückte Verachtung und Überlegenheit aus, wie er die Hände ans Revers seines Jacketts legte und Reuben mit einem abschätzigen Blick bedachte.

»Sie verlassen augenblicklich mein Land«, sagte er mit einer Stimme, die jedem das Blut in den Adern hätte gefrieren lassen.

Nicht aber Reuben. Der tat eine betont galante Verbeugung, zog die Kappe und schwang sich mit einer einzigen Bewegung auf sein Pferd, das unter der wütenden Wucht kurz ächzte.

Von seinem Reittier herunter warf Reuben noch einen Blick an Luise vorbei zum Haus.

»Das nenn ich also Dankbarkeit gegen deinen ehemaligen Herrn, der dir Arbeit und Lohn gegeben hat, als dein Vater krank niederlag«, sagte er mit gefährlich leiser Stimme. Luise sah sich um und stellte überrascht fest, dass Reuben seine

Worte an Alfred gerichtet hatte. »Du weißt hoffentlich, was du mir schuldig bist, Bursche, und vergisst meine Gutherzigkeit nicht!« Alfred, der vor Angst schlotternd an der Wand lehnte, starrte den Mann nur mit riesigen Augen an.

Reuben schnaubte verächtlich, nickte seinem Sohn zu, der ebenfalls auf sein eigenes Pferd stieg und Änne dann zu sich herauf- und hinter sich in den Sattel zog, als wiege sie nicht mehr als eine Feder.

Das Mädchen sah sich ängstlich nach Marie, Clara und Luise um, ein Flehen im Blick, das Luise schier das Herz zu zerreißen drohte.

»Änne …«, sagte sie leise und wollte die Hand ausstrecken.

Doch da stieß Reuben bereits die Sporen in die Flanken seines Pferdes und es galoppierte aus dem Stand an.

Sein Sohn folgte seinem Beispiel und Änne musste sich an ihm festklammern, um nicht hinunterzufallen. Es dauerte nur ein paar Sekunden, da waren Vater und Sohn auf ihren Pferden auf dem Fahrweg und entfernten sich ums Gebäude herum.

Luise konnte es nicht fassen. Hier standen sie und sahen dabei zu, wie ein grausamer Mann ein Mädchen, das er bereits grün und blau geschlagen hatte, einfach wieder mit sich nahm. Sicherlich hatte Änne zu Hause eine weitere Tracht zu erwarten, weil sie fortgelaufen war und ihren Vater dazu gezwungen hatte, sie zu suchen.

»Warum hast du nichts getan, Vater?«, rief sie, völlig außer sich.

Hermann von Scheweney war sichtlich bemüht, seine Haltung zu wahren. An der Art, wie er wiederholt über seinen dichten Schnäuzer strich und die Enden nach oben zwirbelte, erkannte sie, dass er tief berührt sein musste. Warum ließ er also keine Taten folgen?

»Es tut mir ja auch leid, Luise«, sagte er besänftigend, anders als er üblicherweise auf ihre Ausbrüche reagierte. »Aber mir sind die Hände gebunden. Das Gesetz ist auf Reubens Seite. Änne ist seine Tochter und untersteht damit seiner Gewalt.«

»Gewalt? Ja, da nennst du das rechte Wort! Und warum nicht Gleiches mit Gleichem vergelten? Oh, wenn ich ein Mann wäre ... ich hätte, ich würde ...« Sie warf sich herum und rannte los. Den Weg aufs Tor zu, an Wilhelm vorbei, der die Hand ausstreckte und etwas sagte, doch sie ließ sich nicht aufhalten. Sie rannte durch das Dunkel des Tores in den Hof und über die Rasenfläche zum Hintereingang. Die Tür flog krachend auf, sie ließ sie offen, rannte so schnell sie konnte durch die Halle und mit fliegendem Atem die Treppe hinauf. Über die Empore, den Gang hinein und in ihr Zimmer, dessen Tür sie laut ins Schloss warf.

Drinnen stürzte sie ans Fenster, um zu schauen, ob sie die Reubens noch ausmachen konnte.

Und tatsächlich hatten die beiden Pferde das Ende der Platanenallee fast erreicht. Hinter ihrem Bruder war unter dem düsteren Wolkenhimmel gerade noch das Mädchen zu erkennen, das zusammengesunken dort saß. Luise widerstand dem Impuls, sich die Ohren zuzuhalten, denn das herzzerreißende Schluchzen der Kleinen klang ja nicht mehr in ihren Ohren, denn dafür war die kleine Gruppe schon viel zu weit fort, sondern in ihrem Kopf – dort aber umso lauter.

Was war das für ein Gesetz, das so ein Elend zuließ? Warum stand es immer auf der Seite der Männer, die mit den Frauen ihrer Familie tun und lassen durften, was ihnen beliebte?

Es musste doch eine Lösung geben! Irgendeinen Weg!

Sie hob eine Hand und legte sie ans Fensterkreuz. »Kleine Änne, ich verspreche dir, dass ich dir helfen werde. Ich weiß noch nicht, wie. Aber ich schwöre dir, dass ich dich nicht allein lasse!«, sagte sie leise.

Dann bogen die Pferde um die Ecke. Mit ihrem Schwinden schlich prompt ein dunkler Zweifel an Luise heran und legte sich um sie, ob sie dieses Versprechen würde halten können. Denn eine dumpfe Erkenntnis flüsterte ihr auf gehässige Weise zu, dass sie ja nicht einmal in der Lage war, sich selbst aus ihren Zwängen zu helfen.

Clara

33

Die schrecklichen Geschehnisse rund um die kleine Änne Reuben ließen Clara nicht los. Sie hatte im hinteren Salon Ruhe und Ordnung in der Arbeit am Altarteppich gesucht, an dem ihre Mutter und sie arbeiteten. Aber die gewissenhafte Konzentration, die diese schwierige Fingerarbeit sonst in ihr auslöste, blieb aus. Sie fühlte sich aufgewühlt und zittrig, sah immer wieder Ännes angstvolle Augen vor sich.

Clara seufzte. Manchmal wünschte sie, auch sie könne derart aufbrausen wie Luise, die ihren Gefühlen damit Luft zu verschaffen vermochte. Stattdessen hatte sie ihrem Vater ruhig und gefasst berichtet, was genau geschehen war. Auch Wilhelm, der hinzugetreten war, hatte ernst zugehört. Doch letztendlich hatte ihr Vater bedauernd den Kopf geschüttelt.

»Da können wir nichts tun. Das arme Mädchen«, hatte er gemurmelt.

Clara legte das bunte Garn zur Seite und starrte einen Moment aus dem Fenster ins triste Grau, das dieser Tag heute für sie bereithielt, als spiegle er wider, wie es in ihr aussah.

Die Aussicht konnte auch nicht verhindern, dass ihre Gedanken von Änne hin zum gestrigen Morgen wanderten. Der Besuch von Richard von Thebe war kurz gewesen, hatte nicht länger als eine gute Viertelstunde gedauert. Es waren ein paar Artigkeiten ausgetauscht worden, die durchaus Anlass zu mehr geboten hätten. Doch ihr Vater hatte die vorsichtigen Andeutungen Richards übersehen. Und so hatten sie sich wieder voneinander verabschiedet, ohne dass weitere Treffen in Aussicht gestellt wurden.

Nur eine einzige Sache hatte Clara dann stutzig gemacht und sie seitdem immer wieder beschäftigt: Schon im Hinausgehen hatte Richard von Thebe bemerkt, dass er sich zur Gewohnheit gemacht hatte, mit seinem jungen Hund jeden Tag zur etwa gleichen Zeit übers Gelände des Gutes zu streifen. Sein Blick hatte bei diesen Worten wie unabsichtlich sie getroffen. In den schwarzen Augen hatte eine Frage gestanden, vielleicht sogar eine Bitte. Und wenn sie nun auf die Uhr sah … Ja, die Zeit näherte sich, zu der sie sich bei ihren beiden ersten Begegnungen draußen auf den Ländereien getroffen hatten.

Kurz entschlossen stand sie auf, strich ihren Rock glatt und ging raschen Schrittes zur Tür.

Der Versuch, sich mit dem Altarteppich abzulenken, würde nicht fruchten. Warum also nicht einen Ritt hinaus zu den Absetzerkoppeln machen und dort nach dem Rechten sehen?

Sie verließ den Salon und traf in der Halle auf Ranke, der gerade dabei war, die Morgenpost auf den Empfangstisch zu legen.

»Es ist ein großer Umschlag für Sie dabei, Komtess Clara«, sagte er diensteifrig. Clara hatte den Eindruck, dass er sich noch ein wenig mehr bemühte als sonst schon, seit der neue Kammerdiener des Grafen angekündigt war.

»Tatsächlich?« Sie warf einen Blick auf das Tablett. »Ah, auch ein Brief von unserem Vetter. Den nehme ich für Luise mit hinauf.« Sie griff danach.

»Komtess Luise ist nicht im Haus, gnädiges Fräulein. Ich habe sie gerade auf ihrer Stute über die Allee galoppieren sehen.«

Clara unterdrückte ein erneutes Seufzen und legte den Brief zurück. Das sah ihrer Schwester ähnlich. Wenn sie nicht wusste, wohin mit sich, ließ sie Jeltje satteln und preschte mit ihr durch die Landschaft. Ännes Schicksal beschäftigte sie beide noch, wenn auch auf so unterschiedliche Weise.

In diesem Augenblick fiel Claras Blick auf den Absender des großen Umschlags, von dem Ranke gesprochen hatte.

»Oh, vom Zuchtbuchamt in den Niederlanden«, entfuhr es ihr. So rasch hatte sie mit Post von dort noch gar nicht gerechnet.

Ranke blieb abwartend stehen, ob sie noch etwas sagen wollte.

»Gehen Sie ruhig, Ranke. Es ist nur wegen des fremden Hengstes. Wir wollen doch herausfinden, woher er stammt. Vielleicht hilft uns die Abschrift des Zuchtbuches.« Sie griff nach dem schmalen, silbernen Brieföffner, der auf dem Tablett lag, und öffnete das Kuvert.

Ranke verneigte sich und entfernte sich durch die Halle in Richtung Treppe zum Dienstbotentrakt.

Clara überflog die kurze Notiz, die den Seiten beilag. Dann blätterte sie die Papiere durch und fand bald, worauf die wenigen Zeilen des Briefes sie hinwiesen: Darin war die Rede vom vielversprechenden Friesenzuchthengst Rigel, der vom Züchter De Vries aus Amerika in die Niederlande geholt worden war und der bei den einschlägigen Friesenzüchtern große Erwartungen geweckt hatte. Rigels Verwandtschaftsgrad mit den wenigen verbliebenen Zuchttieren der aus der Mode gekommenen Rasse war sehr gering, was ihn für den Zuchteinsatz ungeheuer wertvoll machte. Für die europäische

Friesenzucht bedeutete er eine große Hoffnung. Doch nach seiner Überfahrt und einigen wenigen Decksprüngen war Rigel an Hufrehe erkrankt. Alle Bemühungen hatten nicht gefruchtet. Um ihm weiteres Leid zu ersparen, musste er erschossen werden.

Seine Linie, von der alle Züchter sich so viel versprochen hatten, stand offenbar kurz vor dem Aussterben.

Rigels einziger männlicher Nachkomme, Gjalt, war mit seinen drei Jahren noch nicht gekört gewesen, als er vor sieben Monaten von einer der großen Pferdeschauen in Friesland spurlos verschwand. Clara hielt den Atem an und las den letzten Abschnitt erneut. Ein verschollener junger Hengst mit bester Abstammung? Könnte dieses Pferd Stürmer sein? Vom Alter her würde es stimmen. Marie hatte berichtet, dass der Hengst sie inzwischen auch in sein Maul schauen ließ, wo die Zähne davon berichteten, dass er nicht älter als vier sein konnte.

Nachdenklich wendete Clara das Papier mit der Abschrift zu Rigels Nachkommen in der Hand. Wie sollte ein Tier, das in Friesland von einer Pferdeschau verschwand, den weiten Weg hierher gemacht haben? Und wenn es sich tatsächlich bei diesem letzten männlichen Nachfahren Rigels um Stürmer handelte, wo war er in der Zwischenzeit gewesen?

Trotz dieser sonderbaren, scheinbar unmöglichen Umstände spürte Clara, dass sie hier auf der richtigen Spur war. Aufregung erfasste sie. Sie war zu sehr Kind eines erfahrenen und passionierten Züchters, als dass sie nicht schlagartig begriffen hätte, was diese Entdeckung bedeuten könnte: Womöglich beherbergten sie gerade eines der wertvollsten Friesenpferde weltweit auf ihrem Gestüt.

Erneut glitt ihr Blick zur großen Standuhr in der Halle, deren Pendel unablässig hin und her schwang.

Wenn sie zur selben Zeit, zu der sie Richard von Thebe die ersten beiden Male im Wald und an der Koppel getroffen hatte, draußen sein wollte, müsste sie sich jetzt sputen. Sie musste veranlassen, dass Rudi Tessa sattelte, und sich selbst umziehen.

Sie sah auf die Zeilen des Begleitschreibens hinab. In Niederländisch, das sie durch ihre Mutter gut beherrschte, stand dort: *Wir erwarten so bald als möglich Ihre Antwort.*

So bald als möglich. Sie sollte also in die Bibliothek gehen und auf dem Papier Friesenhains einen entsprechenden Brief entwerfen, der sich ans Zuchtbuchamt, und einen anderen, der sich an Rigels Besitzer richtete, dem auch der Junghengst gehört hatte. Doch sie zögerte.

Wenn Stürmer jener Gjalt war, würde dann der Züchter ihn nicht zu Recht zurückverlangen, wie auch immer es zum Verschwinden des Tieres gekommen war? Der Hengst bedeutete Marie inzwischen sehr viel. Und auch Luises Herz hatte er erobert.

Doch als Tochter Friesenhains wusste Clara genau, was der Verlust eines so wertvollen Tieres für den Züchter bedeuten mochte, und ihr Ehrgefühl ließ kein weiteres Zaudern zu. Also umfasste Clara die Unterlagen in ihrer Hand fest und ging durch die Halle hinüber zur Tür der Bibliothek, wo sie am Sekretär Schreibzeug finden würde. Und obwohl sie es mit Vehemenz zur Seite zu schieben suchte, begleitete sie im Herzen ein schmerzvolles Bedauern.

Luise

34

Nach halbstündigem Ritt trabte Luise auf Jeltje die Straße entlang, in der das Brugge-Haus lag, und vermied jeden Blick nach links oder rechts.

Wenn ihre Mutter sie gesehen hätte! Die Komtess von Scheweney, allein hoch zu Pferde, und nicht zum Flanieren im Park, sondern zu einem häuslichen Besuch. Luise sah regelrecht vor sich, wie sich die Gräfinnenlippen zu zwei dünnen Strichen zusammenpressten. Aber Luise hatte nicht in der Kutsche fahren wollen, wo sie zum Nichtstun verdammt war. Sie wollte etwas tun, dringend. Und so hatte sie Jeltje satteln lassen, jedoch als Eingeständnis an die Etikette mit Damensattel.

Vor dem Haus aus gelbem Sandstein angekommen, sah sie sich kurz nach allen Seiten um und sprang dann aus dem Sattel. Sie führte Jeltje durch das schmiedeeiserne Gartentor in der Hecke und stand dann mit ihr am Zügel da, unschlüssig, wo sie die Stute anbinden sollte.

Da hierfür keine Einrichtung zu sehen war, wickelte sie den Zügel kurzerhand um ein Rosenspalier und pochte mit dem, wie ein Specht geformten, bronzenen Türklopfer ans Holz der Eingangstür.

Die Tür wurde von der Frau geöffnet, die Luise bereits von dem kleinen Empfang kannte und die Paula stets als *unsere liebe Irmgard* bezeichnete, die Haushaltshilfe für alles. Irmgard trug eine Haube und wischte sich die mehlbestäubten Hände an der Schürze ab.

»Guten Tag, Komtess von Scheweney«, begrüßte sie Luise mit einem etwas ungelenken Knicks.

»Guten Tag, ich hoffe, ich störe nicht?« Luise versuchte, an ihr vorbei in den langen Flur zu sehen.

»Oh, das nicht. Aber die beiden Damen sind ausgegangen. Eine Sitzung vom Frauenverein«, teilte Irmgard ihr frei heraus mit.

Luise spürte ihre Knie weich werden. Sie hatte den Weg ganz umsonst gemacht? Womöglich hätte sie doch besser einen Brief schreiben sollen, der hier so lange hätte warten können, bis Paula und Hedwig zurückkämen.

»Wer ist es, Irmgard?«, ertönte da aus dem Hintergrund eine männliche Stimme und die Gestalt Max Brugges erschien in der Tür zum Wohnraum. Über bequem wirkenden Hausschuhen trug er lediglich Hosen, in die er recht nachlässig ein Hemd gestopft hatte, dessen oberer Knopf aufstand. Verblüfft starrte er sie für einen Moment an. Doch dann kam er mit großen Schritten durch den Flur auf sie zu. »Komtess, was verschafft uns die unerwartete Ehre? Irmgard, nun bitte unseren Besuch doch herein!« Sein Blick glitt über Luises Gesicht, das vom Ritt gewiss erhitzt und vielleicht auch staubig war. »Kann ich Ihnen etwas anbieten, Komtess? Tee? Kaffee?«

»Danke, nein, ich kann nicht lange bleiben«, antwortete Luise.

Irmgard ließ sie mit einer herzlichen Geste eintreten und überließ ihrem jungen Herrn das Feld, um in der Küche zu verschwinden. In einem Haus, in dem zwei Frauen wie ein

Ehepaar zusammenlebten, schien sich offenbar niemand darum Gedanken zu machen, dass eine junge Dame und ein Herr allein blieben. So fand Luise sich im engen Flur, die Reithandschuhe noch in der Hand, Max Brugge gegenüber und hörte sich selbst sagen: »Ich garantiere nicht dafür, dass meine Stute in der Zwischenzeit Ihre Rosen verschont.«

Max Brugge lachte auf. Nach der ersten Überraschung, sie zu sehen, schien er nun an ihrem Erscheinen nichts Merkwürdiges zu finden. Paula hatte erwähnt, dass sie ein offenes Haus führten. So also fühlte es sich an, wenn Besuch jederzeit willkommen war.

Sich das blonde Haar energisch zurückstreichend, wies der junge Hausherr mit der Hand in die Stube. »Möchten Sie kurz Platz nehmen?«

Zögernd folgte Luise der Einladung. Als sie an ihm vorbeiging, glaubte sie einen zarten Duft wahrzunehmen, der ihr schon mehrmals aufgefallen war. Eine wohlig würzige Note, die sie kurz schnuppern ließ. Der Moment verwirrte sie, sodass sie direkt hinter der Schwelle stehen blieb.

»Hoppla«, machte Max Brugge, der ihr auf den Fuß gefolgt war und nun fast in sie hineinlief. Seine Hände umfassten kurz ihre Schultern und er wich zur Seite aus. Die Berührung war nur flüchtig und doch brachte sie Luise aus dem Konzept.

»Paula und Hedwig sind auf einer Sitzung vom Frauenverein?«, wiederholte sie schnell das, was Irmgard ihr gerade mitgeteilt hatte.

Die braunen Augen ihr gegenüber waren amüsiert auf sie gerichtet. »So ist es. Die beiden mischen gerade besonders kräftig mit. Vielleicht haben Sie davon gehört, dass es einen großen Aufmarsch in Berlin geben soll? Ein offizieller Protest, durchgeführt vom Bund Deutscher Frauenvereine.

Direkt vor dem Reichstag werden zum ersten Mal der radikale und der gemäßigte Flügel der Bewegung gemeinsam auftreten, um ihren Zielen Ausdruck zu verleihen. Eine Petition soll offiziell überreicht werden. Es werden Hunderte erwartet.«

Es versetzte Luise einen kleinen Stich, aber sie musste zugeben: »Nein, davon habe ich in der Tat noch nicht gehört.« Max Brugge nickte, als habe er nichts anderes erwartet. Luise spürte, wie in ihr Unmut über diese beiläufige Geste aufstieg. »Aber es interessiert mich sehr«, setzte sie rasch hinzu. »Tatsächlich könnte ich mir vorstellen, selbst an dem Aufmarsch teilzunehmen.«

»In der Tat?« Er hob die Brauen. »So sehr brennen Sie also für diese Sache? Warum sind Sie dann noch nicht im Verein und jetzt gerade auf der Sitzung?«

Ihr war klar, dass er sie herausfordern wollte. Deswegen entgegnete sie möglichst ruhig: »Und Sie, Herr Brugge? Angeblich ist die Frauenfrage doch auch für Ihresgleichen hoch spannend. Wieso sind Sie nicht dort?«

»Weil dieses Mal nur Frauen zugelassen sind«, erwiderte er, ohne mit der Wimper zu zucken. »Und was darf ich unter *Meinesgleichen* verstehen, bitte?«

»Sozialdemokraten«, schoss es aus Luise heraus.

Er hob die Brauen erneut. »Immer noch nicht den Dünkel abgelegt, Komtess? Und trotz der Lektüre von August Bebel, unseres Parteivorsitzenden, noch voller Vorurteile?«

»Das bin ich nicht!«, widersprach Luise und kämpfte mühsam gegen ein Aufbrausen an. Es gelang ihr, sich zu beherrschen, anders als so oft daheim auf Friesenhain. Vielleicht schaffte sie deswegen, ihr Temperament im Zaum und ihren sachlichen Verstand beisammenzuhalten, weil sie hier nicht das Gefühl hatte, gegen Windmühlen anzurennen. Obwohl

Max Brugge es nicht lassen konnte, ihren Adelsstand immer mal wieder spöttisch hervorzuheben, spürte sie, dass er ehrliches Interesse an ihrer Meinung hatte. Er hielt ihre Ansichten für ebenso hörenswert wie die eines seiner Geschlechtsgenossen. Daher sammelte sie sich kurz, ehe sie erklärte: »Ich sehe durchaus, dass die Sozialdemokratie auch für die Frauen da sein will. August Bebel selbst schreibt, dass *wahre Freiheit erst möglich ist, wenn Gleichberechtigung von Mann und Frau herrscht*. Aber wenn man dann in die Tiefe dringt und genau hinschaut, dann geht es in Ihrer Partei vorrangig um die Belange der Arbeiter, die letztendlich doch über die Ziele der Frauenbewegung gestellt werden. Schließlich sind die Sozialdemokraten, die in der Partie das meiste Sagen haben, auch nur ... nur ...«

»Nur?«, hakte er mit einem Zucken in den Mundwinkeln nach.

»Männer«, spuckte sie gereizt aus und es kam ihr vor, als würden sich in diesem einen Wort alle ihre Probleme, Sorgen und Grenzen bündeln.

Sie maßen sich einen Moment mit Blicken. Luise war wild entschlossen standzuhalten. Auf keinen Fall würde sie fortsehen! Und doch war sie überrascht, als Max Brugge schließlich den Blick abwandte und ihr den Sieg zuerkannte.

»Sie sind sehr leidenschaftlich, Komtess«, stellte er mit leiser Stimme fest. »Und mir scheint, Sie haben in der kurzen Zeit, die wir uns kennen, jede Menge gelernt.«

Sollte das ein Kompliment sein?

»Leider längst nicht genug«, sagte sie fest. »Sonst wäre ich nicht hier, um Ihre Schwester um Rat zu fragen.«

»Geht es um Ihre eigenen Pläne eines Studiums an der Tiermedizinischen Hochschule?«, wollte er wissen.

»Nein. Darum geht es nicht. Heute Morgen habe ich nämlich etwas erlebt, das mir gezeigt hat, dass es noch ganz andere Probleme gibt, als nicht studieren zu dürfen. Prügel zum Beispiel. Und so gut wie der Besitz eines anderen Menschen zu sein. Daneben erscheint mir mein Wunsch nach einem Studium geradezu lachhaft und selbstbezogen. Ist es nicht unangebracht, mir um solch privilegierte Fragen der höheren Ausbildung Gedanken zu machen, während andere tagtäglich um ihre körperliche und seelische Unversehrtheit bangen müssen, habe ich mich gefragt.« Dass er ihren Worten aufmerksam folgte, spornte sie an, und sie fuhr fort: »Aber dann kam mir noch ein anderer Gedanke. Der an all die Frauen, die womöglich Juristerei studieren wollen! Sie könnten dem Gesetz auf die Sprünge helfen. Gerade in Fällen wie dem, den ich heute Morgen erlebt habe, wäre solche Hilfe Gold wert. Einer Juristin müsste niemand die weibliche Perspektive erklären. Sie wüsste genau, wovon die Rede ist, wenn es um Benachteiligung geht. Aber es ist Anwältinnen ja nicht gestattet, diesen Beruf auszuüben, nicht wahr?«

»Sie sprechen in Rätseln«, gestand er, während sein Blick forschend über ihr Gesicht glitt.

Ehe Luise sichs versah, öffnete sie erneut den Mund und erzählte ihm die ganze Geschichte des Vormittags.

Während sie sprach, veränderte sich die Miene Max Brugges und wurde sehr ernst. Er nahm ihren Ellenbogen und führte sie sanft zum Sofa, auf dem sie sich niederließ, während er ihr gegenüber Platz nahm. Nachdem er sie losgelassen hatte, spürte sie noch eine ganze Weile die Wärme seiner Hand an dieser Stelle. Dieses Gefühl machte ihr Mut, den sachlichen Umstand zu schildern, Ännes Verletzungen zu beschreiben, die blauen Flecken und die Angst in den Kinderaugen. Ebenso die Gehässigkeit des Mannes und ihre Befürchtung, was das Mädchen zu Hause wohl erwartet hatte.

Als sie geendet hatte, herrschte für kurze Zeit Stille im Raum.

Dann stand Max Brugge auf, ging zur Tür und streckte den Kopf hinaus. »Irmgard, wir brauchen doch einen Tee, bitte«, rief er. »Einen starken, bitte. Und bringen Sie auch einen Cognac.«

Dann kehrte er zu ihr zurück.

Was würde er sagen? Würde er, ebenso wie ihr Vater, das Gesetz anführen? Bedauernd die Schultern heben und dann zur Tagesordnung übergehen wollen?

»Sie haben vollkommen recht«, sagte Max Brugge. »Den Mädchen, allen dreien, muss geholfen werden. Lassen Sie uns überlegen, was wir tun können! Zusammen fällt uns bestimmt etwas ein.«

Luise starrte ihn an. Er erwiderte ihren Blick. In seinen Augen schimmerte ein goldener Ton, der ihr bisher nicht aufgefallen war, aber nun umso deutlicher strahlte.

War ihr Blickduell vorhin voller Angriffslust und Kampfgeist gewesen, so war dies hier etwas vollkommen anderes. Etwas schwang zwischen ihnen, das Luise nicht hätte benennen können. Sie wusste nur, dass sie noch nie mit einem Mann derart gestritten und sich zugleich auf solche Weise von ihm verstanden gefühlt hatte. Es fühlte sich tatsächlich so an, als seien ihre Ansichten ihm etwas wert und er begegne ihr auf Augenhöhe.

»Ja«, sagte sie. »Lassen Sie uns zusammen überlegen!«

Marie

35

Auf dem Kirchgang am Sonntag war Marie in sich gekehrt. Ein Gedanke ging in ihr um, der sie für andere Themen unempfänglich machte. So zuckte sie leicht zusammen, als ihr Vater, der neben ihr ging, den Arm um sie legte.

»Soll ich raten, Marie, was dich beschäftigt?«, fragte er.

Sie hielt den Atem an. Das konnte er doch nicht wirklich wissen, oder? Hin- und hergerissen zwischen Schreck und warmem Gefühl über seine Anteilnahme sagte sie: »Nun?«

Er drückte liebevoll ihre Schulter. »Du hast einen Hang, dich um andere zu sorgen, Marie. Und das arme Kind, das gestern hier Schutz gesucht hat, geht dir sicher nicht aus dem Kopf. Richtig?« Ein feiner Stich schlechten Gewissens durchfuhr Marie. Der Gedanke an die kleine Änne Reuben hatte sie tatsächlich seit deren Auftauchen am gestrigen Morgen sehr geplagt. Doch jetzt gerade hatte sie an etwas anderes gedacht. »Und sicher denkst du auch oft über das Schicksal eines gewissen Pferdes nach«, setzte ihr Vater nun prompt hinzu und traf damit die Wahrheit. »Der werte Graf hat mir gestern Abend mitgeteilt, dass Post vom Zuchtbuchamt in den Niederlanden angekommen ist. Darin ein Hinweis, bei Stürmer könne es sich um den verlorenen Hengst Gjalt handeln. So wie ich ihn verstanden habe, ist bereits ein Brief an jenen Züchter unterwegs, der das Pferd vermisst.«

Sofort sah Marie wieder Clara vor sich, die ihre Hände in ihre genommen und ihr mit Tränen in den Augen davon erzählt hatte.

»Ja, Clara hat diesem De Vries geschrieben und berichtet, wie und wann Stürmer zu uns gekommen ist. In diesem Fall blieb keine andere Wahl, nicht wahr? Andernfalls könnte man den Grafen von Scheweney Unterschlagung von wertvollem Eigentum vorwerfen.« So hatte Clara es gestern ausgedrückt, obwohl ihr anzumerken gewesen war, wie schwer ihr dieser Schritt fiel. »Und falls Stürmer wirklich De Vries gehört, will er ihn sicher zurückhaben«, gab Marie ihre Sorge zu.

Ihr Vater nickte nachdenklich und sah sie mit schief gelegtem Kopf von der Seite an. Sein rotes Haar umrahmte sein Gesicht mit der geraden Nase und den warmen braunen Augen.

»Du hast Stürmer sehr ins Herz geschlossen, nicht?«, sprach er aus, was wohl offensichtlich war.

Marie nickte bekümmert. »Er ist ein sehr besonderes Pferd. Klug und sanft. Inzwischen arbeitet er willig mit mir, schenkt mir sein Vertrauen. Und dann war er ja auch der Grund, aus dem Luise entschieden hat, ihren Großvetter zu heiraten«, sagte sie leise.

Was sie ihrem Vater nicht anvertrauen durfte, was aber wie ein Stein in ihrem Magen lag, war zudem noch etwas anderes:

Der schöne Hengst war der Anlass, aus dem Wilhelm und sie nach so vielen Jahren der Entfremdung wieder nah zueinander gerückt waren. Marie spürte, wie ihr Herz sich schmerzhaft zusammenzog bei dem Gedanken, ihre täglichen Treffen, das schöne Zusammensein werde mit Stürmers Fortgehen ein abruptes Ende finden.

»Was aber dabei am meisten wiegt«, setzte sie schnell hinzu. »Ich fürchte, dass Stürmer womöglich somit an einen Ort zurückkehren wird, an dem er zu jenem scheuen, ängstlichen Tier gemacht worden ist, als welches wir ihn kennengelernt haben.«

Nun war sie so dicht an den eigentlichen Grund ihres Grübelns geraten, dass sie kein weiteres Wort wagte. Ihr Vater durfte nicht wissen, welche Freude Stürmers Fortschritte auch Wilhelm machten und wie dies seinen eigenen Ehrgeiz entflammte. Sie durfte ihrem Vater nicht sagen, wie tief berührt sie von dem wachsenden Vertrauen zwischen Pferd und Mann war. Und dass sie nur deswegen derart in Gedanken versunken war, weil sie schon seit dem Morgengrauen nach den rechten Worten suchte.

Sie wollte Wilhelm darum bitten, für Stürmer zu sprechen und sich für ihn einzusetzen. Schließlich konnte sie selbst nicht vor den Grafen treten und ihn darum bitten, den Hengst von De Vries für Friesenhain zu kaufen. Schon gar nicht nach ihrem unrühmlichen Auftritt in der Bibliothek, bei dem sie ihre Stellung weit verlassen hatte und dem Hausherrn ungebührlich begegnet war.

In diesem Moment holten von hinten Frau Rühl und Albrecht auf. Die Köchin bedachte Vater und Tochter mit einem wohlwollenden Blick und sagte: »Hör mal, Marie, du warst doch gestern beim Baron von Assen. Hast gar nichts davon erzählt. Bist du ins Haus gebeten worden?«

Paas löste seinen Arm von Maries Schulter und steckte die Hände in die Jackentaschen. Ihm war ebenso klar wie Marie, dass ihr kleines Zwiegespräch damit beendet war.

Albrecht knurrte unwillig. »Reicht es nicht, wenn in der Stube geklatscht wird, Frau Rühl? Muss es jetzt auch auf dem Kirchgang sein?« Doch Marie konnte sehen, dass auch er die Ohren spitzte. Daher antwortete sie: »Kein Klatsch, Albrecht. Und es ist auch schnell gesagt: Nein, hinein wurde ich nicht gebeten. Aber das Herrenhaus ist auch von außen sehr hübsch. Strahlend weiß mit vier Säulen vor dem Eingang und einem Rondell voll mit Hortensien und einem Springbrunnen in der Mitte.«

»Ein Springbrunnen?«, wiederholte Frau Rühl beeindruckt und tauschte mit Albrecht einen Blick.

Paas lächelte. »Mich würde viel mehr interessieren, wie es mit dem Pferd ging.«

Marie fasste mit den behandschuhten Händen den Beutel, in dem sie das Gesangbuch trug, ein wenig fester. Noch so ein Thema, das ihr nicht leichtfiel.

»Das Problem liegt nicht bei Amigo, Vater. Es liegt bei seiner Reiterin. Die Baroness ist mehr damit beschäftigt, im Sattel eine gute Figur zu machen, als ihrem Pferd deutlich zu machen, was sie von ihm will. Amigo ist störrisch, weil er eine klare Anweisung braucht, die jedoch fehlt. Dem Himmel sei Dank ist er dabei nicht gefährlich. Er buckelt nicht oder stürmt los. Aber er wird nur faul, bleibt stehen, um zu grasen, oder entscheidet, einen anderen Weg zu gehen als seine Herrin möchte.«

Paas hatte den Kopf geneigt, um ihr zuzuhören. Doch Frau Rühl brachte es auf den Punkt: »Klingt, als brauche eher die junge Baroness ein paar Lehrstunden, nicht der Wallach.«

»Also wirklich!«, brummte Albrecht, hin- und hergerissen zwischen Zustimmung und Loyalität seinen Herrschaften gegenüber, die schließlich engen Kontakt mit den von Assens pflegten.

»Kein Wunder. Als einziges Kind von reichen Leuten, das derart verwöhnt wird«, setzte Frau Rühl hinzu, als habe sie den alten Kammerdiener nicht gehört.

»Nun ist es aber gut, Frau Rühl«, entschied Albrecht mit Nachdruck. »Bedenken Sie, in welcher Beziehung die Familie von Assen womöglich bald zur Familie von Scheweney stehen könnte. Die junge Dame könnte womöglich eines Tages unser aller gnädige Herrin sein.«

Solcherart gerügt murmelte Frau Rühl etwas in sich hinein und schritt kräftig aus, um zu den Mägden aufzuholen, während der brummelnde Albrecht sich wieder etwas zurückfallen ließ.

Marie, der die Worte Albrechts aus ganz anderem Grund nahegegangen waren, knetete den Beutel in ihrer Hand. Also war auch Albrecht, der dem Baron so nahestand, davon überzeugt, dass Margarete von Assen als Wilhelms Braut vorgesehen war.

»Grübel nicht«, sagte ihr Vater da, der ihr Schweigen dem Himmel sei Dank falsch deutete. »Ich werde mit dem Grafen sprechen und wir tüfteln etwas aus, wie wir der Baroness von Assen ein paar Übungsstunden mit dir als Lehrkraft schmackhaft machen können.«

Marie durchfuhr ein eisiger Schreck. Schon das eine Zusammentreffen mit der prätentiösen jungen Dame hatte ihr gereicht. »Oh, Papa, kannst du es übernehmen?«, bat sie impulsiv. »Es wäre mir so viel lieber.« Hastig verschloss sie den Mund und kämpfte gegen eine aufsteigende Röte, als ihr Vater sie prüfend ansah. Seinem liebevollen Blick wich sie aus, denn wie immer hatte sie den Eindruck, dass er ihr bis in die Seele blicken konnte.

»Ich werde es versuchen, kann dir aber nichts versprechen. Wie du schon richtig bemerkt hast, hat die Baroness ihren ganz eigenen Kopf.«

Marie war froh, dass sie in diesem Augenblick auf den Kirchhof der Christuskirche einbogen und sie dadurch einer Antwort entbunden war.

Während der Messe saß Marie auf ihrem angestammten Platz im Seitenschiff und konnte vorn, dicht am Altar, die fünfköpfige Familie von Scheweney sehen. Graf und Gräfin, daneben Luise und Clara, und ganz außen Wilhelm, dessen breite Schultern sie unter Hunderten heraus erkannt hätte.

Bei seinem Anblick ließ sie es an Andacht fehlen, formte stattdessen in ihrem Kopf beständig neue Sätze, die sie bei ihrem Treffen nach dem Kirchgang anbringen wollte.

Als ihr Blick einmal zur Seite glitt, sah sie ganz außen an der Wand den kleinen Alfred neben Rudi knien. Beide hatten die Hände gefaltet und Rudi schien ins Gebet versunken. Doch Alfred starrte mit ängstlichem Ausdruck vor sich hin. Seine Miene erinnerte sie an gestern, als er, an die Hauswand des Pförtnerhauses gepresst, dem herankommenden Reuben voller Angst entgegengeblickt hatte. Und plötzlich fiel ihr wieder ein, was dieser widerliche Pferdehändler als Letztes zu Alfred gesagt hatte: *Du weißt hoffentlich, was du mir schuldig bist, Bursche, und vergiss meine Gutherzigkeit nicht!*

Alfred war bei diesen Worten unter seinen Sommersprossen noch blasser geworden, wenn das überhaupt möglich war. Und Marie hatte sich kurz gefragt, was Reuben damit wohl meinen mochte. In der düsteren Stimme hatte eine deutliche Drohung geschwungen.

Kaum war nach der Messe das letzte Amen gesprochen, entschuldigte sie sich bei ihrem Vater, schlüpfte zum Seitenportal hinaus und eilte zusammen mit einigen Mägden und Knechten gen Friesenhain. Wilhelm würde nach der Verabschiedung durch den Pfarrer mit der Familie im Landauer fahren und früher zu Hause ankommen. Sie wollte ihn bei Stürmer nicht zu lange warten lassen.

Als sie bereits die lange Platanenallee hinunterlief, auf den Vierkanthof zu, näherten sich von hinten klappernde Holzpantinen. Es waren Rudi und Alfred. Einer Eingebung folgend, streckte Marie den Arm aus und versperrte Alfred den Weg. Erschrocken hielt er an und auch Rudi blieb, mit in die Hüften gestemmten Händen, stehen.

»Wohin wollt ihr so schnell?«, fragte Marie die Jungen.

»Die Arbeit wartet, Fräulein Paas«, antwortete Rudi keuchend. Doch das Lachen in seinem Gesicht sprach eher von einem Wettstreit zwischen den Burschen.

»So, so«, machte Marie mit gespielt ernster Miene. »Dann lauf du nur, Rudi. Ich will mit Alfred ein paar Worte wechseln.«

Die beiden Jungen tauschten einen Blick, Rudi fragend, Alfred hilfesuchend. Doch als Marie Rudi auffordernd zunickte, trollte der sich.

»Na, Alfred, hast du den Schrecken von gestern verwunden?«, sprach sie ihn an. Er starrte sie ertappt an.

»Ich wusst' nich, dass die Änne herkommen wollt, Fräulein Paas. Und sie hat es nicht bös gemeint«, stotterte er.

Marie lächelte ihn beruhigend an. »Ich meine den Schrecken, der dir in die Glieder gefahren sein muss, als du deinen alten Herrn wiedergesehen hast. Reuben war recht unfreundlich gegen dich, nicht?«

Alfred schluckte. Er hatte hübsche Augen und niedliche Grübchen in der Wange. Wenn er es nur schaffte, seine Schüchternheit zu überwinden, würde er mal ein fescher junger Mann werden.

»Herr Reuben ist nie nich freundlich«, gestand er zaghaft. »Zu kei'm.«

»Und als er sagte, du seist ihm etwas schuldig. Was meinte er damit?«, wollte Marie wissen.

Alfreds Augen weiteten sich. Er blickte Rudi nach, der gerade um die Ecke des Gebäudes verschwand, und dann hinter sich, wo der Dienstbotenzug aus Knechten und Mägden aufholte.

»'s is' so, Fräulein Paas, ich bin ja noch so klein und noch lang nicht so kräftig wie Rudi, der schon anpacken kann wie 'n richtiger Mann. Der Herr Reuben hat mir aber trotzdem Arbeit gegeben. Die hab ich gebraucht, weil der Vater krank war, und die Mutter hat gesagt, sie weiß nicht ein und aus, wie sie uns alle satt kriegen soll. Da hat der Herr Reuben gesagt, ich kann bei ihm Knecht sein und die Boxen misten, für weniger Lohn freilich, aber es war etwas.«

Marie versuchte, sich ihre Empörung nicht anmerken zu lassen. Das sah diesem Widerling von Reuben ähnlich: einen kleinen Jungen mit schlechtem Lohn auszunutzen, weil dessen Familie in Not war.

»Aber dann!«, sagte Alfred und hob den Zeigefinger wie in der Schule, die er sicher nur kurze Zeit hatte besuchen dürfen. »Dann hat mein großer Bruder im Goldnen Hirsch den Fritz getroffen. Und der hat erzählt, dass der Herr Paas einen neuen Burschen sucht. Mein Bruder hat gesagt, Arbeit auf Friesenhain is viel besser als beim Reuben. Und es is ja auch näher an Zuhause, isses«, schloss er mit einem zufriedenen Lächeln.

Marie runzelte die Stirn und fragte: »Reuben hat dich einfach gehen lassen?«

Alfred fiel das Lächeln regelrecht aus dem Gesicht. Dieselbe Angst, die Marie auch gestern in seiner Miene gesehen hatte, stand von der einen Sekunde zur nächsten darin.

»Hab keine Sorge, du hast von mir nichts zu befürchten«, sagte sie sanft und strich ihm kurz über den Arm. »Ich fand nur, es klang, als habe Reuben mit dir eine Rechnung offen. Als schuldetest du ihm einen Gefallen. Kann das sein?«

Der Junge starrte sie furchtsam an und bohrte die Fäuste

so fest in die Kitteltaschen, dass Marie fürchtete, er würde gleich den Stoff zerreißen.

Dann senkte er den Blick und murmelte: »Ich weiß nich, Fräulein Paas.«

Marie glaubte ihm nicht, brachte es aber nicht übers Herz, ihn weiter zu befragen und eine Antwort zu erzwingen.

»Na, dann lauf«, sagte sie mit einem Nicken.

Alfred rannte sofort davon. Noch von hinten konnte sie ihm die Erleichterung ansehen, davongekommen zu sein. Sein Verhalten war wirklich sonderbar. Sollte sie ihrem Vater davon erzählen? Vielleicht wollte Alfred sich lieber ihm anvertrauen, denn er bewunderte Paas sehr – vielleicht noch mehr, nachdem er von seiner Heldentat beim Reitunfall des Grafen erfahren hatte.

Während sie darüber nachdachte, umrundete auch sie das Gebäude, betrat das alte Pförtnerhaus und tauschte ihren Sonntagsstaat mit dem braunen Rock und der blauen Bluse für den Stall.

Wieder vor der Tür sah Marie sich prüfend um, ob niemand in der Nähe war, und ging dann um die Hausecke.

Zu ihrer Enttäuschung war auf der Koppel jedoch nur Stürmer zu sehen. Weit und breit kein junger Graf, der womöglich schon Putzzeug oder Halfter in der Hand hielt.

Vielleicht war Wilhelm im Haus aufgehalten worden. Also striegelte sie Stürmer, der sich mittlerweile über die Fellpflege freute und immer wieder den Kopf wandte, um sanft an ihrem Haar zu schnuppern und hineinzuschnauben.

Da er sich auf der regenfeuchten Wiese gewälzt hatte, gab es einiges zu tun. Aber auch bei aller Sorgfalt war irgendwann keine Stelle mehr übrig, die ausgiebiges Putzen gerechtfertigt hätte.

Marie legte Stürmer das Halfter an, das er sich nun auch

schon gefallen ließ, und führte ihn an den Koppelzaun heran. Auch das kannte er inzwischen. Marie kletterte auf den Zaun und versuchte, sich von dort aus vorsichtig auf Stürmers Rücken zu lehnen.

Das war eine Übung, bei der Wilhelms Hilfe von Wert gewesen wäre. Er hatte das Pferd vorn halten und beruhigen können. So aber tänzelte Stürmer herum, wandte den Kopf zu ihr und entfernte dadurch seinen Rücken immer wieder vom Zaun.

Schließlich sah Marie ein, dass sie die Übung für heute aufgeben und die Einheit mit etwas beenden sollte, das der Hengst gut beherrschte. Also führte sie ihn einmal links- und einmal rechtsherum und ließ ihn vorsichtig nach hinten weichen. Dann nahm sie ihm das Halfter ab und kraulte ihn noch einmal ausgiebig.

Ein ungewohntes Gefühl von Verlorenheit, das sie sonst nie in Gegenwart der Pferde ergriff, überkam sie. Sie versuchte, es abzuschütteln, ging durchs Gatter und um die Ecke des Pförtnerhauses herum. Als sie durch das Tor in den großen Innenhof kam, fiel ihr Blick gleich auf ein hübsches Landaulett, das dort stand. Es sah neu aus, blitzte und blinkte und war mit prächtigen Verzierungen versehen. Kutscher Wolff hatte sich dazugesellt und tauschte sich mit dem Fahrer des modernen Gefährts aus. Den Mann kannte Marie, und auch das Pferdegespann vor der Kutsche wusste sie inzwischen sogleich einzuordnen. Dies alles gehörte zur Familie von Assen. Die Damen waren also schon wieder hier? Der letzte Besuch war doch erst wenige Tage her.

Darum also war Wilhelm heute zum ersten Mal nicht zu ihrem täglichen Treffen erschienen.

Ein paar Wimpernschläge lang stand Marie dort und sah zu der Schaustellung von Reichtum und Schick hinüber. Es war Wilhelms gutes Recht, nicht zur Übungseinheit zu kommen. Als sein eigener Herr konnte er tun und lassen, was ihm beliebte. Auch mit der hübschen Baroness beim Vormittagstee zu plaudern. Dieser Gedanke ließ sie kurz den Atem anhalten, weil ein Schmerz sie durchfuhr. Sie wusste, dass dies im Grunde nicht sein durfte, doch sie spürte in Brust und Magen ein heftiges Brennen.

Dann wandte sie sich um. Sicher würde sie sich irgendwo in den Stallungen nützlich machen können.

Luise

36

Luise belauerte schon am frühen Morgen den Tisch in der Halle, auf dessen silbernem Tablett die Post abgelegt wurde, wenn die entsprechenden Herrschaften gerade nicht im Haus waren.

Eigentlich hatte sie gestern schon auf einen Brief oder sonstige Nachricht von Paula gehofft, deren Rat Max Brugge einzuholen versprochen hatte. Wenn jemand wusste, wie den Reuben-Mädchen zu helfen sein würde, dann wäre es Paula, hatte deren Bruder mit beruhigender Gewissheit gesagt. Und tatsächlich war Luise sehr viel zuversichtlicher zumute, seitdem sie mit dem jungen Fabrikanten gesprochen hatte. Er mochte ein Spötter und Besserwisser sein, aber auf sein Wort war Verlass, da war sie ganz sicher.

Nun streifte sie schon den ganzen Morgen immer mal wieder durchs Haus, in der Hoffnung, endlich Neues zu erfahren.

Gimpel begleitete sie auf Schritt und Tritt, von ihrer inneren Aufregung angesteckt. Hummeltje dagegen hatte Position auf der samtbezogenen Chaiselongue bei der kleinen Sitzgruppe bezogen und folgte mit der ihr typischen, leicht distanzierten Neugierde dem unruhigen Hin und Her mit forschendem Blick aus grünen Augen.

»Du machst mich nervös«, brummte Luise der Katze zu, als sie wieder einmal an ihr vorbeikam. »Bei dir habe ich immer den Verdacht, du läufst zu Mutter und verrätst ihr alle Geheimnisse.« Hummeltje hob den Kopf und schnurrte genüsslich.

Luise seufzte. Vielleicht sollte sie sich besser eine Ablenkung suchen?

Doch da öffnete sich die Tür der Bibliothek und ihr Bruder kam heraus.

»Ach, da bist du ja, Luise«, sagte er und durchquerte die Halle mit seinen langen Schritten, in der Hand zusammengerollt ein Stapel Papier.

»Hast du mich gesucht?« Seit ihrem Streit vor einigen Tagen gingen sie zwar freundlich miteinander um, doch hatten sie auch nicht die Gelegenheit gesucht, einmal in Ruhe und ehrlich miteinander zu sprechen. Dabei wäre doch vielleicht herausgekommen, dass es ihnen ganz ähnlich ging. Beide waren sie gefangen in den Erwartungen ihrer Familie und fügten sich hinein. Aber Wilhelm war ihr noch nie so nah wie Clara gewesen. Und das würde sich wahrscheinlich auch nicht ändern, wenn er eines Tages Friesenhain übernehmen und sie selbst einem Haushalt in den Niederlanden vorstehen würde.

Umso erstaunlicher fand Luise es, dass ihr Bruder ihr nun die Hand entgegenstreckte, darin die zusammengerollte Zeitung.

»Ich wollte dir etwas geben, das dich sicher interessiert«, sagte er. Erst jetzt sah Luise, dass es sich bei der Zeitung um die *Rundschau* handelte.

»Seite vier«, sagte Wilhelm knapp, nickte ihr zu und verschwand in Richtung Hintertür, die kurz darauf klapperte.

Viel zu neugierig, um sich erst in eine ruhige Ecke zurückzuziehen, schlug Luise die Zeitung auf und blätterte rasch vor. Dann stockte ihr der Atem.

Geplanter Frauenaufmarsch vor dem Reichstag!, schrie ihr dort eine Überschrift entgegen. Und etwas kleiner darunter: *Warum die Umsetzung der Forderungen der Frauenvereine für unser Land wichtig ist! von Max Brugge*

Atemlos überflog Luise die vier Spalten des Artikels. Dann ließ sie sich so heftig auf die Chaiselongue fallen, dass Hummeltje aufsprang und sie daraufhin missbilligend ansah.

Erneut las Luise, diesmal etwas langsamer. Wobei einzelne Sätze für sie aus dem Text herausstachen, als seien sie rot unterstrichen: *Nur Gleichberechtigung der Geschlechter ist die Grundlage für wahren Frieden.* Oder: *Endlich müssen wir die Ziele der Frauenbewegung auf gleiche Augenhöhe mit den Belangen der Arbeiter stellen.*

Während sie las, meinte sie regelrecht, Max' engagierte Stimme zu hören, wie er seinen Standpunkt mit aller Gelassenheit vertrat und eventuellen Gegenstimmen mit sanftem Spott sogleich den Wind aus den Segeln nahm: *Was, frage ich Sie, meine Herren, haben wir denn zu verlieren, wenn wir an unserer Seite kluge und willensstarke Damen haben, die fachlich und emotional eine Bereicherung für unser Land bedeuten? Fürchten wir leere Töpfe und Kinderzimmer? Ich denke, wir werden feststellen, dass unsere Ehefrauen, Schwestern und Töchter zu weit mehr als Kochen und Kindererziehung in der Lage sind.*

Wie viel Zeit verging, hätte Luise später nicht sagen können. Überwältigt saß sie dort, las immer wieder dieselben Zeilen und wohl an die hundert Mal den Namen, der über dem Artikel stand.

Wahrscheinlich hätte sie bis zum Mittag dort gesessen, hätte sie oben auf der Empore nicht ein vertrautes Summen gehört. Es war Agnes, die soeben aus dem Ostflügel kam, wo die Räume der Komtessen lagen. Mit einem Wäschekorb auf die Hüfte gestützt wollte sie offenbar zur Treppe für die Bediensteten abbiegen.

»Agnes!« Luise sprang auf und eilte mit gerafftem Rock die Treppe hinauf.

»Komtess?« Agnes musterte lächelnd ihr erhitztes Gesicht. »Sie strahlen ja so! Ist etwas passiert?«

Luise stutzte kurz. Dann lachte sie. »Ja. Ja, es ist tatsächlich etwas passiert. Schnell, lass die Wäsche und hilf mir rasch beim Reitrock. Oh, nein, renn erst hinunter und sag Alfred, er soll Jeltje für einen Ritt in den Ort satteln. Und dann kommst du wieder herauf, ja?«

Agnes nickte eifrig und war schon samt Wäschekorb zur Hintertreppe gelaufen. Luise stürmte in ihr Zimmer, entledigte sich der feinen Bluse und des Rockes und fingerte am Haarknoten herum, damit er gleich unter den Reithut passen würde.

Ihr Zimmermädchen war flink wie eine Maus zurück und half ihr geschickt in die Reitbekleidung. Dabei musste sie sich sichtlich zurückhalten, um nicht neugierig zu fragen, was Luise denn in eine derartige Hochstimmung versetzt hatte.

Doch wie hätte Luise ihr das erklären sollen? Dieses Empfinden, wenn jemand, der so streitbar und zugleich so respektabel war, der so spöttisch und dann auch wieder verständnisvoll sein konnte, die eigene Meinung so ganz und gar guthieß, dass er sie hinaus in die Welt tragen wollte?

Nein, das hätte sie doch niemandem erklären können, oder?

Aber auch Jeltje spürte die Stimmung ihrer jungen Herrin, als Luise sich kurze Zeit später von Alfred in den Sattel helfen ließ. Die Stute tänzelte eifrig durch den Hof und das Tor und als Luise ihr auf dem Fahrweg draußen die Zügel vorgab, trabte sie so freudig vorwärts, als sei ihr bewusst, dass es Anlass zu solchem Hochgefühl gab.

Ob Max wohl zu Hause sein würde? Oder würde sie ihn in der Fabrik suchen müssen?

Soviel Luise wusste, würde Paula heute ganz sicher dort in ihren Atelierräumen sein. Und hatte sie nicht erwähnt, dass ihr Bruder und sie sich die Anwesenheit in der Manufaktur oft aufteilten?

Als sie sich nach einer halben Stunde der Straße mit den herrschaftlichen Villen näherte, klopfte ihr Herz. Auf dem Ritt hierher war sie im Kopf alle möglichen Reden durchgegangen. Trotzdem wusste sie immer noch nicht, wie sie anfangen sollte. Ganz sicher würde er sich doch wundern, dass sie – schon wieder! – unangekündigt vor seiner Tür erschien. Und diesmal konnte sie nicht mal vorgeben, eigentlich seine Schwester besuchen zu wollen. Nein, diesmal wollte sie zu ihm.

Sie lenkte Jeltje im Schritt um die nächste Straßenecke. Da vorn lag das Haus. Und ... in diesem Moment trat ein Mann in Anzug und Ausgehrock aus dem Gartentor auf den Bürgersteig. Er sah in die andere Richtung und winkte einer Droschke, die sich von dieser Seite näherte.

Einem Impuls folgend legte Luise die Waden an und Jeltje trabte rasch los.

Max Brugge war jedoch so auf die Mietkutsche konzentriert, dass er nicht zu ihr hersah. Also dann, Galopp.

Jetzt sah er auf, denn so eilig hatte es auf den Straßen des Ortes nur selten jemand. Als Luise ihn fast erreicht hatte, parierte sie durch, und Jeltje kam dicht bei ihm zu stehen.

»Herr Brugge!«, sagte sie, ein wenig atemlos.

»Komtess von Scheweney«, erwiderte er mit überraschtem

Lächeln. Und war darin nicht auch Freude zu erkennen? »Sie werden es noch eine Gewohnheit werden lassen, hier hoch zu Pferde aus dem Nichts zu erscheinen.«

»Aus dem Nichts? Keineswegs. Ich komme direkt von Friesenhain. Wohin wir im Übrigen auch Zeitungen geliefert bekommen«, sagte sie. Max Brugges Gesichtsausdruck veränderte sich schlagartig. Die Freude wich einer vorsichtigen Anspannung.

»So? Und wahrscheinlich lesen Sie die auch, Komtess?«

Die Droschke erreichte sie ebenfalls und der Kutscher zügelte das Pferd.

»Einen Moment«, bat Max Brugge ihn und sah wieder zu Luise hinauf.

Sie musste schlucken. »Genau aus diesem Grund möchte ich mit Ihnen sprechen.«

Seine Augen forschten in ihrer Miene. Doch offenbar schien er nicht schlau aus ihr zu werden, denn er hob fragend die Brauen. »Möchten Sie dazu vom Pferd steigen, Komtess?«

Es wäre zum Lachen gewesen. Doch Luise fühlte sich plötzlich derart flattrig, dass sie nur nicken konnte.

Max Brugge reichte ihr die Hand, die sie sogleich nahm. Als sie das eine Knie vom Höcker des Damensattels und den anderen Fuß aus dem Bügel hob und vom Sattel rutschte, fing er sie geschickt auf, den Arm um ihre Taille.

So nah waren sie einander plötzlich, dass sie wieder diesen würzigen Duft riechen und die goldenen Sprenkel in seinen Augen sehen konnte. Nur einen Augenblick schauten sie einander an. Dann wandte er rasch den Blick ab und tat einen Schritt zurück.

»Ich habe leider keine Zeit, Sie hereinzubitten, Komtess. Ich habe einen geschäftlichen Termin und muss den Zug erreichen. Paula ist im Atelier und Hedwig beim Anwalt ihres

Onkels. Sie würden es nur mit Irmgard zu tun haben.« Beide lachten sie nervös auf. Tatsächlich. Konnte es sein, dass er auch ein wenig angespannt war?

»Es würde nur ein oder zwei Minuten dauern«, sagte Luise bittend. Denn plötzlich wurde ihr bewusst, dass sie wahrscheinlich nicht noch einmal den Mut finden würde, ihn mit demselben Vorhaben aufzusuchen.

Er zog aus der Weste eine Taschenuhr, sah kurz darauf und steckte sie wieder ein, während er mit der anderen Hand bereits durchs Tor wies.

»So kommen Sie doch zumindest in den Garten, dass Sie nicht auf der Straße stehen müssen.«

Luise sah sich um und legte Jeltjes Zügel dann einfach um den Pfosten des gusseisernen Tores. Die Stute linste zwar durch die Stäbe zu den Rosen drinnen, stand dann aber brav still.

Es waren nur wenige Schritte vom Trottoir hinein in den privaten Bereich, und doch war der Unterschied gleich spürbar. Hier waren sie allein, durch die auch im Herbst noch dichte Hecke allen Blicken entzogen.

»Nun?« Max Brugge sah sie erwartungsvoll an.

Luise holte tief Luft und platzte dann heraus: »Ihr Artikel ist wundervoll! Ich habe ihn ein Dutzend Mal gelesen und kein Wort gefunden, das ich nicht unterschreiben würde! Sie haben die derzeitige Lage der Frauen, die Ungerechtigkeit der Gesetze und die Notwendigkeit einer Veränderung derart auf den Punkt gebracht, dass niemand widersprechen könnte!«

Auf seiner Miene spiegelte sich eine Mischung aus Überraschung und Freude. Doch anstatt ihr für das Lob zu danken, sagte er: »Sie irren sich, Komtess. Es gibt gewaltigen Widerspruch. Er ist so gewaltig, dass ich heute Morgen per Telegramm in die Redaktion befehligt wurde, zusammen mit dem

Redakteur, der meinen Artikel angenommen und auf Seite vier platziert hat. Das riecht nach großem Ärger.«

»Wie bitte? Aber … das wäre nicht recht! Sie haben doch nur die Wahrheit geschrieben. Und das in so trefflichen Worten«, erzürnte Luise sich sogleich. »Es wäre eine Schande, wenn Sie deswegen Ärger bekommen würden. Und dem Redakteur gehört eine Medaille verliehen, dass er den Text genau so hat setzen lassen! Die Zeitung muss doch …«

Max Brugge streckte die Hand aus und legte sie behutsam auf ihren Arm. Sofort verstummte sie, und er löste die Berührung so rasch, als habe er sich verbrannt. Es schien, als suche er daraufhin ebenso nach Worten wie sie selbst.

»Es waren Ihre Worte, Komtess«, sagte er dann schlicht.

Sie sah ihn fragend an.

»Ihre Worte bei Ihrem Besuch hier am Samstag haben mich nachdenklich gemacht. Mehr als das. Sie haben mich überzeugt und direkt an den Schreibtisch getrieben.«

Seine Sätze brachten sie in höchste Verlegenheit, weil sie von einem eindringlichen Blick begleitet wurden.

»Aber Ihre Schwester und deren Gefährtin, Paula und Hedwig, die beiden werden Ihnen doch sicher schon oft dieselben Dinge gesagt haben?«, brachte sie schließlich hervor.

Max nickte langsam. »Das haben sie. Aber Ännes Geschichte und Ihr eigener eiserner Wille, dem Mädchen zu helfen, die Zusammenhänge zwischen diesem schicksalhaftem Los eines Kindes und den herrschenden Gesetzen, die die Rechte der Frauen beschneiden … All dies hat mir in gewisser Hinsicht die Augen geöffnet. Da sehen Sie, was Ihre Leidenschaft ausrichten kann.«

In Luises Brust flatterte es wie ein darin gefangener Vogel.

»Was nutzt es, wenn wir Änne und ihre Schwestern nicht aus dieser unerträglichen Situation herausholen können?«

»Aber nein!«, rief er und wirkte ebenso aufgewühlt wie sie. »Geben Sie nicht auf! Wir finden gemeinsam einen Weg, das haben wir doch beschlossen. Wir sollten uns treffen, zusammen mit Paula und Hedwig. Letztere befindet sich gerade jetzt beim Anwalt ihres Onkels, um dort erste Informationen zum rechtlichen Handlungsspielraum zu erfragen, auf den wir uns stützen können.«

Sprachlos sah sie ihn an. Er hatte seit ihrem letzten Treffen, das gerade mal achtundvierzig Stunden zurücklag, nicht nur diesen augenöffnenden Artikel verfasst, sondern mit den beiden Frauen im Haus offenbar auch erste Pläne zu Ännes Rettung geschmiedet.

Dieser Mann, der auf der Frauenversammlung vor einem Monat beinahe geringschätzig vermutet hatte, sie würde nicht mal bis zum Ende der Vorträge aushalten, stand nun so ganz und gar auf ihrer Seite. Wie hatte das geschehen können?

Max Brugge wandte den Kopf zur wartenden Droschke vor dem Tor. »Es tut mir sehr leid, ich muss nun wirklich gehen. Aber gerade kam mir eine Idee. Wieso kommen Sie nicht mit zu dem großen Aufmarsch in Berlin? Das würde Ihnen doch gefallen?«

Luise drehte sich alles. »Nach Berlin? Vor den Reichstag? Aber ...« Die Gesichter ihrer Eltern tauchten sogleich vor ihr auf, wie sie schauen würden, wenn sie sie um die Erlaubnis zu dieser Reise bitten würde. Die schmalen Lippen der Mutter, der zuckende Schnäuzer des Vaters.

»Elisabeth Gehmlich, ihre ehemalige Lehrerin, wird auch mit von der Partie sein. Paula und Hedwig wären begeistert, wenn auch Sie uns begleiten würden«, bestätigte er, hielt kurz inne und setzte hinzu: »Und auch ich würde mich über Ihre Gesellschaft freuen, ... Luise.«

Alles in ihr zog sich auf verwirrende, schmerzhaft süße

Weise zusammen, als er ihren Namen aussprach. Das hatte er bisher nur ein einziges Mal getan, nämlich als sie sich auf dem Gang der Tiermedizinischen Hochschule wegen der pöbelnden Studenten gestritten hatten und sie ihm vorgeworfen hatte, er betone ihren Adelstitel stets so über die Maßen. Damals hatte Spott in seiner Stimme geklungen. Er hatte sie bewusst empören wollen. Doch jetzt waren weder Hohn noch Ironie zu spüren. Ganz im Gegenteil.

Die Art und Weise, wie er ihren Namen ausgesprochen hatte, klang sanft, beinahe zärtlich. Sie musste schlucken.

Zwischen ihnen dehnte sich der Moment aus, in dem ihr Name auf diese so ungewohnte Weise zwischen ihnen hing.

Die braunen Augen ihr gegenüber, in denen sie schon die Hitze einer Diskussion, den Eifer des politischen Gefechts oder Ärger über einen Missstand gesehen hatte, sahen sie auf eine Weise fragend an, die sie vollkommen durcheinanderbrachte. Sein Blick glitt von ihren Augen ein Stück hinunter auf ihren Mund. Und auch sie spürte, wie ihr Blick zu seinen Lippen wanderte. Sie bekam weiche Knie. Was geschah hier?

»Kommen Sie, ich helfe Ihnen noch rasch aufs Pferd. Sie wollen doch nicht bis nach Friesenhain laufen?«, schlug er leise vor.

Gemeinsam gingen sie hinaus vors Tor, wo Jeltje sie mit Kopfnicken und einem leisen Schnauben begrüßte.

Max Brugge achtete nicht auf Anzug oder Mantel, bot Luise die Hände als Tritt und half ihr so in den Damensattel. Mit dem Rücken zum Gartentor stand er zwischen Pferd und Hecke, sah sie von dort aus mit nahezu brennendem Blick an.

»Bitte. Versprechen Sie mir nur, dass Sie darüber nachdenken«, sagte er eindringlich und griff nach ihrer Hand. Er hielt sie in seiner und einen verwirrenden Moment lang dachte Luise, er wolle sie an sein Gesicht ziehen, um sie zu küssen.

Doch stattdessen sah er nur unverwandt zu ihr herauf in ihr Gesicht. »Versprechen Sie es?«

»Ja, das tu ich«, antwortete sie mit einer Stimme, die gar nicht ihre zu sein schien, so butterweich kam sie ihr vor.

»Dann auf bald«, sagte er, ließ ihre Hand los.

»Auf bald«, erwiderte sie mit diesem verwirrenden Wunsch, er möge noch einmal ihren Namen sagen.

Doch er wandte sich abrupt um und stieg in die Droschke. Der Kutscher ließ die langen Zügel auf die Pferdekruppen klatschen und das Gefährt entfernte sich rasch die Straße hinunter.

Luise sah der Kutsche von Jeltjes Rücken aus nach. Dann glitt ihr Blick hinunter auf ihre Hände, die nun die Zügel hielten. Wenn sie genau hinspürte, konnte sie immer noch den sanften Druck der fremden Finger durch diese vermaledeiten Handschuhe fühlen. Die Stute schien genau zu spüren, dass in Luise ein wahrer Sturm tobte. Ihre Ohren spielten und sie schnaubte leise, als wolle sie ihrer Herrin sagen: *Du bist nicht allein. Ich bin bei dir. Egal, was dich gerade so sehr bewegt.*

Luise strich über den stolzen Pferdehals. »Ich weiß, meine Schöne«, flüsterte sie dem Pferd zu. »Nun lass uns heimreiten.«

Auf ihren Schenkeldruck trabte Jeltje an. Und es tat so gut, die vertrauten Bewegungen ihrer Stute zu spüren. Der Gleichklang, in dem sie sich miteinander bewegten, beruhigte den kleinen Vogel in Luises Brust ein wenig. Aber auch, wenn sie das Gespräch mit Max Brugge immer wieder durchging, klärten ihre Gedanken sich nicht. Immer wieder spürte sie die Verwirrung in sich aufwallen, die sie bei seinen Blicken empfunden hatte und in dem Moment, als er am Ende ihre Hand genommen und ihren Namen gesagt hatte.

Was war da geschehen? Jedenfalls nichts, woran sie in Verbindung mit dem jungen Fabrikanten und Sozialdemokraten jemals gedacht hatte, so viel stand fest.

Als sie auf Friesenhain durchs Nordtor hereinritt, kam sogleich Alfred angelaufen, um Jeltje zu übernehmen.

In den letzten Wochen hatte der neue Stallbursche unter Rudis Anleitung viel dazugelernt. Doch heute war er zappelig wie an seinen ersten Tagen auf dem Gestüt. Vielleicht hatte er wieder eine seiner spinnerten Ideen im Kopf. Aber Luise fragte nicht nach. Denn sie war sicher, nicht noch mehr verwirrende Grübeleien ertragen zu können.

Sie lief die Stufen zum Hintereingang hinauf, mit nichts im Sinn als ihr stilles Zimmer, das ihren sich überschlagenden Gedanken Obdach bieten würde. Rasch hinein. Da war ein kurzer Moment der Irritation, weil die Tür des Arbeitszimmers ihres Vaters weit offen stand, als habe er den Raum in Eile verlassen. Erst als sie schon halb durch den Gang in Richtung Halle war, nahm sie wahr, dass dort Stimmen zu hören waren. Die ihres Vaters, ihrer Mutter, Claras und Wilhelms.

Ein eisiger Schreck fuhr ihr in die Glieder. Was hatten sie alle vier in der Halle verloren? Zu einer Uhrzeit, wo sonst alle in ihren Zimmern saßen oder auf dem Gestüt unterwegs waren und das Haus wie ausgestorben dalag? In der nächsten Sekunde hörte sie mehrstimmiges Lachen und begriff erleichtert, dass es keine schlechte Nachricht sein konnte, die alle zusammengetrieben hatte. Ebenfalls ein Lächeln auf den Lippen bog sie um die Ecke.

»Das ist sie ja!«, rief ihr Vater, der mit dem Gesicht in ihre Richtung stand und bei seinen Worten strahlend die Arme hochriss, ihr entgegen.

Auch ihre Mutter sah sich nach ihr um und lächelte auf eine Weise, die sie nicht oft sehen ließ: offen und ganz von innen heraus. Claras Blick dagegen war ... verhalten, beinahe vorsichtig. Die vierte Person blieb Luises Blick durch eine der Palmen verborgen.

»Luise«, sagte ihre Mutter nun auch, als sie näher kam. »Schau nur, wer endlich zurück ist!«

Der junge Mann, dessen Stimme sie irrtümlich für die ihres Bruders gehalten hatte, trat hinter der Palme hervor und sah ihr mit leuchtenden Augen entgegen.

Es war Johan van Leeuwen.

Clara

37

Ganz Friesenhain war in heller Aufregung. Weil ihr Großvetter Johan sich nicht angekündigt hatte, war die Vorratskammer nicht so üppig ausgestattet, wie insbesondere die Gräfin es sich für diesen Anlass gewünscht hatte. Frau Rühl nahm diesen Umstand persönlich. Laut Marie solle man sich besser nicht in der Küche blicken lassen, wenn es zu vermeiden war.

Anna von Scheweney ließ augenblicklich die betonte Kontrolle fahren, die sie in den letzten Tagen gezeigt hatte. Seit jenem sonderbaren Vorfall beim Besuch von Richard von Thebe hatte die Gräfin vollkommene Beherrschung demonstriert. Einmal hatte Clara zufällig mitangehört, wie ihr Vater sich ausgesucht höflich nach ihrem Gesundheitszustand erkundigte. Ihre Mutter hatte kühl nur einen einzigen Satz geantwortet: »Es geht mir tadellos.« Jetzt aber lebte sie deutlich auf, lächelte viel und genoss es sichtbar, mit ihrem Neffen auf Niederländisch zu plaudern.

Clara hatte den Eindruck, dass ihr Vater gerade wegen der Aufgeräumtheit seiner Frau Johan umso herzlicher willkommen hieß. Auch er lachte, klopfte dem jungen Mann sogar einmal anerkennend auf die Schulter und unterrichtete ihn in einigen Gestütsangelegenheiten.

Wilhelm freute sich aufrichtig, den Vetter wieder hier zu haben, erkundigte sich locker nach dessen Reiseeindrücken und blieb ansonsten bei seinem üblichen Tagesablauf.

Und Luise? Ja, wie reagierte Luise auf die Rückkehr ihres zukünftigen Bräutigams?

Dort in der Halle, im allerersten Moment, als Clara mit ihren Eltern und Johan zusammenstand und ihre Schwester um die Ecke bog, zeigte sich in diesen wenigen Sekunden deren spontane Empfindung: Luise wurde blass wie eine Leinwand, auf die ein Maler das schöne Gesicht einer unnahbaren Madonna geworfen hatte.

Zwar fasste sie sich nach kurzer Zeit und begrüßte Johan mit der ihr eigenen, temperamentvollen Herzlichkeit, doch während er sie mit Blicken geradezu verschlang, wich sie seinen eher aus.

Auch beim gemeinsamen Lunch, den Frau Rühl in aller Eile zubereitete, war es in erster Linie Johan, der die Unterhaltung bestritt. Er wusste jede Menge Kurzweiliges von seiner Reise durchs Land und den Verwandtenbesuchen zu berichten, worin sie alle ihn abwechselnd unterstützten, um ihr Interesse zu bekunden.

»Es tut mir nur schrecklich leid, dass ich um den Monatswechsel noch einmal für zwei Tage fortmuss, um an der Geburtstagsfeier dieser Tante meines Vaters teilzunehmen. Aber danach habe ich den gesamten Oktober und November frei. Erst an Santa Klaas erwartet Mutter mich zurück.«

Bei all dem saß Luise wächsern und ungewöhnlich still auf ihrem Platz Johan gegenüber und nahm kaum einen Bissen zu sich.

Nach dem Essen verkündete ihr Vetter, unbedingt ein Bad zu brauchen, um den Straßenstaub loszuwerden. Und so zerstreute sich die Familie kurz, um rasch möglichst viel aufzu-

holen, was an täglichen Pflichten in der Zwischenzeit liegen-
geblieben war: Die Gräfin verlangte in ihrem Salon nach Frau
Rühl, um den Speiseplan der nächsten Woche zu besprechen.
Der Graf suchte ein Gespräch mit Paas, in dem es um die
Überbringung von Papieren zum Kaiserlichen Marstall in Berlin ging. Und Wilhelm verschwand wieder mit einem Buch
unter dem Arm für eine Weile spurlos, mit unbekanntem Ziel.

So war es ganz natürlich, dass Clara an der Seite ihrer
Schwester die Treppe hinaufging und ihr in deren Zimmer
folgte.

Weil Clara sie nicht direkt auf Johan ansprechen wollte,
nahm sie einen kleinen Umweg: »Wo warst du heute Morgen? Marie hat dich nur mit wehenden Rockschößen fortrei-
ten sehen. Und Alfred sagte, er hätte Jeltje für den Ort satteln
sollen. Hattest du etwas zu erledigen, das niemand von der
Dienerschaft hätte ausrichten können?«

Luise, die zur Fensterfront gegangen war und hinausge-
sehen hatte, drehte sich um. »Ich war bei den Brugges. Ich
wollte ...« Sie hielt inne und sah Clara so herzzerreißend
verwirrt an, dass sie rasch zu ihr ging und ihre Hände nahm.
Clara zog ihre zwei Jahre ältere Schwester auf die Bank am
Fenster, wie diese das früher mit ihr getan hatte, wenn die
Jüngere Kummer hatte.

»Was ist denn, Lulu? Ist etwas passiert?«, wollte sie wissen.

Luise seufzte. »*Ist etwas passiert?*«, wiederholte sie leise für
sich. »Genau das hat Agnes mich heute früh auch gefragt.«

Clara runzelte die Stirn. »Luise? Nun rede schon! Hat es
etwas mit Paula Brugge und dem Frauenverein zu tun?«

»Nein«, antwortete Luise sofort. Schüttelte dann den Kopf.
»Doch. Ach, Clara, ich weiß gerade gar nicht, was ich denken soll.« Dann begann sie stockend und mit vielen Unter-
brechungen zu erzählen.

Von der Zeitung war die Rede. Einem Artikel, vom Bruder Paulas geschrieben, diesem Max Brugge. Und einem Aufmarsch sämtlicher Frauenvereine, der in Bälde vor dem Reichstag stattfinden sollte. Eine Protestaktion, bei der eine öffentliche Petition übergeben und die Forderungen der Frauen für mehr Rechte demonstriert werden sollten.

»Und nun hat dein Fräulein Brugge dir in den Kopf gesetzt, dass du bei diesem Marsch mitmachen sollst?«, fasste Clara verwundert zusammen.

Unwillig schüttelte Luise den Kopf. »Aber nein. Das war nicht Paulas Idee. Ihr Bruder erwähnte nur diese Möglichkeit. Und seitdem geht es mir nicht mehr aus dem Sinn.«

»Du bist auch Max Brugge heute Morgen begegnet?«, hakte Clara nach. Die Erinnerung an Wilhelms Vergleich zwischen ihm und ihrem Vetter stieg in ihr auf.

Luise befeuchtete kurz die Lippen mit der Zungenspitze. »Ja, ich habe ihn … auf der Straße getroffen.«

Auf der Straße? Und da hatten sie gleich derart Wichtiges besprochen wie eine Beteiligung an einem politischen Aufmarsch vor dem Reichstag? Dieser Max Brugge musste ein seltsamer Kerl sein. Aber in Luises Worten über ihn schwang auch noch etwas anderes, das Clara aufmerken ließ.

»Du begegnest Max Brugge auf der Straße, er spricht von diesem Aufmarsch und schon willst du nach Berlin? Das verstehe ich nicht, Luise. Dir würde es nichts als Ärger hier im Hause einbringen. Und ich sehe es doch richtig, wenn ich sage, dass eine einzige Frau mehr in der Menge nicht sehr viel ausmachen würde?«

Luise sah sie scharf an. »Wie kannst du das sagen, Clara? Es handelt sich doch nicht um einen Jahrmarkt oder einen Ausflug in den Tierpark. Es ist eine politische Kundgebung! Jede von uns macht einen Unterschied! Keine ist so unwichtig, dass sie einfach fortbleiben sollte – nur weil sie ... mit ein wenig Ungemach zu rechnen hat. Was, wenn alle so dächten? Nein, warte!« Sie hob die Hände, um Clara am Widerspruch zu hindern, und gestikulierte dann durch die Luft, als stände sie auf einer Bühne, um ihre Meinung zu vertreten. »Ich bin noch nicht fertig. Hast du schon mal daran gedacht, dass nicht alle Frauen dort Tiermedizin studieren wollen, wie ich es so gern täte? Es gibt auch viele unter ihnen, die in die Juristerei wollen. Sie könnten Mädchen wie Änne Reuben vertreten und ihnen eine Stimme geben, ihnen zu dem Recht auf Unversehrtheit verhelfen, das auch ihnen zusteht. Änne liegt dir doch auch sehr am Herzen?«

Clara nickte vehement und presste eine Hand auf ihren Bauch.

»Natürlich! Ich möchte ihr nur zu gern helfen«, stimmte sie sofort zu, denn die Frage, wie sie Änne würden beistehen können, hatte auch sie seit dem Samstag sehr beschäftigt. Mit Marie hatte sie neben den Neuigkeiten zu Stürmers möglicher Herkunft kein anderes Thema gekannt.

»Nun, siehst du. Heute müssen wir mühsam um eine Antwort ringen und nach einem Schlupfloch suchen, damit wir ihr zu Gerechtigkeit verhelfen können. Aber in hoffentlich nicht allzu ferner Zukunft wird es Anwältinnen und vielleicht sogar Richterinnen geben. Sie werden solche Fälle mit weiblichem Blick behandeln, dann wäre alles viel einfacher.«

Wieso musste ihre Schwester nur diesen schrecklichen Dickkopf haben, fragte Clara sich. Denn wenn sie es so ausdrückte, klangen ihre Argumente durch und durch plausibel und ihre eigenen nach einer lahmen Ausrede. War ihr Wunsch, bei diesem Aufbruch in Berlin dabei zu sein, nicht verständlich?

»Natürlich. Du hast recht«, gestand sie ihr ein wenig zerknirscht zu. »Aber ... Luise, dir wird doch klar sein, dass es ein Ding der schieren Unmöglichkeit wäre, Vater und Mutter davon zu überzeugen, dir ihr Einverständnis zu geben.« Eine Welle des Mitleids schwappte über sie hinweg, als die vor Tatendrang sprühende Luise bei diesen Worten in sich zusammensank.

»Das weiß ich, Clara, ja. Du fragst nach dem Wieso und Warum, und das werden sie auch tun. Aber nur dir gegenüber kann ich ganz ehrlich sein und sagen: Es wäre nicht nur wichtig für diese große Sache, sondern es wäre auch richtig für mich. Für mich ganz allein. Ich spüre es tief in mir drin. Vor allem, weil es doch wahrscheinlich das letzte Mal sein wird, dass ich bei solch einem Ereignis dabei sein kann. Jetzt, wo Johan zurück ist.« Es klang tonlos.

Clara versuchte ein aufmunterndes Lächeln. »Ja, Johan ist zurück. Freust du dich ein bisschen?«

Luise zögerte zu lange.

»Ach, Lulu«, sagte Clara seufzend. »Versuch doch ein wenig, dich von der Lebendigkeit anstecken zu lassen, die er mit ins Haus bringt. Er hat immer so viel zu erzählen.«

Luise hob das Kinn. »Ja, du hast recht. Johan ist wirklich sehr unterhaltsam und aufgeschlossen.«

Clara empfand das Aber, das in den Worten ihrer Schwester mitschwang, wie ein Gewicht. »Aber er spricht nicht von sich aus die Dinge an, die dir so wichtig sind, nicht wahr?«, wagte sie sich vorsichtig vor. »Vielleicht solltest du selbst das tun. Vielleicht würdest du herausfinden, dass Johan durchaus aufgeschlossen ist. Auch wenn ihm von sich aus diese Idee wohl noch nicht gekommen ist, anders als beispielsweise Max Brugge.«

Wenn ihrem Verdacht noch ein Hinweis gefehlt hatte, so

erhielt sie ihn jetzt: Luise errötete tief bis an die Haarwurzel und wandte sich rasch ab.

Clara nahm all ihren Mut zusammen. »Luise? Dieser Max Brugge, er … Bedeutet er dir etwas? Ich meine, bedeutet er dir mehr, als es der Bruder einer frisch gewonnenen Freundin üblicherweise tut?«

Sie spürte das heftige Ringen in ihrer Schwester. Wie sie wohl erst instinktiv abwiegeln wollte, es doch nicht tat.

»Ich … weiß es nicht, Clara«, sagte Luise schließlich und sah sie hilflos an. »Woher soll ich es auch wissen? Wüsstest du, wie sich so etwas anfühlt? Wenn dir jemand mehr bedeutet, als es üblich ist?«

In Clara zuckte etwas ertappt zusammen, als bei diesen Worten sofort ein Paar dunkler Augen unter einer schwarzen Stirnlocke vor ihr auftauchte. Äußerlich gelassen schüttelte sie als Antwort nur den Kopf.

Luise gab sich damit zufrieden. Nachdenklich blickte sie wieder aus dem Fenster die Allee hinunter. Mit einem Seufzen sagte sie: »Am Ende ist es das Beste, wenn ich nicht mehr daran denke. Mein Schicksal ist ohnehin besiegelt. Ich muss heiraten. Einen respektablen, wohlhabenden Mann, dessen Gutdünken zukünftig darüber entscheiden wird, ob ich hierhin oder dorthin fahren darf. Was würde es da für einen Unterschied machen, noch ein letztes Mal meine Freiheit zu erleben?«

In ihrer Stimme lag so viel schmerzliche Sehnsucht und zugleich müde Resignation, dass Clara zu ihrer Schwester trat und sie umarmte.

Umschlungen standen sie da und hielten einander fest.

* * *

Nach dem Dinner saßen sie alle im Salon beieinander, nah an den Kamin gerückt, denn es war in diesen späten Septembertagen abends schon recht feucht und empfindlich kühl. Wie so oft auf Friesenhain hatte sich das Gespräch den Pferden zugewandt. Wilhelm zeigte sich besorgt um zwei Stuten, bei denen wohl Zwillingsgeburten zu erwarten waren, und Hermann von Scheweney klärte den interessiert lauschenden Johan zu den möglichen Komplikationen dabei auf.

»Herrje«, sagte der und wischte sich über die Stirn, als empfinde er die Geburtsanstrengungen selbst. »Dass so viel schiefgehen kann dabei. In der Gießerei gibt es hin und wieder den einen oder anderen Zwischenfall mit einem der Öfen oder einer geplatzten Form. Aber hier auf Friesenhain handelt es sich um Lebewesen, die nicht mal eben zu reparieren sind. Nichts für schwache Nerven. In so einer Situation stark zu sein und genau das Rechte zu tun, so wie du es bei der schwierigen Geburt neulich getan hast, Luise, davor ziehe ich meinen Hut.« Johan warf Luise einen Blick zu, den sie zu Claras Freude mit einem echten Lächeln erwiderte. An den Grafen gewandt, fuhr er fort: »Und dann sind die Tiere ja auch so wertvoll. Schließlich bedeuten sie die notwendige Grundlage für die Kavallerie des Landes. Wird am Kaiserhof darüber Buch geführt, wessen Pferde das Heer stellen?«

Hermann von Scheweney nickte mit gerunzelter Stirn. »In der Tat. Der Kaiserliche Stallwirtschafter in Berlin erhält jährliche Reporte der Züchter, die Pferde für die Kavallerie ziehen und ausbilden. In diesem Jahr ist es ein Neuer, der seine Stellung gerade antritt. Er wird sich einen Überblick verschaffen wollen. Wir stellen die Papiere gerade zusammen.«

Die Runde blickte vor sich, denn damit schien dieses Thema erschöpft. Doch Clara spürte plötzlich ein sonderbares Ziehen in sich. Als dränge dort ein Gedanke aus den Tiefen herauf. Eine Idee, nach der sie in den letzten Stunden, seit dem Gespräch mit Luise, vergeblich gesucht hatte.

Schon wandte Johan sich an die Gräfin und bewunderte augenscheinlich die feine Stickarbeit, die sie gerade zur Seite legte, weil Hummeltje den Platz auf ihrem Schoß beanspruchte.

Da öffnete Clara den Mund und sagte: »Wäre es nicht vorteilhaft, wenn jemand aus der Familie den Bericht persönlich abgeben würde? Der alte Stallmeister hat erst gerade wieder die Züchter bevorzugt, bei denen der Fürst selbst seine Pferde einkauft. Aber vielleicht wird der neue gerade das nicht tun. Womöglich will er im nächsten Jahr beim Einkauf für den Kaiserhof seine eigene Wahl treffen?«

Alle sahen sie an.

»Du bist wirklich erstaunlich, Clara«, sagte Wilhelm mit einem Zungenschnalzen. »Wieso bin ich nicht auf die Idee gekommen?«

Auch ihr Vater bedachte sie mit einem anerkennenden Blick, hatte jedoch gleich die Antwort parat: »Du hast wohl nicht daran gedacht, Wilhelm, weil diese Reise weder dir noch mir möglich ist. In der betriebsamsten Zeit des Jahres darf keiner von uns fehlen. Denk nur an die Zwillingsgeburten. Auch auf Paas können wir nicht schon wieder verzichten. Überhaupt macht er sich in der Großstadt nicht gut. Er fühlt sich hier auf dem Land am wohlsten, wo er hingehört, bei den Pferden.«

»Das wäre auch nicht dasselbe«, wandte Clara ein. »Es müsste schon jemand aus der Familie sein.« Dabei warf sie Luise einen vielsagenden Blick zu. Die starrte sie fragend an. Himmel! Begriff sie denn nicht?

»Du etwa?«, fragte Wilhelm in diesem Moment mit einem

amüsierten Lächeln, in dem jedoch auch eine Spur Verunsicherung lag.

Clara hob in gespieltem Entsetzen die Hände. »Ich? Wilhelm! Du kennst mich doch! Ich bin gut in allem, was Friesenhain angeht, und für einen Ball hier bin ich auch zu gebrauchen. Aber denk doch nur an den Empfang am Kaiserhof vor zwei Jahren. Beinahe wäre ich vor Aufregung über meine eigenen Füße gestolpert und bringe dann kaum ein Wort heraus. Nein, für mich wäre es nichts. Ich besitze zu wenig Abenteuerlust. Aber was ist mit dir, *Luise*?«

Nun hatte ihre Schwester offenbar begriffen, wie Clara am Aufblitzen ihrer grünen Augen erkannte. Doch sie spielte geschickt mit, indem sie die Stirn runzelte und den Mund verzog.

»Nun ja, Berlin ist immer eine Reise wert«, sagte sie scheinbar überlegend. »Ich könnte Agnes als Mädchen mitnehmen?«

Ihre Mutter schüttelte den Kopf. »Das ist absolut unmöglich, Luise! Clara, ich verstehe nicht, wie du auf so eine absurde Idee kommst. Berlin bedeutet eine weite Reise. Deine Schwester müsste gewiss zwei Nächte ins Hotel. Und dann ganz allein im Zug? Nur mit dem Kammermädchen? Nein, das wäre doch nahezu skandalös!«

Clara bemerkte, wie der Blick ihrer Mutter bei diesen Worten immer wieder zu Johan glitt, als wolle sie prüfen, wie seine Meinung zu dem Thema war. Doch der sah nur mit erhobenen Brauen zwischen ihnen hin und her.

In Erinnerung an den innigen Moment der Umarmung im Zimmer ihrer Schwester sprang Clara über ihren Schatten und überging den Einwurf ihrer Mutter, indem sie sich wieder an Luise wandte: »Hast du nicht erzählt, dass Paula Brugge und Hedwig Schmeid in Bälde nach Berlin reisen?

Die beiden sind doch respektable Damen, Mutter. Und in Berlin treffen sie auf unsere Elisabeth Gehmlich, die dann schon vorausgefahren sein wird. Sie steht doch wohl über allem und würde eine vortreffliche Anstandsdame abgeben. Vielleicht könnte Luise sich ihnen anschließen?«

Hoffentlich verriet Luise ihren dringenden Wunsch danach nicht, indem sie nun zu forsch darauf bestand, dachte Clara heimlich bei sich. Doch ihre Schwester war so besonnen, den Mund zu halten – auch wenn es ihr sichtlich schwerfiel. Ihr Blick wanderte zum Grafen hinüber. Der schien weniger ablehnend, sondern eher nachdenklich.

Da fiel ausgerechnet Johan dazwischen, dessen Wort in der Runde sicher doppeltes Gewicht hatte. Zumindest in den Augen ihrer Mutter.

»Ich hoffe doch, der Wunsch meiner Base, so weit weg zu reisen, hängt nicht mit meiner überraschenden Ankunft auf Friesenhain zusammen?«, sagte er mit geneigtem Kopf zu Luise.

»Das ganz gewiss nicht!«, sprang Clara ihrer Schwester sofort bei. »Wir alle haben uns sehr darauf gefreut, dich wieder hier bei uns zu haben, Johan. Schließlich kann niemand so wunderbare Löwen zeichnen wie du.« Bei diesen Worten tat er ihr den Gefallen zu lachen und sie stimmten alle ein wenig angespannt mit ein. »Aber du hast doch selbst davon gesprochen, dass du um die Monatswende noch zwei Tage bei der Tante deines Vaters verbringen musst«, fuhr Clara nun unbeirrt ihrem Ziel folgend fort. »Siebzig Jahre wird sie? Und gibt noch ein richtiges Bankett mit Leuten aus eurer Branche?«

»Was für ein Zufall!«, rief Luise in genau dem richtigen freudigen Tonfall. »Das ist dasselbe Datum, zu dem meine Freundinnen ihre kurze Reise unternehmen werden. Da wären wir also beide nicht auf Friesenhain, Johan, und würden hier nichts verpassen.«

Da räusperte sich der Graf und wandte sich an Clara.

»Du scheinst den Vorschlag wirklich ernst zu meinen, Clara?«

Zu ihrer Überraschung antwortete Wilhelm an ihrer Stelle: »Das ist eine gute Chance, Vater. Luise ist bereits in die Gesellschaft dort eingeführt und könnte Friesenhain würdig vertreten – auch wenn es vielleicht ein wenig unüblich ist. Aber wir sollten mit der Zeit gehen, oder etwa nicht?«

Clara musste sich beherrschen, ihren Bruder nicht mit offenem Mund anzustaunen. Was waren das für Töne? Seit wann machte er sich stark für die Moderne?

Luise selbst schien von Wilhelms Unterstützung nicht dermaßen überrascht, sondern warf ihm nur einen dankbaren Blick zu, den er mit einem nur angedeuteten, fast verschwörerischen Lächeln erwiderte.

Clara riss sich zusammen. Statt ihrer Verwirrung Ausdruck zu geben, sagte sie: »Für ein paar Tage komme ich ganz sicher ohne Agnes zurecht. Vielleicht könnte Fräulein Trebitz mir aushelfen, Mutter? Dann ist Luise bestens betreut und reist sogar mit eigenem Mädchen. Da kann niemand etwas einzuwenden haben, der auf der Höhe der Zeit unterwegs ist.«

Es war ihrer Mutter anzusehen, dass sie anderer Meinung war. Doch da sie alle im Kreise gegen sich sah und auch Johan keinen weiteren Einwand tat, nickte sie knapp.

»Dann wäre das beschlossen«, entschied der Graf. »So, und nun, Johan, erzähl doch einmal von dieser Tante, die so viele Leute aus eurer Branche zu ihrem Bankett einlädt. Wie kommt es, dass wir sie gar nicht kennen?«

Das Gespräch plätscherte weiter, doch Clara sah heimlich zu Luise hinüber. Und bei ihren vorsichtigen Blicken in die

Runde erkannte sie, dass auch Wilhelm immer wieder zur älteren seiner beiden Schwestern hinüberschielte. Die tat, als folge sie der Unterhaltung. Doch die Farbe ihrer Wangen verriet sie. Die waren so viel röter, als das Kaminfeuer es erklärt hätte. Sicher war Luise mit den Gedanken ganz woanders.

Luise

38

In den nächsten zehn Tagen fühlte Luise sich wie eine Figur aus Claras Lieblingsbuch, Goethes großem Werk *Faust*, das sie als Jugendliche schon so faszinierend gefunden hatten: Es wohnten zwei Seelen in ihrer Brust, die in beständigem Widerstreit lagen.

Die Zeit auf Friesenhain verging kurzweilig und nahezu wie im Vogelfluge. Johan und sie nahmen ihre gemeinsamen Unternehmen wieder auf, und schon am zweiten Tage fühlte es sich an, als sei er nie fort gewesen. Clara hatte recht gehabt, er brachte Lebendigkeit nach Friesenhain. Mit ihm gab es immer etwas zu lachen oder zu staunen. Es war angenehm, ja, schön, Zeit mit ihm zu verbringen, und den Schreck der ersten Wiederbegegnung in der Halle hatte Luise fast vergessen.

An ihrer Freude über die anstehende Reise nach Berlin konnte sie ihn teilhaben lassen, und er riet ihr zu diesem und jenem Museum oder Kaffeehaus, an der Aufregung wegen ihrer heimlichen Teilnahme am Aufmarsch der Frauen freilich nicht.

Jene aufgeregte Erwartung konnte Luise nur mit Clara und Marie teilen, die niemandem etwas verraten und dennoch in Gedanken ganz bei ihr sein würden.

Auch Wilhelm sprach einmal von Pflicht und Kür dieser Reise und zwinkerte ihr dabei zu. Hatte er ihren Plan durchschaut? Ja, begrüßte er ihn sogar? Luise, warm erfüllt von seinen Worten, wagte nicht, es ihm gegenüber offen auszusprechen. Was, wenn sie sich doch irrte?

Umso mehr aber freute sie sich über die Zeilen, die von Paula und Hedwig eintrafen, nachdem sie ihnen die Mitteilung gemacht hatte. Beide waren begeistert, ihre neue Freundin dabeihaben zu können.

Was dein Vorsprechen beim Kaiserlichen Stallwirtschafter angeht, werden wir dich selbstverständlich tatkräftig mit allem unterstützen, was in unserer Macht steht, schrieb Paula. *Wir werden zwei prall gefüllte Tage in der Stadt erleben, die wir gemeinsam in jeder Hinsicht zu einem vollen Erfolg machen werden. So hat jedenfalls Max es ausgedrückt, als ich ihm von unserer zusätzlichen Mitreisenden erzählte. Ich soll seine ritterlichen Grüße ausrichten, was immer er wieder damit meinen mag.*

Auf den letzten Satz blickte Luise immer als Erstes, wenn sie den Brief noch einmal aus der Tasche nahm und ihn las.

Claras vorsichtige Frage, ob Max Brugge ihr mehr bedeute, als es der Bruder einer neu gewonnenen Freundin üblicherweise tat, schwang in ihr wie ein beständiges Pendel. Mal glaubte sie, bei der Erinnerung an den Moment, als er sie neben Jeltje auffing, dass am Verdacht ihrer Schwester womöglich etwas dran war. Doch dann schlenderte sie mit Johan durch den Park, sah ihm über die Schulter, wenn er in den Stallungen die Stuten mit ihren staksigen Fohlen mit Kohle aufs Papier bannte, lachte über seine Scherze und stritt mit ihm über den Reiz von Reisezielen, und wusste, dass ihre Zukunft an seiner Seite angenehm sein würde – fern von allen Zweifeln und Verwirrungen.

Auch am letzten Tag ihres Zusammenseins auf Friesenhain

unternahmen sie zu zweit einen Spaziergang, natürlich in Begleitung von Gimpel, der wichtigtuerisch vorauslief und hier und da bellend einen Busch in seine Schranken wies.

Der September war beinahe vorüber und die Bäume verloren bereits Blätter, die raschelnd ihre Schritte begleiteten. Es roch nach feuchter, kühler Erde und in den Zweigen über ihnen sang ein Rotkehlchen sein melancholisches Herbstlied.

»Nun reisen wir beide morgen in unterschiedliche Richtungen ab«, stellte Johan mit Bedauern fest, während er neben ihr dahinschlenderte. Er brach einen Stecken ab, der Luise vermeintlich im Weg war, und strich damit über das Gras zu seinen Füßen. Dann hob er das sonnengebräunte Gesicht zu ihr, in dem die hellen Augen spitzbübisch funkelten. »Ich hoffe doch, du wirst mich ein wenig vermissen, Base?«

Bei diesem Blick, der sie an einen jungen Hund erinnerte, musste Luise lachte. »Wie könnte ich nicht? Ich habe mich so sehr an unsere Gespräche gewöhnt, dass ich deine Stimme sogar nachts im Schlaf zu hören glaube.«

Überrascht und erfreut schossen seine Brauen nach oben. »Nachts? Ist das wahr?«

Sie schalt sich heimlich, weil sie sich selbst in Verlegenheit gebracht hatte. Doch Johan, der ihre roten Wangen natürlich bemerkte, quälte sie nicht länger, sondern sagte leichthin: »Du wirst aufpassen müssen, dass du in Berlin nicht von der Straße gedrängt wirst. Ich habe gehört, dass Sonnabend dort ein großer Aufmarsch erwartet wird.«

Vollkommen unerwartet mit der Überschneidung der beiden Faust'schen Seelen in ihrer Brust konfrontiert, fiel Luise auf die Schnelle keine Antwort ein.

»In den Niederlanden gibt es auch einige Frauenvereine, die für mehr Rechte streiten. Aber bei euch haben sich alle zu einer großen Organisation zusammengeschlossen, um mehr zu bewirken. Ihr Deutschen seid immer so gründlich.« Er lachte. Doch sie stimmte nicht ein, weil sie plötzlich einen Kloß der Aufregung im Hals spürte. War dies nicht ein guter Moment, um herauszufinden, wie er zu dieser Sache stand?

»Was hältst du davon, dass der Bund Deutscher Frauenvereine solch eine große Kundgebung abhält, direkt vor dem Reichstag?«, wollte sie wie beiläufig von ihm wissen, obwohl sie innerlich vor Anspannung bebte. War es zu fassen? Sie sprach mit ihrem zukünftigen Mann über dieses Thema, und er reagierte nicht gleich vollkommen ablehnend, wie sie beinahe erwartet hatte.

Johan strich sich über den rotblonden Schnäuzer, zuckte mit den Schultern. »Nun, ich nehme an, die versammelten Damen werden wissen, was sie tun. Soviel man hört, sind sie gut organisiert und greifen durchaus nicht nach den Sternen, sondern wollen fundierte Möglichkeiten in Sachen Bildung und Beruf. Was ist dagegen einzuwenden?«

»Überhaupt nichts!«, beeilte Luise sich, ihm zuzustimmen, und spürte plötzlich, wie eine eiserne Schlinge um ihr Herz sich zu lösen schien. Wie aufgeschlossen er war. Ohne Zögern gestand er den Frauen ihre Rechte zu. Sprach das nicht sehr für ihn?

Nach einem kurzen Zögern wagte sie einen kleinen Vorstoß, indem sie sagte: »Ich für meinen Teil habe schon als Kind davon geträumt, Rossärztin zu sein.«

Johan sah sie an, kurz überrascht, aber dann leuchteten seine hellen Augen auf. »Aber ja, Luise! Das würde zu dir passen. Zu deiner Heldentat mit dem kleinen Fohlen, von dem die Stallburschen so ehrfürchtig erzählen. Und überhaupt bist du so tatkräftig.«

Seine Antwort verschlug ihr die Sprache. Ganz und gar aufgeschlossen klang er. Als habe er gegen ein Studium ihrerseits nichts einzuwenden. Sie musste tief Luft holen. Jetzt war gewiss der rechte Moment! Sie würde ihm von ihren Plänen erzählen, und er würde ihr zuhören, vielleicht ein wenig verwundert zunächst, aber dann mehr und mehr zustimmend.

Doch ehe sie in ihrer freudigen Fassungslosigkeit den Mund wieder öffnen konnte, sagte er: »Ich glaube allerdings, dass ich für meinen Fall mich an diesem Tage nicht dort blicken lassen würde, wenn ich in Berlin wäre.«

»Warum nicht?«, wollte sie neugierig wissen.

»Ich hätte Angst«, gestand er mit übertrieben aufgerissenen Augen.

»Angst? Aber Johan! Wieso das denn?«

»Nun, Frauen verfügen über ungeahnte Stärke. Damit meine ich nicht Muskelkraft oder Größe. Es ist die Art, wie sie energisch und zielgerichtet auf das losgehen, was sie haben wollen.« Dabei sah er sie geradezu bewundernd an, als bezöge er seine Worte durchaus auf sie.

Gerade noch ihr ernstes Anliegen im Sinn wusste Luise nun nicht, wie sie reagieren sollte. »Ach, du sprichst wieder Unsinn«, sagte sie daher schmunzelnd und überlegte, wie sie ihn auf das Thema des Studiums zurückbringen könnte.

Johan hingegen schien keinen Ernst im Sinn zu haben. Mit der Stiefelspitze stieß er einen grünen Tannenzapfen an. Gimpel jagte ihm nach, schnappte danach und warf ihn in die Luft, um ihn wieder aufzufangen. Dieses Spiel liebte er und Johan lachte laut auf.

Während Luise noch fieberhaft nach den rechten Worten suchte, um ihn in ihren großen Plan einzuweihen, sah er sie mit schief gelegtem Kopf an. »Als meine Mutter mir sagte, dass Gräfin von Scheweney geschrieben habe und mich zum Aufenthalt auf Friesenhain eingeladen hat, da war auch mir gleich klar, was so eine Einladung bedeuten könnte. Schließlich wird bei uns stets über unsere beiden Basen gesprochen, wenn ein Brief von Friesenhain eingetroffen ist. Und ehrlich gesagt, packte mich da ein wenig das Fürchten.«

Luise entschlüpfte ein leises, verblüfftes Auflachen. »Das Fürchten? Doch nicht vor Clara oder mir?«

Er lachte mit ihr und sah sie verschmitzt an. »Vor der sanften Clara sicher nicht, liebe Cousine. Aber vor dir habe ich mich als Kind durchaus gefürchtet. Du glaubst ja nicht, welchen Eindruck du damals bei unserem ersten Kennenlernen auf mich gemacht hast. Du warst so furchtlos, so laut und ungebärdig. Ein Mädchen wie dich hatte ich noch nie gesehen. Und dein Schlag beim Fangenspiel war härter als der meines älteren Bruders. Wahrscheinlich habe ich befürchtet, dass all dies sich über die Jahre noch potenziert hätte. Diese Aussichten schienen mir alles andere als … rosig.«

Bei dieser Beschreibung musste Luise unwillkürlich schmunzeln. »Und ich habe befürchtet, einen blassen, schmächtigen Kerl zu treffen, der sich womöglich immer noch an die Rockschöße seines Kindermädchens klammert. Ich habe dich insgeheim *Krabbelchen* genannt«, gestand sie.

Sie sahen sich an und platzten beide laut heraus. Es war ein echtes Lachen, das sie beide eine ganze Weile gefangen hielt, während sie immer wieder losprusteten.

»Wie gut, dass unsere Befürchtungen sich nicht als wahr herausgestellt haben«, brachte Luise inmitten dieses Ausbruchs hervor.

Johan schüttelte in gespieltem Zweifeln den Kopf. »Wobei ich noch nicht in den Genuss deines Abschlags beim Fangenspiel gekommen bin. Ich traue dir durchaus zu, noch genauso hart wie damals zuzuschlagen.«

Luise hob zum Scherz die Hand. Doch zu ihrem Erschrecken spielte Johan nicht mit, indem er sich wegduckte, sondern er fing ihre Hand aus der Luft und hielt sie fest. Das Lachen, das sie gerade noch verbunden hatte, war plötzlich wie aus der Luft gewischt.

»Johan?«, sagte sie zaghaft.

»Luise«, antwortete er ihr mit ernstem Blick, der aus ihrem Gesicht hinunterglitt zu seiner Hand, die ihr Handgelenk umfasste. Jetzt nicht mehr fest, sondern sanft, beinahe liebevoll. »Ich mag es, dass du nicht immer Handschuhe trägst. Wie viel schöner ist doch eine Frauenhand, wenn sie nicht permanent von Glacé verhüllt ist«, sagte er mit rauer Stimme.

Und dann geschah es. Wovon sie wusste, dass es einmal kommen würde, wurde von einer Sekunde zur anderen ganz real: Ihr Großvetter kniete nieder, mitten auf dem schmalen Weg, wo Laub und feuchte Erde seine Hose beschmutzen würden. Er hielt ihre Hand in seiner und blickte zu ihr auf. Das helle Blau seiner Augen hatte etwas immens Eindringliches.

»Luise, ich weiß, dass nicht immer gelingt, was Eltern sich an Verbindungen für ihre Kinder wünschen. Ich habe meinen gesagt, dass ich vor dir nur niederknien werde, wenn ich wahrhaftig glaube, dass wir glücklich miteinander werden können. Als ich die drei Wochen fort war, habe ich mich selbst geprüft. Und wenn meine Entscheidung noch eine größere Kraft gebraucht hätte, hätte ich sie gefunden, als wir uns bei meiner Rückkehr wiedersahen. Aber im Grunde wusste ich von der ersten Sekunde an, was ich will. Von dem Moment an, als ich dort draußen im Seewald einer selbstbewussten, wunderschönen jungen Frau auf ihrem schwarzen Pferd begegnete, die mich sogleich herumkommandierte.« Er machte eine kurze Pause, schmunzelte bei der Erinnerung, legte auch die andere Hand auf ihre. »Luise von Scheweney, willst du mir die große Ehre erweisen und meine Frau werden?«

Luise starrte ihn an. Es war, als trete sie selbst ein Stück zur Seite und würde dem jungen Paar dort vor den herbstlich gefärbten Haselbüschen zusehen: Er, auf Knien, mit leuchtenden Augen. Sie, stocksteif dastehend, mit roten Wangen. Glasklar sah sie die Szene vor sich wie eine Zuschauerin. Von diesen Momenten gab es sicher nicht viele im Leben. Und sie wusste, dass ihr nun schwindelig vor Glück sein sollte. Tatsächlich fühlten sich ihre Knie ein wenig weich an. Aber war das Glück? Müsste sie nicht antworten? Jetzt? Sofort?

Johan nickte langsam, als sei ihr Zögern nur allzu verständlich. Mit beiden Daumen strich er über ihren Handrücken. »Ich kann nur ahnen, Luise, wie schwierig es ist, zwischen den Wünschen deiner Eltern und deinen eigenen zu unterscheiden. Deswegen nimm dir Zeit für deine Antwort. Denke die nächsten Tage darüber nach, so wie ich es in meiner Abwesenheit auch getan habe. Und dann, wenn wir zurück sind, du aus dem aufregenden Berlin und ich von meiner langweiligen Tante, dann finden wir uns an genau dieser Stelle wieder ein, ja?«

Sie musste reagieren. Etwas sagen.

»Dein Antrag ehrt mich, Johan«, antwortete sie also so höflich, wie es angebracht war, während sie das Kratzen im Hals zu ignorieren versuchte. Und doch spürte sie die Welle der Erleichterung, die eingedenk dieses Aufschubs durch ihren Körper schwappte. Ein paar Tage noch. Ein paar Tage.

Luise

39

»Wie wunderbar, dass wir nun ein paar Tage miteinander haben!«, stellte Hedwig fest, als Paula, Agnes, Luise und sie im Zugabteil Platz nahmen. Max Brugge war noch auf dem Bahnsteig und kümmerte sich darum, dass ihre Koffer im Gepäckabteil gut unterkamen.

»Wer war der junge Herr, der dich zum Zug begleitet hat?«, erkundigte Paula sich.

Luise warf einen raschen Blick zu Agnes, die den Platz an der Tür genommen hatte. Doch ihr Kammermädchen hörte nicht zu, sondern war vollends damit beschäftigt, mit großen Augen die Vorgänge draußen auf dem Bahnsteig zu beobachten. Sie trug ihr bestes Kleid, den neuen Strohhut, den Clara ihr für die Reise geschenkt hatte, und hielt die Hände in den feinen hellbraunen Handschuhen aufgeregt in ihrem Schoß gefaltet.

So antwortete Luise leichthin: »Mein Großvetter aus den Niederlanden. Er reist selbst gleich mit einem anderen Zug ab, in die andere Richtung, zu weiteren Verwandtenbesuchen.« Wie nebensächlich das klang, fand sie selbst, und als Paula nun einfach nickte, verspürte sie einen kurzen Moment lang ein schlechtes Gewissen. Sollte sie ihren Freundinnen nicht erzählen, um wen es sich bei diesem *Großvetter* wirklich handelte? Und dass er derjenige war, wegen dem ihre eigenen Studienpläne, welche die anderen so ernsthaft betrachteten, womöglich hinfällig würden? Ach, hätte sie doch die Gelegenheit im Park nutzen und Johan nach seiner Einstellung dazu fragen können. Dann könnte sie nun viel offener mit den anderen reden. Doch dieser Gedanke währte nur einen sehr kurzen Moment lang. Dann wurde die Tür geöffnet und Max Brugge erschien. In seinem braunen Reiseanzug mit Binder wirkte er neben den drei Damen wie ein Spatz in einer Ansammlung von Zuchttauben. Auch Paula und Hedwig hatten elegante, hochgeschlossene Kleider gewählt, samt modischen, kurzen Jacken und schmalen Hüten mit Reiseschleier. Immerhin ging es nach Berlin.

»Komtess von Scheweney«, begrüßte Max Brugge sie und verneigte sich in ihre Richtung.

»Herr Brugge, einen guten Tag!«, erwiderte sie und begegnete seinem braunen Blick. Der Augenblick dehnte sich aus. Es war das erste Mal, dass sie sich nach ihrem intensiven Gespräch im Vorgarten der Brugges, welches sie zu den Reuben-Mädchen geführt hatte, wiedersahen. Luise hatte vermutet, dass sie ein wenig verunsichert sein würde. Doch das Gegenteil war der Fall: Ein warmes Gefühl durchströmte sie, und ihr wurde deutlich bewusst, dass sie die kommenden Tage auch in der Gesellschaft dieses Mannes verbringen würde.

Max Brugges Lippen verzogen sich zu einem feinen Lächeln, dann wandte er sich zu Agnes und sah Luise auffordernd an.

»Das ist Agnes, mein Kammermädchen«, beeilte Luise sich zu sagen. In ihren Kreisen war es nicht üblich, die Bediensteten vorzustellen. Doch bei den Brugges herrschten diesbezüglich andere Sitten, wie sie am Beispiel Irmgards schon deutlich hatte erleben können.

Max Brugge neigte gen Agnes ebenfalls den Kopf. Die junge Frau lief feuerrot an, wusste offensichtlich nicht, wie sie in dem engen Abteil reagieren sollte, und knickte dann in der Körpermitte kurz in sich zusammen, was tatsächlich wie ein Knicks im Sitzen aussah. Max lächelte sie freundlich an, und Agnes, von dieser Beachtung ganz betört, strahlte ihn an, wobei ihre großen Schneidezähne zum Vorschein kamen.

Darauf nahm Max neben seiner Schwester und Hedwig Platz. Gerade rechtzeitig, denn der Zug ruckte und fuhr an.

»Nun haben wir ein paar Stunden zum Reden«, bemerkte Max Brugge und rieb sich die Hände. »Zeit genug will ich meinen, um ein paar Dinge zu besprechen.« Er nickte Luise zu. »Nach unserem Gespräch zu den Kindern, um die Sie sich sorgen, Komtess, haben Paula und ich nämlich noch einmal den mit Hedwigs Onkel befreundeten Anwalt aufgesucht und mit ihm das Thema ausführlich erörtert. Vielleicht finden wir gemeinsam eine Möglichkeit, den Mädchen zu helfen.«

Hedwig, die aus ihrem Beutel ein zusammengerolltes Papier gezogen hatte, blickte nun ein wenig konsterniert darauf. »Du hast recht, Max, die Kinder gehen vor.« Sie seufzte theatralisch. »Dabei brenne ich darauf, Luise, dich nach deiner Meinung zu den im nächsten Semester angebotenen Seminaren zu fragen.« Sie wedelte mit der Papierrolle. »Paula und Max sind mir keine große Hilfe, denn sie finden alles interessant.«

Da erhob auch Paula die Stimme und sagte lachend: »Wollt ihr Luise nicht erst einmal zu Atem kommen lassen? Jetzt haben wir den Bahnsteig verlassen, und sie ist nicht einmal dazu gekommen, ihrem Vetter zu winken, der sie herbegleitet hat und gerade ganz verzweifelt Ausschau nach ihr gehalten hat.«

Bestürzt sah Luise zum Fenster, vor dem bereits die letzten Meter der Bahnhofshalle verschwanden. Johan hatte noch dort gestanden, um ihr nachzuwinken? Schamesröte kroch ihren Hals herauf. Sie selbst hatte nicht einmal daran gedacht, ihn vom Abteil aus draußen auf dem Bahnsteig noch in der Menge auszumachen.

Solchermaßen gemaßregelt zog Hedwig ihre Ansprüche sogleich zurück. Und Max murmelte: »Ich hatte keine Ahnung von einem Vetter auf dem Bahnsteig.« Dabei musterte er sie so intensiv, dass Luise warm wurde.

»Nun, wir finden sicher Zeit, um über all dies zu sprechen«, erklärte sie, um aus ihrer Verlegenheit zu finden. »Hatte der Anwalt einen Rat im Hinblick auf die Reuben-Mädchen?«

Eine Weile sprachen sie über geplante Gesetze zum Schutz von Minderjährigen, der aktuellen Rechtslage und dem, was dringend ergänzt werden sollte. Leider schien das Gesetz nicht eindeutig aufseiten der Schwachen zu sein. Doch laut Anwalt gab es Lücken, die sie für ihr Vorhaben der Rettung der Mädchen würden nutzen könne. Man kam überein, nach der Berlinreise über einen genauen Plan zu konferieren. Und Luise konnte kaum fassen, dass ihr Gefühl von Hilflosigkeit, das sie vor beinahe zwei Wochen in überstürzter Hast zum Brugge-Haus hatte reiten lassen, sich nun wandelte in zarte Hoffnung, unterstützt von eisernem Willen, doch das Beste für die Mädchen zu erreichen.

Zur Mittagszeit nutzten sie die Bequemlichkeit des modernen Zuges mit seinen Durchgangswagen. Max Brugge war so geistesgegenwärtig gewesen, Plätze im Speisewagen zu reservieren. Nur Agnes wehrte sich entschieden gegen diese Einladung. Die Vorstellung, mit den Herrschaften am selben Tisch zu sitzen, umgeben von lauter feinen Damen und Herren, löste in ihr geradezu eine Panik aus. In der Zwickmühle, nicht unhöflich oder gar undankbar erscheinen zu wollen, verwies sie auf den eingepackten Proviant und die Notwendigkeit, jemand müsse das Abteil gegen Interessenten verteidigen. So ließ Luise ihr die Ruhe und kam zusammen mit Paula, Hedwig und Max unter Ruckeln und Rattern in den Genuss einer Mahlzeit, über welche die liebe Frau Rühl gewiss die Nase gerümpft hätte. Luise musste sich aber eingestehen, dass ihr Suppe und Gemüse schon allein wegen der Gesellschaft und der angeregten Unterhaltung bestens mundeten. Denn hier kam auch Hedwig endlich zum Zuge, erörterte alle Vorzüge der angebotenen Studieninhalte und steckte sie mit ihrer Begeisterung an.

Schließlich erreichten sie nach mehrstündiger Fahrt am Nachmittag Berlin.

Hedwig kommandierte einen Kofferträger herbei, und Max orderte draußen eine Droschke, in der sie zu fünft Platz fanden, während ihr Gepäck vom berlinernden Kutscher geschickt aufs Dach geschnallt wurde.

Während sie durch die Straßen rollten, war von Agnes kein Piep zu hören. Luise konnte sie verstehen. Obwohl sie selbst die Stadt schon einige Male besucht hatte, war sie jedes Mal überwältigt von den vielen Menschen, den Pferde- und Straßenbahnen, den schreienden Zeitungsjungen, den Peitsche knallenden Kutschern, hupenden Automobilen und stinkenden Omnibussen. Sie war froh, dass Paula an der Rezeption des Hotels Kaiserhof alles für die Gruppe regelte und sie vom Pagen hinauf in ihre Zimmer geleitet wurden. Das Grand Hotel war die erste Adresse der Stadt und lag zudem schräg gegenüber der Reichskanzlei im Regierungsviertel. So würden sie morgen nur einen kurzen Fußweg von zwei Kilometern zum Reichstag zurücklegen müssen.

Anders als ihre Eltern, die stets eine Suite mieteten, hatte

Luise zwei miteinander verbundene Zimmer für Agnes und sich selbst reserviert.

»Es gibt elektrisches Licht«, stellte die ehrfürchtig fest, als der Page mit seinem Trinkgeld zur Tür hinaus war. Und als sie in die angrenzende Badestube ging, flüsterte sie: »Fließendes Wasser aus dem Hahn. Und ein Wasserklosett.«

Luise, die am Fenster stand und mit erwartungsvollem Kribbeln in den Fingern hinunter auf den von Menschen und Fuhrwerken belebten Wilhelmplatz sah, wandte den Kopf. Ihr Kammermädchen erschien wieder in der Tür und blickte sie beklommen an.

»Du klingt gar nicht so begeistert, wie ich erwartet habe, Agnes. Ist alles in Ordnung?«, fragte Luise sie.

Die Augen der jungen Frau glitzerten verdächtig. »Ja, sicher ist es das, Komtess Luise. So etwas Luxuriöses habe ich noch nie erlebt und sicher werde ich in diesem breiten, weichen Brett ganz herrlich schlafen«, antwortete sie, seufzte jedoch im nächsten Atemzug ratlos. »Seit unserer Abreise von Friesenhain sind nur Stunden vergangen und doch kommt es mir vor wie Tage, denn wie viel gab es zu sehen, zu hören, zu denken! Die Zugfahrt war angenehm. Doch seit wir hier sind …« Sie brach ab, suchte nach Worten. »Ich bin froh, dass ich ein paar Ihrer schönsten und vornehmsten Kleider eingepackt habe, Komtess. Als ich gerade unten diese erlesen eleganten, manchmal gar mondänen Damen durchs Foyer flanieren sah, wurde mir ganz schwindlig.«

Luise ging zu ihr, nahm sie bei der Hand und führte sie zu den beiden Stühlen, die neben dem kleinen Tischchen standen, auf dem ein Blumenbukett sie willkommen hieß. »So niedergeschlagen kenn ich dich ja gar nicht, Agnes«, sagte sie und drückte deren Hand. »Du bist sonst immer so fröhlich. Was macht dir Sorgen? Die Eleganz der anderen Damen?«

Agnes presste kurz die Lippen zusammen. Dann jedoch brach es kläglich aus ihr heraus: »Daheim auf Friesenhain war ich der Meinung, mein Weg zur Zofe sei nicht mehr weit. Ich dachte, es gäbe nicht mehr so viel zu lernen. Aber nun seh ich all die kunstvollen Frisuren und die kompliziert bestickten Stolen. Und da wähne ich mich wieder weit von diesem Ziel entfernt.« Sie musste schlucken. »Wie enttäuscht wird Mutter sein, wenn es doch noch länger dauern wird, bis ich mich offiziell so nennen darf.«

Luise schüttelte den Kopf. »Aber Agnes, mach dir keine Sorgen deswegen. Du bist perfekt als Zofe! Und vergleich bitte nicht meine Schwester und mich mit den weltgewandten Damen hier in Berlin. Auf Friesenhain sind deine hervorragenden Fertigkeiten genau richtig. Was sollten Clara und ich wohl mit Dingen wie ... toten Vögeln auf den Hüten?« Dieser Gedanke war ihr einfach in den Kopf geschossen, aber er war wohl genau richtig, denn Agnes, der sie dieses grausame modische Detail geschildert hatte, platzte mit einem erleichterten Lachen heraus. Und Luise musste mitlachen. Friesenhain und die Nachmittagstees mit den Freifrauen von Assen schienen plötzlich weit entfernt.

* * *

Nachdem Agnes die fliederfarbene Bluse frisch geplättet und ihr in das geschmackvolle Ausgehensemble in Blau- und Cremetönen geholfen hatte, steckte sie auch Luises Haar neu, wobei sie ein paar Locken modisch um das Gesicht frisierte. Gerade als sie den hübschen Hut mit drapierter Seide und silberner Brosche befestigt hatten, klopfte es an der Tür. Sicher waren das Paula und Hedwig, um sie für die Fahrt zum Kaiserlichen Marstall abzuholen.

Während Agnes öffnete, warf Luise noch einen letzten Blick in den Spiegel der Kommode. Dort begegnete sie jedoch dem Blick Max Brugges, der in der Tür stand. Seine braunen Augen waren so unverwandt auf sie gerichtet, als sei dies ein Museum und sie selbst ein berühmtes Gemälde.

»Herr Brugge«, sagte sie und wandte sich im Aufstehen zu ihm um. »Kommen Sie, um mich anzutreiben?«

»Ich …«, begann er, während sie auf ihn zuging und sein Blick an ihr herauf- und herunterglitt, was ihr plötzlich ein merkwürdiges Gefühl von Behagen verschaffte. »Meine Schwester und Hedwig lassen in der Tat fragen …« Und wieder verloren sich seine Worte.

»Ich bin fertig, wie Sie sehen«, erklärte Luise und verbarg ihr Schmunzeln hinter einem Hüsteln. »Agnes, rechne zum Nachtmahl oder auch später mit mir. Du musst nicht warten, hörst du?«

»Danke, Komtess Luise, wenn ich zu Abend gegessen habe, werde ich sicher todmüde sein und nur noch ein wenig hinuntersehen. So viel habe ich in meinem Leben noch nicht zu Gesicht bekommen.«

Luise lächelte und wollte mit Max einen einverständlichen Blick tauschen, doch der sah sie immer noch so seltsam an.

»Brechen wir auf?«, fragte sie.

Er antwortete nicht, sondern hielt ihr galant den Arm hin.

Luise nahm ihn und sie gingen zusammen den Gang hinunter, wo gerade Paula und Hedwig aus ihrem Zimmer traten. Die beiden blickten ihnen entgegen. Auch auf die Länge des Ganges konnte Luise erkennen, dass Paulas Augen zwischen deren Bruder und ihr hin- und herwanderten.

Im Foyer schaute Luise sich genau um, Agnes' Worte noch im Ohr. Ihr Kammermädchen hatte recht gehabt. Die

Kleider der Damen waren atemberaubend. Jetzt, zur Teezeit trugen jene, die auf dem Weg ins Restaurant oder in die
Kaffeehäuser waren, bereits sehr kurze Ärmel. Ihre Hände
und Arme steckten in schneeweißen Handschuhen, als hätten sie sie bis zu den Achseln in Rahm getaucht. Überall funkelten und blitzten Juwelen, Diamanten, Rubine – an Fingern, an schwanenhalsförmigen, glatten wie auch an dicken
oder faltigen Hälsen. Dazu tänzelten sie und zwitscherten
in Englisch, Französisch und Spanisch. Luise meinte auch,
Portugiesisch vernommen zu haben, und sogar Mutter und
Tochter, die sich auf Russisch unterhielten. Alle Herren trugen Frack und Zylinder mit Weste und Binder und bewegten
sich, als habe man ihnen rückseitig einen Besen ins Jackett
gesteckt.

Max Brugge dagegen wirkte in seinem eher schlichten Anzug sehr natürlich. Luise stellte fest, dass ihm dennoch beim
Gang durch die Halle einige Damen interessiert nachblickten. Vielleicht lag es an seinem lockeren Gang oder der Energie, die er verströmte? Oder an der Art, wie seine Augen blitzten, wenn er sich an seine Begleiterinnen wandte?

Draußen entschieden sie, dass sie das Abenteuer einer
Omnibusfahrt wagen wollten, statt eine Droschke zu rufen.
Der Portier erklärte ihnen, welche Linie sie zum königlichen
Schloss nehmen mussten, in dessen unmittelbarer Nähe sich
der Marstall befand, die Kaiserlichen Stallungen.

Der Omnibus war stark frequentiert. Sie bekamen nicht
einmal einen Sitzplatz, was Luise aber nichts ausmachte, da
sie ihrem Bewegungsdrang kaum noch widerstehen konnte.
Zudem gab es so viel zu sehen.

Seit Luise vor drei Jahren zuletzt in der Stadt gewesen war,
hatte die Zahl der Automobile stark zugenommen. Natürlich
fuhren auch Kutschen und Lastkarren, ebenso wie die be-

währten Pferdebahnen. Aber überall rasten auch die Automobile herum, hupten laut und stanken entsetzlich. Sie kamen am Victoria Café vorbei, auf dessen Balkon Luise beim letzten Besuch gesessen und auf die Kreuzung zwischen Unter den Linden und Friedrichstraße geblickt hatte.

Hedwig, die ihren Blick hinauf zum Balkon bemerkte, berichtete: »Josef hat erzählt, dass die Plätze dort oben umso beliebter geworden sind, je stärker der Verkehr auf der Kreuzung wurde. Von dort können die Leute bei Tee und Kuchen die Unfälle beobachten, die sich unter ihnen immer häufiger zutragen. Ist das nicht schrecklich? Wie kann man in Ruhe seinen Kaffee trinken, während unten jemand verletzt wird oder gar zu Tode kommt?« Sie schüttelte angewidert den Kopf.

Unter all den Eindrücken verging die Fahrt zu den Kaiserlichen Stallungen recht kurzweilig. Und erst hier angekommen, rief Luise sich zur Ordnung. Schließlich sollte sie gleich vor dem Kaiserlichen Stallwirtschafter die Belange Friesenhains vertreten. Etwas, das sie ganz allein noch nie getan hatte.

Als sie nun auf das Verwaltungsgebäude zugingen, sie selbst mit der Mappe samt der benötigten Papiere in der einen Hand, betrachtete sie die Pferde, die von Knechten in Livree oder Uniform hierhin und dorthin geführt wurden, genauer. Sie waren im allerbesten Zustand. Hannoveraner, Trakehner, Andalusier. Doch keine Friesen.

Der Empfangsherr steckte selbst in der blauen Uniform mit dem roten Kragen, die Luise von Wilhelms Militärdienst und auch von ihrem Vater her vertraut war. Er nahm ihre Karte und bedeutete ihnen, in der kleinen Empfangshalle zu warten, bis er sie beim Stallwirtschafter angekündigt habe. Als der Soldat zackig davonmarschierte, beugte Max Brugge sich zu Luise und raunte ihr zu: »Haben Sie für den Gebieter über die Ställe dieses wunderschöne Kleid gewählt, Komtess? Oder erwarten Sie, dem Kaiser zu begegnen?«

Luise säuselte ihm zu: »Es ist für die Pferde, Herr Brugge. Sie sehen doch, hier verkehren nur die Feinsten der Feinen.«

Sie konnte seiner Miene ansehen, dass ihre Antwort ihn amüsierte, und verkniff sich selbst ein Schmunzeln.

In diesem Moment erschien der Unteroffizier wieder.

»Der Kaiserliche Stallwirtschafter empfängt Sie und Ihre Begleitung nun, Komtess von Scheweney«, sagte er.

Luise nickte den anderen zu, und sie folgten dem Mann in den hinteren Teil der Halle. Als er die Tür öffnete und Luise als Erste hineinging, stockte ihr schon beim ersten Blick in die Runde der Atem. Der Raum war überaus beeindruckend. Es handelte sich ganz offensichtlich um ein stark frequentiertes Arbeitszimmer, denn an der Fensterseite stand ein wuchtiger Schreibtisch, auf dem sich Papiere stapelten. Zwei Wände waren vom Boden bis zur Decke von prall gefüllten Bücherregalen bedeckt. Doch lag auf dem Boden ein kostbarer Teppich und unter der hohen Decke hingen nicht nur ein, sondern zwei elektrische Kronleuchter. An der Kaminseite fanden sich dicht an dicht kleine Kohlezeichnungen und große, gerahmte Ölgemälde von Pferden. Der Kaiser, dessen Vater und Großvater blickten ebenfalls von etlichen Leinwänden auf sie herab, jeweils in Gardeuniform stolz auf einem der wunderschönen Tiere sitzend.

Als sie eintraten, wandte sich ein Mann um, der mit hinter dem Rücken verschränkten Händen am Fenster gestanden hatte. Er war mittelgroß, etwa Anfang dreißig, sein braunes Haar wich an den Schläfen zurück, was seinem Gesicht etwas Markantes gab. In den weißen Reithosen, den auf Hochglanz polierten Stiefeln, feinem Hemd und Jackett wirkte er ganz wie ein Mann der Pferde und doch wie ein formvollendeter Gentleman. Dies war also der neue Kaiserliche Stallwirtschafter Georg von Hofberg.

»Komtess von Scheweney, herzlich willkommen!«, sagte er und kam mit einem einnehmenden Lächeln um den Schreibtisch herum auf sie zu, um sich dann tief vor ihr zu verneigen.

Als er sich wieder aufrichtete, blickte Luise in ungewöhnlich helle braune Augen, die sie an eine der Friesenhainer Jagdhündinnen erinnerten. Das sanfte Tier war sehr zärtlich zu den Welpen und allen Menschen, Luises Liebling in der Meute. Natürlich war es unsinnig, einen solchen Vergleich zu ziehen, doch sie konnte nicht verhindern, dass ihre Sympathie dem Fremden spontan zuflog.

»Guten Tag, Rittmeister von Hofberg«, begrüßte sie ihn daher ihrerseits mit einem von Herzen kommenden Lächeln. »Darf ich vorstellen? Fräulein Brugge. Fräulein Schmeid. Herr Brugge.« Die Frauen knicksten, die Männer neigten die Köpfe voreinander.

»Bitte, nehmen Sie doch Platz.« Der Stallwirtschafter wies auf die Sitzecke vor dem Kamin, die sich um einen kleinen Tisch herum anordnete, auf dem Gebäck und ein Teeservice warteten. Die Damen setzten sich nebeneinander auf das breite Sofa, während Rittmeister von Hofberg und Max ihnen gegenüber auf den Stühlen Platz nahmen. Der Unteroffizier, der hinter ihnen ebenfalls den Raum betreten hatte, trat heran und schenkte ihnen allen ein. Dann sah er von Hofberg fragend an.

»Sie können gehen, Prüge. Ich rufe Sie, wenn etwas ist«, befand dieser. Der Soldat schlug die Hacken zusammen und verließ den Raum.

Luise fühlte sich vom wuchtigen Eindruck des Raumes

und dem militärischen Gehabe Prüges ein wenig verunsichert und beschloss die Flucht nach vorn. Mit Clara zusammen hatte sie einen Gesprächseinstieg geprobt, und so sagte sie: »Wo Sie noch nicht so lange im Amt sind, Rittmeister von Hofberg, müssen Sie gewiss eine lange Reihe an Gästen empfangen. Ich hoffe, es kommt gelegen, dass ich als Vertreterin meiner Familie persönlich vorspreche, um die notwendigen Unterlagen beizubringen?«

Georg von Hofberg lächelte sie charmant an, wobei sein Blick über ihr Gesicht und auch kurz über ihre Garderobe glitt. »Ich bitte Sie, Komtess, es ist mir eine Freude. Gerade, wo derzeit viele Herren von Rang und Namen ein und aus gehen, ist der Besuch dreier reizender Damen eine willkommene Abwechslung.« Mit einer galanten Bewegung schloss er Paula und Hedwig ebenfalls ein.

Max Brugge schien etwas in den Hals geraten zu sein, denn er hüstelte leise hinter vorgehaltener Hand und griff nach seiner Teetasse.

Georg von Hofberg erkundigte sich nach ihrer Reise und als Luise ihm von der Vorrangstellung des Ibbenbürener Bahnhofs erzählte, horchte er auf.

»Im Tecklenburger Land, sagen Sie? Dann wohnt ein Teil meiner weit verzweigten Familie nicht weit entfernt, in Rheine«, sagte er und wirkte dabei so erfreut, als verbinde dieser Umstand sie ebenfalls verwandtschaftlich.

»Von Hofbergs in Rheine?«, fragte Luise zurück und durchforschte hektisch ihren Kopf nach Hinweisen. Aber wenn Clara ihr die mit auf den Weg gegeben hatte, musste sie sie vergessen haben, und gestand nun: »Es tut mir leid, aber der Name sagt mir im Zusammenhang mit dem Ort nichts. Gibt es eine Pferdezucht?«

Zu ihrer Überraschung antwortete ihr Max Brugge: »Das

wohl nicht, Komtess. Soweit ich weiß, ist eine große Textil-fabrik in der Hand der Familie von Hofberg in Rheine.«

Verwundert über seine Einmischung sah Luise ihn an. Auch Georg von Hofberg schien überrascht.

»Sie haben Recht, Herr Brugge. Seit 1849 betreibt dieser Zweig der Familie dort eine der ersten mechanischen Textil-verarbeitungen des Landes. Wie kommt es, dass Sie darüber Bescheid wissen?«, erkundigte er sich und lächelte Luise dann wieder zu, als wolle er sie um Entschuldigung für diesen klei-nen Diskurs bitten.

Max Brugge fing den Blick auf. »Meine Schwester und ich«, er deutete auf Paula, die aufmerksam zwischen ihnen hin und her sah, »sind in derselben Branche tätig. Tapeten-manufaktur Brugge.«

»Tatsächlich?«, erwiderte Georg von Hofberg. »Wie inte-ressant.« Die beiden Männer maßen sich kurz mit Blicken.

»Für unsere Reise zu dieser Jahreszeit hätte das Wetter kaum herrlicher sein können«, sagte Luise.

Man kam überein, dass es für Oktober tatsächlich ausge-sprochen warm und sonnig war. Und dann fand Luise, es sei an der Zeit, geschäftlich zu werden.

»Möchten Sie den Jahresreport schon an sich nehmen, oder soll ich ihn später am Empfang abgeben?« Luise hob die Mappe an, die sie auf ihren Schoß gelegt hatte.

»Ich werfe gern gleich einen Blick hinein«, erwiderte der Stallwirtschafter und streckte die Hand danach aus. Luise reichte sie ihm, er schlug sie auf, ließ den Blick über ein paar Seiten wandern. Dann sah er mit anerkennend gehobenen Brauen auf.

»Ich sehe, Friesenhain stellt Pferde von beachtlicher Qua-lität ans Oldenburger Regiment Nummer Neunzehn. Erst kürzlich sprach ich mit einem der Ausbilder von dort und er schwärmte von den famosen Tieren aus Ihrer Zucht. Besonders die Nachkommen von Hengst Pilot tun sich durch Mut und Ausdauer hervor, nicht wahr?«

»Das stimmt«, pflichtete Luise ihm bei. »Aber schauen Sie bitte auch auf die anderen Linien. Wir legen auch großen Wert auf die unserer Mutterstuten.« Eine kleine Weile fachsimpelten Georg von Hofberg und sie angeregt über die Pferdezucht. Die Sätze flogen nur so hin und her, und Luise war heilfroh, dass Clara sie vor der Abreise noch in das eine und andere Detail eingewiesen hatte. So fühlte sie sich diesem Thema gewachsen und konnte einige kluge Bemerkungen anbringen. Und dieser Plan schien aufzugehen. Georg von Hofberg bedachte sie immer wieder mit respektvollen Blicken und lächelte charmant.

»Was ich mich gerade frage«, mischte plötzlich Max Brugge sich wieder ins Gespräch ein und drückte dabei die Schultern durch, als sei sein Einwurf von nicht unerheblichem Gewicht. »Warum trägt Friesenhain eigentlich diesen Namen, wenn Ihre werte Familie dort Hannoveraner züchtet?«

Luise sah ihn erneut überrascht an, denn bisher hatte er mit keinem Wort Interesse an den Pferden des Gestüts gezeigt. Doch dann fing sie einen Blick zwischen Paula und Hedwig auf, die beide ihre zuckenden Mundwinkel zu verbergen suchten, indem sie hastig nach den hübschen Gebäckstücken griffen – in Form von handtellergroßen Pferdeköpfen, inklusive Rosinenaugen und Zuckergussmähne.

Da kam Luise der Verdacht, dass Max' Einmischung vielleicht der Tatsache geschuldet war, dass er so gar keine Ahnung vom Thema hatte und dies nur schlecht ertragen konnte. Fast hätte sie nun selbst geschmunzelt.

»Es handelt sich um eine Anhänglichkeit an die eine Linie unserer Familie, Herr Brugge«, antwortete sie ihm stattdessen ganz ernsthaft. »Die Grafen von Scheweney haben stets eine enge Verbindung zu dem Teil unserer Familie in Friesland gepflegt. Meine Mutter, Gräfin Anna von Scheweney, stammt auch von dort. Und aus dieser Zuneigung heraus dürfen natürlich auch Friesenpferde auf dem Gestüt nicht fehlen. Wir haben immer ein Kutschgespann und ein paar Reitpferde der schwarzen Perlen bei uns. Sie kennen doch meine Jeltje.«

Max Brugge sah sie einen Moment lang unverwandt an. In seinen Augen, die viel dunkler waren als die von Georg von Hofberg, stand eine gewisse Ratlosigkeit. Kurz hatte Luise den Eindruck, er habe seine eigene Frage vergessen und wisse nun nicht, warum sie ihm das erzählte.

»Gewiss«, murmelte er dann und senkte den Blick auf seine Tasse.

»Sie betreiben also eine kleine Liebhaberzucht von Friesenpferden?«, merkte Georg von Hofberg interessiert auf. Luise wandte sich von Max wieder ihm zu. »Mein erstes Reitpferd war ein alter Friesenwallach«, fuhr er fort und seine Miene leuchtete auf. »Der gute Naldo. Was war ich glücklich, ein eigenes Pferd zu besitzen. Schließlich war ich erst sieben. Mit ihm habe ich viel gelernt.«

»Wie ich mit meiner Jeltje«, erwiderte Luise lächelnd.

»Ich habe auf dem Pferd unseres Vormunds reiten gelernt«, teilte Max Brugge ihr mit und beugte sich ein wenig vor, sodass Luise wieder zu ihm schauen musste. »Es hieß Stella.«

»Tatsächlich? Eine Stella hatte ich auch einmal. Ein wunderschöner Fuchs mit weißem Stern«, erklärte Georg von Hofberg und nickte ihr zu.

Luise fühlte sich an ein Tennisspiel erinnert, während sie von einem zum anderen sah. Paulas und Hedwigs Mienen waren undurchschaubar, während sie am Tee nippten und es vermieden, sich gegenseitig anzusehen.

Luise hatte das Gefühl, dass ihr Besuch beim Kaiserlichen Stallwirtschafter durchaus ein Erfolg war. Plötzlich fragte sie sich jedoch, ob hier noch etwas anderes geschah als das Knüpfen eines guten Kontaktes zum Kaiserhof.

Clara

40

Clara ritt auf Tessa den breiten Weg hinter dem Nordtor entlang und in den Park hinein.

Was war es nur, dass sie es auf Friesenhain nicht mehr so recht aushielt, wenn ihre Schwester unterwegs war? Sie hätte nicht sagen können, warum sie so unruhig war.

Luise würde heute beim Vorsprechen beim neuen Kaiserlichen Stallwirtschafter der Familie ganz sicher alle Ehre machen. Sie war sich vollkommen bewusst gewesen, dass sie es nur diesem schicksalhaften Umstand und Claras schlauer Einfädelung zu verdanken hatte, mit ihren Freundinnen nach Berlin reisen zu dürfen. So hatte sie gestern in einer stillen Stunde in ihrem Zimmer, fern von allem Trubel auf dem Gestüt, Claras Ausführungen zu den Belangen des Guts hoch konzentriert gelauscht. Manches hatte sie noch einmal wiederholt, um sicher zu sein, dass sie eventuellen Fragen des Fachmannes etwas würde erwidern können.

Ohne Luise und Johan war es im Haus sehr still. Der Graf und Wilhelm waren unentwegt mit Arbeit befasst, in die sie nicht eingebunden war. Und die Gräfin war damit beschäftigt, Korrespondenz mit ihrer Cousine van Leeuwen, Johans Mutter, zu führen und den Herbstball auf Friesenhain zu planen.

Nun war es zufällig zu der Stunde, zu der sie selbst den Erben des Nachbargutes zweimal draußen auf dem Gelände getroffen hatte. Clara versuchte, vor sich selbst so zu tun, als sei es Zufall. Doch hatte sie nicht absichtlich nach dem Frühstück getrödelt und noch mal ein Buch zur Hand genommen, um nicht zu früh unterwegs zu sein? Und hatte sie dann nicht eher vorsichtig an den Stallungen nach Marie Ausschau gehalten, in der seltsam beschämenden Befürchtung, die Freundin könne vielleicht einen gemeinsamen Ausritt vorschlagen, weil sie sowieso eines der Pferde bewegen musste? Doch von Marie war weit und breit nichts zu sehen gewesen. Und so hatte Clara sich erleichtert rasch allein auf den Weg gemacht.

Spätestens als sie an der Koppel der Absetzer ankam und sich aufmerksam nach allen Seiten umsah, musste sie sich eingestehen, aus welchem Grund sie tatsächlich hierhergekommen war. Denn wenn sie nur nach den jungen Pferden hätte sehen wollen – was im Übrigen heute früh schon einer der Stallburschen wie jeden Morgen getan hatte –, hätte sie nun doch umkehren können. Die jungen Hengste und der alte Wallach grasten friedlich, alles sah bestens aus. Doch anstatt Tessa zu wenden, ritt Clara weiter, an der Koppel vorbei und in den Wald hinein.

Als sie sich der alten Jagdhütte näherte, stieg sie ab und führte Tessa ein Stück weiter.

Meinte sie das nur oder hatte sie gerade durch die bunten Blätter der dichten Büsche rotbraunes Fell und lange Ohren in Kniehöhe aufblitzen gesehen?

Die kleine Spanielhündin entdeckte sie noch vor ihrem Herrn und kam hell bellend herangeschossen. Als Clara in die Knie ging, um sie zu streicheln, wurde Belle sofort leiser und umschmeichelte Clara mit freudigem Winseln.

»Das sieht nach einem Wiedersehen zweier Freundinnen aus«, sagte eine Stimme ein paar Meter weiter.

Clara brauchte nicht aufzusehen. An der angenehmen Stimmmelodie hätte sie jederzeit erkannt, wer dort stand.

»Wohl kaum, Baron von Thebe«, sagte sie und erhob sich. »Zwei kurze Begegnungen bedeuten noch keine Freundschaft.« Als sie ihn nun anschaute, sah sie, dass er nicht so elegant gekleidet war wie zu seinem Besuch auf Friesenhain, sondern die üblichen englisch geschnittenen Reithosen und ein lässig fallendes Jackett über dem Hemd trug. Das schwarze Haar war nicht mit Pomade glatt gekämmt, sondern lockte sich bis zu den dunklen Augen hinunter. Den Gedanken, dass er ihr so noch besser gefiel, schob sie geschwind beiseite.

Er neigte den Kopf und kam näher heran. Er war wirklich sehr groß. Aber da er auch schmal gewachsen war, fühlte Clara sich neben ihm dennoch wohl. »Wobei Belle und ich keine Schuld daran tragen, dass Ihre beidseitige Bekanntschaft bisher nicht vertieft werden konnte. Belle zumindest war jeden Tag in den letzten zwei Wochen zu dieser Uhrzeit hier.«

Clara stockte kurz der Atem.

Was sollte das heißen? Zwei Wochen war es nun her, dass Richard von Thebe auf Friesenhain seinen Antrittsbesuch gemacht hatte. Hatte er etwa die Bemerkung, die er damals scheinbar nur nebenbei im Hinausgehen hatte fallenlassen, tatsächlich ernst gemeint? Hieß das etwa, dass er seitdem Tag für Tag hier auf eine weitere Begegnung mit ihr gehofft hatte?

Weil sie nicht wusste, was sie ihm antworten sollte, bückte Clara sich erneut zur Hündin hinunter und streichelte den weichen Kopf. »Dann tut es mir sehr leid, junge Dame, dass ich dich habe warten lassen. Es war leider jede Menge los auf Friesenhain, und ich kam erst heute von dort weg, obwohl ich gern früher die Zeit dazu gefunden hätte.«

Als sie bei diesen Worten aufsah, war ihr, als blitze ein kurzes Leuchten über das Gesicht des jungen Mannes, ehe er fragte: »Ich hoffe, es waren keine unangenehmen Vorkommnisse?«

Sie schüttelte den Kopf. »Nein, durchaus nicht. Unser Großvetter aus den Niederlanden ist wieder zu Besuch. Und dann gab es auch Neuigkeiten zu einem der Pferde – aber damit will ich Sie nicht langweilen.«

»Mich langweilen? Mit einem Pferd? Niemals! Heraus damit!«

Unsicher sah Clara ihn an. Aber da er tatsächlich interessiert wirkte, holte sie Luft und erzählte ihm Stürmers Geschichte. Wie Alfred ihn im Seewald zufällig entdeckt und Luise der Geschichte um das Spukpferd hatte auf den Grund gehen wollen. Und dass sie selbst seit Stürmers Ankunft auf Friesenhain nach dessen Herkunft geforscht hatte, während Marie alles dransetzte, das Vertrauen des Hengstes zu gewinnen und ihn reitbar zu machen.

»Stürmer zeigt zwar immer noch Angst vor Männern«, sagte sie. »Aber die Herzen von uns drei jungen Frauen hat er wortwörtlich im Sturm erobert.« Damit brach sie ab und sah ihn an, gespannt, wie er diese Geschichte wohl aufnehmen würde.

Richard von Thebe erwiderte ihren Blick nachdenklich. Seine Augen waren so dunkel, dass sie fast schwarz wirkten. Und doch lag in ihnen eine Wärme, die Clara innerlich ganz weich werden ließ.

»Das muss sehr schwer für Sie sein, Komtess«, sagte er dann leise. »Ihr Pflichtgefühl hat Ihnen das Richtige geraten, indem Sie an den niederländischen Züchter schrieben. Aber wenn er erneut Anspruch auf das Pferd erhebt, drohen gleich drei Herzen zu brechen, womöglich vier, wenn wir Stürmers mitzählen dürfen.«

Sie starrte ihn an. Wie war das möglich, dass er, der sie doch kaum kannte, so klar und einsichtig erfasste, was in ihr vorging?

Als sie ihrem Vater und Wilhelm vom Eintrag im Zuchtbuch und ihrem Brief an De Vries berichtet hatte, hatten beide genickt und ihr Handeln als eine Selbstverständlichkeit genommen. Richard von Thebe jedoch begriff offenbar, welche Gefühle damit auch verbunden waren: die Angst, Stürmer wieder zu verlieren.

Ihr Gegenüber deutete ihr Schweigen falsch. »Wenn ich Ihnen mit dieser Aussage zu nahegetreten bin, Komtess, bitte ich um Entschuldigung«, sagte Richard von Thebe, während er in ihrer Miene forschte.

»Nein!«, entfuhr es Clara und sie streckte kurz die Hand aus, wie um ihn am Arm zu berühren. Doch er stand wenige Zentimeter zu weit entfernt. Dennoch sahen sie beide auf ihre behandschuhte Hand, und sie zog sie rasch zurück. »Nein, keineswegs. Es ist sehr einfühlsam, dass Sie dies bedenken. Ihre Worte tun ... wohl.« Sie spürte, wie ihr heiß wurde. Doch er war ein wahrer Herr und tat, als fielen ihm ihre rosa Wangen nicht auf.

»Wollen Sie mich zu dieser Sache nicht auf dem Laufenden halten, Komtess?«, bat er sie. »Es würde mich freuen, wenn wir Kontakt halten könnten. Und wenn für einen Ausritt hierher keine Zeit ist, dann vielleicht für ein paar Zeilen per Brief? Natürlich nur, sofern es Ihre Eltern gestatten«, setzte er rasch hinzu.

Ein verlegenes Schweigen breitete sich zwischen ihnen aus.

Die Erwähnung von Graf und Gräfin und dass er in Zweifel zog, dass sie eine Korrespondenz zwischen ihnen gutheißen würden, wies genau auf jenen Punkt, der Clara in der letzten Zeit oft beschäftigt hatte: wie sehr ein längst vergangener Unglücksfall die Gegenwart bestimmen konnte.

»Ich hoffe, Ihre werte Frau Mutter ist bei bester Gesundheit?«, erkundigte sich Richard von Thebe höflich, da sie nicht antwortete.

»Ihr geht es bestens. Danke«, antwortete Clara. Was sollte sie nur sagen? Wie das ansprechen, was so unheilvoll über ihnen hing?

Dann setzten sie beide gleichzeitig zu reden an.

»Es tut mir leid ...«, begann er, während sie »Das war eine wirklich ...« sagte.

»Nach Ihnen«, sagte er mit der entsprechenden Geste.

Clara blinzelte kurz, um sich zu sammeln. »Das war wirklich eine für uns alle unangenehme Situation. Ich hoffe, Sie haben es nicht persönlich genommen. Meine Mutter ist sonst die vollendete Gastgeberin«, erklärte sie dann. Ihr Gegenüber nickte lebhaft. »Das glaube ich sofort, Komtess. Und ihr Verhalten bei meinem Besuch braucht ganz sicher nicht entschuldigt zu werden. Ich meine ... Ich wusste ja nicht ...« Er unterbrach sich und schüttelte den Kopf, wie um sich selbst zur Ordnung zu rufen. Dann sah er sie entschlossen an. »Sie müssen wissen: Kürzlich traf ein Brief meines Vaters ein, der für mich Aufklärung brachte. Aufklärung darüber, warum unsere Familien keinerlei Kontakt pflegen. Und warum Ihre gnädige Frau Mutter auf meinen Besuch nicht wohl reagierte.« Er strich sich eine dunkle Locke aus der Stirn. Clara fand, er sehe ebenso verwirrt aus, wie sie sich fühlte.

»Ihr Vater hat Ihnen geschrieben?«, wiederholte sie. »Baron Friedrich von Thebe?«

Ihr Gegenüber senkte den Kopf. »Ich hatte meinem Vater von meinem Antrittsbesuch auf Friesenhain berichtet. Und unter diesen Umständen hielt er es für angebracht, mich zu informieren … über die unglücklichen Vorkommnisse vor vielen Jahren.« Der Blick aus den fast schwarzen Augen traf sie unvermittelt wie eine Berührung. Mit angehaltenem Atem wartete sie. »Sie müssen verzeihen. Ich hatte keine Ahnung«, sagte er. Sie konnte ihn schlucken sehen.

Ehe sie noch recht überlegt hatte, hörte sie sich bereits sagen: »Ich bin froh. Ja, ich bin froh darüber, dass Sie es nun wissen, Baron von Thebe. Denn nun steht dieses Geheimnis nicht mehr zwischen uns. Und ich finde, dass auch unsere Familien endlich ihren Frieden damit finden sollten. Solch ein Unglück kann doch nicht auf ewig zwischen Nachbarn stehen, die sich einmal freundschaftlich verbunden waren.«

In seiner Miene waren gleich mehrere Gefühle zu lesen: zunächst Erleichterung. Und war da nicht auch Freude? Ganz sicher aber eine leise Verwirrung. Vielleicht weil sie es so direkt ansprach?

Schließlich räusperte er sich leise und sagte: »Ihrer Schwester sagt man nach, dass sie außergewöhnliches Temperament besitzt. Aber Sie scheinen die Großherzige zu sein, Komtess.«

Das Kompliment ließ sie erstrahlen. Auch sie fühlte sich plötzlich sehr viel leichter. »Das hätten Sie wohl nicht gemeint, wenn Sie erlebt hätten, wie sehr es mich ärgerte, dass sie uns Triests Stuten weggeschnappt haben«, scherzte sie.

»Wo Sie die Tiere erwähnen, darf ich Sie um einen Rat zum Falben fragen?«, sprang der junge Baron darauf an. Und kurz darauf waren sie in ein angeregtes Gespräch über die neuen Pferde vertieft.

Währenddessen schlenderten sie durch das Waldstück. Tessa lief an lockerem Zügel neben ihnen und rupfte das spröde Gras, während Belle vergebliche Jagd auf empört keckernde Eichhörnchen machte und sie damit zum Lachen brachte.

Auf diese Weise verging die Zeit so rasch, dass Clara fast erschrak, als Richard von Thebe den Blick gen Himmel richtete und sagte: »Es wird bald dämmern. Wenn Sie bei Tageslicht zurückreiten wollen, müssen wir uns leider bald verabschieden.«

Himmel, er hatte recht. Sie war viel zu lange fort und hatte niemandem gesagt, wohin sie unterwegs war. Nun, weil es ja auch niemand wissen sollte, korrigierte sie sich.

Sie sah sich nach einem umgestürzten Baum oder sonstigen Tritt um. »Helfen Sie mir wieder in den Sattel, Baron von Thebe?«, fragte sie plötzlich wieder etwas befangen.

Nachdem Clara sich von Belle verabschiedet hatte, half er ihr hinauf.

»Sehen wir uns wieder?«, wollte er wissen und hielt ihre Hand noch kurz in seiner, ehe er sie rasch losließ, als sei die Berührung ihm erst plötzlich bewusst geworden.

Sie sah auf ihn hinab, sein schwarzes Haar, die verwegene Tolle, die Frage in seinem Blick.

»Es ist gut möglich, dass auch ich hin und wieder an der Grundstücksgrenze nach dem Rechten sehe«, sagte sie. »Es ist ein hübsches Fleckchen hier.«

Luise

41

Berlin, 5. Oktober 1895

Am Morgen der Kundgebung des Bundes Deutscher Frauenvereine frühstückte Luise zusammen mit Paula, Hedwig und
Max schon früh im Hotel Kaiserhof. Im kostbar eingerichte-
ten Frühstücksraum mit seinen luxuriösen Tapeten und gewaltigen Spiegeln, Kronleuchtern und gepolsterten Stühlen
summte es nur so von Stimmen. Die meisten waren weiblich,
denn an den Tischen hatten außergewöhnlich viele Frauen
Platz genommen. Einige von ihnen waren in männlicher
Begleitung, doch gab es auch viele Gruppen, in denen nur
Damen beisammensaßen.

Verstohlen sah Luise sich immer wieder um, während sie
wie die anderen dem Obst, Brot und Kaffee zusprach. Die
geschmackvollen Kleider der anderen Gäste, aus Samt, Taft
und Leinen, mit Spitze und Stickereien verziert, sprachen von
deren Zugehörigkeit zur feinen Gesellschaft. Die modischen
Frisuren, am Hinterkopf zum Knoten gesteckt, mit ins Gesicht fallenden Locken, geschmückt von herrlichen Kämmen,
Seidenbändern und Stoffblumen waren ganz auf der Höhe
der Zeit. Luise war froh, dass Agnes durch ihre Beobachtun-

gen im Hotel von Ehrgeiz gepackt war und sich heute Morgen an einer hübschen, neuen Variante für Luises Locken versucht hatte.

»Wollen wohl all diese Damen hier zum Aufmarsch?«, erkundigte Luise sich nun leise bei Paula, die an ihrer Seite saß. Die warf ebenfalls einen Blick durch den Saal. »Gewiss viele. Sieh, die Damen dort hinten am Fenster tragen schon ihre Rosetten. Ich habe unsere noch oben im Zimmer, für dich ist auch eine dabei.« Luise spähte an Paula vorbei zu der kleinen Gruppe, in der eifrig debattiert wurde. Was Luise bei ihrer Beobachtung auffiel: Die Damen waren so elegant wie alle Berlinerinnen der feinen Gesellschaft gekleidet, und doch wirkten sie so ganz anders, als Luise es von den Empfängen auf Friesenhain gewohnt war. Sie schienen so ganz und gar bei sich und voller Tatendrang zu sein.

Hedwig, die Luises geraunte Frage ebenfalls mitbekommen hatte, beugte sich zu ihr: »Einige von ihnen werden wir gewiss beim Aufmarsch sehen.« Mit dem Kopf deutete sie in Richtung Tür, von wo sich soeben Elisabeth Gehmlich näherte.

Wie Luise sprangen alle am Tisch auf, um die Freundin und Mitstreiterin zu begrüßen. Das herzliche Willkommen zog von den umliegenden Tischen einige Aufmerksamkeit auf sich, und Luise stellte fest, dass sie die neugierigen Blicke genoss.

»Da bin ich, und an was für einem Tag!«, sagte Fräulein Gehmlich mit vor Aufregung geröteten Wangen, während Max Brugge ihr einen Stuhl heranrückte und Hedwig schon nach einem weiteren Gedeck winken wollte. »Nein, lass nur, Hedwig. Ich habe schon mit meinen Freundinnen gegessen, bei denen ich wohne. Aber zum Aufmarsch gehe ich mit euch, wie versprochen.«

»Wir haben uns gerade gefragt, ob wir wohl noch weitere Damen aus diesem Saal später vor dem Reichstag sehen werden«, teilte Hedwig Luises ehemaliger Lehrerin mit.

Die sah sich kurz um und wisperte verschwörerisch: »Gewiss. Ich denke, kaum eine ist aus anderen Gründen hier.« Dann griff sie nach Luises Hand und drückte sie. »Ich bin sehr froh, dass auch Sie hier sind, Komtess. Solch ein Ereignis hätte ich nicht wiedergeben können. Sie werden davon zehren.«

Luise erwiderte den Händedruck herzlich. »Und das habe ich auch Ihnen zu verdanken, Fräulein Gehmlich. Vielen Dank, dass Sie Mutters Brief so rasch beantwortet haben. Mich hier in Ihrer Obhut zu wissen, hat sie beruhigt, sodass sie mich ohne Einwände ziehen ließ.«

Fräulein Gehmlich lächelte breit. »Ihre gnädige Frau Mutter ist von den anderen Geschehnissen so eingenommen, dass Sie Ihnen diesen Ausflug wohl einfach nicht abschlagen konnte.« Sie zwinkerte Luise verschmitzt zu. »Wie schön, dass ich Johan van Leeuwen bei der letzten Konversationsstunde kennenlernen durfte! Sein Französisch ist exquisit, *n'est-ce pas?*« Luise schlug rasch die Augen nieder und hätte gern verhindert, dass Fräulein Gehmlich weitersprach. Doch sie war von der Deutlichkeit ihrer Worte so erschrocken, dass ihr nichts einfiel, um die Lage zu retten. Fräulein Gehmlich, die ihre Reaktion vielleicht für einen Anflug von Scheu bei diesem Thema hielt, fuhr lächelnd fort: »Und sein Talent fürs Zeichnen erst! Wie schnell er die Skizze von Ihnen und mir über den Atlanten angefertigt hatte! Und wie er uns darin getroffen hat. Nun, mir hat sie wohl eher ein wenig geschmeichelt, wenn ich ehrlich bin.« Sie lachte. »Was kein Wunder ist, denn er ist äußerst galant. Alles zusammengefasst will ich sagen: Ich freue mich wirklich sehr für Sie, Komtess Luise!

Wie die Gräfin schrieb, ist Ihr Herr Vetter selbst auch gerade nicht auf Friesenhain, sodass Sie beide sich dort nicht verpassen?«

Paula, die gerade mit Hedwig geflüstert hatte, war während dieser kurzen Rede verstummt. Auch Max Brugge hatte den Blick von seinem Teller gehoben, auf dem er gerade einem Ei zu Leibe rücken wollte. Obwohl Luise immer noch auf das gestärkte Tischtuch mit dem feinen Silberbesteck darauf starrte, spürte sie überdeutlich, dass alle in der Runde sie ansahen. Trotz der Stimmen um sie herum, schien es ihr plötzlich totenstill im Saal zu sein. Sie glaubte, ihr eigenes Herz pochen zu hören.

Aus dem Augenwinkel bemerkte sie, wie Fräulein Gehmlich irritiert von einem Gesicht zum anderen sah. Langsam hob Luise selbst wieder den Blick und erwiderte beschämt den ihrer Lehrerin. Dieser schoss eine feine Röte in die Wangen, sie senkte die Augen und zog ihre Hand von Luises zurück.

»Es tut mir leid«, sagte sie dann nach einem Räuspern. »Ich war davon ausgegangen, Sie hätten die Neuigkeiten bereits erzählt.«

Luise betrachtete nun ihrerseits angestrengt das feine Gedeck vor ihr. Die aufgemalten Rosenknospen auf dem dünnen Porzellan tanzten vor ihren Augen.

Was sollte sie nun sagen? Wie reagieren? Sie hatte den anderen Johan und das, was mit ihm nun einmal zusammenhing, so lange verschwiegen, dass es ihr plötzlich wie eine bewusste Lüge vorkam. Ihr war heiß vor Scham.

Ihre Freundinnen waren gewiss davon ausgegangen, dass sie mit ihnen hier war, weil sie selbst das Ziel des Studiums verfolgte, ebenso ohne Zögern und Zaudern wie Hedwig es getan und für sich durchgesetzt hatte. Dabei war der entscheidende Schritt, diesen Plan mit Johan zu besprechen, noch gar nicht erfolgt. Was, wenn er sich entgegen seiner offenen Art dagegen sträubte? Was würden ihre Freundinnen nun von ihr denken? Und Max Brugge? Ohne genau hinzusehen, erkannte sie, dass er sein Besteck auf den Teller sinken lassen hatte und ebenso ratlos auf den reich gedeckten Tisch wie sie selbst starrte.

Mühsam schluckte sie und hob endlich den Kopf.

»Um genau zu sein, gibt es noch gar keine Neuigkeiten, Fräulein Gehmlich«, sagte sie dann zu ihrer ehemaligen Lehrerin, die in ihrer Verlegenheit mit behandschuhten Fingern die Tischkante umklammerte. »Meine Mutter ist in ihrem Brief den tatsächlichen Ereignissen offenbar vorausgeeilt.«

»Oh«, machte die Angesprochene und errötete noch tiefer. »Das tut mir ...«

»Nein, bitte!«, unterbrach Luise sie mit ausgestreckter Hand. Nach dem ersten Schrecken spürte sie, wie wohl es ihr tat, endlich vor ihren neuen Freundinnen offen reden zu können. »Das muss Ihnen nicht leidtun. Niemandem muss das leidtun. Es ist wie es ist. Und ich bin glücklich, heute mit Ihnen und all den anderen hier sein zu können. An anderes wollen wir nicht denken.« Damit griff sie nach den Fingern von Paula und Hedwig, die beide die Geste erwiderten und sie beruhigend anlächelten. Nur Max Brugge wagte Luise noch nicht gerade anzuschauen. Doch auch der hatte den Blick gehoben und sah sie an, wie sie aus dem Augenwinkel sehr wohl wahrnahm.

Nach ein paar Momenten der Stille, sagte Hedwig schließlich: »Du hast recht, Luise! Lasst uns heute nicht von daheim reden oder von dem, was dort auf uns wartet. Heute ist ein historischer Tag und wir ...« Sie machte eine kleine Pause und sah sich im Kreise um. »... wir sind dabei!«

»Jawohl!«, stimmte Paula ihr betont fröhlich zu.

Fräulein Gehmlich nickte zögernd, wohl noch mit ihrem Fauxpas beschäftigt, überwand sich dann jedoch und lächelte ebenfalls.

Nur Max Brugge schwieg. Und als Luise ihn nun endlich anzusehen wagte, erkannte sie in seinen Augen eine Ernsthaftigkeit, die sie wie ein Blitz durchfuhr. Kurz begegnete sein warmer brauner Blick dem ihren. Dann sahen sie beide rasch fort.

Luise

42

Als Luise das letzte Mal vor einigen Jahren mit ihrer Familie in Berlin gewesen war, hatte sich das Reichstagsgebäude noch im Bau befunden. Nun war sie gespannt, ob der großartige Eindruck, von dem allerorten nach Bauabschluss 1894 die Rede gewesen war, auch sie beeindrucken würde. Die Straßen rund ums Hotel am Wilhelmplatz waren sehr belebt und laut. Sie konnten nicht alle fünf nebeneinander gehen. Hedwig führte ihre Gruppe an, während Luise und Fräulein Gehmlich ihr folgten. Den Abschluss bildeten Paula und Max Brugge. Auf ihrem Weg zum Reichstagsgebäude sprachen die Frauen aufgeregt über den Aufmarsch. Luise gänzlich unbekannte Namen schwirrten zwischen den Freundinnen hin und her. Selbst wenn Luise gewollt hätte, hätte sie sich an diesem Gespräch nicht beteiligen können. Doch sie lächelte, nickte und tat, als höre sie aufmerksam zu, sodass ihr Schweigen nicht aufzufallen schien. Zumindest nicht ihren Kameradinnen, die mit den Gedanken schon ganz bei dem großen Ereignis waren.

Max Brugge allerdings trug ebenfalls nichts zu der Unterhaltung bei. Und dass er mit den Gedanken woanders weilte, konnte Luise an seinem nachdenklichen Gesichtsausdruck erkennen, wann immer sie kurz den Kopf wandte und zu ihm sah.

Als sie schließlich auf die große Allee bogen, die auf den Königsplatz hinführte, erschrak Luise, als Paulas Bruder sich plötzlich an sie wandte: »Agnes wird doch gut versorgt sein? Dafür haben Sie sicher gesorgt, … Komtess?« Dass er vor der Anrede kurz zögerte, ließ Luises Nerven flattern. Ob er auch noch an die Situation im Frühstückssaale dachte?

Paula, die gerade auf eine Frage ihrer Liebsten antworten wollte, schritt rascher aus und überholte Luise, die damit an Max' Seite ans Ende ihres kleinen Zuges geriet.

Froh, dass Max mit diesem unverfänglichen Thema das Schweigen zwischen ihnen beiden brach, antwortete Luise. »Wie freundlich von Ihnen, an mein Mädchen zu denken, Herr Brugge. Agnes hat im Bügelraum die Zofen zweier Damen kennengelernt, die ebenfalls zur Kundgebung gehen, um zuzuschauen. Die beiden sind sehr respektierlich und haben angeboten, dass sie sich ihnen anschließen kann. Sicher spazieren sie im Anschluss noch durch den Tierpark. Das Wetter ist ja sehr danach. Und Agnes hat heute Morgen von nichts anderem als den Elefanten gesprochen. Sie kann sich einfach nicht vorstellen, wie es ist, wenn sie mit ihren Nasen nach etwas greifen.« Sie hob die Hand an ihr Gesicht und tat so, als würde sie mit einem Rüssel hinauf zu den Zweigen der Alleebäume fassen.

Das brachte Max zum Schmunzeln. Verwirrt stellte Luise fest, dass sie das Zucken seiner Mundwinkel heute Morgen nicht gesehen und tatsächlich vermisst hatte.

Doch ehe er noch etwas erwidern konnte, rief Hedwig mit weit ausgestrecktem Arm: »Du meine Güte! Seht nur!«

Luise und Max folgten ihrem Blick. Dort vorn lag ein beeindruckender Vorplatz, groß und grün wie ein kleiner Park, samt

Rasenflächen, Büschen, Bäumen und einem hohen Springbrunnen. Durch das spritzende Wasser konnte Luise die im
späten Vormittagslicht glitzernde Glaskuppel des gewaltigen
Reichstagsgebäudes sehen, die riesigen, weißen Säulen auf den
breiten Stufen des Eingangs.

Doch obwohl der Anblick dieses imposanten Bauwerks sie
an einem anderen Tag sicher in Staunen versetzt hätte, war
es nicht das, was Hedwig zu ihrem Ausruf veranlasst hatte.
Es waren die Hunderte, nein, es waren gewiss Tausende von
Menschen, die aus allen Richtungen dorthin strömten.

Luise stockte der Atem.

Da waren Frauen und Männer. Deren eleganter, gutbür-
gerlicher oder grober Arbeitskleidung war nicht anzusehen,
wer von ihnen dem Aufmarsch des Bundes Deutscher Frauenvereine aus Überzeugung folgte oder wer sich nur aus Neugierde und Schaulust mitreißen ließ.

Just in diesem Augenblick ritten eine Handvoll Damen
auf hübschen Schimmeln an ihnen vorbei. Allesamt in dunklen Kleidern und Hüten, aufrecht und stolz. Die Bänder der
an ihr Revers und ans Zaumzeug ihrer Reittiere gehefteten
Rosetten flatterten. Luise starrte ihnen sprachlos nach.

»Zwei Dutzend Reiterinnen werden den Marsch anführen«, raunte Paula ihr lächelnd zu. »Da wärest du bestimmt
auch gern dabei?«

Kurz blitzte das Bild von ihr selbst auf Jeltje vor Luises
Augen auf, wie sie Seite an Seite mit den Frauenrechtlerinnen
ritt. In ihrem Magen erhob sich ein Schwarm von Schmet-
terlingen vor Aufregung.

Sie verließen die Allee, die in den Vorplatzpark des Reichstags mündete, mitten hinein in das Gewimmel der Menschen. So viele Frauen, die meisten von ihnen elegant in ein-
teiligen Ausgehkleidern mit Ballonärmeln und Spitzen am

Kragen, kurzen, geschößten Jacken und großen Hüten. Luise war erneut froh über Agnes' vorausschauende Kleiderwahl. Hier fiel sie mit ihrer Eleganz nicht auf wie auf der Versammlung in Osnabrück. Aber es gab auch Gruppen von schlicht gekleideten Frauen, ja, sogar solche in groben Arbeitskitteln, wie sie in Fabriken getragen wurden. Und da waren etliche in Hosen, auf Fahrrädern. Die Reiterinnen mit ihren weißen Pferden gesellten sich zu jenen, die dort schon warteten, und es erhob sich ein großes Hallo, das über die Menge schallte, weil die Frauen so viel höher saßen als die anderen Versammelten.

Luise konnte gar nicht verhindern, dass ihr Kopf nach links und rechts flog. Überall gab es etwas zu sehen. Viele der Frauen trugen Plakate. Kleine, um den Hals gehängt, oder große, die an Holzlatten genagelt waren. Einige hatten sogar Bettlaken zwischen sich aufgespannt, auf denen ebenfalls verkündet wurde: GLEICHHEIT FÜR ALLE DES VOLKES! Oder: FRAUENRECHT IST MENSCHENRECHT! Oder: BILDUNG IST DIE STÜTZE DER NATION!

Auch ein paar Polizisten zu Pferde waren unterwegs, trugen stoische Mienen zur Schau und taten, als sei dies nichts weiter als ihr üblicher Alltag. Dabei herrschte eine solch fiebrige Stimmung, wie Luise sie noch nie erlebt hatte, selbst auf den großen Jagden im Herbst nicht, wenn Pferde, Hunde und Gäste durcheinanderliefen und die Diener zwischen ihnen Tabletts mit Häppchen balancierten.

Die Aufregung über all dies verschlug ihr schlicht die Sprache. Ja, einen kurzen Moment lang vergaß sie sogar, zu atmen. »Ist alles in Ordnung, Komtess Luise?«, erkundigte sich Fräulein Gehmlich und hakte sich bei ihr unter.

Luise konnte nicht anders, als stumm zu nicken, während sie um Worte rang und schließlich herausbrachte: »Jetzt verstehe ich, was Sie vorhin im Hotel meinten. Dieser Eindruck, nein, den hätten Sie mir wohl nicht vermitteln können. Es sind so viele gekommen.«

Ihre ehemalige Lehrerin lachte. »Ja, ist es nicht wunderbar? Kommen Sie, lassen Sie uns näher an die Treppe zum Eingang des Reichstags gehen!« Fräulein Gehmlich zog sie mit um den hoch aufspritzenden Springbrunnen in der Mitte des parkähnlichen Platzes herum. Doch das Gedränge war groß und es dauerte nicht lange, da hatten sie Paula und Hedwig verloren.

»Sorgen Sie sich nicht«, rief Max Brugge Luise durch den Lärm zu. »Wir finden sie bestimmt wieder. Spätestens, wenn die Kundgebung vorbei ist, treffen wir uns im Hotel wieder.«

In diesem Moment kam eine der Reiterinnen durch die Menge auf sie zu. Dem Pferd machten alle respektvoll Platz.

»Elisabeth, wie gut, dass ich dich entdeckt habe!«, rief die mit Reitrock und Hut vornehm gekleidete Frau, in der Luise eine der Rednerinnen der Versammlung in Osnabrück erkannte. Ihr Pferd schlug unruhig mit dem Kopf, da es hier von seinen Artgenossen getrennt war. »Nene wurde auf dem Weg hierher in einen Unfall mit einem Omnibus verwickelt. Nein, keine Angst, es ist nichts Schlimmes geschehen, sie ist ja unverwüstlich, aber sie kann mit dem Fuß nicht auftreten und schon gar nicht die Stufen der Treppe hinauf. Kannst du ihren Platz einnehmen, wenn wir gleich die Petition übergeben? Du bist es gewohnt, vor vielen Menschen zu stehen.«

Fräulein Gehmlich wurde bleich im Gesicht. »Vor so vielen freilich nicht. Und dann zusammen mit Auguste Schmidt und Anna Schepeler-Lette, den Vorsitzenden vom Bund? Ich weiß wirklich nicht …«

»Du musst ja nichts sagen. Aber wir wollen ein Dutzend

sein, alle aus anderen Berufen. Und die Lehrerinnen wären sonst nicht vertreten«, versuchte die Reiterin es erneut. Dann sah sie über die Menge hinweg, wo sie offenbar etwas erkannte, das von hier unten nicht auszumachen war.

»Die Abgeordneten kommen! Schnell, Elisabeth! Bitte!«

Fräulein Gehmlich sah zwischen Luise und Max hin und her.

»Du kannst dich auf mich verlassen, dass ich deinen Schützling nicht aus den Augen lasse!«, versprach Max Brugge ihr. Und da Luise ihr heftig zunickte, holte die kleine Frau tief Luft und mit einem energischen »Nun denn! Wir sehen uns spätestens im Hotel!« folgte sie rasch ihrer Mitstreiterin, die auf ihrem Ross den Weg zur Treppe frei machte. Oben, zwischen den gewaltigen, weißen Säulen versammelten sich bereits einige Frauen der Bewegung.

Luise sah Fräulein Gehmlich nach. Die Menge schloss sich hinter ihr sogleich wieder zu einer undurchdringlichen Masse.

»Ich fürchte, näher kommen wir nicht heran«, rief Max Brugge ihr zu.

»Ich sehe sowieso nichts«, verkündete Luise lachend.

Er sah sich um. »Sehen Sie da drüben, an der Ecke des Gebäudes, diesen Vorsprung?« Mit der ausgestreckten Hand wies er nach rechts. »Wenn wir es bis dorthin schaffen, können wir hinaufsteigen und haben einen besseren Überblick. Zwar seitlich, aber immerhin sehen wir etwas.«

Froh, dem Gedränge zwischen breiter Treppe und Park zu entkommen, nickte Luise und sie schoben sich durch die dichte Menge zum Rand der Versammlung. Max ging vor ihr und sah sich alle paar Meter nach ihr um, ob sie auch Schritt hielt. Es war ein vollkommen neuer und irgendwie verrückter Gedanke, der Luise da plötzlich durch den Kopf schoss: Die

Vorstellung, dass es sicher ein sehr angenehmes Gefühl sein musste, wenn Max Brugge sich auch im alltäglichen Leben auf diese Weise nach ihr umsehen würde.

Was dachte sie da? Luise schüttelte mit leisem Erschrecken den Kopf und war froh, als sie die anvisierte Stelle endlich erreichten.

Max Brugge sollte recht behalten. Der hüfthohe Mauervorsprung an der Gebäudeecke war zwar schon von einigen Schaulustigen belagert, bot aber noch Platz für sie beide. Er überließ Luise die höhere Stufe und gemeinsam mit den Hunderten oder gar Tausenden, die auf dem Platz vor der großen Eingangstreppe und bis in den Park rund um den Springbrunnen hinein versammelt waren, blickten sie hinauf zum Eingang des Reichstagsgebäudes. Dort traten soeben die Vertreterinnen des Bundes Deutscher Frauenvereine in eine Reihe. Fräulein Gehmlich stand hoch aufgerichtet am Ende und vermied den Blick in die Menge.

»Tatsächlich ist die Vorsitzende, Frau Auguste Schmidt, dabei«, sagte Max, während er zu ihr heraufsah. »Ganz vorn in Schwarz.« Luise spähte hinüber und erkannte eine pausbäckige, wuchtige Frau mit heiterem Gesicht. Diese Dame, die sie sich gut als gut gelaunte Hausherrin an einer langen Tafel vorstellen konnte, führte also die kämpferischen Frauen der Bewegung an.

»Welche Vereine sind im Bund zusammengeschlossen?«, wollte Luise von ihrem Begleiter wissen. »Alle, die es gibt?«

Max hob die Brauen. »Meines Wissens sind es derzeit fünfundsechzig Vereine. Der Verband fortschrittlicher Frauenvereine, die Frauengruppe des Deutschen Roten Kreuzes, der Stadtbund Hamburgischer Frauenvereine und, und, und. Aber gewiss gibt es noch etliche kleine, lokale Gruppen, die noch nicht dazugestoßen sind.«

Fünfundsechzig Vereine aus dem ganzen Reich! Und in ihnen jeweils Dutzende, Hunderte von Frauen! Luise fühlte sich plötzlich schrecklich unwissend und provinziell. Und dabei war ihr vor etlichen Wochen die Versammlung im Gemeindesaal zu Osnabrück wie eine Offenbarung erschienen. Dieser Nachmittag damals kam ihr Jahre entfernt vor. Wie sie mit schwitzigen Händen dort gesessen und noch nichts von all dem geahnt hatte. Nichts von der wahren Größe und Zielstrebigkeit der Bewegung. Nichts von ihrem eigenen Ziel, das sich ihr kurz darauf offenbaren sollte. Und nichts von dem fremden Herrn, der unaufgefordert neben ihr Platz genommen hatte, ohne sich vorzustellen.

In diesem Moment traten aus dem Gebäude vier Männer in Frack und Zylinder, die übliche Kleidung der Abgeordneten. Sie begrüßten die Damen mit artigen Verbeugungen.

Max drehte sich halb zu Luise herum und wandte ihr das Gesicht zu. Sie musste sich ein wenig hinabbeugen, um ihn im Stimmengewirr um sie herum verstehen zu können.

»Liberale und Sozialdemokraten«, klärte er sie auf. Bei letzterem Wort schwang Stolz in seiner Stimme. »Mitglieder der Zentrumspartei werden Sie hier vergeblich suchen. Es heißt, die Herren lesen die Protestflugblätter der Bewegung nicht einmal, sondern zerreißen sie ungelesen.«

Luise spitzte die Lippen. »Wenn das so ist, finde ich es ausgesprochen schade, dass diese Herren sich heute nicht hier blicken lassen. Ich wäre gespannt, ob sie angesichts dieser Menschenmenge auch so etwas wagen würden.«

Max lachte sie an, während er zu ihr aufsah. Ja, da waren sie wieder, sein Lachen und sein verschmitzter Ausdruck, die ihr am Vormittag gefehlt hatten. »Sie hegen doch etwa keine Rachegedanken, Komtess? Aber leider muss ich Sie enttäuschen: Heute, am Samstag, wird keiner der Besagten im Plenum zu finden sein. Die Abgeordneten dort vorn sind eigens zur Übergabe der Petition erschienen.«

Beide schauten sie wieder hinüber, gerade rechtzeitig, um zu sehen, wie eine große Kladde aus den Händen Auguste Schmidts in die eines der Herren wechselte. Die feierliche Überreichung der Petition!

Jubel und Begeisterungsrufe wurden laut. Einige Herren warfen ihre Hüte in die Luft, überall wurde geklatscht. Dies war ein denkwürdiger Moment. In dieser Petition waren die Forderungen aller Frauenvereine zusammengetragen: Es ging um den ungehinderten Zugang zu Bildung, die Öffnung der Universitäten, aber auch um das Ende der Vormundschaft des Ehemanns über seine Frau und die Kontrolle von Prostitution. Was war dies für ein Schritt!

Die Menge tobte und juchzte, während die Damen und Herren auf dem Absatz zwischen den herrschaftlichen Säulen höfliche Worte miteinander tauschten.

»Und mein Fräulein Gehmlich in vorderster Reihe«, rief Luise Max zu und knetete aufgeregt ihre Hände. »Wie musste es sich anfühlen, bei solch einem historischen Moment so nah dabei zu sein? Sicher sind alle Frauen dort oben unglaublich stolz.«

Aus dem Augenwinkel sah sie, wie Max Brugge den Blick unverwandt auf sie gerichtet hielt, und sah ihn wieder an.

»Und Sie, Komtess? Was denken Sie?«, wollte er wissen.

Sie griff sich an die Brust, unfähig ihre überwältigenden Gefühle vor ihm herunterzuspielen. Und wozu auch? Er war auf ihrer Seite! »Hier drinnen, Herr Brugge«, sie pochte mit der Hand an diese Stelle, »da ist dieses Beben voller Kampfgeist und zugleich Zuversicht. Ich spüre es ganz deutlich. Mein Leben auf Friesenhain scheint mir mit einem Schlag so weit fort. Als sei ich vollkommen frei, alles zu wollen und nach dem zu streben, was ich im Leben erreichen könnte.«

Während sie sprach, schien es ihr, als würden alle Zwänge und Erwartungen, die ihr zu Hause so zugesetzt hatten, sie in diesem Augenblick nicht mehr greifen können. Ein unbeherrschbares Gefühl von Dringlichkeit nahm von ihr Besitz. Wie hatte sie nur an ihren Zielen zweifeln können? Wie hatte sie nur denken können, die Teilnahme an diesem Aufmarsch habe keinen weiteren Einfluss auf ihr Wünschen und ihren Willen? Nein, es konnte nicht sein, dass sie ihren Traum, ihr Leben selbst zu gestalten, etwas Sinnvolles damit zu tun, einfach so aufgab! Es musste einen Weg geben. Einen Weg, die Erwartungen ihrer Eltern und ihren eigenen Vorsatz zu vereinen.

Zu Clara hatte sie gesagt, dass es wahrscheinlich das einzige Mal bleiben würde, zu dem sie an solch einer Veranstaltung würde teilnehmen können. Aber jetzt wusste sie: Dieser Tag bedeutete nicht ein bedauerndes Ende. Nein, dieser Tag bedeutete einen Anfang! Sie spürte es mit jeder Faser ihres leidenschaftlichen Herzens.

»Hätt' ick nie jedacht, dass ick so'n Blödsinn mal mitansehen muss!«, ertönte da eine schnarrende Stimme ganz in ihrer Nähe. Es war ein Mann in knittrigem Anzug, der einen Meter weiter ebenfalls auf dem gemauerten Vorsprung stand. »Weiber jehör'n in de' Küche und an'n Waschtrog. Fehlte mir jrade noch, dass meine plötzlich ankäm und studieren wollt. Tz.«

Daran, wie Max den Kopf kurz bewegte und dann wieder fortwandte, konnte Luise sehen, dass er es auch gehört hatte.

Ein anderer Mann in der Nähe nickte bekräftigend und rief: »Am besten gleich in'n Reichstag wähl'n, wa?« Ein paar andere Männer fielen in das Lachen der beiden ein.

Max Brugge wandte sich zu Luise um.

»Die Versammlung wird gleich beendet.« Er warf einen Blick zu dem Mann neben Luise, der die Hände in die Taschen gebohrt hatte und im hohen Bogen ausspuckte. »Wollen wir lieber schon jetzt gehen, ehe die Menge in Bewegung gerät?«

Luise konnte sich nur schlecht von der verheißungsvollen Stimmung auf dem Platz lösen, doch die pöbelnden Männer neben ihnen nahmen ihr die Entscheidung ab

»Ja, kommen Sie. Wir ergreifen die Flucht!«, stimmte sie zu.

Einen Moment blickten sie sich beide um, wohin Luise von ihrem erhöhten Ausblick nun würde treten können. Da drehte Max Brugge sich kurzerhand zu ihr, und streckte die Hände aus. »Erlauben Sie? ... Komtess?«

Sie nickte. Er umfasste ihre Taille. Sie ließ sich fallen, und er schwang sie herunter, dicht neben sich.

Er bot ihr den Arm, den sie dankbar nahm, und sie schoben sich durch die Menge, fort von den Buh-Rufen, die hinter ihnen laut wurden.

Die vielen Menschen ließen kaum einen Abstand zwischen ihnen zu. Luise konnte die Wärme, die von ihrem Begleiter ausging, an ihrer ganzen Körperseite spüren. Beide stellten sie sich auf die Zehenspitzen, schauten in die Menge, in die nun wieder Bewegung kam.

»Die anderen zu finden wäre bestimmt ...«, begann Luise.

»... aussichtslos«, vollendete Max Brugge. Sie mussten beide lachen. So nah war sein Gesicht, dass sie das goldene Blitzen in seinen Augen deutlich sehen konnte.

»Also zum Hotel!«, entschied Luise mit einem letzten bedauernden Blick zurück.

Sie nahmen nicht den Weg über die Allee, den sie gekommen waren, sondern bogen vom Platz ab und sofort wurde es ruhiger um sie her. Trotzdem ließ Luise den angebotenen Arm nicht los. Ein bisschen schwindelte ihr – von dem Erlebten, vor allem aber von der Erkenntnis, die sie soeben von sich selbst gewonnen hatte.

Sie gingen am Rande des Königsplatzes entlang, hinter sich das langsam leiser werdende Getöse der Menge, während um sie her die üblichen Stimmen einer Stadt, Räder von Fuhrwerken und das Hupen eines Automobils zu hören waren.

»Und nun?«, fragte Max Brugge nach einigen Minuten, die sie schweigend gegangen waren. »Was tun Sie nun mit dem Erlebnis dieses Tages, Komtess?«

Luise stockte der Atem. Seine Frage zielte so sehr in die Richtung ihrer Gedanken, dass es sie schier überwältigte.

»Wie meinen Sie das?«, erkundigte sie sich.

Seine Augen vermochten ihrem Blick nicht standzuhalten. Er senkte kurz die Lider. »Ihr Vetter, Komtess. Ich nehme an, dass die Ereignisse, die Elisabeth am Frühstückstisch erwähnte, etwas mit Ihren Heiratsplänen zu tun haben. Das heißt doch sicher, dass dieser historische Moment für Sie nicht mehr sein wird als eine bewegende Erinnerung? Wollten Sie nur dabei sein, um irgendwann Ihren Töchtern davon zu erzählen, wenn die vielleicht werden tun können, wovon Sie selbst nur haben träumen können?«

Abrupt blieb Luise stehen, und da er nicht darauf vorbereitet war, ging er noch zwei Schritte weiter, ihr Arm entglitt ihm.

»Wie können Sie …?«, begann sie aufgebracht und schnappte nach Luft, während sie mit dem Finger anklagend auf ihn deutete. »Sie maßen sich an, über mich und meine Beweggründe zu urteilen? Habe ich Ihnen inzwischen nicht oft genug bewiesen, dass ich diese Klischees ebenso verabscheue wie Sie?«

Er hob die Hände, sichtlich bemüht selbst ruhig zu bleiben. »Verzeihen Sie, Komtess. Aber diese Schlussfolgerung lag für mich auf der Hand.«

»Ach ja? Und was, wenn Sie damit falschliegen? Wenn ich nicht im Mindesten daran denke, mein Ziel des Studiums aufzugeben?«, fauchte sie. Sie wusste, dass sie zu heftig reagierte, aber war so aufgewühlt von den Ereignissen der letzten Stunden, dass sie sich nicht beherrschen konnte.

Diesmal brauchte er eine ganze Weile, um zu antworten. Er neigte den Kopf und sagte: »Und wieder muss ich um Verzeihung bitten. Ich war davon ausgegangen, dass Ihr Zukünftiger zum Thema Frauenrecht nicht gerade eine zustimmende Meinung vertritt. Die kurze Begegnung mit ihm, als Ihr Bruder und er die Manufaktur besichtigten, ließ mich so etwas vermuten, als stecke hinter all dem Weltgewandten ein eher konservativer Geist. Verzeihen Sie, wenn ich das so sage. Aber durch meine politische Arbeit sind mir derlei Männer schon öfter begegnen. Und wenn er wie Sie dächte, müsste er dann nicht hier sein? An Ihrer Seite? Ich kann ihn aber nirgends ausmachen.«

»Johan van Leeuwen und ich sind nicht offiziell verlobt!«, fuhr Luise ihn an. »Und die Pläne einer möglichen Hochzeit sind weiß Gott nicht das, was mich momentan am meisten beschäftigt!« Sie musste kurz innehalten und Luft holen. Nur mit Mühe konnte sie etwas ruhiger fortfahren: »Es ist der Gedanke daran, an der Rossarzneischule all das zu lernen, was ich auf Friesenhain werde anwenden können. Der Gedanke an eine sinnvolle Arbeit, die mich ausfüllt und mit der ich retten kann, was ich liebe! Ich will lernen! Ich will alles Notwendige erfahren. Und eine Heirat, Herr Brugge, kommt nur für mich infrage, wenn mein Herz und mein Verstand gleichermaßen Ja sagen!«

War der wortgewandte Max Brugge zum ersten Mal, seit sie ihn kannte, sprachlos?

Er setzte zum Sprechen an, doch es kam kein Wort heraus. Stattdessen starrte er sie an. Eine alte Frau mit einem Handkarren voller Lumpen, auf denen ein kleiner Hund saß, brummte sie an, und sie taten ein paar Schritte zur Seite in einen Tordurchgang, um sie vorbeizulassen.

»Was starren Sie denn so? Haben Sie nichts zu erwidern?«, zischte Luise.

Das schien Max Brugge aufzurütteln. Er blinzelte ein paar Mal.

»Sie ... Sie sind gar nicht verlobt?«, wollte er wissen.

Mit dieser Frage hatte Luise am wenigsten gerechnet. Johans Bild tauchte vor ihr auf, wie er vor ihr im Schmutz des Weges kniete und ihre Hand hielt. Wie nah war sie daran gewesen, ihm die Antwort zu geben, die alle von ihr erwarteten.

Doch dann schob sich ein anderes Bild dazwischen. Eines, auf dem ebenfalls ihre Hand gehalten wurde – während sie auf Jeltjes Rücken saß und er zu ihr aufsah. Max Brugge.

»Was tut das zur Sache?«, erwiderte sie hilflos, denn sie spürte etwas herannahen, das sie restlos überforderte. »Haben Sie denn nicht begriffen? Ich spreche hier nicht vom Heiraten. Ich spreche davon, dass ich den Beruf der Tierärztin erlernen will. Und dass ich alles dafür tun werde, um diesen Traum wahr werden zu lassen.«

Max Brugge ließ seinen Blick über ihr Gesicht wandern. Ja, er sah sie so intensiv an, wie man wohl ein Gemälde betrachtet, das man zu ergründen versucht und das dennoch nicht alle Geheimnisse preisgibt. Der Moment dauerte an. Sekunden, eine halbe, vielleicht eine ganze Minute.

Dann räusperte er sich. Bei den ersten Worten klang seine Stimme kratzig. »Ich bin sicher, dass nichts und niemand Sie dabei wird aufhalten können, Komtess. Was immer Sie wollen, das werden Sie erreichen können. Ich weiß es«, sagte er, vollkommen ohne Spott, sondern ganz ernst. »Und *ich* spreche sehr wohl vom Heiraten.«

Nun starrte auch sie. Obwohl seine Worte so vage klangen, war ihr sonnenklar, was er meinte. Sie spürte ihr Herz galoppieren, ihr Blut rauschte in ihren Ohren.

»Luise?«, flüsterte er und streckte die Hand nach ihr aus.

Es geschah wie von allein. Sie musste nichts dazutun. Ehe sie verstand, was sie im Begriff war, zu tun, ließ sie sich nach vorn sinken. Sie spürte den kratzigen Stoff seines Mantels an ihrer Wange, hob die Hände und griff danach, während Max sie in seine Arme schloss. Sie hob den Kopf, und da war sein Gesicht. Die braunen Augen, unter dem blonden Schnäuzer sein Mund. So nah, dass es absurd gewesen wäre, ihn nicht zu küssen. Sich nicht von ihm küssen zu lassen.

Ihre Lippen berührten seine, öffneten sich seinen. Er schmeckte würzig und frisch, wie der Morgenwind.

Während Max ihre Taille nur sanft umfing, spürte sie beinahe ohne ihr Zutun, wie ihre Hände sich über seine Arme hinauf an seine Schultern schoben und von dort in seinen Nacken.

Sie erwiderte seinen Kuss. Mit derselben Inbrunst, mit der sie als Kind mit einem Stockdegen gefochten oder die höchsten Bäume im Park erklommen hatte, mit der sie auf Jeltje jauchzend und mit wehendem Haar über die Felder galoppierte und mit Leidenschaft für jede gute Sache stritt.

Max schien zu spüren, dass in diesem Kuss ihr ganzes Sein lag, denn er seufzte leise, während auch seine Hände über ihren Rücken wanderten und sie hielten.

Der Kuss war Erfüllung und Sehnsucht in einem. Und während Luises gut trainiertes Empfinden für Benimm ihr zurief, dass ein solches Verhalten – und gar in der Öffentlichkeit – für eine Komtess undenkbar und schändlich war, wollte sie doch nicht aufhören, nie wieder aufhören.

Erst als Max seine Lippen von ihren löste und seine Wange an ihre Schläfe legte, spürte sie, wie rasch ihr Atem ging.

»Du musst dich nicht entscheiden, Luise, weißt du«, raunte er in ihr Haar, während sein Daumen über den Kragen ihrer Jacke wanderte, sanft über ihren Nacken strich und dort eine Gänsehaut verursachte. »Aus Liebe zu heiraten und trotzdem deinen großen Wunsch zu verwirklichen und zu studieren, das muss sich nicht ausschließen. Mit mir zusammen wäre das alles möglich. Aber …« Er hielt inne, nahm seine Hand fort und den Kopf zurück, um ihr ins Gesicht zu sehen.

Seine Augen vor ihren, warm vertraut, doch wegen ihrer Nähe zugleich aufregend fremd, sahen sie fragend an. Am liebsten hätte sie ihr Gesicht erneut an seines geschmiegt.

»Aber?«, wiederholte sie leise.

»So ein Versprechen meinerseits, das Versprechen, dir immer die Freiheit deiner Träume und Wünsche, deines eigenen Willens zu lassen, sollte dich in deiner Wahl nicht beeinflussen. Du solltest deinem Herzen folgen, Luise«, erwiderte er sehr ernst. »Meine Schwester hat mich schon früh eines gelehrt, worin ihr Frauen uns Männern weit überlegen seid: Ihr habt ein intuitives Gespür für das Richtige. Das, was euch guttut, euch ganz persönlich vorwärtsbringt und zugleich auch der Gesellschaft, ja, dem ganzen Reich hilft. Euer Gefühl ist es, was euch ausmacht, und das ist keine Schwäche, wie viele meiner Geschlechtsgenossen es gern darstellen, sondern eine politische …«

»Max Brugge!«, unterbrach Luise ihn und musste fast lachen, so leicht und befreit fühlte sie sich plötzlich. »Kannst du jetzt gerade bitte aufhören, Sozialdemokrat und Streiter für Frauenrechte zu sein? Vielleicht wäre jetzt der Moment, einmal *deinen* Gefühlen zu folgen?«

Einen Augenblick sah er sie verdutzt an. Doch dann lächelte er. »Dann … heirate mich, Luise! Heirate mich!«, sagte er.

Sie hob die Hand, um sie an seine Wange zu legen. Um für den Bruchteil einer Sekunde festzustellen, dass sie das schon so lange hatte tun wollen, sich dessen nur nie bewusst gewesen war.

In seinen Worten war nicht die Rede von *Warten, bis sie sich ihrer Antwort sicher sei.* Sie beinhalteten nicht einmal eine Frage. Nein, es war eine leidenschaftliche Bitte, die aus seinem Innersten zu kommen schien.

»Ja!«, antwortete sie ebenso. »Ja. Max, das werde ich!«

Marie

43

Mittag war bereits lange vorbei und das Tageslicht färbte sich golden. Marie hatte den Vormittag im Stall verbracht, wo sie zusammen mit ihrem Vater, dem Grafen und Wilhelm der Stute Helena bei der Zwillingsgeburt beigestanden hatte. Dem Himmel sei Dank war alles gut gegangen. Die Mutter und die beiden Stutfohlen waren wohlauf.

Immer mal wieder ging Marie zu der großen Box und sah bei den dreien vorbei. Wie niedlich die Fohlen waren, mit ihren staksigen, dünnen Beinen, die bei jedem Aufstehen zitterten und wackelten.

Jetzt gerade trank wieder eines von ihnen, während das andere bereits satt und zufrieden im Stroh lag.

»Wie wollen die Herrschaften die beiden nennen, Fräulein Paas?«, ertönte da neben Marie eine helle Stimme. Es war Alfred, der einen Eimer voller Kraftfutter schleppte.

Marie öffnete ihm die Boxentür, und er leerte drinnen den Eimer in den Futtertrog. Helena steckte sogleich den Kopf hinein und begann zu fressen.

»Das steht noch nicht fest«, antwortete Marie dem Jungen, als er wieder in die Stallgasse trat. »Manchmal weiß man es direkt nach der Geburt. Zum Beispiel bei Athena, die unbedingt den Namen einer echten Heldin und Kämpferin haben musste, nicht wahr? Aber bei den beiden hier muss sich erst noch herausstellen, welchen Charakter sie haben. Hast du einen Vorschlag?«

Überrumpelt von der Tatsache, um seine Meinung gefragt zu werden, stammelte Alfred: »Vielleicht ... hm ... vielleicht Änne?«

Dass dieser Name der erste war, der dem Jungen einfiel, gab Marie einen Stich. Er musste oft an seine Freundin denken, die einmal gut zu ihm gewesen war und der er nun in ihrer Not nicht beistehen konnte.

Marie legte Alfred die Hand auf die schmale Schulter. »Die beiden Komtessen und ich, wir überlegen, wie wir den Reuben-Mädchen werden helfen können. Bestimmt fällt uns etwas ein.«

Mit hoffnungsvollen Augen nickte er. Dann wandte er sich um und rannte mit schepperndem Eimer davon. Ein echtes Kind noch, und doch musste er schon alle Lasten eines Erwachsenen tragen, Geld verdienen, das seine Familie brauchte, und sich um Menschen sorgen, die er ins Herz geschlossen hatte.

Nachdenklich verließ Marie den Stall und ging über den Hof zum Nordtor. Da öffnete sich die Hintertür des Wohnhauses und Clara kam heraus.

Schon mit dem ersten Blick sah sie Marie und winkte ihr mit einem Blatt Papier zu, das sie in der Hand hielt. Es musste etwas Wichtiges sein, denn ihre Freundin rannte mehr auf sie zu, als dass sie damenhaft ausschritt. Marie unterdrückte ein Schmunzeln. Auch wenn Clara selbst stets betonte, so viel ruhiger und gelassener als ihre ältere Schwester zu sein, in solchen Momenten stand sie Luise in nichts nach, und es war mehr als deutlich, dass sie Geschwister waren.

»Hat Luise aus Berlin geschrieben?«, erkundigte sie sich lächelnd, als Clara bei ihr ankam, denn es war ein aufgefalteter Brief, den sie in der Hand hielt.

Ihre Freundin wich ihrem Blick aus und schüttelte beklommen den Kopf. »Das käme einem Wunder gleich! Wenn sie so Aufregendes zu erleben hat, denkt Luise doch nicht an Korrespondenz – egal, wie sehr wir hier wegen des Besuchs beim Kaiserlichen Stallwirtschafter auf heißen Kohlen sitzen. Nein, das hier«, sie hielt erneut das Schreiben hoch, »kommt nicht aus Berlin, sondern aus den Niederlanden. Der Friesenzüchter, der womöglich Stürmers Besitzer ist, hat geschrieben!« In ihren blauen Augen standen Unsicherheit und Sorge.

In Marie zog sich etwas schmerzhaft zusammen. *Womöglich Stürmers Besitzer?*

Mit schmalem Mund tippte Clara auf eine Stelle in den eng geschriebenen Zeilen: »Er schreibt, dass er sein Glück kaum fassen kann, falls es wirklich sein Hengst ist, den wir hier auf Friesenhain beherbergen. De Vries wollte Rigels Sohn auf der großen Hengstschau im Frühjahr kören lassen, als das Tier über Nacht verschwand. Alles sah nach einem Ausbruch aus, man suchte mehrmals die Umgebung ab. Doch er blieb unauffindbar. Hör nur!« Sie suchte die Stelle im Text und übersetzte für Marie aus dem Niederländischen: »*Rigels Sohn Gjalt war meine große Hoffnung. Er sollte der letzte Versuch sein, den Namen meiner Zuchtstätte unsterblich zu machen. Ich bin alt, inzwischen älter als ein Mann sein sollte, der diese nervenaufreibende Arbeit tut. Doch mein Herz schlägt dafür. Und wenn ich nun das Juwel meines Gutes wiederfinden und ihm den Platz einräumen kann, der ihm im Zuchtbuch und der weiteren Geschichte dieser Pferderasse zusteht, dann wäre das die Krönung meines Schaffens.* Marie, ich weiß gar nicht, was ich fühlen soll. Einerseits ist es so schön, zu wissen, dass wir wohl richtig lagen: Wenn Stürmer dieser Gjalt ist, dann ist er wahrlich etwas ganz Besonderes. Ein Juwel. Eine große Hoffnung. Selbst Vater ist schockiert, dass er dieses Pferd beinahe dem Abdecker überantwortet hätte. Und andererseits ...« Ihre Freundin sah sie kläglich an. »Ach, Marie, ich wünschte, ich hätte ihm nicht geschrieben. Ich hatte wohl die Hoffnung, dass De Vries antwortet, dass es sich bei Stürmer auf keinen Fall um seinen Hengst handeln kann. Aber jetzt ...« Sie wirkte so zerknirscht, dass es Marie ans Herz griff.

Sie legte den Arm um Claras zarte Taille. »Ich verstehe, Clara. Der Gedanke ist furchtbar, dass De Vries herkommen und Stürmer mitnehmen könnte.« Sie musste kurz innehalten und schlucken. »Aber was hättest du tun sollen? Es gab keine Wahl. Ein so wertvolles Pferd zu unterschlagen, käme einem Diebstahl gleich.«

Ihre Freundin nickte langsam. Die Tatsachen waren nicht zu leugnen, und doch schmerzten sie.

Doch dann löste Clara sich von ihr, hob den Kopf und sah sie betont zuversichtlich an. »So wie er schreibt, Marie, wirkt es auf mich so, als hinge er an seinem Pferd. Vielleicht ebenso wie wir an unseren?« Sie seufzte leise. »Auch wenn ich mir nur schwer vorstellen kann, dass jemand Stürmer so liebt wie du. Aber Stürmer wird es bei ihm gewiss gut haben.« Bei den letzten Worten bebte ihre Stimme ein wenig.

»Aber ja!«, stimmte Marie ihr zu. Sie konnte es kaum aushalten, ihre liebe Freundin in diesem Zwiespalt zwischen Pflicht und Bedauern zu sehen. Auch wenn ihr eigenes Herz sich zusammenkrampfte. »Es klingt wirklich so, als lägen seine Tiere und die Zucht ihm wahrlich am Herzen.«

Clara strich ihr über den Arm. »Das sieht dir ähnlich, Marie. Du siehst gern das Gute in den Menschen.« Sie schauten beide zu dem Brief in ihrer anderen Hand hinab. »Trotzdem hoffe ich, dass De Vries hier ankommt und feststellt, dass es nicht sein kostbares Tier ist, das wir hier bei uns aufgenommen haben.«

Genau das war es, was auch Marie herbeiwünschte: dass niemand Anspruch auf Stürmer würde erheben können und er bei ihnen bleiben würde. Seit Clara ihr erzählt hatte, dass sie De Vries geschrieben hatte, schloss Marie jeden Abend beim Zubettgehen diesen Wunsch in ihr Gebet ein – mochte er auch egoistisch sein. Tief in ihrem Inneren war sie gewiss, dass es Stürmer nirgends so gut gehen konnte wie hier auf Friesenhain. Es war von Anfang an so gewesen, als gehöre er hierher.

Wenn er wieder fortmüsste, würde er vielleicht wieder scheu. Irgendetwas musste seine Angst vor Männern und fremden Menschen ja ausgelöst haben. Vielleicht war es doch der Umgang bei seinem alten Besitzer gewesen? Auch wenn sie gerade selbst behauptet hatte, dass dieser ganz nach einem echten Pferdefreund klang. Doch diese Überlegungen teilte sie lieber nicht mit Clara. Ihre Freundin plagte auch so schon das Gewissen. Also behielt Marie ihre Befürchtung für sich. Ebenso wie ihren Kummer darüber, ohne Stürmer zukünftig keinen Grund mehr für die täglichen Treffen mit Wilhelm zu haben.

Letzteres konnte sie ihrer Freundin nicht preisgeben, wenn sie deren Bruder nicht bloßstellen, ihr heiliges Hase-Fuchs-Versprechen nicht brechen wollte.

Aber sie hatte ihre Kameradin unterschätzt. Denn Clara wusste ihr beklommenes Schweigen sehr wohl zu deuten, zumindest in einem Teil.

Sie schluckte deutlich, ehe sie sprach: »Es muss dich schwer treffen, wenn deine Arbeit mit Stürmer womöglich wieder zunichtegemacht wird, Marie. Und dass das passieren kann, das will ich gar nicht bestreiten. Auch wenn De Vries selbst an seinen Tieren hängt, so hat er doch Burschen und Knechte, die es vielleicht anders angehen. So etwas kommt häufig vor. Sogar Wilhelm hat erst kürzlich erwähnt, dass so einige Offiziere bei der Kavallerie mit den Pferden nicht zimperlich umgehen. Kandare und Sporen sind noch das geringste Übel, und damit geben sie den Kadetten ein schlechtes Vorbild. Auch hat er gemeint, dass wir gar nicht hoch genug schätzen können, welche Art der Ausbildung Paas auf Friesenhain etabliert hat, die auch du so wunderbar fortführst.«

»Das hat Wilhelm gesagt?«, hatte Marie ausgesprochen, ehe sie darüber nachdenken konnte. Die Wärme, die sich bei Claras Worten in ihr ausgebreitet hatte, schoss nun auch ihren Hals hinauf in ihr Gesicht, und sie sah rasch zur Seite, als habe sie aus dem Stall ein Geräusch gehört.

Clara schien nichts aufzufallen, denn sie nickte bestätigend.

»Natürlich. Er hält sehr große Stücke auf dich. Wie wir alle weiß er, dass du jedem Pferd Vertrauen einflößen kannst. Das hast du bei Stürmer ja wieder bewiesen.«

Die Worte der Freundin waren einerseits Trost, andererseits vergrößerten sie den Kloß, der in Maries Hals saß. Sie drehte sich wieder zu ihr und sah Clara geradeheraus an.

»Wirst du für Stürmer sprechen können, Clara?«, bat sie sie, mit einem bangen Gefühl in der Brust, das deren Antwort beinahe schon vorwegnahm. »Selbst wenn er jener Gjalt sein sollte, könnte er doch hier auf Friesenhain bleiben. Als Einsteller zum Beispiel. Dann könnte ich mich weiter um ihn kümmern. Und De Vries könnte dennoch über ihn verfügen, was Deckanfragen angeht.« An diese Lösung musste sie in den letzten Tagen immer wieder denken. Zu bitten, dass die Grafenfamilie den Hengst vom rechtmäßigen Eigentümer kaufen sollte, wagte sie nicht. Und nun, da klar war, wie wertvoll er womöglich war, schon gar nicht mehr. Sicher übertraf sein Preis den eines jeden Pferdes hier im Stall.

Clara seufzte tief. »Ich will es gern versuchen, Marie. Um deinetwillen und um Stürmers. Aber ich bin nur die Tochter, die von Zucht und Pferdedressur wohl keine Ahnung haben kann, wie alle Welt denkt«, sagte sie resigniert und biss sich dann kurz auf die Lippen. Als sei ihr etwas entschlüpft, das ihr oft zu schaffen machte, das sie aber stets zu verbergen suchte.

Marie nickte ihr zu, dankbar, dass sie es versuchen würde. Heimlich aber dachte sie bekümmert: *Und ich bin noch viel weniger als das. Wie die unsichtbare Tochter Friesenhains.*

Luise

44

Der Abend hatte sich bereits über die Landschaft gesenkt, als die Kutsche mit Luise und Agnes in die Allee einbog, die zum Gestüt hinunterführte. Die weiß gerahmten Fenster Friesenhains waren erleuchtet. Ihr Lichtschimmer fiel hinaus in die herbstlich überhauchten Blumenrabatten vor dem roten Ziegelgebäude.

Zuhause, dachte Luise. Und spürte die Beklemmung in ihrer Brust bei dem Gedanken daran, was ihre Heimkehr auch bedeutete: das anstehende Gespräch mit ihren Eltern.

Nur zwei Nächte war sie fort gewesen, doch in der kurzen Zeit hatte ihr Horizont sich erweitert. Und so erschien ihr die ländliche Gegend ihrer Heimat im Tecklenburger Land plötzlich klein und provinziell. Doch die frische Luft, die zum Kutschenfenster hereinwehte, während Wolff vorn auf dem Bock leise eine Melodie pfiff, tat ihr wohl. Auch wenn der Abendgesang der Amseln von den Bäumen sie mit leiser Wehmut erfüllte. Die Zeit, in der sie hatte fortschieben können, was ihr nun bevorstand, war vorüber.

Luise beugte sich vor und rief Wolff zu: »Fahren Sie ruhig direkt in den Hof, Wolff. Es ist spät. Sie sind sicher froh, wenn Sie die Pferde gleich abspannen können. Und ich will kurz einen Blick auf die Zwillingsfohlen werfen, von denen Sie erzählt haben.« Nur ein paar Minuten letzter Frist, ehe sie ihrer Familie gegenübertreten würde.

»Ach, für die Rösser hab ich doch die Burschen, Komtess«, erwiderte er mit seiner ruhigen Stimme, tat aber doch, wie sie geheißen hatte.

Während sie das große Vierkantgehöft umrundeten, dachte Luise wieder an Berlin zurück. An jenen Moment, in dem sie nach dem Aufmarsch mit Max zusammen in die Hotelhalle getreten war.

Sie sah wieder Paula und Hedwig vor sich, wie sie ihnen entgegenkamen, Arm in Arm. Und wie es in Paulas Augen aufblitzte, als sie registrierte, dass ihr Bruder Luises Arm ebenso festhielt wie sie den Arm ihrer Liebsten. Wie Paulas Blick zwischen den beiden strahlenden Gesichtern hin und her gesprungen war und sie dann sehr bedeutungsvoll zu Hedwig geschaut hatte, die plötzlich von einem Ohr bis zum anderen gegrinst hatte.

Erneut spürte Luise das heiße Kribbeln, das sich in ihrem ganzen Körper ausgebreitet hatte, als Max seiner Schwester und deren Gefährtin erzählte, was sich auf dem Aufmarsch neben der Überreichung der Petition weiteres Sensationelles ereignet hatte.

Paula hatte sie beide fest umarmt, ihren Bruder einen *elenden Heimlichtuer* geschimpft, während Hedwig mit wissendem Lächeln kommentiert hatte, sie habe es schon längst geahnt.

Elisabeth Gehmlich hatte lächelnd dabeigestanden, aber Luise waren die feinen Sorgenfalten auf ihrer Stirn nicht entgangen. Ihre ehemalige Lehrerin gratulierte mit den Worten: »Ich wünsche Ihnen und Max alles Glück der Welt, Komtess Luise. Vor allem aber Wohlwollen und Freude auch auf der Seite Ihrer Eltern.« Und da hatte auch Luise dieselbe Sorge zum ersten Mal empfunden. Die Sorge, die ihr Glück trüben wollte und die sie in der letzten Stunde noch zur Seite hatte schieben können. Ja, in jener einen Stunde war sie nur erfüllt von Glück und Zuversicht gewesen. Auf dem Weg zum Hotel waren Max und sie immer wieder stehen geblieben, hatten sich ungläubig lächelnd angeschaut. Er hatte mehrmals ihre Hand ergriffen und an sein Gesicht gedrückt.

Nun aber war die Zeit dieser Schonung vorüber. Fräulein Gehmlichs Miene drückte nur aus, was Luise ebenso wusste, ihre Bedenken waren berechtigt. Was Anna von Scheweney in ihrem Brief an die Lehrerin geschrieben hatte, war den Ereignissen vielleicht vorausgeeilt, wie Luise selbst behauptet hatte. Doch war sie selbst vor einigen Tagen noch davon ausgegangen, dass das Wort *Verlobung* im Hause Scheweney in Kürze mit einem anderen Namen in Verbindung gebracht würde, sicher nicht mit Max Brugge. Sie konnte es ja selbst noch nicht recht glauben, dass sie auf dem besten Wege zu diesem offiziellen Schritt war. Auch nicht nach dem gemeinsamen Tag mit Max und ihren Freundinnen, der kleinen, stillen Feier am Abend im Restaurant des Hotels, der langen Zugfahrt, während der Max und sie viele heimliche Blicke getauscht hatten. Heimlich, weil Luise der mitreisenden Agnes noch nichts von der Neuigkeit erzählen wollte. Ehe ihr Kammermädchen von der Übereinkunft erfuhr, sollten ihre Eltern und Geschwister es wissen. Erst sollte Max offiziell um ihre Hand anhalten und die Verlobung ausgesprochen sein.

Max, Paula und Hedwig hatten ihrer Bitte zugestimmt, und auch Fräulein Gehmlich, die noch einige Tage in Berlin verbleiben wollte, hatte versprochen, darüber an niemanden ein Wort zu verlieren.

Max' Vorschlag, sie zu begleiten und noch am selben Abend mit ihren Eltern zu sprechen, hatte Luise abgelehnt.

Dies käme einem Überfall gleich. Und so waren sie übereingekommen, dass er am nächsten Morgen den Weg nach Friesenhain machen würde, um Graf und Gräfin um die Hand ihrer älteren Tochter zu bitten.

An diesen Moment wollte Luise noch nicht denken.

Was würden sie nach all den Fürstencousins und Grafensöhnen zum Fabrikanten Max Brugge als ihrem Ehemann sagen? Würden sie ihn für respektabel halten? Trotz seiner politischen Ausrichtung? Obwohl sie ihn nicht einmal kannten?

Und Johan? Wie würde er auf diese Neuigkeit reagieren?

Luise unterdrückte ein Seufzen.

Als die Kutsche nun zum Nordtor hineinrollte, atmete Agnes tief ein. »Wenn ich das sagen darf, Komtess Luise, Berlin war sehr aufregend und es hat mir wirklich gut gefallen, dort zu sein. Aber Friesenhain ist doch was ganz andres. Diese Stille und der Nachthimmel, an dem all die Sterne stehen. Und die erleuchteten Fenster. Man möchte sofort hineinlaufen und allen Lieben Hallo sagen. Finden Sie nicht?«

Luise lächelte ihr zu, auch wenn in ihrem Magen bei dem Gedanken an diese Lieben ein Flattern zu spüren war. Immerhin hatte sie noch diesen einen Abend, diese kleine Gnadenfrist. So antwortete sie: »Du hast recht, Agnes. Es mag hier provinziell sein, aber jene behagliche Wärme, die bietet nur ein wahres Zuhause bei der Rückkehr von einer Reise.« Wolff half ihnen beiden aus der Kutsche und versprach, sich ums Gepäck zu kümmern, während Agnes zum unteren Hintereingang lief, der in den Dienstbotentrakt führte.

Luise selbst raffte ihren Reiserock, um über den Kies hinüber in den Stall zu gehen. Gut, dass ihre Mutter sie nicht sah, wie sie wieder einmal keine Rücksicht auf ihre feinen Sachen nahm. Doch Anna von Scheweney hatte sich nach dem Dinner bestimmt schon in ihre Räume zurückgezogen, wie sie es in der letzten Zeit häufiger als gewohnt tat.

Umso verblüffter war Luise, als sie zu dieser Stunde in der Stallgasse zwei weibliche Stimmen hörte. Die Maries und ihrer Schwester.

»Was tut ihr beiden so spät noch hier?«, rief sie und eilte zu ihnen hinüber. Vor Helenas Box hatten die Burschen mehrere Stalllaternen aufgehängt. So war die Stute mit den beiden winzigen Fohlen darin gut auszumachen.

»Luise! Du bist zurück!«, erwiderte Marie und umarmte sie herzlich.

Clara schüttelte lächelnd den Kopf und kam dann der Freundin nach, indem sie ihre größere und kräftigere Schwester energisch an sich drückte. »Und natürlich führt dich dein erster Gang hierher, nachdem Wolff gewiss von den gesunden, kleinen Zwillingen berichtet hat! Ich wusste es! Wir haben hier auf dich gewartet.«

»Wie war es? Habt ihr die Petition übergeben?«, erkundigte Marie sich gespannt. »Sicher war es sehr aufregend! Waren denn viele Frauen dort?«

Luise spürte den Knoten in ihrem Magen sich lösen. Die vertrauten Gesichter von Schwester und Freundin, deren heitere Stimmen taten ihr so gut. Lachend winkte sie ab. »Es waren Tausende!«

»Tausende? Luise, jetzt übertreibst du«, mutmaßte Clara ungläubig mit zum staunenden Mund erhobener Hand.

»Nicht im Geringsten. Ach, ich weiß gar nicht, wo ich anfangen soll.« Luise wischte sich mit den Handrücken über die Stirn und betrachtete dann die beiden Fohlen, die neben ihrer Mutter im Stroh lagen. »Wie hübsch sie sind! Und zwei Stuten, wie Wolff sagte. Wenn das kein Zeichen ist!«

»Was meinst du damit? Ein Zeichen? Wofür?«, hakte Clara gleich nach.

»Für ihre Reise nach Berlin und die Frauenbewegung«, antwortete Marie wie selbstverständlich.

Doch Clara konnte ihre Schwester noch ein wenig besser lesen als die gemeinsame Freundin und sah sie prüfend an. »Möchtest du nicht erzählen?«

Plötzlich scheu hob Luise die Hände. »Wo soll ich beginnen?«

»Beim Wichtigsten«, schlug Marie mit einem Schulterzucken vor. »Wovon ist dein Herz am vollsten?«

Da musste Luise nicht lange überlegen, sie wusste, wovon ihr Herz voll war. Und hier, vor Clara und Marie, musste sie sich doch nicht bremsen, nicht wahr? »Es gibt so viel zu erzählen. Von der Reise, den Kaiserlichen Stallungen, dem neuen Stallwirtschafter, dem Aufmarsch. Aber wenn ich mit dem Wichtigsten beginnen soll, dann kann ich sagen ...« Ein breites Grinsen sprang ihr ganz ohne ihr Zutun in die Mundwinkel und hinderte sie fast am Weitersprechen. »Ich kann sagen, dass es demnächst eine Hochzeit geben wird!«

Die beiden sahen sie mit großen Augen an.

Dann fiel Clara ihr abermals um den Hals und küsste sie auf beide Wangen. »Oh, Lulu, wie wunderbar! Ich freue mich so sehr! Und am meisten freue ich mich darüber, wie du strahlst. Du hast dich entschieden, ja? Du bist jetzt ganz sicher? Und hast du Johan schon geschrieben? Nein, warte, er wird ja morgen Nachmittag wieder hier sein. Du willst es ihm bestimmt sagen, von Angesicht zu Angesicht?«

Luise löste sanft die schwesterlichen Hände von ihren Schultern, während ihr Lächeln in sich zusammenschmolz.

Das hatte sie wohl nicht allzu geschickt angestellt. So ein Missverständnis konnte sie Clara nicht übelnehmen. Und doch war ihr, als brannten die Dochte der Laternen mit einem Mal etwas weniger hell.

»Aber nein, Clara. Nicht Johan«, sagte sie, während sie die Hände ihrer Schwester hielt und zwischen ihr und Marie hin und her blickte. »Es ist nicht Johan van Leeuwen, den ich heiraten möchte, sondern Max Brugge.«

Kurze Zeit war es still. Sie hörten eines der Pferde Heu aus der Raufe rupfen und geräuschvoll kauen.

»Max Brugge?«, wiederholte Marie verwirrt. »Aber sagtest du nicht, dass er ein schrecklicher Spötter und Besserwisser sei? Hast du ihn nicht einen selbstgefälligen Sozialdemokraten genannt?«

Da musste Luise wieder lachen. Auf Marie in ihrer unverstellten Art war in solch bangen Situationen Verlass.

»Stimmt! Du hast recht. Genau das habe ich über ihn gesagt. Aber wisst ihr, ich habe mich in ihm getäuscht. Oder vielmehr hat wohl eher er sich in mir getäuscht. Denn als er merkte, dass die Komtess von Scheweney gar nicht solch Adelsdünkel hat, wie angenommen, und dass sie die Sache der Frauen sehr ernst nimmt, da war es vorbei mit dem Spott. Und stattdessen ...« Sie musste innehalten, so bewegt war sie. Wie konnte sie den beiden Menschen, die am meisten von ihr wussten, erklären, was in den vergangenen Wochen und letzten Tagen geschehen war? Wo sie doch bisher all dies still für sich ausgemacht hatte.

»Er respektiert mich«, begann sie dann ernst. »Er gibt viel auf meine Meinung und möchte wissen, was ich denke, wirklich denke, versteht ihr? Meinen Wunsch, zu studieren, unterstützt er. Er findet, jede Frau sollte das Recht auf gute Bildung und einen Beruf haben. So sehr wie er sich für die Arbeiter in seiner eigenen und allen anderen Fabriken einsetzt, so sehr befürwortet er auch die Forderungen der Frauenvereine.«

Luise konnte im Gesicht ihrer Schwester eine Mischung aus Zweifel und Sorge lesen, mühsam verborgen hinter einem Lächeln, das ihr zeigen sollte, dass sie mit ihr fühlte.

Auch Marie schaute besorgt. Luise ließ eine von Claras Händen los und griff auch nach Maries.

»Ich hoffe, du weißt, dass ich Stürmer nicht im Stich lassen werde? Er sollte mein Hochzeitsgeschenk sein – und das wird auch dann zutreffen, wenn ich einen anderen heirate als zu jenem Zeitpunkt alle angenommen haben. Ich nehme an, Stürmer ist es egal, welchen Bräutigam ich wähle?«, versuchte sie einen kleinen Scherz.

Die Finger ihrer Freundin drückten ihre Hand. »Ach, Luise, wie lieb, dass du das bedenkst. Aber zu Stürmer gibt es auch Neuigkeiten, die wir noch berichten müssen. Ich dachte gerade tatsächlich nicht an ihn, sondern eher daran, wie du Max Brugge soeben beschrieben hast. Das klingt, als böte er dir alle Freiheiten, die du willst, die wohl jede von uns verdient.«

»Aber ja! Genau das tut er!«, erwiderte Luise lächelnd.

Maries lebendige braune Augen forschten in ihrem Gesicht, freundlich und fürsorglich. »Und ist es deswegen, dass du seinen Antrag angenommen hast? Weil er dir diese Dinge ermöglicht? Aber dein Herz, Luise?«, setzte sie leise hinzu. »Was sagt das?«

Es war einer jener Moment, in denen es zählt. In denen Menschen, die du liebst, an deinen Lippen hängen und auf eine gewisse Antwort hoffen. Eben weil sie dich lieben.

Luise wusste, dass sie Schwester und Freundin nicht enttäuschen musste. Im Gegenteil, vielleicht konnte sie deren Erwartungen sogar übertreffen.

»Mein Herz galoppiert, wenn er in der Nähe ist, und macht Freudensprünge, wenn er mich ansieht«, gestand sie ein wenig verlegen, aber voller Gefühl. »Ich hätte nie gedacht, das einmal sagen zu können, aber: Ich bin sicher, dass ich den Richtigen gefunden habe. So unverhofft und unerwartet. Aber er ist es. Und ich bin die glücklichste Frau der Welt, dass er in mir ebenfalls sein Gegenstück sieht.«

Wieder herrschte kurzes Schweigen. Dann trat Clara noch näher an sie heran, beinahe gleichzeitig mit Marie. Gemeinsam umarmten sie Luise, die ihre Arme um die beiden schlang. So standen sie für eine ganze Weile dort in der Stallgasse und hielten sich.

Luise

45

Luise hatte erwartet, in der Nacht kein Auge zuzutun, doch dann schlief sie traumlos tief und erwachte erholt und mit einem Lächeln. Ein Flattern in der Magengegend erinnerte sie sogleich daran, dass Max noch am Vormittag bei ihren Eltern vorsprechen wollte.

»Willst du nicht allein mit Vater reden?«, hatte sie ihn in Berlin gefragt, als sie diesen Plan gefasst hatten. Genau das hatte zumindest Johan getan. Doch Max hatte den Kopf geschüttelt und ihr mit der Fingerspitze über die Wange gestrichen.

»Ich finde, sie dürfen gleich sehen, dass es mir ernst ist mit unserer Gleichberechtigung. Warum sollst du nicht dabei sein, wenn ich deine Eltern um deine Hand bitte? Schließlich geht es dabei doch um dich«, hatte er erwidert.

Die Vorstellung, mit den dreien gemeinsam im Salon zu sitzen und zuzuhören, wie Max mit ernsten Worten um sie anhielt, machte sie nun so nervös, dass sie sicher war, beim Frühstück keinen Bissen herunterzubringen.

Beinahe war sie froh, dass ihr Vater, den sie am gestrigen Abend nicht mehr gesehen hatte, sie einer genauen Befragung zu ihrem Besuch beim Kaiserlichen Stallwirtschafter unterzog. So war sie abgelenkt, weil es Etliches zu berichten gab, und so fiel es niemandem auf, dass sie zwar viel sprach, aber kaum etwas aß. Ihr Vater geriet bei ihren Erzählungen in beste Laune. Dass der Kaiserliche Stallwirtschafter Verwandtschaft ganz in der Nähe hatte, die ihm bereits Gutes von Friesenhain berichtet hatte, ließ seine Brust schwellen. Besonders blitzten seine Augen, als Luise ihm das lebhafte Interesse Georg von Hofbergs an den Leistungen ihres Gestüts und an der kleinen Liebhaberzucht von Friesen schilderte.

»Wenn der Kaiserliche Stallwirtschafter seine Verwandtschaft in Rheine besucht, empfangen wir ihn herzlich gern, um ihm unsre schwarzen Perlen zu zeigen. Womöglich könnte es Rittmeister von Hofberg auch interessieren, dass wir womöglich den einzigen männlichen Nachkommen vom Hengst Rigel beherbergen?«, überlegte der Graf. Sein gezwirbelter Schnauzbart tanzte vergnügt auf und ab. »Was für außerordentlich gute Neuigkeiten, Luise. Gut gemacht! Und auch dir, Clara, meinen Dank, dass du auf diese Idee gekommen bist. Wilhelm war ja auch ganz deiner Meinung.« Er sah seine Kinder der Reihe nach mit breitem Lächeln an, heute Morgen so ganz und gar zufrieden mit ihnen. »So hat sich diese Reise also gelohnt!«

Die Gräfin nickte zu seinen Worten und ließ den Blick aus ihren grünen Augen prüfend über Luises Gesicht gleiten.

»Ich finde, Kind, es hat dir gutgetan, einmal rauszukommen. Du siehst heute Morgen so frisch aus. Und so hübsch zurechtgemacht.« Auch sie wirkte zufrieden, nachdem sie der Berlinreise erst eher kritisch gegenübergestanden hatte. Doch die gute Laune ihres Mannes wirkte ansteckend. Jetzt lächelte sie Luise sogar verschmitzt zu. »Die Berlinerinnen haben wohl deinen Ehrgeiz zum Schick angestachelt?« Während sie einen Blick mit ihrem Mann tauschte und er ihr schmunzelnd zunickte, wurde es Luise ganz beklommen.

Im nächsten Augenblick klopfte es an der Tür und Ranke erschien mit dem kleinen Silbertablett, auf dem er Depeschen oder die Karten von Besuchern präsentierte.

Luise hielt die Luft an und begegnete Claras ruhigem, seelenvollen Blick, der ihr wohl Mut machen wollte.

Hermann von Scheweney griff nach der Karte, die darauf lag. »Max Brugge, Tapetenmanufaktur«, las er verwundert und sah zu seiner Frau. »Haben wir einen Termin für die neue Ausstattung des hinteren Saales?« Doch noch während sie den Kopf schüttelte, räusperte Ranke sich.

Der Graf sah ihn an.

»Herr Brugge bittet die gnädigen Herrschaften um die Ehre. Er möchte persönlich vorsprechen«, verkündete Ranke würdevoll.

Graf Hermann runzelte die Stirn und blickte zu Wilhelm.

»Etwas Geschäftliches, Wilhelm? Du warst doch mit Johan in der Manufaktur, hast du erwähnt?« Doch als Wilhelm den Kopf schüttelte, glitt der Blick ihres Vaters weiter zu Luise.

Nun musste die sich dringend daran erinnern, weiterzuatmen.

»Neben Fräulein Gehmlich und Fräulein Brugge war auch Herr Brugge in Berlin dabei und hat dir Geleit gegeben, nicht wahr, Luise? Was kann er wollen?«

Luise schluckte und sah zwischen ihm und ihrer Mutter hin und her. Deren Brauen waren in die Höhe gewandert und berührten beinahe die in die Stirn frisierten Locken, als sie Luise nun ansah. Mit einem Mal lag eine knisternde Spannung im Raum.

»Fragen wir ihn!«, entschied der Graf und erhob sich, indem er zu Ranke sagte: »Führen Sie den Gast in den Salon, Ranke, und bringen Sie uns doch ein Kaffeetablett hinein.«

Der Diener verneigte sich. »Ich war bereits so frei, gnädiger Herr.«

Auch Gräfin Anna stand auf. Und Luise.

Ihre Eltern hielten beide inne und schauten sie fragend an.

Wieder räusperte sich Ranke, und als alle ihn ansahen, ergänzte er mit gesenktem Blick: »Herr Brugge bittet, ob auch Komtess Luise bei der Unterredung anwesend sein kann.« Seine kleine Verbeugung fiel recht zackig aus und damit verschwand er. Wahrscheinlich, um das Kaffeetablett zu ordern. Sein Abgang hatte jedoch etwas von einer Flucht.

Der Blick des Grafen glitt zu Luise. Die fühlte sich plötzlich von Schwindel erfasst und holte tief Luft.

Meinte sie es nur oder trat bereits ein ahnungsvolles Flackern in die grünen Augen ihrer Mutter? Auch Wilhelm, der neben ihr saß, sah sie fragend an. Nur Clara, die Hände im Schoß verborgen, lächelte ihr tapfer Mut zu.

Graf Hermann blickte erneut auf die Karte in seiner Hand.

»Er schreibt für die *Rundschau*«, teilte er dann niemand Bestimmtem mit. »Seine Schwester hat es auch erwähnt, als sie zum Tee hier war, und da schien es mir, als sei sie sehr stolz auf ihren Bruder. Ohne Zweifel eine patente junge Dame. Mit Stil und Vermögen. Hören wir uns nun an, was ihren Bruder nach Friesenhain treibt.« Damit sah er sowohl seine Frau wie auch Luise auffordernd an.

Am liebsten hätte Luise Claras zierliche Hand gegriffen und die Schwester mit sich gezogen. Doch deren aufmunterndes Nicken war das Einzige, das Luise mitnehmen konnte.

Sie folgte ihren Eltern hinaus in die Halle und zur Tür des Salons, die ihr Vater selbst öffnete und ihnen vorweg hineinging.

Max stand an einem der Fenster, die nach Westen auf die Koppeln hinausgingen, und wandte sich bei ihrem Eintreten zu ihnen um. Er trug einen feinen, dunkelgrauen Dreiteiler mit Hemd und Binder. Mit Ausnahme seines Schnurrbarts war er frisch rasiert und sein Haar ordentlich frisiert.

Am liebsten wäre Luise durch den Salon auf ihn zugestürmt und hätte sich in seine Arme gerettet. Doch zugleich schien er ihr hier in dem vertrauten Raum so fremd, dass sie nicht mehr wagte, als ihm ein zaghaftes Lächeln zu schenken.

Er verneigte sich tief vor ihrer Mutter, die seine Begrüßung mit einem Nicken entgegennahm. Auch der Graf neigte bei der Vorstellung ein wenig den Kopf.

»Herr Brugge, ich bin erfreut, Sie kennenzulernen. Vielen Dank, dass Sie die Komtess in Ihrer kleinen Reisegruppe aufgenommen und zu den Kaiserlichen Ställen begleitet haben. Sie hat uns soeben von dem erfolgreichen Empfang dort berichtet. Bitte, nehmen Sie doch Platz.« Hermann von Scheweney bot dem Besuch einen Stuhl in der eher unbequemen Sitzecke am Fenster an. Für Luise ein Zeichen, dass ihr Vater nicht damit rechnete, lange aufgehalten zu werden. Sie musste schlucken.

»Das war doch selbstverständlich«, erwiderte Max. Er bedachte sie mit einem liebevollen Lächeln, das wohl auch ihren Eltern ins Auge sprang, denn sie sahen sich auf eine Weise einvernehmlich an, die Luise nur selten zwischen ihnen bemerkte. Sie wirkten beide alarmiert, während Max hinzusetzte: »Meine Schwester war ebenso begeistert von dieser Gelegenheit wie ich.«

Anna von Scheweney musterte Max mit scharfem Blick und sah dann zu Luise hin, die rasch die Spitze an ihrem Rock studierte.

Es entstand ein kurzes Schweigen. Doch dann räusperte

sich Max und erhob sich erneut von seinem Stuhl, um sich vor Luises Eltern zu verbeugen.

»Gräfin von Scheweney, Graf von Scheweney, sicher fragen Sie sich zu Recht, wieso ich so unerwartet hier erscheine, noch dazu um diese frühe Stunde. Die Sache ist die, dass ich keine Minute länger warten wollte, Ihnen meine Aufwartung zu machen. Wie Sie wissen, sind Ihr wertes Fräulein Tochter, Komtess Luise, und ich uns in den letzten Wochen einige Male begegnet. Durch die entstehende Bekanntschaft, nein, ich muss wohl sagen, Freundschaft zwischen Ihrer Tochter und meiner Schwester Paula kam es dazu, und ich hatte die Gelegenheit, Ihre Tochter ein wenig näher kennenzulernen.« Er machte eine Pause, in der Luise rasch von ihrem Vater, der mit großen Augen den jungen Mann vor sich ansah, zu ihrer Mutter blickte, die in Schlussfolgerung zu dieser Sache ihrem Mann weit voraus war. In ihrer Miene spiegelte sich nur mühsam unterdrückte Überraschung. Welche sich mit Entsetzen mischte, als Max fortfuhr: »Ich kann es nicht anders sagen, ich war vom ersten Moment an ... eingenommen.«

Nun hatte auch ihr Vater begriffen. Stumm deutete er Max, fortzufahren.

»Die gemeinsame Reise nach Berlin hat nur bestätigt, wessen ich im Grunde schon gewiss war: dass eine Verbindung zwischen Ihrem verehrten Fräulein Tochter und mir mein inniger Wunsch ist. Und so bin ich heute hier, um Sie um die Hand Ihrer Tochter Komtess Luise zu bitten.«

Ihre Mutter saß kerzengrade und wie eingefroren da. Ihre Miene war starr vor Entsetzen. Dies war sicher nicht die Reaktion, die ein junger Mann sich bei seinem Antrag von der Mutter seiner zukünftigen Braut erhoffte. Er lächelte sie an, aber Luise erkannte auch in seiner Haltung ein wenig Verunsicherung.

Ihr Vater, der Max gerade angestarrt hatte, wandte den Blick und sah sie ungläubig an. »Luise?« Seine sonore Stimme zu einem Fragezeichen erhoben.

»Herr Brugge sagt die Wahrheit«, sagte sie rasch und hätte sich ohrfeigen mögen, weil ihre Stimme so dünn klang. »Er hat sich mir in Berlin erklärt.«

Die Kiefermuskeln ihres Vaters mahlten, was seinen Schnurrbart beben ließ. »Und was hast du geantwortet?«

Luise sah zu Max, der ihren Blick erwiderte, in den braunen Augen das Versprechen, es werde alles gut werden, solange sie nur selbstbewusst und sicher auftrat.

Und so drückte Luise die Schultern noch ein wenig mehr zurück, hob das Kinn und antwortete mit möglichst fester Stimme: »Ich habe Ja gesagt, Vater.«

Der Graf nickte beinahe grimmig, als habe er im Grunde keine andere Antwort erwartet. Dann wies er auf den Stuhl, vor dem Max immer noch stand, und der setzte sich erneut.

Hermann von Scheweney räusperte sich und legte die Hände auf die Oberschenkel. So stolz und aufrecht kannte Luise ihn sonst nur in seiner Uniform. Schon allein der Anblick hätte seine Autorität geklärt. Doch seine tiefe Stimme tat ihren Teil noch dazu, als er sagte: »Ihr Anliegen kommt sehr überraschend, wie Sie sich sicher denken können, Herr Brugge. In unseren Adelskreisen ist es nicht üblich, dass Eltern ahnungslos sind, während ihre Tochter sich heimlich verlobt.«

Max tat das einzig Richtige in dieser Situation. Er unterbrach ihren Vater mit einer Geste der Ehrerbietung mit den Worten: »Verzeihen Sie, Graf von Scheweney, aber Ihre Tochter und ich sind nicht offiziell und auch nicht heimlich verlobt.«

Ihr Vater zog die Brauen zusammen. »Nicht? Aber …«

Luise konnte es nicht mehr aushalten und mischte sich ein:

»Ich weiß doch, dass ihr für mich andere Pläne hattet, Vater. Deshalb haben wir beschlossen, uns erst offiziell zu verloben, wenn ihr euer Einverständnis gegeben habt.«

Der Ausdruck ihres Vaters veränderte sich und er musterte Max erneut.

»Sie sind ein Mann von Ehre, Herr Brugge. Das gefällt mir. Sehen Sie, die Familie steht für uns an erster Stelle, Kopf an Kopf mit dem Gestüt. Wen wir aufnehmen, hängt sehr davon ab, ob sich derjenige einzufügen bereit ist. In unsere Traditionen, unsere Stellung in der Gesellschaft und bei Hofe, in unser Verständnis von Ehre und Anstand. Letzteres haben Sie wohl hiermit bewiesen.«

»Hermann«, zischte da die Gräfin, plötzlich aus ihrer Starre erwacht. Ihre grünen Augen wirkten so hell wie ein eiskalter Bergsee. »Heute Nachmittag kommt Johan zurück. Seine Mutter, meine Cousine Maxime und ich, haben bereits wegen eines Termins geschrieben.«

Luise erkannte aus dem Augenwinkel, wie Max den Kopf zu ihr drehte und sie fragend ansah. Um ihm die näheren Zusammenhänge rund um Johan van Leeuwen zu erklären, war in Berlin keine Gelegenheit gewesen. In ihr war alles drunter und drüber gegangen. Und erst letzte Nacht hatte sie ernsthaft darüber nachgedacht, wie sie Johan begegnen sollte, wie seinen Antrag auf höfliche Weise ablehnen. Sie wollte ihrem sympathischen Vetter schließlich keinen Schmerz zufügen. Aber ebenso wenig wollte sie nun, dass Max in ihm noch einen Konkurrenten wähnte.

Graf Hermann nickte langsam, an seine Frau gerichtet. »Darüber müssen wir später reden.« Gewiss meinte er damit: im Kreise der Familie, ohne einen fremden Zuhörer. Doch Anna von Scheweney schien dieses eine Mal auf solch Etikette keinen Wert zu legen.

Die Hände in den Stoff ihres Kleides gekrallt, sagte sie hitzig: »Ich verstehe nicht, wie du das in Erwägung ziehen kannst ...«

»Mutter!«, rief Luise und griff nach ihrer Hand. Doch ihre Mutter entwand sie ihr rasch wieder und bedachte sie mit einem anklagenden Blick, während Luise mit sich überschlagender Stimme erklärte: »Ihr selbst habt auf eine Ehe gedrängt. Ihr habt mir etliche Kandidaten präsentiert und immer betont, dass meine Wahl euch wichtig ist. Nun habe ich gewählt. Leider nicht so, wie du und Großcousine Maxime es sich wünschen. Aber bitte ...«

»Luise!«, fuhr ihr Vater sie dröhnend an. Seine Stimme war ebenso mächtig wie der Donner eines Sommergewitters. »Zügle dein Temperament! Wie kannst du deiner Mutter so das Wort abschneiden?«

Im Raum schienen alle gleichzeitig Atem schöpfen zu müssen. Dann senkte Luise den Blick, in ihrem Hals ein gewaltiger Kloß. »Verzeih, Mutter.«

Die Gräfin schluckte ebenfalls, erwiderte aber nichts.

Max warf Luise einen kurzen Blick zu, der ihr sicher Mut machen sollte. Doch statt Zuversicht spürte Luise nur Enge in der Brust, das hilflose Flattern, das sie so gut kannte. Das Gespräch verlief so anders, als sie es sich erhofft hatte.

Hermann von Scheweney klopfte mit den Handflächen auf seine Knie. »Ich muss gestehen, mir ist schleierhaft, wie ich mit dieser Situation nun umgehen soll«, sagte er und schien von seiner eigenen Ratlosigkeit einigermaßen überrascht.

Max lächelte schief. »Für mich ist es auch das erste Mal.«

Luise wollte schon nach Luft schnappen. Wie konnte er jetzt einen Scherz wagen. Doch da fiel ihr Blick wieder auf ihren Vater, der den jungen Mann gründlich musterte. Rund um seine Augen entstand das feine Netz an Fältchen, das

Luise an ihm liebte. Und da lächelte der Graf zum ersten Mal in dieser Begegnung aufrichtig.

Luises Herz, gerade noch ängstlich flatternd, dehnte sich aus und erfüllte sie mit warmer Zuversicht. Sie hätte ihren Vater auf der Stelle küssen können. Der zwirbelte seine Bartenden und sagte dann: »Ich denke, in solchen Situationen hat sich ein neuer Gesprächsbeginn bewährt.« Wie, um sich selbst zuzustimmen, nickte er und fuhr ein wenig zögerlich fort: »Wir kommen allmorgendlich in den Genuss, unseren Tag mit der Kunst Ihrer reizenden Frau Schwester zu beginnen. Unser Frühstückszimmer ziert eine der Tapeten aus Ihrer Manufaktur.«

»Die gelbe mit den exotischen Vögeln, richtig? Ja, Komtess Luise hat es erwähnt«, sagte Max stattdessen. »Wir haben einige dieser Art im Programm. Aber diese gelbe finde ich selbst besonders hübsch. Paula ist wirklich sehr talentiert.«

Luise sah fassungslos zwischen den beiden Männern hin und her. Wie konnten die beiden nun diese Artigkeiten austauschen? Aber nun ... Es schien genau das Rechte zu sein.

»Ausgesprochen talentiert!«, stimmte der Graf Max in dessen Meinung zu Paulas Begabung zu. »Wir möchten unser nächstes Familienportrait bei ihr in Auftrag geben. Sie hat erzählt, dass sie auf dem Fabrikgelände ihr Atelier direkt unter dem Dach hat, mit einer verglasten Decke.«

»Ja, es ist ein sehr schöner Raum, hell zu jeder Tageszeit. Und ihr Talent für Einrichtung kommt dort auch bestens zur Geltung. Ähnlich wie in diesem Raum. Der auch ausgesprochen geschmackvoll eingerichtet ist.« Luise beobachtete, wie Max zu ihrer Mutter sah, in dem Bemühen, sie ebenfalls in die Unterhaltung einzubeziehen. »Vielleicht möchten Sie sich das Atelier einmal anschauen, Gräfin von Scheweney. Paula würde sich gewiss über Ihr Interesse freuen.«

Die Gräfin schenkt ihm ein bemühtes Lächeln. »Gern, wenn es meine Zeit erlaubt«, erwiderte sie trocken.

»Unsere Tochter hat berichtet, wie gewaltig das Fabrikgelände ist. Sicher gibt es fortwährend viel zu tun für Sie und Ihre Schwester?«, erkundigte sich der Graf. Luise war sicher, wohin das Gespräch nun führen würde. Ihr Vater tat das, was wohl jeder gute Vater für seine Tochter tun würde, wenn ein Heiratskandidat vorsprach: Er versuchte, etwas über den Mann in Erfahrung zu bringen, vor allem, was dessen Einkünfte und Arbeit anging.

Das Flattern in Luises Brust legte sich ein wenig. Diese Frage war ein gutes Zeichen, nicht wahr? Ihr Vater versuchte, Max zu ergründen, ihn etwas kennenzulernen, wies ihn nicht gleich ab, sondern schien nach dem ersten Schrecken offen für diese erste Begegnung. Luise war klar: Auch wenn ihre Mutter ihr auf ihre oft so kühle, beherrschte Art deutlich machen würde, wie enttäuscht sie von ihrer älteren Tochter war – so war es doch ihr Vater, auf dessen Entscheidung es letztendlich ankam.

»Oh, ja, die Manufaktur benötigt viel Aufmerksamkeit unsererseits«, bestätigte Max nun, offenbar froh, sich in dieses Thema flüchten zu können, in dem er zu Hause war. »Aber wir haben uns schon vor Jahren entschieden, den von unserem Vormund eingesetzten Geschäftsführer in Stellung zu behalten. Er kümmert sich hervorragend und nimmt uns alles Lästige ab. Für Paula bleibt natürlich die künstlerische Arbeit, die sie sich nicht nehmen lässt, weil sie sie liebt. Und ich halte den Kontakt zu den Arbeitern, interessiere mich für deren Belange. Für allen Schriftverkehr und die Koordination der Besprechungen mit Kunden habe ich meine sehr tüchtige Frau Klingemann, Sekretärin und gute Seele des gesamten Betriebs. Und so bleibt mir ausreichend Zeit für meine journalistische Arbeit.«

Der Graf nickte zustimmend. Er war durchaus ein Freund davon, Aufgaben zu delegieren, solange man selbst die Zügel in der Hand behielt. »Sie schreiben für die *Rundschau*, nicht wahr?«

Max beugte sich lebhaft vor. »Ja, aber auch für andere Zeitungen und Journale. Ich liebe das Schreiben. Es bietet so viele Möglichkeiten des Ausdrucks, wenn wir an der Sprache feilen. Eine spannende Sache, wenn wir mit dem, was wir niederschreiben, kunstvoll Worte drechseln und gleichzeitig andere Menschen bewegen können, nicht wahr?«

Der Graf sah ihn nachdenklich an. »Da mögen Sie wohl recht haben, Herr Brugge. Ein Mann muss zu dem stehen können, was er von sich gibt, zumal in der Öffentlichkeit.«

Auch dies klang nach einer Zustimmung. Luise lächelte.

Max fuhr fort: »Indem ein journalistischer Bericht Menschen bewegt, kann er oft auch etwas bewirken. Meine Artikel greifen meist das Zeitgeschehen auf, sind durchaus politisch zu betrachten. Darin spiegelt sich natürlich auch oft meine Arbeit für die Partei.«

Luise wandte rasch den Kopf und starrte Max so eindringlich an, dass sie glaubte, er müsse es unbedingt spüren. Dazu bewegte sie sacht den Kopf hin und her, doch er sah es nicht.

In dieser Sekunde hätte sie fluchen mögen. Natürlich würde auch dieses Thema irgendwann zur Sprache kommen, doch jetzt und hier, wo ihr Vater Max auf Herz und Nieren zu prüfen schien, wäre es gewiss besser, wenn er nicht …

»Partei?«, wiederholte Hermann von Scheweney da schon, der bei dem Schlagwort aufgehorcht hatte.

Jetzt erst sah Max zu ihr, erkannte ihre Geste. Doch es war zu spät. Und er zu stolz auf seine Überzeugung, als dass er nun ausgewichen wäre. Ein Stolz, den Luise an ihm bewunderte, ja, liebte, aber dessen Herausstellung in diesem Augenblick höchst unglücklich war.

Max richtete sich auf dem unbequemen Stuhl gerade auf. »Ich bin Mitglied der Sozialdemokratischen Arbeiterpartei«, sagte er.

Ihr Vater erbleichte, was nur selten vorkam. Das schlechteste aller Zeichen.

Oh nein.

Ein Schweigen senkte sich über den Raum, wie Luise es kaum je erlebt hatte. In ihren Ohren konnte sie ihr Blut rauschen hören.

»Ein Sozialdemokrat«, wiederholte Graf Hermann. Und er hätte ebenso gut *Betrüger, Dieb, Meuchelmörder* sagen können. Der Tonfall ihres Vaters war unmissverständlich. Etwas, das Max auch nicht entgehen konnte.

»Aber Sie sind Fabrikant«, warf Anna von Scheweney geradezu verstört ein.

Max, der sichtbar um Fassung rang, hin- und hergerissen zwischen Selbstvorwurf, dass ihm dieser Fehler unterlaufen konnte, und gerechter Empörung über die hervorgerufene Reaktion, versuchte es mit einer leichten Erwiderung: »Sie haben recht, das scheint ein Widerspruch zu sein. Darauf hat Luise mich auch bereits hingewiesen.«

Diesmal zuckte die Gräfin regelrecht zusammen. Auch der Graf war erstarrt. Die Temperatur im Raum schien erneut um einige Grade zu fallen. Max, dem das auch nicht entging, blinzelte irritiert, bis ihm aufging, dass er in seiner Verwirrung einen weitaus unverzeihlicheren Fehler begangen hatte: Er hatte in Gegenwart ihrer Eltern ihren Vornamen in solch vertraulichem Ton benutzt, der im Grunde nur einen Schluss zuließ.

»Sie haben behauptet, nicht heimlich mit unserer Tochter

verlobt zu sein«, sagte Hermann von Scheweney mit solch gefährlicher Ruhe in der dunklen Stimme, die Luise nur von wenigen Momenten in ihrem Leben kannte. Momente, in denen etwas unwiderruflich entschieden war.

Sie wollte etwas sagen. *Nein. Bitte nicht!* rufen, doch ihre Kehle war wie zugeschnürt.

»Das«, begann Max und musste sich sammeln. »Das bin ich auch nicht.«

»Welch Glück für uns alle«, sagte der Graf, »denn dann wird es auch nicht dazu kommen.«

»Vater!«, brach es aus Luise heraus und sie sprang auf. Doch der hob nur die Hand, um ihren Ansturm abzuwehren.

»Graf von Scheweney«, setzte Max an, doch dieser stand auf und zwang Max dadurch, sich ebenfalls rasch zu erheben, wollte er nicht auch noch als unhöflich gelten.

»Sie verlassen augenblicklich mein Haus«, erklärte der Graf in scharfem Ton, den stechenden Blick unverwandt auf Max gerichtet. »Was auch immer zwischen Ihnen und unserer Tochter vorgefallen ist, ich verlasse mich darauf, dass Sie es als Ehrenmann für sich behalten. Gehen Sie!«

»Graf von Scheweney, ich muss Sie bitten …« Max streckte in vergeblicher Bemühung um Ruhe die Hand aus.

Der Graf schüttelte heftig den Kopf. »Ich will Sie hier nicht wieder sehen. Und sollte Ihr Fräulein Schwester, auf die ich große Stücke gehalten habe, in irgendeiner Weise an dieser Kuppelei«, er spuckte das Wort verächtlich zwischen sie aus, »beteiligt gewesen sein, richten Sie ihr bitte aus, dass dies für sie ebenso gilt. Ranke!« Sogleich wurde die Tür geöffnet. »Unser Besuch möchte gehen. Reichen Sie ihm Hut und Mantel und begleiten Sie ihn zur Tür.«

»Sehr wohl, gnädiger Herr.« Ranke sah Max abwartend an. Luise war sicher, dass er an der Tür gelauscht hatte, denn seine Miene wirkte beinahe ebenso empört wie die seines Herrn.

Max stand einen Moment da, bebend vor unterdrückter Gefühle. Es schien, als wolle er nochmals widersprechen. Doch dann neigte er den Kopf. Mit einem letzten, wie um Verzeihung bittenden Blick zu Luise ging er rasch an Ranke vorbei hinaus.

Die Tür wurde geschlossen.

Jetzt erst spürte Luise, dass auch sie am ganzen Körper zitterte. Ihr Mund war so trocken, dass sie meinte, kein Wort herauszubringen. Mühsam krächzte sie: »Vater, bitte. Du kannst nicht ...«

»Ich kann nicht?«, fuhr er sie unwirsch an, sodass sie zusammenzuckte. »*Ich. Kann. Nicht?* Ich sage dir, was ich nicht mehr kann: Dir zu viele Freiheiten lassen! Allein herumreiten! Auf Reisen gehen! An absurden Frauenversammlungen teilnehmen! Amouröse Abenteuer suchen!«

»Hermann!«, ließ sich nun auch die Gräfin schockiert vernehmen und presste beide Hände gegen die Lippen, doch ihr Mann war zu aufgebracht, um sich abbringen zu lassen, sondern tobte weiter: »Sag mir, was zwischen euch vorgefallen ist! Wie kommt es, dass ein beinahe Fremder dich, eine Komtess von Scheweney, so vertraulich beim Vornamen nennt? Habe ich meine Töchter gelehrt, derart mit ihrer Ehre umzugehen? Mit unser aller Ehre, der Ehre der Familie?«

Beinahe gegen ihren Willen spürte Luise, wie ihre Hände sich zu Fäusten krampften, während sie ihrem Vater gegenüberstand. Er war kein großer Mann und sie musste nicht zu ihm aufsehen, doch sein Zorn machte ihn so angsteinflößend, als sei er über zwei Meter.

»Meine Ehre ist unangetastet«, keuchte sie, zutiefst empört über seine Unterstellung. »Aber was die Ehre unserer Familie angeht, bin ich mir nicht mehr sicher. Was ist das für eine Familienehre, die dafür sorgt, dass die nächste Generation sich unglücklich in ein Schicksal fügen muss, das sie nicht wünscht?«

Die Brauen ihres Vaters zogen sich derart zusammen, dass sie einander fast berührten. Sein Gesicht wirkte in dieser ungebremsten Wut ungeahnten Ausmaßes fremd. Mit ausgestrecktem Arm deutete er zur Tür.

»Drüben in meinem Arbeitszimmer hast du mir ein Versprechen gegeben, Luise. Bezüglich deines Vetters. Muss ich dich tatsächlich daran erinnern?«, knurrte er.

Luise reckte das Kinn. »Ich erinnere mich sehr gut, Vater. Aber weißt du auch noch, warum ich mir dieses Versprechen selbst abgezwungen habe? Um ein Pferd vor dem Abdecker zu retten! Eines, mit dem du selbst nun den Kaiserlichen Stallwirtschafter nach Friesenhain zu locken gedenkst!«

Graf Hermann fror in der Bewegung ein. Eine unsichtbare Grenze schien überschritten, indem Luise nicht nur für sich und ihre Wünsche gesprochen, sondern ihn in seiner Entscheidung zu Stürmer und seinen Plänen das Gestüt betreffend kritisiert hatte.

»Geh auf dein Zimmer«, sagte ihr Vater tonlos. Die kalte Ruhe, die nun plötzlich von ihm ausging, erschrak Luise mehr als sein Toben. »Und denke nicht, dass ich dich jemals wieder auf eine dieser Versammlungen lasse. Das hat dir nur Flöhe ins Ohr gesetzt. Studieren! Sozialdemokraten heiraten!«

Luise sah zu ihrer Mutter, die wirkte wie aus Wachs gegossen. Ganz so wie neulich, als dieser Richard von Thebe hier zu Besuch gewesen war. So gefangen in sich selbst, dass Luise von ihr sicher keinen Beistand erhoffen konnte. Wie immer in ihrem Leben.

Ohne ein weiteres Wort stürmte sie aus dem Salon und schlug die Tür hinter sich zu.

Draußen in der Halle waren zwei der Mädchen dabei, die Leuchter abzustauben. Sicher hatten sie alles mitangehört. Aber sie waren nicht die Einzigen, die sich hier aufhielten. Im Windfang vor der Haupttür sah sie Ranke, der die Tür für Max geöffnet hielt. Beide hatten sie die knallende Tür gehört und sahen zu ihr.

Ranke schlug sogleich die Augen nieder. Doch Max hielt Luises Blick in so brennender Weise, dass sie meinte, all seine Gefühle wie ihre eigenen zu spüren. Die Schmach über den Hinauswurf. Die helle Wut ebenso wie seinen wunderbaren Stolz. Verzweiflung über diesen so unglücklichen Verlauf der Ereignisse. Und vor allem eines: glühende Liebe zu ihr.

Ein Ruck ging durch Luise. Und ganz gegen die Anweisung ihres Vaters wollte sie zu Max hinlaufen. Doch er wandte den Kopf rasch hin und her, seine Hand, die den Hut umfasst hielt, hob sich nur ein kleines Stück. Das ließ sie innehalten.

Er wollte nicht, dass sie zu ihm kam. Wollte nicht, dass sie alles noch schlimmer machte. Noch schlimmer?

Luise warf sich herum, raffte ihren Rock und rannte die Treppe hinauf über die Empore in ihr Zimmer. Rasch zum Fenster. Von dort aus blickte sie hinunter auf den Platz vor dem Eingang.

Zu ihrer Überraschung sah sie zwei Kutschen. Jene, die sie von Paulas Besuch auf Friesenhain kannte, stand wartend in der Auffahrt. Luises Herz krampfte sich zusammen, als sie sah, wie Max über den Kies zu dem Gefährt ging.

Und dann war da eine Mietdroschke, wie man sie am Bahnhof fand, die soeben vor dem Eingang anhielt.

Luise sah Ranke die Stufen hinabeilen, um den Schlag zu öffnen.

Sofort erschien ein mit einem breitkrempigen Hut bedeckter Männerkopf. Die schlanke Gestalt im Reisemantel war ihr vertraut. Johan war ein weiteres Mal vor der angekündigten Zeit zurück.

Er rief Max einen Gruß zu, der anhielt und zurückblickte. Die beiden Männer sahen einander an. Doch während Johan unvoreingenommen freundlich wirkte, schien Max' Miene undurchdringlich.

Er erwiderte auf Johans Ansprache nichts, sondern zog nur den Hut, neigte den Kopf und hielt weiter auf seine Kutsche zu. Im Gehen wandte er den Blick am Gebäude hinauf, wie als suche er nach ihr. Luise sah, wie Johan die Geste auffing und er ebenfalls den Kopf hob. Rasch trat sie vom Fenster zur Seite, stand mit klopfendem Herzen am Sims. Sie hörte unten den Schlag der Kutsche gehen, wie der Fahrer den Pferden zurief und der Kies unter ihren Schritten knirschte.

Max.

Er war dabei, davonzufahren. Weil er das Recht verwirkt hatte, hier zu sein, bei ihr zu sein. Verwirkt aufgrund seiner tiefen Überzeugung, die sie doch mit ihm teilte. Ihr Vater hatte den Mann, den sie liebte, fortgeschickt. Und zu diesem denkbar ungeeigneten Moment kam unten gerade derjenige an, der, ginge es nach dem Willen ihrer Eltern, dessen Platz einnehmen sollte.

Luise presste die bebenden Hände gegen ihren Bauch. Dann fiel ihr Blick auf die Tür zur Ankleidekammer. Sie stürzte hinein, zerrte ihre Reithosen hervor und hatte sich kurz darauf ihres Kleides entledigt. Sie ließ alles liegen, wo sie es sich vom Leib gerissen hatte, schloss die Hose, stieß die Füße in die Stiefel. Dann rannte sie hinunter, ungeachtet dessen, wem sie begegnen würde. Doch es war niemand mehr zu sehen. So eilte sie über die blau-weißen Fliesen an den Palmen vorüber zur Hintertür und in den Hof. Drüben am Waschplatz stand Alfred und spülte Jeltjes Fesseln ab.

»Den Jagdsattel, schnell!«, befahl Luise ihm und lief selbst in die Sattelkammer, um Jeltjes Zaum vom Haken zu reißen.

Der von ihrem Auftreten eingeschüchterte Junge rannte, so rasch seine Beine ihn tragen konnten, und hatte die Stute schneller als je zuvor gesattelt. Luise selbst tauschte das Halfter gegen den Zaum, warf die Zügel über Jeltjes Hals und saß bereits oben, während Alfred noch einmal nachgurtete.

»Danke, Alfred, so geht es«, sagte sie besonders freundlich, weil es ihr leidtat, ihn verschreckt zu haben.

»Wohin reiten Sie, Komtess Luise?«, erkundigte er sich scheu und mit gesenktem Blick.

»Fort«, sagte sie, wendete Jeltje und war bereits durchs Tor.

Clara

46

Luise war seit dem Morgen nicht mehr gesehen worden.

Laut Alfred hatte sie in aller Eile Jeltje satteln lassen und auch bei ihm keine Botschaft hinterlassen, wohin sie zu reiten gedachte.

Aus den wenigen Brocken, die ihr Vater gebrummt hatte, hatte Clara sich zusammengereimt, was wohl geschehen war: Max war durchgefallen bei der Prüfung zum Kandidaten um Luises Hand. Näheres war nicht aus ihrem Vater herauszubekommen.

Er und seine Frau hatten den früher als erwartet zurückgekehrten Johan empfangen. Eine geschlagene halbe Stunde hatten sie gemeinsam im Salon verbracht. Danach hatte der Graf sich in seinem Arbeitszimmer vergraben, wo er dringende Geschäfte vorschützte. Die Gräfin hatte sich mit Migräne in ihre Räume zurückgezogen. Fräulein Trebitz betonte, sie wolle von niemandem gestört werden, sondern brauche unbedingte Ruhe. In solchen Situationen waren ihre Bediensteten ihnen manchmal näher als die eigene Familie, stellte Clara fest.

Nun, um die Mittagszeit, saßen Wilhelm und sie zu zweit beim Lunch, weil niemand sonst sich blicken ließ. Auch

Johan hatte Ranke um einen kleinen Imbiss auf seinem Zimmer gebeten, wohin er sich nach dem Gespräch mit Onkel und Tante begeben hatte.

»Danke, dass du mir die ganze Wahrheit anvertraut hast«, sagte Wilhelm. »Aus Vaters Gebrummel hätte ich das nie erraten. Die arme Luise. Offenbar hat Max Brugge sich um Kopf und Kragen geredet.« Er schüttelte in echtem Bedauernd den Kopf. »Vater war außer sich. So habe ich ihn noch nie gesehen. Ich glaube, er hat sich nur so sehr beherrscht, um vor Johan nicht das Gesicht zu verlieren.« Ihr Bruder sah sie zögernd an. »Was haben sie ihm genau erzählt? Wie haben sie erklärt, dass Luise fast zeitgleich mit seiner Ankunft Hals über Kopf davon ist? Du hast doch mit unsrem Vetter gesprochen, ehe er hinaufgegangen ist. Weiß er ganz und gar Bescheid?«

Clara seufzte. »Unsre Eltern müssen wohl damit rechnen, dass Luise in ihrem überbordenden Temperament Johan die Wahrheit sagen wird. Und so konnten sie ihm den Grund für den Zwist nicht verschweigen. So wie ich Johan verstanden habe, haben sie ihm erzählt, dass Max Brugge um Luises Hand angehalten hat. Johan sagte, es habe wohl *einige Verwirrung darum gegeben*. Und dann hat er geschmunzelt. Ich fürchte, ihm ist nicht klar, dass Luise Max' Antrag annehmen wollte.«

Betroffen sahen sie einander an und dann auf ihre Teller hinunter, von denen sie beide noch kaum eines der Sandwiches angerührt hatten.

»Und du, Wilhelm? Was denkst du zu dieser ganzen Sache?«, wollte Clara gern wissen.

Ihr Bruder und sie selbst hatten die väterlichen Augen geerbt. Wirkten ihre eigenen auch oft so ernst?

»Ich mag Johan und finde, er ist ein feiner Kerl«, sagte er

schließlich nachdenklich und grinste dann ein wenig schief. »Aber ich muss ihn ja nicht heiraten. Ich fände es recht, wenn Luise selbst wählen dürfte, mit wem sie ihr Leben verbringen will. Dieser Artikel neulich ...« Clara wusste, was er meinte. Luise hatte ihr davon berichtet, wie deutlich Max Brugge auch journalistisch die Forderung der Frauenvereine für mehr Rechte unterstützte. Und sie wusste, dass Wilhelm den Artikel ebenfalls gelesen hatte. Jetzt räusperte er sich.

»Will sagen, wahrscheinlich hätte er gut zu unserer Schwester gepasst. Auch wenn ich bei ihren Streitereien lieber nicht anwesend sein würde – wenn zwei so kampflustig sind.« Er hielt kurz inne und sah sie dann aufrichtig interessiert an.

»Du sagst, sie liebt ihn wirklich?«

Unwillkürlich fasste Clara sich an die Stelle ihrer Brust, wo sie ihr kostbarstes Organ wusste. Mit einem traurigen Lächeln antwortete sie: »Von ganzem Herzen, Wilhelm. Sie hat gestern Abend von nichts anderem gesprochen. Und ihm scheint es ebenso zu gehen. Auch ich habe Johan gern. Das muss man einfach, nicht wahr? Aber was Luises Verbindung angeht, bin ich ganz deiner Meinung.«

Wilhelm schob seinen Teller endgültig fort und drehte die Serviette zwischen den Fingern. »Aber was nutzt unser beider Meinung, Clara? Vater hat entschieden. Und du kennst ihn. Mir fällt keine Gelegenheit ein, bei der er so einen Beschluss infrage gestellt hätte, geschweige denn ins Gegenteil gekehrt.«

Clara seufzte. »Nein, du hast recht. Ich fürchte, Luise wird sich fügen müssen. Es tut mir so leid für sie.«

Wilhelm senkte den Blick. »Ja, ich weiß, was du meinst. Arme Luise. Armer Max. Und in gewisser Weise auch armer Johan.«

Eine Weile noch saßen sie schweigend beisammen, eine ungewöhnliche geschwisterliche Verbundenheit im Raum, die Clara genossen hätte, wenn nicht etwas so Trauriges die Ursache dafür gewesen wäre.

Als sie sich trennten, streckte Wilhelm kurz die Hand aus und streifte sacht und tröstlich ihren Arm. Eine warme Welle von Zusammengehörigkeitsgefühl erfasste Clara, und sie sah ihm nach, wie er durch die Halle und die Treppe hinaufging.

Gerade war er oben auf der Empore um die Ecke verschwunden, als sich die Tür zur Treppe in den Dienstbotentrakt öffnete und Wolff heraustrat. Den Kutscher sah man selten hier oben im Haus. Sein Unbehagen war ihm anzusehen, denn er knetete seinen Hut, den er bereits abgenommen hatte.

»Wolff, gibt es etwas?«, sprach sie ihn an.

Er kam ein paar Schritte auf sie zu, vorsichtig, als befürchte er dreckige Spuren seiner Stiefel auf den stets auf Hochglanz polierten Fliesen.

»Guten Tag, Komtess. Ich wollte Ihrem gnädigen Herrn Vater nur berichten. Komtess Luise ist nicht im Ort. Ich bin in Ibbenbüren zum Haus der Brugges gefahren und habe angeklopft. Die Haushälterin hat geöffnet und gesagt, sie hat den ganzen Tag niemanden gesehen. Und auch in der Tapetenmanufaktur ist sie nicht.«

So war das also. Ihr Vater machte sich Sorgen um Luise und hatte seinen Kutscher auf die Suche nach ihr geschickt.

»Haben Sie Max Brugge gesehen, Wolff?«, erkundigte Clara sich.

»Nein, Komtess. Die Sekretärin sagte mir, er sei mit einem Großlieferanten auf dem Gelände unterwegs.«

»Danke, Wolff, für Ihren Einsatz. Ich werde es meinem Vater gleich ausrichten.«

Er neigte den Kopf und trat den Rückzug an, erleichtert, wieder in sein gewohntes Umfeld zu können, und vielleicht war er auch froh, die Botschaft über das Scheitern seines Auftrags nicht selbst überbringen zu müssen. Sie wartete, bis die Tür zur Treppe sich hinter ihm geschlossen hatte, dann bog sie in den Gang zur Hintertür und klopfte beim Arbeitszimmer an.

»Ja, bitte!«

Sie fand ihren Vater an seinem Schreibtisch sitzend, vor sich einen Stapel an Papieren.

»Ach … Clara«, sagte er und sah sie abwartend an.

»Wolff lässt ausrichten, dass Luise weder in Ibbenbüren beim Brugge-Haus noch in der Tapetenmanufaktur ist«, teilte sie ihm mit. »Max Brugge selbst ist in der Tapetenmanufaktur, er hat mit Geschäften zu tun.«

Ihr Vater seufzte und legte die Hände flach auf den Tisch vor sich. Er sah ratlos und besorgt aus. Wie gern hätte sie ihn getröstet, ihm Mut zugesprochen, dass Luise sicher bald wieder von allein heimkommen würde. Aber sie war selbst nicht sicher, ob sie diese Beteuerung glaubwürdig hätte vorbringen können. Luise hatte sich verändert in der letzten Zeit. Sie war erwachsener geworden und zugleich hatte ihr sowieso schon starker Wille noch zugenommen. Wer wusste schon, was sie in einer Lage wie dieser zu tun im Stande war?

»Danke dir, mein liebes Kind«, sagte ihr Vater und tat so, als vertiefe er sich wieder in seine Papiere.

Clara, die mit einem Blick erkannt hatte, dass es sich dabei um einen Bericht handelte, der bereits einige Tage alt war, verstand den Wink und zog sich zurück.

An der Hintertür traf sie auf Gimpel, der draußen auf dem Stufenabsatz lag und eifrig wedelte, als sie herauskam.

»Ach, du Lieber«, flüsterte sie ihm zu und kraulte seine Ohren, was er sich nur zu gern gefallen ließ. »Manchmal beneide ich dich um dein einfaches Leben. Herumliegen, fressen, sich kraulen lassen ...« Da hob er den Kopf, sah zum Nordtor und knurrte leise. Obwohl ihr schwer ums Herz war, musste Clara schmunzeln. »Ja, und natürlich das ganze Gut bewachen«, setzte sie noch hinzu. Doch da erhob sich der Rüde und aus dem Knurren wurde ein lautes Anschlagen.

Aus dem Dunkel des Tordurchganges lösten sich drei Gestalten. Die zwei kleinen waren in schmutzige Kittel gekleidet, während die größere ein braunes Wollkleid trug, das Clara sehr bekannt vorkam.

»Oh nein!«, hauchte sie und legte die Hand auf Gimpels Kopf. »Ist in Ordnung, Gimpel. Du darfst mitkommen, aber mach den Kindern keine Angst, ja?«

Folgsam hörte er auf zu bellen und trabte neben ihr her, als sie der kleinen Gruppe von Kindern entgegeneilte.

»Änne«, rief sie, während das Mädchen ein wenig orientierungslos dastand und sich umsah. Sie hielt ihre kleinste Schwester, die vielleicht vier sein mochte, an der Hand. An deren anderer hing die andere Schwester von vielleicht sechs Jahren. Das Alter war schwer auszumachen, denn die Kinder waren schrecklich dünn und dreckig.

Auch zwei der Stallburschen waren aufmerksam geworden und sahen herüber.

»Änne, was tust du denn wieder hier?«, brachte Clara atemlos heraus, als sie bei den Kindern ankam und vor ihnen in die Knie ging. Die Kleinste fürchtete sich vor Gimpel, der neugierig in ihre Richtung schnupperte, und begann zu weinen. Änne hob sie auf den Arm und presste sie an sich.

»Der Vater ...«, brachte Änne nur heraus, auch ihre Augen standen voller Tränen.

Clara sah sich um.

»Fritz, he, komm bitte mal her!« Sie winkte den ältesten

Stallburschen heran, der sogleich die Eimer stehen ließ und zu ihr kam. »Wo ist das Fräulein Paas?«

»Unten im Haus, Komtess.«

Ach, richtig. Auch die Dienerschaft nahm den Lunch, nachdem die Herrschaften damit fertig waren.

»Gut. Ich gehe rasch hinein und hole sie. Bitte bring die drei hier in die Kammer und gib ihnen etwas Wasser und jeder einen Apfel, ja?«

»Mach ich, Komtess. Na, dann kommt. Habt doch gehört, was die Komtess gesagt hat. Nein, Gimpel, geh du nur mit dem gnädigen Fräulein. Die Kleinen haben Angst vor dir.« Der gutmütige Fritz nahm sich der Kinder an, und sie folgten ihm vertrauensvoll über den Kies zur Sattelkammer.

Clara fasste Gimpel am Halsband und führte ihn mit zurück zum Haus. Vor der Treppe hinauf zum Hintereingang sagte sie: »Hier bleibst du und passt auf, ja?« Er setzte sich und klopfte mit dem Schwanz. Aufpassen war eine Aufgabe nach Gimpels Geschmack. »Feiner Kerl. Bin gleich zurück.«

Clara entschied sich, von außen direkt den Eingang für die Dienstboten zu nehmen, anstatt erst zum Herrschaftseingang hinauf und dann drinnen die Treppe wieder hinunter.

Herrje, musste Änne Reuben ausgerechnet heute wieder hier auftauchen? Wo sowieso alle in heller Aufregung waren und zudem Luise mit unbekanntem Ziel verschwunden.

Clara schloss die Tür leise hinter sich. Sicher saßen alle beim Essen in der Gesindestube und sie wollte niemanden aufschrecken, was automatisch immer geschah, wenn jemand von den Herrschaften hier erschien.

Den Lunch nahm Marie stets zusammen mit Frau Rühl und Paas in der Küche. Oft gesellte sich auch der alte Albrecht dazu, dem das Geschnatter in der Stube in den letzten Jahren zu viel geworden war.

Also schlich Clara vorsichtig über den Gang zum hinteren Kücheneingang. Doch als sie dort ankam und gerade um die Ecke biegen wollte, hörte sie ihren Namen und hielt inne.

»Selbst Clara weiß nicht, wo sie sein könnte.« Maries Stimme klang besorgt und ihr war sofort klar, dass die Freundin von Luise sprach.

»Ich hoffe nur, sie ist mit dem Pferd nicht gestürzt, so übereilt wie sie los ist«, brummte Albrecht. Sein Geknurre konnte sicher niemanden täuschen. Auch ihm war die Sorge anzuhören.

»Sie ist eine famose Reiterin. Jeltje und sie kennen sich so gut«, hielt Marie dagegen.

»Ich will dir keine Angst machen, Marie«, mischte Paas sich da ein. »Aber auch ein ausgezeichneter Reiter und sein folgsames Pferd können einmal Pech haben.« Damit spielte er gewiss auf den Unfall des Grafen bei der Jagd vor achtzehn Jahren an und sofort schnürte es Clara die Kehle zu.

»Natürlich«, murmelte Marie nun und es war zu hören, dass Besteck auf einem Teller abgelegt wurde.

»Die Gräfin muss außer sich sein«, sagte Frau Rühl. »Das Ganze erinnert sie bestimmt an die Geschichte damals.«

»Was für eine Geschichte?«, fragte Marie.

»Die von der Herrin und dem jüngeren Sohn vom alten Baron von Thebe. Herrje, es herrschte wochenlang düsterste Stimmung im Haus«, erwiderte die Köchin seufzend.

»Die Gräfin? Der jüngere Sohn vom alten Baron von Thebe? Was meinst du damit?«, erkundigte Marie sich verwundert und Clara war ihr dankbar darum, denn sie selbst war mit einem Mal wie erschüttert.

Doch ehe Frau Rühl antworten konnte, knurrte Albrecht: »Ihnen, Frau Rühl, muss ich wohl nicht sagen, dass wir über diese alte Geschichte nicht sprechen!«

»Und warum nicht, frage ich mich?«, erwiderte Frau Rühl ein wenig störrisch. »Vielleicht fiele es der Komtess leichter, ihre Pflicht zu tun, wenn sie davon wüsste? Aus Heimlichtuerei wächst nie was Gutes, das ist meine Erfahrung! Und warum soll die Jugend aus den Fehlern der Alten nicht lernen?«

»Das war mein letztes Wort!«, unterbrach Albrecht sie und klang plötzlich sehr formell. »Und ich hoffe, es gilt noch – auch wenn in wenigen Tagen mein Nachfolger hier antritt?«

»Natürlich, Albrecht. Wir lassen das Thema beiseite«, beruhigte Paas ihn, der aber offenbar ganz genau wusste, wovon die Rede war. Anders als Clara und auch Marie.

»Fein!«, grollte Albrecht. Ein Stuhl wurde geräuschvoll zurückgeschoben. »Ich habe noch Stiefel zu putzen.«

Clara konnte bereits seine schlurfenden Schritte hören und sah sich hektisch nach einem Versteck um. Doch es war zu spät. Albrecht erschien in der Küchentür und blieb abrupt stehen, als er sie hier stehen sah. »Komtess Clara.« Er richtete sich auf, und sie konnte in ihm wieder den jüngeren, stolzen Diener ihres Vaters erkennen, dem die Ehre der Familie von Scheweney über alles ging.

»Albrecht, ich ...« Clara deutete hinter sich zur Tür. Doch nach weiterem, eiligen Stühlerücken tauchten schon die beiden Frauengesichter im Durchgang zur Küche auf, Frau Rühl und Marie, und auch das von Paas. In allen Mienen ihr gegenüber stand die Frage, wie viel sie von der Unterhaltung mitbekommen haben mochte.

Clara entschied sich für die Flucht nach vorn. »Da bist du, Marie. Ich brauche dich. Stell dir vor, Änne Reuben ist wieder aufgetaucht – diesmal mit ihren kleinen Schwestern zusammen.«

Frau Rühl, deren Gesicht unter der weißen Haube krebsrot

geworden war, stammelte halb in Claras, halb in Albrechts Richtung: »Ich wusste doch nicht, dass Sie hier sind, Komtess. Ich wollte doch nur …«

»Klatschen und tratschen!«, grollte Albrecht unerbittlich.

»Lassen Sie es gut sein«, sagte Clara. »Es gibt jetzt gerade Wichtigeres als alte Geschichten. Marie?«

Ihre Freundin löste sich von der Seite der Köchin und kam zu ihr herüber. »Gehen wir!«

Mit Gewalt drängte Clara selbst alle Gedanken an das, was sie soeben erfahren hatte, zur Seite. Damit würde sie sich später befassen.

Luise

47

Luise war zunächst ziellos losgaloppiert, hatte Jeltje mal diesen, dann jenen Weg entlanggelenkt. Doch irgendwann hatte sie durchpariert und seitdem ließ sie die Stute nur im Schritt gehen.

Immer wieder erschien Max' Gesicht vor ihr, wie er sie angesehen hatte, als er am Fenster des Salons gestanden und sich zu ihnen umgedreht hatte. Das Leuchten in seinen Augen. Solch ein Strahlen. Ihr Herz hatte gehüpft vor Glück, dass dieser Ausdruck ihr galt.

Und dann im Gegensatz dazu der letzte Blick, den er ihr zugeworfen hatte. Darin die Bitte um Verzeihung ebenso wie seine eigene Verzweiflung. Wie hatte es nur so schrecklich schiefgehen können?

Inzwischen war die Sonne über den Himmel gewandert und der Nachmittag heran. Jeltje wurde langsam müde und hatte sich eine ordentliche Portion Futter verdient. Also lenkte Luise sie heimwärts, ungewiss, was sie dort erwarten würde. Auf freundliche Worte und Verständnis vonseiten ihrer Eltern konnte sie wohl nicht hoffen. Ob sie Johan berichtet hatten, was geschehen war? Wenn nur Clara auf ihrer Seite war. Und Wilhelm, der seit ihrem Streit so viel aufgeschlossener zu sein schien, was sie anging. Er hatte sie auf Max' Artikel hingewiesen und ihre Reise nach Berlin unterstützt ... Herrje, wenn sie jetzt daran dachte, wie sie mit all den anderen Frauenrechtlerinnen vor dem Reichstand gestanden und gejubelt hatte. Wie Max und sie sich dort am Rande des Königsplatzes geküsst hatten. Ihre gemeinsame Zukunft zum Greifen nah. Es schienen Szenen aus einem anderen Leben zu sein. Und dieses hier, das war gewiss, war ihr wirkliches.

Als sie die Parkgrenze des Anwesens erreichten, schritt Jeltje wieder flotter aus. Sicher lockte sie die gute Mahlzeit. Luise hingegen verspürte trotz der Leere in ihrem Magen keinerlei Appetit.

Durchs Tor in den Hof. Und dort erwartete Luise eine Überraschung. In der Nähe der Sattelkammer hatte sich eine kleine Gruppe versammelt: Auf einem Brett über zwei Böcken, das mit einem rot karierten Tuch zu einem improvisierten Tisch gemacht worden war, standen Teller und Schüsseln. Um diese umstandslose Tafel saßen auf Kisten Marie, Clara, Alfred, Änne Reuben und zwei kleine Mädchen, die Ännes Schwestern sein mussten.

Als sie Luise auf Jeltje bemerkten, sprang Alfred auf und rannte ihr entgegen, um die Zügel zu nehmen.

Luise ließ sich aus dem Sattel gleiten. »Kümmere dich gut um sie und gib ihr zu fressen, so viel sie mag.«

»Jawohl, Komtess. Mach ich sofort, Komtess.«

»Die Kleinen sind auch Reuben-Mädchen, nicht?«, fragte sie und nickte zum Tisch hinüber, wo Clara sich ebenfalls gerade erhob.

»Ja, Komtess. Und ich muss Ihnen noch etwas sagen, Komtess. Ganz dringend sogar. Ich weiß nur nich, wie ich's sagen soll, Komtess«, stammelte der Junge. Luise sah ihn fragend an. Doch da war schon ihre Schwester heran.

»Luise«, sagte Clara nur und umarmte sie so fest, dass ihr fast die Luft wegblieb. Doch obwohl unausgesprochen zwischen ihnen hing, welche Sorgen Clara sich um sie gemacht haben musste, kam nicht ein einziges Wort des Vorwurfs über ihre Lippen. »Willst du gleich hinein?«

Luise schüttelte den Kopf. »Nein, lass mich noch einen Moment hier sein, bitte. Ich will hören, warum Änne wieder hier ist und was passiert ist.« Sie sah erneut zu Alfred, der von einem Fuß auf den anderen trat. »Versorg du erst einmal Jeltje, Alfred. Für alles andere ist später Zeit.«

»Aber …« Er brach ab. »Jawohl, Komtess.« Mit Jeltje am Zügel schlurfte er sichtlich bedrückt davon.

Ihre Schwester legte Luise die Hand auf den Rücken. »In Ordnung, wenn du noch hier draußen verschnaufen willst, Luise. Aber ich gehe besser kurz hinein, um unsere Eltern zu informieren, dass du zurück bist. Und …« Ihr Blick wich kurz zur Seite. »Johan ist ebenfalls wieder angekommen. Kurz nachdem du fort warst.«

Luise sagte ihr nicht, dass sie die Ankunft ihres Vetters noch mitbekommen hatte. Der Gedanke an Johan hatte in den letzten Stunden ihren Schmerz und Kummer nur noch verstärkt. Wie würde er die jüngsten Ereignisse aufnehmen? Die Vorstellung, dass er in seinen Gefühlen womöglich ebenso getroffen sein könnte wie sie in ihren, ließ Luises Herz noch schwerer werden.

»Ich bringe auch Wilhelm mit heraus.« Clara sah erneut zu dem Picknick hinüber, das mit dem rot-weißen Tischtuch so fröhlich wirkte, ganz anders als sein Anlass gewiss war. »Ich fürchte, wir brauchen Unterstützung.«

Luise nickte ihrer Schwester zu, und Clara ging quer über die Rasenfläche zum Haus hinüber, während Luise auf Marie und die Kinder zusteuerte.

»Hallo ihr drei«, begrüßte sie die Mädchen, die sie allesamt ehrfurchtsvoll anstarrten.

Maries Blick war warm und mitfühlend. Der Blick einer wahren Freundin, wurde Luise in diesem Moment bewusst, dankbar, dass Marie vor den Kindern ihre eigene Lage mit keinem Wort erwähnte. Stattdessen berichtete sie, dass Änne vor ein paar Stunden mit ihren Schwestern hier angekommen war. Ihr Vater hatte zum ersten Mal auch den Kleinen Schläge angedroht, weil Änne mit der Arbeit ins Hintertreffen geraten sei.

»Das kann er doch nicht machen«, erwiderte Luise mit solcher Wut im Bauch, die sich nur schwer zähmen ließ. Nur den Mädchen zuliebe versuchte sie, ihre Stimme ruhig zu halten. Sie wollte ihnen nicht noch mehr Angst machen. Aber sie hatte nicht vergessen, was sie still für sich der kleinen Änne geschworen hatte und dass sie seitdem in dieser Sache keinen Schritt vorwärtsgekommen war. So sehr war sie mit ihrem eigenen Leben beschäftigt gewesen.

Marie zuckte bei ihrer erbosten Feststellung leicht mit den Schultern. Offenbar war das Erste, was ihr und Clara eingefallen war, eine ordentliche Mahlzeit für die Kinder gewesen. In den Schalen fand sich Obst und Gemüse, aber auch Rosinenstuten, dem die Kleinsten eifrig zusprachen.

»Bist du auch eine Prinzessin?«, fragte das ältere der beiden Mädchen und fing sich von Änne einen halbherzigen Stoß in die Rippen ein.

»Sei nich so vorlaut immer!«, schimpfte sie und schielte zu Luise, die sie freundlich anlächelte.

»Ich bin eine Komtess«, erklärte sie der Kleinen. »So nennt man die Töchter von einem Grafen.«

»Und wer ist dann eine Prinzessin?«, wollte das Mädchen wissen.

»So ein süßes Ding wie du!«, fiel Marie dazwischen und stupste mit der Fingerspitze ihre Nase. Kichern war die Antwort. Für ein paar Sekunden hätte Luise alles dafür gegeben, wieder sechs Jahre alt zu sein. Aber wahrscheinlich, dachte sie dann, war sechs Jahre alt zu sein und im Hause Reuben zu leben, alles andere als lustig.

»Is das der Graf?«, fragte die Kleine.

Alle wandten sich um.

»Issa nich. Der Graf is viel älter, mit graues Haar. So wie der Vater. Und man zeigt nicht einfach so auf Leute«, schalt Änne sie, lugte aber auch neugierig zu den beiden jungen Männern, die dort vom Haus herkamen.

Es waren Wilhelm und Johan.

Warum musste Johan denn nun auch dabei sein? Luise entfuhr ein Seufzer, und Marie griff kurz nach ihrer Hand und drückte sie.

Als die beiden heran waren, stand Luise auf. Wilhelm umarmte sie wortlos. »Clara ist noch bei Mutter«, raunte er ihr zu.

Johans Begrüßung dagegen fiel nicht so herzlich aus. Er bedachte sie mit einer galanten Verneigung, während er ihr von unten prüfend ins Gesicht sah. »Wie schön, dass du wieder zu Hause bist, Luise. Ich muss sagen, dass ich ein wenig enttäuscht war, dich bei meiner Ankunft nicht anzutreffen«, sagte er, die Stimme deutlich kühler, als sie es von ihm gewohnt war. War das ein Wunder? In seinen Augen stand auch eine Kränkung, die Luise scharf ins Herz schnitt. Sie hatte ihm doch nicht wehtun wollen.

»Mein Onkel lässt ausrichten, dass er dich gleich sprechen will«, teilte er ihr weiter mit. Aha, daher wehte der Wind. Der Graf hatte ihrem Vetter wohl tatsächlich berichtet, was am Morgen geschehen war, und wollte ihr nun höchstpersönlich wegen ihrer kopflosen Flucht die Leviten lesen.

Luise fühlte sich von diesem Tag so wund und verletzt, dass sie die Kraft nicht aufbrachte, drum herumzureden: »Du weißt, was vorgefallen ist?«

Er neigte zustimmend den Kopf.

Sie wies zur Seite. »Lass uns ein paar Schritte gehen. Ich glaube, was wir zu sagen haben, sollten wir besser allein bereden.«

»Wenn du meinst, dass es etwas zu bereden gibt«, erwiderte er.

Das klang nicht nach einem guten Einstieg in ein verständnisvolles Gespräch. Und Luise konnte es ihm nicht einmal verübeln.

Sie nickte Wilhelm fast unmerklich zu. Er verstand den Wink und ließ sich auf ihrem Platz am Tisch bei Marie und den Kindern nieder, während Luise mit Johan in Richtung Tor und außer Hörweite davonging.

»Ich nehme an, bei dem, was du bereden möchtest, handelt es sich um die Antwort auf jene Frage, die ich dir bei unserem letzten Zusammensein gestellt habe?«, kam er gleich aufs Wesentliche zu sprechen. »Sicher muss ich dir nicht sagen, dass ich für meinen Teil mich darauf gefreut habe, deine Zusage aus deinem eigenen Mund zu hören.«

Luise sah ihn verblüfft von der Seite an. »Ich dachte ...«, begann sie und musste sich kurz sortieren. »Ich dachte, Vater hätte dir von den Vorkommnissen dieses Morgens berichtet?«

Johan sah sie mit hochgezogenen Brauen an. »Das hat er. Und ich muss sagen, es war für mich alles andere als erfreulich, zu erfahren, dass du es so weit hast kommen lassen. Du hättest ihn natürlich nicht ermutigen dürfen. Max Brugge? Hier in diesem adeligen Haus? Und mit solchem Anliegen?«

Luise blieb die Luft weg. Sie öffnete und schloss den Mund, ohne ein Wort herauszubringen.

Johan hob lässig eine Hand und sagte: »Wir brauchen darüber nicht weiter zu sprechen, wenn es dir unangenehm ist, Luise. Von mir aus können wir das Thema einfach fallen lassen und nie wieder ein Wort darüber verlieren.«

Mit offenem Mund starrte sie ihn an. Meinte er das ernst? Vor einem halben Tag nur hatte ein Mann bei ihren Eltern vorgesprochen, dessen Antrag sie mit ganzem Herzen angenommen hatte. Und nun wollte Johan *nie wieder ein Wort darüber verlieren?*

Ihr Vetter lächelte nachsichtig, auch wenn die Kränkung ihm noch ins Gesicht geschrieben stand. »Nun, so etwas geschieht in der Hitze ungewöhnlicher Erlebnisse. Nach meiner Ankunft hier hatte ich die Zeit, mir so einiges zusammenzureimen. Dieser Aufmarsch der Frauenbewegung vor dem Reichstag – du warst tatsächlich dort, nicht wahr? Die Idee zu studieren ist dein tatsächlicher Wunsch, oder? Das passt dort hinein. In so einer aufgeheizten Stimmung können die Gefühle sich einmal verirren. Das tut nichts weiter zur Sache, denke ich. Wir sollten dieses unschöne Zwischenspiel einfach vergessen.«

»Aber nein!«, rief Luise erschüttert von seinem betont lapidaren Tonfall. Sie konnte sehen, wie Marie drüben am Tisch den Kopf hob und kurz zu ihnen sah. Sie dämpfte ihre Stimme.

»So ist es nicht, Johan. Es ist keine Verirrung, wie du es nennst. Und es hat auch nur bedingt mit meinem Engagement für die Rechte der Frauen zu tun. Vielmehr ist es so, dass ich Max Brugge über die letzten Wochen immer mal wieder begegnet bin. Wir konnten uns kennenlernen. Und so kann ich sagen, dass ich …« Kurz zögerte sie. Clara und Marie gegenüber hatte sie es gestern Abend deutlich ausgesprochen. Und gedacht hatte sie es heute schon Hunderte

Male. Wäre es Johan gegenüber nun grausam, so deutlich zu sein? Oder wäre es das Beste, wenn er die Wahrheit erführe, die für ihn sicher schonungslos war? Schließlich ging es hierbei auch um seine Gefühle. Also nahm sie ihren Mut zusammen und schloss mit den festen Worten: »Ich liebe ihn.«

Doch zu ihrer Überraschung knickte er nicht etwa ein, sah sie schmerzerfüllt oder fassungslos an. Nein, ihr Großvetter schien von dieser Erklärung wenig beeindruckt.

»Ja, solche Anwandlungen verwechselt man leicht«, sagte er stattdessen mit einem Schulterzucken. »Was aber unverwechselbar ist und was wirklich zählt, sind adelige Abstammung und die Unterstützung der Familie.«

Konnte es wahr sein, was sie hier hörte? Luise schüttelte den Kopf, als vertriebe sie eine aufdringliche Fliege. »Aber, Johan, du hast doch selbst gesagt, dass es nicht darum geht, mich den Wünschen meiner Eltern zu beugen. Noch bei unserem letzten Zusammensein hast du beteuert, ich soll dir nur meine Hand geben, wenn ich selbst von ganzem Herzen deine Frau werden möchte«, stammelte sie.

»Sicher habe ich das«, erklärte er und betrachtete sie beinahe verwundert. »Denn selbstverständlich ging ich davon aus, dass du Ja sagen würdest.«

Ihr blieb vor Empörung fast der Mund offen stehen. Doch der sprachlose Zustand der Entrüstung dauerte nicht lange an.

»Wie kannst du meine Worte derart ignorieren?«, fragte sie fassungslos. »Ich habe angenommen, dass du mich und meinen freien Willen respektierst. Weißt du nicht mehr, was du über die Proteste zu den Frauenrechten gesagt hast? Du warst ganz dafür und sagtest, wir Frauen wüssten wohl, was wir täten!«

Jetzt lachte er sogar. »Oh, nein, Luise, ich sprach von den

anderen Frauen, denen der Bewegung. Ganz sicher meinte ich damit nicht dich. Du bist eine Komtess von Scheweney. Und als solche solltest du wissen, wohin du gehörst und in welche Belange du dich einmischst.« Sein Blick glitt vielsagend an ihr vorbei zu der kleinen Gruppe um den Tisch und den Kindern, die dort saßen.

»Ich weiß, wer ich bin«, fuhr Luise ihn ungehalten an. »Und ich weiß besser als jeder sonst, für was ich mich einsetzen will und was ich fühle.«

»Und doch wirst du tun, was deine Eltern für dich geplant haben«, erwiderte er mit einer so sachlichen Ruhe, dass ihr das Blut in den Adern gefrieren wollte.

Luise starrte ihn an. Voller Entsetzen musste sie erkennen, dass Johan mitnichten der verständnisvolle Mann war, den sie in ihm gesehen hatte. Ihr freier Wille und ihr Herz waren ihm vollkommen egal, solange er erhielt, was er von Anfang an gewollt und warum er hierher nach Friesenhain gekommen war: die ältere Komtess von Scheweney als seine Ehefrau.

So verwirrt und auch beschämt sie gewesen war, als sie vor wenigen Minuten durchs Tor hereingeritten war, so sehr spürte sie nun die altbekannte Wut in sich heraufbrodeln.

Eine rot glühende Kraft, die ihre Seele zu sprengen drohte, würde sie sich keine Erleichterung verschaffen und sie hinauslassen.

»Meine Eltern haben entschieden, dass ich den Mann, den ich liebe, nicht heiraten darf«, sagte sie, nur noch mühsam beherrscht. »Aber das bedeutet nicht, dass sie mir vorschreiben können, wessen Frau ich letztendlich werde.«

»Oh.« Johan hatte das Umschwenken ihrer Stimmung durchaus erkannt. Sofort wirkte auch er härter als zuvor. Er lächelte ein Lächeln, das seine Augen nicht erreichte. »Das denke ich schon.«

Luise schnaubte. »Du vergisst, dass ich noch Auswahl habe. Lieber nehme ich einen der alten, kriegsversehrten Freunde meines Vaters. Einen greisen, sabbernden Ehemann im Krankenfahrstuhl herumzuschieben, ist mir immer noch lieber, als einen blasierten Kerl zu ertragen, der weder Gerechtigkeit noch Mitleid zu kennen scheint! Dass das Schicksal dieser Mädchen dich nicht rührt, zeigt mir den Grund deiner schwarzen Seele, Johan van Leeuwen. Und mehr will ich davon nicht zu sehen bekommen. Bevor ich deine Frau werde, reite ich eher hinaus zum Seewald und versenke mich selbst mit einem Felsbrocken an meinen Beinen im Wasser!«

Ihre Stimme war immer lauter geworden, hatte die Gruppe am Tisch aufgestört. Wilhelm hatte sich erhoben und kam zu ihnen herüber.

»Luise? Johan?« Fragend sah er von ihr zu ihm und zurück.

»Es ist schon in Ordnung, Wilhelm«, sagte Johan mit einem tiefen Luftholen, das zeigte, dass Luise ihn getroffen haben musste. Seine folgenden Worte machten jedoch jedwedes Mitgefühl, das womöglich in ihr aufzuwallen drohte, gleich zunichte: »Im Grund schätze ich ja Temperament an einer Frau«, wobei er seinem Vetter vertraulich zuzwinkerte. Doch entgegen seiner offensichtlichen Erwartung erwiderte Wilhelm sein Grinsen nicht.

»Worum geht es bei …?«, begann der stattdessen mit gerunzelter Stirn.

»Johan findet es offenbar unter der Würde einer Komtess, sich um Kinder in solcher Not zu kümmern«, brachte Luise heraus und schaute zu Änne und ihren Schwestern hinüber, die immer wieder ängstliche Blicke zu ihnen warfen – egal, wie sehr Marie sich bemühte, sie abzulenken. So klein die Mädchen noch waren, hatten sie doch das Gespür dafür, dass es bei diesem ernsten Gespräch unter Erwachsenen auch um sie ging.

Johan gab einen abfälligen Ton von sich. »Wo kämen wir denn hin, wenn unsere Familie sich in die Angelegenheiten von fremden Leuten dieses Schlags einmischt. Mir scheint, dieser Reuben hat zu viel Geld, dass seine Kinder unter die Armenhilfe fallen, die ich ja durchaus befürworte. Was also kümmert ihr euch um Bälger, die …«

Doch er kam nicht weiter. Luise öffnete schon den Mund, um ihm das Wort abzuschneiden, als ihr Bruder ihr zuvorkam: »Einen Moment, Johan, jetzt gehst du zu weit!«, ertönte Wilhelms Stimme, der in diesem Moment seinem Vater glich. »Soweit ich weiß, hat meine Schwester dir noch nicht ihr Jawort gegeben. Und so wie ich die Lage deute, ist sie auch nicht gewillt dazu. Somit muss ich dich an dieser Stelle bitten, dich aus unseren Familienangelegenheiten herauszuhalten. Als solche betrachte ich nämlich unsere Entscheidung, wie wir mit der Bitte eines misshandelten Kindes umgehen, ihm und seinen Geschwistern zu helfen.«

Solchermaßen von seinem Vetter zurechtgewiesen, sah Johan sie beide mit zusammengekniffenen Augen an. »Du übst dich schon im Gutsherrngehabe, Wilhelm? Ich dachte, uns verbände eine Freundschaft. Aber wenn es drauf ankommt, hältst du lieber zu den Frauen? Nun, dann wirst du dort wohl auch deinen Platz finden. Viel Freude daran. Da meine Meinung hier also nicht gefragt ist, gehe ich wohl besser.«

Niemand hielt ihn zurück, und er schritt mit steifem Rücken davon in Richtung Hintertür, die schließlich laut hinter ihm ins Schloss fiel.

»Das wäre geklärt«, sagte Wilhelm, ohne weiter auf diese schreckliche Begegnung einzugehen. Luise hätte ihn dafür küssen mögen. »Lass uns die Dinge angehen, die nun keinen Aufschub dulden.«

Und gemeinsam gingen sie zurück zu Marie und den Kindern.

Marie

48

Irgendeine Veränderung war mit Bruder und Schwester vorgegangen. Während Luise und Wilhelm über den Kiesweg wieder auf die kleine Picknickgesellschaft zusteuerten, erkannte Marie zum vielleicht ersten Mal eine echte Verbindung zwischen den beiden. Während Clara und Wilhelm sich durch das kastanienbraune Haar und die blauen Augen ähnelten, war Luise ihre Verwandtschaft mit ihrem Bruder nicht gleich anzusehen. Und doch schwang nun plötzlich etwas zwischen ihnen, das Marie so bei diesen beiden noch nie wahrgenommen hatte. Als herrsche eine stille Übereinstimmung und darüber ein tiefes Glück, das nicht ausgesprochen werden musste.

Ihre Freundin, die bei ihrer Ankunft auf Friesenhain vor einer Viertelstunde noch so kläglich gewirkt hatte, war wieder ganz die alte: stolz und aufrecht. Und Wilhelm, der sonst eher schweigsam war, übernahm das Reden und schlug vor, sie sollten nach beendetem Picknick die Mädchen gemeinsam zum Reuben-Hof bringen, um dort *ein Wörtchen mit deren Vater zu reden.*

»Dann musst du das Wort führen, Wilhelm«, sagte Luise. »Er würde nicht hinhören, was ich sage. Und dann würde ich auch nicht mehr an mich halten können und wieder übers Ziel hinausschießen.«

Wilhelm nickte. »Das werde ich selbstverständlich tun. Auch solltest du besser nicht mitkommen, Luise. Ich verstehe, warum du das möchtest, und ich wäre um deine Unterstützung dankbar. Aber es wäre nicht klug, nach deinem Ausbleiben über den Tag gleich wieder aufzubrechen. Du solltest ins Haus gehen und mit Vater sprechen. Vielleicht will auch Mutter dich sehen. Obwohl sie den ganzen Tag über allein sein wollte.«

Marie sah, dass Luise im Begriff war zu widersprechen, und streckte daher rasch die Hand aus, legte sie auf den Arm der Freundin. »Wilhelm hat recht, Luise. Du würdest den Mädchen nicht helfen, wenn du eure Eltern deswegen aufbringst.«

Das sah ihre Freundin ein. Sie seufzte tief und blickte zum Herrenhaus hinüber. »Nun gut. Dann werde ich mich dieser Schlacht dort drinnen wohl stellen müssen. Weiß der Himmel, vielleicht ist Johan gleich zu Vater gelaufen, um Beschwerde zu führen.« Es sah ihr ähnlich, nun eine solche Spitze abzuschießen, während in ihren eigenen Augen die Angst vor den im Haus anstehenden Gesprächen deutlich zu lesen war.

»Wir nehmen den geschlossenen Landauer und sind so schnell wie möglich zurück«, versprach Wilhelm seiner Schwester. Sie sah ihn vertrauensvoll an, drückte die Schultern durch, die vom Tag im Sattel schmerzen mussten, und ging dann zum Haus hinüber.

Wilhelm wartete nicht, bis Luise hinter der Tür verschwunden war, sondern wandte sich an die Kinder, die dem Gespräch mit großen Augen gefolgt waren: »Wer von euch möchte mal in einer richtigen Kutsche fahren? Mit Schimmeln davor?«

Die Kleinen waren gleich begeistert, wie Prinzessinnen zu reisen. Nur Änne machte einen bedrückten Eindruck.

»Es muss sein, Änne«, sagte Marie zu ihr, während Wilhelm davonging, um den Burschen beim Anspannen zu helfen. Sie strich dem Mädchen über den mageren Rücken. »Aber der junge Graf wird mit eurem Vater sprechen, hat er gesagt.«

»Der Vater gibt nichts drauf, was andre sagen«, murmelte Änne. Und darauf wusste Marie nichts zu antworten, denn sie hatte Reuben schließlich selbst erlebt und seine Reaktion auf die Worte des Grafen Hermann von Scheweney. Wie wollte Wilhelm also etwas anderes ausrichten können als sein Vater, der Macht und Einfluss hatte?

Fritz und Rudi packten beim Anspannen an, und die Kutsche war schnell bereitet.

»Wolff kutschiert uns«, teilte Wilhelm ihr mit. »Komm, wir helfen den Kindern hinein.« Er reichte zuerst ihr die Hand, um ihr über den Tritt zu helfen. Marie, die schon Hunderte Male allein in sämtliche Kutschen des Gestüts geklettert war, zögerte einen kurzen Moment. Doch dann griff sie seine Hand und stieg ein. Das warme Gefühl seiner schlanken Finger, die sich um ihre schlossen, wirkte auch dann noch nach, als er sich bereits den Kindern zuwandte und die Kleinen, eine nach der anderen hereinhob. Zuletzt half er Änne wie einer jungen Dame den Tritt hinauf, was ihr ein verschämtes Kichern entlockte.

Da erschien hinter Wilhelm Alfred mit erhitztem Gesicht.

»Alfred, da bist du ja wieder. Hast du Jeltje schon versorgt?«, fragte Marie.

»Ja, Fräulein Paas. Sie frisst Unmengen an Heu und Hafer«, antwortete er gewissenhaft. »Aber, Fräulein Paas, ich wollt doch noch was sagen. Komtess Luise hat gesagt, ich kann es ihr später sagen, aber jetzt ist sie fort und ich ...«

»Junger Mann«, unterbrach Wilhelm ihn und legte beide Hände auf die Schultern des Jungen. »Wir haben leider jetzt gerade keine Zeit, sondern müssen deine Freundinnen nach Hause zurückbringen. Willst du uns später erzählen, was es zu berichten gibt?«

Alfred, der schon Luise und Clara gegenüber stets kaum ein Wort herausbrachte, schaffte es beim jungen Grafen erst recht nicht. Stumm nickte er und trat mit hochrotem Kopf zur Seite.

Da kam auch schon Wolff in seiner Kutscheruniform über den Rasen, um sich auf den Bock zu schwingen.

»Sie kennen den Weg, Wolff?«, erkundigte Wilhelm sich.

»Gewiss, gnädiger Herr.«

»Dann auf!« Wilhelm stieg ebenfalls zu ihnen ein, schloss die Tür und die Kutsche rollte an. Im Halbdunkel des Innenraumes trafen sich ihre Blicke, und er lächelte ihr aufmunternd zu. Marie atmete tief ein und wieder aus. Wie gut, dass er bei ihnen war.

Es ging auf dem Fahrweg ums Gebäude und dann die Allee hinauf. Sie fuhren durch die herbstliche Landschaft und die beiden kleinen Mädchen wurden nicht müde, sich auf Dinge aufmerksam zu machen, die sie sahen: ein Silberreiher in der Wiese, ein Schwarm Dohlen, der dem Kirchturm des nahen Ortes zuflog, ein Hirte mit seinen Schafen, dessen Hunde abseits ihrer Arbeit miteinander tobten, eine Magd mit einem Karren voller Körbe mit Brot.

Marie staunte, wie sehr diese kleinen Seelen sich von den Eindrücken ablenken ließen, während Änne kummervoll vor sich hinstarrte. Vielleicht blieb ihnen nichts anderes übrig, als so viel es ging an schönen Eindrücken aufzusaugen, fern von einem Zuhause, in dem ihnen Schläge und Grausamkeit drohte.

Und dann wurde ihr mit Erstaunen bewusst, was für eine Strecke die kleinen Beine heute schon zurückgelegt hatten.

Als sie schließlich in die Hofeinfahrt der Reubens einbogen, sahen zwei Männer hoch, die dort mit dem Beladen eines Lastkarrens mit grob gezimmerten Brettern beschäftigt waren.

Die Kinder sahen sie ebenfalls und sofort verstummte das eifrige Geplapper der Kleinen.

Maries Herz zog sich zusammen. Wie sehr mussten sie ihre Mutter vermissen, die ihnen hoffentlich viel Liebe und Zuwendung geschenkt hatte.

Reuben und sein Sohn kamen herüber, als Wolff die Kutsche vor dem Haus anhielt.

Der Hof wirkte verwahrlost, ebenso das Wohnhaus, dessen Tür mit der abblätternden Farbe wenig einladend wirkte.

Wilhelm stieg als Erster aus der Kutsche und Marie folgte ihm rasch, hob dann die beiden Kleinen heraus, während Änne nur eine helfende Hand brauchte.

»Bring die Kleinen ins Haus, Änne. Sie wollen bestimmt ein bisschen schlafen nach dem aufregenden Tag«, flüsterte sie dem Mädchen zu. Änne beeilte sich, Folge zu leisten, erleichtert, dadurch ihrem Vater vorerst entkommen zu können.

»So«, sagte Reuben, der seine Töchter oder Marie keines Blickes würdigte, stattdessen Wilhelm mit schmalen Augen maß. »Wenn ich gewusst hätte, dass die Grafen meine Gören höchstpersönlich zurückbringen, wenn sie mal wieder fortlaufen, hätte ich mir beim ersten Mal nicht die Mühe gemacht, sie abzuholen.«

Seine Worte klangen nicht mal feindlich, doch Marie konnte mit jeder Faser ihres Körpers die bedrohliche Atmosphäre spüren, die auf dem Hof herrschte. Sogleich wurde dieses Gefühl bestätigt, denn aus dem Stall, aus dem Hufgeklapper und ein schrilles Wiehern zu hören waren, streckte ein Junge den Kopf heraus. Er war sicher nicht älter als vierzehn Jahre und sah mit den abrasierten Haaren – gewiss hatte er Läuse gehabt – und großen Augen wie ein kleines Äffchen aus.

»Was glotzt du?«, bellte Reuben sogleich. »An die Arbeit!« Das Gesicht des Burschen mit dem erschrockenen Ausdruck darauf verschwand sofort wieder.

Dann wandte Reuben sich erneut Wilhelm zu.

»Mögen der hochwohlgeborene Grafensohn noch ein paar Worte an mich richten?«, fragte er seiernd und verneigte sich voller Hohn.

Wilhelm verzog keine Miene, sondern sah verträumt zum Hoftor hinaus, wo die Bäume der Umgebung das letzte Herbstbunt zeigten.

»Die Landschaft hier ist wirklich idyllisch, ein paar Hügel hier und da. Auf dem Weg hierher musste ich deswegen an ein paar Freunde denken, die ich fand, als ich mein Jahr bei den Garde-Dragonern machte und das Offizierspatent erstand«, begann er in beinahe höflichem Plauderton. Marie blinzelte verwirrt ob dieses Gesprächsbeginns. Auch Reuben schien irritiert.

»So?«, machte er argwöhnisch.

»Ja, sie sind ebenfalls inzwischen alle Reserveoffiziere, studieren nun und gehören einer bekannten, gewissen Verbindung in Münster an. Vielleicht sagt Ihnen ihr Leitspruch etwas, der ja vor Kurzem in aller Munde war? *Magnum vectigal est parsimonia.* Ja, da schauen Sie, nicht wahr? Mich gruselt es auch ein wenig, wenn ich diese Worte höre. Und zu Recht. Denn der kurze Weg ist meinen Freunden dabei gerade recht, wie Sie gewiss auch wissen.«

Diesmal antwortete Reuben nicht. Aber in seine Augen

war ein Lauern getreten. Sein Sohn dagegen gaffte nur tumb von einem zum anderen und schien nichts zu verstehen.

»Mit diesem Leitspruch verbinden immerhin viele Menschen in Münster den großen Brand, bei dem vor ein paar Monaten ein Geschäftsmann seine Hallen und somit den ganzen Besitz verloren hat«, fuhr Wilhelm leichthin fort und sah sich auf dem Hof interessiert um. »Erinnern Sie sich daran? Ihm wurde vorgeworfen, die Tochter des Dekans verführt und so schändlich im Stich gelassen zu haben, dass sie sich samt ihrem ungeborenen Kind in den Fluss geworfen hat. Oh, keine Angst!« Er hob die Hand, obwohl Reuben keinerlei Anstalten gemacht hatte, Mitgefühl oder Sorge zu zeigen. »Sie konnte gerettet werden. Das Hab und Gut des Geschäftsmanns allerdings nicht. Eine tragische Geschichte. Dass mir die ausgerechnet einfiel, wo wir durch diese hübsche Landschaft fuhren.« Er schüttelte den Kopf.

Marie starrte ihn sprachlos an. Er drohte diesem Mann. Und zwar ohne mit der Wimper zu zucken. Und so wie Reuben aussah, hatte er sehr gut verstanden. Sein Gesicht war rot wie der Hals eines Puters. Doch er antwortete wieder nicht.

»Es war mir eine Freude, Ihre Töchter sicher nach Hause zu bringen«, setzte Wilhelm nun hinzu. »Ich könnte mir sogar vorstellen, hin und wieder hier vorbeizukommen und mal ein paar Sätze mit ihnen zu wechseln. Zum Beispiel, wenn ich auf dem Wege bin, meine alten Freunde in Münster zu besuchen. Ja, das ist eine hervorragende Idee.« Er nickte, wie um sich dies selbst zu bestätigen. »Nun aber erst einmal einen guten Tag, Herr Reuben.« Damit tippte er sich an den breitkrempigen Hut und wandte sich wieder der Kutsche zu, in den blauen Augen ein verschmitztes Funkeln.

»Wolff, ich denke, wir fahren denselben Weg zurück?«

»Sehr wohl, gnädiger Herr«, antwortete der Kutscher. Und Marie, die den Mann seit ihrer Kindheit kannte, sah in seinem Gesicht ebensolchen Schrecken wie Achtung, einen enormen Respekt, den er sonst nur dem Grafen entgegenbrachte.

Sie beeilte sich, in die Kutsche zu steigen. Wilhelm folgte ihr sogleich, schloss die Tür, und Wolff lenkte das Gefährt aus der Hofeinfahrt.

Sobald sie außer Sicht der Reubens waren, stieß Wilhelm Luft aus und sah sie mit einer Mischung aus Überraschung und Fassungslosigkeit an, sodass sie fast lachen musste.

»Habe ich das wirklich getan?«, fragte er sie ungläubig, nahm den Hut ab und fuhr sich durchs Haar, das er damit hoffnungslos verstrubbelte.

»Zwischendurch habe ich mich das auch gefragt«, gestand Marie und spürte, wie ihre Mundwinkel zuckten. »Aber ja, du hast das wirklich getan: diesem abscheulichen Kerl derartig Angst gemacht, dass er seine Töchter bestimmt nicht noch einmal anrühren wird.«

Er betrachtete ihr Gesicht. Dann nickte er leicht und lehnte sich in den Sitz zurück und sie fuhren schweigend dahin.

Marie, die im Kopf immer wieder die gerade erlebte Szene durchging, begann schließlich: »Darf ich dich etwas fragen, Wilhelm?«

»Immer.« Ihr Herz klopfte schneller. Doch sie wollte sich auf ihre Frage konzentrieren.

»Was bedeuten diese lateinischen Worte, die Reuben solche Angst gemacht haben? Dieser Leitspruch der gewissen Verbindung?« Von den Grafenkindern hatte nur Wilhelm diese alte Sprache gelernt. Luise und Clara waren in Französisch, Englisch und Niederländisch unterrichtet worden, und mit ihnen Marie, die bis jetzt nie traurig darum gewesen war.

Wilhelm legte den Kopf schief, in seinen Mundwinkeln zuckte es. »Oh, die? Nun, sie waren tatsächlich der Leitspruch eines meiner Kameraden bei den Dragonern. Dagobert, ein echter Geizkragen, der niemals eine Runde gab, sich aber stets gern bei anderen anhängte. Die Worte waren für ihn Gebet und bedeuten so viel wie *Sparen ist eine gute Einnahme.*«

Marie blieb der Mund offen stehen. »Aber das ist doch … das ergibt gar keinen Sinn …«

Wilhelm tat erstaunt. »Nicht?« Er schien zu überlegen. »Nein, wenn ich es mir recht überlege, macht es wirklich keinen Sinn. Gut, dass Reuben ebenfalls kein Latein versteht, nicht wahr?« Er grinste sie an.

Ihr entfuhr ein kleines Auflachen und sie hob rasch die Hand an den Mund, ihn weiter unverwandt ansehend. »Und die Männer aus der Verbindung? Sind es wirklich deine … Freunde?«

Jetzt wiegte Wilhelm den Kopf. Sein Haar stand wirr ab und Marie spürte den Drang, die Hand auszustrecken und es gerade zu streichen.

»Um ehrlich zu sein«, gestand er in diesem Moment. »Ich habe nur von ihnen gehört. Und das auch nur um ein paar Ecken. Ich bin nicht einmal sicher, ob es diese Verbindung wirklich gibt.« Um seine Augen traten kleine Fältchen. Und dann mussten sie beide lachen.

Clara

49

Am nächsten Tag konnte die Stimmung auf Friesenhain nur als katastrophal bezeichnet werden. Der Graf war gereizt zu einem langen, einsamen Ritt entlang der Koppeln aufgebrochen, nachdem er beim Frühstück kein Wort gesprochen hatte. Die Gräfin war erst gar nicht heruntergekommen, sondern mit Migräne in ihren Räumen geblieben.

Johan war mit seinem Wallach bereits bei Morgengrauen aufgebrochen. Er hatte sich empfehlen lassen, aber von niemandem persönlich Abschied genommen, nachdem er gestern Abend beim Grafen seine Abreise angekündigt hatte.

Laut Marie, die es von Ranke wusste, musste ihr Vetter sein Gepäck in heillosem Chaos hinterlassen haben, mit der Anordnung, es ihm in die Niederlande nachzusenden. Sicher würden sie ihn nun lange nicht wiedersehen. Vielleicht sogar länger als fünfzehn Jahre.

Aber so sehr ihre anderen Familienmitglieder auch in ihrer eigenen Enttäuschung schwelgen mochten, galt Claras Mitgefühl doch in erster Linie ihrer Schwester. Beim Frühstück, zu dem Luise sich heruntergezwungen hatte, hatte sie keinen Bissen angerührt und sich bald entschuldigt.

Nun klopfte Clara an ihre Tür und schlüpfte hinein.

Luise saß in einer der Fensterbänke, hatte die Füße angezogen und die Knie mit den Armen umschlungen. So wie sie schon als Kind dort gesessen hatte. Nur, dass sie jetzt erwachsen war und mit anderem Kummer zu kämpfen hatte als dem eines verbotenen Abenteuers.

Clara ging zu ihr hinüber und setzte sich zu ihr.

»Hast du Mutter gesprochen?«, erkundigte Luise sich. Ihre Augen waren gerötet, auch ihre Wangen glänzten. Clara schüttelte den Kopf. Kurz kam ihr der Gedanke, ihrer Schwester von dem Gespräch in der Gesindeküche zu erzählen, welches sie gestern unfreiwillig belauscht hatte. Diese Andeutung, dass es eine unglückliche Verbindung zwischen ihrer Mutter und dem jüngeren Sohn des alten Baron Otto von Thebe gegeben habe. Doch sogar sie selbst hatte in der Zwischenzeit kaum eine Minute gefunden, um darüber in Ruhe nachzudenken. Alles, was sie selbst und ihre Geschwister von damals wussten, war, dass Anna aus den Niederlanden hierher nach Friesenhain gekommen war, um ihren zukünftigen Verlobten und Mann, Hermann von Scheweney, kennenzulernen. So hatten ihre Familien es vereinbart. Was war damals geschehen? Welche alten Geschichten hüteten wohl nicht nur ihre Eltern, sondern auch das Personal, das damals auch schon im Dienst gewesen war? All diese Fragen wurden von dem erbärmlichen Anblick zurückgedrängt, den Claras Schwester bot. Nein, sie würde Luise jetzt gerade nicht auch noch damit belasten.

»Sie wird mir nie verzeihen, dass ich ihre Familie so brüskiert habe, indem ich Johan zurückgewiesen habe«, prophezeite ihre Schwester düster. »Zwar bin ich meinen eigenen Prinzipien treu geblieben, habe aber keine Mutter mehr.«

Clara legte ihr erschrocken die Hand aufs Knie. »Sag das nicht! Natürlich wird es nicht so kommen. Mama braucht ein bisschen, um darüber hinwegzukommen. Johan war ihre große Hoffnung, die Verbindung zur niederländischen Seite der Verwandtschaft wieder zu stärken. Sie wird sich davon erholen.«

Luise seufzte. »Dein Wort in Gottes Ohr, Clara. Ich hoffe, du behältst recht. Ich selbst habe noch im Kopf, wie sie mir vor nicht mal acht Wochen gesagt hat, dass unser Vetter das letzte gnädige Angebot von ihrer Seite sein wird. Wer weiß, wen sie nun für mich wählen, den ich dann nicht ablehnen kann. Erinnerst du dich an den Neffen unseres Großonkels mit zukünftigem Grafentitel? Er war so abscheulich mit seinen lüsternen Fischaugen, dass ich bestimmt tot umfalle, wenn er es sein sollte.« Es war klar, dass ihre Schwester trotz ihrer Lage einen Scherz machen wollte – doch sofort darauf füllten ihre Augen sich wieder mit Tränen. »Ich kann Max noch nicht einmal ein paar Zeilen senden. Agnes war vorhin ganz verschreckt, als ich sie darum bat, einen Brief für mich aufzugeben. Mutter hat alle Bedienstete streng angewiesen, jegliche Post von mir zuerst zu ihr zu bringen. Sie wird nicht zulassen, dass ein Brief von mir ihn erreicht. Und ich kann es Agnes nicht übelnehmen, dass sie Mutter gehorchen würde. Was wird Max denken? Dass ich ihn nach diesem Rauswurf einfach aus meinen Gedanken und meinem Herzen streiche?«

Was sollte Clara darauf nur antworten? Die Verzweiflung ihrer Schwester tat ihr beinahe körperlich weh. Sie sah auf die Allee hinunter, die geradewegs zur Straße nach Ibbenbüren führte. Sie selbst war dort schon unzählige Mal entlanggeritten. Da kam Clara eine Idee, die sie in ihrer Unerschrockenheit selbst überraschte.

»Weißt du, was du ihm schreiben würdest?«, erkundigte sie sich.

Mit schmerzlichem Ausdruck nickte Luise. »Jedes einzelne Wort.«

Clara griff ihre Hände. »Dann schreib! Aber lass es nicht zu lang werden. Ich läute nach Agnes, damit sie mir beim Reitkostüm hilft.«

Ihre Schwester starrte sie an. »Du willst …?«

Clara nickte rasch und entschlossen, ehe sie es sich wieder anders überlegen konnte. »Ich werde deinen Brief zum Haus der Brugges bringen.«

Die grünen Augen ihr gegenüber leuchteten auf. »Clara, ich …«

»Nun fang schon an!«, sagte Clara, schwang sich von der Bank und eilte zur Tür. »In zehn Minuten komme ich wieder. Dann musst du fertig sein.«

Das war Luise tatsächlich. Obwohl sie wieder in der Fensternische saß, als habe sie sich dort nicht fortbewegt, hatte sie aus den Falten ihres Rockes sogleich einen kleinen Brief zur Hand, den Clara ohne ihn anzusehen nahm und in ihrer Tasche verschwinden ließ.

»Dass du das tust«, flüsterte Luise mit glänzenden Augen.

»Du bist meine Schwester«, antwortete Clara mit einem Lächeln und ging hinaus.

Für den Fall, dass jemand sie nach ihrem Ziel fragen würde, hatte Clara sich die Ausrede zurechtgelegt, dass sie mit Tessa beim Schmied im Ort vorbeisehen müsse, um ein Eisen korrigieren zu lassen. Doch niemand der Familie begegnete ihr, und so konnte sie durchs Tor hinausreiten und den Weg in den Ort einschlagen.

Es war ein sonderbares Gefühl, als sie eine halbe Stunde später in die Straße einbog, in der die Brugges ihr Haus hatten. Herrschaftliche Villen standen links und rechts, mit großen, nun herbstlich blühenden Gärten umgeben. Das Brugge-Haus nahm sich dagegen eher schlicht aus, obwohl auch hier deutlich war, dass Leute mit Vermögen darin lebten.

Clara band Tessa am Rosenspalier an und betätigte den Türklopfer. Zu ihrer großen Erleichterung öffnete ihr Paula Brugge, die sie beim Tee auf Friesenhain kennengelernt und zu der sie schon da Zuneigung gefasst hatte.

Paula starrte sie eine Sekunde lang überrascht an, dann bat sie sie mit der ihr eigenen Herzlichkeit hinein.

»Ich kann nicht lange bleiben«, sagte Clara, während sie Paula durch den hübsch ausgestatteten Flur in einen ebenso ansprechenden Salon führte. Doch da brach sie ab, denn von einem Stuhl am Sekretär sprang ein Mann auf und sah sie an wie eine Geistererscheinung. Er war groß und kräftig, mit blondem, vollem Haar und ebensolchem Schnäuzer. In seinen braunen Augen, von denen Luise geschwärmt, sie als lebhaft und warm bezeichnet hatte, stand derselbe Kummer, den Clara auch in denen ihrer Schwester gesehen hatte. Dies war also der Mann, den Luise liebte. Für einen Moment schien die Welt stillzustehen, als sie einander anblickten.

»Mein Bruder, Max Brugge«, stellte Paula ihn vor. »Max, ich denke, Komtess Clara von Scheweney möchte wohl zu dir.«

Sie knickste leicht vor Clara, die das am liebsten verhindert hätte, so verlegen war sie, schaute noch einmal zu ihrem Bruder und verließ den Raum. Weil sie die Tür offen stehen ließ, konnten sie ihre Schritte die Treppe hinauf und oben verklingen hören.

Max Brugge löste sich aus seiner Starre und wies rasch auf das Sofa, als wolle er die Betäubung des ersten Moments wettmachen. »Möchten Sie sich setzen, Komtess? Kann ich Ihnen etwas …? Tee? Kaffee?« Er wirkte vollkommen aufgelöst und zugleich zum Zerreißen gespannt. Wie er nun selbst zum Sofa ging, stehen blieb, sich zu ihr umwandte, wirkte er rastlos. Und doch konnte Clara in ihm etwas sehen, das sie unweigerlich an ihre Schwester erinnerte: eine starke Energie, die, in die rechte Bahn gelenkt, von unglaublicher Überzeugungskraft sein musste.

»Nein, vielen Dank. Und sicher wollen Sie, viel lieber als Höflichkeiten auszutauschen, wissen, was mich zu Ihnen bringt« setzte Clara an. Sein flehender Blick ließ sie weitersprechen: »Kurz und ungeschönt: Graf und Gräfin von Scheweney haben meiner Schwester den Kontakt zu Ihnen verboten«, erklärte sie, während ihr bei diesen schonungslosen Worten die Hitze in die Wangen stieg. »Mit meinem Hiersein widersetze ich mich ihren Anweisungen, aber ich kann es nicht ertragen, wie sehr Luise leidet. Ich … Ich bin hier, um diesen Brief zu überbringen.« Damit zog sie den Umschlag aus ihrer Tasche, um ihn zu überreichen.

»Oh«, machte er nur. Ein einziger Ton, der seinen Lippen entwich. Meinte sie es nur oder zitterten seine Finger, als er langsam, beinahe ungläubig nach dem Kuvert griff? Er wandte sich zum Sekretär, brach das Siegel und überflog die Zeilen. Um sich dann auf den Stuhl sinken zu lassen, der dort stand, und alles noch einmal sorgfältiger zu lesen.

Auf der Schreibunterlage türmten sich Briefpapier, zerknüllte Seiten, ebenso wie begonnene, die sich übereinanderschoben. Auf einer konnte Clara den Namen ihrer Schwester in der Anrede erkennen.

Beim Lesen hatte Max Brugges Gesicht die Farbe gewechselt, war blass geworden. Als er sich nun ihr wieder zuwandte, erkannte, dass sie immer noch stand, sprang er hastig wieder auf.

»Bitte setzen Sie sich, Komtess. Wenn Sie schon den Weg und das Risiko auf sich nehmen, Ihre Eltern derart zu erzürnen, darf ich Ihnen meine Antwort mitgeben? Ich verspreche Ihnen, es wird das erste und letzte Mal sein, dass ich einen solchen Dienst von Ihnen erbitte.«

Clara musste nicht überlegen. Nur zu gut konnte sie sich Luises Gesicht vorstellen, wenn sie ohne eine Antwort zurückkäme. Also nickte sie ihm zu und ließ sich auf der Kante des Sofas nieder, während ihr Gastgeber erneut auf dem Stuhl am Sekretär Platz nahm und ein neues Blatt Papier unter dem Stapel der vergeblichen Versuche hervorzog.

Weil sie ihn nicht anstarren wollte, sah Clara sich betont in der anderen Seite des Zimmers um. Der Raum war außergewöhnlich geschmackvoll eingerichtet. Die erlesene Tapete mit perlmuttfarbenem Schimmer und floralem Muster bildete den perfekten Hintergrund für die stilvollen Bilder und ästhetischen Kunstwerke, die hier und da verteilt waren und höchst angenehm den Blick zu fesseln vermochten. Sogar die Lampen und Teppiche wirkten schick und apart.

Aber so viel es auch zu sehen gab, das sie interessierte, konnte sie doch nicht widerstehen, dem Geräusch der über das Papier kratzenden Feder mit den Augen zu folgen und den Mann zu betrachten, der im Schreiben nicht eine Sekunde innehielt. Er schien nicht überlegen oder nach Worten suchen zu müssen, wie es Clara bei ihren Korrespondenzen oft ging, sondern einfach niederzuschreiben, was er im Herzen trug. Und dass er ihre Schwester genau an diesem gewissen Fleck bei sich hielt, dessen war Clara sicher. Seine Ernsthaftigkeit, das leise Schlucken hin und wieder.

Max Brugge war nicht das, was die Mägde in der Küche einen *schmucken Kerl* genannt hätten. Was womöglich daran lag, dass er so ganz und gar uneitel wirkte. Das blonde Haar und der Schnäuzer waren nicht nach ihrem persönlichen Geschmack, wie sie jetzt beinahe überrascht feststellte. Ihr gefiel wohl dunkles Haar besser, dachte sie, und ja, sie mochte es, wenn Männer entgegen der gängigen Mode glattrasiert waren. Dennoch konnte sie gut erkennen, was ihre Schwester in Max Brugge sah, was sie wie ein Magnet anzog. Dieser Mann besaß etwas ganz Besonderes. Seine kräftigen Schultern und das markante Kinn wirkten beinahe kämpferisch, während in seinen Augen eine Tiefe wohnte, die auf enorme Klugheit schließen ließ.

Es war verrückt, aber Clara empfand plötzlich genau das, was Luise ihr beteuert hatte: dass dieser Mann dort der Richtige für ihre Schwester gewesen wäre.

Wie hatte nur alles so furchtbar entgleisen können?

Sie ertappte sich bei einem Seufzen. Max Brugge hob den Kopf und sie wandte sich rasch ab. Doch er hatte ihren Blick bemerkt.

»Ich bin fertig«, sagte er, faltete das Papier und schob es in einen Umschlag. Dann kam er zu ihr herüber und Clara stand auf.

Er reichte ihr den Brief. Es gab eine Sekunde, in der Clara das Papier schon zwischen den Fingern hielt und er noch nicht losließ.

»Es steht nichts darin, das Sie mit Ihrem reinen Gewissen nicht würden vereinbaren können«, versicherte er ihr.

»Danke«, antwortete sie. Mit einem vorsichtigen Lächeln, das von gegenseitiger Sympathie sprach und ein erstes zwischen Schwägerin und Schwager hätte sein sollen und doch nicht sein durfte, nickten sie einander zu.

Er brachte sie zur Tür, band Tessa für sie los und half ihr in den Damensattel.

»Wir werden uns wohl nicht wiedersehen«, sagte er mit kratziger Stimme, in seinen Augen erneut der schmerzvolle Ausdruck. »Und ich bedaure das sehr. Alles Gute für Sie, Komtess.«

Clara zögerte kurz. »Auch ich empfinde großes Bedauern, Herr Brugge. Für Luise, und für Sie«, wagte sie dann zu sagen

und neigte den Kopf. »Ich wünsche Ihnen nur das Beste.«
Damit ritt sie los. Bis zur Straßenbiegung konnte sie seinen
Blick im Rücken spüren.

Der Weg nach Friesenhain erschien ihr länger, der Wind
kälter. Am Himmel dräuten Wolken wie dunkle Ahnungen.
Während sie die Allee hinunterritt, glaubte sie oben hinter
einem der Fenster ihrer Schwester deren Gestalt auszumachen.

Wie musste es sein, wenn das eigene Herz sich für einen
Menschen entschieden hatte und man nun darauf wartete,
den vielleicht letzten Brief dieses geliebten Menschen zu erhalten? Würde sie selbst einmal solch tiefe, brennende Gefühle hegen wie ihre Schwester für Max Brugge?

Meine geliebte Luise,

Deine Schwester war so herzensgut, mir Deinen Brief zu übermitteln. Sie ist gewiss eine wunderbare Schwester, so wie meine Paula, da sie dazu bereit war, sich Euren Eltern zu widersetzen und uns ein paar letzte Worte zu erlauben.

Denn das werden sie sein, Luise.

Obwohl ich gestern noch glaubte, eher zu sterben als mich von Dir abzuwenden, schreibe ich Dir heute diese mich zutiefst schmerzenden Zeilen.

Wie habe ich mir den Kopf zerbrochen, mit Paula und Hedwig die Lage erörtert, in der Nacht kein Auge zugetan. Aber am Ende kommt es immer auf dasselbe hinaus: Was geschehen ist, ist geschehen. Wir müssen uns fügen.

Welche Angst hatte ich, Du seist mir gram. Zurecht habe ich mir vorgeworfen, im Gespräch mit Deinen Eltern nicht vorsichtig genug gewesen zu sein. Doch letztendlich ist nur früher passiert, was sonst später ans Licht gekommen wäre. Dein Vater würde mich nie als Schwiegersohn akzeptieren, solange ich mich als Sozialdemokrat definiere. Davon aber, meine Liebste, kann ich nicht lassen, denn es macht mein ganzes Sein und Leben aus. Wenn ich es Dir zuliebe aufgäbe, wäre ich nicht halb der Mann, in den Du Dich verliebt hast — denn es wäre eine Lüge, die mein ganzes Naturell verleugnen würde, von dem Du schreibst, dass Du es tief in Dein Herz geschlossen hast.

Luise, ich weiß, es wird Dich hart ankommen, Dich vielleicht niederschmettern, denn Deine Zeilen stecken voller Lei-

denschaft und Entschlossenheit. Aber ich kann und ich will Deinem Vorschlag nicht folgen.

Mit mir zusammen fortzulaufen, ohne die Einwilligung Deiner Eltern zu heiraten, das würde die Ehre Eurer Familie ruinieren und auch Deine Geschwister zum Gespött der Leute machen. Ganz zu schweigen davon, dass Graf und Gräfin dazu gezwungen wären, uns die Tür zu weisen, ihre eigene Tochter nicht mehr zu empfangen. Und Du, mein Liebes, müsstest für immer auf sie verzichten.

Selbst als Waise aufgewachsen, weiß ich, wie es ist, auf seine Eltern verzichten zu müssen. Die Erinnerungen an meine eigenen sind mir so kostbar und bilden den Grund und Boden für mein heutiges Leben, dass ich es nicht ertragen könnte, Dir die Zukunft mit Deiner Familie zu zerstören.

Statt also mit Dir in Schande ein Leben entfernt von den Kreisen zu beginnen, die Du gewohnt bist, werde ich dieser Gegend den Rücken kehren. Viel zu schwer wäre für uns beide die Gewissheit, dass der geliebte Mensch so nahe ist und doch so unerreichbar.

Ich habe beschlossen, nach Hamburg zu gehen, schon sehr bald, wenn alle Sachen gepackt und Notwendiges geregelt ist. In Hamburg ist die Bewegung der Arbeiter stark und wird einen weiteren Mitstreiter mit offenen Armen aufnehmen. Für unsere Sache werde ich dort mehr leisten können als hier. Die Manufaktur ist bei Paula und unserem Geschäftsführer in den besten Händen und sicher werde ich auch einmal zurückkehren. Aber erst, wenn alles sich beruhigt hat und wenn Du … Ach, Luise, Du weißt so gut wie ich, wie es weitergehen wird.

Und darum, weil es ein Abschied für eine lange Zeit, wenn nicht gar für immer sein wird, will ich zumindest auf einen Teil deines Vorschlages eingehen.

Du sprichst davon, dass wir uns auf dem kleinen Hügel

nahe eurer Allee treffen können, um zusammen fortzugehen. Ich will dort sein. Morgen um Mitternacht. Aber nicht, um Dich zu entführen, meine liebste Luise, sondern um Abschied zu nehmen.

Ich werde eine Laterne entzünden und sie schwenken, damit Du weißt, dass ich dort bin. Vielleicht willst auch Du mir so ein Zeichen senden?

Wenn die Kirchturmuhr läutet, werde ich gen Friesenhain sehen, zu Dir, und Dir mein Lebewohl zuflüstern.

Für immer der Deine.
Max

Luise

50

Die Standuhr in der Halle schlug die halbe Stunde auf Mitternacht zu.

Luise, die sich mit vorgetäuschter Unpässlichkeit und unter den prüfenden Blicken ihrer Mutter und den mitfühlenden ihrer Schwester früh zurückgezogen hatte, öffnete vorsichtig ihre Zimmertür. Auf dem Gang war es still. Nur ein paar der Lichter an den Wänden brannten noch, doch der Leuchter in der Halle war gelöscht.

So leise sie konnte, schlich sie über den Läufer um die Empore und die Stufen hinunter. Auf Zehenspitzen bog sie um die Ecke zur Hintertür in den Hof, wo Gimpel schlief. Er schreckte auf, und für einen Moment befürchtete sie, er würde schlaftrunken anschlagen, doch da klopfte bereits sein Schwanz auf den Boden.

»Ja, mein Guter, du wirst mich begleiten«, flüsterte sie ihm zu und wühlte dabei unter den Mänteln an der Garderobe nach ihrem eigenen. Rasch schlüpfte sie hinein. Ihre Finger zitterten bei den Knöpfen, doch schließlich war es geschafft und sie öffnete die Tür.

Beide huschten sie durch den Spalt. Auch Gimpel schien zu spüren, dass er kein überflüssiges Geräusch machen durfte.

Im Hof lag alles ruhig. Luise hatte befürchtet, im Dunkeln nichts sehen zu können, doch es war Vollmond und die Nacht war klar. Alles war mit silbrigem Licht übergossen, vertraute Formen seltsam fremd. Nun kam der kritische Moment, in dem sie den Hof überqueren mussten, in dem die anderen Doggen auf ihren Plätzen lagen. Doch sie hoben nur die Köpfe, verwundert über den nächtlichen Besuch ihres Anführers und der jungen Herrin, und legten sich dann wieder zurecht. Sie wussten, dass kein Alarm anstand.

Durch das dunkle Tor hindurch um die Ecke gebogen, sah sie, dass im Pförtnerhaus auch kein Licht mehr brannte.

Mit dem treuen Gimpel an ihrer Seite schlich Luise am Fahrweg entlang im Schutz der dicht stehenden Bäume.

So eilte sie parallel zur Allee dahin, während ihr langer Mantel im Laub raschelte, hier und da eine Maus mit hohem Fiepen vor ihnen floh und über ihnen eine Eule rief.

Sie kam an der Koppel vorbei, auf der die trächtigen Stuten noch ein paar Tage zubringen durften, ehe sie für das Winterhalbjahr nachts in den Stall geholt wurden. Die Tiere hier waren die wertvollsten, die Friesenhain zu bieten hatte, und ihre Kleinen würden die Grundlage für eine neue Generation erstklassiger Hannoveraner bieten.

Gimpel reckte den Hals und schnüffelte. Er ließ ein leises Grollen vernehmen.

»Schscht«, machte Luise und fasste den Rüden am Halsband. »Du hast recht. Hier ist noch jemand außer uns, Gimpel. Aber du darfst nicht bellen, hörst du? Es ist alles in bester Ordnung.« Er hob den Kopf und blickte sie an, zweifelnd, wie ihr schien. Auch die dösenden Pferde wandten sich ihr kurz zu. Doch obwohl Luise sonst immer gern stehen blieb und mit den Schönheiten Zwiesprache hielt, lief sie jetzt nur vorbei, froh, um das Mondlicht, das ihr den Weg erhellte.

Und nicht nur den. Schon von Weitem sah sie unweit der Allee eine Gestalt auf der kleinen Anhöhe stehen. War sie vorher eilig gegangen, so rannte sie jetzt. Und Max, der sie ebenfalls ausgemacht hatte, kam ihr mit großen Schritten entgegen.

Für ein paar Sekunden standen sie atemlos voreinander, forschten beide im Gesicht des anderen. Gimpel, der ihr nicht von der Seite wich, schnupperte skeptisch in Richtung des beinahe Fremden, gehorchte jedoch und machte keinen Mucks. Und obwohl die Situation alles andere als glücklich war, obwohl dies ein Treffen zum Abschied war, jubilierte alles in Luise, als Max die Hände nach ihr ausstreckte und sie an sich zog.

»Du bist hier, leibhaftig!«, murmelte er in ihr Haar. Seine Stimme löste warme Schauder aus. So innig umarmten sie sich, dass Luise kaum Luft bekam. Aber das fühlte sich wunderbar, herrlich, genau richtig an, und sie wollte sich nicht aus dieser Umarmung lösen. Der Geruch seiner Haut, den sie durch sein Halstuch hindurch wahrnahm, machte sie ganz benommen. Waren es Minuten oder Stunden, die sie dort standen, sich hielten und leise Worte flüsterten? Von Vermissen. Von Liebe. Von Unausweichlichem. Es war ein Ringen der Gefühle mit dem Verstand, das kaum zu ertragen war.

»Als du dich zu mir setztest, in der Versammlung in Osnabrück«, sagte sie leise. »Da dachte ich, was für ein schrecklich eingebildeter Kerl du bist, so von dir eingenommen, und dann auch noch ein Sozialdemokrat. Ich wäre fast in Ohnmacht gefallen vor Empörung.«

»Und ich hielt dich für eine verzogene Adelstochter, die einmal ihr hochwohlgeborenes Näschen in unsere Gesellschaft stecken wollte, um es dann zu rümpfen und zu den gepflegten Teegesellschaften zurückzukehren«, gestand er ihr.

Als sie sich nun in die Augen blickten, mussten sie tatsächlich beide lächeln.

»So ist es recht«, sagte er. »Lass uns nie vergessen, wer wir wirklich sind, Luise, als welche Menschen wir einander kennengelernt und wen wir ineinander entdeckt haben.«

Sie hob die Hand und legte sie an seine Wange. Er neigte den Kopf, schmiegte sein Gesicht an ihre Finger.

»Wann wirst du …?« Sie konnte es nicht aussprechen. Zu schrecklich war diese Vorstellung.

»Mein Zug geht übermorgen. Um die Mittagszeit«, antwortete er, weil er ihre Gedanken erraten hatte, zog sie wieder an sich.

»Du musst tapfer sein, Luise«, raunte er ihr zu. »Dann wirst du merken, dass es so sein muss. Und mit der Einsicht kommt dann auch der innere Frieden.«

»Ich bin froh, dass du nicht sagst, dass es so am besten ist«, murmelte Luise in seine Halsbeuge.

»Weil es das nicht ist«, antwortete er. »Und doch muss es sein.«

Alles in ihr schmerzte von dieser Wahrheit. Ihr stets so unbeugsamer Wille bäumte sich auf. Sie hob den Kopf und wollte seine Lippen suchen. Wollte noch einmal in einem Kuss versinken, der noch inniger und zärtlicher sein sollte als jener, den sie in Berlin getauscht hatten.

Doch Max drehte sein Gesicht fort, lehnte seine Schläfe an ihre. »Das sollten wir nicht, liebste Luise«, flüsterte er mit rauer Stimme. »Es wäre der eine Moment, den wir für immer erinnern würden. Voller Schmerz. Aber du sollst doch lächeln, wenn du an mich denkst. Irgendwann wird es möglich sein.«

Luise schluckte. Tränen brannten in ihren Augen, doch sie zwang sie zurück.

»Wenn das möglich sein kann, Max, dann muss doch auch anderes möglich sein. Wir müssen nur den richtigen Weg finden! Es muss doch einen Weg geben, den wir gemeinsam gehen können.« Sie hörte selbst, wie flehend ihre Stimme klang.

Max wollte etwas antworten, doch da hörten sie beide ein Geräusch und wandten erschrocken die Köpfe.

Es war ein tiefes Knurren, das sie aufgeschreckt hatte. Gimpel, der stocksteif neben ihnen stand und den sanften Hang hinabsah. Das kurze Fell auf seinem Rücken war gesträubt, die Ohren so weit aufgerichtet, wie es ging, und der Schwanz hoch über den durchgedrückten Rücken erhoben.

Irritiert folgte Luise dem Blick des Hundes. Zuerst sah sie nichts, was ihn so beunruhigen könnte. Doch dann.

»Da!«, wisperte Max und deutete mit dem Finger. Genau in der Sekunde, in der sie es auch sah.

Dort drüben, keine dreihundert Meter von ihnen entfernt, bewegten sich Schatten zwischen den Bäumen. Zuerst dachte sie an ein Rudel Hirsche, das sich aus dem Wald bis hierher gewagt hatte. In der Herbstbrunft konnten diese Tiere manchmal seltsames Verhalten zeigen. Doch dann wurde ihr klar, dass es sich um Menschen handelte. Vier oder fünf mochten es sein.

»Sie suchen dich!«, entfuhr es Max im Flüsterton. Doch Luise schüttelte den Kopf und legte eine Hand auf Gimpels Nacken, wo sie die angespannten Muskeln deutlich spüren konnte.

»Das sind keine Leute von uns«, wisperte sie. »Sie hätten Lichter dabei. Und wenn sie nach mir suchen würden, würden sie rufen oder einen Jagdhund auf meine Spur setzen.«

Max drückte ihre andere Hand, um ihr zu sagen, dass sie

recht haben musste. Die Gestalten dort unten wollten nicht gesehen werden. Sie schlichen durch die mondhelle Nacht wie – Diebe.

Ein eiskalter Schreck durchfuhr Luise, als sie begriff, was dort vorging.

»Um Gottes willen!«, hauchte sie. »Das müssen die Pferdediebe sein.«

»Welche …?«

»Sie machen diesen Landstrich schon eine ganze Weile unsicher, schlagen mal hier und mal dort zu. Sie haben es auf trächtige Stuten abgesehen«, erklärte Luise ihm rasch, während sie wie gelähmt zusah, wie sich die Gestalten der Koppel näherten, an der sie gerade noch vorbeigekommen war.

Kurz entschlossen wandte sie sich an Max: »Du musst verschwinden! Ich werde Alarm schlagen. Aber wenn die anderen herauskommen, dürfen sie dich nicht sehen. Vater …«

»Unter keinen Umständen lasse ich dich jetzt allein!«, entgegnete Max, sehr leise, aber so entschieden, dass Luise klar war, dass sie ihn niemals würde überzeugen können.

»Da, sie sind schon am Gatter!«

»Bleib hier, ich werde …«, begann Max und tat bereits ein paar Schritte. Doch da ging es mit Gimpel durch. Es war wohl eine Sache, seine Herrin mitten in der Nacht in aller Stille zu einem Unbekannten zu begleiten und dabei keinen Mucks zu tun. Aber wenn dort unten ein ganzer Haufen Fremder sich am Koppelgatter zu schaffen machte, fiel das eindeutig in den Zuständigkeitsbereich eines Wachhundes!

Er tat einen kleinen Japser, riss sich von Luises Hand los und schoss wütend bellend die leichte Steigung hinab.

Sofort wandten sich die fünf Gestalten dort unten zu ihnen um.

»Gimpel, nein!«, rief Luise und rannte los.

»Luise!« Auch Max folgte ihnen.

Die Pferdediebe brauchten nur ein paar Sekunden, um zu erkennen, dass es sich bei dem Krach nicht um einen Hinterhalt handelte, sondern dass ihre Gegner nur aus einem tobenden Hund, einem einzigen Mann und einer Frau bestanden. So nah an ihrem Ziel wollten die Räuber nicht aufgeben. In fliegender Hast öffneten zwei das Tor und stürmten hinein zu den Stuten, die erschreckt aufsahen. Ein Hütehund, den Luise bisher noch nicht bemerkt hatte, löste sich von den Männern und galoppierte um die kleine Stutenherde herum, um sie an der Flucht zu hindern. Es schien ganz so, als sei er auf Pferde trainiert, denn er machte seine Arbeit routiniert und ohne Zaudern.

Die anderen drei Männer machten sich auf den Angriff gefasst und blickten ihnen in gefährlicher Ruhe entgegen.

Gimpel erreichte sie als Erster und setzte zum Sprung auf einen der Männer an. Doch der hob einen Knüppel über den Kopf. Ein dumpfer Schlag ertönte, der Doggenrüde jaulte auf und fiel zu Boden.

»Nein!«, keuchte Luise entsetzt.

Max hatte sie eingeholt und stürmte an ihr vorbei. Er stürzte sich auf den Mann, der ihm am nächsten stand und zog ihn mit der Wucht seines Aufpralls zu Boden, wo sie sofort miteinander rangen. Doch der dritte Mann kam seinen Kumpanen zu Hilfe und warf sich auf Max Rücken.

Luise kam an Gimpel vorbei, der in der Wiese lag und benommen winselte. War es dieser Anblick des geliebten Tieres? Die Angst um Max? Luise spürte eine nie gekannte Weißglut in sich. Ohne auch nur eine Sekunde nachzudenken, rammte sie mit der Schulter Gimpels Angreifer, der immer noch den Knüppel in der Hand hielt, mitten vor die Brust. Für den Bruchteil einer Sekunde sah sie sein verblüfftes Gesicht, während er ächzend in die Knie ging und sie weiter zum Gatter hastete.

Erschreckend schnell trieben die beiden Männer in der Koppel mithilfe des lautlos dahinjagenden Hundes die Stuten zusammen. Sie wussten genau, was sie taten. Schon hatten sie dem Schimmel einen Strick um den Hals gelegt. Wie konnten sie wissen, dass dies die Leitstute war? Wenn sie diese mitnahmen, hätten sie mit den anderen leichtes Spiel.

Luise wurde klar, dass Max und sie keine Chance gegen diese Übermacht hatten. Gimpel lag immer noch hechelnd am Boden, die eine Pfote seltsam verdreht.

Nun gut, dachte sie grimmig. Wenn alle sagten, Frauen würden im Notfall nichts Besseres zu tun haben, als spitz aufzuschreien, dann würde sie ihnen zeigen, dass es auch andere gab.

Sie steckte die Finger in den Mund und stieß den gellenden Pfiff aus, den sie als Kind von den Stallburschen gelernt hatte. Dann noch einen, und noch einen.

Es dauerte ein, zwei, drei Sekunden. Dann brach drüben im Hof der Teufel los.

Die Jagdhunde schlugen Alarm. Und unter ihrem Jagdgeschrei dröhnte das tiefe Bellen der Doggen. Die Jagdmeute war in den Zwingern, konnte nicht heraus, doch bei diesem Lärm konnte niemand weiterschlafen. Und die Doggen, ja, die waren frei. Und da kamen sie schon! Sechs schwarze Kolosse, die um das Gebäude herumschossen. Im Haus flammten überall Lichter auf.

»Rufen Sie die Hunde zurück!«, kreischte einer der Männer und fuchtelte mit einer Flinte herum. Aber selbst, wenn Luise gewollte hätte, hätte sie sich bei den Hunden ihres Vaters jetzt kein Gehör mehr verschaffen können. Sie waren nur noch hundert Meter entfernt. Zwei schlüpften zwischen den

Latten des Koppelzaunes hindurch und gingen geifernd auf den Hütehund los, der quietschend das Weite suchte, während seine Herren mit der Schimmelstute kämpften. Sie hatten sie und die junge Füchsin bereits zum Gatter gezerrt und waren schon im Begriff, mit ihnen zwischen den Bäumen zu verschwinden. Die Doggen sprangen bellend um sie herum, fingen sich ebenso Tritte ein, wie die Männer den einen und anderen Biss.

Luise hetzte zu dem Knäuel an Männern hinüber, das sich am Boden wälzte. Einige wirre Sekunden erkannte sie kaum, wer, wer war. Doch dann tauchte ein dunkler fettiger Schopf auf, und sie griff beherzt zu. Solcherart an den Haaren zurückgerissen, fiel der Kerl zur Seite, und Max hatte gegen nur einen Gegner wieder eine Chance.

Es gelang ihm, auf die Beine zu kommen und den Pferdedieb, der sich aufrichtete, mit einem mächtigen Kinnhaken erneut zu Boden zu schicken.

Luise wollte schon triumphieren, doch da ertönte ein ohrenbetäubender Knall. Max schrie auf und knickte in den Knien ein.

»Max!«, schrie Luise und versuchte, ihn zu stützen, während er sich ächzend die Seite hielt. »Zu Hilfe!«, rief sie gellend. Doch da verspürte sie mit einem Schlag einen heftigen Schmerz im Magen. Sie wollte aufschreien, doch ihr fehlte der Atem dazu. Kraftlos zusammengekrümmt sank sie ins Gras.

»Luise!«, brüllte Max, die Hände in die Seite gepresst, und dann voller Panik noch einmal: »Luise!«

Stimmen vom Haus her wurden laut. Sicher waren das die Stallburschen. Und eine vertraute, sehr tiefe Stimme war dazwischen. Der Graf selbst? Konnte er es sein?

Luise wollte den Kopf heben und nachsehen, doch plötzlich schienen sich rasend schnell Wolken vor den Mond zu schieben. Es wurde dunkler und dunkler um sie herum.

»Vater?«, hörte sie selbst sich noch flüstern, obwohl sie rufen wollte. »Ich bin hier.«

Clara

51

Clara schaute sich noch einmal nach dem Haus um, doch an den Fenstern Friesenhains war niemand zu sehen. So lenkte sie Tessa unbemerkt zwischen den Bäumen hindurch und ließ sie vorwärts traben.

Die letzten beiden Tage hatten von allen Mitgliedern der Familie von Scheweney alles abverlangt. Der versuchte Diebstahl der kostbaren, tragenden Stuten war schon allein ein schlimmes Ereignis, das sie alle aufgerüttelt hätte.

Doch nie würde Clara das Gesicht ihres Vaters vergessen, als er, ihre bewusstlose Schwester auf den Armen, in die Halle gestolpert war. Dicht gefolgt von Max Brugge, der sich mit blutverschmierter Hand die Seite hielt, doch von Hilfe nichts wissen wollte, sondern nur Augen für Luise hatte. Ihre Mutter, im Morgenrock und mit wirrem Haar am Fuß der Treppe, hatte aufgeschrien. Ranke und Paas waren zur Stelle gewesen, und dann auch das restliche Personal. Alle waren durcheinandergestolpert, hatten sich gegenseitig im Weg gestanden und ständig wurde die Frage laut, was um Himmels willen denn geschehen sei. Doch dann hatte ihr Vater seine laute Stimme erhoben und Ordnung ins Chaos gebracht. Decken und Kissen waren aufgetaucht, Tee und eine Flasche Whiskey.

Wolff war davongestürzt, um den Arzt zu holen. Paas hatte Max Brugge, der nicht von Luises Seite weichen wollte, dazu gebracht, sein Hemd zu heben. Von einem Streifschuss war die Rede gewesen. Und immer öfter war das Wort *Pferdediebe* geraunt worden. Marie im Nachthemd, die Paas assistierte, während er Max Brugges Wunde notdürftig versorgte, hatte zu berichten gewusst, dass die Stallburschen den hinterhältigen Räubern nachgesetzt hatten. Doch denen hatte die Angst ungeahnte Kräfte verliehen. Trotz ihrer Verletzung durch die Hunde hatten sie es zu ihren Pferden geschafft, die zwischen den Bäumen angebunden auf sie gewartet hatten. Und so waren sie entkommen.

Schließlich war auch Wilhelm aufgetaucht, der ächzend den winselnden Gimpel über der Schulter trug. Der Hund blutete aus einer Wunde am Kopf, und eine seiner Pfoten schlackerte nutzlos am Bein.

Von all dem zu Tode erschrocken und nachtbleich hatten alle herumgestanden, bis der Doktor und fast gleichzeitig zwei Polizisten aus dem Ort eintrafen.

Luise war in ihr Zimmer gebracht worden, wo der Arzt sie untersuchte. Clara und die Gräfin waren ihr nicht von der Seite gewichen, während der unter Schmerzen ächzende Max nur mühsam davon abgehalten werden konnte, ebenfalls die Treppe hinaufzustürmen.

Offenbar hatte Luise einen so heftigen Schlag in die Magengrube erhalten, dass er sie hatte bewusstlos werden lassen. Als sie erwachte, war ihre erste Frage die nach Max Brugge gewesen, den sie erschossen wähnte. Obwohl Vater und Mutter ihr glaubhaft beteuerten, dass der junge Mann sich nicht lebensbedrohlich verletzt unten in der Halle befinde, war Luise in helle Panik geraten, was die Schmerzen verstärkt hatte und den Doktor Schlimmstes für ihre eigene Gesundheit fürchten ließ. Und so hatte er ihr ein Mittel gegeben, wonach sie endlich ruhig hatte schlafen können.

So hatte man auch Max Brugge beruhigen und in einem der Gästezimmer unterbringen können. Am nächsten Morgen hatte er mit Einwilligung des Arztes Friesenhain per Kutsche verlassen, um in sein Haus nach Ibbenbüren zurückzukehren.

Anna von Scheweney hatte Stunde um Stunde am Bett ihrer älteren Tochter gewacht. Immer wenn Clara in den beiden folgenden Tagen nach Luise sah, war auch ihre Mutter im Zimmer gewesen – mal lesend oder stickend auf einem Stuhl am Fenster sitzend, mal am Fenster stehend und tief in Gedanken versunken hinausschauend.

Heute Morgen hatte Luise dann endlich mit Genehmigung des Doktors das Bett verlassen dürfen, und alle im Haus hatten aufgeatmet. Alle, außer Luise selbst.

Clara warf einen Blick über die Schulter. Doch von hier aus konnte sie Friesenhain nicht mehr sehen. Trotzdem hatte sie das Gesicht ihrer Schwester ganz deutlich vor Augen. Wie hatte es in nur zwei Tagen so schmal und blass werden können? Die typische Lebendigkeit und Fröhlichkeit waren daraus gewichen. Auch wenn Luise sich beim Frühstück an der Unterhaltung beteiligt hatte, war deutlich gewesen, dass etwas in ihr wie zerbrochen war.

Clara gab die Zügel vor und ließ Tessa angaloppieren. Das Gefühl, ihrer geliebten Schwester in keiner Weise helfen zu können, machte ihr sehr zu schaffen. Schließlich wusste sie, mussten alle es wissen, dass nicht der Keulenschlag in den Magen Luise so zusetzte. Aber während zweimal täglich der Arzt bemüht, Medikamente verabreicht und Schonkost gereicht wurde, schien niemand sich für die Heilung dieser anderen Wunde verantwortlich zu fühlen.

In diesem schnellen Tempo erreichte Clara schließlich die Grenze der Ländereien. Die Absetzer waren nach dem versuchten Diebstahl rasch in den Hengststall gebracht worden. Bisher hatten die Räuber es nur auf trächtige Stuten abgesehen, doch auf Friesenhain wollte man kein Risiko eingehen.

Sie ritt in das kleine Waldstück hinein, kam an der Jagdhütte vorbei und ertappte sich dabei, wie sie nach einem kleinen, braunen Hund mit Schlappohren Ausschau hielt. Doch so einfach sollte sie es heute nicht haben. Sie musste diesen einen, großen Schritt wohl wagen.

Ohne sich ein Zögern zu gestatten, lenkte sie Tessa auf der anderen Seite aus dem Wald hinaus und den Feldweg hinab, der zwischen den hohen Hecken hindurch direkt auf das herrschaftlich wirkende Gutshaus zuführte.

Je näher sie dem hübschen Sandsteingebäude mit seinen beiden, von Zinnen gezierten Türmen kam, desto nervöser wurde sie.

Der Vorplatz vor dem Portal war von herbstroten Büschen umstanden. Und so bemerkte Clara den alten Mann, der dort neben einem Beet mit Immortellen saß, erst im letzten Moment.

Er hatte wohl an diesem geschützten Plätzchen, gewärmt vom Oktobersonnenschein, ein Nickerchen gemacht, denn als er nun Tessas Hufe auf dem Kies hörte, schreckte er auf.

Clara zügelte die Stute und erwiderte seinen Blick für einige Sekunden. Es war der alte Baron Otto von Thebe, den sie früher oft in der Kirche gesehen hatte und vor ein paar Wochen mit seinem Enkel zusammen draußen auf dem Feldweg. Seine Gestalt war wortwörtlich in sich zusammengeschrumpft und hatte so gar nichts mehr von dem stolzen, stets energisch ausschreitenden Mann, dem sie als Kind nach dem Kirchgang heimlich nachgespäht hatte. Jenem Nachbarn, mit dem sie keinen Umgang pflegten. Weil mit dessen Familie das Unglück ihrer eigenen so eng verbunden war.

»Verzeihen Sie bitte«, sagte sie nach dem ersten kleinen Schreckmoment und neigte den Kopf. »Ich bin hier, um Baron Richard von Thebe zu sprechen. Können Sie mir sagen …?«

Doch der Alte wartete nicht ab, sondern fiel ihr ins Wort: »Ist es schon so weit?«, wollte er alarmiert wissen. Behänder als sie es ihm zugetraut hätte, erhob er sich von der Bank. Er trug eine feine Hose, Hemd und Jackett. Jetzt griff er nach dem Hut, der neben ihm auf der Bank gelegen hatte, und setzte ihn mit Schwung auf seinen schlohweißen Haarkranz. »Die Jagdgesellschaft sollte man nicht warten lassen, nicht wahr?«

Clara wusste nicht, was sie antworten sollte. Richard von Thebe hatte erwähnt, dass sein Großvater verwirrt sei. Wie sollte sie mit dem Mann nun sprechen? Offenbar hielt er sie für eine Teilnehmerin an einer Jagd. Einer größeren Gesellschaft, die hier und jetzt ganz offensichtlich gar nicht stattfand.

In diesem Augenblick wurde die hübsch verzierte Tür mit dem Glaseinsatz geöffnet und Richard von Thebe kam heraus. In Reithosen, Stiefeln und Jackett.

»Komtess!«, entfuhr es ihm erstaunt, als er sie hier auf ihrer Stute sah. Schnell zog er den Hut. Dann glitt sein Blick weiter zu seinem Großvater, der noch dabei war, seinen eigenen zurechtzurücken.

»Ich darf sie nicht warten lassen«, verkündete dieser laut und deutete mit dem Finger kurz auf seinen Enkel. »Du kommst doch gleich nach, Friedrich?«

Richard von Thebe erstarrte kurz und sah mit seinen dunklen Augen zu Clara, die rasch den Blick senkte.

»Natürlich. Ich bin gleich bei dir«, antwortete er dem alten Mann.

Otto von Thebe verneigte sich zackig gen Clara. »Die Dame, habe die Ehre!«, sagte er, knallte die Hacken aneinander und verschwand mit etwas wackligem, aber zielstrebigem Schritt um die Hausecke.

Kurz war es still auf dem Platz vor dem Haus. Dann schloss Richard die Tür hinter sich und kam zu ihr.

Er streckte Tessa die Hand entgegen, an der sie interessiert schnupperte. Eine Geste Richards, die Clara spontan an ihr allererstes Treffen erinnerte, als er mit seinen schlanken Fingern über das Gras gestrichen hatte.

»Es tut mir leid …«, begann sie nun, genau in dem Moment, in dem er sagte: »Verzeihen Sie …«

Beide brachen sie ab, sahen sich an und lächelten.

»Ich wollte Sie nicht überfallen«, sagte Clara dann schnell.

Er schüttelte den Kopf als Zeichen, dass er ihr diesen Vorwurf nie gemacht hätte. »Und ich muss mich für meinen Großvater entschuldigen. Er hat sehr gute Tage, müssen Sie wissen. An denen ist er ganz wie früher. Aber heute scheint einer der anderen Tage zu sein …«, erwiderte er dann bedauernd. »Dann kann es auch geschehen, dass er uns nicht erkennt und Namen durcheinanderwirft.« Das erklärte wohl, dass sein Großvater ihn gerade Friedrich genannt hatte.

Verlegen strich Clara sich mit dem Handrücken eine Haarsträhne von der Schläfe fort. »Das bedarf keiner Entschuldigung, Baron von Thebe. Zumal ich unangekündigt erscheine. Ich wollte mich nur erkundigen, ob bei Ihnen …«, rasch korrigierte sie sich, »… bei Ihren Pferden alles in Ordnung ist.«

Erst jetzt bemerkte sie, dass er sich die Haare hatte schneiden lassen. Spontan bedauerte sie das Fehlen seiner Stirnlocken. Doch ohne Zweifel stand ihm der kürzere Schnitt auch sehr gut. Wie immer war er glattrasiert.

Richard von Thebe nickte und sah sie dann von dort unten geradeheraus an. »Bei uns ist alles in bester Ordnung, Komtess von Scheweney. Dank Ihrer freundlichen Nachricht am gestrigen Morgen, in der Sie uns vor den Pferdedieben gewarnt haben, haben wir unsere Tiere sofort in den Stall gebracht. Es ist ja auch an der Zeit, wo es deutlich kälter wird. Nachts halten zwei Burschen Wache. Aber ich freue mich, dass Sie an ... *uns* gedacht haben. Und nach Ihrem Schreiben wusste ich das Gerede der Dienerschaft besser einzuordnen.«

»Gerede?«, wiederholte Clara und fuhr Tessa mit den Fingerspitzen am Hals entlang. Der beständige Blickkontakt mit dem jungen Baron verunsicherte sie.

Richard schüttelte schmunzelnd den Kopf. »Man sollte meinen, ein versuchter Pferdediebstahl samt Schießerei und der verletzten älteren Grafentochter sollte aufregend genug sein. Doch wenn man den Knechten und Mägden glaubt, dann gab es wohl ein Gemetzel samt mehrerer Toter auf beiden Seiten.«

Clara entfuhr ein erschrockenes Aufkeuchen, doch dann stimmte auch sie in sein leises Lachen ein. »Nein, so schlimm ist es dem Himmel sei Dank nicht gekommen.«

»Ja, dem Himmel sei Dank!«, stimmte er zu. »Und ich hoffe, Ihrer Schwester geht es inzwischen besser?« Seine Augen strahlten so viel Mitgefühl aus, dass Clara eine warme Welle der Sympathie überkam. Was für ein großherziger Mann.

»Luise geht es besser, danke der Nachfrage, Baron. Sie konnte heute Morgen bereits das Bett verlassen, um mit uns zu frühstücken, und hat erklärt, dass sie von der besorgten Überwachung durch Familienmitglieder nun wirklich genug hat. Sie hat mich geradezu angestiftet, in der Nachbarschaft nachzuhören, ob auch niemand sonst durch diese Verbrecher zu Schaden gekommen ist.«

»Das freut mich sehr zu hören«, antwortete er und wollte wohl noch mehr sagen, als an der Hausecke erneut Schritte zu hören waren.

Clara dachte gleich wieder an den alten Baron mit seinem faltigen Gesicht und den schwarzen Augen. Doch es war ein Stallbursche, der die Rappenstute am Zügel führte, die sie bereits kannte.

»Gleich, Helmut. Warte hinten auf mich«, rief Richard von Thebe ihm zu. Mit neugierigem Blick auf Clara drehte der Bursche um und verschwand wieder.

Meinte sie es nur oder war Richard von Thebe mit einem Mal ein wenig befangen? Er verschränkte die Hände und rieb mit dem einen Daumen an der Innenseite der anderen Hand. Dann ging plötzlich ein Ruck durch ihn und er erklärte stockend: »Ich muss es Ihnen einfach sagen, Komtess. Ihr Erscheinen ist wie ein Fingerzeig des Schicksals. Offenbar sollen Sie es wissen: Ich wollte mich nämlich gerade auf den Weg in den Ort machen, um eine Depesche an meinen Vater in Ashford abzuschicken.«

»An Ihren Vater?«, sagte Clara verwirrt. Wieso erzählte er ihr davon und brachte auch das Schicksal ins Spiel? Was war an einer Depesche von solcher Tragweite, dass sie davon wissen sollte?

Richard fuhr fort, seine Hände zu kneten. »Ja, er lebt noch auf dem Gut in Kent, auf dem ich aufgewachsen bin, in Ashford. Gestern traf ein Brief von ihm ein, in dem er fragt, ob ein Besuch von ihm hier auf dem Gut willkommen sei.«

Es dauerte einige Sekunden, ehe Clara begriff. Richards Vater, Friedrich von Thebe wollte hierherkommen? An den

Ort, an dem vor fast dreißig Jahren eine Unachtsamkeit seinerseits den Tod ihres Großvaters bewirkt hatte? Soweit Clara wusste, war er seitdem nicht ein einziges Mal hier gewesen. Nie wäre ihr in den Sinn gekommen, dass sich das jemals ändern könnte.

Mit einem Schlag kam ihr wieder jenes Gespräch zwischen Frau Rühl und Marie in den Sinn, das sie unten im Gesindetrakt unfreiwillig belauscht hatte. Darin war es nicht um den unglücklichen Unfall bei der Jagd gegangen, sondern um ihre Mutter. Ihre Mutter und Richards Vater.

Claras Kehle wurde staubtrocken.

Richard von Thebe hatte die Regungen in ihrem Gesicht besorgt beobachtet. Als sie nichts sagte, fuhr er beinahe entschuldigend fort: »Mein Großvater war wegen dieses Schreibens wie ausgewechselt. Gestern war einer seiner guten Tage. Er war vollkommen klar, ganz bei Verstand und voller Vorfreude auf den anstehenden Besuch. Er hat mich gedrängt, per Depesche eilig zu antworten.« Richard hielt kurz inne, wobei sein Blick zur Hausecke wanderte, hinter der der alte Mann verschwunden war, und setzte dann wehmütig hinzu: »Heute scheint er sich nicht einmal daran zu erinnern.«

So sehr sein Kummer um die geistige Verwirrung seines Großvaters Claras Mitgefühl weckte, so beunruhigend fand sie seine Nachricht.

»Ihr Vater wird herkommen?«, wiederholte sie, tief in ihr eine flattrige Nervosität.

»Ja«, bestätigte er.

Wieder suchte sein Blick in ihrem Gesicht nach einem Hinweis auf ihre Gefühle. Sie spürte es regelrecht, wie ein sanftes Tasten. Sicher war auch ihm bewusst, wie schwierig es für ihren eigenen Vater sein würde, seinen so nah zu wissen.

Erklärte dies den nahezu bangen Ausdruck in Richards

Augen? Oder … Nach dem ersten Schreck über diese Neuigkeit durchfuhr es Clara nun eiskalt. Oder hatte Richard von Thebe auch von jener anderen Geschichte gehört? Die, die Frau Rühl unten in der Küche angedeutet hatte? In der sie Anna von Scheweney und Friedrich von Thebe in einem Atemzug zusammen genannt hatte.

Was, wenn dies nicht nur eine der Gerüchtegeschichten war, die sich das Personal erzählte, die es ausschmückte und genüsslich weitertrug – so wie es mit dem Überfall der Pferdediebe ja auch gewesen war? Was, wenn an dieser alten Geschichte, wie Albrecht sie genannt hatte, tatsächlich etwas Wahres dran war?

Claras inneres Beben fuhr ihr in die Hände und sie musste die Finger auf Tessas Hals ablegen, um das Zittern zu verbergen.

»Und Ihre Mutter? Kommt sie nicht mit?«, erkundigte sie sich, als ihr dieser rettende Strohhalm einfiel.

Richards Miene, schon ernst und bedrückt, verdunkelte sich noch weiter. »Sie ist vor drei Jahren gestorben«, sagte er leise. »Wir vermissen sie alle schmerzlich. Umso mehr freue ich mich darauf, meinen Vater für eine Weile hier zu haben.« Wieder klang es wie eine Entschuldigung in ihre Richtung. »Wir alle, besonders aber mein Großvater, hoffen, dass er bis nach Neujahr bleiben wird.«

Clara spürte, wie ihr Magen hinuntersackte. Bis nach Neujahr. Das waren beinahe drei Monate. Eine lange Zeit dafür, dass jemand sich so nah befand, der für ihre Familie in vielleicht nicht nur einer Hinsicht eine schwierig zu behandelnde Person war.

»Komtess?« Richard von Thebe erlöste seine Hände, die unablässig miteinander beschäftigt gewesen waren, und hob eine davon an. Einen verwirrenden Augenblick lang dachte sie, er wolle nach ihren zitternden Fingern greifen, doch dann legte er seine Hand nur an Tessas Hals. Die Stute dreht den Kopf und sah ihn aus ihren sanften, braunen Augen an. Vertrauensvoll. So wie Clara ihn plötzlich nicht mehr ansehen konnte. Was wusste er? Vielleicht sogar mehr als sie selbst?

»Verzeihen Sie«, stammelte sie, plötzlich nur noch Flucht im Sinn. »Ich hätte wohl besser nicht herkommen sollen.«

Ein Ausdruck des Bedauerns trat in seine Miene. Er zögerte.

»Mein Vater weiß, dass Sie und ich uns ... ein wenig angefreundet haben. Ich habe es ihm geschrieben. Vielleicht hofft er deshalb, dass Altes den neuen Kontakt nicht länger belasten wird. Hätte ich Ihnen nicht davon erzählen sollen, Komtess?«, fragte er beklommen.

Clara wollte sich zu einem Lächeln zwingen. Doch es misslang ihr. Ihre Mundwinkel fühlten sich an wie aus Stein.

Mit leichtem, aufgeregt klopfendem Herzen war sie hergeritten. Nun fühlte sie sich unendlich beschwert.

»Wir werden sehen«, sagte sie ausweichend. »Einen guten Tag, Baron.«

Der Schatten, der sich nun auf seine Miene legte, war beinahe so dunkel wie seine Augen. Wortlos neigte er den Kopf. Clara wendete Tessa und ritt davon, ohne sich umzusehen.

* * *

Als sie schließlich auf Friesenhain ankam, überließ sie Tessa dem herbeieilenden Rudi und ging ins Haus. Den ganzen Heimweg über hatte sie gegrübelt, ob sie ihrer Familie diese Neuigkeit mitteilen oder sie lieber für sich behalten sollte. Wenn sie es monatelang nicht mitbekommen hatten, dass der junge Erbe auf dem Nachbargut angekommen war, dann würde doch womöglich auch der Besuch seines Vaters spurlos vorübergehen? Wozu die Pferde scheu machen?

Doch ihre Unruhe flüsterte ihr etwas anderes zu. Dass es womöglich sogar sehr wichtig sein könnte, insbesondere ihre Eltern in Kenntnis zu setzen.

Sie durchquerte die Halle und wollte gerade die Treppe hinauf, um in ihrem Zimmer die Reitkleidung gegen ein Hauskleid zu tauschen, als sie durch die angelehnte Tür der Bibliothek ein vertrautes Husten hörte.

Verwundert hielt sie inne. Ihr Blick wanderte zur großen Standuhr an der Wand. Ihr Vater war um diese Uhrzeit in der Bibliothek?

Kurzentschlossen ging sie hinüber, klopfte leise an und trat ein. Die Tür ließ sie ebenfalls ein Stückchen offen stehen.

Der Graf saß am Sekretär, wo er einige Bücher um sich verteilt hatte. Als Clara näher trat, wandte er den Kopf, und ihr entging nicht, wie er rasch ein dickes Buch mit Abbildungen von Friesenpferden über ein darunterliegendes zog. Doch der eine Blick hatte gereicht, um zu erkennen, was er verbergen wollte.

»Du warst ausreiten?«, erkundigte ihr Vater sich geistesabwesend.

Clara zog sich einen Stuhl heran und ließ sich neben ihrem Vater nieder. »Ja, ich musste meinen Kopf freibekommen. Es ist so viel geschehen, dass ich einen wahren Sturm darin hatte. Immerzu muss ich an Luise denken.«

Da merkte er auf. »Hat der Ritt geholfen, mein Kind?«

»Das tut es meistens«, antwortete sie und schob den Gedanken an die Begegnung mit Richard von Thebe zur Seite. Solange sie für sich selbst keinen eindeutigen Entschluss gefasst hatte, wollte sie besser darüber nichts verlauten lassen.

Er nickte, als wisse er genau, was sie meinte. »Und ist der

Sturm gewichen? Hat ruhigem Wetter Platz gemacht?«, fragte er.

Sie erwiderte seinen Blick, erkannte darin den Wunsch nach einem ernsthaften Austausch. Er sah sie an, wie ein Erwachsener eine Erwachsene ansah, gleichberechtigt. Und sie erkannte die Frage in seinen ausdrucksstarken, blauen Augen.

»Bittest du mich um meine Meinung zu Luises Lage?«, fragte sie geradeheraus.

Ihr Vater holte tief Luft. Sein Schnurrbart bewegte sich einmal auf und ab. »Das tue ich, Clara. Denn ich selbst bin gerade … nun, ich muss es wohl so sagen … einigermaßen ratlos.«

Clara betrachtete kurz die sorgenvolle Miene ihres Vaters. Den vollen Backenbart und die buschigen Brauen, über denen die Stirn in grüblerischen Falten lag.

Dies war einer der Momente, die sie immer geliebt hatte. In denen ihre Einschätzung für ihn von Belang schien.

Leise räusperte sie sich, denn sie war es nicht gewohnt, mit ihrem Vater statt über das Gestüt über tiefgehende Gefühle zu sprechen. Doch um genau die ging es hier schließlich.

»Im Grunde ist es ganz einfach«, begann sie dann und strich über ihren Reitrock. »Luise liebt diesen Mann. Und er muss auch sie sehr lieben. Nur wahre Liebe lässt den anderen frei, wenn man befürchten muss, dass er sonst Familie und Freunde hinter sich lassen würde, nur um diese Verbindung eingehen zu können, oder? Max Brugge hat entschieden, nach Hamburg zu gehen, um es Luise leichter zu machen. Dieser Verzicht um ihretwillen spricht schon Bände. Und dann hat er vorletzte Nacht ohne Zögern sein Leben riskiert, um Luise und unsere Pferde zu retten. Er hätte erschossen werden können.«

Da stöhnte ihr Vater auf und vergrub kurz das Gesicht in den großen Händen. Sie hatte wohl den Kern seiner eigenen Grübeleien getroffen. Als er wieder aufsah, erkannte sie in seinen Augen einen heftigen Konflikt.

»Er ist tatsächlich eine beeindruckende Persönlichkeit«, gab er nickend zu. »Ein Ehrenmann durch und durch, mit dem rechten Taktgefühl für Anstand. Etwas, das ihn mehr adelt, als es bei so einigen unserer Verwandten und Bekannten der angeborene Titel vermag.« Über seine eigenen Worte erschrocken, legte er rasch seine Pranke auf ihre Hand. »Das bleibt unter uns, verstanden?«

Clara musste lächeln. »Natürlich, Vater. Und ich sehe es ebenso.«

Er nickte erneut und nahm seine Hand wieder fort. »Ja«, brummte er wie zu sich selbst. »Ja, wie sollten wir das nicht so sehen?«

»Schaust du deswegen das Stammbuch der von Scheweneys an, Vater?«, wollte sie mit einer Direktheit wissen, die ihn nun vollends entwaffnete.

Die beiden letzten Tage hatten in ihnen allen etwas bewirkt. Es war, als fiele es den von Scheweneys mit einem Mal schwer, den wirklich wichtigen Themen auszuweichen. Und so senkte er den Kopf und seufzte wieder.

»Ich habe nur ein wenig geblättert«, sagte er und zog das Ahnenbuch hervor. »Da muss es eine oder zwei Cousinen gegeben haben, die Bürgerliche geheiratet haben.«

Clara verschränkte ihre Hände, die plötzlich vor nervöser Anspannung zu zittern begannen. »Du suchst nach einer Möglichkeit, Luise und Max doch den Weg zu ebnen?«

Ihr Vater verharrte mit dem Buch in den großen Händen. Sein Blick ruhte darauf und wanderte dann über die vielen Regalmeter voller in Leder und Leinen gebundener Bücher an den Wänden, als könne eines davon die Antwort verbergen.

Dann holte er tief Luft. Und Clara, die ihn so gut kannte, wusste: Was er nun sagen würde, wäre in dieser Sache sein letztes Wort.

»Du warst immer ein gutes Kind, Clara«, sagte ihr Vater. »Und du bist Luise eine gute Schwester. Der Mann, der dich einmal bekommt, kann sich glücklich schätzen, denn du denkst immer zuerst an die anderen. Aber genau das muss ich auch tun. Deine Argumente leuchten mir ein, und ich habe sie seit diesem Vorfall mehr als einmal hin und her gewendet, das kannst du mir glauben. Wenn ich nur allein entscheiden würde, dann wäre mein Urteil schon gefallen und Luise könnte ihren Frieden mit dem Fabrikantensohn Max Brugge haben. Aber es gibt einen Grund, aus dem ich nun nicht nachgeben darf: eure Mutter. Sie hatte große Hoffnungen in die Verbindung Luises mit eurem Vettern gesetzt. Eine Verbindung innerhalb des Adels, die unsere Familien wieder näher zueinander gebracht hätte. Sie würde es nicht gutheißen, wenn ich nun mein Einverständnis gäbe für das Verlöbnis zwischen Luise und Max Brugge.«

Seine Worte legten sich wie eine dunkle Gewissheit auf die helle Hoffnung, die Clara gerade noch empfunden hatte. Ihr Vater hatte recht. Ihre Mutter hatte mit ihrer Base in den Niederlanden bereits zu einem Hochzeitstermin geschrieben, so sicher war sie sich gewesen, dass diese Ehe zustande kommen würde.

»Es tut mir leid«, setzte der Graf hinzu und wirkte aufrichtig bedauernd.

Clara spürte, dass der Kummer, der ihre Schwester niederdrückte, nun auch von ihr Besitz ergriff. Das Brennen hinter ihren Augen schmerzte.

»Mir tut es auch leid, Vater«, antwortete sie leise, erhob sich und wollte hinausgehen.

»Clara?«

Schon an der Tür wandte sie sich noch einmal um.

»De Vries hat geschrieben. So wie es aussieht will er Stürmer höchstpersönlich in Augenschein nehmen. Momentan halten ihn Geschäfte für längere Zeit auf, aber ich rechne mit seinem Eintreffen noch vor dem Frühjahr.«

Eine weitere Nachricht, die einem Menschen das Herz schwer machen würde. Marie wartete schon seit Tagen ängstlich auf genau diese Ankündigung, das wusste Clara. Sie nickte und ging niedergeschlagen hinaus.

Als sie die Tür der Bibliothek hinter sich zuzog, glaubte sie für einen kurzen Moment, um die Ecke zur Treppe nach oben den Schimmer eines grünen Stoffes zu sehen. Genau das Grün, das ihr Vater wegen der Betonung ihrer Augen so an seiner Frau liebte. Sie blickte zur Tür zurück, die während des Gesprächs mit ihrem Vater einen Spalt offen gestanden hatte. Doch der Gedanke, dass ihre Mutter an einer Tür lauschen könnte wie ein Schulmädchen, war derart irritierend, dass sie mit dem Kopf schüttelte.

Trotzdem ging sie langsam zu der großen Palme vor, die dort stand, und spähte in die Halle. Ganz wie sie vermutet hatte, war niemand zu sehen. Doch als sie sich abwandte, hörte sie oben eine Tür ins Schloss fallen. Aber vielleicht hatte sie sich auch das nur eingebildet?

Luise

52

Im Haus hatte Luise es nach dem Frühstück nicht ausgehalten. Es gab zu viele Uhren, die allesamt mahnten, wann Max' Zug nach Hamburg auf dem Bahnhof von Ibbenbüren einfahren würde. Paula hatte ihr geschrieben, sich nach ihr erkundigt und auch erwähnt, dass Max trotz seiner schmerzenden Seite an seinem Vorhaben festhalten und die geplante Reise antreten wolle.

Drei Stunden. Zwei Stunden. Noch eineinhalb Stunden.

Nun saß Luise zusammen mit Gimpel bei den Jagdhundewelpen im Stall. Die Mutter hatte zuerst die Zähne gefletscht, als der schwarze Doggenrüde mit Luise hereingehumpelt war. Doch als Gimpel sich im Hintergrund hielt und sich nur brummelnd zu Luises Füßen niederließ, ohne den Welpen zu nah zu kommen, beruhigte die Hündin sich.

Die Welpen waren jetzt drei Wochen alt und einige hatten bereits die Augen geöffnet. Fiepend und winselnd krabbelten sie übereinander und kuschelten sich an ihre Mutter. Es hatte etwas Beruhigendes, Tröstliches, dieser kleinen Schar zuzusehen. Als könne es keinen Kummer und nichts Schlechtes auf der Welt geben, solange Luise nur hier saß und diesem Familienidyll zusah.

Sie schrak auf, als plötzlich vor der Box eine kleine Gestalt auftauchte. Es war Alfred, der sie scheu und beinahe ehrfürchtig ansah.

»Guten Tag, Alfred«, begrüßte sie ihn. »Willst du auch nach den Welpen sehen? Komm nur herein!«

Er folgte ihrer Einladung, öffnete die Boxtür, schob sich hinein und kniete sich dann neben das kleine Lager.

Während er mit den immer ein wenig schmutzigen Fingerspitzen sanft über die kleinen Körper strich, schielte er zu Luise auf.

»Meine Schwester hat mir erzählt, dass du ganz außer dir warst, als du gehört hast, dass ich verletzt worden bin, Alfred«, begann Luise das Gespräch. »Das war sehr lieb von dir, so mitzufühlen. Und nun kannst du dich ja selbst überzeugen, dass es mir wirklich gut geht.« Claras Bericht über den verzweifelt schluchzenden Jungen hatte ihr ans Herz gegriffen. Doch statt nun erleichtert auszusehen, weiteten Alfreds Augen sich erschrocken und er sah rasch wieder fort zu den Welpen.

»Ham' uns alle geängstigt, Komtess Luise. Weil, das konnt ja niemand ahnen nich', dass die Diebe auch auf Sie losgeh'n«, murmelte er. Und dann setzte er noch etwas hinzu, dass Luise stutzen ließ: »Wenn einer was gewusst hätt', der hätt' das bestimmt nich' gewollt. Nie und nimmer sollt' Ihnen was gescheh'n … Komtess.« Die hohe Jungenstimme kiekste ein bisschen vor Beklemmung. Und noch etwas anderes klang darin. War es etwa … Schuldbewusstsein?

Luise musterte den Burschen nachdenklich. Sein Gesicht war in seiner Zeit auf Friesenhain runder und weicher geworden, weil er hier weder hungern noch frieren oder über seine Kräfte schuften musste. Doch jetzt war es blass und die vielen Sommersprossen stachen heraus.

Er musste ihren Blick spüren, doch mied er ihn. Meinte

sie es nur oder zitterten seine Finger auf dem weichen Hunde-
fell?

»Alfred?«, setzte Luise neu an.

»Hm?«, machte er, ohne aufzusehen. Die leicht hochgeho-
benen Schultern wirkten ebenso reuig wie der gesenkte Blick.

»Könnte es sein, dass du irgendetwas über diese Pferdediebe weißt?«, fragte sie ihn ganz unvermittelt.

Sie konnte sehen, wie er sich versteifte.

»Ich, Komtess?«, piepste er und schielte zur offenstehenden Boxtür.

Nun war sie sicher. Und da fiel es ihr wieder ein: Seine flehende Miene draußen im Hof, an dem Tag, als die Reuben-
Mädchen hier gewesen waren. Er hatte ihr etwas sagen wollen. Und sie hatte ihn auf später vertröstet. Doch dann hatte
sie es vergessen.

Wie sollte sie es nun am besten anfangen? Vielleicht mit
der Frage, die ihr selbst hin und wieder durch den Kopf gegangen war, wenn sie an jene Nacht dachte?

»Wie ich so im Bett lag und mich vom Angriff der Pferdediebe erholen musste«, begann sie. »Da habe ich mich immer
und immer wieder dasselbe gefragt. Kannst du raten, was?«

Er schüttelte stumm den Kopf, sah sie weiterhin nicht an.

»Die Pferdediebe sind, als sie auf der Koppel waren, gleich
auf die Schimmelstute und den Fuchs zu. Die Leitstute und
die zweite im Rang. Und die ganze Zeit frage ich mich, woher dieses Gesindel wissen konnte, dass sie mit den anderen
leichtes Spiel haben würden, wenn sie diese beiden erst einmal hätten.« Sie beobachtete Alfreds Miene ganz genau. Sah,
wie die Unterlippe des Burschen zu zittern begann.

»Als Änne und ihre kleinen Schwestern bei uns waren, da
wolltest du mir dringend etwas sagen«, erinnerte Luise ihn.
»Und als Reuben selbst neulich hier auftauchte, um Änne

wieder abzuholen, da sagte er, du sollest nicht vergessen, was du ihm schuldig bist. Sag, hat er etwas mit dem Diebstahl zu tun? Hast du ihm gesagt, wo die Stuten stehen und nach welchen die Diebe Ausschau halten müssen?«

Da verlor Alfred seinen vergeblichen Kampf gegen die Tränen und dicke Tropfen kullerten über seine Wangen.

»Ich wollt's doch sagen, Komtess. Ehrlich. Ich wollt's sagen. Dass der Herr Reuben mich gezwungen hat. Er hat gesagt, ich bin's ihm schuldig, weil er mir Arbeit gegeben hat, als Vater krank wurde. Und dann hat er Mutter die Münzen geliehen, damit sie die Hühner kaufen konnte. Und das Geld müssen die Eltern noch zurückzahlen, 's is' halt grad nich' da. Und wenn ich ihm nicht sag, wo die trächtigen Stuten steh'n, dann holt er die Polizei, hat Herr Reuben gesagt. Aber das Gefängnis würd der Vater nich' überleben. Trotzdem wollt' ich's sagen, dass er schon Bescheid wusste über Schimmel- und Fuchsstute. Aber Sie ham' mir nich' zugehört. Und Fräulein Paas auch nich'.« Sein Gesicht verzog sich voller Verzweiflung, während seine Hände vergeblich den Strom der Tränen von seinen verschmierten Wangen zu streichen versuchten.

Luise fehlten die Worte. Der kleine Alfred? Hatte Friesenhain verraten? Und es war dieser fiese, hinterhältige Reuben, der seine Finger im Spiel hatte? In der Nacht war er nicht dabei gewesen, da war Luise sich recht sicher. Aber gewiss hatte er Hintermänner, die für ihn diese Drecksarbeit erledigten.

»Und nach dem Überfall?«, wollte sie immer noch fassungslos wissen. »Hast du niemandem gesagt, was du wusstest?«

Alfred heulte laut auf und vergrub das Gesicht in der Armbeuge. Sein unverständliches Gestammel war nicht zu verstehen.

Luise rückte an ihn heran und legte ihre Hand auf die bebenden Schultern. »Nun beruhige dich, Alfred. Es soll dir ja nichts Schlimmes geschehen.«

Das völlig aufgelöste, tränenüberströmte Gesicht mit den vielen Sommersprossen tauchte wieder auf.

»Nichts Schlimmes geschehen?«, wiederholte der Junge ganz außer sich. »Wo Sie doch fast beim Überfall gestorben wär'n, Komtess? Wenn der Graf es erfährt, dann jagt er mich mit Schimpf und Schande davon. Und dann hab ich wieder keine Arbeit, wo der Vater doch krank is und die Mutter alle Hände voll zu tun hat, und sie das Geld brauchen. Und mir gefällt's hier doch so, mit der Strohmatte und Rudi und dem Essen von Frau Rühhüüül«, heulte er laut, verschluckte sich und kämpfte sofort gegen weitere Tränen an, »Komtess Luise«, setzte er hastig hinzu.

So aufgewühlt sie von dieser Neuigkeit auch war, überlegte Luise nun angestrengt. Reuben war zu schlau, um bei dem Diebstahl selbst dabei zu sein, aber gewiss hatte er seinen Kumpanen das von Alfred erpresste Wissen mitgeteilt. Sie hätten mit diesem schändlichen Vorgehen Erfolg gehabt. Wenn Max nicht gewesen wäre …

Alfred hatte aber leider auch recht: Wenn herauskäme, dass er die Informationen weitergegeben hatte, bliebe ihrem Vater keine andere Wahl, als den Jungen fortzuschicken. Alfreds Wort stünde gegen das eines erwachsenen Mannes, das Wort eines Stallburschen gegen das eines Geschäftsmannes, wenn auch mit zweifelhaftem Ruf.

Sie fasste Alfred, der inzwischen wieder haltlos in seinen erhobenen Ärmel schluchzte, nun an beiden bebenden Schultern.

»Hör zu, Alfred«, sagte sie eindringlich. »Nun hör auf zu weinen und hör zu!« Er bemühte sich redlich und sah mit tränenverschmiertem Gesicht zu ihr auf. »Ich verspreche dir, niemandem etwas zu sagen, wenn du von jetzt an treu und loyal zu Friesenhain stehst. Willst du mir das schwören?«

Fassungslos starrte er sie an. »Sie werden's dem Grafen nich' sagen, Komtess? Ich darf hierbleiben?«

»Wenn du schwörst ...«, begann Luise.

»Ich schwöre!«, schmetterte Alfred. »Ich schwöre bei der Mutter Gottes im Himmel, dass ich von jetzt an treu und ergeben sein werd. Und nie wieder werd ich mit dem alten Herrn sprechen, nicht ein einziges Wort!«

Luise musste über seinen Eifer fast lachen. Ihr eigenes Herz wurde ihr über ihrem spontanen Beschluss leicht. Ein Zeichen, dass sie recht entschieden hatte. »Dann ist es gut, Alfred. Ich glaube dir. Und nun lauf, wasch dir das Gesicht. Du hast bestimmt zu tun. Und zu keinem ein Wort!«

Er rappelte sich auf und stand einen Moment schwer schnaufend vor ihr. Dann zog er seine Mütze, verbeugte sich tief und rannte mit klappernden Holzpantinen davon.

Luise wandte den Blick nachdenklich wieder zu den Welpen im Stroh. Ihre Entscheidung war richtig. Nie würden sie Reuben seine Beteiligung an diesem Verbrechen nachweisen können, mit nicht mehr als der Aussage eines Jungen. Aber eines Tages, schwor Luise sich nun selbst, eines Tages würde der Moment kommen, wo er dafür würde büßen müssen.

Einer der Welpen hatte sich beim Herumkrabbeln verirrt und die Mutter reckte den Kopf, um ihn wieder zu sich heranzuziehen. Schon bald würden die Kleinen beginnen, die Welt um sie her zu erkunden. Sie würden wild toben, messen, wer am stärksten war, nach Abenteuern und Neuem streben. Die Wurfkiste würde ihnen zu eng. Und dann würden sie feststellen, dass ihrem Eroberungsdrang Grenzen gesetzt würden, denn sie durften nicht nach Belieben frei herumrennen. Sie würden die Meute kennenlernen und sich der herrschenden Rangordnung fügen müssen.

Seufzend erhob Luise sich. Dies war ein Tag, an dem also selbst die Hundewelpen sie nicht dauerhaft aufheitern konnten. Sie strich der Hundemutter sanft über den Kopf und ging wieder hinaus, Gimpel dicht neben ihr. Das eine Bein des Rüden war geschient. Doch er kam erstaunlich gut damit zurecht, auch wenn er gern angab und mehr ächzte und stöhnte, als es wohl nötig wäre. Frau Rühl hatte ihm auf Geheiß des Grafen persönlich zwei Tage lang Hühnerbrühe mit viel Fleisch und Gemüse vorgesetzt. Vielleicht war ihm das zu Kopf gestiegen?

Nun aber hinkte er neben seiner jungen Herrin, der er in jener schauderhaften Nacht so tapfer zur Seite gestanden hatte, zurück zum Haus und ließ sich zufrieden auf seinem Platz neben der Tür nieder.

Luise kraulte ihn behutsam und ging dann durch die Halle und die Treppe hinauf. Die Standuhr verkündete: noch eine Stunde.

Luise

53

Luise umrundete die Empore und öffnete die Tür zu ihrem Zimmer.

»Mama!«, entfuhr es ihr überrascht. Denn es war tatsächlich Anna von Scheweney, die dort am Fenster stand und ganz augenscheinlich auf sie wartete. »Willst du deine Wacht nicht aufgeben? Es geht mir wieder gut.« Dazu versuchte sie ein Lächeln. Doch ihre Mutter erwiderte es nicht. Stattdessen sah sie sie prüfend an. Sie trug ihr grünes Lieblingskleid, das mit dem schlichten Rock und den langen, schlanken, sich an den Schultern ballonförmig verbreiternden Ärmeln, das ihre von Natur aus elegante Erscheinung unterstrich. Ihr Blick jedoch war so ganz anders als üblich. Nicht streng und kritisch, wie Luise es aus so vielen anderen Situationen gewohnt war, sondern beinahe liebevoll und ... besorgt.

»Ist das so, Luise? Geht es dir gut?«, erkundigte die Gräfin sich. So, wie sie es sagte, klang es, als kenne sie die abschlägige Antwort selbst genau. Zumindest wartete sie Luises Antwort nicht ab, sondern begann, unruhig auf und ab zu laufen, immer an der Fensterfront hin und her. Das kannte Luise von sich selbst zur Genüge, immer, wenn sie nicht wusste, wie sie etwas rausbringen sollte.

Dass ihre Mutter ihr etwas zu sagen hatte, war also offensichtlich, und auch, dass es ihr schwerfiel. Durch dieses Zögern selbst verunsichert, wartete Luise einfach ab.

Schließlich hielt Anna von Scheweney inne und wandte sich ihr zu, die Hände fest vor dem Körper verschränkt. »Es ist Zeit, dass du etwas erfährst, Luise«, begann sie. »Etwas, von dem ich eigentlich annahm, es meinen Kindern gegenüber niemals zur Sprache zu bringen. Aber in den letzten zwei Tagen und Nächten habe ich viel nachgedacht. Ich habe dort gesessen«, sie nickte zu dem Stuhl hinüber, der immer noch neben dem Bett stand, »und dich betrachtet. Und nachgedacht.«

Luise war so überrascht über diese Eröffnung, dass sie nichts zu erwidern wusste. Da sie nichts sagte, fuhr ihre Mutter fort: »Du warst von Anfang an ein störrisches Kind. Alles, was ich für dich wollte, schien dir nicht zu gefallen. Immer hattest du deinen eigenen Kopf, wolltest deine eigenen Entscheidungen treffen, schon als kleines Mädchen. Wie oft habe ich dich schimpfen müssen. Und wusste doch tief in mir, dass nicht dein Vater derjenige ist, der dir eine solche Halsstarrigkeit vererbt hat. Nein, ich habe mich selbst in dir gesehen, Luise. Mich selbst als ich noch jung war. Nur, dass du in deiner Art stets weitergegangen bist, als ich es je gewagt habe. Mein Aufbegehren wurde immer schnell zerschlagen, doch du ... Nein, du hast nie aufgegeben, wenn du etwas wirklich wolltest. Das habe ich selbst nur ein einziges Mal getan.« Sie sah ihrer Tochter forschend ins Gesicht. »Du hast nichts zu befürchten, mein Kind, beantworte bitte aufrichtig meine Frage: Vorgestern Nacht, um Mitternacht draußen auf dem Hügel, war es tatsächlich nur ein Treffen zum Abschied zwischen Max Brugge und dir, so wie ihr beide beteuert habt? Oder wolltet ihr gemeinsam davonlaufen?«

Luise wollte spontan aufbrausen, denn mittlerweile hatte sie mehr als einmal erklärt, wie es sich mit diesem Treffen verhalten hatte. Doch ihre Mutter schien so anders als sonst, ganz ernsthaft an ihrer Antwort interessiert.

Und was sollte es schon? Was war denn jetzt noch zu verlieren?

»Ich wollte es«, stieß sie deshalb hervor. »Ich wollte mit ihm durchbrennen und fortgehen. Es wäre mir egal gewesen, in Schimpf und Schande zu leben. Ich habe in meiner Pein nicht einmal an die arme Clara gedacht und dass ich für sie alle Aussichten auf eine gute Partie zerstört hätte, oder an dich und Vater, an Wilhelm. Ich hätte euch alle ruiniert. Aber ich hätte es getan, Mutter. Nur wollte Max es nicht. Er war ganz bestimmt darin, ganz entschieden gegen eine solche Flucht. Er sagte, er wolle mein Leben nicht zerstören. Er wollte mich nicht … von meiner Familie fortreißen.« Sie kam nicht dagegen an und spürte, wie Tränen aus ihren Augen stürzten. Während sie noch nach einem Taschentuch fingerte, war ihre Mutter bereits bei ihr und reichte ihr eines.

Luise tupfte sich Augen und Wangen und schnäuzte hinein.

»Das hat er uns ebenso geschildert, Luise. Er ist ein Ehrenmann, dieser Max Brugge. Seine Entscheidung war richtig und verantwortungsvoll«, stellte ihre Mutter mit warmer Stimme fest. »Und ehe er Friesenhain verließ, hat er deinem Vater zugesichert, dass zwischen euch nichts geschehen ist. Das ist doch richtig?«

Nichts? Sollte das, was ihr eignes Herz bewegt hatte wie noch nie etwas zuvor, *nichts* gewesen sein?, dachte Luise bitter.

»Wir haben uns einmal geküsst«, flüsterte sie dann in den weichen Stoff des Taschentuches ihrer Mutter. »Als er in Berlin um meine Hand anhielt.«

Als sie den Blick hob, meinte sie, ein leises Lächeln in deren Mundwinkeln zu sehen. »Nun, ich denke, darüber müssen wir nicht weiter reden«, sagte die Gräfin. »Worüber wir aber reden sollten, ist das, was ich dir erzählen will, Luise. Du sollst es wissen, was damals passiert ist, als ich noch jünger war als du jetzt.«

Verwirrt runzelte Luise die Stirn.

»Du weißt, dass meine Familie und die Grafen von Scheweney seit Generationen miteinander verbunden sind.«

Nicken.

»Es war nur folgerichtig, dass unsere Familien fanden, dass euer Vater und ich heiraten sollten. So wurde ich nach Friesenhain geschickt, um hier meinen zukünftigen Ehemann besser kennenzulernen. Euer Vater war ein stattlicher Mann, so aufrecht und galant, mit den besten Umgangsformen. Ich … Nun, ich glaube, er hat mich vom ersten Blick an geliebt.« Sie hielt kurz inne, hob die Hand und legte sie an Luises Wange. »Damals war ich ebenso schön wie du. Und … ebenso eigenwillig.« Sie wandte sich ab und ging zum Fenster hinüber. Während sie Luise den schmalen Rücken zukehrte und hinaussah, sprach sie weiter: »Es war nicht so, dass ich dem Wunsch meiner Eltern nicht nachkommen wollte. Friesenhain war wunderschön, Hermann ganz Kavalier, deine Großeltern freundlich und warmherzig. Alle nahmen mich mit einem herzlichen Willkommen auf. Um mich in die hiesige Gesellschaft einzuführen, wurde ein Ball gegeben, hinten im großen Saal. So festlich wie damals habe ich ihn nie wieder erlebt. So viele Kerzen und Blumen. Eine Kapelle spielte die halbe Nacht.« Hier stockte sie. Es musste sie Überwindung kosten, weiterzureden. Doch schließlich gab sie sich einen Ruck. »An diesem Abend lernte ich Friedrich von Thebe kennen, den jüngeren Sohn des alten Barons Otto von Thebe.«

Luise runzelte die Stirn. »Du kanntest ihn auch? Den jungen Mann, der für den Tod unseres Großvaters verantwortlich ist?«, hakte sie nach. Bisher hatte sie nie darüber nachgedacht, ob auch ihre Mutter jenen Fremden kennengelernt hatte. Ihre Ankunft auf Friesenhain und der unglückliche Jagdvorfall mussten in etwa zur selben Zeit stattgefunden haben.

Ihre Mutter zögerte. Sie strich ihren Rock glatt, eine ordnende Geste, die Clara offenbar von ihr übernommen hatte, wie Luise gerade bemerkte.

Anna von Scheweney antwortete auf seltsame Weise auf ihre Frage, indem sie sagte: »Ich kannte Friedrich von Thebe, ja. Sein Sohn, Richard von Thebe, ist ihm wie aus dem Gesicht geschnitten. Als er uns neulich besuchte, hatte ich die ganze Zeit das Gefühl, seinen Vater vor mir zu sehen. So wie er aussah, als wir uns damals trafen.«

War es die Erinnerung an die blasse, verstörte Miene ihrer Mutter? War es die jetzige, ungewohnte Atmosphäre von Nähe und Vertrautheit? Aus irgendeinem Grunde begriff Luise plötzlich, was ihre Mutter ihr da anvertraute. Ihr wurde heiß und dann kalt, schwindelig und sie sah mit einem Mal klar.

»Du warst ihm sehr zugetan, nicht wahr?«, sagte sie leise. »Du hast dich in Friedrich von Thebe verliebt. Und er sich auch in dich.« Sie konnte selbst hören, dass sie keine Frage aussprach. Es war eine Feststellung, die ihr mit einem Mal so durch und durch schlüssig erschien, dass sie sich wunderte, wieso ihr so ein Gedanke nicht schon früher gekommen war. Der Schwächeanfall ihrer Mutter bei Richard von Thebes Besuch. Die Feindschaft zwischen den Gütern. Ihre Mutter musste nicht antworten. Luise wusste, dass sie den Kern getroffen hatte. Der schmale Rücken der Gräfin war so gerade aufgerichtet wie immer, doch Luise konnte sehen, wie rasch ihre Mutter atmete.

»Nie zuvor und nie danach habe ich einen Mann kennengelernt, der so elegant und ohne Makel war, und zugleich so einfühlsam, als blicke er in meine Seele.« Sie machte eine Pause, und Luise spürte ihr eigenes Herz wild klopfen. Noch nie hatte die Gräfin so mit ihr gesprochen. Nicht wie eine Mutter, sondern wie eine Freundin. Wie eine Frau, die einer anderen Frau erzählte, dass sie denselben Herzschmerz kannten.

»Wie konntet ihr euch sehen?«, wagte Luise leise zu fragen.

Anna wandte nur leicht den Kopf, sah weiter zum Fenster hinaus. »Oh, ich wusste sehr wohl, was sich gehörte. Aber wie du ja selbst erfahren hast, braucht es nicht viele Begegnungen, um zwei Herzen im gleichen Takt schlagen zu lassen. Auf ihre Qualität kommt es an. Auf die Gespräche, und die Blicke. Nachmittägliche Spaziergänge im Schutz einer größeren Gruppe, wo wir uns von unseren liebsten Dichtern erzählten, unserer Kindheit und dem, was wir von der Zukunft erhofften. Ein großes Picknick bei der alten Jagdhütte draußen auf den Ländereien – meine Güte, was haben wir miteinander gelacht. Er war so komisch, wenn er Scherze über sich selbst machte, und konnte alle möglichen Tiere imitieren. Und dann kam die Herbstjagd auf Friesenhain. Wir ritten beide mit. Ich auf einem Friesen, er auf einem großen Braunen. Immer sah ich nach seiner hohen, schlanken Gestalt, seinem schwarzen Haar und den dunklen Augen. Euer Vater ritt mit seinem Vater voraus, wie es Brauch ist. So bekam er nicht mit, dass mein Wallach ein Eisen verlor und ich ihn zurückführen musste. Friedrich aber hatte es gemerkt. Nur er. Weil auch er nach mir sah, wie ich nach ihm.« Jetzt drehte Anna sich um und sah Luise mit vor dem Bauch verschränkten Händen an. »Auf diesem Weg zurück nach Friesenhain erklärte er mir seine Liebe. Er bat mich seine Frau zu werden. Und ich … sagte Ja.«

Luise hielt die Luft an. War dies ihre Mutter? Die Frau, die stets so streng auf Etikette und Tradition pochte? Die grünen Augen ihr gegenüber forschten in ihrem Gesicht. Das Lächeln war schmal und traurig.

»Friedrich und ich haben nicht so klug entschieden, wie Max Brugge es getan hat«, fuhr Anna von Scheweney fort. »Unser Plan wurde jedoch entdeckt und vereitelt. Friedrich wurde fortgeschickt, nach England, wo ein Teil der Familie lebte.«

Luise merkte, dass sie unbewusst die Hand an den Mund gelegt hatte.

»Aber … der Jagdunfall?«, brachte sie mühsam heraus. »Großvater ist doch durch einen gelösten Schuss aus dem Gewehr des jungen Barons gestorben.«

Ihre Mutter schloss kurz die Augen. Dann schlug sie die Lider wieder auf, und Luise glaubte, es verdächtig glänzen zu sehen.

Anna wandte den Kopf von rechts nach links und zurück.

»Der Jagdunfall war das Zugeständnis, das die Familien einander gaben. Dein Großvater, Wilhelm von Scheweney, war ein Mann der alten Schule. Anstelle, dass die beiden jungen Männer es austrugen, forderte er Otto von Thebe zum Duell. Die beiden Familienoberhäupter sollten die Verantwortung für diese Schmach tragen.

»Oh nein!«, hauchte Luise entsetzt. All die Erklärungen rund um den Familienzwist, diese ganze alte Geschichte, fielen in sich zusammen wie ein Kartenhaus.

Ihre Mutter senkte den Kopf. »Dein Großvater schoss absichtlich in die Luft. Doch Otto von Thebe war von jeher ein

Choleriker, der nicht vergeben wollte, dass sein Lieblingssohn auf Drängen der von Scheweneys das angestammte Zuhause verlassen musste. Otto von Thebe zielte. Und schoss.«

Ein leises Schluchzen bahnte sich seinen Weg aus Luises Kehle. Was für eine Tragödie. Was für ein Geheimnis, das ihre Eltern seit Jahrzehnten hüteten.

Ihre Eltern.

Sie kniff kurz die Augen zusammen. »Aber ... Vater? Wie kam es ...?«

Anna kam die paar Schritte zu ihr und legte ihre Hand auf Luises Arm. »Dein Vater liebte mich, Luise. Das wurde mir erst später so ganz bewusst. Er liebte mich von Herzen und war ein Ehrenmann. Ein anderer hätte mich in Schande zu meinen Eltern zurückgeschickt. Aber er wollte nicht glauben, dass für uns alles vorbei sein sollte. Sein Vater lag mit der Schussverletzung todkrank. Vielleicht wusste der alte Baron Wilhelm, wie es um ihn stand. Denn als Hermann ihn von Herzen darum bat, erlaubte er gegen den ausdrücklichen Wunsch seiner Frau, eurer Großmutter Gräfin Katharina, dass ich hierbleiben durfte. Die Geschichte von dem Jagdunfall wurde verbreitet. Euer Vater und ich bekamen eine zweite Chance miteinander. Und die, mein Kind, haben wir genutzt.« Sie strich an Luises Arm hinab. »Dein Vater erdachte die Geschichte mit dem Jagdunfall und der gute Albrecht, der als Sekundant dabei gewesen war, brachte sie in Umlauf. Die Erklärung reichte allen aus. Und dein Großvater konnte in Frieden gehen.«

Erschüttert von dem, was sie erfahren hatte, musste Luise mehrmals schlucken. Die Verbindung zwischen den Familien in den Niederlanden und hier bestand so lang, dass sie angenommen hatte, ihre Eltern hätten sich irgendwann getroffen und füreinander entschieden. Dass es so ganz anders gewesen war, verstörte sie zutiefst. Und zugleich war ihr, als öffnete sich ihr eine Tür, hinter der sie Erklärungen fand, nach denen sie oft gesucht hatte. Wie hätte es bei dieser Geschichte anders sein können, als dass ihre Mutter zu jener wunderschönen, aber auf Regeln und Pflicht pochenden Gutsherrin wurde, die sie heute war? Unnachgiebig gegen sich selbst, aber auch gegen die Sehnsüchte und Träume ihrer Kinder. Eben weil sie ihre eigenen so rigoros hatte begraben müssen. Ja, plötzlich und zum ersten Mal konnte Luise ihre Mutter verstehen.

»Hast du Vater denn gar nicht geliebt?«, wollte sie zaghaft flüsternd wissen.

Ihre Mutter sah sie gerade und ohne Ausweichen an. Ihre Miene so weich, wie Luise sie nur selten gesehen hatte.

»Dein Vater, Luise, ist ein wunderbarer Mann, der an das Gute und Wahre glaubt. Er kann sehr charmant sein. Damals hat er alles darangesetzt, mein Herz und meine Hand wirklich zu gewinnen. Er hätte mich nicht heiraten wollen, wenn ich es nicht auch gewollt hätte.«

Obwohl ihr vorher nicht klar gewesen war, dass sie die Luft angehalten hatte, stieß Luise sie nun erleichtert wieder aus. Doch dann kam ihr ein schrecklicher Verdacht.

»Mutter? Du erzählst mir dies alles doch nicht, um mir zu sagen, dass es zwischen Johan und mir noch gelingen kann? Dass ich ihn doch irgendwann lieben und seine Frau sein werde?«, fragte sie bange.

Der Blick ihrer Mutter war ernst. »Ich muss gestehen, dass ich dir genau das gesagt hätte, wenn etwas Zeit vergangen wäre. Wenn Max Brugge nach Hamburg gegangen und du dich in dein altes Leben gefunden hättest. Und auch Johan hätte die Kränkung ja erst verwinden müssen ... Nein, lass mich ausreden, Luise!« Sie hob die Hand, weil Luise bereits den Mund geöffnet hatte. »Genau dies war mein Vorhaben. Aber dann passierte diese furchtbare Sache mitten in der Nacht. Als dein Vater dich in die Halle trug, du so leblos auf seinen Armen ...« Sie musste schlucken. »Ich weiß nicht, was ich getan hätte, wenn wir dich verloren hätten, Luise! Und dann habe ich dort an deinem Bett gesessen, deine Hand gehalten, dir beim Schlafen zugesehen, gehört, wie du seinen Namen geflüstert hast ...«

Luise erschrak ein bisschen. Sie hatte Max' Namen geflüstert? Daran hatte sie keinerlei Erinnerung. Obwohl ihr Herz das ständig zu tun schien: seinen Namen zu flüstern.

»Ja?«, machte sie atemlos.

Anna von Scheweney nahm ihre Hände in ihre eigenen. »Ich bitte dich um eine weitere, von Herzen aufrichtige Antwort, Luise. Bitte überlege. Bist du dir ganz sicher, dass deine Liebe zu Max Brugge nicht nur einer Trotzhaltung entspringt? Du willst damit nicht nur gegen deinen Vater und mich revoltieren, sondern liebst ihn, ganz ehrlich und wahrhaftig?«

Zuerst spürte Luise es in ihren Fingern. Vielleicht, weil ihre Mutter sie so festhielt. Es war ein Beben, ein Zittern, das ihren ganzen Körper erfasste.

»Aber ich muss nicht überlegen, Mutter«, konnte sie gerade so herausbringen. »Es ist so wie du sagst: Ich liebe ihn.«

Sie sahen einander in die Augen. Dann glitt der Blick ihrer Mutter zur Seite auf die Uhr an der Wand.

»Paula Brugge hat uns mitgeteilt, dass ihr Bruder trotz seiner Verletzung heute seine Reise antreten wird. Wann geht sein Zug, Luise?«, fragte sie.

Luise sah ebenfalls hin. »In einer dreiviertel Stunde.«

Ihre Mutter nickte schnell. »Fühlst du dich wohl genug, um in der Kutsche zum Bahnhof zu fahren? Dann sage ich Wolff, dass er anspannen soll.«

»Die Kutsche? Mutter?« Luise klammerte sich an die Hände, die ihr als Kind die widerspenstigen Locken aus der Stirn gestrichen und vor zwei Nächten immer wieder die Wangen gestreichelt hatten. »Mutter? Meinst du damit … Meinst du, ich soll ihn aufhalten? Ich soll Max sagen, dass er nicht zu fahren braucht, weil ihr uns euer Einverständnis gebt? Aber … Aber was wird Vater sagen?«

Die Gräfin lächelte. »So viele Jahre verheiratet zu sein, hat einen großen Vorteil: Man kennt einander gut. Und so weiß ich sicher, er wird einverstanden sein.«

Dem ersten Impuls folgend, tat Luise, was sie zuletzt als Kind getan hatte: Sie fiel ihrer Mutter um den Hals und küsste sie. Anna von Scheweney lachte überrascht auf. Doch sie hatten keine Zeit zu verlieren.

»Die Kutsche ist viel zu langsam!«, entschied Luise, die noch mal zur Uhr sah. »Allein das Anspannen … Ich muss Jeltje nehmen.« Schon wollte sie losstürzen, um im Ankleideraum nach ihrem Reitkostüm zu suchen. Doch ihre Mutter ließ sie noch nicht los.

»Traust du dir das zu?«, wollte sie wissen.

Der Blick in Luises wild entschlossene Miene reichte ihr als Antwort. Zustimmend nickte sie und setzte hinzu: »Es wird ein schneller Ritt, Luise. Da ist es wohl besser, wenn du die Hosen nimmst.«

Luise

54

Luise raste auf Jeltje über die Felder. Die Stute schien genau zu spüren, dass alles von ihr verlangt war. In großen Sprüngen setzte sie dahin, den Körper gestreckt, während Luise in den Bügeln stand und sich über ihren Hals beugte. *Wenn jetzt ein Kaninchenloch kommt oder ein Graben,* kam ihr hin und wieder in den Sinn. Doch es geschah nichts dergleichen und so galoppierten sie auf die Stadt zu.

Schon beim Losreiten hatte Luise beschlossen, nicht den Weg durch die Ortschaft zu nehmen, sondern lieber außen herum. So würde sie ihr Tempo nicht drosseln müssen und niemanden in Gefahr bringen, wenn sie so dahinsprengte.

Und so sah sie schon von Weitem über die Felder das Bahnhofsgebäude, an dessen Seite sie die wartenden Droschken vorn auf dem Vorplatz erkennen konnte. Die Schienen zwischen ihr und dem Bahnsteig glänzten im Mittagslicht der Oktobersonne. Etliche Menschen waren dort unterwegs, Reisende standen beisammen oder nahmen Abschied, Gepäckträger schoben hochbeladene Karren. War Max irgendwo unter diesen Leuten?

Luise verlangsamte Jeltje zum Trab und spähte angestrengt. Und tatsächlich, da vorn, ganz am Rande des Bahnsteigs, konnte sie Max' Gestalt ausmachen, in Anzug und Hut. Neben sich Paula im Kleid und Hedwig in ihrem Radanzug. Ja, das waren sie.

Einige der Wartenden hatten sie auf Jeltje jenseits der Gleise bemerkt. Doch diese kleine Dreiergruppe stand in die andere Richtung zum Vorplatz gewandt.

Während Luise noch überlegte, ob sie rufen und somit alle Menschen dort auf sich aufmerksam machen sollte, näherte sich von Westen her der Zug. Mit Rauch über dem Schornstein stampfte er dahin. Nun sahen auch Max, seine Schwester und Schwägerin auf, doch dem Zug entgegen und nicht in Luises Richtung.

Der Koloss aus Eisen donnerte heran, verlangsamte mit quietschenden Bremsen und rollte in den Bahnhof ein, versperrte Luise den Blick auf das Bahnhofsgebäude. Max, Paula und Hedwig jedoch, die ganz am Rande standen, konnte sie auch im Dampf der Maschinen noch ausmachen. Sie musste zu ihnen, hinter dem Zug über das Gleisbett hinweg.

Doch Jeltje, sonst die Ruhe selbst, hatte so ein Ungetüm noch nie gesehen. Als Luise sie nun antrieb, um hinter dem Zug die Gleise zu queren, scheute die Stute und wollte nicht weitergehen. Die Lokomotive mit ihrem Getöse machte ihr entsetzliche Angst.

Luise wandte den Kopf der Stute in Richtung der vermeintlichen Gefahr und trieb sie gleichzeitig vorwärts, ganz wie Paas es ihr für solche Situationen schon als Kind gezeigt hatte. Doch Jeltje schnorrte und schnaubte und ging rückwärts statt voran – dorthin, wo Max sich soeben mit einer Umarmung von seiner Schwester und deren Gefährtin verabschiedete.

Die Dampfmaschine und die Menschen auf dem Bahnsteig machten ein solches Getöse, dass Max Luise auch dann nicht gehört hätte, wenn sie aus Leibeskräften gebrüllt hätte.

Luise spürte schon, wie Verzweiflung nach ihr greifen wollte. Doch dann dachte sie an Marie. Wie ihre liebe Freundin bei einem ängstlichen Pferd immer so gelassen wie möglich wurde. Da hörte Luise auf, die Stute panisch vorwärtszutreiben. Sie setzte sich tief in den Sattel und atmete möglichst ruhig ein und wieder aus.

Jeltje, die erleichtert spürte, dass der Druck nachließ, hörte ebenfalls auf, dagegen anzukämpfen. Plötzlich wollte sie nicht mehr nur auf und davon laufen, sondern achtete wieder darauf, was Luise ihr durch ihren Körper und ihre Stimme sagte. Tänzelnd stand sie da und betrachtete das fauchende Ungetüm, vor dem sie sich so fürchtete.

»So ist es gut, meine Schöne, schau es dir an. Es wird uns nichts tun«, sagte Luise mit möglichst ruhiger Stimme.

Sicher würde Max in diesem Augenblick bereits ein Abteil suchen. Aber alle Eile nutzte nichts, wenn Jeltje ihr nicht glaubte, dass dort kein Todfeind auf sie lauerte. So streichelte Luise den Hals der Stute und redete beruhigend mit ihr. Erst dann nahm sie vorsichtig die Zügel wieder an, spürte endlich wieder den Kontakt zu ihrem Pferd.

Ob sich gleich schon die Türen des Zuges schließen würden?

Sanft legte Luise die Waden an und klopfte mit der Ferse in Jeltjes Seite. Die Stute tat einen Schritt vor. Dann noch einen. Luise lobte sie und streichelte ihren nervös hochgereckten Hals. Dann wagte sie es und ließ Jeltje antraben. Aufgeregt schnaubend gehorchte ihre Stute und endlich überquerten sie in flottem Trab die Gleise, um auf den Bahnsteig zu gelangen. Dort schaute Luise über die Köpfe in der Menge. Es waren Dutzende. Und etliche Gesichter wandten sich ihr verwundert zu, denn es war natürlich nicht gestattet, hoch zu Pferd auf den Bahnsteig zu reiten.

»Max!«, rief sie.

Und da sah sie ihn.

Er hatte gerade die Stufen zu einem Abteil erklommen, die eine Hand am Griff, die andere an seinem Koffer. Verwirrt wandte er den Kopf, weil er ihre Stimme gehört hatte.

Ihre Blicke trafen sich, und seine Augen wurden weit.

Paula und Hedwig, die in der Menge vor ihm standen, folgten seinem Blick und auch sie starrten Luise an. Max entschuldigte sich bei dem Mann hinter ihm, der ebenfalls die Stufen benutzen wollte, und ließ sich wieder auf den Bahnsteig hinab. Er stellte seinen Koffer hin, sprach kurz ein paar Worte mit Paula und bahnte sich dann einen Weg durch die umherlaufenden Menschen, die in den Zug steigen oder sich von ihren Lieben verabschieden wollten.

»Luise«, rief er ihr zu. Sein Gesicht eine einzige Sorge.

»Max!«, antwortete sie, winkte ihm von Jeltje herunter zu und lachte. Ja, sie lachte und konnte gar nicht mehr aufhören. So leicht war ihr plötzlich ums Herz.

Und das brachte ihn nun vollends durcheinander.

Als er sie erreichte, lachte auch er, wohl weil sie so ansteckend wirkte. Zugleich aber rief er immer wieder: »Was tust du hier? Warum bist du nicht auf Friesenhain?«

Luise streckte ihm ihre Hand entgegen, und er ergriff sie, presste ihre Hand an seinen Mund. »Ich bin hier, weil ich dir dringend etwas sagen muss, Max!« Sie hielt kurz inne, die eine Hand in seiner, die andere an Jeltjes Hals. »Stell dir vor, meine Eltern geben uns ihr Einverständnis!«

»Wie?«, brachte er nur heraus. Er hatte sie gewiss gehört, aber vielleicht glaubte er, wegen des Krachs um sie herum nicht richtig verstanden zu haben.

»Sie geben uns ihr Einverständnis!«, rief Luise so laut, dass wahrscheinlich auch Paula und Hedwig sie hören konnten.

Einige Umstehende musterten sie neugierig. Ein paar tuschelten irritiert, viele aber lächelten. Offenbar konnte sich niemand dieser Freude so recht entziehen, egal wie unangemessen es schien, Derartiges laut herauszutrompeten.

»Meine Dame!«, brüllte da ein uniformierter Bahnhofsaufseher, der sich durch die Menge auf sie zuschob. »Pferde sind hier nicht gestattet!«

Hedwig und Paula reagierten sogleich, sprangen ihm in den Weg und redeten von zwei Seiten auf ihn ein, sodass er nicht weiterkam.

Max hatte das gar nicht mitbekommen, sondern starrte Luise immer noch an wie einen Geist.

»Aber ... wieso?«, wollte er fassungslos wissen.

Luise lachte immer noch und hob kopfschüttelnd die Achseln. »So ganz genau begreife ich es selbst nicht. Aber es ist die Wahrheit, Max!«

Und nun, da er ihr so ins Gesicht blickte, sprang ihre Freude auch in seines. Seine Augen leuchteten auf, seine ganze Miene begann zu strahlen.

»Warum sitzt du dann noch da oben auf dem Pferd?«, fragte er lachend und zog an ihrer Hand.

Zum Schein sträubte sie sich kurz und antwortete halb ernsthaft: »Weil dies meine Jeltje ist. Und du solltest besser gleich wissen, dass sie bei mir immer an erster Stelle steht.«

Doch dann ließ sie zu, dass er sie herunterzog und in seinen Armen auffing. Mit einem kleinen Ächzen zwar, denn sicher schmerzte seine Schussverletzung noch. Doch er hielt sie. Und sie ihn.

Clara

55

Der Samstag würde als denkwürdiger Tag in die Geschichte Friesenhains eingehen, dessen war Clara sicher.

Max Brugge und Luise kamen gemeinsam auf dem Gut an. Er in einer Kutsche, und ihre Schwester natürlich auf Jeltje – in Hosen! Doch an Letzterem schien sich niemand zu stören, als die beiden nebeneinander die Vordertreppe heraufschritten.

Nachdem Luise aus dem Haus gestürzt war, hatte Anna von Scheweney in der Bibliothek ein Gespräch mit ihrem Mann geführt. Zu dem die beiden schließlich auch Clara und Wilhelm gebeten hatten. So hatte Clara ihre Familie noch nie erlebt: aufgewühlt, erschüttert, und doch so einig in Freude und Erleichterung, die allen aus den Augen sprang.

Etwa eine Stunde danach hatte Agnes, die vom oberen Stockwerk Ausschau gehalten hatte, Alarm gegeben. Und so standen sie alle bereit, um die beiden in Empfang zu nehmen: Graf Hermann von Scheweney, Gräfin Anna, der junge Graf Wilhelm und Komtess Clara. Auch Marie war da, ein wenig abseits zwar, um Jeltje in Empfang zu nehmen, doch Luise umarmte die Freundin ebenso innig wie jedes ihrer Familienmitglieder. Und als Max sich vor der Tochter des Stallmeisters in ihrem groben Arbeitsrock ebenso verneigte wie vor ihr selbst, hatte er Claras Schwägerinnenherz endgültig erobert. Wenn das noch notwendig gewesen wäre. Denn allein der Blick in Luises leuchtendes Gesicht, auf ihre ganze Gestalt, die geradezu ein paar Zentimeter über dem Boden zu schweben schien, hätte ausgereicht, um diesem Mann alle Sympathie entgegenzubringen.

Alle lächelten, es ging gar nicht anders, wenn man diese beiden ansah. Sogar die Gräfin wirkte gelöst und Clara sah, wie sie heimlich nach Luises Hand griff und sie kurz drückte, als sie das junge Paar hineinleiteten. Tatsächlich eine Sensation, denn solch Zärtlichkeit hatte Clara zwischen ihrer Mutter und Schwester seit der Kindheit nicht mehr beobachtet.

Einzig der arme Ranke war in rechter Verlegenheit. Schließlich hatte er Max Brugge vor nur wenigen Tagen mit eisiger Miene vor die Tür gebracht, und in der Zwischenzeit dem guten Paas bei der Versorgung seiner Schussverletzung zur Seite gestanden. Nun schien er nicht zu wissen, wie er mit dem Herrn umgehen sollte. Clara musste ein wenig schmunzeln, als sie seine ratlosen Blicke zu seinen Herrschaften sah. Sicher würde es ihnen allen im Umgang mit Luises Erwähltem hin und wieder so gehen. Aber was machte das schon? So glücklich wie die ältere Komtess aussah, konnte niemand daran zweifeln, dass dies hier alles seine Richtigkeit hatte.

Nach der Begrüßung und einem gemeinsamen kleinen Imbiss, bei dem Luise alle Mahlzeiten der vergangenen Tage nachzuholen schien, zogen sich Graf und Gräfin mit ihrer Tochter und deren Verlobten in den Salon zurück. Sicher gab es eine Menge zu besprechen. All das, wovon Luise ihr am Abend erzählte, als die beiden Schwestern endlich die Gelegenheit hatten, allein miteinander zu reden.

* * *

Später saßen sie zu zweit in Luises Zimmer auf dem Bett, und Luise berichtete von allem, was den Tag über geschehen war, angefangen bei ihrem wilden Ritt zum Bahnhof bis hin zu allem, was zu viert im Salon beredet worden war.

»Vater hat auf beinahe peinliche Weise darauf bestanden, dass wir in einem repräsentativen Haus wohnen und ich einen eigenen Haushalt haben soll«, erzählte sie. »Ich dachte, Max würde sich schlichtweg weigern, und hatte schon Angst vor einem neuen Streit. Aber nein, Max war ganz seiner Meinung, stell dir vor. Und schon waren die beiden dabei, alle Anwesen in der näheren und fernen Nachbarschaft zu besprechen, die womöglich zu mieten oder kaufen sein könnten. Das war ein ungewohntes Bild, diese Einigkeit.« Sie schüttelte lächelnd den Kopf. Ihr selbst schien es vollkommen egal zu sein, wo sie leben würde, solange es nur an Max' Seite wäre.

»Was ich aber immer noch nicht verstehe«, sagte Clara. »Wie kam es, dass Mutter so vollkommen ihre Meinung geändert hat? Denn eins habe ich dir noch gar nicht gesagt: Nach meinem Morgenausritt …«, sie hielt kurz inne und musste die Erinnerung an ihren Besuch auf dem Gut von Thebe mit Gewalt zur Seite drängen, denn dafür war hier und jetzt kein Platz, »Nach meinem Ausritt war ich bei Vater in der Bibliothek. Wir haben über Max und dich gesprochen und da schien es, als wolle er seine Entscheidung gern revidieren, könne es aber wegen Mutter nicht.«

Luise strich ihr Haar zurück, das sich über ihrem Nachthemd wie dunkler Honig über ihre Schultern lockte. Sie sah so schön aus wie nie zuvor.

Und doch wurde sie nun sehr ernst.

»Dazu muss ich dir etwas erzählen, Clara. Etwas, an das ich nie geglaubt hätte, wenn nicht Mutter selbst es mir erzählt hätte ... Ja, eine unglaubliche und erschütternde Geschichte, in der auch unsere Nachbarn, die von Thebes, eine große Rolle spielen.«

Clara spürte, wie ihr Herz rascher zu schlagen begann. *Die von Thebes. Eine unglaubliche und erschütternde Geschichte.*

»Erzähl!«, bat sie ihre Schwester. Und die berichtete.

Als sie geendet hatte, saßen sie eine Weile schweigend dort und Luise ließ ihr Zeit, dies alles aufzunehmen.

Clara spürte ihr Herz heftig pochen. Der unglückliche Jagdunfall war eine Lüge gewesen. Eine Geschichte, ausgedacht von zwei Familien, um ihre Ehre zu schützen. In Wahrheit war der Schuss, der ihren Großvater getötet hatte, in voller Absicht abgegeben worden. Erschüttert schlang sie die Arme um ihre angezogenen Beine. Luise breitete die Decke über sie beide und rückte nah an Clara heran.

»Hättest du gedacht, dass unsere Mutter eine solche Geschichte erlebt hat?«, fragte sie.

Clara schüttelte den Kopf, denn die Erzählung übertraf noch alles, was sie sich in letzter Zeit zusammengereimt hatte. »Und wie klang Mutter, als sie von diesem Baron Friedrich von Thebe sprach?«, erkundigte sie sich vorsichtig. So wie Anna auf Friedrichs Sohn reagiert hatte, der ihm wohl sehr ähnelte, bestand nicht die Gefahr, dass sie noch Gefühle für diesen Mann hegte?

Luise gab einen unschlüssigen Ton von sich. »Es schwang eine Spur Sehnsucht in ihrer Stimme mit. Vielleicht ist das so bei ersten großen Lieben, die nicht sein dürfen? Ein wenig bleibt davon zurück. So stellte ich es mir jedenfalls vor, als ich noch dachte, Max vielleicht nie wiedersehen zu dürfen.«

Clara spielte mit den Fransen der damastenen Überdecke, unschlüssig, ob sie sagen sollte, was ihr im Kopf herumging. Doch sie hätte sich keine Gedanken machen müssen, denn ihre Schwester hatte feine Antennen und wandte den Kopf, um sie anzusehen.

»Was ist? Du bist so still? Gibt es etwas?«

»Ja. Ja, ich weiß etwas, was ich ein bisschen beunruhigend finde, da ich diese Geschichte nun kenne. Es ist nämlich so, dass dieser Baron Friedrich von Thebe in Bälde auf dem Nachbargut erwartet wird. Ein längerer Besuch, wohl bis nach Neujahr. Und da habe ich mich gefragt, ob er wohl herüberkommen und auch hier einen Besuch machen wird. Und welchen Eindruck das auf Mutter hinterlassen könnte. Und natürlich auch auf unseren Vater.«

»Oh«, machte Luise nur. Aus dem Augenwinkel konnte Clara ausmachen, dass ihre Schwester ihre nervös spielenden Finger betrachtete, und bemühte sich daraufhin, sie still zu halten.

»Woher weißt du davon?«, wollte Luise wissen.

Clara räusperte sich leicht. »Ich habe heute Morgen auf meinem Ausritt das Gut von Thebe besucht. Um mich nach den Pferden zu erkundigen. Immerhin hätte es sein können, dass die Diebe es auch dort versucht haben. Ich traf den jungen Baron und ... wir sprachen kurz.« Sie spürte Luises Überraschung. Vielleicht hatte sie nicht damit gerechnet, dass ihre jüngere Schwester an genau diesem Tag, der für sie so ereignisreich gewesen war, auch etwas Außergewöhnliches erlebt hatte. Eine Weile war es still im Raum.

Dann fragte Luise: »Was sollen wir tun? Es unseren Eltern sagen?«

Clara schüttelte den Kopf, denn über den Tag war sie sich ihrer Entscheidung sicher geworden. »Ich denke nicht, dass Friedrich von Thebe Friesenhain aufsuchen wird. Und wenn niemand im Haus darüber schwatzt, müssen unsere Eltern es gar nicht erfahren, dass der Vater des zukünftigen Erben für ein paar Wochen auf dem Nachbargut zu Besuch ist.« Sie lauschte ihren eigenen Worten nach und nickte bekräftigend. »Ja, ganz sicher wird es so sein. Schließlich wird es auch hier eine Menge zu tun geben. Die Hochzeitsvorbereitungen werden sie vollauf ablenken. Es ist nicht mehr viel Zeit bis zum Januar.«

Luise ließ ein leises Geräusch hören zwischen Keuchen und Lachen. Der Gedanke an ihre Hochzeit mit Max schien alles andere zu überlagern. »Agnes hat neulich noch von einer Heirat im Frühling geschwärmt. Wenn im Mai die Bäume blühen und die Abende lang genug für ein Fest auf dem Dorfplatz sind, so wie es bei einer ihrer Basen war. Aber ich finde die Vorstellung ebenso schön, mit dem Schlitten von der Kirche zurück nach Friesenhain zu fahren. Die Friesen davor, mit den Glöckchen am Geschirr.« Luise sah sie lächelnd an, und Clara stimmte in diese Ausschmückungen ein. Sie redeten, kicherten und rutschten tiefer unter die warme Decke.

»Ist es jetzt gerade nicht wie früher, als wir noch Kinder waren?«, sagte Luise irgendwann schläfrig und schmiegte sich an Clara. »Nein, eigentlich ist es noch schöner. Weil ich heute so glücklich bin, wie ich es mir damals wohl nicht hätte ausmalen können.«

Clara legte den Arm um sie und sog den Duft ihres Haares ein. Kindheit. Jugend. Schwesternliebe. Alles lag darin. Und auch sie wollte heute Abend nicht mehr darüber nachdenken, was eine erneute Konfrontation mit ihrer Vergangenheit wohl bei ihrer Mutter ausrichten würde.

»Und die Zukunft wird noch so einiges für uns bereithalten«, antwortete sie. Still für sich setzte sie in Gedanken hinzu: *Und hoffentlich nur Schönes.*

Marie

56

Am Montagmorgen der kommenden Woche saß Marie ein wenig länger in der Gesindestube. Die anderen Bediensteten hatten bereits ihre Frühstücksgedecke abgeräumt und waren wieder bei der Arbeit. Vom Geschnatter der Mägde schwirrte Marie noch der Kopf. Immer noch war die Verlobung der Komtess Luise mit dem Fabrikantensohn Max Brugge das Hauptthema.

Fast alle waren sich einig, dass der jungen Herrin eine Liebesheirat zu gönnen war. Nur Fräulein Trebitz, die Zofe der Gräfin, hielt sich mit solchen Bekundungen zurück. Im Grunde musste sie nichts sagen. Es war ihr auch ohne Worte deutlich anzumerken, dass sie einen Bürgerlichen für unter der Familienwürde hielt. Und das, obwohl sogar der alte Albrecht der Entscheidung zustimmte – schließlich war er immer derselben Meinung wie der Graf.

Auch Albrecht hatte seinen Platz vor dem Feuer aufgegeben, um im Umkleidezimmer des Grafen ein letztes Mal nach dem Rechten zu sehen. Denn heute würde der neue Kammerdiener seinen Dienst antreten, und es lag ganz in Albrechts Ehrgeiz, seinem Nachfolger für die Einarbeitung alles in bester Ordnung zu präsentieren. Nicht nur der alte

Diener war wegen des Neuzugangs in Aufregung. Auch die Küchenmägde trugen ihre besten, frisch gestärkten Schürzen. Vielleicht hatte das viele Gerede über entflammte Herzen auch sie in die Erwartung versetzt, der Nächste, welcher ihren Weg kreuzte, könnte derjenige, welcher sein. Auch die Älteren in der Riege ließen sich nicht lumpen. Frau Rühls Haarknoten unter der Haube saß heute besonders korrekt. Und die Haushälterin Frau Mecken eilte noch geschäftiger als sonst den Flur auf und ab.

Marie sah auf die Uhr an der Wand. Ihr Bauchgefühl sagte ihr, dass sie womöglich schon gleich mit Wilhelm rechnen konnte, der nach wie vor an den täglichen Übungseinheiten mit Stürmer festhielt. Auch wenn Luises Handel mit ihrem Vater seit Johans Abreise wohl null und nichtig war, wollte Wilhelm offenbar weiter mit dem Hengst zusammen lernen. Vielleicht bereiteten die gemeinsamen Stunden ihm ebenso viel Freude wie ihr?

Sie erhob sich leise und ging hinaus in den Gang, der zum Hintereingang führte. Durch die hoch an den Wänden liegenden Fenster der Räume drang das bläuliche Dämmern des Oktobermorgens und ließ den Gang noch beinahe im Dunkel liegen. Nur durch die weit geöffnete Tür drang Morgenlicht herein. Und darin sah Marie zwei Gestalten, die dort dicht beieinanderstanden.

»Agnes?«, sprach sie die junge Frau an.

Die beiden an der Tür schraken zusammen. Und als sie näher kam, erkannte sie, dass der neue Kammerdiener angekommen war, ohne dass es einer der Wachhunde auf vier oder zwei Beinen bemerkt hätte.

»Fräulein Paas«, sagte Agnes erschrocken und trat einen großen Schritt zurück, den Kopf gesenkt. »Der neue Kammerdiener ist hier.«

»Na, dann lauf und sag Frau Mecken Bescheid«, schlug Marie belustigt vor. Offenbar war auch Agnes vom allgemeinen Fieber erfasst.

Die junge Frau, nicht viel jünger als sie selbst, eilte den Gang entlang davon.

»Kommen Sie doch herein. Herr …?«, forderte Marie ihn auf.

»Neumann«, sagte er und neigte den Kopf. »Emil Neumann, Fräulein Paas.« Er hatte sich ihren Namen gleich gemerkt, als Agnes ihn aussprach.

»Ach ja, ich erinnere mich. Natürlich ist Ihr Name schon mehr als einmal gefallen. Entschuldigen Sie, es war so viel los in den letzten Tagen.« Marie wollte ihm in dem engen Gang Platz machen. Doch er hatte sein Gepäck dabei, zwei große Koffer. Als er sich an ihr vorbeischob, kamen sie sich sehr nah. Das Licht, das durch die offenstehende Tür hereindrang, fiel auf sein Gesicht. Marie erkannte zwei helle Augen von einem eindringlichen Grau unter dunklem Haar. Der schmale Schnäuzer zog sich über seinen lächelnden Mund, und ihr wurde sofort klar, warum die Mädchen allesamt so nervös waren. Emil Neumann war außerordentlich gut aussehend. Groß, breitschultrig, mit festem Blick und aufrechtem Gang.

Für einen kurzen Moment empfand sie eine seltsame Verlegenheit, wie er sie so intensiv anschaute.

»Das macht doch nichts«, erwiderte er auf ihre Entschuldigung und spielte überzeugend den Verzagten. »Ich bin ja schließlich der Neue. Während ich Ihrer aller Namen schon heute Abend wissen sollte, um mich möglichst beliebt zu machen. Ihren kenne ich ja nun schon. Und mein Gefühl sagt mir, mit Ihnen an meiner Seite kann mir hier keiner was.« Dabei zwinkerte er ihr zu.

Marie musste lachen. »Ach, niemand wird Ihnen hier was wollen. Seien Sie nur höflich und freundlich, dann wird Ihnen gewiss jede Hilfe zuteil.«

Er hob die Brauen und musterte sie erneut. »Vielleicht wäre es auch förderlich, ein wenig charmant zu sein?« Von einer Sekunde auf die andere war das Verzagte aus seiner Miene verschwunden. Stattdessen funkelten seine Augen auf eine Weise, die Marie schlagartig verwirrte.

Doch ehe sie noch antworten konnte, erklangen auf der dicht neben ihnen liegenden Treppe hinauf in den Trakt der Herrschaften schnelle Schritte.

Es war Wilhelm, der dort herunterkam. Er trug Reithosen, Jackett und Mantel, auf dem Kopf einen Zylinder. Marie hatte oben die Tür nicht gehen hören. Hatte er womöglich auf der Schwelle gestanden, während er in seine Stiefel geschlüpft war? Und hatte er die Worte gehört, die Emil Neumann und sie getauscht hatten? Zumindest sah er direkt zu ihnen her.

Emil Neumann erkannte sogleich, wen er vor sich hatte, und verneigte sich schwungvoll. »Graf von Scheweney, guten Morgen!«

Marie konnte den Blick nicht deuten, mit dem Wilhelm den Neuankömmling musterte. Er wirkte nicht so freundlich wie üblich.

»Dies ist Emil Neumann, der neue Kammerdiener des Grafen«, stellte Marie vor.

Wilhelm nickte dem Mann zu. Erneut glitt sein Blick an ihm hoch und runter und dann zu Marie.

»Willkommen auf Friesenhain«, begrüßte er den Neuen mit einem Nicken. Dann sah er hinüber zum Sattelplatz, wo Rudi gerade mit Komet beschäftigt war.

»Steht ein Ausritt an?«, erkundigte Marie sich wie nebenbei

bei Wilhelm. Würde das bedeuten, dass sie sich heute später sahen? Doch das konnte sie vor dem neuen Diener natürlich nicht aussprechen. Schon die Anrede, dass sie Wilhelm duzte, war sie mit ihrer Frage geschickt umgangen.

Er erwiderte ihren Blick nur kurz, dann wich er ihm aus, indem er selbst zu Komet hinüberblickte, dem Rudi gerade den Sattel auflegte.

»Ich werde Baron von Assen dabei behilflich sein, eine gute Strecke für seine Herbstjagd auszuwählen«, antwortete er.

Marie wusste, dass diese Aufgabe neben dem Stallmeister oft vom Sohn oder eben vom Schwiegersohn übernommen wurde.

Sie schluckte. Und war heilfroh, als hinter ihr das energische Stakkato der Mecken'schen Schritte erklang.

»Herr Neumann! Sie haben nicht geläutet!«, rief die Haushälterin, und der Vorwurf, dass sie ihm nicht die Tür hatte öffnen können, klang deutlich heraus.

»Guten Morgen, Frau Mecken. Es traf sich so, dass eines der Mädchen gerade öffnete, als ich zum Klingelzug greifen wollte«, antwortete er. »Es war ... ähm?« Er sah Marie fragend an.

»Es war Agnes«, half sie ihm an Frau Mecken gewandt.

Die hatte nun die Tür erreicht.

»Oh, guten Morgen, gnädiger Herr«, grüßte sie Wilhelm, wieder ganz die Freundlichkeit, der sich die Herrschaften stets sicher sein konnten.

»Guten Morgen«, erwiderte Wilhelm, sah noch einmal zwischen Marie und Emil Neumann hin und her, wandte ihnen dann den Rücken zu und schritt weit ausholend zum Sattelplatz.

Frau Mecken winkte den neuen Kammerdiener energisch mit sich. »Kommen Sie, ich zeige Ihnen zuerst Ihr Zimmer.

Es liegt dicht bei der Treppe, sodass Sie einen möglichst kurzen Weg zu den Räumen des gnädigen Herrn haben.«

Ehe Emil Neumann ihr folgte, nickte er Marie noch einmal zu, wobei er eine Braue in die Höhe zog, wohl um Frau Meckens schneidigen Ton zu kommentieren. Zu einer anderen Gelegenheit hätte Marie ihn bestimmt angegrinst. Doch die kurze Begegnung mit Wilhelm ging ihr nach.

Sie lief über den Hof auf das Nordtor zu. Wilhelm warf ihr keinen einzigen Blick mehr zu. Und so umrundete sie draußen das Pförtnerhaus, öffnete das Gatter zu Stürmers Koppel und ging hinein.

Der Hengst hob den Kopf. Als er sie erkannte, schnaubte er und kam ihr entgegen. Das tat er seit ein paar Tagen, und sonst hob Maries Herz sich jedes Mal dabei vor Freude. Doch heute Morgen erfüllte sie der Anblick des sich freundlich nähernden Pferdes mit Wehmut.

Clara hatte ihr erzählt, dass der niederländische Züchter De Vries nach dem Jahreswechsel persönlich herkommen und Stürmer begutachten würde.

Für Menschen, die sich mit Friesen nicht auskannten, sah einer der Rappen aus wie der andere. Doch es gab große Unterschiede im Gebäude, dem Fell und im Verhalten. Das wusste auch der Graf. Wenn der Züchter in Stürmer sein verlorenes Pferd wiedererkennen würde, würde Hermann von Scheweney sicher nicht zögern, dem Mann sein Eigentum zurückzugeben.

Jetzt reckte Stürmer den Hals, schnupperte an Maries Rock nach Leckerbissen, hob dann den Kopf und schnaubte zärtlich in ihr Haar.

Sie hob die Hände und umfasste sanft sein Gesicht, streichelte es bis hinab zu den weichen Nüstern, die ihr warmen Atem ins Gesicht bliesen.

»Was wird aus dir, mein Schöner?«, flüsterte sie dem Pferd leise zu. »Was wird aus dir, wenn sie dich wieder wegbringen von Friesenhain?«

Und was würde aus mir?, fragte sie still für sich. Aus den Treffen mit Wilhelm? Dem gemeinsamen Ziel, aus dem Hengst ein vertrauensvolles, reitbares Pferd zu machen? Das alles wäre doch dann zunichte.

Als Marie spürte, wie es ihr warm die Wangen hinabbrann, hob sie die Hand und wischte die Feuchtigkeit fort.

Sie würde hier sein, wo denn sonst?

Hier auf dem Gut, solange es hier Pferde und ihre Freundinnen gab: die Töchter von Gestüt Friesenhain.

Personal

Auf Gestüt Friesenhain:

Gräfin Anna von Scheweney (*1845)
Seit 1866 verheiratet mit:

Graf Hermann von Scheweney (*1837) Gutsherr auf Gestüt
Friesenhain

Wilhelm von Scheweney (*1867) ältestes Kind und einziger
Sohn der Grafen von Scheweney

Luise von Scheweney (*1872) älteste Tochter der Familie von
Scheweney

Clara von Scheweney (*1874) jüngstes Kind des Grafen von
Scheweney

Marie Paas (*1874) Tochter des Stallmeisters und gute
Freundin der Grafentöchter

Theo Paas (*1849) Stallmeister auf Friesenhain, Vater von
Marie, verwitwet

Johan van Leeuwen (*1872) Großvetter der Komtessen aus den Niederlanden, wo seine Familie eine Eisengießerei besitzt

Herta Rühl (*1842) Köchin

Emilie Mecken (*1840) Haushälterin

August Albrecht (*1828) alter Kammerdiener des Grafen

Hannes Ranke (*1863) Erster Hausdiener

Käthe (*1881) Küchenmagd

Erna (*1875) Dienstmädchen

Agnes Berkermann (*1875) Kammermädchen bei Luise und Clara

Helene Trebitz (*1863) Kammerzofe der Gräfin

Rudi (*1881) Stallbursche

Alfred (*1883) neuer Stallbursche

Fritz (*1860) Stallknecht

Wolff (*1851) Kutscher

Emil Neumann (*1866) neuer Kammerdiener des Grafen

Triest (*1855) Züchter von Hannoveraner-Pferden

Dr. Heuser (*1853) Tierarzt

In der Nachbarschaft:

Baron (*1840) *und Baronin von Assen* (*1853) angesehene
Bekannte der Grafen von Scheweney

Margarete Freifrau von Assen (*1875) einzige Tochter von
Baron und Baronin von Assen

Richard von Thebe (*1868) Neffe und Erbe des kinderlosen
Nachbarn Freiherr Baron Friedrich von Thebe

Freiherr Baron Friedrich von Thebe (*1844) Richards Vater,
jüngerer Bruder des jetzigen Freiherrn Baron Otto
von Thebe

Freiherr Baron Otto von Thebe (*1834) älterer Sohn des alten
Baron von Thebe, zehn Jahre älterer Bruder Friedrichs
und Onkel von Richard von Thebe

Freiherrin Baronin Karoline von Thebe (*1840) dessen Frau

Freiherr Baron Otto von Thebe (*1810) Vater von Friedrich
und Otto von Thebe, Großvater Richards

Reuben (*1850) dubioser Pferdehändler

Änne Reuben (*1882) Reubens älteste Tochter

Berta Reuben (*1889) jüngere Schwester von Änne

Gertrud Reuben (*1890) jüngere Schwester von Änne

In der Frauenbewegung, Politik, Universität, Tapetenmanufaktur:

Elisabeth Gehmlich (*1854), auch Elsie bei ihren Freundinnen, ehemalige Hauslehrerin auf Friesenhain

Paula Brugge (*1867) Künstlerin, aktiv in der radikalen Frauenbewegung, Erbin der Tapetenmanufaktur Brugge in Ibbenbüren

Hedwig Schmeid (*1865) Paulas Lebensgefährtin, ebenfalls in der radikalen Frauenbewegung aktiv, angehende Studentin der Architektur und Baukunst in Hannover

Max Brugge (*1864) Paula Brugges Bruder, Fabrikant, Sozialdemokrat, Journalist

Josef Schlinger (*1839) bekannter Architekt, Hedwigs Mäzen

Karl Dammann (*22.10.1839 in Greifswald, † 1.6.1914 in Baden-Baden, reale Person) Direktor der Tierärztlichen Hochschule Hannover

Marta Klingemann (*1840) Sekretärin der Geschwister Brugge

Am Kaiserhof:

Georg von Hofberg (*1864) der neue Kaiserliche Stallwirtschafter

Tiere:

Jeltje (*1888) Luises geliebte Friesenstute

Stürmer (*1891) geheimnisvoller Friesenhengst

Komet (*1885) Wilhelms Hannoveraner, riesiger Fuchswallach, Jagdpferd

Tessa (*1884) Claras brave Schimmelstute

Gimpel (*1892) Doggenrüde, Liebling der Komtessen

Hummeltje (*1890)(niederl.: *Kleinchen*) weiße Angorakatze, Lieblingstier der Gräfin Anna von Scheweney

Belle (*1894) Richard von Thebes junge Spanielhündin

Dank

Von Herzen DANKE an:

Rena, weil du mich mit aller nötigen Empathie darauf hingewiesen hast, dass ich unbedingt einen historischen Stoff versuchen sollte – auch wenn ich empört ablehnte. Jetzt siehst
du, was draus geworden ist.

Bine, weil du Renas Idee sofort aufgegriffen und mich mit
genau den Themen geködert hast, die mir am Herzen liegen: Frauenrechte, Tiere, Liebe und Freundschaft. Damit war
mein Schicksal besiegelt.

Regina, weil du mich in der Agentur mit offenen Armen
empfangen hast und sofort die Fahnen für meine Friesen ge-
hisst hast. Ohne dich hätte ich vielleicht doch noch den Mut
verloren und wäre um eine wunderbare Geschichte ärmer.

Iris, weil deine Euphorie in Sachen Recherche mich mit-
gerissen hat. Du gehst mit einem so offenen Geist achtsam
durchs Leben, dass es eine wahre Freude ist, dich zu kennen.

Diana, weil meine Agentin mir sagte, du hättest sie gebeten, ein Wort für dich einzulegen, und ich daher sofort
wusste: Du bist die Richtige! Danke für deine Verliebtheit in
diese Geschichte von Anfang an!

Theresa, weil Luise, Clara und Marie ohne dich ein wenig
blasser wären. Durch deine klugen Hinweise sind die uns lie-

ben Figuren noch lebendiger, die Geschichte noch packender geworden. Es ist so wunderbar, wenn das Lektorat die Geschichte einfach perfekt macht!

Heike, weil du mich in Pferdefragen mit wichtigen Details versorgt und wunderbare Anregungen gegeben hast. Ich bin so froh, dass wir und unser Pony dich als »Pferdeflüsterin« an unserer Seite haben.

Anke, weil du Jeltje vor dem Schlachter gerettet und ihr ein gutes Zuhause auf Heikes und Rudis Hof geboten hast! Du hast im rechten Moment das einzig Richtige getan.

Stephanie vom Friesengestüt Wickeschliede, weil die exklusive Führung übers Gestüt und die vielen, wertvollen Hinweise zur Zucht dieser wundervollen Pferde mich inspiriert haben. Ein besonderes Dankeschön gilt der Tatsache, dass du mir nicht die Pferde gezeigt hast, die ein neues Zuhause suchen – durch mein Buch war ich schlimm in Gefahr, unsere Familie zu erweitern ☺)

Annette Bucken und Dirk Hawerkamp vom Stadtmuseum Ibbenbüren. Selten bin ich bei meinen Recherchen auf derart engagierte Menschen getroffen, die ihr Wissen über ihre schöne Stadt mit so viel Herzblut und Empathie weitergeben. Vielen Dank für die exklusive Führung und die vielen Geschichten rund um das Haus, das ich nun vor Augen habe, wenn ich an das Brugge-Haus in der Stadt denke!

Und zuletzt: Jeltje, du süßeste unter allen Friesenstuten. Ich kann nicht erklären, wieso du mir so viel Vertrauen einflößt, das unsere gemeinsamen Ausritte zu den Highlights im Alltag macht. Hab noch ein langes, gesundes Leben, du »Bibo im schwarzen Fell« ☺ Ich hab dich lieb.